November 2002

W0289329

Stein und Efeu

GLENNA
McREYNOLDS

STEIN UND EFEU

Roman

*Aus dem Englischen
von Elke Bartels*

Weltbild

Die Originalausgabe erschien 1998 unter dem Titel
Dream Stone
bei Bantam Books, Random House Inc., New York

Besuchen Sie uns im Internet:
www.weltbild.de

Genehmigte Lizenzausgabe für Verlagsgruppe Weltbild GmbH,
Steinerne Furt, 86167 Augsburg
Copyright der Originalausgabe © 1998 by Glenna McReynolds
Copyright der deutschsprachigen Ausgabe © 2000 by
Wilhelm Goldmann Verlag, München, einem Unternehmen
der Verlagsgruppe Random House GmbH
Übersetzung: Elke Bartels
Umschlaggestaltung: Studio Höpfner-Thoma, München
Umschlagmotiv: Donald Case / Agentur Schlück, Garbsen
Gesamtherstellung: Oldenbourg, Graph. Betriebe Druckerei GmbH,
Hürderstraße 4, 85551 Kirchheim
Printed in Germany
ISBN 3-8289-7108-3

2005 2004 2003 2002
Die letzte Jahreszahl gibt die aktuelle Lizenzausgabe an.

Für Stan –
immer eine erfrischende Brise,
immer eine treibende Kraft.

Dank

Der tief empfundene Dank der Autorin gilt
Elizabeth Barrett, einer äußerst fähigen
und einfallsreichen Lektorin,
und Cindy Gerard, Prüfstein der Muse.

Anmerkung der Autorin

In diesem Roman tauchen neben einer Reihe von walisischen Namen und Wörtern auch einige Ausdrücke aus dem Irischen auf, beides Sprachen, die dem keltischen Sprachstamm angehören. Das Walisische wird phonetischer als das Englische geschrieben, wobei jeder Konsonant nur einen Laut hat. »C« wird beispielsweise immer wie »k« ausgesprochen, wie in »Kerze«; »s« wird immer scharf gesprochen wie im englischen »sit«, niemals weich wie in »nose«; »f« wird stets wie »w« gesprochen. Zusätzlich zu den einzelnen Konsonanten werden Digraphen (Verbindung von zwei Buchstaben zu einem Laut) benutzt, um bestimmte walisische Laute auszudrücken: »dd« wird wie das englische »th« gesprochen, zum Beispiel wie in »breathe« – also weich und stimmhaft –, während »th« den etwas härteren und stimmlosen Klang wie in dem Substantiv »breath« hat. »ff« wird wie »f« gesprochen, zum Beispiel wie in »Film«; »si« wie das englische »sh«, zum Beispiel wie in »shop«; und »ch« stets wie in »Bach«, niemals wie in dem englischen »church«. Der Buchstabe »r« wird im Walisischen gerollt. Die Betonung liegt gewöhnlich auf der vorletzten Silbe.

Da ich in diesem Roman viele Fremdwörter und unbekannte Namen für Personen und Orte verwendet habe, habe ich am Ende des Buches ein Glossar hinzugefügt.

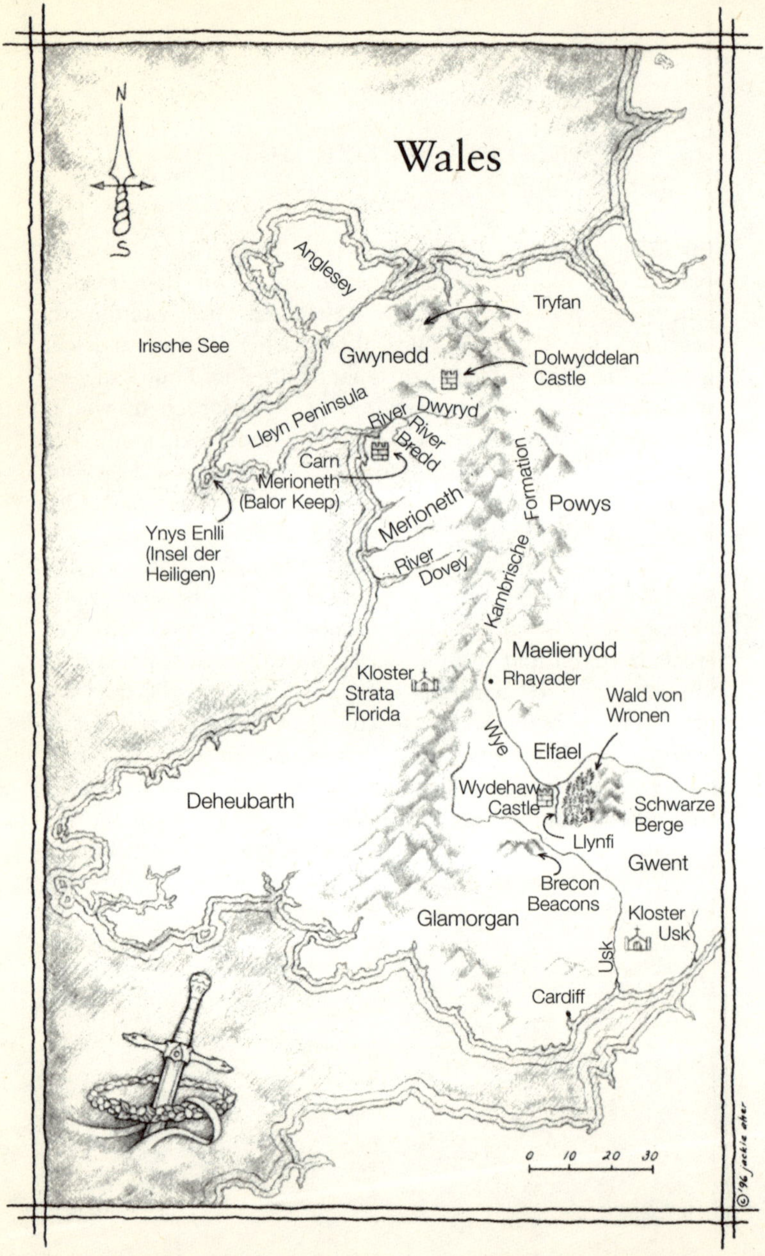

Wales
N
S
Anglesey
Tryfan
Irische See
Gwynedd
Dolwyddelan Castle
Lleyn Peninsula
River Dwyryd
River Bredd
Carn Merioneth (Balor Keep)
Ynys Enlli (Insel der Heiligen)
Merioneth
Kambrische Formation
Powys
River Dovey
Maelienydd
Kloster Strata Florida
Rhayader
Wald von Wronen
Wye
Elfael
Wydehaw Castle
Schwarze Berge
Deheubarth
Llynfi
Gwent
Brecon Beacons
Glamorgan
Kloster Usk
Usk
Cardiff
0 10 20 30
© '96 jackie aher

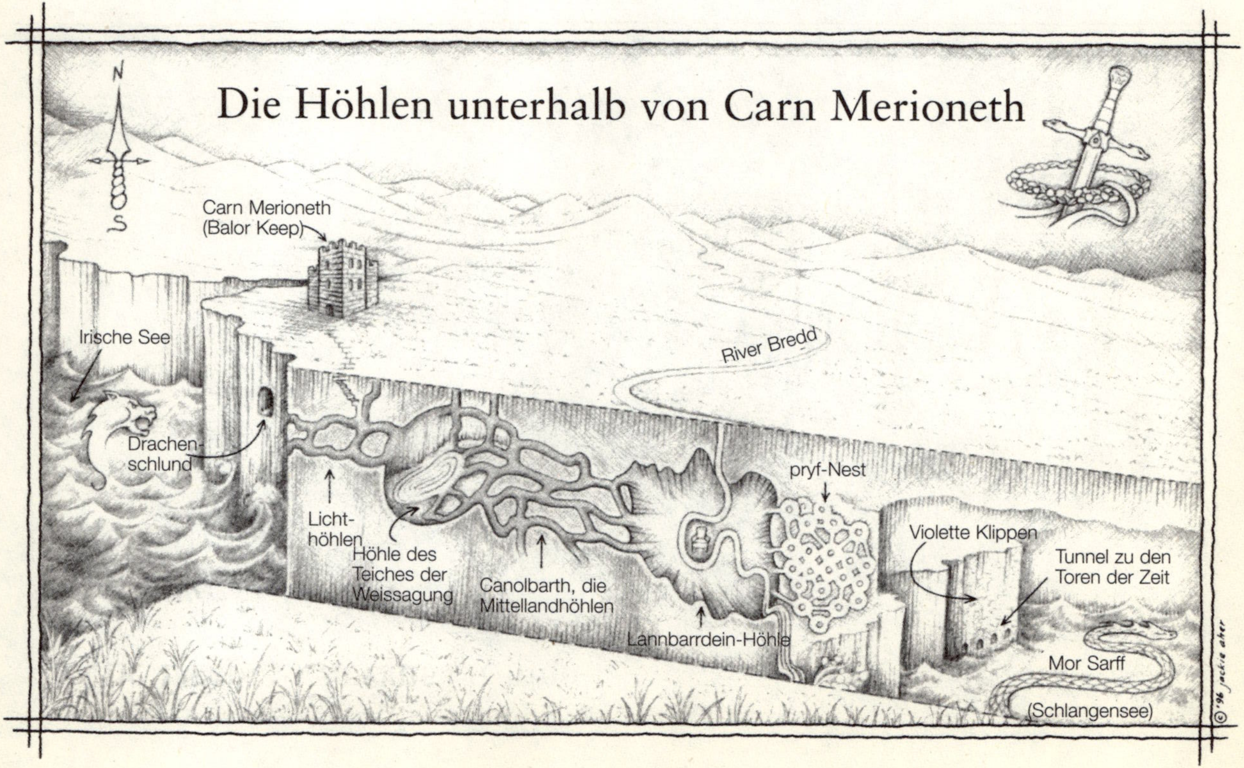
Die Höhlen unterhalb von Carn Merioneth
N
S
Carn Merioneth
(Balor Keep)
Irische See
Drachen-
schlund
Licht-
höhlen
Höhle des
Teiches der
Weissagung
Canolbarth, die
Mittellandhöhlen
River Bredd
Lannbarrdein-Höhle
pryf-Nest
Violette Klippen
Tunnel zu den
Toren der Zeit
Mor Sarff
(Schlangensee)
© '96 jackie aher

Die tiefergelegenen Höhlen

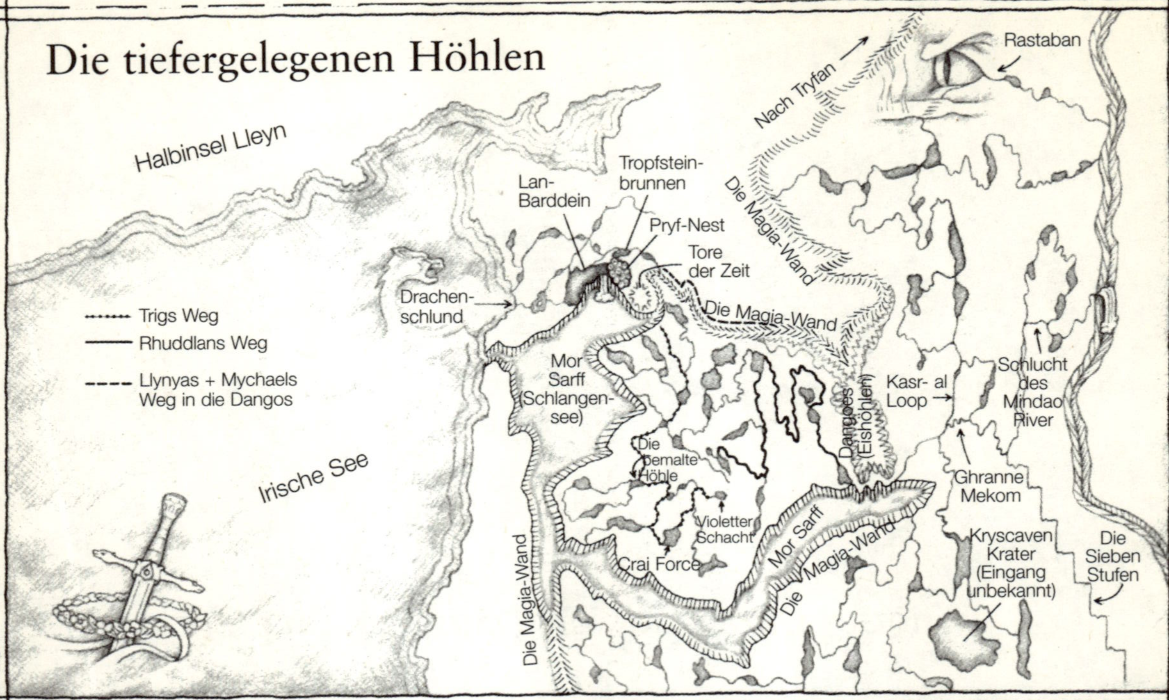

Personen

Ynys Enlli

Nennius – *ein Mönch*
Gruffudd – *ehemaliger Wächter auf Balor Keep*

Carn Merioneth

Mychael ab Arawn – *Erbe von Carn Merioneth; Sohn von Rhiannon, die letzte Druidenpriesterin*
Madron – *Meisterin der Zauberkünste*
Owain – *Waliser, der mit den Quicken-tree in der Schlacht um Balor kämpfte*
Edmee – *Tochter von Madron und Rhuddlan*

Die Quicken-tree:
- Rhuddlan – *König der tylwyth teg*
- Naas – *eine Seherin*
- Moira – *eine Heilerin*
- Aedyth – *eine Heilerin*

Die Liosalfar:
- Trig – *Hauptmann/Kommandeur*
- Llynya – *das Ätherwesen*
- Shay
- Bedwyr – *Waffenmeister*
- Wei – *stellvertr. Hauptmann*
- Math
- Nia
- Pwyll
- Roth

Unergründliche Finsternis

Caradoc – *Wyrm-Gebieter; ehemaliger Herrscher von Balor Keep*

Varga Von Den Eisendünen – *Sha-shakrieg-Lehnsherr aus Deseillign*

Slott Von Den Tausend Schädeln – *der Trollkönig*

Ailfinn Mapp – *Prydion-Magierin*

Die Dockalfar – die Dunkel-Elben:

Caerlon – *ein Magier*

Lacknose Dock

Blackhand Dock

Frey Dock

Ratskin Dock

Redeye Dock

In einer längst vergangenen Epoche am Rande der Unergründlichen Zeit fiel ein Stern zur Erde herab. Er landete jedoch nicht auf der endlosen Wasserfläche der großen Ozeane, sondern pflügte eine Bahn quer über eine Insel im nördlichen Meer. Scherben und Splitter des glitzernden Himmelskörpers fielen wie Regen auf die Berge hinunter, die der Stern hinter sich auswarf, und seit der Zeit schätzten die Bewohner der Insel die Steine aus Licht, *Traumsteine* genannt, und das wunderbare Metall, das aus dem Inneren des Sterns gewonnen wurde. Sie standen nicht allein mit dieser Wertschätzung. Jahrtausende vergingen, die Erde erlebte ein neues Zeitalter und dann ein weiteres, bis eines Tages aus weiter Ferne ein dunkler Schatten herbeizog, auf der Suche nach dem verlorenen Stern.

Woher der Stern und die Dunkelheit kamen, ist nicht belegt; es gibt nur Aufzeichnungen über den Stern selbst, der immer tiefer in den fruchtbaren Mutterboden der Erde eingesunken war, bis das umgebende Gestein das Licht des Himmelskörpers nach innen leitete und seine Hitze sich einen Weg durch den Erdmantel brannte und dabei einen Durchgang zu einem unterirdischen See erschloss und einen endlosen Abgrund ins Innerste der Erde freilegte.

Himmlische Flammen, entzündet durch den feurigen Sturzflug des Sterns, entfachten Leben in den dunklen Wassern des Meeres, und alle diejenigen, die durch das Feuer des Sterns das Licht der Welt erblickten, wurden für alle Zeit und wahrheitsgetreu die Sternenlicht-Geborenen genannt. Schön von Angesicht, mit hoher Stirn und strahlenden Augen, entsprossen sie der Vereinigung von Himmel und Erde und herrschten über die Zeitalter der Wunder: die Quicken-tree, Daur und Ebiurrane, die Kings Wood und Red-leaf, die Wydden und Yr Is-ddwfn.

Mit dem Herabsinken des dunklen Schattens gingen die ersten Zeitalter zu Ende. Die weit verstreuten Stämme der Sternenlicht-Geborenen vereinigten sich wieder auf der uralten Festungsinsel ihrer Geburt, und in den tausend und abertausend Jahren, die darauf folgten, erforschten sie intensiv die Kunst der Zauberei, um vorübergehende Erleichterung von dem Chaos zu finden, das in der immer währenden Nacht von Dharkkum herrschte. So entstanden in dem Dunklen Zeitalter die Prydion-Magier und die Sieben Bücher des Wissens und viele andere Dinge der unterschiedlichsten Art, fabriziert in den großen Zauberkesseln der Magier. Zwei dieser Dinge besaßen jedoch zerstörerische Kräfte. Geboren aus einem einzigen Gebräu in einem Schmelztiegel, geschmiedet aus dem großartigen Metall des Sterns, erwachten ein roter und ein grüner Drache fauchend zum Leben und verschlangen die Finsternis, um nichts als zerfetzte Überreste von Rauch und Gasen übrig zu lassen. Diese versiegelten die Prydion-Magier mit Bergkristall im Erdinneren. Die Drachen entließen sie in die großen Ozeane der Welt, um schäumend die Wogen aufzuwühlen und so für den Wechsel der Gezeiten zu sorgen, damit der Mond immer wieder zur Sonne zurückkehrte und der finstere Schatten nie wieder zwischen die beiden himmlischen Lichtquellen fallen würde.

Aber kampflustige Bestien sind immer hungrig, und noch während die Drachen den Laich ihrer ersten Brut an den Ufern des unterirdischen Sees ablegten, schmiedeten die Magier ein einzigartiges Schwert, um sie zu beherrschen – seine Klinge mit unvergleichlichem Sternenmetall getempert, sein Heft mit den Steinen aus Licht besetzt. Dann verhängten sie einen Blutzauber über die Völker der Erde, um fortan bis in alle Ewigkeit sicherzustellen, dass diejenigen, die das Schwert handhaben konnten, rechtzeitig in Erscheinung treten würden, wann immer sie gebraucht wurden.

Zwei dieser besonders Befähigten wurden im zwölften Jahrhundert des Fünften Zeitalters der Menschheit auf der Insel geboren, damals als England bekannt, als die Gefahr der Finsternis abermals näher rückte: eine Kind-Frau der Yr Is-ddwfn und ein Mann, dem Träume von Krieg im Blut lagen – Ätherwesen des Sternenscheins, Sternenlicht-Geborene, gebunden durch himmlische Äther.

Prolog

SEPTEMBER 1198
YNYS ENLLI, INSEL DER HEILIGEN
WALES

Nennius bewegte sich leisen Schrittes über den Fußboden seiner Einsiedlerzelle, so vorsichtig, dass seine Sandalen kein einziges Staubkörnchen in die Luft wirbelten. Es war ein Akt natürlicher Grazie für jemanden wie ihn, leichtfüßig über den Erdboden zu schreiten, so leichtfüßig, dass es unter den anderen Culdee-Mönchen auf der Insel einige gab, die ihn für einen auserwählten Heiligen hielten. Ein paar von ihnen pflegten ihm jedoch eine eher unheilvolle Bestimmung zuzuschreiben, und in Wahrheit war es die letztgenannte Gruppe, der er alle Weisheit zugestand, die es auf Ynys Enlli zu finden gab.

Ein einzelner Lichtstrahl fiel durch einen Riss in der Zellentür und spaltete die Düsterkeit, um einen grob gezimmerten Tisch zu beleuchten und die Dinge, die sich darauf türmten: Bücher. Aus Pergament gefertigt und in Eichenholz und Leder gebunden, entstammten viele davon seiner eigenen Feder; einige hatte er aus ihrem *in quaternis* Zustand auf verstaubten Klosterregalen gerettet, wo sie, zerfleddert und ohne Einband, in Vergessenheit geraten waren; während er andere schlichtweg gestohlen und unter seinen Gewändern verborgen hatte, um sie über drei Ozeane hinweg in diesen entlegenen Winkel der Welt zu bringen, wohin ihre Worte ihn geführt hatten – zurück zu dem Ort an den Ufern eines kalten Meeres, wo er sechzehn Jahre zuvor aufgewacht war, verloren und von Wahnsinn verzehrt. In den langen Jahren seiner Wanderschaft hatte es ihn in viele ferne, unbekannte Länder verschlagen, bevor er schließlich seine geistige Gesundheit und seine Zielstrebigkeit zurückerlangt hatte. Mit der neu erwachten Zielstrebigkeit war auch die Suche nach den Büchern gekommen. Einige der gewichtigen Bände hatte er buchstäblich ausgraben und den Leichen von Mönchen entreißen müssen, die einst geschworen hatten, ihr Wissen mit ins Grab zu nehmen. Eines der Bücher war ein Geschenk gewesen, ein kleiner Psalter, den er vor zwei Jahren von einm kahlköpfigen, verdrossenen Klosterbruder namens Helebore bekommen hatte.

Nennius ging an dem Tisch vorbei zu der Strohmatratze auf dem Fußboden. Er hatte Bruder Helebore vermisst, nachdem er und der Rest der Culdees den ketzerischen Narren von den Klippen ins Meer gestoßen hatten. Nennius' schlechtes Gewissen – und er hatte keine übermäßig starken Schuldgefühle gehegt – war jedoch beruhigt worden, denn der kahlköpfige Bruder war nicht etwa untergegangen und ertrunken, wie sie alle geglaubt hatten, sondern im Wasser getrieben und für ein weiteres Lebensjahr an den vom Unglück verfolgten Ufern von Merioneth angeschwemmt worden – zumindest behauptete das der Mann, der auf dem Strohsack lag.

Nennius kniete sich neben die Pritsche. Müde, vor Angst halb wahnsinnige Augen blickten ihm aus einem wettergegerbten Gesicht entgegen, das fast gänzlich von einem zotteligen Bart und langem, strähnigem Haar verborgen war. Die Brüder William und Theo hatten den Wandersmann in Nennius' Klause am südöstlichen Strand der Insel gebracht und damit Nennius' selbstauferlegte Einsamkeit und seinen Frieden gestört. Nicht, dass er ihnen diese Störung übel genommen hätte. Wohin sonst sollte man einen tobenden Irren bringen als zu jemandem, der sich bestens mit den Grillen und Phantastereien labiler Gemüter auskannte, besonders wenn besagter Irrer auch noch den Namen dieses Experten auf den Lippen führte? *Nennius, Nennius,* hatte der Mann ununterbrochen gebrüllt, als er während des Mittagsoffiziums mit beiden Fäusten an die Kirchentür gehämmert hatte.

In einem unzusammenhängenden Schwall wirrer, hektisch hervorgestoßener Worte hatte der Mann sich als Gruffudd bezeichnet, Garnisonswache von Balor im Cymraeg-Königreich von Merioneth an der Küste von Wales, einziger Überlebender einer Schlacht gegen Dämonen, die in der Hölle stattgefunden hatte, während in dem Land droben der Frühling erblühte. Er hatte von einer Burg gesprochen, auf der ein Keiler herrschte, und von blauen Lichtstrahlen, die so scharf wie Messer schnitten; von Frauen, die wie Todesfeen an der Seite ihrer Männer kämpften, und von einem geisterhaft bleichen, kahlköpfigen Teufelspriester ohne Augenbrauen und mit einem Mund voller verfaulter Zähne, dem Leibarzt des Keilers, der tief unten im Erdinneren eines entsetzlichen Todes gestorben war, in Stücke zerquetscht von einer riesigen Kreatur, so grauenvoll, dass die bloße Erinnerung daran unerträglich war – und Nennius hatte kein einziges Wort dieser phantastischen Schilderung bezweifelt. Tatsächlich hatte er Mühe gehabt, seine wachsende Erregung zu zügeln, als sich die Geschichte entwickelt hatte.

»Ruh dich aus, mein Sohn«, sagte er beschwichtigend, während er die Stirn des Mannes mit einem warmen, feuchten Tuch wusch. »Du bist hier in Sicherheit.«

»In Sicherheit?« Eine große, zittrige Hand tastete nach Nennius' Kutte und klammerte sich an den Stoff. »Helebore hat Euch verflucht! Das müsst Ihr doch wissen. Er hat Euch verflucht und verhext und Satan persönlich angerufen, um Euch mit den Flammen ewiger Verdammnis zu fesseln. Er sagte, Ihr hättet ihn wegen der Dinge, die er wusste, zu ermorden versucht. Das ist der Grund, warum ich gekommen bin, Pater.«

»Um zu sehen, ob er mit seinen Verwünschungen Erfolg gehabt hat?«, erkundigte sich Nennius, eher belustigt als schockiert.

»Nein, Pater! Nein, niemals«, beteuerte Gruffudd, während er seinen Griff verstärkte. »Ich habe für Euch gebetet, habe um Eure Rettung von seiner gottlosen Niedertracht gebetet. Gebetet... gebetet, dass Ihr mich retten würdet. Helebore und sein abartiger Glaube haben nichts als Unheil über Balor gebracht, denn jetzt ist es unwiederbringlich verloren, und kein einziger Mann ist am Leben geblieben, um die Geschichte zu erzählen, kein Einziger außer mir.«

»Bist du dir da so sicher? Wenn du überlebt hast, vielleicht hat dann auch noch ein anderer den Weg aus der Hölle gefunden.« Er wischte dem Wachmann behutsam mit dem feuchten Tuch über beide Wangen.

»Nein«, erwiderte Gruffudd mit rauer, gepresst klingender Stimme. »Alle, die bei dem Kampf umkamen, wurden von den Dämonen mit den Lichtschwertern ins Meer gezerrt. Wenn irgendeiner von ihnen noch Atem in sich gehabt hätte, dann wäre er ertrunken, bevor er ihn hätte finden können.«

Ist vielleicht auch ganz gut so, dachte Nennius.

»Ins Meer? Du meinst, in die Irische See?«, fragte er und tupfte die Schweißperlen ab, die sich auf der Stirn des Mannes bildeten.

»Nein, nicht der wilde, offene Ozean, sondern ein dunkles unterirdisches Meer, tief unterhalb des Landes, das einst Balor hieß. Es ist eine todbringende Quelle, Pater. Der Strand ist von Schwarzwasserwellen überspült und in einen unheimlichen purpurfarbenen Lichtschein getaucht von dem Feuer, das im Inneren der Klippen brennt. Ich fürchte, es ist die Höhle von … von …« Die Stimme des Mannes brach.

»Von?«, soufflierte Nennius. Als der Mann keine Antwort gab, setzte er ihm noch stärker zu. »Ist das der Ort, wo du den …« Gruffudd schnitt ihm abrupt das Wort ab, indem er Nennius bei seinem Skapulier packte und seinen Kopf zu sich herunterzog. »Sprecht es nicht aus, Pater!«, keuchte der Wachmann, von plötzlicher Panik erfüllt. »Helebore hat die Bestie gerufen, und sie hat ihn getötet. Ich kann in Gedanken noch immer seine gequälten Schreie hören.« Der Mann schwieg einen Moment, während er die Augen argwöhnisch zu Schlitzen verengte und zur Tür hinüberblickte. »Ja, ich kann ihn noch immer schreien hören, kann noch immer sehen, wie ihn die Bestie mit sich schleift. Das Bild verfolgt mich unablässig, Pater, Tag und Nacht. Es lässt mir einfach keine Ruhe. Ihr müsst dafür sorgen, dass es verschwindet.« Sein Blick kehrte wieder zu Nennius zurück, und in seiner Stimme schwang jetzt ein Unterton von Verzweiflung mit. »Wenn es irgendjemanden gibt, der den Albtraum vertreiben kann, dann seid Ihr das. Ihr allein seid noch übrig, der die Schwärze von Helebores Seele kannte. Nur Ihr und ... und ich.«

»Ja«, pflichtete Nennius ihm ruhig bei. »Wir beide, du und ich. Leider hatte der arme Bruder Helebore ein schwarzes Herz, dem nach schlimmen Taten gelüstete.«

»Sehr schlimmen Taten«, erwiderte Gruffudd und senkte dann seine Stimme zu einem vertraulichen Flüstern. »Vielleicht sogar noch schlimmer, als ihr ahnt, Pater. Auf Befehl des Keilers brachte Helebore eine Hexe nach Balor, ein zartes, schönes Mädchen namens Ceridwen ... obwohl nicht sie diejenige war, die uns alle ins Verderben stürzte. Ich dachte, es wäre Gier, aber es war Blasphemie, reine Blasphemie, dass er unbedingt das Blut der Hexe brauchte, das uns immer wieder in die Höhlen hinunterführte, möge Gott mir verzeihen.«

»Du hast Helebore begleitet, als er die Höhlen suchte?«, fragte Nennius, ohne dem Geschwätz des Mannes von einer angeblichen Hexe sonderlich viel Glauben zu schenken. Männer hatten schon immer festgestellt, dass sie dringend Frauen brauchten, besonders zarte und schöne. Und eine Hexe, das wusste er, konnte alles Mögliche sein, je nach Laune und Motiv des in Bedrängnis geratenen Mannes. Nur eines war sie selten, nämlich das, was man in ihr zu sehen glaubte. Schon so manches Königreich war wegen eines schönen Gesichts zerfallen; manchmal durchaus zu Recht, wie er sehr gut wusste. Und manchmal auch zu Unrecht, wie er sogar noch besser wusste.

Eine verschwommene Erinnerung regte sich am Rande seines Bewusstseins, ein flüchtiges Bild von einer Frau, die sich mit raschen Schritten von ihm entfernte und durch eine trostlose Landschaft wanderte, eingehüllt von wirbelnden Sandwolken, während sich ihr Umhang im Wind bauschte und ein Schimmer goldener Haut und noch goldeneren Haares zwischen den weißen Falten des locker geschlungenen Turbans aufblitzte, der auf ihre Schultern herabwallte. *Fort von ihm.*

Nennius fluchte im Stillen und biss die Zähne zusammen, dann wandte er seine Gedanken wieder der Gegenwart zu. Frauen waren eine Gefahr, besonders holde und schöne. Und was Blut anging – es war ein elementares Elixier, brauchbar für alle möglichen Dinge und nutzlos für ebenso viele andere.

Gruffudd nickte und löste seinen Griff um das Skapulier. Seine Hand fiel wieder auf die Strohmatratze zurück. »Ich war früher einmal sehr stark, der stärkste von den Männern, die dem Keiler von Balor dienten, und ich war derjenige, der dem Leibarzt über die Felsstürze half, die den Weg in die Höhlen blockierten. Aber ich schwöre bei Gott, ich habe damals nicht gewusst, wonach er suchte. Höchstwahrscheinlich hat er es auf Gold abgesehen, sagte ich mir, oder auf Silber oder Edelsteine, aber bis zu dem Tag, als die Dämonenkrieger mit den blauen Lichtschwertern kamen und uns so tief hinunterführten, fanden wir nichts außer einem brodelnden Teich in der Mitte einer riesigen Höhle. Helebore gefiel der Teich recht gut, aber ich dachte mir, dass er schon etwas Besseres als das finden müsste, um sein Versprechen gegenüber dem Keiler zu halten und ihn mit Reichtümern zu überhäufen.«

»Dann glaubte der Herrscher von Balor also, durch Helebores Geheimnisse reich zu werden«, murmelte Nennius, während er ein Lächeln verbarg. Auch ihn hatte es früher einmal nach jenem Reichtum gelüstet, der kostbaren Metallen und Juwelen innewohnte.

Schweißperlen hatten sich auf Gruffudds Wangen gesammelt, und Nennius wischte sie behutsam ab.

»Unvorstellbar reich, so reich, dass es seine kühnsten Träume überstieg, unser aller Träume, das hatte der Leibarzt uns versprochen. Aber alles, was er uns gab, waren Tod und Schrecken.« Ein heftiges Zittern überlief Gruffudd, und er drehte den Kopf und vergrub sein Gesicht in der rauen Wolldecke, die das Stroh bedeckte. »Ihr habt ganz sicherlich niemals solche Wesen gesehen, Pater, solche Furcht einflößenden Kreaturen, wie ich sie in der unterirdischen Dunkelheit gesehen habe. Riesige, über und über mit Schleim bedeckte Bestien, die sich ringeln und krümmen. Sch-sch-schlangen«, stotterte er. »Sch-schlangen von monströser Größe, die durch die tiefsten, finstersten Orte in der Erde kriechen und alles platt walzen, was sich ihnen in den Weg stellt. Wenn sie nicht das Werkzeug des Teufels persönlich sind, dann weiß ich nicht, was sie sonst sein sollten.«

Nennius wusste es. Seine Finger schlossen sich unwillkürlich fester um das feuchte Tuch und pressten es so hart zusammen, dass ein paar Tröpfchen Flüssigkeit in den Mundwinkel des Wächters rannen.

Pryf. Nennius hatte ja keine Ahnung gehabt, als wie unermesslich wertvoll sich der Irre für ihn erweisen würde, als Bruder William und Bruder Theo ihn in seine Zelle gebracht hatten. Die schleimigen, sich ringelnden Bestien, die Schlangen, von denen der Mann sprach, konnten nur *pryf* sein, Drachenlarven.

In einem unbewussten Reflex leckte Gruffudd die Feuchtigkeit in seinem Mundwinkel auf. Nennius beobachtete, wie die Tropfen verschwanden, und blickte dann zu der anderen Tür in der Zelle, derjenigen, die in den Hügel hineinführte und weiter abwärts in das Labyrinth, das sich unter der Inseloberfläche befand. Seine langjährige Suche in jenem dunklen und feuchten Irrgarten von Tunneln hatte nur sehr wenig außer dem Beweis dafür ergeben, dass die gigantischen Würmer – Gruffudds Schlangen und Nennius' *pryf* – einst an diesem Ort existiert hatten, und zwar in einer Zeit, die noch nicht allzu lange zurücklag. Es gab dort unten einen Schacht, der mit dem Wort *pryf* markiert war, aber ein in Fels geritztes Wort war unmöglich zu datieren, zumindest nicht mit den einfachen Werkzeugen, die ihm zur Verfügung standen. Er hatte wesentlich besser geeignetes Beweismaterial aus Furchen in dem Gestein gesammelt, wo die Geschöpfe ihre Gänge gebohrt und Reste von getrocknetem Schleim an den Wänden hinterlassen hatten – ein süßlich riechendes, grünlich-schwarzes Harz, wenn es in festem Zustand war, das jedoch leicht in seinen Urzustand zurückversetzt werden konnte, indem man es eine Zeit lang in Seewasser einweichte, falls es nicht schon zu alt war. Zu seiner großen Ermutigung hatte sich der Schleim, den er gefunden hatte, in eine regelrechte Schweinerei verwandelt, als er ihn in Wasser aufgelöst hatte. Noch aufschlussreicher waren die Haufen faserigen, verfilzten Materials gewesen, die er in einer

Höhle entdeckt hatte, die nur unter größten Schwierigkeiten zu erreichen war. Es war eine halbkreisförmige Nische am Ende eines engen, sehr niedrigen Tunnels. Er hatte ein paar Fasern aus einem der ineinander verhedderten, verknoteten Bündel herausgezogen, und er hatte auf Anhieb gewusst, was er da in den Händen hielt – die Larvenspinnfäden von *pryf*, gesponnen innerhalb des letzten Jahrtausends, zumindest der Farbe nach zu urteilen, einem dunklen Silbergrau mit einem grünlichen Schimmer.

Trotz allem, was er gefunden hatte, war das *pryf*-Nest unterhalb von Ynys Enlli jedoch verlassen und somit nutzlos für jeden, der Unsterblichkeit zu erlangen versuchte. Dennoch schien es, als wären Nennius' Anstrengungen nicht umsonst gewesen. Noch nicht. Das Rad der Zeit und des Lebens hatte sich gedreht und ein Stück Treibgut aus dem Meer der Menschheit vor seiner Türschwelle angeschwemmt, den guten Gruffudd, der nicht nur die mächtigen Würmer gesehen hatte, sondern auch den nebelumwallten Teich der Weissagung und die violetten Klippen mit ihrem amethystfarbenen Widerschein, der sich in den Wogen von Mor Sarff, dem Schlangensee, spiegelte.

Es war dort, in dem unterirdischen Labyrinth von Merioneth, und nicht unterhalb von Ynys Enlli, wo all die vielen Bruchstücke des faszinierendsten Rätsels der Menschheit gefunden werden konnten. Wenn die Würmer ein Loch gegraben hatten, dann war die Rettung in greifbarer Nähe.

Nennius' Blick schweifte zu den Büchern auf dem Tisch. Die dicken Folianten enthielten eine Fülle von Geheimnissen und rätselhaften Hinweisen, vermischt zu einem unverständlichen Gebräu; aber genau das war es, was sowohl ihre Schönheit als auch ihre Scheußlichkeit ausmachte. Nur unermüdlicher Arbeitseifer und große Sorgfalt hatten ihn durch ihre seltsam verschlüsselten Betrachtungen, Karten und mystischen Aphorismen geführt. Allein sein scharfer Verstand hatte ihn in die Lage versetzt, ihre Geheimnisse zu erforschen und Stück für Stück zu dem Ganzen zusammenzusetzen, das die zeitloseste aller menschlichen Sehnsüchte war, die Suche nach dem ewigen Leben, Gottes Versprechen gegenüber den Gläubigen.

Die Grenzen der Zeit, das hatten die Bücher schließlich verraten, konnten überschritten werden, und zwar durch einen Gang, den die Würmer mit fieberhafter Energie durch die Unterwelt gegraben hatten. Ipso facto waren die Wurmlöcher Tunnel durch die Zeit. Selbst bestimmen zu können über den Platz, den das Ich im Gefüge der Zeit einnimmt, war der erste Schritt auf der endlosen Reise der Unsterblichkeit für diejenigen, denen der Sinn danach stand. Nennius' Wunsch war weitaus weniger gotteslästerlich oder tief greifend, obwohl seine Erfüllung bisher nicht weniger unerreichbar erschienen war. Es gab noch genügend andere Schritte, die der Reihe nach getan werden mussten, und eine Vielzahl von Fehltritten, um die Unvorsichtigen ins Verderben zu stürzen.

Helebore hatte das Letztgenannte nie verstanden. Der Mönch war viel zu begierig und ungeduldig gewesen, um den Übergang zu schaffen. Zweifellos war das der Grund gewesen, warum er den Tod gefunden hatte – und Gruffudd war Zeuge all dessen gewesen, hatte lebendige *pryf* gesehen. Helebore hatte damals geschworen, das Gleiche beobachtet zu haben; angeblich hatte er die Würmer sogar in dem Labyrinth unter Ynys Enlli gesehen. Aber Helebore hatte immer derart nach Ruhm gelechzt, dass er noch nicht einmal vor faustdicken Lügen zurückgeschreckt war, denn er hatte auch behauptet, den Erzengel Michael gesehen und Besuch von St. Hieronymus persönlich bekommen zu haben. Gruffudd dagegen mochte zwar an Wahnvorstellungen leiden, war aber bei weitem zu erschrocken und verängstigt, um Lügen zu erzählen.

»Es besteht überhaupt kein Grund zur Furcht, mein Sohn«, sagte Nennius beruhigend, als er seine Aufmerksamkeit wieder der Burgwache zuwandte. »Alle Geschöpfe werden von unserem Herrgott auf die Erde gebracht und sind in Seiner Gewalt. Hat Er nicht Leviathan erschaffen und dennoch den Tag der Vernichtung des Meeresungeheuers in dem Buch des Propheten Jesaja genannt?« Als Gruffudd zögernd nickte, zitierte Nennius: »›*An jenem Tag wird Gott der Herr mit Seinem großen und starken und mächtigen Schwert Leviathan bestrafen, die böse Schlange, jenes sich windende Ungetüm, und Er wird das Meeresungeheuer, das in der Tiefe lebt, erschlagen.‹* Wahrlich, deine Schlangen sind nicht außer Reichweite des göttlichen Gerichts, und du brauchst nicht zu befürchten, wegen Helebores Sünden zur Rechenschaft gezogen zu werden, denn es sind einzig und allein *seine* Sünden.«

»Ja, Pater, ich glaube Euch ja. Aber … aber ich bin nicht so rein, dass ich vollkommen ohne eigene Sünden wäre.« Zweifel und Unsicherheit verliehen Gruffudds Stimme einen zittrigen Klang.

»Kein Mensch ist gänzlich frei von Sünden«, erklärte Nennius beruhigend. »Aber wie sonst hast du überlebt, als so viele andere umkamen, wenn nicht durch die Hand Gottes, die sich dir entgegenstreckte, um dir in deiner Stunde der Not zu helfen?«

Gruffudd blickte ihn nur verständnislos an. »Ich hab mich versteckt«, erklärte er. »Bin den Strand raufgerannt und in eine der Höhlen auf der Landspitze gekrochen, außer dass es überhaupt keine Höhle war, sondern eher ein Tunnel, glatt und schimmernd und mit einer dicken Schicht von Seeohr und Perlmutt überzogen, über und über violett und grün.«

»Ein Tunnel?« Nennius' Interesse war sofort geweckt. »Und wohin führte dieser Tunnel?«

»Dorthin, wo auch immer das Licht herkam, gewaltige, grelle Blitze und auch Donner. Es war am entgegengesetzten Ende des Tunnels, wo ich Helebore den Tod finden sah, während seine gellenden Schreie den Gang hinauf- und hinunterhallten, bis ich nichts anderes mehr hören konnte. Sie sind mir so durch Mark und Bein gegangen, dass ich sie selbst jetzt noch hören kann. Ihr müsst mir helfen, Pater. Ihr müsst einfach!«

Nennius jubelte innerlich. *Mellt a tharanau* – Donner und Blitz. Es gab kein viel versprechenderes Zeichen für ein Wurmloch, für ein Zeit-Wehr.

»Du wirst hier eine Zuflucht haben, solange du lebst, das schwöre ich vor Gott«, gelobte er, während er abermals behutsam über Gruffudds Stirn wischte. »Aber ich muss noch mehr über diesen Ort wissen, den du so fürchtest. Mit genügend Wissen kann ich dich vor seinen Gefahren schützen und vor den Bestien, die dort hausen.«

Und so berichtete Gruffudd von verschlungenen Pfaden und unterirdischen Gängen, von den Kammern des Leibarztes unterhalb der Großen Halle von Balor, von Höhlen, die sich zu den steilen Klippen über der Irischen See hin öffneten, und von jenen tiefer gelegenen Höhlen, wo kein Mensch seines Lebens sicher war. Und die ganze Zeit über, während er sprach, tupfte Nennius ihm behutsam die Schweißperlen von der Stirn und ermutigte ihn mit beruhigenden Worten.

»Zwei Wochen lang, vielleicht auch etwas länger, bin ich in dem unterirdischen Labyrinth umhergeirrt, bis ich schließlich aus einem der Gänge herausstolperte und auf einen Hügel stieß, über dem die Sonne stand. Es war nicht allzu weit von Balor entfernt, und ich hatte vor, mich auf den Rückweg zu machen, aber... Habt Ihr zufällig Wein da, Pater?«, fragte Gruffudd in einer abrupten Nebenbemerkung. »Meine Kehle ist schrecklich ausgedörrt, und ich habe das Gefühl, mich hat ein Fieber erwischt.«

Der Mann fühlte sich in der Tat ziemlich warm an... *und seine Körpertemperatur wird bestimmt noch steigen*, dachte Nennius, während er sich von seinem Platz neben der Pritsche erhob. Als er an dem Tisch vorbeiging, streckte er eine Hand aus und strich liebkosend mit den Fingern über eines der Bücher, sein wertvollstes Stück, gestohlen aus genau diesem Kloster. Es war in blaues, vom Alter dunkel verfärbtes Leder gebunden und mit einem Rücken aus Eichenholz verstärkt. In das Leder waren Runen eingeprägt, die mit Blattgold unterlegt waren, und der Titel des Buches lautete *Prydion Cal Le*. Seine letzten Seiten enthielten ein kunterbuntes Gemisch aus Ketzerei und Alchimie, verfasst von einem Mann, der sich selbst schlicht als Barde aus der Bretagne bezeichnet hatte, der jedoch eine solche Berühmtheit erlangt hatte, dass Nennius in den verschiedensten Teilen der Welt auf seinen Namen gestoßen war. Nemeton war sein Name, und die von ihm beschriebenen Seiten in dem letzten Abschnitt des Blauen Buches der Magier (Nemetons Übersetzung des Titels) berichteten von Druiden und einem wilden Volk und von Gestirnen weit jenseits dieser Zeit. Alles höchst interessant und faszinierend, besonders die Verweise auf astronomische Zusammenhänge; aber der wahre Wert des dickleibigen Wälzers lag in den früheren Abschnitten, wo Nemeton die sehr viel ältere Runenschrift ins Lateinische übertragen hatte und stellenweise auch ins Walisische. Es war in jenen älteren Kapiteln, wo Nennius die aufschlussreichsten Hinweise in die Ursprünge und den Aufenthaltsort der *pryf* gefunden hatte. Insbesondere ein Abschnitt hatte ihn zwei lange Jahre auf Ynys Enlli festgehalten, da darin von einem Abgrund die Rede war, der im Herzen einer felsigen Insel in einem nördlichen Meer lag – denn solcher Art war die Insel, auf der er das Buch gefunden hatte. Der Abschnitt hatte ferner von »merkwürdigen und wundersamen Erscheinungen von Furcht erregender Art« berichtet, die in dem Abgrund auftraten, und somit die einzige direkte Beschreibung eines Wurmlochs geliefert, die Nennius je gefunden hatte.

Und Gruffudd – der brave, dem Tode geweihte Gruffudd – hatte ihm gerade eben genau die gleiche Beschreibung gegeben und außerdem von perlmuttschimmernden Tunneln gesprochen.

Nennius schlug das Buch auf und beobachtete, wie die Seiten an der vertrauten, viel gelesenen Stelle auseinander fielen. Seine Fingerspitzen glitten die eng beschriebenen Zeilen hinunter und liebkosten die Wörter, geschrieben von einem lange verstorbenen Magier in einer längst vergessenen Zeit:

»Vor sieben Jahren durchbrach die Drachenbrut die Oberfläche des Teiches und sank in seine Tiefen hinab. Unsere Befürchtungen, dass die Larven durch ihre wirbelnde Betriebsamkeit – denn auf diese Art pflegen sie sich in dem Teich zu bewegen – die Kristallsiegel zerstören würden, die zum Schutz gegen die Geißeln des Dunklen Zeitalters in die Erde versenkt wurden, haben sich bewahrheitet. Und dennoch, dies ist nicht der Schrecken, wundersam und tödlich zugleich, der mich veranlasst hat, diese Zeilen zu schreiben. Viermal ist ein Prydion-Magier in den Abgrund hinabgestiegen, um die Larven aus dem Teich zu holen und auf diese Weise unsere Sicherheit zu

gewährleisten. Viermal sind die Magier bei dem erbitterten Kampf gescheitert und verschwunden, um nie wieder aufzutauchen.

Heute ist einer der verschollenen Magier, Navarr Kett, völlig unerwartet zurückgekehrt. Mehr tot als lebendig kroch er inmitten eines Kataklysmus von Donner und Blitz über den felsigen Rand des Abgrunds herauf. Er liegt jetzt im Drachenschlund und erzählt von einem Weg, den er beschritten hat, einem Weg zwischen den Sternen hindurch zu den äußersten Bereichen des Kosmos, fürwahr zu dem Ursprungsort der Dunkelheit selbst. Somit ist Navarr Kett der Erste der Prydion-Magier, der die Grenzen der Zeit und des Himmels überschritten hat; und wer weiß, vielleicht ist er derjenige, der uns endgültig ins Verderben stürzen wird – denn so sehr wir auch über die wunderbare Tat jubeln mögen, so müssen wir uns doch auch darüber im Klaren sein, dass der Weg erschlossen ist und dass ein Pfad gekennzeichnet wurde.

Mehr als markiert, dachte Nennius. Der Pfad war in den Kosmos hineingeschnitten worden, eine tiefe Furche, die sich gleich einer peitschenschwänzigen Schlange durch die endlose Finsternis ringelte und nur darauf wartete, jeden unvorsichtigen Reisenden einzufangen und in sich aufzusaugen.

Sein Gesicht verzog sich zu einer Grimasse, und er wandte sich mit einem gemurmelten Fluch von dem Buch ab. Dann kniete er sich neben den Tisch, füllte einen Becher mit Wasser aus einem Eimer und kehrte an Gruffudds Seite zurück. Nennius wusste nichts von Drachen oder den Geißeln eines Dunklen Zeitalters, und sie waren ihm auch völlig gleichgültig, weil er den Eindruck hatte, dass es sich dabei lediglich um methaphorische Umschreibungen für die Ängste der Menschheit vor den unausweichlichen Katastrophen des Lebens handelte. Aber er wusste eine ganze Menge über die Zeit und über Pfade durch die Sterne, jene verdammt unsicheren und unbeständigen Dinge. Und er hatte von Würmern erfahren.

Gruffudd trank das Wasser in hastigen, gierigen Schlucken, wobei er einen Teil davon in seinen Bart und auf die Strohmatratze verschüttete.

»Wie hast du es geschafft, ganz ohne Essen oder Trinken zwei Wochen lang unter der Erde zu überleben, mein Sohn?«, fragte Nennius, während er sich zwang, mit betont ruhiger Stimme zu sprechen und seine Aufmerksamkeit wieder auf den Mann zu konzentrieren.

»Oh, zu trinken gab es reichlich genug, Pater – Wasser.« Der Wächter wischte sich mit dem Ärmel über den Mund. »Wasser, überall. An einigen Stellen tröpfelte es aus den Felsen heraus, und an anderen Stellen schoss es in wahren Sturzbächen aus den Felsritzen, das süßeste Wasser, das ein Mensch jemals zu finden hoffen konnte. An Wasser fehlte es weiß Gott nicht, aber ich hatte nichts zu essen. Es gab nicht viel außer ein paar kümmerlichen Happen von irgendwelchen Biestern, die durch die Dunkelheit flitzten. Ein paar von ihnen haben mir einen ziemlich harten Kampf geliefert, aber wenn der alte Gruffudd erst einmal seine Hauer in sie geschlagen hatte, dann war's aus und vorbei mit ihnen.«

Nennius enthielt sich der Frage, was das für »Biester« gewesen waren, die Gruffudd verspeist hatte. Es genügte, zu wissen, dass es frisches Wasser in den unterirdischen Höhlen gab.

»Gibt es noch mehr, das ich wissen müsste?«, erkundigte er sich.

Der Wächter schüttelte den Kopf. »Ich hab Euch alles erzählt, woran ich mich erinnere, und noch einige Dinge, die ich vergessen zu haben glaubte. Und jetzt hätte ich gern noch einen Becher Wasser, wenn ich bitten darf. Oder vielleicht auch Ale, falls Ihr welches habt?«

»Von mir aus auch Ale.« Nennius schenkte ihm ein wohlwollendes Lächeln und wischte über die Mundwinkel des Mannes, während sich seine Finger um das Tuch schlossen und so fest drückten, bis ein weiterer Tropfen Flüssigkeit auf Gruffudds Lippen fiel. Der Mann leckte ihn auf, und Nennius erhob sich langsam auf die Füße. »Ruh dich aus, mein Sohn. Es wird nicht lange dauern, bis ich dein Ale aus der Küche geholt habe.«

»Gott segne Euch, Pater.« Gruffudd streckte die Hand aus und strich ehrfürchtig mit den Fingern über den Saum von

Nennius' Kutte. »Ihr seid ein Heiliger, das habe ich immer gewusst. Ihr müsst ganz einfach ein Heiliger sein, sonst hätte Helebore Euch nicht derart gehasst. Manchmal hat er Euch mit üblen Schimpfnamen belegt, nicht nur mit den blasphemischen, sondern auch mit ganz seltsamen Namen wie *Corvus*. Hat mir damals erklärt, das wäre das lateinische Wort für Rage, was mir verdammt merkwürdig für einen Priester vorkam, aber jetzt, wo ich Euch gesehen habe, weiß ich, wie er darauf gekommen ist. Es ist Euer Haar, jawohl, so tiefschwarz, bis auf die eine weiße Strähne, und die Art, wie es wie zwei Flügel rechts und links von Eurer Tonsur heraussprießt. Ja, es ist wirklich rabenschwarz.« Der Burgwächter lachte irre vor sich hin. »Schwärzer als eine Neumondnacht, schwärzer als das Loch einer Hu–« Er klappte abrupt den Mund zu und warf einen ängstlichen Blick auf Nennius.

Nennius lächelte lediglich und machte eine segnende Geste über dem Mann, bevor er die Zelle verließ. Lateinisch, allerdings. Draußen hob er sein Gesicht der Sonne entgegen. Der Wind trug den Duft von Heidekraut herüber und das Rauschen der Meereswellen, die sich an dem östlichen Strand der Insel brachen. Er stand einen Moment lang da, schweigend und abwartend. Als der erste Schrei ertönte, ein ersticktes Keuchen der Todesqual, machte er sich auf den Weg zu einer kleinen Bodensenke, nicht weiter als einen Steinwurf von der Zellentür entfernt. Gruffudds Schreie würden noch lauter werden, noch sehr viel lauter, bevor sie für alle Ewigkeit verstummen würden, und Nennius legte keinen gesteigerten Wert darauf, den Todeskampf des Burgwächters mit anzuhören. Es ließ sich leider nicht vermeiden, dass der Mann sterben musste. Nennius konnte es sich nicht leisten, einen Verrückten herumlaufen zu lassen, der von Schlangen und Dämonen und Helebore faselte, und vor allem konnte er es nicht riskieren, dass sein, Nennius', Name mit all dem in Verbindung gebracht würde. Die Culdees waren in letzter Zeit von einer seltsamen Nervosität und Unruhe befallen – und mit gutem Grund, so schien es, wenn sich Würmer in der Tiefe bewegten –, und suspekte Ketzer von Klippen hinunterzustoßen war die schnellste und einfachste

Methode, um nervösen Ordensbrüdern wieder zu ihrem Seelenfrieden zu verhelfen.

Es war später Nachmittag, und die spürbare Frische in der Luft deutete auf eine kalte Nacht hin. Der Sommer, der sich allmählich seinem Ende zuneigte, war ungewöhnlich lang und warm gewesen, mit einem gerechten Gleichgewicht zwischen Sonnenschein und Regen, eine fruchtbare Kombination, als ob die Erde die Strahlen der Sonne noch intensiver als in anderen Sommern in sich aufgenommen hätte, als ob das Land nur das ideale Maß von Feuchtigkeit aus den Wolken herabgerufen hätte. Jetzt begriff Nennius, warum. Die Bücher hatten ihm verraten, dass die *pryf* ein Segen für die Gärten der Erde waren.

Er lächelte. Würmer.

Der Ernteertrag war überreich auf Ynys Enlli gewesen und zweifellos nicht nur auf der Insel, sondern überall in ganz Wales. Es würde ein gutes Jahr zum Reisen sein, selbst in Länder, die von Schlachten verwüstet waren. Wenn die Menschen volle Bäuche hatten, waren sie weitaus weniger misstrauisch und weitaus großzügiger, ob man nun um eine Mahlzeit bat oder um Obdach oder um Informationen.

Purpurnes Heidekraut und safrangelber Stechginster streiften den Saum seiner Kutte, als Nennius den schmalen Pfad entlangging, der zu einer abgenützten Bank in der Mulde führte. Ein mit Riementang übersäter Strand erstreckte sich unterhalb des windgepeitschten Sitzplatzes und hieß die hereinkommende Flut willkommen, während sich jenseits der weiten Wasserfläche die Halbinsel Lleyn über dem Horizont erhob. Nennius setzte sich auf die Bank und ließ seinen Blick der dunklen Bodenerhebung im Süden folgen bis zu dem Punkt, wo sie hinter Dunstwolken verschwand. Tausenderlei Emotionen durchfluteten ihn, und er fühlte sich so lebendig wie schon seit Jahren nicht mehr, als ob er endlich aus einem langen, bleiernen Halbschlaf erwacht wäre, wo die Grenze zwischen Erinnerungen und Träumen gefährlich schmal geworden war, wo sich die Albträume um Vergesslichkeit rankten, nicht um Tod.

Er hatte die ganze Zeit über so dicht vor der Lösung des Rätsels gestanden. Seine Bücher hatten ihn nicht irregeführt, wie er so oft befürchtet hatte, sondern ihre Aussagen waren zutreffend gewesen. Es gab tatsächlich ein Land namens Merioneth, unmittelbar jenseits der dunklen Landspitze am Horizont, die er von seiner Bank aus sehen konnte. Laut Gruffudd fast genau östlich davon. Und unterhalb der Festung, die einst Balor Keep geheißen hatte, lag das lang ersehnte Ende seiner Verbannung, das Wurmloch, der Tunnel durch die Zeit – seine Chance, endlich heimzukehren.

Elfenzauber

Einen einzigen Schatz nur stahl die schöne Jungfrau aus der Fundgrube des Drachen – das zweischneidige Schwert seiner grenzenlosen Liebe.

1

Oktober 1198
Carn Merioneth
Merioneth, Wales

Wölfe heulten in der Dunkelheit. Von seinem Aussichtspunkt auf der Ostmauer von Carn Merioneth aus beobachtete Rhuddlan von den Quicken-tree die schemenhaften Gestalten, die sich einen Weg durch den von Mondlicht erhellten Wald bahnten. Die Schatten waren auf der Jagd; schnelle und tödliche Geschöpfe, die in Scharen aus den Bergen von Eryri herabströmten, um das gesamte Gebiet zwischen dem Fluss und dem Meer als ihr Revier zu beanspruchen. Wölfe allein waren nichts, wovor man sich fürchten müsste – aber die Wölfe waren nicht allein. Hier und dort erhaschte Rhuddlan einen Blick auf eine aufrechte Gestalt, die mit den Tieren rannte. Der Mann neben ihm spannte einen Pfeil in seinen Langbogen ein.

»Warte, Trig«, befahl Rhuddlan leise. Er war groß und schlank und trug keinerlei Abzeichen seiner Königswürde; lediglich seine stolze Haltung und sein Gebaren ließen erkennen, dass er der Herrscher der *tylwyth teg* war. Graue Streifen durchzogen den aus fünf Strähnen bestehenden Zopf, der auf der linken Seite seines Kopfes zusammengeflochten war. Um seine Schultern lag ein langer, grüner Umhang.

»Du weißt doch, was sie sind.« In der Stimme seines Hauptmanns schwang eine Spur von Ungeduld mit. Trig war ebenso groß wie sein Souverän, aber stämmiger gebaut, mit einem kantigen Gesicht, das durch die Narben eines lange zurückliegenden Krieges verunstaltet war. Auch er trug einen von grauen Strähnen durchzogenen *fif*-Zopf.

»Ja.« Sie wussten es beide. Es waren Menschen, die mit den Wölfen jagten. Die Frage war nur, warum?

Als Rhuddlan nichts weiter hinzufügte, schnaubte Trig verärgert und ließ seinen Bogen wieder sinken. »Sie werden unsere Köpfe auf Piken aufspießen oder noch Schlimmeres tun.«

»Es ist noch zu früh, um sich wegen Piken Sorgen zu machen. Geh ruhig schlafen, wenn du möchtest. Ich werde bei Naas warten.«

»Sie ist schon die ganze Nacht dabei und hat noch immer nichts gesehen«, knurrte Trig. »Wahrscheinlich ist sie vollkommen mit Blindheit geschlagen.«

Rhuddlan ließ ihn gehen, ohne etwas auf seine Klage zu erwidern. Die Morgendämmerung war nicht mehr fern, und wenn Naas noch in dieser Nacht für ihn sehen sollte, dann sollte es besser möglichst bald geschehen, sonst würden sie bis zum Ende des Monats warten müssen, in der Hoffnung auf eine weitere klare Nacht mit einem vollen Mond.

Hinter ihm auf dem Wandelgang der Mauer schürte die alte Frau ein Feuer aus rot glühenden Kohlen. Sie war klein und schmächtig, ein Bündel aus grünlich-grauen Umhängen und dunklen Gewändern, das neben den Flammen kauerte. Das Kohlenbecken, in dem das Feuer brannte, war aus einer kostbaren Metalllegierung geschmiedet worden, die der Bronze einen rötlichen, fast überirdisch anmutenden Schimmer verlieh. Um den flachen Rand des Beckens verlief ein Muster aus plastischen Drachen, die allesamt rubinrote Flammen spien, erstarrt zu Wolken aus rauchgrauem Quarz. In dieser Nacht galt es, Magie zu betreiben. Rhuddlan wartete nur darauf, dass die Alte die Zauberkräfte aus dem Himmel herunterziehen und in ihren Kessel bannen würde.

Der letzte Wolf verschwand in den nördlichen Wäldern, und Rhuddlan wandte sich zu dem oberen Burghof der Festung um. Das Licht des Vollmonds warf lange, dunkle Schatten auf das Gras und die zertrümmerten Überreste dessen, was einst Balor Keep gewesen war. Seit er das Kastell im Mai erobert hatte, hatte er seine Leute die Gebäude niederreißen lassen, erbaut von dem vorherigen Herrscher, Caradoc, dem Keiler von Balor, und von dessen Vater, Gwrnach. Lediglich die hohe Mauer aus Granitblöcken war noch stehen geblieben. Diesen gewaltigen Festungswall zum Einsturz zu bringen, würde Rhuddlan der Zeit überlassen, der Zeit und der weißäugigen alten Frau neben dem Feuer. Denn vorläufig brauchte er ihn noch.

»Naas.« Er sprach ihren Namen, und die Frau hob ihre eigenartig anmutenden Augen – blasse Iris, nur als Ränder von milchiger Helligkeit wahrnehmbar, waren kaum durch den aufsteigenden Rauch zu sehen. Die Knochen unter der von Falten durchzogenen Haut waren fein und gut geformt und verliehen der Frau ein zerbrechliches Aussehen. Eine reine Täuschung, weiter nichts, denn nur wenige besaßen Naas' Kraft – und keiner besaß ihre einmaligen Fähigkeiten im Umgang mit Feuer.

Sie murmelte etwas Unverständliches vor sich hin, dann wandte sie sich ab und legte einen weiteren trockenen Zweig ins Feuer. Funken stiegen mit dem Wind auf und wirbelten in Kaskaden an Rhuddlan vorbei, tausende von winzigen, leuchtenden Sternen, die durch die Mauerzacken geweht wurden und auf dem Rasen des Burghofs verglühten.

Trig irrte sich. Naas war nicht blind – nur zu sehr von der Vergangenheit erfüllt, um über die Erinnerungen ihres Volkes hinaussehen zu können. Jene Erinnerungen pulsierten durch ihre Adern und ließen Visionen von Leben aus einer längst vergangenen Welt vor ihren Augen aufsteigen, einer Welt, die sie durch die glühende Hitze des Feuers und das Licht des Mondes heraufbeschwor. Rhuddlan brauchte ein solches Wissen, wenn er die Wölfe von der Burgmauer fern halten sollte. Er musste wissen, welcher Art die Finsternis war, die Merioneth bedrohte, denn die Vorboten des Bösen waren da; sie stahlen sich bereits in seine Wälder, um die Schwarzfäule zu verbreiten, und klatschten gegen die Ufer des River Bredd.

Dennoch war es nicht die Fäule in seinen Wäldern oder das seltsame gemischte Wolfsrudel, das sie in dieser Nacht gesehen hatten, die Rhuddlan den Schlaf raubten und Trig nervös machten. So gefährlich die Männer, die mit den Wölfen liefen, auch waren, sie waren trotzdem echte Menschen; sie waren nicht in Mischwesen verwandelt worden. Die Gefahr, die Rhuddlan wirklich fürchtete, war dagegen noch von niemandem gesichtet worden. Er hatte Kundschafter in den Norden bis nach Finn's Road ausgeschickt und in den Süden bis zu dem Schimmel, aber keiner hatte Spuren von Skraelings gefunden, den wilden und bösartigen Tiermenschen, die die letzten Überbleibsel jener todbringenden Legionen waren, beschworen von den Dockalfar, einem uralten Feind, der einst in den unterirdischen Höhlen geherrscht hatte. Und es waren auch keinerlei Unruhen in dem Gebiet der Trolle bei Inishwrath gemeldet worden.

Nein, es waren weder Wilde noch Wölfe, die Rhuddlan fürchtete, sondern Dinge, die man zwar nicht sehen, aber dennoch deutlich fühlen konnte. Am Himmel hatten sich die Spannungen in Form von Donner und Blitz entladen, *mellt a tharranau*, ein Sommer voller Gewitter. Näher an der Erde hatte die Luft eine gewisse Schwere, der Boden eine gewisse Weichheit und Nachgiebigkeit, als ob die Erde im Begriff wäre, sich irgendeiner stärkeren Macht zu ergeben. Tatsächlich hatte bereits ein Teil der Erde nachgegeben. Im Frühling, nach der Schlacht um Merioneth, hatte Mychael ab Arawn von dem Einsturz eines violetten Schachts in den unterirdischen Höhlen berichtet. Die violetten Schächte waren Adern reinsten Kristalls, die die Magier von ehedem in die Matrix der Erde eingelassen hatten. Dass einer davon einstürzen würde, war ein schlimmes Vorzeichen, aber wie schlimm, das konnte Rhuddlan im Moment noch nicht beurteilen. Die Kristallschächte stammten aus einer Zeit, die schon lange, lange der Vergangenheit angehörte, aber nicht außerhalb der Reichweite von Naas' Seherblick lag. Zu diesem Zweck hatte er die alte Frau angewiesen, ihr Feuer anzuzünden. Fünf Monate zuvor hatte er sich schon einmal an eine andere Seherin um Hilfe gewandt, in der Hoffnung, endlich die dringend benötigten Antworten zu erhalten. Er hatte Boten in alle vier Himmelsrichtungen ausgeschickt, um Ailfinn Mapp zu suchen, die Letzte der Prydion-Magierinnen. Die umherziehende Magierin war bisher nie sonderlich schwer zu finden gewesen, aber dass er nach fast sechsmonatiger Suche noch immer keine Nachricht von ihr hatte und dass noch nicht einmal die alten Männer von Anglesey sie seit der Wintersonnenwende gesehen hatten, war ein weiterer Grund zur Besorgnis.

Naas legte noch einen trockenen Zweig ins Feuer, und Rhuddlan blickte prüfend zum Himmel hoch. Die Morgendämmerung lag noch immer jenseits der Berge, aber nicht mehr für lange. Der Morgenstern ging bereits auf.

»Nichts verloren, nichts gewonnen. Alles ist im Wandel, alles ist im Wandel«, murmelte Naas und zog damit Rhuddlans Aufmerksamkeit auf sich. Sie hob einen Stock aus Eberesche, um in dem Kessel zu rühren, der in dem Kohlenbecken stand.

Rhuddlans Blick folgte dem verschlungenen Pfad, den sie durch das brodelnde Wasser zog. Spiralen von Dampf ringelten sich um ihren knorrigen Stock und stiegen zu den Sternen auf, während sie sich durch Rauch und Funken sprühende Flammen emporwanden. Ganz plötzlich lachte die alte Frau meckernd, ein Lachen, das eher von grimmiger Befriedigung als von Freude zeugte, und Rhuddlan überlief es eiskalt.

»Da bist du ja, meine Hübsche. Da bist du ja«, murmelte sie, während sie ununterbrochen weiterrührte.

Rhuddlan konnte keine Veränderung in dem Wasser sehen, nur in Naas, und er trat hastig neben sie. Schweiß war auf ihrer mit Altersflecken übersäten Stirn ausgebrochen; ihre Augen waren weit aufgerissen und starr und spiegelten den Tanz der Flammen in dem Kohlenbecken wider. Sie hatte ihr Feuer bei Einbruch der Dunkelheit angezündet, hatte es Scheit für brennendes Scheit aufgeschichtet, damit es ihr den Pfad in die Vergangenheit zeigen würde, den zu beschreiten Rhuddlan sie gebeten hatte – und dann, endlich, kurz bevor der neue Tag heraufzuziehen begann, schien es, dass sie einen Schritt gemacht hatte.

»Was siehst du?«, erkundigte er sich.

»Eine Frau«, erwiderte sie, ihre Stimme kaum mehr als ein raues Flüstern. »Sie weint. Ja, sie weint und aus ihrem Mund quillt Blut.«

Blut.

Rhuddlan fluchte unterdrückt. Er hatte schon genug Blut in seinem Leben gesehen.

Naas ebenfalls, ganze Ströme von Blut aus der Vergangenheit; aber sie hatte noch niemals Blut wie dieses gesehen. Es schillerte in allen Farben des Regenbogens und hatte einen hellen, irisierenden Glanz, und dennoch wusste sie, dass es Blut war, was das gelbe Gewand der Frau befleckte und von dem dicken Stück roten, geschuppten Fleisches in ihrer Hand heruntertropfte. In der anderen Hand hielt die Frau ein Messer, einen stählernen Dolch aus einem längst vergessenen Zeitalter.

Rhuddlan stellte ihr eine weitere Frage, doch Naas tat sie mit einer ungeduldigen Handbewegung ab und beachtete ihn nicht weiter. Lästiger Kerl. Dass er sie ausgerechnet jetzt stören musste! Er hatte eine Vision verlangt, und dank der Gnade der Götter hatte sie eine in ihrem Kessel heraufbeschworen. Dabei war es eine äußerst riskante Angelegenheit gewesen; die ganze lange Nacht über hatte es auf des Messers Schneide gestanden, ob es ihr gelingen würde, die ganze lange Nacht über. Aber schließlich hatte sie es geschafft, und jetzt konnte Rhuddlan auch ebenso gut warten, bis die Vision zu Ende war.

»Ja, eine Vision wollen sie haben, aber fragen sie vielleicht nach dem Preis?«, schimpfte sie leise vor sich hin, während sie unentwegt mit dem kleinen, knorrigen Stock in dem brodelnden Gebräu aus Wasser und allem Möglichen herumrührte. Tage waren der Preis; jede Minute, die sie sehen würde, kostete sie einen Tag ihres Lebens, und sie wusste nur zu gut, wie schnell eine Minute verstrich. Sie zählte sie in Herzschlägen und Atemzügen – solcher Art war der Preis für einen Blick in die Vergangenheit.

Sie kannte auch die Frau in ihrer Vision, nicht vom Sehen, sondern aufgrund ihrer Anwesenheit. Naas hatte schon mehr als einmal Hohe Priesterinnen in ihrem Kessel gesehen. Innerhalb der Grenzen von Merioneth kam es tatsächlich nur sehr selten vor, dass in ihrem Gebräu *keine* Hohe Priesterin trieb. Hier war ihr angestammter Platz, und obwohl es in Carn Merioneth inzwischen keine Priesterinnen mehr gab, hatten sie den Ort nicht aufgegeben.

»Blut und Tränen, Blut und Tränen«, murmelte sie mit monotoner Stimme. Es war die Art des Kessels, Augenblicke aus der Vergangenheit zu zeigen, als die Welt in der Schwebe gewesen war und Menschenleben an einem seidenen Faden gehangen hatten. Es geschah nur selten, dass Naas ein nüchterner Blick in die Vergangenheit gewährt wurde, aber eine blutbesudelte, schluchzende Priesterin hatte nun wirklich nichts Nüchternes an sich. »Also, was geht hier vor, hm?«

Dampfschwaden wirbelten über das Wasser, und Naas rührte unermüdlich weiter, während jede Bewegung ihres Stockes den Teich mit einem weiteren Wort in uralter Schrift bezeichnete und einen Weg für das Mondlicht bahnte. Jahre lösten sich auf, zerfielen wie Staub im Spiegelbild des Himmelskörpers, und die Jahrhunderte schossen noch schneller als Blitze durch ihren Kessel.

Oh, mir scheint, wir haben ein bisschen tief hinuntergegriffen, dachte Naas und fühlte Hitze von dem Zauberstab in ihre Hand eindringen und ihre Arme hinaufschießen. Schweiß rann in Strömen über ihr Gesicht und zwischen ihren Brüsten hinunter. Die Vergangenheit war ein Gebilde aus Hitze, immer aus Hitze, und brachte meistens magenaufwühlende Übelkeit mit sich. Obwohl ihr Blick weiterhin fest und unverwandt auf dem Wasser ruhte, zitterte Naas am ganzen Körper wie ein sturmgepeitschtes Blatt. Sie atmete tief ein, inhalierte die vom Feuer erhitzte Luft und kämpfte gegen die Übelkeit an, und schließlich streckte die Priesterin auf dem Boden des Kessels ihre Arme durch die Jahrhunderte empor und enthüllte ihren Namen. *Arianrod. Arianrod Agah.*

Ja, tief. Tausende von Jahren weit in die Vergangenheit hinein. Über die Anfänge des gegenwärtigen Zeitalters hinaus und noch weiter zurück bis zum Ende des letzten. Tief genug, um in der Hitze zu verbrennen.

Mit versengten Fingern fuhr Naas fort, ihre Zauberformel zu rühren und mit ihrem Ebereschenstab uralte Schriftzeichen zu bilden – Schleife, Bogen, Strich; Schleife, Bogen, Strich –, während sie fühlte, wie sie immer tiefer in dem schimmernden, lockenden Teich des Kessels versank. Einladendes Wasser. Sie zwang sich, ruhig und gleichmäßig zu atmen, bis schließlich Arianrods Schrei in ihrer Kehle aufstieg und die letzte Barriere durchbrach, sodass sie beinahe vor Schmerz erstickt wäre:

Ich habe das Blut des Drachen getrunken, von Verzweiflung und Hoffnungslosigkeit überwältigt. Der finstere Schatten ist wieder versiegelt worden, aber um welchen Preis! Stept Agah ist tot; er hat sein Leben geopfert, damit wir anderen überleben können.

Ich habe das Blut des Drachen getrunken, habe es meinen Mund füllen und in meinem Körper hineinfließen lassen. Die Finsternis nährt sich von dem Feuer in der Erde, vermehrt sich auf unzählige tödliche Arten, die die Prydion-Magier nicht vorausgesehen hatten. Zusammen mit dem Rauch stiegen uffern *Trolle auf und blutgierige Wölfe und Furcht einflößende Schatten der unterschiedlichsten Formen. Alle diese Wesen wurden von dem magischen Schwert niedergestreckt, geführt mit der Kraft von Stept Agahs Hand, dem letzten der echten Sternenlicht-Geborenen.*

Ich habe das Blut des Drachen getrunken und von seinem Fleisch gegessen, und Ddrei Goch liegt noch immer an den Ufern von Mor Sarff und krümmt sich vor Schmerzen von der Wunde, die ich ihm zugefügt habe. Jetzt sind nur noch Halbätherwesen übrig, und sie werden nicht die nötige Macht besitzen, um die Finsternis zurückzudrängen, wenn sie das nächste Mal kommt, und auch nicht die nötige Kraft, um das Schwert zu führen. Sie werden die Hilfe eines anderen Wesens brauchen, dessen erste Anfänge ich eben jetzt durch meine Adern strömen fühle – Scharfes Gebräu, das sich einen glühend heißen Weg unter meiner Haut hindurchbrennt! – *Mein Blut soll eins mit dem des Roten Drachen sein, vermischt zu einem starken Elixier in meinem Mutterleib, damit ich es an meine Kinder und Kindeskinder weitergeben kann, bis mit der Zeit das wilde Geschöpf meiner Drachenblutbeschwörung geboren wird, um in dem kommenden Zeitalter gegen das Böse zu kämpfen. Ich bete zu den Göttern, dass dann noch ein Halbätherwesen auf Erden weilen wird, um ihm zur Seite zu stehen. Ich bete zu den Göttern, dass ich mich nicht bis in alle*

Ewigkeit verdammt habe, indem ich mich in die verbotenen Künste des Prydion-Blutzaubers vertieft habe. Shadana … shadana …

»Shadana …«, Naas schnapte keuchend nach Luft und ließ den Zauberstab aus Eberesche fallen, um beide Hände an die Brust zu pressen. Das Bild der Priesterin im Teich verblasste allmählich, während ihr goldenes Haar zu einem Strom silbrig schimmernden Wassers wurde und ihre Augen den Ausdruck der Verzweiflung verloren, um sich in die tiefe blaue Stille des Ozeans zu verwandeln, eine Wasserfrau.

Naas atmete tief durch. *So, meine Hübsche, du bist also auf die Idee gekommen, Drachenblut zu trinken und ein seltenes Geschöpf zu mir heraufzuschicken … und dafür bist du vor deiner Zeit gestorben.*

Es war eine alte Geschichte, und Naas kannte sie gut, doch sie hatte sie bis zu dieser Nacht noch nie gesehen, hatte noch nie zuvor *gwaed draig*, Drachenblut, gesehen. Schillernd war es, regenbogenbunt und irisierend, sieben verschiedene Farben, vermischt zu einem starken Elixier.

Ein schwaches Lächeln spielte um ihre Mundwinkel. Es war gut, zu wissen, dass es auch in ihrem hohen Alter noch immer Überraschungen zu erleben gab. Regenbogenbunt. Sie hätte es sich eigentlich denken können, denn die Drachen waren in einem aus Sternenmetall geschmiedeten Kessel geboren worden – das behaupteten die ältesten Geschichten. Und Naas zweifelte nicht an ihnen, denn ihr Leben war angefüllt mit alten Geschichten. Sie zogen sich in endloser, verschwenderischer Vielfalt durch ihre Tage, einige davon bereichernd, andere zerstörerisch. Arianrods Geschichte war sie teuer zu stehen gekommen. Das Feuer unter dem Kohlenbecken war längst erloschen, der Kessel in dem Bett aus erkalteten Kohlen inzwischen abgekühlt.

Ätherwesen, Halbätherwesen. Naas schnaubte verächtlich. Die Priesterinnen von Merioneth hatten schon immer viel Wesens um Blut und seine Reinheit gemacht, was letzten Endes zu ihrem Hinscheiden geführt hatte. Dennoch war es die gleiche ausschließliche Beschäftigung mit Blut, die Arianrod dazu verleitet hatte, ein Stück aus Ddrei Gochs Fleisch zu schneiden und von seinem Blut zu trinken. Das konnte dem alten Drachen wohl kaum gefallen haben.

Die letzten Reste der Vision verflüchtigten sich, und solcherart erlöst, sank Naas kraftlos in sich zusammen und fiel gegen die Brustwehr. Starke Hände fingen sie auf. Ein zusätzlicher Umhang wurde fürsorglich um ihre Schultern gelegt. Sie brauchte Ruhe, nur ein paar Augenblicke Ruhe, um wieder zu Kräften zu kommen, denn sie musste noch eine weitere Tat für diesen Tag vollbringen.

»Naas?«

Es war Rhuddlan. Sie erkannte seine Stimme. Er musste erfahren, was sie gesehen hatte, alles. Sie musste nur erst wieder zu Atem kommen. Und dann musste sie den Jungen finden, jenen wilden Jungen, der ständig durch Carn Merioneth streifte, sowohl über als auch unter der Erde, über Festungswälle und durch Höhlen gleichermaßen, Mychael ab Arawn. Sie musste ihn unbedingt finden und ihm ein Messer geben.

Es wurde Zeit, die Drachen zurückzurufen.

Ein klarer Herbstmorgen dämmerte entlang der östlichen Grenzen von Merioneth herauf. Ranken aus goldenem Licht krochen über die Berge und wanden sich die Hügel hinunter zu den steilen Klippen, die über der Irischen See Wache standen. Im Westen spielte das Licht auf den Wellen, zeichnete die Schaumkrönchen nach und malte glitzernde Muster auf die endlos weite Wasserfläche, während es die dunklen Schatten der Nacht verjagte und hinter den fernen Horizont zurückdrängte. Doch nicht alle dunklen Dinge, die sich zwischen Sonnenuntergang und Sonnenaufgang ereignet hatten, ließen sich so leicht vertreiben.

Im Licht einer kleinen Fackel bahnte sich Mychael ab Arawn einen Weg durch die unterirdischen Tiefen von Carn Merioneth, eilte schmale Treppen hinunter und weiter durch die engen schwarzen Tunnel, die zum Drachenschlund führten, einer Höhle in den Klippen mit Blick auf den Ozean. Die Zeit wurde allmählich knapp. Er spürte es mit jedem Tag, an dem die

Sonne mittags ein wenig tiefer am Himmel stand, spürte es mit jedem frostklaren Morgen. Das Land veränderte sich, begann seine Wende zum Winter, und trotz seiner monatelangen Suche hatte er noch immer kein Ergebnis vorzuweisen.

Ein plötzlicher Schmerz durchzuckte ihn – unerwartet, aber nicht vollkommen überraschend –, und er krümmte sich zusammen. Schnell und sauber schoss der Strahl von Hitze an seiner gesamten linken Körperseite entlang und folgte dem Verlauf seiner Brandnarben – sein allgegenwärtiger Lohn dafür, dass er es gewagt hatte, die Wurmlöcher zu durchbrechen. Mychael schlang die Arme um seine Mitte und blieb für die Zeitspanne eines Atemzugs stehen, bis der Schmerz langsam wieder nachließ. Dann biss er die Zähne zusammen und strebte weiter. Der sengende Schmerz war der Preis seines Misserfolgs, ein Preis, der immer höher wurde.

Er bog ein letztes Mal in Richtung Westen ab und folgte einem ausgetretenen Pfad, der weiter aufwärts und hinaus zu dem Schlund führte. Der Lichtschein seiner Fackel flackerte über die Tunnelwände, die mit jedem Schritt weiter auseinander wichen. Die Luft über ihm war kühl und feucht, eine willkommene Erleichterung von der mörderischen Hitze, die ihm in der Nacht zu schaffen gemacht hatte. Der Geruch nach Salz und Tang war stark.

Er blieb an der Stelle stehen, wo der Tunnel auf einen auf zwei Seiten von Felswänden umschlossenen Vorsprung hoch über den Wellen führte, und hob seine Fackel. Drachen wurden in dem gelben Licht der Flammen sichtbar, Drachen, die sich wild aufbäumten und wanden in ihrem immer währenden Drang nach dem Meer, zwei mächtige Geschöpfe, in Stein geritzt. Es waren die einzigen Drachen, die er bis jetzt gefunden hatte, und diese waren niemals den Blicken der Menschen entzogen gewesen, sondern tatsächlich dort in den Fels eingemeißelt worden, um als eine Mahnung und Erinnerung an all jene zu dienen, die nach Carn Merioneth kommen würden.

Vor langer Zeit hatte seine Mutter an genau dieser Stelle auf ihrer Harfe gespielt und ihre Melodien mit den Nebelschleiern des Ozeans verwoben, um die Meeresdrachen in der Tiefe mit dem Zauber ihrer Musik anzulocken. Vor langer Zeit hatten Mychael und seine Zwillingsschwester, sein *gefell*, hier im Drachenschlund gespielt und die Umrisse der steinernen Ungeheuer mit ihren kleinen Fingern nachgezeichnet – aber er war inzwischen kein Kind mehr, und die beiden Frauen, die er geliebt hatte, waren für ihn unwiederbringlich verloren. Seine Mutter, Rhiannon, war schon lange tot. Seine Schwester, Ceridwen, war im Frühling, zur Zeit der Großen Schlacht um Balor, nach Merioneth gerufen worden, um den Platz ihrer Mutter an den Toren der Zeit einzunehmen. Sie war diesem Ruf gefolgt, aber nur, um eine einzige Tat zu vollbringen, wie Rhuddlan es verlangt hatte. Dann war sie wieder gegangen – fünf Monate war das jetzt her – und zu einer Reise in den hohen Norden aufgebrochen, und sie hatte Mychael nichts als einen grünen Talismann und ein rotes Buch als Andenken an sie hinterlassen.

Es war nicht genug, bei weitem nicht genug.

Rhuddlan hatte Ceridwen gebraucht, um das Siegel zu erbrechen, das er fünfzehn Jahre zuvor an dem Zwei-Wehr angebracht hatte, damals, als Carn Merioneth von Gwrnach und seinem verfluchten Sohn Caradoc, dem Keiler von Balor, erobert worden war. Es war eine gefährliche Tat gewesen, aber Ceri hatte die smaragdgrüne Tür aufgebrochen, hinter der die *pryf* in dem Wurmloch eingesperrt gewesen waren.

Gedankenverloren strich Mychael mit der Hand über die Felswand des Drachenschlundes, während seine Fingerspitzen dem ersten rosigen Lichthauch des heraufdämmernden Tages über die ineinander verschlungenen Drachenleiber folgten. Rhiannons betörende Lieder waren schon lange mit dem Wind davongeschwebt, aber in dem Fels waren noch Spuren von dem Zauber eines anderen vorhanden, um zu verlocken und zu verwirren. Es war noch keinen ganzen Monat her, dass Mychael sich geschworen hatte, nie wieder die Geheimnisse jenes Zaubers zu erforschen, weil er es leid geworden war, sich immer wieder vergeblich abzumühen, und weil er erkannt hatte, dass jede Verletzung der Wand die Kraft dessen schwächte, was noch übrig geblieben war. Und dennoch, hier stand er wieder, wortbrüchig geworden durch Verlangen und Schwäche, während er wider alle Hoffnung hoffte, dass er diesmal Trost im Drachenschlund finden würde.

»Quo ›Ammon‹ ah ethruill«, flüsterte er; es waren die Worte einer uralten Sprache, die sich in winzig kleinen, fast nicht zu entziffernden Buchstaben durch die Schuppen des Drachen wanden – *Hier liegt die Markierung, die »Ammon« heißt.*

Er ließ seine Hand über fächerförmig ausgebreitete Schwingen und gebogene Finnen gleiten und weiter zu den langen Barthaaren, die auf der Schnauze des größeren der beiden Tiere sprossen. An der Stelle, wo geschuppte Lippen zu einem grimmigen Fauchen gefletscht waren, wurde der steinerne Drache plötzlich warm unter seiner Handfläche, so wie er es schon viele Male zuvor geworden war – eine spontan aufkeimende Hitze, die tief aus dem Inneren des Felsens kam und umso stärker war, weil sie eine Zeit lang hatte ruhen können. Mychael hielt mitten in der Bewegung inne und spreizte seine Finger über den eingemeißelten Furchen der Drachenzähne. Für einen Moment fühlte er etwas Verheißungsvolles unter seinen Fingerspitzen flackern, das Versprechen, noch mehr zu finden, und seine Hoffnung wuchs. Vielleicht würde es ihm nun doch endlich vergönnt sein, seinen Weg deutlich vor sich zu sehen. Im nächsten Moment erlitt er jedoch einen niederschmetternden Fehlschlag. All die Wärme erlosch abrupt und versank wieder in dem Fels, um nichts als alten kalten, leblosen Stein zurückzulassen.

Fluchend zog Mychael seine Hand zurück und wappnete sich innerlich gegen die Verzweiflung, die ihn zu überwältigen drohte. Es war die verfluchte Magie des bretonischen Barden, Nemeton, von der noch Reste in der Felswand waren, um einen Weg zu markieren; so hatte man es Mychael erzählt, und daran hatte er zu glauben gelernt. Das verdammte Zeug lag überall; Spuren davon zogen sich kreuz und quer durch ganz Merioneth. Aber es war nie genug davon da. Nie genug, um ihm zu sagen, was er wissen musste oder wo er suchen sollte. Der Name des Barden versprach Zuflucht, aber dem Weg zu folgen, den er hinterlassen hatte, war unmöglich. Kein einziges

Zeichen außer *Ammon* hatte sich Mychael bisher offenbart, geschweige denn ein Hinweis darauf, ob man vorwärts oder zurückgehen musste.

»Großer Gott im Himmel!« Mychael presste einen Arm an seine schmerzende Seite. Er brauchte dringend eine Zuflucht und die heidnische Magie des Barden, wenn nicht an diesem Tag, so doch an einem, der nur zu schnell kommen würde, denn er konnte die Wahrheit nicht länger leugnen. Der heftige Schmerz und die Träume, die ihm seinen Seelenfrieden raubten, trieben ihn langsam, aber unaufhaltsam in den Wahnsinn.

In dieser Nacht hatte er innerlich lichterloh gebrannt, als die Vision, die er vor Monaten im Kloster von Strata Florida gehabt hatte, mit erneuter und schrecklicher Gewalt zurückgekehrt war; und er hatte mit Grauen erregender Gewissheit gespürt, wie irgendein teuflisches Wesen näher rückte. Auf dem Höhepunkt seines Deliriums hatte es sich wahrhaftig auf ihn gestürzt, um seine Schreie zu ersticken und ihn abermals zu verzehren. An einige Bruchstücke des qualvollen Traums konnte er sich noch erinnern – an schwache Bilder von einem weißen Licht, gespalten durch eine dunkle Flamme; an die sengende Hitze der Flamme, als sie durch Knochen und Sehnen schnitt; und daran, wie das in zwei Teile gespaltene Licht immer höher aufflackerte, um sich über dem schwärzlichen Feuer wieder zu vereinen – und an einen Furcht einflößenden, rasch näher kommenden Schatten. Nur die nahende Morgendämmerung hatte ihn gerettet.

Christe, eleison. Herr, erbarme dich meiner … *der sengend heiße Schnitt der Flamme durch Knochen und Sehnen …* Durch seine Knochen, seine Sehnen, und die Flamme war exakt dem Pfad der Brandwunden an seiner linken Körperseite gefolgt, die er während seines ersten Abstiegs in das Wurmloch davongetragen hatte, und hatte die Narben wieder aufgerissen. Das große Wurmloch, das Zeitwehr, war versiegelt gewesen, als er vor einem Jahr nach Merioneth zurückgekehrt war; aber es hatte noch andere, kleinere Löcher gegeben, tief unten an verborgenen Orten in der unergründlichen Finsternis. Jetzt waren sie alle verschwunden. Die abtrünnigen *pryf*, die sie gegraben hatten und die Macht der Zeit, die sie bezwungen hatte, sie alle waren wieder in das Wehr hineingezogen worden, als das Siegel erbrochen wurde. Kurz danach hatte er den Rand des großen Wurmlochs durchbrochen, und wenn die kleineren Löcher schon die Macht besaßen, Brandnarben zu hinterlassen, dann besaß das Zeitwehr die Macht zu töten.

Dennoch war er eine Verlockung, der Strom der Zeit, eine grässliche Verlockung. Der Schmerz in der Nacht hatte ihn in die Knie gezwungen, hatte ihn zutiefst gedemütigt, obwohl Demut nicht genügen würde. Wenn nicht Zuflucht, dann brauchte er Kraft. Wenn er dieses Land regieren und Herr dessen sein wollte, was sich zum Herrn über ihn zu erheben versuchte, dann würde er das nicht mit Demut als seinem Schwert erreichen.

Auf der Landspitze oberhalb der Höhlen wartete Rhuddlan von den Quicken-tree in der Festung über dem Meer auf ihn; wartete darauf, wie er es schon den ganzen Sommer über getan hatte, dass Mychael den Platz eines Vasallen und Untertans an seiner Seite einnahm. Doch Rhuddlan wartete vergeblich. Merioneth gehörte Mychael; es war sein rechtmäßiges Erbe, von Generation zu Generation durch die Linie seiner Mutter weitervererbt. Er dachte gar nicht daran, eine bloße Schachfigur für den Elfenkönig zu sein, der ihm sein Erbe wegnehmen und es für immer vor der Welt der Menschen verstecken würde, von seiner, Mychaels Welt. Und er würde auch nicht den Druidenpriester für die Quicken-tree spielen, wie Madron, die hellseherische Hexentochter von Nemeton, es wollte. Er war in einem Kloster aufgewachsen, um ein Mönch zu sein, ein Zisterziensermönch; und er kannte die Art von Priestern sehr gut – gut genug, um sich darüber im Klaren zu sein, dass er durch die Veränderungen, die gegen seinen Willen mit ihm vorgegangen waren, völlig ungeeignet für Frömmigkeit in jeder Form geworden war. Die Verwandlung, die einige anstrebten, um ihre Seelen zu retten, würde sein Tod sein, so befürchtete er.

Es war auch das, was Madron befürchtete, aber Mychael wagte es nicht, sich in ihre Hände zu begeben. Denn so wie

Rhuddlan danach trachtete, ihn zu seinem Vasallen zu machen, so strebte Madron danach, einen Druidenpriester aus ihm zu machen, um ihn für ihre eigenen Zwecke zu missbrauchen. Beide wollten die Ab-Arawn-Flügel stutzen, solange sie es noch konnten – beziehungsweise zu können glaubten. Arme Tröpfe. Es war längst zu spät, um die Entwicklung aufzuhalten, die begonnen hatte. Falls es überhaupt jemals eine Zeit gegeben hatte, als man sie noch hatte aufhalten können. Mychael war wild und unberechenbar in seinem Wahnsinn geworden, nicht anders als jedes wilde Tier, das Gott erschaffen hatte; ein Wesen, das nicht länger den Gesetzen des Menschen unterworfen war, sondern von triebhaften Instinkten beherrscht wurde. Die Mönche in Strata Florida würden wahrscheinlich behaupten, dass es schon immer so gewesen sei, dass Wildheit schon immer Mychaels wahre Natur gewesen war, aber sie hatten ihn niemals so wie jetzt erlebt. Aus seinen Bedürfnissen war Hunger geworden, ein heftiger, nagender, quälender Hunger, der fünfzehn Jahre einsamen, zurückgezogenen Lebens und klösterlicher Regeln ausgelöscht und Schicht für Schicht seinen gesunden Verstand zerstört hatte, um eine Seele in ihm freizulegen, die ganz und gar nicht fromm war.

Ddrei Goch und Ddrei Glas, der rote und der grüne Drache, beschworen die Wildheit in seiner Brust herauf, die immer häufiger in Wahnzustände ausartete. Ihr Sirenenruf hatte ihn nach Hause gelockt, ein Ruf, der aus dem wilden Strudel seiner Unheil verkündenden Visionen und den längst vergessenen Träumen seiner Kindheit an sein Ohr gedrungen war – nach Hause zu der Stelle, wo die Drachen der uralten Legende zufolge von der bloßen Erde von Merioneth geboren worden waren. Dennoch waren sie nicht zurückgekehrt, um an seiner Seite zu sein. Doch tief im Innersten seines dreimal verfluchten Herzens wusste er, dass ihn nur die Drachen retten könnten.

Sofern es nicht Nemetons schwer auffindbarer Pfad zu der Zufluchtsstätte war.

Mychael unterdrückte abermals einen Fluch, als er sich von der im Licht der Morgenröte glitzernden See abwandte und den finsteren Tunnel des Drachenschlundes hinunterstarrte.

Dort unten erwartete ihn Macht von einer anderen Art, die Macht immer währenden Wissens, schonungslos und gefährlich, und jene Zügel würde er mit aller Kraft seines wilden, verdammten Herzens ergreifen, wenn er nur konnte. Es war die *magia mysterium* einer längst totgeglaubten Religion, der Religion eines anderen Zeitalters. In Wahrheit strömte ihre Lebenskraft jedoch noch immer so sicher und stark, wie Jesus' Blut über das Kreuz geströmt war.

Blut. Das war sein erster Fluch, das tödliche Gift, das sich wie Ströme von Feuer durch sein Innerstes wand, wenn ihn der Wahnsinn überkam. Er hatte Druidenblut in den Adern, vererbt durch seine Mutter, die einem uralten Geschlecht von Druidenpriesterinnen entstammte, und das Druidenblut machte sich allmählich bemerkbar.

Eine flüchtige Bewegung in den Schatten im Hintergrund der Höhle erregte seine Aufmerksamkeit, und sein Puls beschleunigte sich einen Moment lang. Gleich darauf rief ihn eine klare Stimme aus der Dunkelheit.

»*Malashm*. Guten Morgen!«

Kein Drache, leider, dachte Mychael sarkastisch, und sein Mund verzog sich zu einem schmerzlichen Lächeln. Durch verbissenes Grübeln würde er wohl kaum das finden, was er selbst durch monatelanges Suchen nicht gefunden hatte. Ja, und er war wahrscheinlich ein ausgemachter Narr, weil er nach Wesen suchte, die in Wirklichkeit vermutlich nichts weiter als das Produkt von Sinnestäuschungen und den ersten Anfängen von Wahnsinn waren.

Der Sprecher kam näher, zuerst nur wahrnehmbar durch den Glanz des fahlen Tageslichts auf silbergrünem Stoff; doch bald darauf sah Mychael Shays breites Grinsen und den Streifen blauer Farbe, der sich diagonal über sein Gesicht zog. Kein anderer außer Shay würde sich die Mühe machen, ihn zu suchen. Der Rest der Quicken-tree hielt Mychaels Herz für zu schwarz. Er hatte sie von Dockalfar tuscheln gehört und gewusst, dass sie von einem uralten Feind sprachen, der einst in den unterirdischen Höhlen geherrscht hatte.

»Du bist ja schon früh auf«, sagte er zur Begrüßung und löste vorsichtig den Arm von seiner Seite, in der Hoffnung, dass der Schmerz nicht wiederkommen würde.

Shays Grinsen wurde noch eine Spur breiter. »Ich bin heruntergekommen, um dir beim Grübeln zuzuschauen, denn keiner kann das besser als du.« Augen, noch grüner als ein Wald voller Bäume, blitzten belustigt. Ein aus fünf Strähnen bestehender *fif*-Zopf war in das Haar auf seiner linken Kopfseite eingeflochten, ein seidig glänzender schwarzer Zopf zwischen den losen Strähnen, die auf seine Schultern herabhingen. In der Hand hielt er einen kleinen Topf mit Färberwaid, dessen wächserner Verschluss aufgebrochen war.

»Du bist zwar früh auf den Beinen, aber du bist trotzdem um einiges zu spät gekommen«, erklärte Mychael. »Ich bin für heute Morgen mit Grübeln fertig, und ich werde nicht vor heute Abend wieder damit anfangen.«

»So ein Pech«, erwiderte der Junge, als er zu dem steinernen Vorsprung der Höhle ging und in das wässrige Licht trat, das die See tief unter ihm reflektierte. Eine hohe Felswand auf der Nordseite schützte die natürliche Einbuchtung in den Klippen und ließ Büschel von Vegetation in den Felsspalten sprießen: Feuernelken und Grasnelken, Löffelkraut und Wicken. »Der Wind hat uns heute Morgen interessante Neuigkeiten zugetragen«, fuhr Shay mit spürbarer Erregung fort, während er ein Blatt pflückte, um darauf herumzukauen. »Reisende. Wir könnten uns auf dem Weg nach Riverwood machen und die Ersten sein, die auf sie stoßen. Könnte für eine ganze Weile unsere letzte Chance sein.«

Riverwood war der Quicken-tree-Name für den Wald, der sich zu beiden Seiten des River Bredd entlang der östlichen Grenze von Merioneth erstreckte. Früher waren die Bäume um die Burgmauern herum aus Verteidigungsgründen abgeholzt worden, doch Rhuddlan und sein Clan waren dabei, sie zurückzulocken.

Als Shay die Reisenden erwähnte, war Mychaels Interesse sofort geweckt. Die Anwesenheit von Fremden erklärte auch das bemalte Gesicht des Jungen. Rhuddlan hatte den Befehl erteilt, dass sie alle diese Bemalung tragen mussten, wenn sie sich vor den großen Festungswall wagten. Heutzutage trieb sich eine Menge zwielichtiges Gesindel in den Wäldern herum.

Und was Shay über ihre letzte Chance gesagt hatte, stimmte ebenfalls. Am folgenden Tag würden sie nämlich wieder in die unergründliche Finsternis hinabsteigen, ein Ort jenseits der Welt der Menschen, obgleich ganz anders als der dunkle Wald und das düstere, von Nebelschwaden umgrenzte Gefängnis, das Rhuddlan aus Merioneth machen wollte. Jener Ort lag jenseits und unterhalb einer gewaltigen Verwerfungslinie, die die Magia-Wand genannt wurde, wie Moira, eine der Quickentree-Frauen, Mychael erklärt hatte. Eine Zeit lang im Wald zu verbringen würde eine gute Vorbereitung für die kommenden Tage sein, dunkle Tage ohne das Licht und die Wärme der Sonne, während sie in der unergründlichen Finsternis nach eingestürzten violetten Schächten suchen würden. Rhuddlan hatte große Besorgnis angesichts des eingebrochenen Schachts gezeigt, den Mychael im Frühjahr entdeckt hatte, und es vergingen keine zwei Wochen, in denen er nicht einen Trupp von Liosalfar in die Höhlen schickte, um nach weiteren zerstörten Schächten Ausschau zu halten. Vielleicht, dachte Mychael, werde ich in den kühlen, schattigen Lauben von Riverwood ja etwas finden, was gegen die hartnäckigen Schmerzen der Nacht hilft. Auf jeden Fall gab es keine bessere Ausrede, um denjenigen aus dem Weg zu gehen, die ihn mit ihrem Gerede von Pflicht verrückt machen würden.

»Hast du Proviant dabei?«, fragte er, bevor er sich mit dem Ausflug einverstanden erklärte. Shay war immer hungrig, da er ein Alter erreicht hatte, wo keine noch so große Menge Essen auszureichen schien; und nichts stoppte ein Abenteuer so schnell und wirkungsvoll wie ein leerer Magen.

»Genug, dass es für uns beide reicht«, versicherte Shay ihm, während er auf den prall gefüllten Beutel an seinem Gürtel klopfte.

»Na schön, dann lass uns nach Riverwood gehen.«

Grinsend warf Shay ihm den kleinen Topf mit Färberwaid zu.

Östlich des Drachenschlunds, tief unten in einem engen, bewaldeten Tal, trieb eine dichte Nebeldecke im bleichen Licht der Morgendämmerung über den River Bredd dahin. Milchige Fetzen von Dunst wanden sich spiralförmig durch die Binsen am Ufer des Flusses und legten sich um die Blätter und Äste der überhängenden Bäume.

Llynya, Kobold des Quicken-tree-Clans, lag bequem in der Gabelung einer Bergulme, den Kopf auf eine Hand gestützt, während sie ihre andere Hand träge durch die grauen Nebelschleier zog und winzige Wirbel mit den Fingerspitzen aufrührte. Unter ihr schnarchte die alte Aedyth leise in einer kleinen, neben dem Baumstamm versteckten Laube. Der heutige Tag war so etwas wie eine Heimkehr. Die Heilerin und sie waren seit Mitte Mai in Deri im Süden des Landes gewesen, und obwohl Aedyth gute Arbeit geleistet hatte, wusste Llynya, dass sie noch viel von ihrer alten Kraft zurückgewinnen, noch viel von sich selbst heilen musste.

Ein schwerer Seufzer entrang sich ihrer Kehle, und der Luftstrom ihres Atems blies die winzigen Wirbel zu Fetzen auseinander. Sie war noch nicht bereit, sich all dem zu stellen, was sie in Carn Merioneth erwartete, sich den Veränderungen zu stellen, die in den vergangenen Monaten mit ihr vorgegangen waren, aber irgendwann musste sie es tun, ob sie nun dazu bereit war oder nicht; und in Wahrheit wagte sie es nicht, den entscheidenden Tag noch länger hinauszuschieben. Ailfinn war gerufen worden, und die Magierin würde Llynyas Suche ganz sicher nicht unterstützen; tatsächlich besaß sie sogar die Macht, Llynya davon abzuhalten. Obwohl die Magierin so viel Zauberei betrieb und so häufig unsichtbare Mächte anrief, war sie eine praktisch denkende Frau, und Llynyas Bedürfnisse hatten bei Ailfinns Plänen noch nie eine Rolle gespielt.

Ihr Blick fiel auf die Runen und Blätter, die sich um ihr Handgelenk wanden und sich an ihrem Arm hinaufschlängelten, um unter dem Ärmel ihrer Tunika zu verschwinden. Die Tätowierung war inzwischen vollkommen verheilt, hatte nur noch das dunkle Blau von Färberwaid auf ihrer Haut hinterlassen. Aedyth hatte das uralte Ritual in Deri vollzogen. Es war mit Schmerz verbunden gewesen, aber Schmerz fürchtete Llynya nicht. Schmerz konnte sie ertragen. Nicht aber den Gedanken, dass sie es versäumt hatte, ihre Pflicht zu tun. Sie war zurückgekommen, um ein Unrecht wiedergutzumachen oder bei dem Versuch den Tod zu finden.

»Und was ist mit euch, meine molligen kleinen Schätzchen?«, fragte sie die rundlichen Vögel, die in einer Reihe auf einem Ast in der Nähe hockten und sie beobachteten. »*Tschilp-tschilp, tschilp-tschilp*, hm? *Pieps-pieps-pieps.*«

Sie streckte die Hand aus und kitzelte eine flauschig weiße Brust, und der Vogel plusterte sich zu einem Federball auf. Der Mittlere flog auf ihren Finger, und der Letzte hüpfte näher an den Ersten heran, um zu warten, bis er an der Reihe war. Llynya enttäuschte die Vögel nicht, sondern kraulte jeden von ihnen ausführlich, indem sie mit einer Fingerspitze ihre Kehlen rieb und sanft das schwarze Gefieder auf ihren Köpfen zerzauste.

»Meine niedlichen kleinen Schätzchen«, gurrte sie. »Soll ich euch eine Geschichte erzählen, während Aedyth den ganzen Morgen verschläft?«

Glänzende dunkle Augen blickten sie erwartungsvoll an, und noch nicht einmal so viel wie ein Zwitschern oder Piepsen entschlüpfte den Vögeln, was Llynya als Zustimmung auffasste.

Und so begann sie zu erzählen: »Vor langer, langer Zeit gab es einmal ein fernes Land auf der anderen Seite des Meeres, und in diesem Land lebte ein mächtiger Elfenkönig, der sieben schöne Töchter hatte …«

Mychael und Shay hörten gleichzeitig die Stimme. Das Licht der Morgendämmerung hatte noch nicht die tiefer gelegenen Abschnitte der Täler und Bergschluchten erreicht, und sie wanderten durch Waldland, das etwas Geheimnisvolles und Ätherisches an sich hatte, erfüllt von dunklen Schatten und schleierartigen Nebelschwaden, die immer dichter wurden, je näher sie an den Fluss herankamen.

»Das ist die Stimme einer Frau«, sagte Mychael, als sie beide stehen blieben und horchten.

»Vielleicht«, erwiderte Shay mit verwirrter Miene. Er hob die Nase in die laue morgendliche Brise und sog prüfend die Luft ein.

Für Mychael gab es kein Vielleicht. Der singende Tonfall konnte niemand anderem als einer Frau gehören. Wie konnte Shay noch daran zweifeln? Er wusste, der Junge hatte ein ebenso gutes, wenn nicht sogar besseres Gehör als er selbst.

»Ja, ich glaube, du hast Recht«, pflichtete Shay ihm schließlich bei und in seiner Stimme schwang Besorgnis mit. »Ich fürchte, von dem Kind in ihr ist nichts mehr übrig geblieben. Es ist gut möglich, dass ich zu spät komme.«

Zu spät wofür – das zu fragen hatte Mychael keine Gelegenheit mehr. Er kam auch nicht mehr dazu, sich nach der Identität von »ihr« zu erkundigen. Denn Shay verschwand urplötzlich, noch bevor Mychael auch nur ein Wort hervorbringen konnte. Er schlüpfte blitzschnell in den Nebel hinein, ohne eine Spur zu hinterlassen, und ward nicht mehr gesehen – ein ziemlich häufig zu beobachtendes Verhalten, wenn man mit den *tylwyth teg* verkehrte, die als das wilde Volk bezeichnet wurden oder auch als Elfen. In den vergangenen Monaten hatte Mychael eine Zeit lang bei dem Ebiurrane-Clan im Norden verbracht und festgestellt, dass sie auch nicht viel besser waren, außer in der unergründlichen Finsternis. Selbst diejenigen unter den Quicken-tree, die Liosalfar-Krieger waren, die Lichtelfen, blieben in der unergründlichen Finsternis stets dicht beieinander und hielten fest zusammen.

Druiden und Elfen. *Großer Gott,* dachte er, *mit was für einem heidnischen Haufen habe ich mich da bloß eingelassen!*

Mychael ließ Shay seiner eigenen Wege ziehen, während er in dem Wäldchen aus Haselnusssträuchern wartete und angestrengt lauschte. Gedankenverloren berührte er den neuen und wundersamen Dolch in seinem Gürtel. Es war eine scharfkantige Stahlklinge mit einem Heft aus Traumstein, ein Quickentree-Messer, der Kampfdolch eines Liosalfar. Der Dolch war ein Geschenk von der weißäugigen alten Frau, Naas, gewesen. Sie hatte ihn und Shay an diesem Morgen abgefangen, als sie gerade den Burghof auf ihrem Weg nach Riverwood durchquert hatten, und nichts weiter als den Namen *Ara* gemurmelt, als sie Mychael das Messer in die Hand drückte. Unmittelbar darauf war sie wieder in die Schatten der großen Mauer zurückgehuscht.

Dain Lavrans – der Mann, der seine Schwester vor dem Keiler von Balor gerettet hatte, der ihr geholfen hatte, das Wehrtor zu öffnen, der sie auf seine Reise in den hohen Norden mitgenommen hatte – hatte ebenfalls ein solches Messer besessen, einen Dolch, den er Rhuddlan in einem Zweikampf abgenommen hatte. Mychael wusste beim besten Willen nicht, warum die alte Frau ihm eines dieser außergewöhnlichen Messer geschenkt hatte. Shay hatte nicht dagegen protestiert, als sie Mychael den unermesslich wertvollen Dolch in die Hand gedrückt hatte, aber einige der anderen Quicken-tree könnten es womöglich tun. Mychael wusste, Naas war nicht ganz richtig im Oberstübchen, und vielleicht war es ein Versehen gewesen, ein Akt leichter Geistesgestörtheit. Vielleicht hatte sie ihn irrtümlich für jemand anderen gehalten. Denn die alte Frau *war* blind.

Und dennoch schien der Dolch bereits ein Teil von ihm zu sein, und er würde ihn nicht so ohne weiteres wieder hergeben. Er fühlte sich irgendwie richtig in seiner Hand an, sein perfekt ausbalanciertes Gewicht, die glatte Kühle des Kristalls und auch seine Hitze, wenn er ihn so wie jetzt umschlossen hielt. Es fühlte sich an, als ob er ihm gehörte, als ob Naas ihm etwas zurückgegeben hätte, das er verloren hatte.

Wieder drang die melodische Stimme der Frau an sein Ohr und lenkte ihn von seinen Gedanken ab, und er machte sich auf den Weg, um sie aufzuspüren. Es war ein Feenwald, durch den er die geheimnisvolle Märchenerzählerin verfolgte, während sie ihre Geschichte von Verrat und Verzauberung spann – eine feuchte, nebelumhüllte Landschaft, reich an Adlerfarn und Goldschuppenfarn, Schlüsselblumen und Küchenschellen. Der zarte Duft von Lavendel wehte ihm entgegen, während das Geräusch des Flusses ständig lauter wurde, ein gedämpftes Rauschen und Sprudeln von Wasser, das die sanfte Stimme untermalte, die ihn immer weiter in den Wald hineinlockte.

Am Rande einer Lichtung, wo der River Bredd eine Biegung machte, blieb Mychael schließlich neben einer hohen Birke stehen. Shay war nirgendwo zu sehen, aber die Frau war dort, auf der anderen Seite der kleinen Wiese – wenn sie denn eine Frau aus Fleisch und Blut war.

Weiße Nebelschwaden, durch die sich langsam erwärmende Luft in Bewegung gesetzt, wallten am Stamm einer Bergulme hoch, um die Geschichtenerzählerin, die bequem auf einem dicken Ast ausgestreckt lag, abwechselnd zu verhüllen und zu enthüllen. Schleierartige Fetzen des milchigen Dunsts wanden sich an ihrem Körper entlang, schlängelten sich über ihren Rücken hinunter, glitten über geschmeidige weibliche Kurven und hüllten sie in einen perlmuttartigen Glanz. In ihrem Haar, so dunkel wie Shays, steckten unzählige Blätter und kleine Zweige, eine zerzauste, wirre Mähne, die zu einem unordentlichen, leicht schief hängenden Gebilde auf ihrem Kopf aufgetürmt war. Sie wirkte so feenhaft und überirdisch, so sehr wie ein Wesen, das nur zum Teil von dieser Welt zu sein schien und in der Hauptsache von einer anderen, dass es Mychael nicht gewundert hätte, wenn er anmutig geschwungene Flügel aus ihren Schultern hätte wachsen sehen.

Wirklich ein schönes Mädchen, dachte er. Sie war die Verkörperung der Wunschträume eines jungen Mannes – aber war sie eine Frau oder eine Waldnymphe?

Shay hatte von Reisenden gesprochen, doch Mychael sah nur jenes bezaubernde Wesen mit der melodischen Stimme, ein Märchenwesen – aus Nebelschleiern geboren oder vielleicht auch nur seiner eigenen Phantasie entsprungen –, das seine Geschichte einer Schar von Meisen erzählte, die auf dem Ast vor ihr hockten.

»... und da wurde das Meer plötzlich wütend und ließ seine Wellen donnernd über die schroffe Felsspitze branden«, fuhr sie fort, während sie die Szene dramatisch veranschaulichte, indem sie eine Hand voll Nebel zu einer größeren Welle auftürmte und sie über den Ast schob, auf dem sie lag. »Die Schwestern klammerten sich schutzsuchend aneinander, ihre Füße wund und blutend von den scharfkantigen Steinen, ihre

Herzen eiskalt vor Furcht und Verzweiflung. ›Jetzt ist alles verloren!‹, jammerte die Älteste, aber die Jüngste beschwor ihre Schwestern, nicht die Hoffnung aufzugeben, denn sicherlich gab es doch noch irgendeine beherzte Seele, die zu ihrer Rettung kommen würde.«

Während Mychael sie fasziniert beobachtete, verflüchtigten sich seine letzten bitteren Gedanken, in den Tod gelockt von ihrem Charme. Stattdessen stieg ein Gefühl verwirrten Staunens in ihm auf, das immer stärker wurde, als er sich verstohlen ein paar Schritte auf die Bergulme zubewegte. Mit all den Blättern und abgebrochenen Zweigen im Haar sah die junge Frau aus, als wäre sie von hoch oben in der Ulme herabgestürzt, doch abgesehen davon schien sie heil und in einem Stück zu sein – ein seltenes und äußerst reizvolles Stück. Mychael wollte zu gerne ihre Feensage hören und alle anderen Geschichten, die sie vielleicht noch erzählen würde.

Wie oft hatte er als Jüngling an einem ganz ähnlichen Ort in den Wäldern gelegen, weit entfernt von spionierenden Augen und mönchischen Gelübden, und davon geträumt, dass ein solch hinreißendes Geschöpf wie sie kommen und ihn mit Liebe und einem warmen Mund verführen würde?

Zu oft, als dass es vielen in Strata Florida gefallen hätte, dachte er sarkastisch, obwohl keiner seiner Wunschträume jemals in Erfüllung gegangen war und keine Hand außer seiner eigenen seinem brennenden Bedürfnis abgeholfen hatte. Zu Anfang hatte er geglaubt, die Wildheit in ihm wäre Wollust, eine Wollust, die zu lange unbefriedigt geblieben war; aber mit der Zeit hatte er erfahren, dass der heftige Hunger, der ihn quälte, anderer Art war.

Und dennoch war es eine süße, verführerische Idee, sich vorzustellen, dass ein solches Zauberwesen wie sie seine Rettung sein könnte.

Nun, da er näher an der Ulme war, sah er, dass sie eine Tunika und Beinlinge aus silbrig-grünem Quicken-tree-Stoff trug. Das war der Grund, warum ihre üppigen Rundungen so schimmerten. Ihre Stiefel waren dunkelgrün und mit doppelten Silberringen versehen, um das Leder fest um ihre Knöchel zusammenzuhalten. Also war sie doch kein Geisterwesen aus Nebelschwaden oder ein Trugbild seiner ungestillten Sehnsüchte. Ihre Kleidung ließ erkennen, dass sie *tylwyth teg* war, ebenso elfisch wie die sieben Prinzessinnen in ihrer Geschichte und zweifellos der Grund dafür, warum Shay an diesem Morgen so erpicht darauf gewesen war, durch die Wälder zu streifen. Mychael wunderte sich, dass ihre Gefährten sie allein gelassen hatten. Und wo steckte Shay eigentlich? Bei dem Tempo, mit dem der Junge davongestürmt war, hätte er inzwischen schon längst am Fluss angekommen sein müssen.

Mychael suchte abermals die Lichtung ab, entdeckte aber weder den Jungen noch einen verirrten Reisenden, sondern etwas völlig anderes. An zahlreichen Anzeichen – hier die Krümmung eines Astes, dort die Drehung eines Stängels – konnte er erkennen, dass die Quicken-tree in diesem Teil von Riverwood an der Arbeit gewesen war, höchstwahrscheinlich auf Rhuddlans Befehl hin. Mychael beugte sich vor, um die Pflanzen, die in seiner Nähe wuchsen, genauer zu betrachten. Zarte Wurmfarnwedel umschlossen dornenbewehrte Ysopstängel. Vielfach verzweigte, dicht belaubte Äste von Besenginster ragten in die Birke hinein und schlangen sich um die Äste des Baumes. Überall um ihn herum vermischten sich die Pflanzen des Waldlandes und klammerten sich aneinander fest, um ein dichtes Gewirr zu bilden. Es war ein Dickicht aus Ranken und Zweigen und Ästen, ineinander geschlungen von den Quicken-tree, um den Ort vor Eindringlingen zu schützen, und wahrscheinlich der Grund, warum die schöne Elfe dort verweilte. Vermutlich fühlte sie sich dort sicher. Obwohl es eine trügerische Sicherheit war, denn er hatte sie schließlich aufgespürt, nicht?

Sein Blick kehrte wieder zu der Bergulme zurück. Seine Ansichten über Zauber und Liebreiz hatten sich geändert, seit er den Quicken-tree begegnet war, aber er hatte noch keine gesehen, die ihr ebenbürtig gewesen wäre.

Oder vielleicht doch? Restlos betört beobachtete er von neuem, wie die Nebelschwaden liebkosend über ihren Körper glitten. Die Blätter in ihrem Haar waren grün und frisch und glitzernd vor Tau. Was er zwischen den unordentlichen Zöpfen und dem Gewirr von Haarsträhnen von ihrem zarten Profil sehen konnte, war bezaubernd, und ihr Anblick weckte eine vage Erinnerung in ihm, die er jedoch nicht greifen konnte.

»Unglücklicherweise«, fuhr sie fort, »wurden alle Schwestern bis auf die jüngste in das wilde Meer gerissen, um zu ertrinken oder gegen das felsige Riff geschleudert zu werden.« Ihre Stimme nahm einen verzweifelten Tonfall an, in dem die ganze Hoffnungslosigkeit der Szene mitschwang. Eine richtige Komödiantin, dachte Mychael amüsiert. »Der Nordwind, durch die dunklen Zauberkünste des bösen Magiers zu Hilflosigkeit verdammt, hüllte die letzte Prinzessin mit seinem eisigen Atem ein und zerrte an ihren Gewändern.« Und prompt blies sie die Backen auf und pustete kräftig, um den Nebel vor ihr in ein Gewühl von Wirbeln und Strudeln zu verwandeln.

»Tschilp, tschiep-tschiep«, stieß einer der Vögel hervor.

»Ganz sicherlich«, erwiderte die Geschichtenerzählerin mit einem weisen Nicken und fuhr dann fort: »Aber der böse Magier hatte nicht alle gegen den Elfenkönig verhext. Es gab noch immer diejenigen, die reinen und gütigen Herzens waren, Pfeifer, Weißfeder und Silberschwänzchen, drei tapfere kleine Meisen, die die furchterfüllten Schreie hörten und sich todesmutig mitten in den gewaltigen Sturm stürzten, um die schönen Prinzessinnen zu retten.« Die kleinen Vögel auf dem Ast vor ihr blähten derart stolz die Brust, dass es geradezu absurd anmutete. »Andere Vögel folgten ihrem Beispiel und schossen zu dutzenden auf das aufgewühlte Meer herab, wo sie die unglücklichen Schwestern aus den Wellen zogen und sie alle retteten. Und falls irgendjemand an der Geschichte zweifeln sollte, so kann ich nur sagen, dass die ganze helfende Vogelschar für alle Zeiten in die Wände der heiligen Hallen von Fata Morganas Palast eingemeißelt ist.«

Als sie die legendäre Feenzauberin erwähnte, hätte Mychael sich beinahe bekreuzigt, hielt aber unvermittelt inne. In gewisser Hinsicht wusste er nicht mehr, was er eigentlich noch glauben sollte, und das Rätsel wurde schnell noch komplizierter. Gerade als er seine Hand wieder sinken ließ, fegte ein kräftiger

Windstoß an dem Ast entlang, auf dem die Märchenerzählerin lag, und hob lose Zöpfe und wirre Haarsträhnen hoch und aus ihrem Gesicht, um zu enthüllen, wie außergewöhnlich das Geschöpf vor ihm tatsächlich war.

Ihre Ohren waren spitz – von einer derart eigenartigen, wundersam anmutenden, scharf zugespitzten Form, dass Mychael sich fragte, was sie wohl sonst noch sein mochte außer einer Quicken-tree. Kein anderer von Rhuddlans Leuten hatte spitze Ohren. Aber wenn sie keine Quicken-tree war, was dann?

»Bis zum heutigen Tag«, erzählte sie ihrem Vogelpublikum, »sind Elfenprinzessinnen und Meisen durch enge Bande miteinander verbunden, geschmiedet durch den unvergleichlichen Mut von Pfeifer, Weißfeder und Silberschwänzchen.« Sie wollte gerade noch mehr hinzufügen, wurde jedoch von dem Ruf einer Lerche unterbrochen.

Als der Vogelruf ertönte, fuhr sie überrascht herum und ließ ihren Blick suchend über den Wald schweifen, und dabei schien sie geradewegs durch Mychael hindurchzustarren. In dem Augenblick erkannte er sie plötzlich wieder. Vor vielen Monaten, kurz nach der Schlacht um Merioneth, hatte er sie in genau diesen Wäldern dabei beobachtet, wie sie mit nichts als ihrem Atem das Gelb von den Blütenblättern einer Butterblume abhob. Damals hatte er geglaubt, das Licht spielte seinen Augen einen Streich, aber jetzt erlaubte er sich, anderer Meinung zu sein. Sie war kein verlassenes kleines Mädchen mehr, sondern hatte sich zu einer jungen Frau entwickelt, die gut in die elfische Kunst der Magie hineingewachsen war.

Ja, sie hatte sich verändert. Kobold, so war sie damals genannt worden, und ein Kobold war sie gewesen, aber mehr nicht. Er hatte gedacht, sie wäre für immer aus Merioneth verschwunden.

Wieder ertönte der Ruf der Lerche, und sie erhob sich von dem Ast, eine geschmeidige Bewegung, die wenig Anstrengung zu erfordern schien. Diese irrige Annahme wurde jedoch widerlegt, als sie mit derselben fließenden Anmut ihre Kraft und Beweglichkeit offenbarte, indem sie sich auf einen höher gelegenen Ast hinaufschwang und gelenkig in der Hocke landete.

Die Meisen flatterten eilig davon, in die Flucht geschlagen durch die plötzliche Unruhe. Die vermeintliche Lerche, das wusste Mychael, war Shay, und der Lautstärke seines Trillerns nach zu urteilen, musste er ganz in der Nähe sein.

Llynya, so hieß die Märchenerzählerin, wie er sich jetzt wieder entsann. Er hatte sie zum ersten Mal an den dunklen Ufern von Mor Sarff gesehen, auf dem Höhepunkt der Schlacht um Carn Merioneth, ein Mädchen, das in verzweifelter Wut mit einem Schwert um sich schlug und sich gegen seine Angreifer zu verteidigen versuchte. Er hatte damals seinen ersten Mann getötet, um ihr das Leben zu retten, hatte noch im Laufen seinen Bogen gespannt, als sie auf dem Sand getaumelt war, und seinen Pfeil mit einem gottlosen Gebet abgeschossen, dass er sein Ziel treffen möge. Der Mann, der im Begriff gewesen war, sie mit seinem Schwert in zwei Hälften zu spalten, war gefallen, und auch der nächste, der sich auf sie zu stürzen versucht hatte. Den dritten Mann hatte Mychael getötet, um Llynyas Gefährten zu retten.

»*Chirrr-rrr-ip.*« Shay ahmte erneut den Ruf der Lerche nach, und das rhythmische Klatschen von Vogelschwingen erfüllte die Luft. Gespenstisch fahl brach ein Schwarm von Tauben von Westen her durch den Nebel und hielt auf die Bergulme zu. Wie auf Kommando ließen sich die Vögel in dem Baum nieder, um sich auf die Zweige um Llynya herum zu hocken und laut zu gurren. Ein Lächeln erhellte das Gesicht des Elfenmädchens.

»Shay«, rief sie. »Ich weiß, dass du derjenige bist, der diese grau gefiederten Freunde zu mir schickt. Autsch!« Eine der Tauben zog es vor, in ihrem Haar zu sitzen, und verfing sich prompt in den seidigen Strähnen. »Shay, du Ekel! Komm gefälligst her und hilf mir!«

Mychael stand reglos da und beobachtete, wie sie die Taube vorsichtig aus ihrem Haar befreite und auf einen sichereren Platz verfrachtete. Mit dem Vogeltrick würde der Junge ganz sicherlich nicht ihr Herz erobern, was zweifellos seine Absicht gewesen war. Ein angemessener Anreiz für die mühevolle Aufgabe, ein halbes dutzend Turteltauben zu finden und einzusammeln … oder auch hundert.

Shay war ein romantischer Narr, aber kein größerer Narr als er selbst.

Mit einem gemurmelten Fluch trat Mychael einen Schritt zurück und blickte in die Bäume hinauf. Shay konnte nicht weit sein.

2

Llynya setzte die Taube auf einen Ast und ließ ihren Blick erneut über den umliegenden Wald schweifen. Shay war dort draußen, irgendwo ganz in der Nähe. Sie wusste es so sicher, wie sie wusste, dass sie große Mühe haben würde, ihn zu finden, wenn er nicht gefunden werden wollte. Der dichte Bodennebel begann sich jedoch langsam zu lichten, was ihr Vorteil war. Bald war es möglich, die Silhouetten der Birken auszumachen, die entlang des Flussufers wuchsen, die Umrisse der Erlen und Ulmen – und die Gestalt eines Mannes, der allein in den Schatten des Dickichts stand.

Erschrocken griff Llynya nach ihrem Dolch. Sie schloss ihre Finger um das Kristallheft und zog die Klinge halb aus der Lederscheide an ihrem Gürtel. Es war nicht Shay, der dort stand. Hatte der Schutzschild aus Zweigen und Ranken nicht gehalten und es irgendeinem wandernden Waliser erlaubt, durch Zufall auf ihr Versteck zu stoßen? Bei allen Göttern, war sie in Deri derart verweichlicht, dass sie ihre kriegerische Wachsamkeit eingebüßt hatte und keine taugliche Beobachterin der Wälder mehr war, sondern wie ein kleines Kind mit Meisen plapperte, blind und taub gegenüber jeder Gefahr, während keine zehn Meter von ihr entfernt ein Fremder stand? Er hatte sie gesehen. Daran konnte es keinen Zweifel geben. Wahrscheinlich beobachtete er sie eben jetzt und fragte sich, welche Dummheit sie als Nächstes begehen würde. Sie blickte schnell zu Aedyth hinunter und stellte fest, dass die alte Frau inzwischen wach war, aber gut verborgen in der Laube und auf der Hut vor der Gefahr. Solchermaßen beruhigt, lehnte Llynya sich wieder zurück, um den Fremden zu beobachten und abzuwarten. Wenn er sie unbehelligt ließ und an ihnen vorbeiging, nun gut, so sei es. Wenn er das nicht tat, dann würde sie ihn zu einer lustigen Hetzjagd quer durch die Wälder verleiten, die er so schnell nicht vergessen würde. Shay musste den Mann bereits im Visier haben, und er hatte sicherlich nicht vergessen, wie das Spiel gespielt wurde.

Sie brauchte nicht lange zu warten. Das Sonnenlicht hatte endlich den Fluss erreicht und ergoss sich in breiten, rotgoldenen Strahlen auf den Wald und zwischen den Bäumen hindurch, um die letzten Reste von Dämmerlicht zu vertreiben und auf diese Weise die Identität des Mannes zu enthüllen.

Llynya ließ überrascht die Hand sinken, und ihr Dolch war vergessen, als sie voller Verwunderung auf die Gestalt starrte und erkannte, wen der Zufall an diesem Morgen in ihre Laube geführt hatte. Mychael ab Arawn. Ceridwen ab Arawns Zwillingsbruder und der Krieger des christlichen Gottes, denn er war der Bogenschütze, der ihr damals an den Ufern von Mor Sarff das Leben gerettet hatte… *ein Fremder, ganz in Weiß gekleidet, mit einer glänzenden, kupferroten Strähne in seinem goldenen Haar, eine reine Flamme gegen den leuchtenden Hintergrund der violetten Klippen.*

Er blickte suchend in die Bäume, genau wie sie es getan hatte, und wahrscheinlich aus dem gleichen Grund – um Shay zu finden. Ein breiter Streifen blauen Färberwaids quer über seinen Augen, der von seiner linken Schläfe bis zur rechten reichte und von oberhalb der Augenbrauen bis zu seinem Nasenrücken, kennzeichnete ihn als Liosalfar und verbarg sein Gesicht zur Hälfte in einem flirrenden Gewirr von Waldschatten, aber die Ähnlichkeit mit seiner Schwester war dennoch unverkennbar.

Ja, er war Ceridwens Bruder und ein Krieger, allerdings, groß und schlank wie ein Quicken-tree; aber er war kein *tylwyth teg* und auch nicht bloß ein Waliser. Er war der eigentliche Beweggrund, der sie in den Norden geführt hatte, nicht Rhuddlans Befehl.

Sogar in Deri hatte sie Gerüchte gehört, dass Mychael halb

wild sei, und seinem Aussehen nach zu urteilen, beruhten die Gerüchte auf Tatsachen. Sein Haar, ein zerzaustes Durcheinander von Kupferrot und Gold, fiel in unterschiedlich langen Strähnen auf seine Schultern herab, war jedoch oben auf dem Kopf, wo seine Mönchstonsur gewesen war, deutlich kürzer. Seine Kleider waren vielfach ausgebessert und mit Flicken versehen, das Leder seiner Stiefel abgewetzt und abgestoßen. Ein Bogen war über seine Schulter geschlungen, und in seinem Gürtel steckten zwei Messer, eines davon mit einem Heft aus Traumstein.

Er wandte sich zu ihr um, als seine Aufmerksamkeit durch das Licht der aufgehenden Sonne abermals auf sie gelenkt wurde, und ihre Blicke trafen sich. Ein warnendes Prickeln lief über ihr Rückgrat, während gleichzeitig eine heiße Röte in ihre Wangen kroch. Verwirrt und beunruhigt, war sie drauf und dran, in den Wald zu verschwinden, aber die Tatsache, dass sie ihn dringend brauchte, hielt sie davon ab, die Flucht zu ergreifen, und sie ertappte sich dabei, wie sie durch die Ulmenblätter spähte und ihn neugierig anstarrte.

Seine Schönheit war von einer wilderen Art als die seiner Schwester. Sein Kinn war breiter und kantiger, seine Augenbrauen weniger fein gezeichnet, jeder einzelne Gesichtszug schärfer geschnitten und von einer Grimmigkeit geprägt, die seiner Zwillingsschwester fehlte – aber das Grimmigste an ihm war der Ausdruck seiner Augen. Von einer blasseren, graueren Schattierung als Ceridwens himmelblaue Augen, waren sie stechend und dennoch durchscheinend und offenbarten denjenigen, die das Talent dafür hatten, solche Dinge zu sehen, einen Teil seines Wesens. Llynya hatte während ihrer Monate in Deri ein klein wenig von diesem Talent entwickelt, und es würde sicherlich noch stärker werden, doch in diesem Fall waren keine besonderen Gaben vonnöten, um hinter die Oberfläche zu sehen. Er war *sìn,* ein aufkommender Sturm.

Unbehagen beschlich sie, und sie wandte den Blick ab, erneut verunsichert durch die Warnung, die sie fühlte, und durch das beunruhigende Bewusstsein, dass er nicht das war, was sie erwartet hatte. Der Mann auf den violetten Klippen hatte wie ein Retter ausgesehen. Dieser Mann hier hatte nichts von einem Retter an sich.

Dennoch war er Rhiannons Sohn. Es hieß, die Druiden in alten Zeiten hätten nach Belieben schwere Unwetter heraufbeschworen, um ihre Feinde zu vernichten; heftige Schneestürme und sintflutartige Regenfälle, Donner und Blitz, Stürme, die im Stande waren, das Wasser eines Flusses zu einem undurchdringlichen Schleier aufzupeitschen, und Nebel, so dicht, dass sich ein Mann hoffnungslos darin verirrte.

Mychael ab Arawn war ein Druide.

Llynya befingerte einen Fetzen restlichen Nebels und wagte es, erneut zu ihm hinüberzusehen. Er hatte die Augen nicht von ihr abgewandt, sondern beobachtete sie noch immer, und sie zwang sich, nicht vor seinem forschenden Blick zurückzuweichen. Sie sollte von ihrem Ast herunterklettern und ihn begrüßen, aber irgendein Instinkt hielt sie hoch oben in der Ulme fest. Am Ende der Schlacht gegen Balor war sie kränklich geworden und in Trübsal verfallen, und noch Wochen nach dem Kampf hatte sich ihr Bewusstsein geweigert, sich an irgendetwas zu erinnern, was an jenem Tag vorgefallen war. In Deri hatte Aedyth ihr jedoch keine andere Wahl gelassen, als sich das Ganze wieder ins Gedächtnis zurückzurufen. Das Erste, woran sie sich erinnert hatte, war er, der Bogenschütze mit der unfehlbaren Treffsicherheit. Die Heilerin hatte ihr erzählt, Ceridwens Bruder hielte sich noch immer in Merioneth bei den Quicken-tree auf, und so war Llynya schließlich wieder in den Norden zurückgekehrt. Erlösung, falls sie ihr vergönnt sein sollte, war nur dadurch zu finden, indem man durch das Zeitwehr der goldenen Würmer reiste – und das wiederum war nur in der unergründlichen Finsternis zu finden, wo die Yr Isddwfn vor langer, langer Zeit ihr Wissen in die Felswände eingeritzt hatten. Er kannte das gefürchtete schwarze Labyrinth, er hatte den Abstieg in die Wurmlöcher überlebt.

Er hatte die Ewigkeit erlebt.

Die unumstößliche Wahrheit dieser Erfahrung zog sich als eine breite kupferrote Strähne durch sein flachsblondes Haar, so leuchtend wie eine Flamme. Eine solche Anomalie entwickelte sich ausschließlich bei denjenigen, die es gewagt hatten, sich in ein lebendiges Wurmloch hinunterzulassen. Nemeton, der bretonische Barde, war ebenfalls auf diese Weise gezeichnet gewesen, durch eine stahlgraue Strähne in seinem rostroten Schopf. Bei Dain Lavrans, dem Magier von Wydehaw Castle, waren bereits die ersten Anzeichen zu erkennen gewesen, bevor er mit Ceridwen in den hohen Norden gereist war, und zwar in Form einer drei Finger breiten Strähne aus der linken Seite seines Kopfes, wo sich sein kastanienbraunes Haar weiß zu verfärben begonnen hatte. Und vielleicht gab es noch einen anderen, der dieses Zeichen trug. Falls er noch lebte.

Sie ließ ihren Blick abermals über Mychael gleiten und musterte ihn eingehend – seine wilde, ungekämmte Mähne, seine vielfach geflickten Mönchskleider aus weißer Wolle, den Umhang aus schillernd grau-grünem Quicken-tree-Stoff und die Augen, die ein alles andere als sanftmütiges Wesen erkennen ließen. Ceridwen hatte ihr damals erzählt, dass Mychael lange Zeit dem Orden der Zisterziensermönche in Strata Florida angehört hatte, deren Glaubensbekenntnis »Du sollst nicht töten« lautete. Und dennoch hatte er getötet, um sie, Llynya, zu retten. Ist er vielleicht noch immer Mönch?, fragte sie sich. Oder hatte er sich seit jener schicksalhaften Schlacht ebenso sehr verändert wie sie?

Er trug die blaue Bemalung der Liosalfar, aber keiner hatte ihm bisher einen Quicken-tree-Zopf ins Haar geflochten. Sie könnte das für ihn tun, wenn sie sich traute. Zweifellos war sie ihm einen oder zwei Zöpfe schuldig, oder auch ein halbes dutzend; und wenn sich ihr die Möglichkeit dazu bot, würde sie innerhalb der kupferroten Strähnen in seinem goldblonden Haar zu flechten beginnen. Wenn sich ihr die Möglichkeit bot, würde sie ebenfalls eine solche flammende Strähne in ihrem Haar haben, ein geringer Preis für die Erfahrung, von dem Lichtäther der Ewigkeit zu kosten und zurückzufordern, was sie verloren hatte.

Ja, *sìn* oder nicht, sie brauchte Mychael ab Arawn, um eine andere leichtsinnige Seele zu retten – Morgan ab Kynan, den Dieb von Cardiff.

Plötzlich huschte ein Schatten durch ihr Blickfeld und lenkte ihre Aufmerksamkeit auf die Äste über ihr. Ansonsten rührte sich nichts in dem Baum. Die Tauben hatten noch nicht einmal so viel wie eine Feder gesträubt, dennoch entdeckte sie den Verursacher des Schattens augenblicklich.

»Shay.« Ihre Stimme war leise, ein bloßes Flüstern, als sie aufwärts durch die Zweige in ein Augenpaar blickte, das ebenso grün wie ihres war, aber weitaus unschuldiger. Er grinste von dem Ast, auf dem er kauerte, auf sie herunter.

»*Malashm,* Kobold.«

»*'lashm,* Shay.« Plötzlich füllten sich Llynyas Augen mit Tränen. Seit sie ihn das letzte Mal gesehen hatte, hatte sich so viel verändert. Sie war um so vieles älter und reifer geworden und in Wahrheit kein Kind mehr. Ein salziger Tropfen quoll über, um ihre Wange hinunterzukullern, und sie wischte ihn ärgerlich mit dem Handrücken ab. Sie schien neuerdings völlig grundlos in Tränen auszubrechen – eine der lästigeren Veränderungen.

»Llynya?« Shay ließ sich auf ihren Ast herab und hockte sich vor sie, während sein langes Haar um seine Schultern wallte. Sein Lächeln verblasste abrupt. »Nanu, was ist das denn?« Er nahm ihr Kinn in seine Hand und wischte eine weitere Träne mit seinem Daumen fort.

»Nichts, gar nichts.« Verlegen kniff sie die Augen zusammen und drängte die Tränen mit aller Macht zurück. Sie hatte noch nie zuvor in Shays Gegenwart geweint, außer das eine Mal, als sie sich das Knie bis fast auf den Knochen aufgeschlagen hatte, während sie in Wroneu hinter ihm hergejagt war. Die Narbe von jener Eskapade war noch heute zu sehen.

»Du duftest nach Lavendel«, sagte er und sie fühlte, wie er sich dicht zu ihr vorbeugte, so dicht, dass sein Atem als ein warmer Hauch über ihre Wange streifte. Dann kam eine Berührung, sanft und flüchtig.

Ein Kuss? Sie riss die Augen auf. Von Shay? Ja, die Dinge hatten sich in der Tat verändert, und es war nicht unbedingt eine Wendung zum Besseren.

Ohne es zu wollen, blickte sie zu dem Wäldchen hinüber –

und fand es leer. Ein seltsames Verlustgefühl hüllte sie ein, eine Empfindung, ebenso unerklärlich wie ihre Tränen, die plötzlich wieder versiegt waren. Sie wischte die letzten Tränenspuren von ihren Wangen, während sie die ganze Zeit über zu den hohen Birken hinübersah, wo Mychael ab Arawn gestanden hatte.

Er war fort, spurlos verschwunden, und sie hatte nicht den Mut besessen, ihm auch nur so viel wie einen Gruß zuzurufen. Ärger wallte in ihr auf, und sie presste die Lippen zu einer schmalen Linie zusammen. Mit Feigheit würde sie nicht weiterkommen.

»Rhuddlan wartet in Carn Merioneth, und Moir hat süße Hafermehlkuchen für dich gebacken«, sagte Shay und riss sie abrupt aus ihren Gedanken. Er erhob sich auf die Füße und nahm ihre Hand, um sie hochzuziehen. »Komm, lass uns ein Wettrennen zu der Seitentür in der Ostmauer der Burg machen!«, forderte er sie grinsend auf; doch bevor sie antworten konnte, ertönte von unten leises Blätterrascheln, und er griff blitzschnell nach einem höheren Zweig und schwang sich von dem Ast fort, auf dem sie standen. »Guten Morgen, Aedyth!«, rief er hinunter.

Die alte Frau setzte sich auf und wischte hier und dort ein paar Blätter von ihrem Gewand, als sie in die Ulme hinaufblickte. »Guten Morgen, Shay. Bist du gekommen, um uns nach Hause zu begleiten?« Ihr angegrautes blondes Haar war zu einer Krone um ihren Kopf herum geflochten, und Teile des Zopfes hatten sich beim Schlafen gelöst, aber ein oder zwei geschickte Handgriffe genügten, um die losen Strähnen wieder ordentlich festzustecken. Ihre Augen waren glänzend, ihre Finger flink, und die Zeichen des Alters waren hauptsächlich in den Falten auf ihrem Gesicht zu erkennen.

»Ja, und um der Erste zu sein, der euch begrüßt. Ihr habt ja nicht lange für eure Reise in den Norden gebraucht. Ihr müsst ziemlich schnell vorwärts gekommen sein.«

»Als ob diese alten Knochen langsam wären!«, rief Aedyth in gespielter Gekränktheit, als sie die Hand ergriff, die Shay ihr hinstreckte, und sich von ihm auf die Füße helfen ließ. Dann strich sie ihre Röcke glatt. »Wenn du unbedingt ein Wettrennen zum Seitentor willst, dann kann ich dir eines liefern, das garantiere ich dir, wenn du nur den Altersunterschied ein bisschen ausgleichen würdest.«

Shays Grinsen wurde eine Spur breiter. »Was soll ich tun?«

»Trink den Fluss leer und wandere über den Mond, während ich mich sofort auf den Weg zur Burg mache.«

»Und ich würde trotzdem noch gewinnen«, brüstete er sich lachend.

Aedyth scheuchte ihn lächelnd weg. Der Junge hatte Recht. Sie war nicht mehr bestrebt, Wettrennen zu veranstalten, sondern zog es vor, sich in gemächlicherem Tempo vorwärts zu bewegen und ihren Weg zu genießen, ganz gleich, welche Belohnung am Ende wartete. Die Reise von Deri in den Norden hatte nicht annähernd lange genug gedauert, um sie zufrieden zu stellen, aber Rhuddlans Botschaft war klar und unmissverständlich gewesen. Der Winter stand vor der Tür, und er wollte das Mädchen schnellstens wieder in Merioneth haben.

Aedyth strich erneut ihre Röcke glatt, während sie unwirsch vor sich hin murmelte. Es war mehr als nur das Wetter, das Rhuddlan nervös machte, obwohl das Wetter wirklich sonderbar gewesen war, schon seit Beltaine im Mai. Seine Besorgnis hing in erster Linie damit zusammen, dass Ailfinn Mapp nicht auffindbar war. Die Magierin war nicht wie sonst zur Sommersonnenwende nach Anglesey gegangen und hatte somit einen der großen Wendepunkte des Jahres verpasst, und Aedyth hatte Moiras Nachrichten entnommen, dass Rhuddlan allmählich befürchtete, Ailfinn wäre ganz und gar verschollen. Es war natürlich ein Ding der Unmöglichkeit, dass jemand wie Ailfinn, der so erdgebunden und so sehr Teil der Welt war, gänzlich von der Erdoberfläche verschwinden könnte.

»Alles dummes Zeug«, murmelte Aedyth.

Sie selbst hatte eigentlich vorgehabt, noch viele weitere Jahre zu verleben, ohne sich mit der Magierin abgeben zu müssen. Der wilde Junge, der in dem Wäldchen gewesen war, war zweifellos zum Teil der Grund dafür, warum Rhuddlan Ailfinn ausfindig zu machen versuchte, aber Llynya würde dem prüfenden Blick der Magierin nicht entgehen.

Sie war auch nicht dem forschenden Blick Mychael ab Arawns entgangen. Aedyth schnalzte ärgerlich mit der Zunge. Nun, daraus würde nichts, ganz sicherlich nicht. Madron hatte Druidenpläne mit dem Jungen, als ob noch irgendetwas anderes außer seiner Vergangenheit nötig wäre, um ihn ungeeignet für Llynya zu machen.

Schwierigkeiten, Schwierigkeiten, nichts als Schwierigkeiten, die sich da zusammenbrauten. Es lief alles entgegen Aedyth' Wünschen. Wenn es nach ihr gegangen wäre, hätte sie das Mädchen noch den Winter über und bis in den nächsten Frühling hinein in Deri behalten, und wahrscheinlich hätte sie sie auch dann noch nicht für stark genug erklärt, um nach Merioneth zurückzukehren, oder stark genug, um Ailfinn gegenüberzutreten. Es war einfach noch zu früh, viel zu früh.

Madron war bereits in Merioneth, und sie allein könnte der Magierin schon ganz schön zu schaffen machen. Es gab wohl kaum jemanden, der die letzte Begegnung zwischen Ailfinn und Madron jemals vergessen würde. Es waren Funken geflogen, im wahrsten Sinne des Wortes. Was Mychael ab Arawn betraf, so würde Rhuddlan es wahrscheinlich begrüßen, wenn noch jemand außer ihm selbst Einfluss auf den Jungen ausübte, da sich Rhiannons Sohn nach allem, was man so hörte, als ebenso widerspenstig und unkontrollierbar entpuppt hatte, wie er unvorhergesehen das Licht der Welt erblickt hatte.

Shay spähte in die Äste der Ulme hinauf und stieß einen leisen Pfiff aus, und die Tauben erhoben sich flatternd in die Luft und flogen in einer Wolke aus rauschenden Schwingen davon. Llynya schwang sich von dem Baum hinunter und landete so leicht wie eine Daunenfeder auf dem Boden. Das Mädchen beugte sich vor, um der alten Frau einen schnellen Begrüßungskuss auf die Wange zu drücken, und Aedyth erwiderte den Ausdruck der Zuneigung mit einer Umarmung. »So, und nun macht, dass ihr wegkommt, ihr zwei. Ich werde den Rest des Weges in meinem eigenen Tempo zurücklegen und Riverwood genießen. Hier.« Sie griff in einen Beutel, der an ihrem Gürtel hing. »Hier habt ihr ein Stück Kuchen zum Frühstück.« Sie brach zwei Stücke Kümmelkuchen für Llynya und Shay ab.

Sie sind keine Kinder mehr, dachte Aedyth, als sie beobachtete, wie die beiden im Wald verschwanden. Sie hatten mittlerweile die Volljährigkeit erlangt. Ja, und sie wurde allmählich alt – und mit dieser Erkenntnis kam ein anderer Gedanke, noch weitaus alarmierender. Vielleicht würde Ailfinn sie für zu alt halten, um sich noch um den Kobold zu kümmern, um die Beschützerin des Mädchens zu sein.

»Unsinn!« Sie tat die Vorstellung energisch ab. Sie war noch lange nicht zu alt. Ihr Haar fing ja gerade erst an, weiß zu werden.

Nein, die Prydion-Magierin würde sie nicht durch jemand anderen ersetzen oder – mögen die Götter sie davor bewahren! – Llynya von Merioneth fortbringen. Noch nicht. Der Druidenjunge war der Grund, warum Rhuddlan sich gezwungen sah, dafür zu sorgen, dass sie es mit Ailfinn zu tun bekamen, und es war nur Llynyas Abstammung, die das Mädchen in den Sturm hineinsog.

Aedyth ging zu der Stelle, wo Mychael gestanden hatte, und berührte den Stamm der Birke mit den Fingerspitzen. Seine Ausstrahlung war noch immer überraschend stark, geradezu beunruhigend greifbar, als ob er eine Spur von sich selbst hinterlassen hätte, um einen Weg zu markieren. Stirnrunzelnd zog Aedyth ihre Hand zurück. Es gab nur wenige, die eine solche Spur erkennen konnten, und noch weniger, die im Stande waren, eine zu hinterlassen. Im Frühling, als sie den Jungen das letzte Mal gesehen hatte, hatte er diese Kräfte noch nicht besessen.

Sie trat einen Schritt zurück und blickte sich in dem Wäldchen um. Sie hatte das Dickicht sofort bemerkt, als sie in der vergangenen Nacht den Fluss überquert hatten, hatte selbst im Dunkeln erkannt, welch großen Schutz es bieten würde. Jetzt, im hellen Tageslicht, sah sie, dass noch mehr als nur die Magie der Quicken-tree in Riverwood am Werke war.

Der reiche Sommer, den sie in Deri erlebt hatten, hatte dem Norden sogar eine noch reichere Fülle beschert. Das Laub der Bäume und Sträucher war dicht und glänzend und üppig; die Bäume waren überwuchert mit neuen Zweigen, die in alle

Himmelsrichtungen ragten. Aedyth ging zu einer Erle in der Nähe, dann zu einer anderen Birke und schließlich zu einer Ulme, wobei sie prüfend ihre Handfläche auf jeden der Baumstämme legte. Sie erzählten alle dieselbe Geschichte, von einem fruchtbaren Sommer, reich an Sonnenschein und Regen, und von dicken neuen Schichten von Sommerholz. Der Wald strotzte derart vor Leben, dass es schon fast alarmierend war.

Aedyth ließ ihren Blick über Stängel und Blatt, Zweig und Ast und Grashalm schweifen, und sie nahm sich die Zeit, jeden Einzelnen genau zu betrachten. Trotz des üppigen Wuchses war mit den Pflanzen nicht alles so, wie es sein sollte. Die Rinde der Birken zeigte feine Risse und knötchenartige Auswüchse, aus denen klebriger Saft heraussickerte, obwohl sie glatt hätte sein müssen. Die Blätter der Ulme waren an den Rändern sehr viel stärker gezackt, als sie eigentlich hätten sein dürfen, fast lappig, und die Zähnchen bogen sich ganz seltsam aufwärts. Die Ysopblüten wiesen ein zu dunkles Purpurrot auf und bildeten ein kümmerliches Büschel an der Spitze der Pflanze, während zwei Drittel des stacheligen Stängels kahl waren. Neugierig kniete Aedyth sich neben den Stamm der Ulme und hob die Wedel eines Farns hoch.

Ein eiskalter Schauder überlief sie, und sie ließ die Farnwedel mit einem erschrockenen Aufkeuchen wieder fallen. »*Shadana …*«

Fäule verbarg sich auf der Unterseite des frischen, üppig wuchernden Grüns – schwarze, modrig stinkende Fäule, ein Zerfall, der weit über jeden natürlichen Zersetzungsprozess von grünem Laub hinausging. Sie kannte diese Fälle nur zu gut, obwohl sie sie schon seit vielen Jahren nicht mehr in einem solch verheerenden Ausmaß beobachtet hatte, nicht mehr seit den Zauberkriegen, als die Dockalfar den Fluch einer Pflanzenkrankheit auf die Wälder herabbeschworen hatten.

Sie trat einen Schritt zurück und blickte sich um, sah das Wäldchen plötzlich mit neuen, argwöhnischen Augen. Vielleicht hatte sie sich geirrt. Vielleicht hatte Rhuddlan keine Sekunde zu früh nach Ailfinn Mapp gerufen.

Madron ging schnellen Schrittes durch Riverwood, getarnt durch ihren grünlich-grauen Quicken-tree-Umhang, der sie in dem nebligen Zwielicht des frühmorgendlichen Waldes fast unsichtbar machte, die Kapuze tief in die Stirn gezogen, um ihr wallendes rostbraunes Haar zu verhüllen. Nicht alle Kleinbauern und Pachthäusler von Balor waren davongerannt, als Rhuddlan den Berg erobert hatte, und sie tat gut daran, auf der Hut zu sein.

An einigen Stellen durchdrang Sonnenschein die Düsterkeit des Waldes, aber das Licht tat nichts, um ihre missmutige Stimmung aufzuhellen. Der Tag hatte noch kaum begonnen und war bereits schief gegangen. Mychael ab Arawn war ihr wieder einmal entwischt. Widerspenstiger, halsstarriger, eigensinniger Bengel! Sie könnte ihm helfen, wenn er sich nur von ihr helfen ließe, aber er würde für alle Zeit seinen eigenen Weg gehen – oder Rhuddlans, wenn er dem Elfenmann weiterhin so sauber in die Hände spielte. Trotz der Einmischung des Quicken-tree-Anführers würde sie jedoch alles dransetzen, um den Jungen nicht zu verlieren, so wie sie seine Schwester verloren hatte.

Madron kam an einen kleinen Bach, kaum mehr als ein Rinnsal, und hob den Saum ihres Umhangs und des dunkelgrünen Gewandes, bevor sie leichtfüßig hinübertrat und ihren Weg fortsetzte.

Shay und Llynya liefen an diesem Morgen durch die Wälder. Sie hatte sie vorhin, etwa eine Meile weiter zurück, an sich vorbeigehen lassen, ohne sich bemerkbar zu machen. Die beiden hatten einen sorglosen, unbekümmerten Eindruck gemacht, ein Zustand, der jedoch zumindest für das Mädchen nur von kurzer Dauer sein würde. Der Kobold war nämlich im Begriff, von seinem unentrinnbaren Schicksal ereilt zu werden. Was Madron wieder an ihr augenblickliches Problem erinnerte und an ihre Aufgabe im Wald, aufgezwungen durch die Quicken-tree und ihre verdammte Angewohnheit, Ranken und Zweige ineinander zu schlingen und zu einem undurchdringlichen Gewirr zu verheddern. Und mit der Ankunft von Ailfinn Mapp würde alles nur noch schlimmer werden – falls die Magierin überhaupt jemals kam.

Und wenn sie nicht kam, was würde dann aus Llynya? Dass Ailfinn so mächtig geworden war, dass sie es wagte, Rhuddlans Aufruf zu ignorieren, stand nicht gänzlich außer Frage. Dass sie ihre Gehilfin im Stich lassen würde, so flatterhaft das Mädchen auch manchmal sein konnte, lag dagegen kaum im Bereich des Wahrscheinlichen. Yr-Is-ddwfn-Ätherwesen waren ziemlich dünn gesät, und Prydion-Magierinnen gab es sogar noch weniger.

Nein, ganz gleich, wie viel Talent Llynya für die *magia mysterium* hatte erkennen lassen, Ailfinn Mapp würde es ganz sicher nicht so leichtfertig vergeuden. Die Magierin würde kommen, und sei es auch nur wegen des Kobolds – und sie würde allein durch ihre bloße Anwesenheit ein Hindernis für Madron sein.

Rhuddlan wollte Carn Merioneth heimlich im Nebel verschwinden lassen und die Festung durch sein dilettantisches Flechtwerk aus Zweigen und Ranken vollständig vor dem Rest der Welt verstecken, und nach dem Debakel von Balor Keep tat er vielleicht sogar gut daran. Vielleicht wurde es Zeit, Carn Merioneth aus dem Gedächtnis der Menschheit auszulöschen, aber es durften nicht alle Pfade dorthin versperrt werden. Ein Weg zumindest musste immer offen bleiben, denn es gab noch andere Reisende außer Prydion-Magier, die einen Durchgang nach Merioneth brauchten. Wenn Ruddlan diese dringende Notwendigkeit nicht einsehen konnte, dann ließ sich daran nichts ändern, aber sie erkannte sie, und sie würde dafür sorgen, dass ein Pfad offen blieb.

Am Fluss wandte Madron sich nach Süden und folgte einem ausgetretenen Pfad, der am Ufer entlangführte, wobei ihre weichen Quicken-tree-Stiefel so gut wie keine Spuren hinterließen. Der River Bredd wurde immer schmäler und tiefer, bis er schließlich am südlichen Rand von Riverwood unter einem gigantischen Hügel herabgestürzter Felsbrocken verschwand, um nie wieder an die Oberfläche zu kommen. Die Fluten des Flusses strömten von dort aus abwärts in die Höhlen und wanden sich durch einen Irrgarten von Gängen und Tunneln, bevor sie die Lanbarrdein-Höhle erreichten, eine tief unter der

Erde liegende Höhle von fast unvorstellbaren Ausmaßen und Reichtümern. Von der Lanbarrdein-Höhle aus stürzte ein Teil des Flusses kaskadenartig über eine Klippe in Mor Sarff hinein, den Schlangensee. Der Rest des Flusses verschwand in der unergründlichen Finsternis, einem Ort voller Mysterien und Labyrinthe, der niemals vollständig kartografisch erfasst worden war, noch nicht einmal von den Quicken-tree.

Die Felsblöcke markierten den südlichsten Weg ihres Vaters, Nemetons, nach Merioneth hinein, einen Weg, den er mit Spuren von Magie angelegt hatte; und Madron würde ihn mit ebenjenen *artes magicae*, die sie von ihrem Vater gelernt hatte, offen halten. Sie ließ sich vor dem Felshügel am Flussufer auf die Knie sinken und vollzog ein Ritual mit Feuer, wobei sie den Inhalt der vier Lederbeutel benutzte, die von ihrem Gürtel herabhingen. Am Ende sprach sie ein paar behütende Worte und streute eine Hand voll Blätter und Tannennadeln auf den kleinen Flecken verbrannte Erde. Es würde sie zwar nicht davor schützen, dass Rhuddlan ihr unbefugtes Eindringen in sein Dickicht entdeckte, aber es würde zumindest verhindern, dass andere auf die Stelle aufmerksam wurden. Der Quicken-tree-Anführer würde ihre Tat keinesfalls billigen, und wenn er ihren Pfad fand, konnte er ihren Zauber mit kaum mehr als einem Fingerschnippen wieder rückgängig machen. Und ebenso schnell würden sich die Ranken wieder um Stängel und Halme zu winden beginnen, und die Äste und Zweige würden sich wieder ineinander schlingen.

Verdammter Elfenmann. Ständig kam er ihr in die Quere, ständig musste er ihre Pläne durchkreuzen.

Madron schöpfte eine weitere Hand voll kleiner Zweige und Blätter vom Boden auf, grub aber versehentlich zu tief und bekam dabei auch schwarzen Moder zu fassen.

Ein gedämpfter Fluch kam über ihre Lippen. Dieses faulig riechende, schwarze Zeug war eine Plage, die Rhuddlan so große Sorge bereitete; die verschwenderische Fülle des Sommers, die in Fäulnis und Verwesung übergegangen war. In diesem Jahr konnte der Winter gar nicht früh genug kommen, um die Schwarzfäule mit ihrer Kälte zu vernichten.

Sie starrte auf die durchweichten Überreste vermoderter Vegetation, während sie die breiartige Masse von ihrer offenen Handfläche auf den Boden tropfen ließ, wo sie ihren elementaren Zaubertrank gebraut hatte. Jeder einzelne Tropfen landete mit einem hörbaren Zischen und einer kleinen Rauchwolke auf der geweihten Erde. Sonderbares, tückisches Zeug. Seine Anwesenheit in Riverwood ließ Rhuddlans nachts nicht mehr schlafen. Im Verein mit Mychael ab Arawns ruhelosen, nächtlichen Wanderungen sorgte es dafür, dass Carn Merioneth niemals einen Augenblick Ruhe und Frieden fand.

Rhuddlan wollte Mychael und die Liosalfar am nächsten Morgen in die unergründliche Finsternis hinunterschicken, um zu sehen, was sie dort finden konnten. Ein äußerst unkluger Schritt, hatte Madron ihm erklärt. Es wäre sehr viel nutzbringender, wenn der Junge seine Zeit mit ihr verbrächte, um druidische Weisheiten und Lehren zu erforschen. Wie sonst sollte er lernen, die Drachen herbeizurufen und den Platz seiner Mutter einzunehmen? Oder, so hatte Madron gefragt, glaubte Rhuddlan jetzt etwa, Druiden seien ebenso unwichtig wie Menschen, für den Weg, den er verfolgen würde?

Verfluchter Rhuddlan. Er würde dafür sorgen, dass sie alle im Nebel verschwanden und sich noch nicht einmal mehr durch die Schatten von Menschenleben bewegten. Einen schwer wiegenderen Fehler konnte er kaum machen. Trotz seines umfangreichen Wissens von der Vergangenheit wusste Rhuddlan nur sehr wenig über die Zukunft, und es war jener Aspekt der Welt, den Madron schützen würde. Die Pfade mussten offen bleiben. Es war ihre Pflicht und ihr Bestreben.

Und was die unergründliche Finsternis anging, so wusste sie bereits, was Mychael und die Liosalfar finden würden: Würmer, die noch immer die Erde aufwühlten; Dinge, die noch immer dem Prozess der Zerstörung unterworfen waren; der Teich der Weissagung leblos und trübe und völlig unbrauchbar für ihre Bedürfnisse. Es würde schon etwas mehr als eine Hand voll Krieger und ein wilder Junge nötig sein, um das Übel von Riverwood zu enträtseln.

In Wahrheit würde nur Ailfinn Mapp dazu im Stande sein.

Wieder entschlüpfte Madron ein lästerlicher Fluch. Sie würde schwer auf der Hut sein müssen, wenn die verdammte Magierin frei in Merioneth herumlief.

Sie beugte sich vor und tauchte ihre Hand in den Fluss, um zu beobachten, wie der letzte Rest von Schwarzfäule von der Strömung abgewaschen und flussabwärts gespült wurde. Veränderung und Aufruhr waren in den unterirdischen Tiefen im Gange, ein neues Chaos, das höchstwahrscheinlich ausgelöst worden war, als Ceridwen und Dain Lavrans die *pryf* befreit hatten; ein Chaos, das langsam und unaufhaltsam durch die Erdschichten ans Tageslicht drang und die Schwarzfäule und Wildheit mit sich brachte. Fünf Monate waren inzwischen vergangen, seit das smaragdgrüne Siegel erbrochen und das Tor zu dem Gefängnis der *pryf* geöffnet worden war. Fünf Monate, ohne dass die wilde Aufregung und das hektische Treiben der *pryfarim* auch nur ein Jota nachgelassen hätte. Fünf Monate, während derer sich die Unheil verkündenden Anzeichen ständig gemehrt hatten und Madrons Zweifel an der Klugheit ihrer Tat ständig gewachsen waren.

Fünf Monate, und Rhuddlan war noch immer ein Drachenhüter ohne Drachen und ohne eine Priesterin aus dem uralten Geschlecht von Merioneth, um die Drachen heimzurufen. Rhiannon war tot. Ceridwen war mit Lavrans in den hohen Norden gegangen. Rhiannons Sohn, Mychael, könnte die Drachen rufen – davon war Madron felsenfest überzeugt –, wenn er nur bereit wäre, sich voll und ganz den Druidenlehren zu widmen.

Der Moder verdünnte sich zu gelatineartigen Fäden, bevor er über den letzten Felsblock im Flussbett glitt und unter dem gigantischen Steinhaufen verschwand, um wieder dorthin zurückzukehren, woher er gekommen war. Mychael ab Arawn war dort unten gewesen, war schon Monate vor der Schlacht um Balor ganz allein durch die Höhlen und die unergründliche Finsternis gewandert, eine Heldentat, mit der es selbst die Quicken-tree nicht aufnehmen konnten. Er hatte Risse in den violetten Schächten entdeckt – Unheil verkündende Anzeichen – und war dem alten Wurm begegnet. Er war in den Wurmlöchern gewesen und hatte das Geheimnis des Traumsteins enthüllt. Und er hatte überlebt und damit bewiesen, dass noch weitaus mehr in ihm steckte, als Madron jemals vermutet hatte.

Sie kannte die Legenden, die sich um diesen Ort über der Irischen See rankten, kannte die Geschichten, die dort entstanden waren, und auch die aus Irland überlieferten. Mychael, benannt nach dem Erzengel des christlichen Gottes, Rhiannons unvorhergesehener Sohn, der zur Welt gekommen war, nachdem er den Mutterleib mit seiner Schwester geteilt hatte. Eigentlich sollte es ihn gar nicht geben; er verdankte seine Existenz lediglich einer seltsamen Laune des Schicksals und den magischen Kräften einer Frau aus einer längst vergessenen Zeit. Ailfinn würde die Wahrheit erkennen. Ein Blick würde genügen, um der Magierin die verbotene Herkunft des Jungen zu enthüllen.

Rhiannon musste verrückt gewesen sein oder zu sehr unter dem christlichen Joch ihres treulosen Ehemanns gestanden haben, um zuzulassen, dass sein Sohn aus ihrem Schoß geboren wurde. Das kam dabei heraus, wenn man sich bei der Wahl seines Ehepartners von Liebe leiten ließ. Durch eine einzige Serie verhängnisvoller Schwüre hatte Carn Merioneth seine Macht über die Vergangenheit verloren und war vor der irdischen Welt bloßgelegt worden, einer Welt, die zerstört hatte, was die Zeit unversehrt gelassen hatte.

Nein, dachte Madron, Mychael ab Arawn sollte nicht existieren; aber er existierte nun einmal, und sie würde ihn nicht verlieren – nicht an Rhuddlan, nicht an Ailfinn Mapp und auch nicht an die Wildheit, die aus den Tiefen der Erde nach ihm griff. Ohne ihn konnte sie nicht die Tore zwischen den Welten öffnen und über ihre Zeit hinaussehen. Ohne ihn war sie nicht in der Lage, den Platz ihres Vaters einzunehmen und eine Hüterin der Tore der Zeit zu sein.

3

Mychael kehrte erst eine ganze Weile nach Einbruch der Dunkelheit nach Carn Merioneth zurück und ließ kurz seine Traumsteinklinge aufblitzen, um sich bei der Wache am Seitentor zu melden. Kein anderes Licht besaß eine solche Leuchtkraft, einen solch klaren, blauen Schein. Es unterschied sich so grundlegend von Laternenlicht oder Fackelschein wie Kristall von Feuer, und es war einzigartig in seiner Art, denn kein Menschenwesen war im Stande, das Licht von Traumsteinklingen nachzuahmen, weder die Waliser noch die Engländer noch sonst irgendjemand.

Er hatte den Rest des Tages in Riverwood mit Owain verbracht, einem Waliser, der auf der Seite der Quicken-tree gekämpft hatte und nach der Schlacht um Balor nicht nach Gwynedd zurückgekehrt war, sondern stattdessen beschlossen hatte, in Merioneth zu bleiben. Sie waren auf eine Fährte von Wölfen und Männern gestoßen, die gemeinsam durch die nördlichen Wälder streiften, und waren dieser Fährte bis zum Ufer des Bredd gefolgt, wo die Jäger den Fluss durchquert hatten. Es war nicht das erste Mal, dass diese seltsame Mischung von Spuren gefunden worden war. Rhuddlan hatte schon vor langer Zeit die Zahl der Kundschafter in Riverwood verdoppelt.

Owain war bereits vor Stunden zur Burg zurückgewandert, doch Mychael war noch draußen im Wald geblieben, um sich von der Stille der Nacht einhüllen zu lassen. Er war seit dem frühen Morgen ruhelos und nervös gewesen und hätte auch im Wald geschlafen, Wölfe oder nicht, wenn er nicht noch Vorbereitungen für die bevorstehende Reise in die unterirdischen Höhlen hätte treffen müssen. Ja, diese Notwendigkeit hatte ihn schließlich zurück in das Innere der hohen Granitmauern geführt – das und vielleicht noch eine andere Sache, eine bezaubernde Geschichtenerzählerin mit waldgrünen Augen und schimmernden Kurven.

Als Mychael durch das Tor ging, begrüßte er den Wächter in

Elfensprache und schob seinen Dolch wieder in die Lederscheide zurück. In dem oberen Burghof flackerten überall Laternen, um bernsteingelbes Licht und Schatten auf die Bäume und die von den Quicken-tree erbauten Weidenhütten zu werfen, die einzigen Gebäude, die noch innerhalb der Festungsmauern standen. Ein paar Frauen waren um die Feuerstelle versammelt und teilten die Abendsuppe aus, einen durchaus wohlschmeckenden Eintopf aus Körnern und Beeren. Mychael und Owain hatten Eichhörnchen zum Abendessen verzehrt, die sie über einem Lagerfeuer in den Wäldern geröstet hatten – ein barbarischer Akt, jedenfalls in den Augen der Quicken-tree, aber einer, dem er und der Waliser ziemlich regelmäßig frönten.

Owain hatte Morgan ab Kynan gedient, einem walisischen Prinzen, und war während der Schlacht um Balor der Hauptmann von Morgans Kampftruppe gewesen. Als der Keiler von Balor den Prinzen überwältigt und in den Abgrund des großen Wurmlochs gestoßen hatte, hatte ein zutiefst betrübter Owain gelobt, von nun an Merioneth zu dienen. Eine aufschlussreiche Wahl, denn er hatte sich keinem Menschen – oder Quicken-tree – verpflichtet, sondern dem Land. Es war das Gleiche, was auch Mychael sich geschworen hatte, nämlich dem Land zu dienen, und zwar einschließlich der Gebiete unterhalb von Merioneth, wo, wie er wusste, sein Schicksal lag.

Von den Frauen an der Feuerstelle war Moira diejenige, die in dem großen Suppenkessel rührte. Sie flickte Mychaels Kleider, wenn sie ausgebessert werden mussten, und sie war auch diejenige, an die er und die meisten der Quicken-tree sich wandten, wenn sie kränklich waren. Ihr braunes Haar war zu einer Krone um ihren Kopf geflochten und umrahmte ein sanftes Gesicht mit weichen Zügen und rosig überhauchten Wangen, aber auf ihre eigene ruhige Art übte Moira fast ebenso viel Macht wie Rhuddlan aus. Elen, die junge Frau neben ihr, hatte dunkleres Haar und war hochschwanger mit einem Kind, das während der Beltaine-Feiern empfangen worden war. Drei kleine Mädchen saßen kichernd neben dem Feuer, mit einem Spiel beschäftigt, das mit Muscheln und kleinen Stöckchen gespielt wurde; und neben ihnen stand Fand, eine hoch gewachsene, blonde Liosalfar-Kriegerin des Ebiurrane-Clans aus dem Norden, und unterhielt sich mit Moira und Elen. Aber die eine, die Mychael suchte, war nicht in der Nähe, obwohl er sich überall nach ihr umsah.

Auf seinem Weg in den unteren Berghof begegnete er weiteren Quicken-tree und Ebiurrane, teils in Gruppen versammelt, teils einzeln. Er grüßte einige von ihnen, hauptsächlich die Liosalfar an dem großen Fallgitter, und mied andere, indem er sich in den Schatten hielt. Dennoch übersah er niemanden und schaute sich überall gründlich um, aber das Mädchen war nirgendwo zu finden. Shay übrigens auch nicht.

Tja, da hatte er seine Antwort, und er nahm an, sie gaben ein recht gut zusammenpassendes Paar ab, obwohl er bezweifelte, dass Shay sehr viel mehr Erfahrung mit Frauen hatte als er selbst. Und dennoch, wenn das morgendliche Abenteuer irgendetwas war, wonach man urteilen konnte, war Shay äußerst erpicht darauf, mehr über Frauen zu lernen, und der Junge hatte eine schnelle Auffassungsgabe. Wie dem auch sei, das geht mich nichts an, sagte Mychael sich; aber Shay sollte am kommenden Morgen mit ihm und den Liosalfar in die unergründliche Finsternis hinabsteigen, und Mychael wäre es lieber, wenn der Junge nicht allzu viel vor sich hin träumen würde, während sie dort unten waren.

Er eilte durch ein offenes Tor in der Innenmauer zwischen den beiden Burghöfen und strebte zu der Südmauer auf der anderen Seite des großen Obstgartens. In dieser Mauer befand sich ein Turm, in dem er einen Raum bewohnte, eine kleine Kammer in einem der unteren Stockwerke. Im Frühling war er eines Morgens aufgewacht und hatte einen Schwall duftender Apfelblüten draußen vor seinem Fenster herabregnen sehen, und in dem Moment hatte er gewusst, dass er wirklich heimgekehrt war. Der Obstgarten war ebenso alt wie die Festung und bestand aus hohen, ausladenden Bäumen, so mächtig wie jeder Eichenwald.

Zwischen dem Obstgarten und den weiten Grasflächen, die die Quicken-tree angelegt hatten, schmiegte sich eine steinerne Kapelle an die dem Meer zugewandte Mauer des unteren Burghofs, aber Mychael brachte nicht den Mut auf, sie zu betreten. Er führte jetzt ein heidnisches Leben, während er in den Trümmern der einstigen Pracht und Herrlichkeit von Merioneth nach den Göttern seiner Mutter suchte, und dies war jetzt das Ziel, dem er seine ganze Kraft und Aufmerksamkeit widmete. Wieder auf den Gott zurückzugreifen, den er aufgegeben hatte, würde ihm nicht helfen.

Am Turm angelangt, schlüpfte er durch die Tür und lief die Treppe hinauf. Es war eine Selbstverständlichkeit, dass ein Mann als Erstes seine Waffen schärfte, bevor er in die Höhlen hinunterstieg. Trig, Hauptmann der Liosalfar, war unter denjenigen gewesen, die er am Fallgitter gesehen hatte. Mychael würde seinen eisernen Dolch und sein kurzes Schwert mit der blattförmigen Scheide holen und sich zu den anderen gesellen, die sich auf die Reise ins Ungewisse vorbereiteten.

Llynya hielt den Atem an, als sie sich weit über die zinnenbewehrte Festungsmauer lehnte und den Hals verrenkte, um Mychael ab Arawn im Auge zu behalten, bis er in dem Turm am anderen Ende des Obstgartens verschwand. Obwohl der Mond und die zahlreichen Laternen genügend Licht spendeten und sie von ihrem Aussichtspunkt hoch oben auf dem inneren Wandelgang der Mauer das gesamte Gelände übersehen konnte, war es schwierig gewesen, seinen Weg über die Burghöfe zu verfolgen. Er bewegte sich wie ein Flackern von Licht und Schatten durch die Dunkelheit und war lediglich als eine verschwommene Silhouette zu erkennen. Ein- oder zweimal hatte sie ihn für einen Moment aus den Augen verloren, als es so schien, als hätte er sich urplötzlich in Luft aufgelöst, doch jetzt wusste sie genau, wo er war.

Sie stieß den angehaltenen Atem aus und ließ sich wieder auf die Füße zurückfallen. Ja, sie wusste genau, wo er war. Den ganzen langen Nachmittag über hatte sie auf seine Rückkehr gewartet, weil sie wieder zu lange gezögert hatte.

Oder vielleicht doch nicht? Vielleicht war die Gelegenheit ja jetzt besonders günstig. Niemand sonst hatte sich dem Turm in der Südmauer genähert. Mychael war allein.

Diese Tatsache stimmte sie nachdenklich. Es wäre ein Kinderspiel, zum Turm hinaufzulaufen und an der Tür zu seiner Kammer zu erscheinen, denn dort würde sie die Ruhe und Ungestörtheit haben, die sie brauchte, um ihm ihre Bitte vorzutragen. Rhuddlan würde sie noch weiter nördlich zu den Ebiurrane verbannen oder wieder in den Süden nach Deri, wenn er auch nur ahnte, was sie vorhatte. Ein Wurmloch zu durchbrechen war ungeheuer gefährlich, und es war allen strengstens untersagt. Das Zeitwehr zu durchbrechen war gleichbedeutend mit Tod.

Gleichbedeutend – aber es war eben nicht der Tod selbst, nicht das unwiderrufliche Ende, und genau das war das Entsetzliche daran. Wer durch das Wehrtor ging und auf der anderen Seite keinen Halt fand, war dazu verdammt, für immer und ewig durch die Zeitalter hindurch in die Unendlichkeit zu stürzen. Und Llynya befürchtete, dass dies Morgans Schicksal gewesen war, falls er den gewaltigen Schwerthieb überlebt hatte, der ihn über den Rand geschleudert hatte.

Bei diesem Gedanken überlief sie ein eiskalter Schauder. Sie hatte das Schwert des Keilers von Balor aufblitzen sehen und in panischer Angst beobachtet, wie die scharfe Klinge auf den Dieb von Cardiff niedergesaust war. Sie hatte das Blut aus Morgans Mund hervorquellen sehen – zu viel Blut – und sie war zu spät gekommen, um ihn zu retten. Zu spät.

Verdammt! Llynya biss sich auf die Unterlippe und hob die Hand, um eine Stelle über ihrer linken Brust zu reiben. Verfluchter Schmerz. Sie hätte bei Morgan bleiben müssen, aber sie hatte es nicht getan, obwohl Rhuddlan sie nicht nur einmal, sondern gleich zweimal hatte schwören lassen, dass sie nicht von seiner Seite weichen würde. Doch während der Schlacht hatte sie nur an Ceridwens Sicherheit gedacht, und Morgan hatte für ihre Pflichtvergessenheit büßen müssen.

So wie auch sie noch immer dafür büßte.

Sie blickte zu dem Turm am Ende des Obstgartens, dessen Zinnen sich als scharf umrissene Silhouette gegen den von Mondlicht erhellten Himmel abhoben. Mychael ab Arawn war auf dem schmalen Grat zwischen dem Sturz in die Unendlichkeit und dem Tod gewandelt. Wenn sie das Gleiche tun wollte, musste sie mit ihm verhandeln. Das hatte sie von Anfang an gewusst.

Also, warum habe ich ihn dann nicht angesprochen? Was hat mich zurückgehalten?, fragte Llynya sich. Sie hatte keine Angst vor Menschen, aber andererseits hatte sie ja auch noch nie die Hilfe eines Menschen gebraucht – bis jetzt. Edmee, Madrons Tochter, war Mychael gegenüber lange nicht so misstrauisch, aber sie war auch die Enkeltochter von Nemeton persönlich und hatte, genau wie Mychael, zum Teil Druidenblut in den Adern. Edmee hatte ihr an diesem Morgen anvertraut, dass Mychael dazu neigte, für sich zu bleiben, weil er ein Ausgestoßener war, sogar noch mehr, als andere es ihm nachsagten. Aber Llynya hatte mit einigen in Carn Merioneth gesprochen, die sich ganz und gar nicht wohl in Gesellschaft eines Mannes fühlten, der so viel Zeit allein in der unergründlichen Finsternis verbracht hatte; und mit anderen, deren Unbehagen an offene Feindseligkeit grenzte, wie Bedwyr, Waffenmeister der Liosalfar. Kein Quicken-tree hätte die Isolation ertragen können, die Mychael ausgehalten hatte, nicht so viele Monate lang, wie er dort unten verbracht hatte, aber – so hatte Bedwyr eilends hinzugefügt – es war noch gar nicht so lange her, dass die Dockalfar, die Dunkel-Elfen, in der unergründlichen Finsternis gelebt hatten, und herrschte nicht große Unruhe in Riverwood?

Der Waffenmeister war in seinen Anschuldigungen zwar nicht so weit gegangen, Mychael ab Arawn tatsächlich als Verbündeten des uralten Feindes zu bezeichnen, aber die Andeutung war unüberhörbar gewesen. Was für ein Unsinn, hatte Llynya sich gesagt, dennoch hatte ihr Instinkt sie bereits zweimal davor gewarnt, ihren gewählten Weg zu verfolgen.

Die Liosalfar duldeten Mychael, denn laut Wei, Trigs stellvertretendem Kommandeur, war er geschickt im Umgang mit dem Bogen und ein erprobter Schwertkämpfer. Er hatte sogar die Technik der Eisensterne gemeistert, Wurfscheiben mit scharfen Spitzen, die an die Strahlen eines Sterns erinnerten. Die Eisensterne waren eine altertümliche Waffe, die seit den Zauberkriegen kaum noch gebräuchlich war, aber der Druidenjunge hatte Gefallen daran gefunden. Shay nannte Mychael seinen Freund. Madron brauchte Mychael, brauchte ihn ganz dringend für etwas, von dessen Notwendigkeit sie ihn anscheinend nicht überzeugen konnte – dies hatte Llynya einer anderen vertraulichen Mitteilung Edmees entnommen –, und Rhuddlan wollte ihn beherrschen, wenn er konnte. Was sie selbst betraf, sie wusste genau, was sie von Mychael haben wollte; er kannte die unergründliche Finsternis. Das war für sie Grund genug, um ihn aufzusuchen.

Also, warum hatte sie dann gezögert? Es war nicht etwa so, dass sie befürchtete, körperlich verletzt zu werden, und dennoch hatte sie zweimal ganz deutlich die Gefahr gespürt, die von ihm ausging.

In diesem Moment kam Mychael unerwartet wieder aus dem Turm heraus, und eine Woge der Erleichterung durchflutete sie. Sie ließ die Hand, mit der sie noch immer gedankenverloren über den seltsamen Schmerz in ihrer Brust gerieben hatte, abrupt sinken. Mychael war noch nicht in Schlaf und Träumen versunken, und sie würde keine weitere Unschlüssigkeit bei sich dulden.

Seine langen, weit ausholenden Schritte führten ihn rasch zu dem Torbogen in der inneren Mauer. Er ging genau unterhalb der Stelle durch, wo sie oben auf der Brustwehr stand, und nach dem Aussehen der Waffen zu urteilen, die an seinem Gürtel hingen, strebte er zu dem Fallgitter. Sie hatte die Liosalfar dort gesehen, damit beschäftigt, ihre Schwerter und Messer für die bevorstehende Exkursion in die unterirdischen Tiefen zu schärfen. Auf seinem Weg zu dem Fallgitter würde Mychael auch an dem Brunnen der Festung vorbeikommen. Wenn sie sich beeilte, konnte sie ihn dort abfangen.

Im Nu war Llynya auf und davon und rannte die Brustwehr entlang, bevor die warnende Stimme in ihrem Kopf abermals Gelegenheit fand, sich Gehör zu verschaffen und sie von ihrem Vorhaben abzubringen.

Mychael schritt durch den Innenhof, während er auf den Nachtwind horchte, der durch das hohe Gras rauschte, die

Hauptstütze von Quicken-tree-Mahlzeiten. Mit der nächtlichen Brise drangen gedämpftes Gelächter und Gesprächsfetzen an sein Ohr, die von der Feuerstelle und dem Fallgitter am entgegengesetzten Ende des Burghofs herüberschallten. Die Quicken-tree hatten ausnahmslos Stimmen, deren Klang an kühles, plätscherndes Wasser erinnerte, und sie miteinander vermischt zu hören, ob beim Sprechen oder Singen, war, als hörte man das süße Murmeln von Bächen oder das Rauschen gewaltiger Wasserfälle. Er hatte keinen Platz unter den Quicken-tree, und er fragte sich oft, ob sie wohl bleiben würden, wenn er das Land als sein rechtmäßiges Eigentum zurückforderte. Der Kampf, den er führte, war wirklich nicht gegen sie gerichtet, noch nicht einmal gegen Madron oder Rhuddlan, sondern gegen einen namenlosen, gesichtslosen Feind, den er bisher nur ein einziges Mal erahnt hatte – in jener Nacht, als er durch die Kreuzgänge von Strata Florida gewandert und von der Vision gepeinigt worden war. Es war Ketzerei, ganz zweifellos, was er von den heidnischen Taten gesehen hatte, die seine Seele zu verdammen drohten, und mit jeden Tag, der vergangen war, noch größere Macht über ihn gewannen.

Alle Menschen bekämpften die Dämonen in ihrem Inneren, und in der Nacht seiner Vision hatte er geglaubt, der Kampf, den er sah, wäre geistiger Art, und – noch blasphemischer – dass er in vierhundert Jahren heilig gesprochen würde, weil er ihn ausgetragen hatte.

Aber die Anziehungskraft der verfluchten Vision war unglaublich stark und sehr real gewesen und hatte ihn nach Merioneth zurückgelockt, wo er Drachensymbole gefunden und sich an uralte Drachensagen erinnert hatte, an Dinge, die er von seiner Mutter gelernt hatte, lange vergessen und dennoch immer bekannt. Es war nicht der Stand der Heiligkeit, der ihn erwartete, wie ihm schließlich klargeworden war; denn wenn die Drachen Realität waren und die Vision keine Metapher für den Kampf des Menschen gegen die Sünde, dann würde er das werden, was er nicht werden wollte, nämlich ein Kriegsherr wie sein Vater, und noch weitaus schlimmer. In der Vision hatte er sich selbst durch einen Strom von Blut waten sehen, der aus den Körpern seiner niedergemetzelten Feinde geflossen war, ein Schwert in der Hand, von dem dasselbe Blut tropfte, und über der Szene der Zerstörung hatte er die Drachen gesehen, während sie ihren Sieg zu einem Nachthimmel hinaufschrien, gespalten durch grelles weißes Licht und schwarze, lodernde Flammen.

Ja, die Drachen hatten ihn nach Hause zurückgerufen, aber nicht, um ein Heiliger zu werden, sondern um zu kämpfen. Er, der zu einem Mann des Friedens erzogen worden war, aufgewachsen mit einer Religion, die die Bestien in das Reich des Aberglaubens verwies, sollte als Herrscher eines Landes kämpfen, auf das er keinen Anspruch erhoben hatte, gegen einen Feind, den er nicht kannte – so hoffte er zumindest inständig.

Was, wenn sich herausstellte, dass es die Quicken-tree waren, die er aus Merioneth eliminieren musste? Diese Frage kam ihm hin und wieder in den Sinn. Konnte es sein, dass sie seine Eltern verraten und dann festgestellt hatten, dass die neuen Herrscher nicht nach ihrem Geschmack waren? Zweifelhaft, aber immerhin möglich. Niemand sonst erhob nach der Niederlage von Balor lautstark Forderung nach den Ländereien und hinterließ kaum Feinde.

Was wiederum für die Quicken-tree sprach, war die Tatsache, dass Madron es bei ihnen aushielt, und ihr Vater war in derselben Schlacht umgekommen, in der auch Mychaels Mutter und Vater vor fünfzehn Jahren den Tod gefunden hatten. So wie Mychael musste auch sie von Gwrnachs brutaler Ermordung durch seinen Sohn gehört und sich gerächt gefühlt haben. Der Sohn, Caradoc, der Keiler von Balor, war zusammen mit Morgan ab Kynan in dem Zeitwehr verschwunden, und Caradoc war der Letzte der Balor-Linie gewesen. Die anderen Männer von Balor waren tatsächlich abgeschlachtet worden, aber nicht von seiner, Mychaels, Hand. Er hatte nur drei getötet, und zwar mit seinem Bogen, nicht mit einem Schwert – und er hatte sie getötet, um das Mädchen zu retten, nicht um des Blutvergießens willen.

Also war es nicht die Schlacht, die hinter ihm lag, sondern vielleicht eine, die ihm noch bevorstand, die ihn zu einem brutalen Menschenschlächter machen könnte. Das war es, was er fürchtete, mehr noch als den Tod, diese blutbesudelte Kreatur, die aus ihm werden könnte, denn darin lag der Verlust von Gottes Wille und der eigentliche Kern von Wahnsinn, sollte er sein Leben als wilde, raubgierige Bestie zubringen müssen.

Der Wind, ebenso ruhelos wie seine Gedanken, drehte ganz plötzlich, fegte über die Mauer auf der Seeseite hinweg und wehte durch das hohe Gras im unteren Burghof, sodass sich die Halme nach Osten neigten. Mychael folgte der Bewegung der schwankenden Halme und beobachtete, wie sie in dunklen, goldenen Wellen über den Hof wogten, bis sein Blick auf den Brunnen der Festung fiel.

Er blieb abrupt stehen.

Dort war sie, die bezaubernde Elfenmaid; sie stand allein in einem Kreis aus Licht, erzeugt von einer kleinen Laterne, und tauchte gerade einen Eimer in den Brunnen. Er hatte noch niemals ein so schönes Geschöpf gesehen, noch nicht einmal in seinen kühnsten Träumen – das dunkle, seidige Gewirr ihres Haares, eher verknotet als zerzaust, zu tausend ineinander verschlungenen Strähnen und Zöpfen geflochten und mit Blättern durchsetzt; Haut, die wie Perlmutt schimmerte und förmlich um eine Liebkosung bettelte; und ein Gesicht, das es ihm einfach unmöglich machte, ungerührt zu bleiben. Blumen waren in das Quicken-tree-Tuch ihrer Tunika und Beinlinge eingepresst, helle Blütenkränze von Mädesüß und zarte Rosenknospen, so rosenrot wie ihre Lippen. Blaue Tätowierungen wanden sich um ihr Handgelenk und schlängelten sich in einem Muster von Runen und Blättern an ihrem Arm hinauf, Tätowierungen, die sie als Kriegerin der *tylwyth teg* kennzeichneten, als eine Liosalfar, ein heidnisches Wesen. Und es war äußerst erstaunlich, dass ein scheinbar so zartes, zerbrechliches Wesen kämpfen konnte. Und doch hatte er sie ein schweres Schwert schwingen sehen.

Seit fünf Monaten lebte er nun schon bei den Quicken-tree und war so manchem hübschen Mädchen begegnet, und er hatte gewusst, dass er sich für alles, was er sich von irgendeiner von ihnen nehmen würde, revanchieren müsste. Und deshalb hatte er nichts genommen. Er hatte nicht gewollt, dass ein Mädchen Ansprüche an ihn stellte, wie geringfügig auch immer, sei es die Forderung nach einem Kuss oder nach mehr – bis jetzt. In Riverwood im Morgengrauen hatte dieser bezaubernde Kobold seinen Blick nicht länger als einen kurzen Moment festgehalten, aber es hatte genügt, um ihn zu bestricken, denn er hatte eine unumstößliche Wahrheit in den grünen Tiefen ihrer Augen gesehen: Sie war ebenso wild wie er, vielleicht sogar noch wilder.

Grund genug, um ihr aus dem Weg zu gehen, sagte Mychael sich, obwohl er seine Schritte trotzdem in ihre Richtung lenkte. Er konnte nicht noch mehr Wildheit in seinem Leben gebrauchen. Wenn er sich eine Frau nähme, dann geboten ihm der gesunde Menschenverstand und sein Erbe, dass seine Wahl nicht ausgerechnet auf eine ungezähmte Elfenmaid fallen würde. Rhuddlan sollte nicht noch mehr Macht über ihn erhalten.

Ja, sie war eine Komplikation, auf die er gut und gerne verzichten konnte – abgesehen von dem Kuss, den Shay ihr geraubt hatte und er nicht. Er hatte den Jungen um diese eine flüchtige Liebkosung ihrer samtweichen Wange beneidet. Er beneidete ihn noch immer darum, obwohl er sich nicht mit so wenig begnügt hätte. Er hätte sich mehr genommen, sehr viel mehr. Er kannte sich recht gut mit Küssen aus, mit der Art, wie zwei Lippenpaare miteinander verschmolzen und einer den süßen Atem des anderen trank, und er wusste nur zu gut, wohin das führen konnte. Dennoch war ihm klar, dass die Elfenmaid für solche Dinge nicht zu haben war.

Während er sie beobachtete, tauchte sie einen Becher in den Eimer und wandte sich von dem Brunnen ab, wobei sie sich unbewusst so herumdrehte, dass sie sich als schwarz umrissene Silhouette gegen den leuchtenden Lichtschein der Laterne abhob. Der Anblick ließ Mychael wie angewurzelt stehen bleiben. Für einen flüchtigen Moment sah sie wie eine dunkle Flamme aus, die das Licht in zwei Hälften spaltete, bis durch die anmutige Fortführung ihrer Bewegung die Umrisse ihres Körpers erhellt wurden – die Rundung ihrer Brust, der sanfte Schwung ihrer Hüfte, die schlanke Länge ihrer Beine. Sie hat überhaupt nichts Finsteres an sich, sagte er sich, empört über seine abwegigen Gedanken. Die einzige Finsternis fand sich in seiner eigenen schwarzen Seele, denn wie die gefährliche Drachenvision, so brachte auch die Elfenmaid sein Blut in Wallung, wenn auch mit einem ganz anderen Ergebnis. Er war wirklich ein unreifer Junge, dass er derart leicht in Erregung geriet.

Er brauchte nichts weiter zu tun, als dem Weg und der Richtung des Windes zu folgen, um zu ihr zu gelangen. Stattdessen drehte er seine Füße nach Norden, um einen großen Bogen um den Brunnen zu machen. Er war in die Festung zurückgekommen, um sie zu finden, und er hatte sie gefunden. Er hatte nur noch einen einzigen Blick auf sie werfen wollen, und dieser Wunsch war ihm gewährt worden. Es würde genügen müssen.

Llynya hob den Eimer aus dem Brunnen und balancierte ihn auf dem Rand, während sie zu der Grasfläche hinüberblickte, von wo Mychael ab Arawn kommen würde. Bei einem nicht ganz zufälligen Zusammentreffen gab es dennoch immer einige Dinge, die dem Zufall überlassen blieben, und ein wenig Aufmerksamkeit war nicht unangebracht. Sie wollte nicht, dass er unbemerkt an ihr vorbeiginge.

Sie griff nach einem silbernen Becher und tauchte ihn in den Eimer, um einen Schluck Wasser zu trinken. Die nächtliche Brise, die von der Irischen See herüberwehte, strich über die äußere Begrenzungsmauer, liebkoste ihre Wangen und zerzauste ihr Haar und ließ das hohe Gras hin und her wogen. Sie roch den salzigen Beigeschmack der Brise, so ganz anders als die würzige Frische der Winde, die aus den Bergen herunterwehten. Als sie ihren Kopf ein ganz klein wenig weiter herumdrehte, stieß sie plötzlich auf eine andere Witterung, einen Geruch, der sie reglos innehalten ließ.

Er war es, der sich durch die Felder bewegte, während sich sein Duft mit dem der Gräser vermischte, so völlig anders als der der *tylwyth teg*, der walisischen Feen.

Llynya schloss die Augen und wartete, atmete in tiefen Zügen ein. Sein Duft war von einer intensiven Vielschichtigkeit, warm und animalisch, und zeugte von einem Leben, das sich ihrer Kenntnis entzog – von langen Jahren hinter Klostermauern, erfüllt von rußenden Talglichtern und den frommen Gesängen von Männern. Undeutlich, aber dennoch wahr, las sie seine Geschichte in dem Wohlgeruch, den der Wind herübertrug. Da war der Wald, der sich durch seine Tage zog. Das Meer hatte ebenfalls eine Rolle in seinem Leben gespielt, war gekommen und wieder gegangen; und weit jenseits von all dem war eine schwache Spur dessen, was sie suchte – der Äther der Ewigkeit, schwarz gerändert und gefährlich … *ein heftiges Zittern lief durch ihren Körper, durch Knochen und Sehnen, während ein grelles Schattenbild der Furcht einen bodenlosen Abgrund zu ihren Füßen aufriss. Sie sprang entsetzt zurück, weg von der scharfen Kante und in einen Teich aus Licht* – und prallte mit dem Rücken gegen die Brunnenwand. Wasser ergoss sich auf ihre Hände. Sie riss erschrocken die Augen auf.

»Shadana …«, betete sie tonlos. Sie hatte sich in Deri ein bisschen in der Kunst des Sehens geübt; sie besaß zwar nicht annähernd so starke hellseherische Kräfte wie Moira, aber anscheinend genug, um ihr einen ordentlichen Schreck einzujagen. Das sollte dir ja wohl Warnung genug sein, schalt sie sich, deine Fähigkeiten nicht an einem männlichen Nachkommen von Merioneth auszuprobieren, einem Druiden, ob er es nun sein wollte oder nicht.

In dem Moment kam er aus den Feldern heraus, und das Erste, was sie von ihm sah, bestätigte ihr Gefühl, dass es klug war, Vorsicht walten zu lassen. Bei allen Göttern, aber er bot wirklich einen merkwürdigen Anblick. Er hatte keine zwei Teile an sich, die zusammenpassten. Selbst seine Stiefel waren aus den Häuten von zwei verschiedenen Tierarten gefertigt. An seinem linken Stiefel sah sie Kaninchenpelz, der in Büscheln aus dem Stiefelschaft hervorragte, an seinem rechten Eichhörnchenfell. Sein linker Strumpf bestand hauptsächlich aus weißer Mönchswolle, der rechte hauptsächlich aus Quickentree-Stoff, und beide waren geflickt und zweifellos die Ursache seines irritierenden Licht- und Schattenganges. Um seine Taille war ein breiter, mit Silbereinlegearbeiten verzierter Gürtel geschlungen, in dem seine Messer und ein Kurzschwert steckten.

Er ging ein Stück abseits des Pfades, und wenn sie ihn nicht in die richtige Richtung lenkte, würde er den Brunnen mit Sicherheit verfehlen.

Es wäre besser, ihn gehen zu lassen, flüsterte eine innere Stimme. Llynya brachte sie energisch zum Schweigen und rief: »*Malashm,* ho!«

Mychael blieb stehen und blickte zu der Stelle hinüber, wo sie stand, und er zögerte einen langen Moment, bevor er sich erneut in Bewegung setzte und in ihre Richtung strebte. Falls er ihren Gruß erwiderte, so hörte sie es jedenfalls nicht. Vielleicht nickte er ihr zu, vielleicht auch nicht. Bei dem matten Licht und der dunklen Bemalung, die sein Gesicht zur Hälfte in Schatten hüllte, war das schwer zu erkennen. Schließlich blieb er abermals stehen, nicht allzu weit von ihr entfernt. Hinter ihr waren noch ein paar Zoll leerer Raum, genug, um Platz für einen kleinen Rückzieher zu bieten, aber nicht gut, um ihren rasenden Puls zu beruhigen. Als sie auf einer Höhe mit ihm stand, erkannte sie, dass es eine Intuition gewesen war, noch stärker als ihre Feigheit, die sie vorhin auf der Mauer hatte zögern lassen.

Dies hier war kein Retter, so viel stand fest, aber vielleicht ein Mann, der tatsächlich zu viel Zeit allein in den Tiefen der Erde verbracht hatte. Er war größer, als sie gedacht hatte, eine schlanke, wild anmutende Erscheinung, die etwas Misstrauisches und Angespanntes in sich hatte, und er war breiter in den Schultern als jeder *tylwyth teg*. Der Streifen in seinem Haar war wirklich verblüffend, wenn man ihn aus der Nähe betrachtete, eine breite Strähne von Kupfer und Bronze, die mit einem seltsam metallischen Glanz im Licht der Laterne schimmerte.

Er schwieg beharrlich, während er am Rand des Lichtkreises stand, und sie fragte sich, ob er vielleicht nicht sprechen konnte. Einige wilde Geschöpfe konnten es nicht – obwohl die meisten zu ihr sprachen –, und er war zumindest halb wild, wenn nicht noch mehr. Die Dunkelheit der Nacht verhüllte seine Augen, dennoch fühlte sie seinen Blick auf sich, spürte, wie er sie mit einer durchdringenden Schärfe musterte, die sie nervös machte.

Sie schluckte hart und fragte sich, worauf sie sich da eingelassen hatte und wie sie ihn jemals dazu bringen sollte, ihr Gehör zu schenken und ihr bei ihrem Vorhaben behilflich zu sein, oder wie sie auch nur von dem Brunnen wegkommen sollte, falls eine Flucht unvermeidlich war. Er trat schweigend einen Schritt näher, und sie wich instinktiv zurück und machte hastig ein unheilabwehrendes Zeichen. Er musterte sie von Kopf bis Fuß, und als sich ihre Blicke abermals trafen, schien es, als wüsste er mehr von ihr, als ihr lieb war.

Verdammt und zugenäht! Was fiel ihr eigentlich ein? Sie wollte das schier Unmögliche von ihm, wollte ihn bitten, die Tore der Zeit zu durchbrechen und ihr einen Weg zu zeigen, von dem sie vielleicht nie wieder zurückkehren würde. Ihn sich mit abwehrenden Gesten vom Leib zu halten, war wohl kaum die richtige Methode, um ihr Ziel zu erreichen. Es war auch nicht zu ihrem Vorteil, ihn merken zu lassen, dass ein einziger Schritt von ihm genügte, um sie zum Rückzug zu bewegen.

Er wies auf den silbernen Becher. »Ich möchte einen Schluck Wasser haben«, sagte er, seine Stimme rau und schroff, als ob er sie nicht allzu häufig benutzte.

»Ja«, stieß sie hervor, während sie sich räusperte und ihm den Becher hinhielt.

Ihre Finger berührten sich, als er den Silberbecher aus ihrer Hand nahm, und es ernüchterte sie wieder, nur Wärme zu fühlen und nicht das geringste bisschen knisternde Energie. Trig würde sie hängen, strecken und vierteilen lassen, wenn er sah, wie kindisch sie sich benahm. Sie war eine Liosalfar, ein Yr-Is-ddwfn-Ätherwesen, und sie konnte es mit jedem Mann aufnehmen, selbst mit wundersamen und merkwürdigen Exemplaren, die ein Hauch von Magie umwehte.

Ja, denn auch das war da. Nun, wo er im Licht stand, konnte sie es deutlich sehen. Es war der Druide in ihm, eine gewisse hellseherische Veranlagung, die sie auch in seiner Schwester erkannt hatte. In jenen tief grauen Tiefen pflegten sich Dinge zu verlagern, und nicht nur in Bewusstseinsschattierungen. Er besaß die Gabe des Sehens, und sie fragte sich, ob es vielleicht diese Fähigkeit war, die ihm freie Bahn verschafft hatte, um in die Wurmlöcher einzudringen.

Als der Becher leer war, reichte er ihn zurück und wischte sich den Mund an seinem Ärmel ab. »Heute Morgen in Riverwood brauchte ich nur deiner Geschichte zu folgen, um dich zu finden. Das nächste Mal solltest du deine Freunde besser ins Innere des Festungswalls bringen, wenn sie ein Märchen hören wollen.«

Mit dieser beleidigenden Äußerung wandte er sich um zum Gehen, und Llynya hätte ihn beinahe gehen lassen. Und dennoch, pikiert oder nicht, sie wollte, dass er blieb. Tatsächlich widerstrebte es ihr zutiefst, ihn einfach gehen zu lassen, und hatte sie ihn nicht mit ihrer abwehrenden Geste zuerst beleidigt? Wie du mir, so ich dir – kein sonderlich guter Anfang für das, was sie fragen wollte.

»Es ist nicht an mir, den Vögeln Befehle zu erteilen«, erwiderte sie hastig. »Sie tun nur das, was sie wollen, ähnlich wie du.«

»Richtig«, pflichtete er ihr bei, während er stehen blieb und sie erneut anblickte. »Ich tue, was ich will.«

»Und was ist mit dem Wunsch eines anderen?«, fragte sie kühn. »Wenn derjenige nun in großer Not wäre?«

Er betrachtete sie einen Moment lang schweigend, und zu ihrer Überraschung verzog sich sein Mund zu der Andeutung eines Lächelns. »Rhuddlan ist wirklich raffiniert geworden«, sagte er mit seiner rauen Stimme, »wenn er dich schickt, um über Notlagen zu sprechen.«

Rätselhafte Worte, aber sie erahnte ihre Bedeutung so weit, um Wärme in ihre Wangen kriechen zu fühlen. Wie seltsam von ihm, zu denken, dass Rhuddlan mit ihrer Gesellschaft Tauschhandel treiben würde, und noch seltsamer, dass dieser Gedanke ein Lächeln auf seine Lippen zauberte.

»Ich bin nicht von Rhuddlan geschickt worden«, erklärte sie.

Sein Lächeln verblasste. »Ich traue der Hexe von Wroneu sogar noch weniger als dem Quicken-tree-Mann«, warnte er sie.

»Nein«, korrigierte sie ihn. »Madron hat mich nicht geschickt. Ich bin in eigener Sache gekommen.«

Bei dieser Bemerkung erschien eine tiefe Furche zwischen seinen Brauen. »In eigener Sache? Was willst du von mir?«

»Du hast mir das Leben gerettet«, erwiderte sie, da sie inzwischen entschieden hatte, wie sie die schwierige Debatte eröffnen würde. »Du bist der Bogenschütze von den violetten Klippen, und ich werde niemals vergessen, was du für mich getan hast.«

»Es war kein –«

»Llynya!«

Sie fuhren beide ruckartig herum, als jemand laut ihren Namen rief. Llynya unterdrückte ein Stöhnen. Ihre Zeit war abgelaufen. Es war Aedyth, die sich in flottem Tempo dem Brunnen näherte, die Röcke gerafft, um ihren Schritt noch zu beschleunigen. Die Heilerin hatte ihren Tag ebenfalls nicht vertrödelt, sondern mit allen und jedem gesprochen und dabei genug erfahren, um Mychael ab Arawn zu verurteilen und als labilen Druidenjungen zu bezeichnen. Sie kenne sich mit diesen Dingen aus, hatte die Heilerin erklärt, und Llynya solle auf sie hören. Rhiannons Sohn war nicht der, für den man ihn auf den ersten Blick halten würde; es steckte noch einiges mehr in ihm, was von außen nicht zu erkennen war, eine dunkle Bestie, da war Aedyth sich ganz sicher, auch wenn kein anderer es gewagt hatte, ihn so zu nennen.

»Komm weg da, Mädchen«, rief die Heilerin. »Ich habe dich die ganze Nacht gesucht, und ich möchte, dass du in deinem Bett liegst.«

Dreimal verflixt und zugenäht!

»Ja, Aedyth, nur einen Moment noch. Ich komme bald.«

»Dein ›bald‹ ist nicht bald genug für mich«, schimpfte Aedyth. Die alte Frau trat neben sie und griff nach ihrem Arm. »Und auch nicht bald genug für Rhuddlan. Er möchte mit dir sprechen.«

»Aedyth, ich –«

»Das reicht, Kobold!«, ließ sich plötzlich eine andere Stimme vernehmen. »Rhuddlan ruft, und es ist deine Pflicht, ihm zu gehorchen.«

Mychael riss seinen Blick von dem Mädchen los und spähte

in die Dunkelheit hinter dem Brunnen, und er verfluchte sich im Stillen, weil er sich wie ein völlig vernarrter Idiot benommen hatte. Er war so intensiv mit der Elfenmaid beschäftigt gewesen, dass er den Mann, der hinter der alten Frau herlief, überhaupt nicht bemerkt hatte. Es war Bedwyr, derjenige von allen Quicken-tree, der ihn am allerwenigsten leiden konnte, und er hatte die Hand auf dem Heft seines Messers – eine unmissverständliche Botschaft.

Was glaubt der alte Mistkerl eigentlich?, fragte Mychael sich. Dass ich das Mädchen entführen wollte?

In dem Moment sah er ein Stück weiter östlich noch eine Messerklinge aufblitzen. Bedwyr war offensichtlich nicht der Einzige, der ihn bedrohte, obwohl Mychael wusste, dass sie es nicht wagen würd, noch weiterzugehen und ihn tätlich anzugreifen. Rhuddlan würde nicht zulassen, dass er verletzt wurde.

»Was soll das, Bedwyr? Trev?«, fragte das Mädchen, ihr Benehmen plötzlich überraschend gebieterisch. »Ich brauche hier keine Eskorte!«

Als die Männer keine Antwort gaben, sondern nur ihr Messer vollends aus dem Gürtel herauszogen, griff Llynya nach ihrem eigenen Messer.

Mychael packte blitzschnell ihr Handgelenk, bevor sie den Dolch aus der Scheide ziehen konnte.

Die alte Frau keuchte erschrocken auf.

»Lass gut sein«, sagte er zu dem Mädchen, während er sich fragte, wer sie war, dass Bedwyr so überstürzt in ihrem Interesse handelte. »Sie verhalten sich ja nur deshalb so, weil sie dich schützen wollen.«

»Muss ich denn vor dir beschützt werden?«, fragte sie mit durchbohrendem Blick.

»Vielleicht.« Er sprach die Wahrheit und sah, wie sie abermals errötete.

»Nein«, erwiderte sie. »Ich glaube, du bist derjenige, der vor ihnen beschützt werden muss.«

»Und du würdest diese Aufgabe übernehmen?« Er ließ sie mit einem seltsamen Widerstreben los, als ob er hoffte, dass ihm noch ein Grund einfallen würde, um sie weiterhin festzuhalten. Sie duftete nach Lavendel, ein betörender Duft.

»Ja. Ich bin eine Liosalfar und habe einen Eid geschworen, diejenigen zu beschützen, die in meiner Obhut sind.« Der grimmige Ernst ihrer Worte und der Blick, mit dem sie ihn bedachte, überraschten ihn erneut. Es war keine Kleinigkeit, die sie da anbot, und er fragte sich nach dem Grund.

»Und trotzdem bist du ein junges Ding, auf das man aufpassen muss«, warf die alte Frau ein und presste die Lippen zu einer schmalen Linie zusammen. Sie zog energisch am Arm des Mädchens, und diesmal gehorchte die Elfenmaid.

Mychael trat einen Schritt zurück und ließ sie gehen, um seine Aufmerksamkeit auf die beiden Männer zu konzentrieren. Trottel, alle beide. Wenn er sich wirklich mit dem Mädchen hätte davonmachen wollen, wären Bedwyr und ein einziger anderer Mann ganz gewiss nicht im Stande gewesen, ihn daran zu hindern. Dazu wäre schon etwas mehr nötig gewesen. Hatte der Waffenmeister noch nicht genug über ihn gehört, um das zu wissen? Mychael wusste mit Sicherheit mehr über ihn, und jetzt würde er Bedwyr noch eine weitere Schwäche ankreiden. Er würde nicht vergessen, dass es mehr als nur Abneigung war, was der Mann empfand, und dass Furcht das Urteilsvermögen des Waffenmeisters trübte.

Bedwyr sollte am folgenden Morgen mit ihnen in die unergründliche Finsternis hinabsteigen, und er, Mychael, würde gut daran tun, ihn im Auge zu behalten. Die Höhlen jenseits der Magia-Wand ließen nur wenig Spielraum für Schwäche, und Furcht war der sicherste Weg in den Tod.

4

Auf einem steinernen Sims hoch über dem Boden einer riesigen Höhle und weit unterhalb des Gebietes von Merioneth kniete Mychael neben einem unterirdischen Strom und tauchte seine Hand hinein, um einen Schluck Wasser zu trinken. Ihre Erkundungsexpedition in die unergründliche Finsternis hatte sie vier Tagesreisen tief ins Erdinnere geführt, und sie befanden sich jetzt im Revier des alten Wurms, drei Tagesreisen hinter der Halle von Lanbarrdein und zweieinhalb Tagesreisen jenseits der Magia-Wand. Keine drei Schritte von ihm entfernt stürzte der Strom über eine Steilwand und ergoss sich in einen düsteren Abgrund. Seine Traumsteinklinge leuchtete hell in ihrer offenen Lederscheide an seinem Gürtel, verbreitete blaues Licht in dem feinen Nebel, der von den herabstürzenden Wassermassen aufstieg, und ließ die Eisensterne an der Ledermanschette um seinen rechten Arm funkeln. Ein Bogen und ein Köcher baumelten von dem Bündel herab, das er auf dem Rücken trug. Ein eiserner Dolch, mit eingravierten Mustern verziert und mit einer scharfkantigen Stahlklinge versehen, hing griffbereit an seiner linken Hüfte, sein Kurzschwert an seiner rechten.

Feuer flackerten in einer langen Reihe an einer Wand der Höhle und sprenkelten die Dunkelheit mit gelben Flammen. Mychael und Shay hatten Feuerketten gelegt, um ein unüberwindliches Hindernis für den alten Wurm zu errichten und ihn auf diese Weise auf der anderen Seite jenes Weges einzusperren, den Trig für ihren Ausflug gewählt hatte. Es war nicht das erste Mal, dass der Hauptmann ihn und den jungen Quicken-tree dazu abkommandiert hatte, die Bestie von den Pfaden zu verjagen, damit andere gefahrlos ihre Fähigkeit im Erkunden der unergründlichen Finsternis vervollkommnen konnten. Mychael und Shay brauchten nicht zu üben, wie man sich bei völliger Dunkelheit orientierte; sie konnten Höhlen im Schlaf auskundschaften.

Sie sperrten den alten Wurm nicht jedes Mal ein, wenn sie sich tief unter der Erde bewegten, aber Trig war in letzter Zeit besonders vorsichtig geworden und nicht mehr bereit, irgendwelche Risiken einzugehen. Es ist besser, freie Bahn zu haben, hatte er gesagt. Was bedeutete, dass sie Feuerketten legen mussten. Nichts und niemand konnte einen Tunnel oder Pfad gründlicher blockieren als der alte Wurm. Die kleineren *pryf* konnte man zur Not mit einer Traumsteinklinge vertreiben oder durch Singen zur Unterwerfung zwingen – obgleich sie so wild und ungebärdig geworden waren –, aber der uralte Wurm war, wo er war, sofern er nicht durch Feuer aufgehalten wurde.

Mychael hörte das dumpfe Grollen und Rumpeln unter sich, als das gewaltige schlangenförmige Geschöpf zum anderen Ende der Höhle kroch, um den Flammen auszuweichen, die sie mit *hadyn draig*, Drachensperma, gewürzt hatten. Der alte Wurm würde sich hüten, mit Drachensubstanz in Berührung zu kommen.

Mychael schöpfte Wasser mit der hohlen Hand und trank. Tropfen liefen an seinem Kinn herunter, und er wischte sie mit seinem Ärmel ab.

Ein blauer Lichtbogen schnitt wiederholt durch die Dunkelheit auf der gegenüberliegenden Seite der Nebelschwaden und erregte seine Aufmerksamkeit. Das Licht war nicht allzu weit entfernt und kam von oberhalb eines Tunnelfeuers, das gerade zu lodern begonnen hatte. Shay war mit seiner letzten Feuerkette fertig. Mychael griff nach seiner Traumsteinklinge und erwiderte das Signal. Es wurde Zeit, dass sie gingen. Er tauchte ein letztes Mal die Hand in den Strom, um noch schnell einen Schluck zu trinken, bevor er sich erhob und mit weit ausholenden Schritten den Gang hinuntereilte, der von der Steilwand wegführte.

Er und Shay hatten ausgemacht, sich an einem Punkt zu treffen, wo vier Tunnel in einer Höhle zusammenliefen, die mit Abbildungen von Tieren geschmückt war: Anmutige, ockergelbe und umbrabraune Rehe liefen über die Decke der Höhle; ein Bär stürmte Kopf an Kopf mit einem wutschnaubenden Keiler dahin; eine Herde wilder Bullen donnerte in einer weiten Kurve über den oberen Teil eines der Gänge. Sie alle flohen von einem dunklen, verborgenen Ort, dargestellt durch farbige Schrägstriche, die aus einer schwarzen Gletscherspalte herausragten.

Als Mychael sich erkundigt hatte, was die Bilder zu bedeuten hätten, hatte Shay hastig ein Unheil abwehrendes Zeichen gemacht und etwas von einem Ort gemurmelt, wo selbst Götter starben. Doch mehr war aus dem Jungen nicht herauszuholen gewesen, ganz gleich, wie sehr Mychael ihn gedrängt hatte.

Er war auf viele solcher Rätsel gestoßen, als er allein durch die Höhlen gewandert war. Während jener Monate war er nichts weiter als ein Forscher gewesen, der dem Weg folgte, den seine Sehnsucht ihm diktierte, einem Weg, der durch eine phantastische, atemberaubende Welt führte, anders als jede, die er sich jemals vorgestellt hatte. Der Drachenschlund und die Lichthöhlen waren genauso gewesen, wie er sie noch aus Kindertagen in Erinnerung hatte; aber jenseits der Höhle des Teiches der Weissagung, am Ende der labyrinthähnlichen Tunnel der Canolbarth, lag eine Höhle voller Wunder, die, wie er jetzt wusste, Lanbarrdein hieß, die Halle der Könige. Dort hatte er zum ersten Mal einen Brocken bläulich-weißen Quarzkristalls in den Händen gehalten und gefühlt, wie sich das Gestein erwärmte, während es zu leuchten begann; und auf diese Weise war der bodenlose Abgrund der Finsternis, der sich drohend vor ihm aufgetan hatte – ein Abgrund, von dem er bereits befürchtet hatte, dass er der äußerste Rand der Erde sei, von dem aus alles andere ins Chaos stürzte –, in einen himmlischen Palast aus Bergkristall verwandelt worden, erfüllt von dem geheimnisvollen Licht des Traumsteins. Und die Lanbarrdein-Höhle war erst der Anfang der Wunder der unterirdischen Tiefen gewesen.

Und dennoch, trotz allem, was er entdeckt hatte – Drachen hatte er nicht gefunden.

Rhuddlan sagte, dass er sie nicht zu suchen brauchte, dass die Drachen ihn schon finden würden, falls sie ihn tatsächlich gerufen hatten.

Mychael schob grimmig das Kinn vor. Die Drachen riefen ihn, daran konnte es keinen Zweifel geben. Dieses Verlangen, das durch sein Blut pulsierte, diese rastlose, quälende Sehnsucht, war nur noch stärker geworden, seit seine Schwester die *pryf* befreit hatte. Das letzte Mal, in jener Nacht, bevor sie in die unergründliche Finsternis hinabgestiegen waren, war der Ruf einem Befehl gleichgekommen. Er hatte ihn tief in seinem Inneren gespürt, hatte das Pumpen seines Blutes gefühlt, frisch und heiß aus seinem Herzen – wildes, verfluchtes Drachenherz, das er fürchtete, seit er in dem roten Buch gelesen hatte, das Ceridwen ihm gegeben hatte.

Fata Ranc Le, so hatte Madron es genannt, das Rote Buch des Schicksals, ein Unheil verkündender Titel, aber durchaus zutreffend, denn das Buch sagte zweifellos seinen Untergang voraus. Er hatte es gelesen, nachdem Ceridwen und Lavrans zu ihrer Reise in den hohen Norden aufgebrochen waren, die Abschnitte in Lateinisch und Walisisch; und was er dort gelesen hatte, hatte ihm manch schlaflose Nacht bereitet. Ein spezieller lateinischer Abschnitt hatte von einem Zauber gehandelt, kreiert von einer Priesterin aus einer längst vergangenen Zeit, die Drachenblut benutzt hatte, um einen männlichen Nachkommen aus dem Druidenpriesterinnengeschlecht von Merioneth hervorzubringen. Er war ein Abkömmling des uralten Druidenpriesterinnengeschlechts von Merioneth, und in dem Buch wurde lediglich der Name eines einzigen männlichen Nachkommen erwähnt, nämlich seiner.

Drachenblut von seiner Mutter. Das war es, was durch seine Adern strömte, was ihm vor vier Nächten einen von sengender Hitze und Wahnvorstellungen erfüllten Traum beschert hatte. Auf dem Höhepunkt des Albtraums, der seine Vision widerspiegelte, war die Hitze plötzlich wieder verschwunden, zusammen mit dem Wahnsinn, und er hatte sich zitternd und frierend auf seinem Bett wiedergefunden, von Erinnerungen an die Vision heimgesucht, von der er inständig wünschte, er hätte sie niemals gehabt.

Verfluchtes Blut. Die *pryf* waren Drachenlarven, und er wusste, es war kein Zufall, dass ihre Unruhe und ihre hektische Betriebsamkeit in der Erde auch in ihm Unruhe auslösten. Das Gleichgewicht der Kräfte in den Wurmlöchern war gestört worden, als Ceridwen und Lavrans das smaragdgrüne Siegel erbrochen hatten. Die Löcher, zu denen er bis dahin Zugang gehabt hatte, die kleineren, hatten sich alle wieder geschlossen und waren in das große Wurmloch hineingesogen worden, angezogen von seiner ständigen Kraft und dem wirbelnden Strom von Aktivität. Es war eine Verlockung für jeden Mann, ein unwiderstehlicher Drang, näher zu kommen und an seinen Geheimnissen teilzuhaben.

Er brauchte diese Geheimnisse so dringend, wie er Luft zum

Atmen brauchte, brauchte die Energie, die das warme, sich ringelnde Knäuel von Würmern ausstrahlte, die den Abgrund umringten und immer goldener wurden, je tiefer man zu dem Ort vordrang, wo »was immer einmal war« und »was immer auch sein wird« aufeinander trafen und sich miteinander vermischten. Es war dort unten, in dem immer währenden Strom der Zeit, wo er das einzige Mal Frieden gefunden hatte, seit er in den Norden gekommen war.

Rhuddlan hatte ihm alles das wieder genommen. Der Quicken-tree-Anführer hatte die Tunnel zu den Toren der Zeit versiegelt und allen verboten, auch nur in die Nähe des Wurmloches zu kommen, mit der Begründung, dass es viel zu gefährlich geworden sei.

Und es stimmte. Mychael hatte es selbst gefühlt, hatte gespürt, dass das eine große Wurmloch ihn eher bei lebendigem Leib verbrennen würde, als ihm Einlass zu gewähren; aber der Weg würde nicht bis in alle Ewigkeit blockiert sein. Trig hatte ihn gelehrt, die Worte in uralter Sprache zu verstehen und die Elfenrunen zu entziffern, die in die Tunnelwände der unergründlichen Finsternis eingeritzt waren. Und er hatte ihm erklärt, dass irgendwo darin die Schlüssel zu sämtlichen Geheimnissen des Abgrunds lagen, obwohl tausende und abertausende Jahre lang keiner im Stande gewesen war, sie zu finden: Wie man Macht über die Würmer gewann und die Temperaturschwankungen beeinflusste, hervorgerufen durch ihre Aktivität, wie man die *pryf* lenkte und ihren Weg bestimmte und somit auch den Weg desjenigen, der in das Wurmloch eindringen wollte, und wie man – schließlich seinen Platz im Gefüge der Zeit einnahm.

Er konnte diese Schlüssel finden, das wusste er, und nach dem letzten Anfall von Wahnsinn wagte er es nicht, noch länger zu zögern. Er würde anwenden, was immer er an Wissen besaß, und mit seiner Suche beginnen. Im Gegensatz zu den Quicken-tree konnte er wochenlang ununterbrochen in der unterirdischen Tiefe bleiben, während er einem Hinweiszeichen zum nächsten folgte. Trig hatte ihm gezeigt, wie man das machte, wie man die Markierungen in den Felswänden entzifferte und wo gewisse Dinge in der Finsternis nicht das waren, was sie zu sein schienen, sondern zu Orten führten, noch seltsamer als die, die er bereits gefunden hatte.

Rhuddlan sagte, dass es den richtigen Augenblick und die richtige Methode gäbe, um in die Wurmlöcher einzudringen, und während man diesen Augenblick abwartete, müsste man die Methode herausfinden – sonst wöge der Lohn die Gefahren nicht auf. Rhuddlan sagte, Mychael könne von Glück reden, dass er bis jetzt überlebt hatte. Rhuddlan sagte, dass es seit Anbeginn der Zeit nur einen einzigen Drachenhüter gegeben hätte, und dieser Drachenhüter war er, Rhuddlan.

Rhuddlan sagt. Rhuddlan sagt. Mychael war schon lange an dem Punkt angekommen, wo es ihn nicht mehr kümmerte, was Rhuddlan sagte. Er war von den Drachen gerufen worden. Diese Wahrheit ließ sich einfach nicht leugnen. Es war eine Tatsache, die selbst der Quicken-tree-Mann nicht bestreiten konnte. Er war gerufen worden, und er war dem Ruf gefolgt. Er würde herausfinden, warum das große Wurmloch und das Zeitwehr und die Drachen alle in diesen Wirrwarr von einem Rätsel verstrickt waren, zu dem sein Leben geworden war.

Mychael erreichte die mit Wandmalereien geschmückte Höhle vor Shay, allerdings nicht wesentlich früher als die anderen. Ein schmaler Halbmond aus blauem Licht tauchte vor ihm in der Dunkelheit auf und beleuchtete die Biegung eines Ganges, die außerhalb des Lichtscheins seiner eigenen Traumsteinklinge lag. Das blaue Licht leuchtete hoch oben an der Felswand über einer Geröllhalde, die in die Höhle hineinführte.

Mychael lehnte sich gegen die Tunnelwand und wartete, während er ein Stück Kümmelkuchen abbrach und beobachtete, wie der Lichtbogen auf der anderen Seite der Höhle langsam breiter wurde. Er hatte ein paar höchst unappetitliche Dinge verspeist, als er allein in der unterirdischen Tiefe gewesen war, hauptsächlich *tua* – blinde Eidechsen –, wenn es ihm gelungen war, die kleinen Biester zu erwischen; aber seit er sich den Quicken-tree angeschlossen hatte, war er stets gut mit Proviant versorgt: Kümmelkuchen und Weidenkätzchen, Streifen von gedörrtem Beerenbrei, eingewickelt in grüne Blätter – eine Spezialität, die die Quicken-tree »Braun-Rot« nannten und die ähnlich wie der Eintopf aus Körnern und Beeren schmeckte, den er unter demselben Namen kannte –, Honigstangen, Eicheln, Äpfel. Es war alles gute, wohlschmeckende Kost, wenn auch ziemlich fleischlos.

»*Malashm*«, rief er, als Shay sich unter der niedrigen Öffnung hindurchduckte und auf Händen und Knien in die Höhle kroch. Der halbmondförmige Lichtschein seiner Traumsteinklinge vergrößerte sich zu einem vollen, strahlenden Kreis, als er aus dem Tunnel herauskam, und beleuchtete die Bullenherde über dem Durchgang, sodass es tatsächlich so aussah, als bewegten sich die Tiere in dem tanzenden blauen Licht.

»*Malashm!*«, rief Shay zurück und winkte ihm zu, bevor er die Geröllhalde hinunterstrebte. Der Junge bewegte sich mit einer Trittsicherheit über den Haufen loser, schlüpfriger Steine und Felsbrocken, die allen Angehörigen des wilden Volkes eigen war. Eng anliegende Beinlinge bedeckten seine Beine bis hinunter zu den kurzen Stiefeln, deren Verschluss aus Silberringen bestand. Unter seiner Tunika trug er ein knapp sitzendes Hemd. Im Licht von Traumstein nahmen die Kleider der Quicken-tree das Aussehen von flüssigem, mit Grünspan patiniertem Silber an, und Shays grüne Augen leuchteten aquamarinblau.

Llynyas ebenfalls. Rhuddlan hatte sie zu Mychaels großem Verdruss zusammen mit den Liosalfar in die unergründliche Finsternis hinabgeschickt.

»Lass uns den Pfad mit den Rehbildern nehmen«, sagte der Junge, als er sich auf den Boden fallen ließ. In seinem Gürtel steckte ein kurzes Schwert mit einer blattförmigen Klinge, deren Spitze fast bis zu seinen Knien reichte. »Zwischen dem Pfad und Trigs Route gibt es einen Verbindungstunnel, der eine Abkürzung darstellt. Dadurch sparen wir Zeit und können die anderen schneller einholen.«

»Ja, wir haben schon viel zu lange gebraucht«, pflichtete Mychael ihm bei, als er sich von der Wand abstieß und auf die Öffnung unter den fliehenden Rehen zusteuerte. Es war der letzte Tag ihres Aufenthalts unter der Erde, und er war ebenso bereit wie alle anderen, sich wieder an den Aufstieg zu machen. Es würde jedoch nicht lange dauern, bis es ihn wieder in die unergründliche Finsternis zurückzog. Es zog ihn immer wieder hinunter.

»Ist das einer von Moiras Hafermehlkuchen?«, fragte Shay und zeigte auf das Stück Kümmelkuchen in Mychaels Hand.

Mychael grinste und reichte ihm den Kuchen. »Danach habe ich aber nichts anderes mehr als eine Hand voll Eicheln, also iss ihn langsam, damit du auch etwas davon hast.«

»Das werde ich«, versprach Shay und schob sich dann das ganze Stück in einem Bissen in den Mund.

Mychael schüttelte den Kopf, noch immer grinsend, und folgte dem Jungen aus der Höhle.

Der Tunnel der fliehenden Rehe war ziemlich hoch und breit genug, um zu viert nebeneinander gehen zu können, ein Luxus in der unergründlichen Tiefe, wenn einen der merkwürdige Wurmschleim an den Wänden nicht störte. Shay und Mychael marschierten den breiten Korridor entlang und kamen recht schnell voran. Sie fühlten die erste dumpfe Erschütterung, als sie ungefähr eine halbe Meile von der mit Malereien geschmückten Höhle entfernt waren. Es war eine nur allzu vertraute Empfindung, um sie irrtümlich für irgendetwas anderes zu halten als für das, was sie war – der alte Wurm auf der Flucht.

Mychael blickte Shay an, der erbittert fluchte und sich auf ein Knie fallen ließ, um seine Hand flach auf den Tunnelboden zu pressen. Mychael brauchte nicht erst seine Hand zu benutzen, um die Vibration auszumachen. Er fühlte die Welle geballter Kraft in dem nackten Fels unter seinen Füßen, ein gleichmäßiges Stampfen und Zittern, das durch seine Fußsohlen pulsierte und sich rasch bis in jeden Teil seines Körpers ausbreitete.

»Die Feuerkette ist zusammengebrochen, und er kommt in unsere Richtung«, sagte der Junge, während er mit einem einfältigen Grinsen zu ihm aufblickte. »Na los, wer als Erster im nächsten Tunnel ist!« Noch bevor die Worte über seine Lippen gekommen waren, war Shay aufgesprungen und rannte den Rehtunnel entlang.

Mychael stieß einen lästerlichen Fluch aus und stürmte hinter dem Jungen her. Es war nicht eine seiner Feuerketten, die erloschen war, und es war auch nicht das erste Mal, dass eine von Shays nicht gehalten hatte, da die Sorgfalt des Jungen oftmals sehr zu wünschen übrig ließ.

Es war ein verdammt langer Weg zu einem Tunnel, der eng genug war, um Zuflucht zu bieten, fast noch eine weitere volle Meile. Andere Tunnel waren zwar näher, lagen aber in der falschen Richtung, und keiner von ihnen hatte sonderlich große Lust, zu versuchen, den alten Wurm bei dem Wettrennen zu einem sicheren Schlupfloch zu schlagen, indem er auf ihn zurannte.

Als das Monstrum nur noch eine knappe Viertelmeile hinter ihnen war – und immer schneller wurde – brach Shay völlig außer Atem an der Felswand zusammen.

»Scheiße!«

Mychael kam ihm gegenüber schlitternd zum Stehen. Sie würden es nicht schaffen, diesmal nicht. Sein Atem ging in kurzen, keuchenden Stößen, und er krümmte sich vornüber, von heftigen Seitenstichen gepeinigt. Er blickte durch den Gang und sah Shay in der gleichen zusammengekrümmten, atemlosen Haltung dastehen, und dass das Gesicht des Quicken-tree-Jungen zu einem breiten Grinsen verzogen war.

»Du gibst bestimmt ein köstliches Wurmfutter ab.«

Mychael grinste unwillkürlich zurück, obwohl die Situation alles andere als erheiternd war. Was rege ich mich eigentlich über Drachen und gefährliche Abgründe auf?, dachte er. Shay wird mein Untergang sein, weil ich mich noch mal über ihn totlache.

Der alte Wurm wand sich um die letzte Kurve hinter ihnen, und das Rumpeln seiner Bewegungen vibrierte den Tunnel entlang zu der Stelle, wo sie standen, und sandte eine neue Welle von Schwingungen ihre Beine hinauf.

»Feuerkette«, keuchte Mychael, noch immer mühsam nach Atem ringend.

Beide ließen sich hastig auf die Knie fallen. Mychael riss zwei versiegelte Kürbisflaschen von seinem Gürtel, während er die andere Hand fest um das Heft seines Traumsteindolches schloss, um das Licht aufzuheizen. Shay tat das Gleiche. Trig hatte ihnen unzählige Male eingetrichtert, wie man Feuerketten legte. Das Ganze geschah in sieben Schritten:

Erstens – erhitzt eure Traumsteinklingen. Würmer mögen kein Licht.

Erledigt.

Zweitens – zieht mit eurem Dolch eine Linie quer über den Höhlenboden und ritzt eine flache Rille in das Gestein, um die nötigen Zutaten für eure Feuerkette einzufüllen.

Er und Shay ritzten in aller Eile eine zickzackförmige Furche in den Boden, und ihre Stahlklingen schabten aneinander, als sich die Messer in der Mittel des Tunnels trafen.

Drittens – gießt eine kleine Menge von hadyn draig *aus Flasche Nummer eins in die Furche. Öffnet Flasche Nummer zwei und schüttet genügend* roc tan *auf den* hadyn draig, *um ein starkes, lang anhaltendes Feuer zu entfachen. Aber Vorsicht!* Roc tan *ist dafür bekannt, dass es spontan in Flammen aufgeht.*

Mychael zerschlug seine Kürbisflaschen eine nach der anderen an der Tunnelwand und warf sämtliche Flaschen samt Inhalt auf den Boden. Er blickte kurz zu Shay hinüber und sah den Jungen reglos dastehen, während er mit weit aufgerissenen Augen in die Dunkelheit vor ihnen starrte.

Mychael folgte seinem Blick, und bei dem Anblick, der sich ihm bot, stieg ein Gefühl der Übelkeit aus seinem Magen auf. Es war nicht die Dunkelheit, die Shay mitten in der Bewegung hatte erstarren lassen. Sondern das schwarze Gesicht des alten Wurms, das den Tunneleingang ausfüllte und geradewegs auf sie zukam. Ein sonderbarer Geruch erfüllte die Luft, ein durchdringender Gestank nach Wurm und Moder und etwas Verbranntem. Hastig griff Mychael nach Shays Kürbisflaschen und zerschmetterte sie auf dem Felsboden.

Viertens, fünftens, sechstens – vergiss es.

Siebtens – es gibt drei Methoden, um einen Schwefelzweig

erfolgreich anzuzünden. Haltet den Zweig fest zwischen Daumen und Zeigefinger …

Mychael zog gleich eine ganze Hand voll der mit Schwefel präparierten Stöckchen aus einer Tasche, die in seine Tunika eingenäht war, und rieb sie an der Felswand. Es genügte schon, wenn sich einer davon entzündete.

Einer fing Feuer.

Er warf sie alle auf die Feuerlinie, packte Shay am Arm und rannte wie gehetzt davon. Eine Wand von Hitze prallte von hinten gegen sie, noch bevor sie zehn Schritte weit gekommen waren. Sie taumelten unter der Wucht der Explosion, richteten sich wieder auf und rannten weiter. Hinter sich hörten sie den alten Wurm gellend schreien und über den Boden schlittern, als er mit aller Gewalt vor den hoch auflodernden Flammen abbremste. Es hörte sich an, als ob ein Eisenbolzen in ein viel zu kleines Loch gezwängt würde, ein grässliches, durch Mark und Bein gehendes Kratzen und Knirschen, das den Gang hinauf- und hinabhallte und Mychael und Shay zu noch größerer Eile antrieb.

Ein Marsch in die unergründliche Finsternis dauerte gewöhnlich zwei volle Tage, und sie waren noch zweieinhalb Tage weiter hinuntergewandert und befanden sich jetzt auf dem Rückweg von ihrem letzten Abstecher. Trig ging an der Spitze des kleinen Trupps, als er plötzlich Wasser in der Ferne hörte, ein gedämpftes Rauschen und Plätschern, während der Fluss über einen Felsvorsprung strömte und sich in einen Teich ergoss. Die Höhle von Crai Force lag vor ihnen, und sie würde ein guter Ort zum Kampieren sein.

Er gab das Zeichen zum Anhalten, und die Traumsteinklingen hinter ihm wurden eine nach der anderen ausgelöscht und in Lederscheiden geschoben, um ihr blaues Licht zu verbergen. Trig steckte seine Klinge als Letzter weg und tauchte den kleinen Verband von Quicken-tree-Kriegern in totale Finsternis. Ein Schauder des Unbehagens kroch sein Rückgrat herauf. Das war etwas, woran er sich nie gewöhnen konnte –, dieses völlige Fehlen von Licht so tief unten in den Höhlen. Die höher gelegenen Höhlen und Tunnel waren von unzähligen Quarzadern durchzogen, die das Licht von Traumstein einfingen und noch stundenlang reflektierten, Leben erhaltendes Licht. Aber in der unergründlichen Finsternis gab es nichts als Dunkelheit, so kalt und leer, dass sie einem Mann förmlich ds Leben aus den Knochen saugte. Kein Quicken-tree, noch nicht einmal ein Liosalfar, konnte länger als zwei Wochen darin überleben, auch nicht mit Traumsteinlicht. Die Tore der Zeit, der letzte Vorposten vor der Magia-Wand, waren eine Zufluchtsstätte vor der unerträglichen Dunkelheit, ein Ort der Regeneration, der in der Lage war, die schädlichen Auswirkungen einer zu langen Reise aufzuheben. Trig hatte sich einmal während der Zauberkriege dort aufgehalten, um die Ewigkeit des Ortes in seine Knochen hineinsickern zu lassen und sich von den Strapazen eines höchst gefährlichen Abstiegs zu erholen.

»Bedwyr«, rief er und der Mann eilte eine kurze Treppe hinunter, die in den Fels gehauen war. »Crai Force, eine Viertelmeile voraus. Nimm Math und Nia mit und erkunde das Gelände bis zu den Wasserfällen. Llynya und ich werden einen Bogen nach Süden schlagen und wieder mit euch zusammentreffen.«

»Was ist mit Shay und Mychael ab Arawn?«

»Sie werden den alten Wurm inzwischen weit genug zurückgedrängt haben und können den Rückweg anhand der Tunnel finden, die wir markiert haben. Wenn mich meine Erinnerung nicht trügt, ist die Höhle vor uns nur ungefähr hundert Schritte lang, also zu klein, als dass sie uns verfehlen könnten.« Trig hatte die beiden dazu abkommandiert, die Feuerketten zu legen, um zu verhindern, dass Mychael und der Waffenmeister aneinander gerieten. Er brauchte nicht noch mehr Komplikationen, Naas' Vision von vor fünf Nächten bereitete ihm schon genug Sorgen.

»Der Ab-Arawn-Junge würde am liebsten in der Dunkelheit leben«, sagte Bedwyr in einem schroff verurteilenden Ton.

Es war nicht das erste Mal, dass Bedwyr sich beschwerte, und im Stillen musste Trig ihm beipflichten. Mychael ab Arawn zeigte eine Verbundenheit mit den Tiefen der Erde, die weit über das hinausging, was jeder Quicken-tree ertragen konnte, und er fühlte sich ganz sicherlich von dem immer währenden Ort angezogen, der das Zeitwehr war. Die Wahrheit dessen war deutlich genug an der kupferroten Strähne in seinem Haar zu erkennen.

»Täusch dich da nicht«, erwiderte Trig. »Mychael ab Arawn ist kein Kind mehr. Er ist ein erwachsener Mann, und in ihm steckt noch sehr viel mehr, als wir bisher gesehen haben.«

Noch eine ganze Menge mehr, wenn Naas wusste, wovon sie redete. Trig hatte da so seine Zweifel, Rhuddlan weniger, aber die alte Frau hatte in den vergangenen fünf Jahren kaum zwei Worte gesprochen, und dann hatte sie eine Vision heraufbeschworen, die nicht viel mehr als eine Geschichte war, die jedes Kind kannte, und sie Rhuddlan zu Füßen gelegt, als ob sie das Schicksal selbst wäre. Trig enthielt sich noch seines Urteils, aber er beobachtete den Jungen ebenfalls.

Ja, er beobachtete den Jungen und jede Biegung des Weges.

»Sagtest du ›Mann‹?« Bedwyr schnaubte angewidert. »Er und Shay sind wohl eher junge Schnösel als erwachsene Männer, Schnösel, die nicht mehr Verstand haben, als schnurstracks auf Katastrophen zuzusteuern.«

Trig erkannte die Furcht hinter Bedwyrs verächtlicher Bemerkung, die Furcht vor dem Unbekannten, denn das war Mychael ab Arawn ganz zweifellos. Viele der Quicken-tree waren sich nicht sicher gewesen, ob sie ihn in ihre Gemeinschaft aufnehmen sollten, den Fremden, der auf dem Höhepunkt der Schlacht aus der unergründlichen Finsternis zu ihnen gekommen war, einen Mann, der bei den Mönchen von Strata Florida aufgewachsen war. Er hatte nicht das sanftmütige Wesen seiner Schwester. Ganz und gar nichtt. Trotzdem war Trig für ihn eingetreten, und er würde es wieder tun, wenn es notwendig war. Mychael ab Arawn hatte mehr als jeder andere ein Anrecht auf ihre Kameradschaft, und falls nötig, auch auf ihren Schutz. Er war der Sohn von Rhiannon, der letzten Seherin von Carn Merioneth. Er hatte bewiesen, dass er umfangreiche Kenntnisse auf dem Gebiet der druidischen Lehre besaß, und somit war er, wie damals seine Mutter, von Nutzen für die Quicken-tree – aber der Sohn war kein lammfrommes, fügsames Geschöpf, das in irgendjemandes Fußstapfen treten würde. Madron hatte schon fast alle Hoffnung aufgegeben, ihn jemals ihrem Willen zu unterwerfen oder ihn dazu zu bringen, seine Pflicht zu tun. Selbst Rhuddlan war nicht in der Lage, den Jungen zu bändigen, aber dieser Zustand würde nicht mehr lange andauern. Ailfinn Mapp war im Anmarsch, und es gab auf der ganzen Welt keinen Jungen oder Mann, den die Prydion-Magierin nicht gefügig machen konnte.

Ja, Rhiannons Sohn war ein wildes Geschöpf, und er hatte zweifellos ganz besonderes Blut in den Adern, vielleicht in noch stärkerem Maße als jeder andere, der vor ihm gekommen war. Das war es, was Naas ihnen erklärt hatte, dass der Junge sich als jemand erweisen würde, der aus dem Stoff war, aus dem Legenden gemacht waren.

»Drachenblut«, murmelte Trig. Das war es, was Bedwyr so kribbelig machte, seit die alte Frau ihre Vision auf der Ostmauer heraufbeschworen hatte, und was ihn selbst seit nunmehr vier Nächten nicht mehr hatte schlafen lassen.

Du bist allmählich zu sehr in deinen Gewohnheiten festgefahren, schalt Trig sich, als er die Hand ausstreckte und trotz der Finsternis zielsicher Bedwyrs Schulter umfasste, von seinem Gehör- und Geruchssinn und einem verschärften Bewusstsein körperlicher Nähe geleitet, wo das Sehvermögen in der alles verschluckenden Dunkelheit versagte. »Wir sind noch eine halbe Tagesreise von dem nächsten Kristallschacht entfernt. Nachdem wir ihn überprüft haben, werden wir wieder zur Lanbarrdein-Höhle zurückwandern.«

Bedwyr erklärte sich einverstanden, vielleicht zu hastig, und forderte Math und Nia auf, ihn auf seinem Erkundungsgang zu begleiten, und Trig blieb zurück und fragte sich, ob sein Stellvertreter nicht übermäßig nervös war. Aber vielleicht fühlte Bedwyr auch nur das gleiche Unbehagen, das Trig so tief unten in der unergründlichen Finsternis empfand. Oder vielleicht war es auch etwas ganz anderes. Verdammte Vision.

Sie hatten den ganzen Sommer über die westlichen Schächte,

amethystfarbene Gänge aus Kristall, überprüft. Jetzt ließ Rhuddlan sie mit einem Ausflug noch tiefer hinabsteigen, um in noch weiter entfernten Gebieten nach Störungen Ausschau zu halten, obwohl das Problem direkt vor ihrer Tür lag.

Wenn Rhuddlan ihm erlaubt hätte, sich eine der zwielichtigen Gestalten vorzuknöpfen, die mit dem Wolfsrudel liefen, dann hätten sie sehr schnell einige Dinge erfahren; und statt nach Rissen und Einbrüchen in den violetten Schächten zu suchen, würden sie jetzt womöglich in den alten Tunneln hoch oben unter den nördlichen Gebirgsketten sein und Skraelings ausräuchern. Trig hatte nicht vergessen, wo sie hausten, dieser schmutzige, niederträchtige Haufen, und er würde sein Lebtag nicht vergessen, wie sie stanken, selbst wenn er dreihundert Jahre alt werden sollte. Widerlich waren sie, übel riechend und abstoßend und gefährlich. Er hatte im letzten Krieg hunderte von ihnen abgeschlachtet, und er würde es wieder tun, wenn sie es wagten, sich an den Grenzen von Merioneth zum Angriff zu sammeln.

Plötzlich stieg ihm ein Hauch von Lavendelduft in die Nase, und er drehte abrupt den Kopf. Llynya war neben ihm aufgetaucht und kaute auf Blütenblättern, die sie in einem kleinen Beutel an ihrem Gürtel aufbewahrte. Trig hatte den Arzneibeutel als einen von Aedyth' wiedererkannt, aber er konnte sich beim besten Willen nicht vorstellen, welche Vorteile es haben sollte, Lavendelblüten zu kauen. Er verzehrte sie höchstens in Form von Konfekt, meistens in Honig getaucht.

Der Kobold hatte sich ihm völlig lautlos genähert, der einzige Hinweis auf ihre Anwesenheit war Lavendelduft, und dafür war er dankbar. Llynya hatte sich schon immer außergewöhnlich leichtfüßig bewegt, und er war froh, dass sie noch immer ihre wesentlichsten Fähigkeiten besaß. Sie und Mychael ab Arawn waren in dieser Beziehung unschlagbar, und Trig bezweifelte, ob sie auf feuchtem Sand genug von einer Spur hinterlassen würden, um verfolgt zu werden. In den Höhlen waren beide absolut unsichtbar.

Er hatte es selbst überprüft.

»Übernimm du die Führung«, sagte er. »Wir gehen nach Süden, fort von den Wasserfällen. Und vergiss nicht, die –«

»Die Orientierungszeichen am Ende des Ganges zu lesen und gleich innerhalb der Höhle«, unterbrach sie ihn. »Keine Sorge, Trig, ich hab's nicht vergessen.«

Jugend, dachte er. Typisch. Jugend und Ungestüm und Impertinenz. Sie hätte sich fast mit ihrem Dolch auf Bedwyr gestürzt, wie Trev ihm berichtet hatte. Ja, und das musste selbst dem Waffenmeister einen Schreck eingejagt haben, ein Yr-Isddwfn-Ätherwesen so sehr in Rage zu bringen, dass es drauf und dran war, ihn anzugreifen.

Eine frische Wolke von Lavendelduft verriet Trig, dass sie sich noch eine Blüte in den Mund geschoben hatte. Er hätte Llynya noch nicht so früh in die unergründliche Finsternis mitgenommen, aber Rhuddlan hatte darauf bestanden, und überraschenderweise – denn sie schienen niemals einer Meinung zu sein – hatte Madron zugestimmt.

Llynya ging voraus und er folgte ihr. Am Ende des Ganges, wo der Tunnel in die Höhle mündete, blieb sie stehen, um die Zeichen im Fels mit den Fingerspitzen zu entziffern.

»Die Höhle heißt Crai Force und ist hundert Schritte lang«, sagte sie und Trig nickte vor sich hin. Er hatte es nicht vergessen. »Das Wasser ist frisch und gut und fließt nicht immer, und im Frühjahr ist die Höhle manchmal überflutet.«

Sie ging ein paar Schritte weiter, während sie prüfend mit der Hand über die Felswand strich.

»Hier sind ein paar geschichtliche Hinweise«, fuhr sie fort. »Es hat ein paar Schlachten gegeben. Ein Kommen und Gehen. Hier steht, wer alles in der Höhle kampiert hat. Oh, und hier ist etwas Interessantes: Stept Agah, der Letzte der Sternenlicht-Geborenen, wurde neben den Wasserfällen geboren, und zwar im einhundertfünfundzwanzigsten Jahr der Zwölften Dynastie des Königreichs von Douvan. Ein bisschen vor unserer Zeit, was, Trig?«

»Ja, das kann man wohl sagen, Kobold«, erwiderte er, als er ihr in die dunkle Höhle folgte. Das Rauschen herabstürzender Wassermassen war im Inneren der Höhle noch lauter. Ein feiner Nebel erfüllte die Luft. In einiger Entfernung links von Trig erteilte Bedwyr gerade einen Befehl, während seine Stimme gedämpft durch den Gang zurückhallte. Es gab keinerlei Licht, noch nicht einmal so viel wie den flackernden Schimmer einer Traumsteinklinge, und nichts bewegte sich in der Höhle außer den Quicken-tree. Alles war genauso, wie Trig erwartet hatte, und dennoch hatte er das vage Gefühl, dass etwas nicht stimmte.

»Das Königreich von Douvan wird noch einmal erwähnt, nachdem –«

Er griff hastig nach Llynyas Hand und brachte sie zum Schweigen, indem er warnend seinen Daumen gegen die Innenseite ihres Handgelenks drückte. *In der Dunkelheit lauert Gefahr!* Sie verstummte abrupt und hielt ebenso reglos inne wie er.

Trig wandte sich zur Mitte der Höhle um und hob die Nase, um prüfend die Luft einzuziehen. Es kostete ihn wenig Anstrengung, die Vielzahl von Gerüchen zu unterscheiden und den grünen Duft der Quicken-tree und Llynyas Lavendel aus dem Gemisch auszusondern. Die vielfältigen Ausdünstungen der Erde waren immer am stärksten in den Höhlen wahrnehmbar, sofern nicht die *pryfarim* oder der alte Wurm hindurchgekrochen waren. Aber es war keiner von ihnen gewesen. Dem Erdgeruch folgte der frische, saubere Duft des Wassers. Unter der Kühle des Wassers konnte er den Geruch des Gesteins ausmachen. Er stieg durch seine Nase auf und hinterließ einen leicht metallischen Geschmack auf seiner Zunge. Trig leckte sich über die Lippen und streckte die Zunge vor, um noch einmal die Luft zu kosten. Nein, sonst war nichts weiter da. Nichts. Nichts außer … außer.

Er machte noch einen Schritt in die Höhle hinein und schloss die Augen, um sich noch stärker auf seine Wahrnehmungen zu konzentrieren. Da! Am Rand des Felsgeschmacks und des Erdgeruchs war noch etwas, ein Hauch von etwas Trockenem und Feinem und Bitterem. *Sha-shakrieg.*

Furcht kroch in ihm hoch, urplötzlich und eisig. Das Spinnenvolk.

Er ließ Llynya mit dem gezischten Befehl zu kämpfen los, und zog seinen Dolch, um Licht in die Höhle zu werfen. Und augenblicklich fiel aus der Dunkelheit über ihm ein langer, dünner Faden herab und schlang sich um seinen Arm.

»Bedwyr!«, brüllte er, als sich ein weiterer Faden tentakelgleich um sein Bein legte. *»Khardeen! Khar –«* Der Schlachtruf erstarb auf seinen Lippen, abrupt erstickt durch einen klebrigen Faden um seinen Hals, der ihm die Kehle zudrückte. Llynya stürzte herbei und hieb mit ihrer Klinge auf den Spinnwebfaden ein. Sie befreite Trig mit einem sauberen Schnitt und machte dann eine hastige Drehung, bevor der nächste Faden sie einfangen konnte.

Ein schriller, markerschütternder Schrei zerriss die Luft, und Trig wirbelte herum, um die Quellen zu finden. Es war Nia, ihr Körper von einem ganzen Nest von seidigen Sha-shakrieg-Spinnfäden gefesselt, und es kamen immer noch mehr aus der Dunkelheit herab und schlangen sich um sie, hunderte von Fäden.

Bedwyr und Math kämpften sich erbittert durch das Gewirr von Fäden, das sie einhüllte, und versuchten, Nia zu Hilfe zu kommen, während der Kobold von der entgegengesetzten Seite der Höhle auf sie zurannte. Doch alle Anstrengungen waren vergeblich. Nia entschwand langsam Richtung Höhlendecke, von den unsichtbaren Wesen in die Dunkelheit hinaufgezogen. Sie sah aus wie ein Stern, ein heller, leuchtender, verzweifelt schreiender Stern, der an silbrigen Fäden baumelte, ihr Körper in einen schimmernden Kokon eingehüllt, der tausend und abertausend blaue Blitze von Traumsteinlicht reflektierte. Und schon schlängelte sich ein weiterer Faden aus der Finsternis herab und legte sich fest um ihr Gesicht, um ihren Mund zu verschließen und nichts von ihr übrig zu lassen als ihren allerletzten Schrei, ein von Todesangst erfülltes Heulen, das als ein schauriges Echo durch die Höhle hallte.

Mit einem lästerlichen Fluch schnitt Bedwyr die letzte seiner Fesseln durch und schleuderte seinen Dolch in die Dunkelheit über Nia. Trig hörte, wie das Messer sein Ziel traf, und innerhalb von Sekunden stürzte die verhüllte, schlaksige Gestalt eines Sha-shakrieg auf den Höhlenboden herab und zog einen silbernen Spinnwebfaden hinter sich her.

Es folgte ein Moment der Stille, dann sprangen die Sha-shakrieg entschlossen aus der Dunkelheit herunter und fielen über Trig und seine Leute her.

5

Nach einem einstündigen Marsch gelangten Mychael und Shay an einen Ort, wo sie in einiger Entfernung einen Wasserfall rauschen hören konnten. Sie waren dem alten Wurm mit knapper Not entkommen und hatten die Verfolgungsjagd mehr oder weniger unbeschadet überstanden. Nur ihr Stolz hatte etwas gelitten.

In dem Tunnel, in dem sie sich gerade befanden, schwebte noch der grüne Duft der Quicken-tree, eine Spur von Frische in der kalten, feuchten Luft, vermischt mit einem unterschwelligen Hauch von Lavendel, der nie seine Wirkung auf Mychael verfehlte und ihn immer wieder von neuem erregte. Wie, um alles in der Welt, überlebten Männer außerhalb von Klostermauern, ohne den Verstand zu verlieren? Er tat sein Bestes, um Llynya aus dem Weg zu gehen, aber ihr verdammter Lavendelduft begleitete ihn auf Schritt und Tritt.

Mychael zog seine Traumsteinklinge aus der Lederschneide und schloss seine Hand fest um das Heft, um das schwache Licht aufzuheizen und den anderen ein Signal zu geben. Shay vor ihm tat das Gleiche, doch noch bevor sie fünf Schritte weit gegangen waren, schob der Quick-tree-Junge seine Kristallklinge mit einer schnellen Bewegung in die Lederscheide zurück und bedeckte das leuchtende Heft, um sich wieder in schützende Dunkelheit zu hüllen.

»Ich rieche etwas.«

»Ich auch«, erwiderte Mychael. »Liosalfar und vielleicht Abendessen, wenn wir Glück haben.« Er erwähnte nichts von dem Lavendelduft, da Shay schon viel zu oft von dem Mädchen zu sprechen pflegte.

»Es ist kein Quicken-tree-Geruch«, sagte Shay.

»Bist du dir sicher?«

»Ja.«

»Was dann?«

Shay zuckte die Achseln, während er angestrengt in die Dunkelheit vor ihnen spähte.

»*Tua?*«, fragte Mychael. Sie hatten einen merkwürdigen Geruch, so viel stand fest.

»Nein, keine *tua.*« Shay warf ihm einen Blick über die Schulter zu. »Hast du die kleinen Biester wirklich gegessen?«

»Dutzende davon.«

Shay schnitt eine Grimasse und glitt dann auf leisen Sohlen in die Dunkelheit hinein.

Mychael konnte zwar nichts außer den Liosalfar und Llynya riechen, aber er schob sein Messer ebenfalls in die Scheide zurück, um das Traumsteinlicht abzukühlen, bevor er Shay folgte. Er lebte inzwischen lange genug unter den Quickentree, um zu wissen, dass ihr Geruchssinn schärfer als der jedes Jagdhunds war und dass sie auf eine Art und Weise fähig waren, Gerüche zu sondieren und Wissen daraus zu schöpfen, die über seinen Verstand gingen. Es mochte ja durchaus sein, dass noch irgendetwas anderes außer *tua* in den Höhlen war, obwohl er in all den Monaten, die er unter der Erde gewandert war, sonst nichts Greifbares gefunden hatte. Ein paar Mal hatte er das Gefühl gehabt, beobachtet zu werden, aber er hatte nie irgendetwas entdeckt, noch nicht einmal einen Hinweis darauf, dass jemand in seiner Nähe gewesen war. Und er hatte sich wirklich gründlich umgesehen, hatte nach allem oder jedem gesucht, der ihm vielleicht helfen könnte, die Drachen zu finden.

Und – so schwor er sich, als ihm abermals zarter Lavendelduft entgegenwehte – er würde sich von Llynya fern halten. Die Elfenmaid versetzte sein Blut nur noch mehr in Wallung und schürte ein Feuer, das ohnehin schon außer Kontrolle zu geraten drohte.

Im Lager hatte er sorgfältig darauf geachtet, seine Schlafstatt so weit wie möglich von ihrer entfernt aufzuschlagen, und dennoch war er nachts immer wieder aufgewacht und hatte ihre schlafende Gestalt gesucht. Und so hatte er sie jede Nacht in der verlöschenden Glut des Kochfeuers im Schlaf seufzen sehen und sich gefragt, wovon sie wohl träumte. Er hatte beobachtet, wie sich ihre Hände öffneten, während sie in ein Reich hinüberglitt, das noch jenseits von Träumen lag, und gewünscht, er brächte den Mut auf, zu ihr zu gehen, um sie derart entblößt zu sehen – in nichts als den Schleier süßen Vergessens gehüllt. Und immer wieder zeichnete er mit seinem Blick die Kurven ihres Körpers nach und folgte ihren geheimnisvollen Pfaden in dunkle Winkel, die er nicht erforschen konnte. Er verstand die physische Sehnsucht, der Liebe innewohnte, aber wie konnte er in Liebe entbrannt sein, wo sich doch im Grunde überhaupt nichts zwischen ihnen abgespielt hatte? Oder war es nur Wollust, die ihn quälte?

Llynya dagegen machte nicht den Eindruck, als ob sie sich vor Sehnsucht nach ihm verzehrte. Sie beoachtete ihn zwar wie ein Habicht, das schon, aber in ihren Augen war ein Argwohn, den er nur zu gut verstehen konnte. Er wusste sehr wohl, was aus ihm geworden war, und er war sich auch bewusst, dass sein Aussehen weit von dem entfernt war, was ein Mädchenherz höher schlagen ließ. Die wenigen Mädchen, die in Carn Merioneth mit ihm schäkerten, taten es nur, weil sie dazu herausgefordert wurden, und auch nie lange genug, um irgendwelche Sehnsüchte zu stillen. Jene Nacht, als er mit Llynya am Brunnen gesprochen hatte, war nicht das erste Mal gewesen, dass ein Mädchen ängstlich vor ihm zurückgewichen war.

Es wäre wirklich besser, die Elfenmaid ein für alle Mal zu vergessen und seine Tage damit zu verbringen, durch die unergründliche Finsternis zu wandern, wo es Antworten zu finden gab, ohne ständig von diesem irritierenden Lavendelduft abgelenkt zu werden.

Shay blieb auf dem höchsten Punkt einer Bodenerhebung im Tunnel stehen und signalisierte ihm, dass sie sich einer Treppe näherten. Trig hatte ihnen bereits gesagt, dass sie auf eine solche stoßen würden. Es waren roh behauene Stufen, Überbleibsel aus einem Zeitalter, als die unergründliche Finsternis noch eine viel benutzte Route gewesen war, vor dem Erscheinen des alten Wurms. Das Rauschen des Wasserfalls wurde immer lauter, als sie sich die Treppe hinuntertasteten und der Gang von dort aus in ein kurzes Labyrinth zum Eingang der Höhle führte, einer bedrohlichen, deutlich wahrnehmbaren Leere in dem umgebenden Fels.

Mychael legte seine Hand an die Felswand, um die Zeichen zu entziffern, die am Anfang jeder Höhle in der unergründlichen Finsternis zu finden waren. Die Höhle namens Crai Force war nicht besonders groß, nur etwa hundert Schritte lang. Das Wasser war gut und neigte im Frühjahr dazu, die Höhle zu überschwemmen. Er ging langsam weiter, dicht gefolgt von Shay, während er seine Hand über den Fels gleiten ließ und erwartete, jeden Moment das Trippeln und Rascheln von *tua* zu hören. Als er die Höhle betrat, wurde ihm jedoch schlagartig klar, dass er sich geirrt hatte. Shay hatte Recht gehabt. Irgendetwas stimmte nicht, und es hatte nichts mit *tua* zu tun.

»*Meshankara mes*«, flüsterte der Junge und zog sein Schwert. *Der Kampf beginnt.*

Oder ist er schon wieder vorbei, dachte Mychael. Der Geruch nach Angst und Heldenmut war unverkennbar, selbst für ihn. Er griff nach Shays Hand und machte ein Zeichen in seine Handfläche. *Wie viele?*

Shay antwortete mit zwei schnellen Bewegungen seiner Finger. *Mehr als fünf. Weniger als zehn.*

Mychael zog seinen eisernen Dolch aus dem Gürtel. Nur fünf davon konnten die Liosalfar sein. Er malte ein Kreuz auf die Schulter des Jungen, von links nach rechts, von unten nach oben – sie würden weiter im Norden suchen, in Richtung der Wasserfälle.

Keine fünfzehn Schritte vom Eingang der Höhle entfernt entdeckten sie Bedwyr, auf seltsame Art und Weise gefesselt und schwer verletzt. Mit einem stummen Fluch ließ Shay sich neben dem älteren Mann auf die Knie fallen und hieb mit seiner Klinge auf die Fesseln ein. Mychael legte prüfend die Fingerspitzen an Bedwyrs Hals, konnte aber nicht mehr als ein ganz schwaches Pulsieren von Leben ertasten. Er bewegte seine Hand weiter abwärts und fühlte die feuchte, klebrige Lache auf Bedwyrs Brust.

Er presste die Lippen zu einer schmalen, grimmigen Linie zusammen. Der Kampf war nicht gut ausgegangen, sonst wäre Bedwyr nicht sich selbst überlassen geblieben, um in der Dunkelheit zu sterben, leblos und mutterseelenallein, während das Lebensblut langsam aus ihm heraussickerte und sich auf dem Höhlenboden in einer Pfütze sammelte. Trotz all der Feindseligkeiten zwischen ihnen hätte Mychael dem Mann niemals ein solches Ende gewünscht. Shay schnitt den letzten klebrigen Faden von Bedwyrs Körper und begann, seltsame Worte vor sich hin zu murmeln.

Mychael brachte den Jungen hastig zum Schweigen, indem er ihm warnend mit einer Hand den Mund zuhielt. Sie waren nicht allein. Er legte den Kopf schief und horchte angestrengt über das Rauschen des Wasserfalls und das schwache Geräusch von Bedwyrs röchelndem Atem hinweg. Er besaß zwar nicht den außergewöhnlichen Geruchssinn eines Quicken-tree, aber sein Gehör war scharf und er hörte etwas – ein hohes, unaufhörliches Summen, das anscheinend von der Höhlendecke kam und direkt über ihm begann und sich nach Norden fortpflanzte. Mychael signalisierte Shay, bei Bedwyr zu bleiben, und erhob sich auf die Füße, um Kurs auf den Wasserfall zu nehmen. Vier andere Quicken-tree mussten noch gefunden werden, und vielleicht konnte er sie ja noch retten.

Schnell und lautlos bahnte er sich einen Weg zwischen den Tropfsteinen hindurch, die von der Decke herabhingen und aus dem Boden aufragten, während er seine Fingerspitzen über ihre glatt geschliffene, leicht geriffelte Oberfläche gleiten ließ, um seinen Weg zu markieren und seine Entfernung zu Shay abzuschätzen.

Bedwyr lag im Sterben, von einem unbekannten Feind überwältigt. Vier andere Quicken-tree wurden noch vermisst. Er sagte sich, dass es in einer knapp hundert Schritte langen Höhle nicht so einfach sein würde, Trig und die anderen niederzumetzeln, da sich in einer solch kleinen Höhle nicht viel verbergen konnte, noch nicht einmal im Dunkeln, doch er befürchtete das Schlimmste.

Wieder ertönte das unheimliche Summen über ihm, diesmal

noch lauter und näher, und Mychael erstarrte mitten in der Bewegung und hielt den Atem an. Was immer dort oben sein mochte, war etwas, auf das er noch nie zuvor gestoßen war; und wer weiß, vielleicht fand es sich ebenso gut in der Dunkelheit zurecht wie er und Shay und brauchte kaum mehr als eine Witterung oder ein Geräusch, um sein Opfer zu finden.

Oder vielleicht war es ja auch ein Drache.

Ein prickelndes Gefühl der Erregung breitete sich in seinem Inneren aus und beschleunigte seinen Puls. Die Bestien konnten töten. Er wusste das genauso sicher, wie er die gleiche schreckliche Wahrheit über sich selbst wusste. Aber gaben sie summende Geräusche von sich? In seinen Träumen schrien sie immer nur; sie spien hoch auflodernde Flammen, begleitet von schrillen, wehklagenden Rufen, die ihm regelrecht in der Seele wehtaten.

Auch diesmal pflanzte sich das Geräusch durch die Höhle fort und verhallte weiter im Norden, und er ging dem Klang rasch nach, bevor er sich verirren konnte. Er folgte dem Summen bis zu einem engen Bogen, gebildet durch zwei lange Stalagmiten, die oben an der Spitze zusammengewachsen waren. Er schlüpfte hindurch, seinen Dolch stoßbereit in der Hand. Feiner Sprühnebel von dem Wasserfall erfüllte die Luft auf der anderen Seite, machte den Fels unter seinen Füßen nass und schlüpfrig und benetzte sein Gesicht – und brachte einen Duft mit sich, von dem er schon befürchtet hatte, dass er ihn nicht mehr riechen würde … Lavendel.

Sie war in der Nähe. Er konnte nur hoffen, dass die anderen bei ihr waren und dass sie nicht völlig schutzlos war.

Llynya kauerte in der Einbuchtung einer Felswand auf der gegenüberliegenden Seite des Wasserfalls, nachdem sie durch den Strom gewatet war, um dem Schicksal zu entgehen, das Trig ereilt hatte. Der Hauptmann der Quicken-tree lag gefesselt und geknebelt irgendwo im Süden der Höhle, von Kopf bis Fuß in Sha-shakrieg-Spinnwebfäden eingewickelt. Das Gleiche war mit Math und Nia passiert – aber Nia hatten sie gefangen genommen und zur Höhlendecke hinaufgehievt, um sie zu rauben.

Sie hatten Bedwyr getötet. Das wusste Llynya ganz sicher. Sie hatte den silbernen Bolzen blitzartig durch das Traumsteinlicht herabschießen und Bedwyrs Brust durchbohren sehen. *Thullein,* so wurde dieser Bolzen genannt, benannt nach der Materie, aus der er bestand, einem Erz, das die Sha-shakrieg förderten und an einem fernen Ort in der Einöde mit zweitklassiger Magie schmiedeten. Vor den Zauberkriegen pflegten sie in die unergründliche Finsternis hinabzusteigen, um nach *thullein* zu schürfen und das Erz in das Ödland jenseits davon zu transportieren. Llynya hockte nun schon seit fast einer Stunde in ihrem Schlupfloch und hatte sich das Gehirn zermartert, um sich an Bruchstücke der Sha-shakrieg-Geschichten zu erinnern, die sie in Deri gehört hatte; und das wenige, das ihr eingefallen war, hatte sie nicht gerade aufgeheitert. Das Spinnenvolk war nach den Zauberkriegen verbannt worden, nachdem seine Verbündeten, die Dockalfar, von den Liosalfar besiegt worden waren. Daher war es höchst unwahrscheinlich, dass die Sha-shakrieg einem Quicken-tree wohlgesonnen waren. Es hieß allgemein, Elbenpfeile – Pfeilspitzen aus einem kostbaren Gestein, das die *tylwyth teg* unterhalb des versteinerten Drachenrückens des Mount Tryfan abbauten – seien das sicherste Mittel, um die Sha-shakrieg zu töten, aber Llynya hatte keine Elbenpfeile. Nach dem Ende der Zauberkriege trug kaum noch jemand solche Pfeile mit sich herum. Rhuddlan hatte zwar einen ganzen Köcher voll, aber Rhuddlan war weit von der gottverlassenen, unergründlichen Finsternis entfernt.

Ein hohes Summen ertönte in der Luft über ihr, und Llynya duckte sich instinktiv, obwohl die Logik ihr sagte, dass sie mit eingezogenem Kopf ganz sicher nicht weniger leicht aufzuspüren war, wenn sie wie eine komplette Parfümerie roch. Er war Balsam für ihre Nerven, der Lavendel, den sie bei sich trug, obwohl er mittlerweile auch so etwas wie ein Fluch geworden war. Der Geruch und der Geschmack des Lavendels beruhigten sie, und sie musste einfach ständig so viel von den duftenden Blüten kauen, um ihre Panik in den Höhlen unter Kontrolle zu halten. Keiner hatte etwas von ihrer neuen Schwäche geahnt oder ihr dringendes Bedürfnis nach dem Heilkraut als das erkannt, was es wirklich war. Rhuddlan hätte ihr verboten, in die unergründliche Finsternis zu gehen, wenn er davon gewusst hätte, und Trig hätte sich geweigert, sie mitzunehmen, und beide mit gutem Grund. Wie viele Sha-shakrieg in der Höhle waren und wo sie sich aufhielten, war ihr ebenso schleierhaft wie die Frage, warum sie sie nicht schon längst aufgespürt und in Fesseln gelegt hatten. Sie konnte nichts anderes riechen außer sich selbst.

»Verdammt!«, fluchte sie leise. Sie war beinahe so hilflos wie ein Neugeborenes, dennoch wagte sie es nicht, noch länger zu zögern. Sha-shakrieg oder nicht – wenn es ihr nicht gelang, das labyrinthische Innere der Dunkelheit zu bezwingen und die geschriebenen Worte der Prydion-Magier zu finden, würde das große Wurmloch für alle Zeit unerreichbar für sie sein.

Als Ailfinn sie das erste Mal nach Merioneth gebracht hatte, hatten sie und die Magierin einen Pfad genommen, der sich von Yr Is-ddwfn aus um die Außenwände des Wurmlochs herumwand, einen Trampelpfad, verborgen im Abgrund der Zeit. Damals hatte sie die gewaltige Energie des Loches gespürt, die Kraftströme, die in seinem innersten Kern wirbelten, nur wenige Schritte von der Stelle entfernt, wo sie gegangen waren.

Der Weg, den sie diesmal nehmen würde, war noch weitaus gefährlicher, denn es war nicht jener schmale Streifen am Seitenrand entlang, sondern ein Sprung ins Ungewisse, direkt in den Schlund des Wurmlochs hinein. Um den Sturz in den Strom der Zeit zu überleben, bedurfte es sorgfältiger Vorbereitung. Wenn sie ihn nicht nur überleben, sondern auch in der Lage sein sollte, Morgans Spuren zu folgen, würde sie das Wissen der Magier aus uralten Zeiten benötigen.

Rhuddlan hatte ihr Vorhaben keineswegs unterstützt, sondern die Sache nur noch schwieriger für sie gemacht. Er hatte die acht Tunnel, die in das Wurmloch führten, mit einem Mantel aus hauchdünnen Spinnfäden versiegelt, einen für jede schimmernde, perlmuttartige Speiche des Wehrtores – glänzende, durchsichtige Gebilde, aber dennoch Siegel. Siegel, von denen sie nicht wusste, wie sie sie öffnen oder erbrechen sollte.

Und Mychael ab Arawn würdigte sie kaum eines Blickes. Es war das Unheil abwehrende Zeichen, das sie gemacht hatte, womit sie ihn über alle Maßen gekränkt hatte, davon war sie überzeugt. Innerhalb von vier Tagen hatte sie es nicht geschafft, auch nur ein einziges Wort mit ihm zu sprechen, geschweige denn, ihn um Hilfe zu bitten. Jedes Mal, wenn sie ihm einen Blick zuwarf, wandte er sich brüsk von ihr ab; dennoch ertappte sie sich in letzter Zeit immer häufiger dabei, wie sie ihn unverhohlen anstarrte. Die Liosalfar bemalten sich nicht mit Tarnfarben, wenn sie in die Höhlen hinunterstiegen, und ohne das dunkle Färberwaid im Gesicht sah Mychael lange nicht so grimmig aus, sondern ließ eine sehr viel größere Ähnlichkeit mit seiner Zwillingsschwester erkennen – silberhaarig und mit goldfarbener Haut und ungewöhnlich schön von Angesicht, so wie sie auch Rhiannon, seine und Ceridwens Mutter, in Erinnerung hatte. Seine Augen leuchteten blau im Licht des Traumsteins, nicht grau, und weckten noch lebhaftere Erinnerungen an die wunderschöne Herrin von Merioneth in ihr. Lange bevor Rhiannon Mutter geworden war, hatte sie ihre Geschichten den Quicken-tree-Kindern erzählt. Llynya erinnerte sich noch deutlich an ein junges Mädchen mit sanfter Stimme und an den ganz besonderen Zauber, den sie mit ihren Liedern spann und mit den Melodien, die sie auf ihrer Harfe spielte. Sie entsann sich auch der wundersamen Geschichten von fernen Orten und längst vergangenen Zeiten, Geschichten von Fabelwesen und magischen Tieren und den Frauen, die sie zähmten; von wilden, gefährlichen Bestien und den Helden, die sie töteten.

Das gleiche Gefühl der Verzauberung empfand sie auch jetzt, wenn sie Rhiannons Sohn beobachtete. Er war keine dunkle Bestie, wie Aedyth behauptet hatte, dennoch konnte Llynya nicht umhin, sich zu fragen, ob er sich wohl von einer Frau zähmen ließe. Nicht von ihr, natürlich. Ihre Zukunft – wenn man überhaupt von einer Zukunft sprechen konnte – lag in einer ganz anderen Richtung, und selbst wenn dem nicht so gewesen wäre, so fehlte es ihr doch außerordentlich an weiblichem Geschick. Nein, es würde an einer anderen sein, ihn mit sanfter Hand zu lenken und ihn die weibliche Fürsorge spüren zu lassen, die er so dringend brauchte. Jedes Kind konnte das sehen.

Trotzdem würde sie mit ihm sprechen, wenn sie irgend konnte, und versuchen, ihn für ihre Sache zu gewinnen; aber selbst Shay war nicht in der Lage gewesen, ein Treffen zwischen ihnen zu arrangieren. Trig als der Hauptmann der Liosalfar war kein sonderlich geeigneter Kandidat für eine solche Mission, und Bedwyr tat nichts anderes, als Mychael ab Arwan mit unverhohlener Feindseligkeit zu beobachten.

Oder, besser gesagt, er *hatte* ihn beobachtet. Jetzt kümmerte den Waffenmeister nichts und niemand mehr.

Wieder kam ihr die Realität ihrer Situation erschreckend deutlich zum Bewusstsein. Mychael hatte sie einmal gerettet, doch jetzt lag es wohl kaum im Bereich des Wahrscheinlichen, dass jemand sie finden würden. Sie selbst wusste ja noch nicht einmal, wo sie war; sie war blindlings davongerannt. Sie hatte versucht, Trig und auch Math von ihren Fesseln zu befreien. Vergeblich. Jedes Mal hatten klebrige Fäden nach ihr geschnappt – es waren zwar nicht genug an der Zahl gewesen, um sie festzuhalten, aber sie hatte bei dem erbitterten Kampf ihr Bündel verloren und mit ihm auch ihren größten Vorrat an Lavendel. Es war wohl am besten, zu warten und den rechten Augenblick abzupassen, während die Sha-shakrieg den Rückzug antraten, worauf ihrer Ansicht nach das merkwürdige Summen in der Luft hindeutete – ein hoher, singender Ton, erzeugt durch das Schießen von Fäden von einem Teil der Höhlendecke zu einem anderen, um ein neues Netz zu spinnen oder ein altes zu verlagern.

Llynya zuckte erschrocken zusammen, als zu ihrer Linken plötzlich ein kratzendes Geräusch ertönte. Es war nun schon das zweite Mal, dass sie ein solches Scharren über das Rauschen des Wasserfalls hinweg gehört hatte. Sie spähte über die Felswand und verengte die Augen zu Schlitzen, als ob das in der Dunkelheit helfen würde, aber sie sah nichts und roch nichts, deshalb kauerte sie sich hastig wieder in ihrem feuchten Schlupfloch zusammen und machte sich so klein wie möglich.

Es hieß allgemein, dass die Spinnenleute Elfenkinder fraßen, wenn sie sie in der unergründlichen Finsternis erwischten, und sie fragte sich, ob sie wohl erkennen würde, dass sie kein Kind mehr war. Nia war ebenfalls kein Kind mehr. Sie würden sie nicht auffressen, aber Llynya überlief ein Schauder bei der Vorstellung, welch andere Folterqualen sie ihr bereiten würden. *Arme Nia!*

Mit zitternder Hand griff sie in ihren Arzneibeutel und nahm eine Prise Lavendel heraus. Auf ihrer Flucht zu den Wasserfällen war sie über einen der Spinnenmänner gestolpert – über den toten – und hatte ihn versehentlich berührt, und sie hatte daran gedacht, Bedwyrs Dolch zu retten. Die Kleider des Sha-shakrieg hatten sich fein und weich angefühlt, allerdings auf eine Art, die sehr verschieden von Quicken-tree-Tuch war; aber als ihre Finger über seine Haut streiften, war ihr das Blut in den Adern gefroren, und jeder Gedanke daran, Bedwyrs Traumsteinklinge zurückzuholen, war ihr schlagartig vergangen. Es war nur sein Arm, den sie berührt hatte, und von der Form her war er sehr ähnlich wie ihr eigener, nur länger und dicker. Seine Beschaffenheit war jedoch eine völlig andere. Er war über und über mit Wirbeln bedeckt gewesen, flachen Scheiben spiralförmigen Fleisches, die sich seinen Arm hinaufwanden.

Bei dieser Erinnerung überlief sie erneut eine Gänsehaut, und sie fand eine Lavendelblüte in ihrem Beutel und legte sie sich unter die Zunge, wagte es aber nicht, sie zu zerkauen. Vielleicht würde es lange, lange Zeit dauern, bis sie den Sack wieder nachfüllen konnte, und ohne den Geruch und Geschmack von Lavendel, um ihre Ängste in Schach zu halten, würde sie von Verzweiflung überwältigt werden.

Mychael hatte ihre Spur verloren, und ein Gefühl, das an Panik grenzte, kroch in ihm hoch. Llynya mochte zwar eine Plage sein, aber er würde sie finden, koste es, was es wolle. Die Liosalfar hätten sie niemals so tief mit hinunternehmen dürfen.

Eine weitere Sünde, die auf Rhuddlans Konto ging, denn jetzt war Bedwyr tot und die Truppe vom Feind überwältigt.

Mychael griff nach seiner Traumsteinklinge, hielt jedoch knapp über dem Heft wieder inne. Mit Dummheit würde er Llynya oder die anderen nicht retten. Ein Lichtsignal, um sie zu leiten, könnte genauso gut ihr Tod sein. So nahe an den Wasserfällen konnte er keinerlei Bewegung hören, aber Llynya konnte nicht weit sein.

Er wandte sich nach Süden und trat in den Strom. Glattes, von Wasser ausgewaschenes Gestein bildete einen schlüpfrigen Untergrund, auf dem man leicht den Halt verlor, aber er watete bis zu den Knien hinein, in Wasser, so kalt wie flüssiges Eis, und entdeckte bald den Grund, warum er ihre Spur verloren hatte. Eine Wand aus Stein oder ein riesiger Felsblock – er konnte nicht erkennen, was es war – wand sich auf der anderen Seite des Flussbettes entlang, der obere Rand so hoch, dass er ihn gerade noch mit der Hand erreichen konnte. Wenn Llynya hinter die große Felsnase geflüchtet war, würde die Höhe vermutlich ausreichen, um zu verhindern, dass sich der Duft der Lavendelblüten, die sie kaute, noch weiter ausbreitete.

Sorgsam darauf bedacht, nicht in dem glatten Flussbett auszurutschen, folgte Mychael dem Fels stromabwärts bis zu einer Stelle, wo er eine Kehrtwende machte und aus dem Wasser zu höher gelegenem Gelände aufzusteigen begann. Es war kein Felsblock, sondern eine Wand, ungefähr drei Handspannen dick, eine Wand, die sich spiralförmig den Weg hochwand. Mychael nahm die schwache Spur auf, die noch auf dem Gestein zurückgeblieben war, und als er um die letzte Krümmung bog, traf er plötzlich auf Llynya. Der süße Duft von Lavendel schlug ihm in exakt demselben Moment entgegen, in dem ihre Traumsteinklinge aufblitzte und ihm mit rasiermesserscharfem Stahl durchs Gesicht fuhr, um seine Haut über dem Wangenknochen aufzuschlitzen.

Es war reiner Instinkt, der ihn in die Lage versetzte, ihren nächsten Stoß abzuwehren. Bei dem Angriff, der unmittelbar darauf folgte, umfing er blitzschnell ihre Dolchhand und stürzte sich auf sie, um sie zu packen und fest an seine Brust zu ziehen. Sie wehrte sich mit aller Macht, als ob sie gegen den

Tod persönlich kämpfte, aber er hielt sie mit schraubstockartigem Griff umklammert und zwang sie, den Dolch fallen zu lassen.

Das Klirren von Stahl und Kristall auf Stein bildete eine unmelodische Geräuschkulisse für ihre erbitterten, atemlosen Flüche.

»Bin kein Kind… du… du D-dreckfresser! Lass mich los! Bedwyr! Verdammte Pest! Widerwärtiger Schweinehund… bin kein Kind –«

Llynya. Er sprach ihren Namen mit strenger Stimme, während er seinen Griff um sie verstärkte und warnend mit dem Daumen gegen die Innenseite ihres Handgelenks drückte. *In der Dunkelheit lauert Gefahr,* signalisierte er ihr, und obwohl sie mit ihrem Geschrei und dem Licht ihrer Traumsteinklinge zweifellos die feindlichen Wesen auf sie beide aufmerksam machen würde, war er bereit, zu schwören, dass sie diejenige war, die die größte Gefahr darstellte. Sie hatte ihn am Handgelenk verletzt, als er ihren Hieb pariert hatte, und aus der klaffenden Schnittwunde auf seinem Wangenknochen rann warmes Blut über sein Gesicht. Verdammter Narr, verfluchte er sich im Stillen. Wie hatte er nur so dumm sein können, zu vergessen, dass sie eine Liosalfar war und kein hilfloses kleines Mädchen, das sich im Dunkeln verirrt hatte. »Llynya!«, wiederholte er und drückte abermals mit dem Daumen auf ihr Handgelenk.

Bei seiner zweiten warnenden Berührung hob sie ruckartig den Kopf, und die Augen, die ihn in dem schwächer werdenden Lichtschein der Traumsteinklinge anstarrten, waren wild vor Angst. Ihr Herz schlug in einem erschreckend schnellen Rhythmus gegen seine Brust, ihr Atem ging in kurzen, keuchenden Stößen. Der eisige Nebel, der in seine Wunde eindrang, war so kalt, dass der Knochen unter der Schnittverletzung schmerzte, aber er fühlte sich nicht kälter an als das Quicken-tree-Mädchen in seinen Armen. Sie zitterte unkontrollierbar an allen Gliedern, ihre Kleider waren völlig durchnässt.

Bist du verletzt?, fragte er, indem er Zeichen in ihre Handfläche machte, aber er erhielt keine Antwort, bevor ihre Klinge mit einem letzten Aufflackern blauen Lichts endgültig verlöschte und sie beide wieder in vollkommene Dunkelheit tauchte. In Gedanken sah er noch immer ihren panikerfüllten Blick vor sich und ihr bezauberndes Gesicht, die dunkle, seidige Fülle ihres Haares, die auf ihre Schultern herabwallte, ineinander geschlungen und zu unzähligen Zöpfen geflochten und mit Blättern und kleinen Zweigen geschmückt.

Llynya!, signalisierte er, und als sie noch immer nicht reagierte, begann sein eigenes Herz zu rasen. Vielleicht war er zu spät gekommen. Vielleicht war sie schon zu lange allein gewesen und am Ende ihrer körperlichen und seelischen Kräfte. Sie war nicht so stark wie die anderen, war noch nicht so abgehärtet, um die Strapazen des Marsches und das niederdrückende Gewicht der Dunkelheit aushalten zu können.

Mychael fluchte unterdrückt, wusste nicht, was er tun sollte. Shay würde sicherlich das Aufleuchten der Traumsteinklinge gesehen haben und so rasch wie möglich kommen, aber sie konnten auf keinen Fall bleiben, wo sie waren. Wer weiß, was sich im Schutz der Dunkelheit alles an uns anschleicht, dachte er.

Wie zum Beweis, dass er mit seiner Befürchtung Recht hatte, ertönte plötzlich das Scharren und Kratzen irgendeines neuen Wesens in der Finsternis hinter ihnen. Mychael wirbelte herum, wobei er Llynya mit einem Arm an sich drückte, und spähte angestrengt in die Richtung, aus der das merkwürdige Geräusch kam.

Der Geruch, der ihm gleich darauf entgegenschlug, veranlasste ihn, auf der Stelle die Flucht zu ergreifen. Er packte Llynya am Arm – *komm mit, schnell!* – und rannte davon, fest entschlossen, nicht hinter der geschwungenen Wand in der Falle zu sitzen, während sich Gott weiß was zum Angriff auf ihn bereit machte. Er bückte sich nach ihrer Klinge und schob sie in die Lederscheide zu seinem eigenen Traumsteindolch, ohne Llynya ein einziges Mal loszulassen. Ihr blieb keine andere Wahl, als mit ihm zu kommen, aber ob sie es nun bereitwillig tat oder widerwillig, konnte er nicht erkennen. Die eiserne Kraft seines Griffes machte jeden etwaigen Fluchtversuch von vornherein zunichte.

Er wollte sie auf keinen Fall noch einmal verlieren.

Verfluchter Dreck und lichtschluckender Fels. Es war immer dasselbe. Dreck und Fels. Dreck und Fels. Und ein paar stinkende Würmer hier und da. Großer Gott im Himmel, wie lange kroch er nun eigentlich schon durch die Dunkelheit, suchend, immer auf der Suche? Früher einmal war er stark und kühn und gefürchtet gewesen. Jetzt war er – was?

Ein gottverdammter Dreckscharrer. Ein Krüppel, der ein Bein hinter sich herschleift.

Ein Krüppel, dessen Schicksal jedoch bald eine Wende zum Besseren nehmen würde.

Ein Stöhnen entrang sich seiner Kehle, als er die nächste Hand voll Erde und Steine packte und sich in dem Tunnel mühsam vorwärts schob. Einige der Gänge, durch die er sich bewegte, verengten sich so stark, dass er auf dem Bauch herauskriechen musste. Dieser hier war auch einer von der Sorte, aber dieser war die Plackerei wert. Er konnte nämlich Lavendel am Ende des Tunnels riechen. Er hatte ihn schon seit Tagen gerochen, mal hier und mal dort, und nun war er endlich dicht dran, in unmittelbarer Nähe der Quelle.

Es war eine Frau. Der unterschwellige Duft war unverkennbar, und sie war direkt vor ihm, in einer Höhle, die er vor ein paar Tagen wegen der Fremden verlassen hatte, die dort eingedrungen waren, der Neuankömmlinge. Merkwürdig waren sie, verdammt merkwürdig – verhüllte Gestalten mit bandagierten Gesichtern, die in die Höhle kamen, um nach Gesteinsbrocken zu schürfen.

Schwachköpfe, alle miteinander. Der Schatz der Dunkelheit war nicht in den Felsen versteckt. Er war in den Wurmlöchern zu finden, falls ein Mann die Kraft besaß, sie auszuhalten.

Er hatte ausgehalten, so wahr ihm Gott helfe. Er, Caradoc, der Keiler von Balor, hatte durchgehalten. Und weil er durchgehalten hatte, hatten ihn die anderen, die finsteren Krieger, schließlich gefunden und ihm ihre sonderbaren Versprechen gegeben. Skraelings, so nannten sie sich, und wenn er sie während der Schlacht um Balor auf seiner Seite gehabt hätte, würde ihm das Land oberhalb der Erde heute noch gehören. Allein ihr Geruch hätte schon ausgereicht, um seine Feinde in die Flucht zu schlagen. »Quicken-tree«, so nannten die Skraelings die Bastarde, die seine Truppen abgeschlachtet und die ihn im tiefsten Inneren der Erde zum Sterben zurückgelassen hatten.

Die Kampfgeräusche hatten das Skraeling-Pack in den Süden gelockt, wo sie ihn halb tot an den Ufern des schwarzen Sees gefunden hatten. Es war eine ekelhafte Angelegenheit gewesen, was sie dort mit den angespülten sterblichen Überresten seiner Männer gemacht hatten, bevor sie ihn zu ihren Tunneln im Norden gebracht hatten. Üble, widerwärtig riechende Orte. Er hatte noch niemals einen solchen Gestank erlebt, aber die Skraelings hatten ihn wieder einigermaßen zusammengeflickt. Er fühlte sich zwar ein bisschen überanstrengt, ein kleines bisschen schief, nicht so ganz auf dem Posten, aber er lebte und wurde von Tag zu Tag kräftiger, und er war niemandes Gefangener. Als er es im Norden beim besten Willen nicht mehr ausgehalten und verlangt hatte, dass sie ihn wieder in den Süden zurückbrachten – *zurück in den Süden zu den Wurmlöchern!* –, hatten sie ihm diesen Wunsch tatsächlich erfüllt und sogar auf erstaunlich schnellem Wege.

Eine Grimasse verzerrte seinen Mund, als er sein linkes Knie umfasste und sein lahmes Bein näher an den Körper heranzog, um sich erneut ein Stück vorwärts zu schieben.

Die Neuankömmlinge waren dagegen ein völlig anderer Haufen. Sie vergeudeten ihre Kraft, indem sie wie wild auf Erde und Fels einhackten, während sie stundenlang im Licht ihrer gelben Lampen arbeiteten, um auch nur die geringste Menge Gestein zu gewinnen.

Er hatte versucht, ein Stück ihres Erzes zu stehlen, in der Annahme, dass es kostbar war; aber er war nicht weit gekommen, bevor plötzlich ein dünnes, brennendes Seil durch die Luft gesaust war und sich schmerzhaft um sein Handgelenk geschlungen hatte, sodass er gezwungen gewesen war, abrupt innezuhalten und seine Beute wieder herauszugeben. Nun, dafür würden sie bald genug büßen. Das Seil war fast genauso schnell wieder verschwunden, wie es gekommen war, aber er hatte eine Brandwunde davongetragen, und die Narbe war noch immer zu sehen. Elende Bastarde. Sie sahen eher nach Kriegern als nach Bergleuten aus, also würde er ihnen eine Schlacht liefern. Skraelings waren jederzeit bereit, in einer einzigen Nacht mehr als dreißig Meilen weit zu laufen, wenn man ihnen Blut versprach, und er hatte der letzten Horde finsterer Krieger, die in den Süden gekommen waren, die Nachricht mitgegeben, dass es Blut zu holen gab.

Nur wenige, die auf eine Bande von Skraelings stießen, überlebten diesen Zusammenstoß heil und in einem Stück – und zwar im wahrsten Sinne des Wortes. In der Nacht, in der sie ihn gefunden hatten, hatten die stinkenden Kreaturen doch tatsächlich auf seinem Arm herumgekaut, als er wieder zu sich gekommen war, und er hatte drei von ihnen einen kräftigen Hieb verpasst, bevor sie ein gutes Stück aus ihm herausbeißen konnten. Auch bei dieser Verletzung hatte er deutlich sichtbare Narben zurückbehalten, Zahnabdrücke von der Größe von Kerbhölzern. Die Schwerter der Neuankömmlinge waren zwar lang und scharf, aber nicht so lang und scharf wie Skraelingzähne.

Die nach grünem Laub riechenden Quicken-tree hatten ebenfalls scharfe Schwerter, aber ihre Tage waren dennoch gezählt – schon seit jenem Tag, als Balor an die gottverdammte grüne Horde gekommen war. Und dann hatten sie das Maß seiner Qualen endgültig voll gemacht, indem sie die Tunnel versiegelten, die zu dem Wurmloch führten. Als er die Siegel entdeckt hatte, hatte er vor Wut und Kummer laut aufgeheult. Jetzt würden er und die Skraelings sie allesamt töten – das heißt, alle bis auf einen. Einen würde er leben lassen, denn die Quicken-tree wussten alles das, was er wissen musste, alles das, was er in Erfahrung bringen würde, wenn er nur einen von ihnen einfangen konnte, um ihm ein paar Fragen mit seinem Messer zu stellen.

Bisher war ihm das allerdings noch nicht gelungen. Sie waren verdammt schnell und gewitzt in den Tunneln; es war unmöglich, ihnen konsequent auf den Fersen zu bleiben, und die Skraelings hatten sich seltsamerweise dagegen gesträubt, sie zu verfolgen. Warte noch, hatten sie zu ihm gesagt. Warte ab und beobachte sie, und als Belohnung für deine Geduld wirst du sie schließlich alle auf einmal kriegen. Also hatte er gewartet, und er hatte sie beobachtet, und er hatte die Skraelings über die Neuankömmlinge informiert. Aber jetzt war das Warten vorbei. Die Quicken-tree hatten einen schwerwiegenden Fehler gemacht. Sie hatten eine Frau in die unterirdischen Tiefen mitgenommen, die nach Lavendel duftete, ein so starker und süßer Geruch, dass es unmöglich war, ihre Spur zu verlieren. Er würde sie im Nu eingefangen haben, auch ohne die Hilfe der Skraelings.

Die Pest über alle Weiber! Es war Ceridwen ab Arawn gewesen, seine eigene nutzlose Verlobte, die ihn um das Leben gebracht hatte, das er früher einmal gekannt hatte. Insofern war es nur gerecht, wenn ihn eine andere des verfluchten schönen Geschlechts für den erlittenen Verlust entschädigte und ihm zu Herrlichkeit von einer anderen Art verhalf. Er würde die Geheimnisse der unergründlichen Finsternis aus ihr herauspressen, Tropfen für parfümierten Tropfen, und falls er dann noch immer nicht genug erfahren hatte, notfalls auch mit ihrem Leichnam handeln. Sie wussten Bescheid. Die Bastarde mit den blau leuchtenden Klingen wussten über das große Wurmloch Bescheid, und sie würden auch wissen, wie er wieder hineinkommen konnte, ohne bei lebendigem Leib verbrannt zu werden.

Pest und Hölle! Caradoc biss die Zähne zusammen und grub seine Finger in den weichen Tunnelboden. Dann kroch er wieder ein Stück vorwärts, indem er sich mit seinem gesunden Bein abstieß.

Sie waren immer in seinem Hinterkopf, jene sich ständig verlagernden Schattierungen von Blau-Violett und Grün, die durch den Abgrund schwebten, ein gottverfluchter Sirenenruf, der ihn unwiderstehlich anzog. Aber jedes Mal wenn er sich dem Abgrund genähert hatte, war er von seiner Hitze versengt worden, einer mörderischen Hitze, die nur darauf wartete, ihn zu verschlingen.

Der Rückzug war nicht weniger schmerzhaft. Als er zuerst in das große Wurmloch gestürzt war, hatte er alle Hoffnung aufgegeben, jemals wieder herauszukommen. Jetzt kämpfte er verzweifelt darum, jemals wieder hineinzukommen.

Denn er wusste, dort wartete die Erlösung auf ihn. Die reinigenden Quellen, das Blut Christi, es war alles dort in dem mächtigen Loch des Wurms, und noch mehr, noch unendlich viel mehr, bis hin zu dem Versprechen des Herrn – das Heil der Unsterblichkeit. Er hatte bereits eine Kostprobe davon bekommen, und er würde noch einmal davon kosten.

Es gab einen Weg, um in das Wurmloch zurückzugelangen, es musste einen geben, und die Quicken-tree kannten ihn. Das war der Grund, warum sie alle anderen getötet hatten: um zu verhindern, dass sie herausfanden, welch ungeheure Macht in dem Abgrund lag.

Er wusste es. Er war dort unten gewesen und für alle Zeit gebrandmarkt worden. Tatsächlich war es die leuchtend kupferrote Strähne in seinem Haar, die die Skraelings schließlich dazu gebracht hatte, von ihm abzulassen. Selbst der größte und kräftigste von ihnen war misstrauisch geworden, als er sie gesehen hatte. Zuerst misstrauisch und dann aufgeregt. Ja, es war der Streifen, der ihn letzten Endes vor ihren hässlichen, mit messerscharfen Zähnen bewehrten Mäulern gerettet hatte.

Er streckte abermals den Arm aus und berührte diesmal kalten, nassen Fels, nicht Erde. Sein Puls beschleunigte sich. Er war an der Stelle angelangt, wo der Tunnel in die Höhle mündete. Der Geruch nach Lavendel war jetzt sehr stark, so stark, dass er wusste, wenn er die Hand ausstreckte, würde sie da sein. Sie würde ihm gehören. Ihm allein.

Und sie war tatsächlich da, wenn auch nur für einen kurzen Moment. Seine Finger, so weit wie möglich ausgestreckt, berührten weichen Stoff, aber es war nur eine ganz flüchtige Berührung, ein bloßes Streifen von Fingerspitzen über Tuch, als sie an ihm vorbeirannte.

Nein! Er stürzte vorwärts, um sie besser fassen zu können, kroch in panischer Hast aus dem Tunnel, um zu verhindern, dass sie ihm entwischte – und wurde urplötzlich zurückgewiesen, als sich ein dünnes, brennendes Seil um sein Handgelenk schlang, noch bevor er seine Schultern durch die Tunnelöffnung geschoben hatte. Die verfluchten Bastarde! Sie hatten kein Recht dazu! Er versuchte es noch einmal, obwohl er wusste, dass sie fort war, und bekam erneut die Peitschenschnur der Eindringlinge zu spüren.

Er schluckte sein Wutgebrüll herunter, riss seine Hand los und kroch zurück in sein kaltes, lebloses Loch. Dafür würden sie sterben. Sie würden alle sterben. Das nächste Mal, das schwor er sich, würde keiner mehr übrig sein, um das Mädchen zu retten.

6

Mychael rannte mit Llynya durch die Dunkelheit, während er einen Bogen um Tropfsteingebilde und Tümpel schlug und sich einen Weg in Shays Richtung bahnte. Dort hinten in der Nähe der geschwungenen Wand hatte etwas auf der Lauer gelegen, etwas sehr viel Größeres als ein *tua*, und es war eindeutig hinter ihm und Llynya her gewesen, als es plötzlich scharrend und kratzend aus seinem Versteck hervorgestürzt war, eingehüllt in eine Wolke üblen Gestanks. Wenn er auch nur einen Moment länger gezögert hätte, wäre es über Llynya hergefallen, davon war Mychael überzeugt. Sie hatten es zwar geschafft, das Tier bei ihrer wilden Jagd durch den Strom abzuschütteln – wenn es denn ein Tier war –, aber jetzt waren sie beide pitschnass, was dem Mädchen ganz sicherlich nicht gut tun würde, wie er befürchtete. Er musste sie so schnell wie möglich an einen Ort bringen, wo sie gefahrlos ihre Traumsteinklingen benutzen konnten. Die Hitze, die von einem einzelnen Kristallheft ausströmte, ließ sich um mehr als das Doppelte verstärken, wenn man zwei der Klingen zusammenband. Es würde ausreichen, um Llynya zu wärmen, und vielleicht würde der Anblick des Lichts ja ihre Furcht vertreiben.

Gleich darauf gabelte sich der Weg vor ihnen; sie hatten die

Wahl zwischen dem Pfad quer über den Höhlenboden, den Mychael zuvor genommen hatte, und einem anderen, der weiter aufwärts führte und sich stufenförmig an der Felswand hinaufschlängelte. Mychael entschied sich für die Stufen und zog Llynya mit festem Griff hinter sich her. Falls es Ärger gab, wollte er lieber auf höher gelegenem Boden sein und eine schützende Wand im Rücken haben – und die Elfenmaid an seiner Seite, wilde kleine Raubkatze. Seine Wunde schmerzte höllisch, und er blutete noch immer. Halb erfroren und vor Angst wie von Sinnen, hatte sie ihn mit einer Schnelligkeit und Finesse geschnitten, die zu übertreffen ihn in arge Bedrängnis bringen würde, im Bruchteil einer Sekunde kampfbereit und, falls nötig, bereit zu töten.

Sie wusste, was in der Dunkelheit lauerte, wusste genug, um fürchterliche Angst zu haben. Dreckfresser, so hatte sie ihn beschimpft, widerwärtiger Schweinehund, und sie hatte Bedwyrs Namen gerufen. Erst im Licht ihrer Traumsteinklinge und bei seiner Berührung hatte sie schließlich erkannt, dass er kein feindlicher Angreifer war, sondern zu ihrer Truppe gehörte. Ein aufschlussreicher Mangel an Wahrnehmungsvermögen.

Verdammte Pest, hatte sie geflucht. Ja, allerdings, verdammte Pest, dachte auch Mychael. Sie war nicht in der Lage, Freund und Feind zu unterscheiden, geschweige denn die Vielzahl von anderen Dingen, die sie unbedingt wahrnehmen musste, um sich in der unergründlichen Finsternis vor Gefahren zu schützen. Man sollte ihr wirklich verbieten, weiter als bis zur Lanbarrdein-Höhle vorzudringen. Genau wie für die Alten, deren Sinne nicht mehr scharf genug waren, war es für sie einfach zu riskant, durch die unterirdischen Tiefen zu wandern. Sie gehörte in die Wälder, nicht in die Höhlen, wo die Fähigkeit, sich blind in der Dunkelheit zurechtzufinden und sich anhand von Gerüchen und Geräuschen zu orientieren, den Unterschied zwischen Leben und Tod bedeutete.

Widerwärtiger Schweinehund. Es war ein ziemlich derber Fluch für eine Quicken-tree, und Mychael war sich sicher, dass er nichts mit Drachen zu tun hatte und, so hoffte er inständig, auch nicht der schreckliche Gestank des Wesens, das hinter ihnen hergekrochen war. Wenn Drachen in der Erde scharrten und stanken und an übel riechenden Orten herumschlichen, dann war er verloren.

Sie näherten sich gerade der Stelle, wo er Shay zurückgelassen hatte, als plötzlich ein hohes Summen durch die schwarze Leere vor ihnen schoss. Mychael blieb abrupt stehen und zog Llynya noch näher an sich heran. Diesmal sträubte sie sich nicht, sondern folgte seinem Beispiel und ließ ihre Hand in seiner, um sich schutzsuchend daran festzuhalten. So klammerte sie sich an ihn und zitterte an allen Gliedern und dachte nicht länger daran, ihn zu bekämpfen. Gott sei Dank.

Ihre Haut war samtweich, ihre Finger feinknochig und dennoch stark, als sie seine Hand umschlossen hielten. Und ihr Duft – ach, ihr Duft! –, ein Hauch von Lavendel, vermischt mit noch etwas anderem, einem sinnlichen, durch und durch weiblichen Wohlgeruch. Keiner in Strata Florida hatte daran gedacht, ihn vor dem Duft der Frauen zu warnen, obwohl sie ihn vor einer Menge anderer Dinge gewarnt hatten: vor dem Feuer in Frauen, das Männer lichterloh brennen ließ; vor der Lüsternheit der weiblichen Natur und vor Geheimnissen, zu gewöhnlich und profan, um genannt zu werden.

Spitze Ohren und schlanke Kurven. Tätowierungen aus blauem Färberwaid. Blätter und abgebrochene Zweige in zerzaustem, schwarzem Haar. Wie viele Nächte hatte er gebetet, dass die Mönche nicht gelogen hatten?

Mychael spähte in die Dunkelheit vor ihnen und wartete angespannt, den eisernen Dolch fest in seiner Faust. Wenn das wilde Blut, das durch sein Herz pulsierte, tatsächlich eine Gefahr für andere bedeutete, dann, so befürchtete er, würde Llynya diejenige sein, die diese Gefahr als Erste zu spüren bekäme. Es war mehr als nur simple Wollust, die sie in ihm wachrief, das war er bereit zu schwören, obwohl sie ihn leicht genug erregte. Er hatte den mönchischen Kampf mit sich selbst im Laufe der Jahre genügend oft gewonnen und verloren, um seine süße Schärfe zu erkennen, aber die intensive Sehnsucht, die er nach dem Mädchen empfand, ging weit über bloße Wollust hinaus – das hatte er zumindest geglaubt. Doch als sie jetzt so dicht an ihn gedrängt dastand, während ihr keuchender Atem als ein warmer Hauch über seine Schulter streifte und seine Entschlossenheit dahinschmelzen ließ, fragte er sich, ob er in seiner Unerfahrenheit nicht die Macht roher Begierde schlicht und einfach unterschätzt hatte.

Shay hatte ihr einen Kuss geraubt, unter dem Vorwand, sie trösten zu wollen. Ob er es wagen sollte, der Verlockung zu erliegen und das Gleiche zu versuchen? Sollte er sich erkühnen, sich zu ihr umzudrehen und sie fest an sich zu ziehen und einen Kuss auf ihre Wange zu drücken? Eine Wange, so weich wie Samt, so viel stand fest, und nicht allzu weit von seinem Mund entfernt. Würde eine solche Berührung genügen, um die Lüsternheit ihres Wesens zu entflammen, wie die Mönche behauptet hatten?

Irgendwie glaubte Mychael nicht so recht daran. Sehr viel wahrscheinlicher war, dass sie ihm ihr Messer in die Eingeweide stoßen und kurzen Prozess mit ihm machen würde. Ja, sie war ein Mädchen, das nicht mit sich spaßen ließ. Das hatte sie bereits in jener ersten Nacht am Brunnen bewiesen, als sie ihren Dolch gezogen hatte, um sich auf den Waffenmeister persönlich zu stürzen. Er hätte wirklich besser Acht geben sollen.

Wieder ertönte das hohe Summen, diesmal etwas weiter entfernt, und Mychael fragte sich, ob ihnen beiden nicht besser gedient wäre, wenn er sich ausschließlich darauf konzentrierte, sie lebendig aus der Höhle rauszuschaffen, statt zu versuchen, sie mit Lüsternheit zu opfern.

Mönche, dachte er verächtlich. Was konnten sie schon von der Natur der Frau wissen?

»K-komm«, sagte Llynya plötzlich, während sie um ihn herumschlüpfte und ihn an der Hand mit sich zog. Sie zitterte noch immer wie ein Blatt im Wind. Nein, da war wirklich nicht viel Feuer, um einen Mann zu verbrennen, wie er zugeben musste.

Mit drei schnellen Schritten führte sie ihn von den Stufen hinunter und in einen Tunnel, der sich in die Erde hineinwand. Es war eine ganz neue Erfahrung für ihn, von einer Frau irgendwohin geführt zu werden, obwohl Madron ihr Bestes tat, um es zu versuchen. Er folgte dem Elfenmädchen mehr wegen des zweifelhaften Impulses, in ihrer Nähe zu bleiben, als aus gesundem Menschenverstand, der ihm sagte, dass sie sich bereits einmal verirrt hatte und seine Hilfe brauchte.

Der Tunnel wurde zunehmend enger und niedriger, während er sich spiralförmig durch die Tiefe wand, bis sie zum Ende des Schachts gelangten, wo Mychael sich zusammenkauern musste, um nicht mit dem Kopf an die Decke zu stoßen.

»H-hier können wir gefahrlos unsere K-klingen entzünden«, sagte Llynya fröstelnd, und er glaubte ihr. Sie hatten Crai Force hinter sich gelassen. Er hielt beide Kristallhefte in den Händen und umschloss sie fest mit den Fingern, um einen flackernden Lichtschein zu entzünden. Die Hitze nahm zwar nur langsam an Intensität zu, aber sie war da, erwachte in seinen Handflächen zum Leben.

Ein zittriger Seufzer entschlüpfte ihr, und sie streckte die Hände nach dem Traumsteinlicht aus, um sich daran zu wärmen, als ob er ein Feuer hielte.

»M-mir war so eisk-kalt, dass ich b-b-einahe erfroren wäre«, stotterte sie zähneklappernd.

Und aus gutem Grund, dachte er, als er sie von oben bis unten musterte. Ihr Haar war triefend nass, ihre Kleider völlig durchweicht. Wasser tropfte von dem Saum ihrer silbergrünen Tunika herunter und sammelte sich in einer Pfütze auf dem Boden. Ihr warmer Atem bildete kleine weiße Dampfwölkchen in der kalten Luft.

»Bist du verletzt?«, fragte er. Sie sah nicht so aus, als hätte sie auch nur eine Schramme abbekommen – ganz im Gegensatz zu ihm –, aber das bedeutete nicht unbedingt, dass sie die Tortur unbeschadet überstanden hatte. Sie konnte auch nicht allzu glücklich darüber sein, dass er derjenige war, der sie gefunden hatte. Er bezweifelte, ob sie sich auch gegen Shay so erbittert gewehrt hätte.

»Nein.« Sie schüttelte den Kopf, und aus den Blättern und Zweigen in ihrem Haar sprühte ein feiner Regen von Wassertropfen. »Ich bin aus einem Guss.«

Diesen Eindruck hatte er auch an jenem Tag in Riverwood

gehabt, als er sie in der Bergulme entdeckt hatte, obwohl er damals noch nicht im Entferntesten geahnt hatte, welche Eigenschaften sich hinter ihrem bezaubernden Äußeren verbargen. Selbst das Wissen, dass sie eine ausgebildete Liosalfar-Kriegerin war, hatte ihn nicht auf ihre enorme Geschicklichkeit im Umgang mit einem Dolch vorbereitet. Ihr erster Hieb war mit der Schnelligkeit eines Blitzes erfolgt, der urplötzlich aus der Dunkelheit hervorschießt, und die folgenden Angriffe waren nicht minder schnell gewesen. Während der Monate in Carn Merioneth hatte Mychael jede Gelegenheit genutzt, um sich mit den Liosalfar im Schwertfechten zu üben, aber er hatte keinen erlebt, der so schnell wie das Mädchen gewesen wäre. Ihre Gewandtheit mit einer Klinge in der Hand war geradezu unglaublich, und er fragte sich, ob da nicht vielleicht noch eine andere Macht am Werke war. Vielleicht war ihr Traumsteindolch *druaight*, ein verzaubertes Ding, Überbleibsel aus den Tiefen der Zeit. Madron hatte ihm einmal erklärt, dass die Relikte eines früheren Zeitalters oftmals als Dinge mit wundersamen Kräften wieder auftauchten.

Er blickte prüfend auf die beiden Messer in seiner Hand. Seine eigene Klinge, Ara, leuchtete ein ganz klein wenig blauer als Llynyas, deren Licht mehr ins Grünliche spielte. Der Unterschied im Herzen der beiden Kristalle war allerdings weniger fein. Das Zentrum von Aras Heft schimmerte weiß. In Llynyas Heft leuchtete eine zersplitterte violette Flamme, deren Farbe zum Rand hin allmählich heller wurde, während sie tief im Inneren des Kristalls dunkel und unergründlich blieb. Aber ob der Dolch nun verzaubert war oder nicht, das konnte Mychael nicht erkennen. Er fühlte sich nicht ungewöhnlicher an als seine eigene glühende Klinge – ein scheinbares Wunder für ihn, obwohl Trig ihm versichert hatte, dass es eine ebenso natürliche Erscheinung wie Regen wäre. Es sei nur einfach so, dass sich die Art und Weise dieses Phänomens menschlicher Kenntnis entzöge.

Nachdem die Finger der Elfenmaid gewärmt waren, lehnte sie sich gegen die Tunnelwand und begann, die diversen Beutel an ihrem Gürtel zu durchsuchen und das grüne Horngehenk, das wie ein Bandelier quer über ihre Brust geschlungen war. Sie kramte eine Weile darin herum, bis sie eine Prise durchweichter Lavendelblüten herauszog und Mychael davon anbot.

»Hier, nimm, wenn du möchtest. Es wird dich beruhigen.«

Als er den Kopf schüttelte, schob sie sich die Blüten in den Mund. Sie ist wirklich ein Rätsel, dachte er versonnen, ein Rätsel aus panischer Angst und rasch überwundenen Tränen, aus unglaublicher Geschicklichkeit und duftenden Blüten.

»Wir sind hier für den Moment sicher. Lange genug, um uns wieder aufzuwärmen«, sagte sie, den Kopf erneut über ihre Beutel gebeugt. Sie musste mindestens ein dutzend davon mit sich herumschleppen, hatte aber ihr großes Bündel verloren.

»Sicher wovor?«, wollte er wissen.

»Vor den Sha-shakrieg.«

»Sha-shakrieg?«

Sie hob den Kopf, um seinem Blick zu begegnen, und ihre Augen leuchteten genau wie Shays aquamarinblau im Licht der Traumsteinklingen. Sie hielt ein Stück Kümmelkuchen in der Hand, das bei dem unfreiwilligen Bad im Fluss ebenfalls Schaden erlitten hatte. »Spinnenmenschen«, erklärte sie und steckte sich den Kuchen in den Mund.

Spinnenmenschen. *Großer Gott im Himmel, das hat uns gerade noch gefehlt!* Mychael umschloss die Traumsteinklingen noch fester und warf einen misstrauischen Blick auf den Tunneleingang. *Scheiße!* Sie hatte sie beide in eine Falle manövriert. Das hatte er nun davon, dass er seinen verdammten Impulsen gefolgt war. »Was sind Spinnenmenschen?«

»Ein Stamm, der in der Einöde lebt. In Deseillign«, erklärte sie mit vollem Mund. »Sie waren Verbündete der Dockalfar in den Zauberkrie–« Sie brach abrupt ab, und als er sich zu ihr umwandte, sah er sie erschrocken auf die Seite seines Gesichts starren, wo sie ihn mit ihrem Dolch verletzt hatte und wo das Blut noch immer seine Wange herunterrann. Ihr eigenes Gesicht wurde aschfahl bei dem Anblick.

Er machte Anstalten, das Blut mit dem Ärmel abzuwischen, aber sie hielt ihn hastig zurück.

»Warte«, sagte sie. »Warte. Ich habe *rasca* dabei.« Sie griff erneut nach ihren Beuteln, und ihm fiel auf, dass ihre Finger zitterten.

»Bist du sicher, dass du nicht verletzt bist?«, fragte er und hoffte inständig, sie hatte nicht eben erst erkannt, dass er derjenige war, mit dem sie in diesem entlegenen Winkel der Höhle festsaß. Vielleicht war das Licht erst jetzt stark genug, dass sie sehen konnte. Ihn mit zwei gezückten Messern neben sich aufragen zu sehen, würde zweifellos ausreichen, um jedem, der in seiner Gegenwart das dringende Bedürfnis nach Unheil abwehrenden Zeichen verspürte, einen gewaltigen Schreck einzujagen.

»Ja«, erwiderte sie, obwohl das Beben in ihrer Stimme ihre Antwort Lügen strafte. »Es ist nur so, dass mir der Schreck noch immer in allen Gliedern sitzt. Ich lasse mich gewöhnlich nicht so leicht ins Bockshorn jagen, aber die Spinnenleute fressen Elfenkinder, und da es vielleicht schon eine Weile her ist, seit sie eines gesehen haben, hatte ich Angst, sie würden einen Fehler machen und versehentlich meinen Arm abkauen oder ein Stück aus mir herausbeißen, bevor sie merkten, dass ich erwachsen bin.«

Barmherziger! Er schluckte hart, und dennoch fühlte er eine gewisse Erleichterung. Im Vergleich zu den Spinnenleuten musste er tatsächlich wie ein Retter erscheinen.

»Du hättest mich töten sollen, wenn du mich für einen von diesen Spinnenkerlen gehalten hast.«

»Ich hab's ja versucht, als ich auf deine Kehle gezielt habe. Ich weiß nicht, was schlimmer ist, dass ich nicht getroffen habe, was mein Tod hätte sein können, oder dass ich nicht noch weiter daneben gestoßen habe, als ich sah, dass du es warst. Hier, iss das.« Sie holte ein weiteres Stück durchweichten Kümmelkuchen aus ihrem Beutel und reichte es ihm. Er nahm den Kuchen und stellte fest, dass er süß schmeckte, noch immer schwach nach Kleeblütenhonig duftend. Der Geschmack stärkte und ermunterte ihn. Als Nächstes holte sie ein kleines Bündel aus zusammengerollten Blättern hervor, umwickelt mit Blattstielen. Die *rasca*-Salbe. Er kannte die Heilsalbe; Moira wandte sie bei sämtlichen Verletzungen an, von

Schürfwunden bis hin zu Knochenbrüchen, und ihre lindernde Wirkung würde willkommen sein.

»Komm und setz dich, damit ich deine Wunde versorgen kann.« Sie ließ sich auf den Boden sinken, um sich im Schneidersitz vor ihm niederzulassen, und arrangierte sich ungezwungen in einem Durcheinander von Armen und Beinen.

Er gehorchte aus Gründen der Vernunft und nicht etwa, weil sie es ihm befohlen hatte – denn es schien, als hätte sie nichts anderes getan, als ihn herumzukommandieren, seit sie ihre Stimme wiedergefunden hatte –, und setzte sich, um sich ihrer Fürsorge zu überlassen. Vielleicht war dies ganz einfach ihre Art, ihre Ängste zu zerstreuen, eine Methode, die voll und ganz seine Zustimmung fand; und das erregende Gefühl, ihr so nahe zu sein, wog die kleinen Unannehmlichkeiten und Ärgernisse mehr als auf. Der Duft der Lavendelblüten, die sie zerkaut hatte, war ganz sicherlich wie ein süßer Hauch von Frühling in der kalten, dunklen Ecke, wo sie sich versteckten, und der Anblick, den sie bot, war unübertroffen. Ihre Augenbrauen waren in einem Ausdruck konzentrierter Aufmerksamkeit zusammengezogen, zwei perfekt geschwungene, schwarze Bögen über langen dunklen Wimpern und aquamarinblauen Augen. Einen Moment lang hatte er gedacht, sie würde wieder in Tränen ausbrechen, aber die Krise schien vorübergegangen zu sein, und zweifellos hatte sie begriffen, dass er derjenige war, der sie gerettet hatte. Dieses Wissen ermunterte ihn sogar noch mehr als der Kümmelkuchen.

Sie beugte sich dicht zu ihm vor, als sie den nassen Saum ihrer Tunika benutzte, um sein Gesicht zu säubern, und dabei rutschte eine lange Strähne ihres Haares nach vorn über ihre Schulter. Fasziniert beobachtete Mychael, wie sich die glatte schwarze Strähne über ihren Busen hinunterschlängelte und einen Ruheplatz auf seinem Schenkel fand, wo sie sein Bein befeuchtete und seinen Mund trocken werden ließ. Ja, die hübsche Elfenmaid brachte sein Blut in Wallung, das konnte man wohl sagen. Fast ebenholzschwarz war ihr Haar, ein verblüffender Kontrast zu der Blässe ihrer Haut. Er hatte schon einmal Seide gefühlt, an einer Bischofsrobe, und er war überzeugt, ihr Haar würde sich ebenso weich und herrlich glatt anfühlen, sollte er sich trauen, es mit den Fingern hochzuheben.

Er tat es zwar nicht, war aber stark in Versuchung, eines ihrer Blätter zu stiebitzen. Sie hatte mehr als genug Blattschmuck übrig, nicht nur in den Girlanden aus Ebereschen-, Haselbusch- und Eichenlaub in ihrem Haar, sondern auch in Form der wellenförmigen Tätowierungen, die sich um ihr Handgelenk und ihren Arm hinaufschlängelten. Er konnte lange, gewölbte Weidenblätter erkennen und paarförmig angeordnete, lanzenförmige Eschenblättchen, die sich durch die Elfrunen auf ihrer Haut wanden. Ein feingelapptes Eichenblatt, feucht glänzend vor Flusswasser und nicht größer als die Mitte seiner Handfläche, baumelte unsicher über einem ihrer spitzen Ohren – ausgesprochen magische Gebilde, diese Ohren, auf faszinierende Weise hübsch, wenn man sie aus der Nähe betrachtete, und nicht ohne einen gewissen erotischen Reiz.

Mychael rutschte unbehaglich auf dem Felsboden hin und her. Ob ihn irgendein walisisches Mädchen derart verlocken könnte?

Die Fingerspitzen auf Mychaels Wunde, wo sie gerade den letzten Rest von *rasca* verrieb, hielt Llynya plötzlich mitten in der Bewegung inne, überrascht und verblüfft über das, was sie wahrnahm. Ihre Nase zuckte leicht, als sie schnuppernd Mychaels Geruch einsog. Sie traute sich nicht, irgendeinen anderen Körperteil zu bewegen, sondern saß einen Moment vollkommen reglos da, den Blick starr auf die Heilsalbe und die Rundung seiner Wange geheftet, während sie sich über diese unerwartete Wende der Ereignisse wunderte und darüber, wie es möglich war, dass ein Mann mit einer langen, klaffenden Schnittwunde im Gesicht, der obendrein noch von der Taille an abwärts in einen eiskalten Fluss eingetaucht war, sinnlich erregt sein konnte – und über die noch größere Unwahrscheinlichkeit, dass sie diejenige war, die diese Reaktion in ihm auslöste.

Doch es war sonst niemand in der Nähe.

Vielleicht hatte sie sich sogar noch stärker verändert, als sie gedacht hatte. Andererseits war es sehr viel wahrscheinlicher, dass sie sich irrte. Es würde ja auch wirklich an ein Wunder grenzen, wenn irgendetwas Duftendes durch ihre Nase gelangte.

Sie atmete abermals tief ein, schloss die Augen und konzentrierte sich mit aller Kraft, um ihre Wahrnehmung noch einmal zu überprüfen. Wärme strömte in sie hinein, langsam und mühelos; eine süß duftende, köstliche Hitze hüllte ihre Sinne ein und folgte einem Pfad, der zu einer lange vergessenen Erinnerung führte ... *eine kühle Frühlingsnacht ... eine einsame Lichtung, verborgen in der schützenden Gletscherspalte ... silbriges Mondlicht, das auf den einander verschlungenen Körpern eines Mannes und einer Frau schimmert ...*

Sie öffnete die Augen, aber diesmal löste sich die Geruchsvision nicht vollständig auf. Die Wärme blieb zurück, pulsierte durch ihre Adern und weckte prickelnde Erregung in ihrem Inneren – eine angenehme, wenn auch unverdiente Atempause von ihren Schuldgefühlen. Schuldgefühle darüber, dass sie Mychael eine solch tiefe Schnittwunde beigebracht hatte, obwohl er sie nun schon zum zweiten Mal gerettet hatte. Sie schämte sich zutiefst ihrer Tat. Es war der verdammte Lavendel, der sie geruchsblind machte. Oberhalb der Erde hätte sie augenblicklich gewusst, dass es Mychael war, aber das konnte sie wohl kaum eingestehen. Genauso wenig, wie sie zugeben konnte, dass seine Nähe sinnliche Wärme in ihr entfachte. Es war ein beunruhigendes Gefühl, und sie konnte nur inständig hoffen, dass Mychael nicht ihr ausgeprägtes Gespür für Gerüche hatte. Und was die Vision betraf – sie erinnerte sich nur zu gut an den Rest, wie Ceridwen und Dain Lavrans sich auf der Lichtung in den Wäldern geliebt hatten, an den leicht salzigen Moschusgeruch, der in die Bäume aufgestiegen war, als ob sie sich mit der Erde selbst vereint hätten. Ja, und sie war wirklich kindisch, dass sie eine solche Möglichkeit nicht für sich selbst vorausgesehen hatte.

Ihr Blick wanderte unwillkürlich ein paar Zentimeter tiefer zu Mychaels Lippen – weiche Haut, liebkost von seinem Atem, eine fein geschwungene Oberlippe, eine winzig kleine Narbe in der Nähe des rechten Mundwinkels. Er wollte sie küssen. In Wahrheit wollte er noch sehr viel mehr als einen Kuss.

Und würde sie ihren Mund auf seinen pressen? Sie kannte sich mit Küssen aus. Morgan hatte sie in der Kampfarena unterhalb von Carn Merioneth geküsst, hatte seine Lippen in einer süßen Berührung auf ihre gedrückt.

Ja, sie war durchaus geneigt, sich wieder im Küssen zu versuchen, sogar mehr als geneigt. Die faszinierenden Veränderungen, die zwischen ihr und Mychael vorgingen, die sinnlichen Schwingungen, die sie in dem kleinen Zwischenraum zwischen ihnen spüren konnte, waren eine Versuchung, der zu widerstehen fast unmöglich war. Verlockt von seinem warmen Atem, rückte sie eine Haaresbreite näher an ihn heran und schnupperte verstohlen, mit kaum mehr als einem leichten Zittern ihrer Nasenflügel. Die Gerüche, die sie wahrnahm, waren sanft und lieblich und von einer Ruhelosigkeit erfüllt, die nicht ihm allein gehörte. Mit einem Kuss könnte sie das Geheimnis dieser verlockenden Gerüche schmecken, um sie auf der Zunge zergehen und ihre Sinne davon überfluten zu lassen. Seltsam, aber sie hatte noch nie zuvor das Verlangen nach etwas Derartigem empfunden, nicht bei Morgan und auch nicht bei Shays flüchtigem Kuss. War hier vielleicht Magie am Werk? War sie drauf und dran, dem Zauber von Rhiannons Sohn zu erliegen?

Eine warnende Stimme ertönte in ihrem Kopf und veranlasste sie, eine Idee weiter zurückzuweichen. Verdammt! Er war noch weitaus gefährlicher, als Aedyth dachte, denn sie befürchtete, sie könnte vollends in seinen Bann gezogen werden. Raste ihr Herz nicht bereits vor freudiger Erwartung?

Beweis genug für die Torheit der Tat, sagte sie sich, dass sie sich so leicht umstimmen und von ihrem Kurs abbringen ließ. Sie wusste, was die Folgen des Küssens waren – als Erstes immer noch mehr Küsse. Ceridwen und Lavrans hatten nach der Nacht auf der Lichtung kaum noch etwas anderes getan. Ständig hatten sie sich geküsst, und man brauchte keine großen seherischen Kräfte, um zu erkennen, dass eine Geliebte weitaus geringere Chancen hatte, von einem Mann in ein Wurmloch mitgenommen zu werden, als eine Liosalfar. Andererseits war ein Kuss nicht eine Sache, die man auf die leichte Schulter nehmen sollte. In Wahrheit fragte sie sich oft, ob es nicht Morgans Kuss gewesen war, der sie veranlasst hatte, ihren derzeitigen Kurs einzuschlagen, denn jener Kuss hatte sie auf eine Art und Weise gebunden, die ihr mehr Schaden als Nutzen eingebracht hatte. Es war wirklich besser, vor Mychael ab Arawns magischer Anziehungskraft vorgewarnt zu sein und die Finger von ihm zu lassen.

Sie wich noch ein Stückchen weiter zurück und nahm sein Kinn in die Hand, um über einen hartnäckigen Fleck zu reiben. Die *rasca*-Salbe hatte die Blutung gestillt und würde verhindern, dass die Wunde zu eitern begann. »Ich könnte dir beibringen, wie man den Schlag abwehrt, den ich vorhin angewandt habe«, sagte sie und tat so, als merkte sie nichts von seiner Erregung, während sie ihre eigene mit kühler Vernunft in den Griff zu bekommen versuchte.

»Ich habe deinen Angriff doch abgewehrt.« Er zeigte ihr als Beweis dafür die blutende Schnittwunde an seinem Handgelenk.

Llynya ließ sein Kinn los und drehte sein Handgelenk ins Licht. Sie hatte ihm nicht nur das Gesicht aufgeschlitzt, sondern auch noch seine Messerhand! Wahrscheinlich hatte sie damit endgültig jegliche Chance ruiniert, ihn noch dazu zu bringen, ihr bei ihrem Vorhaben zu helfen. Er hatte sie gerettet, und sie hatte nichts Besseres zu tun gehabt, als mit ihrem Dolch auf ihn einzuhacken.

»Lass nur, es ist keine große Wunde«, sagte er und entzog ihr seine Hand.

Sie schüttelte den Kopf, widersprach ihm. »Doch, ich habe dich recht gut erwischt. Der Arm ist zwar nicht so schlimm, aber dein Gesicht ist in einem fürchterlichen Zustand.« Sie wandte ihre Aufmerksamkeit wieder seiner Wange zu. »Der Schnitt ist sehr tief, ein gleichmäßiger Hieb von vorn bis hinten. Die meisten wären nicht so präzise gewesen und hätten am oberen Ende nachgelassen, aber Trig hat mich gelehrt, eine Klinge zu führen, seit ich kaum alt genug war, um… nun ja, kaum alt genug, um eine in der Hand zu halten. Aber für diese Stümperei hier wird er mir das Fell abziehen.«

Mychaels Stolz, der irgendwo in der Versenkung verschwunden war, während er nach Llynyas Blättern und Haar und Augen geschmachtet hatte, meldete sich bei ihrem unverschämten Resümee pikiert wieder zurück. Sie hatte ihn also »recht gut erwischt«, wie? War nicht er derjenige, der sie gerettet hatte? Und was hatte dieser lange Blick auf seinen Mund zu bedeuten gehabt? Als sie näher an ihn herangerückt war, hätte er sie beinahe geküsst. Jetzt wünschte er inständig, er hätte es getan. Damit hätte er sich wenigstens den Ärger erspart, sich ihre Bemerkungen darüber anhören zu müssen, wie gut sie ihn aufgeschlitzt hatte.

Ja, mit Küssen kannte er sich aus, aber aus der kleinen Elfenfrau wurde er nicht so recht schlau. Er bekam allmählich den Eindruck, dass die zerbrechliche Schönheit, die ihn so entzückt hatte, mehr Illusion als Tatsache war. Vielleicht entsprach die Kriegerin, die er in Crai Force entdeckt hatte, mehr ihrer wahren Natur. Warnung genug für ihn, sich vor ihr in Acht zu nehmen.

»Der Hauptmann könnte deine Wunden zusammenflicken«, fuhr sie fort, »aber ich an deiner Stelle würde auf Moira warten.« Sie hielt einen Moment inne, und ihre Stimme wurde merklich unsicherer. »Die Wahrheit ist leider, dass keiner von uns beiden sonderlich gut bei dieser Sache wegkommt.«

Besonders er nicht, so schien es. Mit Schnittwunden übersät, die von einem Mädchen mit einer blutrünstigen Klinge und einem süßen Mund stammten.

»Vor allem, werden wir aus dieser von Felsen umschlossenen Falle nicht gut wegkommen«, erwiderte Mychael. »Höchste Zeit, dass wir von hier verschwinden.« Er machte Anstalten, sich zu erheben, aber sie hielt ihn zurück, indem sie eine Hand auf sein Bein legte. Die Berührung genügte, um jeden Muskel in seinem Körper zu Eis erstarren zu lassen. Großer Gott im Himmel, besaß das Mädchen denn nicht einen Funken Verstand?

»Nein, das wirst du nicht tun«, sagte sie energisch. »Du bleibst hier schön sitzen, bis ich deine Wunde versorgt habe. Wir sind hier in Sicherheit. Die Sha-shakrieg bevorzugen die offenen Höhlen, wo sie ihre garstigen Fäden schleudern können, um Netze zu spinnen.«

Netze. Das also war es, was er gehört hatte, das Schleudern von Netzen quer über die Höhlendecke, und nicht etwa Drachen.

»Und das andere Wesen?«, fragte er und entspannte sich wieder, als sie ihre Hand von seinem Schenkel zog, um sein Handgelenk mit einem Stück Gaze zu verbinden, die sie aus einem weiteren Beutel hervorholte. Auch der Verbandsmull roch nach *rasca.* »Dieses Ding auf der anderen Seite des Flusses, das plötzlich aus der Dunkelheit hervorgekrochen kam. Was bevorzugt es?« Sie waren in diesem Loch nicht sicher. Davon war er überzeugt.

Sie schüttelte den Kopf und löste damit einen weiteren Regen von Wassertröpfchen aus. *Barmherziger.* Jede Bewegung, die sie machte, war darauf angelegt, zu betören, und er war ein Narr, dass er überhaupt Notiz davon nahm.

»Ich weiß nicht, was das war«, erwiderte sie. »*Tua?*«

»Kein *tua* hat jemals so gestunken.«

»Vielleicht nicht«, pflichtete sie ihm bei. »Aber die Wände entlang der Stufen waren beschrieben, und die Schriftzeichen besagten, dass dieser Ort einstmals eine Zufluchtsstätte war, als die Route noch häufig benutzt wurde.«

Eine Zufluchtsstätte? Dies hier? Mychael ließ seinen Blick über die nackten Felswände schweifen, und seine Stimmung sank schlagartig. Es wäre immer noch besser, an Wildheit zu sterben, als seine letzten Tage an einem solch trostlosen Ort zu verbringen. Er streckte den Arm aus und presste seine Handfläche an den Fels hinter sich, um sich zu vergewissern, und fühlte zum Glück nichts. Der Drachenschlund enthielt sehr viel mehr Spuren von Magie als dieses gottverlassene Loch.

»Was immer dieser Ort an Sicherheit geboten hat, ist lange dahin«, erklärte er ihr.

Ihr Blick wanderte von seiner Hand zu seinen Augen, und eine ihrer Brauen wölbte sich eine Spur höher als die andere. »Du kannst die Wände ohne Schriftzeichen oder Markierungen lesen?«

Er tat seine Fähigkeit mit einem Achselzucken ab. Madron wusste, dass er im Stande war, dem Pfad ihres Vaters zu folgen. Sie war diejenige, die ihm die Spuren von Magie erklärt hatte. Bis dahin hatte er immer gedacht, es wäre etwas in der Luft, das bewirkte, dass sich ein Ort anders als alle anderen anfühlte; oder vielleicht etwas in ihm. Jetzt wusste er, dass es Nemetons Werk war.

»Ist das die Art, wie du in die Wurmlöcher hineinkommst?« Ihre Stimme war zu einem Flüstern geworden, zu gleichen Teilen von Ehrfurcht und Hoffnung erfüllt, und keines von beiden behagte ihm sonderlich. Er zog es vor, die Wurmlöcher und sein Wissen darüber für sich zu behalten – eine Vorliebe, die Rhuddlan in keinster Weise zu respektieren gewillt war.

»Nein«, erwiderte er kurz und bündig, fest entschlossen, nicht näher darauf einzugehen. Madron und Rhuddlan äußerten nichts als Warnungen, wenn es um Wurmlöcher ging; aber Mychael wusste, wann es gefahrlos war, in die Wurmlöcher einzudringen, spürte es auf eine weitaus plastischere Art und Weise, als er Nemetons Magie fühlte. Die Markierungen des bretonischen Barden waren sehr subtil, für einen flüchtigen Moment spürbar und dann nicht wieder. Die Kraft, die aus einem Wurmloch kam, war weitaus weniger schüchtern. Die Wurmlöcher sagten entweder »Tritt ein«, oder sie sagten »Hüte dich!«, und seit der Befreiung der *pryf* sagte das große Wehrtor immer und ausschließlich »Hüte dich!«

»Nein?« Llynya klang leicht enttäuscht, dann sogar noch neugieriger. »Aber es gibt eine Methode, um hineinzukommen, nicht wahr? Eine, die du mir beibringen könntest.«

»Beibringen?« Er warf ihr einen Blick aus zu Schlitzen verengten Augen zu. Vielleicht hatte er noch immer nicht ihr wahres Wesen erkannt. Keine verzauberte Waldfee und auch keine Liosalfar-Kriegerin, denn wenn sie nach jenen wirbelnden Tiefen strebte, dann war sie schlicht und einfach wahnsinnig. Sie würden sie bei lebendigem Leib verschlingen, noch sicherer als jedes Spinnenvolk. Das musste sie doch wissen. Kein Quickentree durfte in die Höhlen hinabsteigen, wenn er nicht über die Gefahren der Wurmlöcher Bescheid wusste.

»Wir könnten einen Tauschhandel abschließen«, fuhr sie fort.

»Und was hättest du anzubieten?«, fragte er ungläubig. Sie hatte nichts, was er haben wollte, außer einem Kuss; doch ein Kuss, um den man erst feilschen musste, war nichts wert. Er hatte zwar viele Jahre in klösterlicher Abgeschiedenheit gelebt, aber so viel wusste selbst er.

Sie griff hastig nach ihren Beuteln und begann, ihren Inhalt auszuleeren. »Ich habe Schätze.«

Kleine Zweige, Eicheln und zerdrückte Grashalme ergossen sich auf den Tunnelboden, gefolgt von nassen Knäueln von Federn und verfilzter Distelwolle. Ein paar Kristallscherben fielen klirrend aus dem Durcheinander heraus.

Er betrachtete die Klumpen feuchter Fusseln und das übrige wertlose Sammelsurium und verlor endgültig die Geduld. Sie hatte ihn mit ihrer Klinge verletzt und ihn verlockt und ihn obendrein noch mit ihrem Angebot verspottet, ihm beizubringen, wie er ihren Schlag abwehren konnte. War er nicht derjenige, der sie entwaffnet und ihr das Messer weggenommen hatte? Wer hätte dann wohl wen geschnitten, wenn das seine Absicht gewesen wäre?

Und jetzt hatte sie auch noch bewiesen, dass sie keinen Deut anders als alle anderen war. Alle wollten nur sein Wissen von den Wurmlöchern.

»Ich brauche deine Heilpflanzen nicht, Mädchen, und wir haben uns hier schon viel zu lange aufgehalten«, sagte er schroff.

»Mädchen?« Bei dieser Bemerkung blickte sie abrupt auf, und ihr Zorn über seine grobe Zurückweisung war unverkennbar. »Hast du zufällig schon mal von den Dangoes gehört, *Junge*? Oder von den Säulen von Manannan? Kennst du wirklich alles, was in der unergründlichen Finsternis ist, und kannst du finden, was du suchst, ohne dich auszukennen?«

»Wenn es existiert, dann kann ich es auch finden. Was mehr ist, als ich von dir annehmen würde. Weiß Trig eigentlich, dass du nicht im Stande bist, dich allein in der Dunkelheit zurechtzufinden?« Er wollte keinen Begleiter bei seiner Suche dabei haben, und selbst wenn, dann wäre sie die Letzte, die er dafür auswählen würde. Sie brachte ihn völlig durcheinander und benebelte sein Hirn stärker als jeder Wein. Und woher wusste sie eigentlich, dass er nach irgendetwas suchte? Rhuddlan und Madron waren die Einzigen, mit denen er über sein Vorhaben gesprochen hatte – oder genauer gesagt, die ihn gezwungen hatten, mit der Sprache herauszurücken. Der Quicken-tree-Mann gehörte nicht zu denjenigen, die einen Fremden oder ein Geheimnis in ihrem Herrschaftsgebiet duldeten; und so gefährlich Madron auch sein mochte, sie war die einzige geeignete Verbündete für ihn.

Welches Argument auch immer Llynya als Nächstes hatte vorbringen wollen, es erstarb auf ihren Lippen.

Ja, dachte er. Jetzt sind wir endlich zu dem springenden Punkt bei der Sache gekommen, und dabei geht es nicht um einen Kuss, auch wenn sie mich noch so sehr bezaubert.

»Weiß er davon?«, hakte Mychael nach.

»Ich kann mich zurechtfinden«, erwiderte sie ausweichend und wechselte das Thema, indem sie zwei Finger in die restliche Salbe stippte und sie auf seine Gesichtswunde schmierte.

Doch er ließ sich nicht so leicht vom Thema abbringen. »Du bist geruchsblind. Du kannst Freund und Feind nicht unterscheiden oder Norden von Süden oder eine Gefahr wahrnehmen, selbst wenn du mit der Nase darauf gestoßen wirst.« Ihre heilende Berührung war so grob, dass er gequält zusammenzuckte. Moira war sehr viel sanfter und behutsamer und tat ihm nicht weh. Was für eine reizbare, störrische Elfe das Mädchen doch war. Er musste wirklich mit Blindheit geschlagen gewesen sein, dass er ihre Fehler nicht eher bemerkt hatte.

»Es ist nur eine vorübergehende Sache«, gestand sie kurz und bündig und tauchte ihre Fingerspitzen abermals in die Heilsalbe.

Er hielt ihre Hand fest, als sie sie an seine Wange hob. »Dann solltest du nicht weiter als bis zur Lanbarrdein-Höhle gehen dürfen, bis die Sache vorbei ist. Bedwyr liegt tot in der Dunkelheit, und ich möchte auf keinen Fall, dass dir das Gleiche passiert. Trig würde es auch nicht wollen.«

»Trig weiß nichts davon.« Sie befreite ihren Arm mit einem schnellen Ruck aus seinem Griff, selbst als er sie losließ.

»Er wird bald genug dahinter kommen.«

»Nicht, wenn du Stillschweigen darüber bewahrst. Ein simples Versprechen könnte …«

»Versprechen, die man in der Dunkelheit macht, werden im hellen Tageslicht nur zu leicht wieder gebrochen«, erklärte er ihr und wünschte dann augenblicklich, er hätte es nicht getan. Die Worte hatten nichts mit dem zu tun, worum sie ihn gebeten hatte; sie waren ein oft zitierter Rat für die Liebeskranken, was Llynya natürlich nicht war. Und ich auch nicht, fügte er in stummer Empörung hinzu. Das Problem, das ihm zu schaffen machte, war zwar nicht nur reine Wollust, aber doch ganz entschieden nicht Liebe.

»Vielleicht«, gab sie zu, »aber ich würde ja deines haben.«

Süße Unschuld. Sie hätte ihn beinahe umgestimmt mit ihrer zögernd vorgebrachten Bitte, als ob sie wüsste, dass sein Versprechen mit einer Bedingung verknüpft sein könnte, aber sein Kurs stand unabänderlich fest – und schloss sie nicht mit ein.

»Nein«, sagte er energisch.

Sie presste verärgert die Lippen zusammen, und nachdem sie den letzten Rest der *rasca*-Salbe wieder auf ihr Blätterbett gewischt hatte, begann sie, das Ganze zusammenzurollen und die Blattstängel darumzubinden. »Einige sagen, du solltest nicht frei mit den Liosalfar in den Höhlen herumlaufen dürfen.«

Er wusste, dass das stimmte. Bedwyr war einer von denjenigen gewesen, die ihm misstrauten, aber wenn sie ihn unter Druck setzen wollte, dann würde sie schon eine etwas stärkere Drohung finden müssen.

»Und bald werden sie das Gleiche von dir sagen.«

Darauf hatte sie nicht sofort eine Antwort parat, und für einen Moment glaubte er schon, er und die Vernunft hätten schließlich gesiegt, aber sie nahm ihre fünf Sinne zusammen und bewies ihm, dass er wieder mal im Irrtum war.

»Ich würde dir beistehen, Mychael ab Arawn.«

In ihren Worten schwang noch nicht einmal so viel wie eine Andeutung von Gefühl mit, aber es war das erste Mal, dass sie seinen Namen gesprochen hatte, und er war nicht ungerührt. Gleich darauf schimpfte er sich einen Idioten. Es war neckisches Geplänkel, bestenfalls, und vollkommen müßig. Rhuddlan würde niemals auf ein von Lavendel verwirrtes Mädchen hören, sollte sich die allgemeine Meinung gegen ihn wenden.

»Ich schlage mich allein durch.« Er hatte schon immer allein kämpfen müssen, seit er fünf Jahre alt gewesen und seiner Familie und seinem Zuhause entrissen worden war, und er konnte kein Ende absehen, bis Ddrei Goch und Ddrei Glas an seiner Seite sein würden.

»Das werde ich auch tun, wenn es sein muss«, erwiderte sie und durchbohrte ihn mit ihrem Blick. In dieser Feststellung schwang jede Menge Leidenschaft mit, und sie war durchaus überzeugend. Llynya war wieder ganz die harte, entschlossene Kriegerin.

Halsstarriges Weibsbild, dachte Mychael und unterdrückte einen gereizten Seufzer. Kein Quicken-tree würde es vorziehen, allein über Mor Sarff hinauszuwandern. Keiner außer dieser einen hier, so schien es – ausgerechnet derjenigen, die die geringste Chance hatte, die Reise zu überleben.

»Warum?«, fragte er. »Was zieht dich so stark in die unergründliche Finsternis?« Sie hatte es bereits geschafft, sich in der Dunkelheit zu verirren und beinahe zu erfrieren und in wilde Panik zu geraten, und sie war obendrein noch geruchsblind. Die Spinnenleute schlichen noch immer in den Höhlen herum, und sie wusste, sie würden sie liebend gerne als Vorspeise verzehren. Also, was zwang sie dann, sich trotz alledem in die Finsternis zu wagen?

Er bekam keine Antwort. Schweigend stopfte sie ihre Eicheln und Federknäuel wieder in die diversen Beutel zurück, ihre Bewegungen steif und linkisch vor unverhüllter Frustration. Es gab eine Wahrheit in ihr zu finden, und diese Wahrheit war offensichtlich nicht das, was er in den vergangenen fünf Tagen gedacht hatte, und auch nicht das, was er in der letzten Stunde angenommen hatte.

Sein Blick wanderte über die Konturen ihres Gesichts, und ausnahmsweise einmal gestattete er sich nicht, sich von ihrer zerbrechlichen Schönheit täuschen zu lassen. Stattdessen achtete er auf ihre gerunzelte Stirn und ihre Augen, vor ihrer Zeit alt geworden, und auf den resoluten Zug um ihren Mund. Die Vergangenheit lastete offensichtlich schwerer auf ihr, als er geglaubt hatte. Die Traurigkeit, die er zum ersten Mal vor vielen Monaten in dem Eichenwäldchen oberhalb von Carn Merioneth an ihr bemerkt hatte und dann wieder in Riverwood, war noch immer nicht verschwunden; eine Traurigkeit, die begonnen hatte, als Morgan ab Kynan von dem Schwert eines anderen besiegt worden war.

Ja, sie hatte einen guten Freund verloren.

Oder war Morgan vielleicht ihr Geliebter gewesen?

Als ihm diese Frage durch den Kopf schoss, fiel es ihm plötzlich wie Schuppen von den Augen, und er fluchte im Stillen. Er war wirklich haarsträubend naiv gewesen. Er hatte Morgan gekannt und auch die lockere, freie Art des Diebs mit Frauen, und Llynya war volljährig. Sowohl Ceridwen als auch Dain Lavrans hatten noch immer um Morgan getrauert, als sie zu ihrer Reise in den hohen Norden aufgebrochen waren.

Die Elfenmaid musste ebenfalls um ihn trauern und hatte vermutlich vor, einen tollkühnen Vorstoß in die Wurmlöcher zu wagen, ein Unternehmen, bei dem sie mit Sicherheit den Tod finden würde. Glaubte sie etwa, sie würde Morgan dort finden? Sein Ausdruck wurde grimmig, als er beobachtete, wie sie den letzten Beutel mit Hilfe der doppelten Schlinge zuzog und die Enden in ihren Gürtel steckte.

»In einem Wurmloch ist kein Spielraum für Fehler, Llynya«, sagte er, und er konnte sich selbst nur mit Mühe davon abhalten, sie zu packen und zu schütteln, bis sie endlich Vernunft annahm. »Nicht der geringste Spielraum, und besonders nicht in dem Zeitwehr. Es gibt kein sicheres Durchkommen, wenn der Reisende auch nur einen einzigen Fehler macht, und der Preis des Scheiterns ist höher, als jedes vernünftige Wesen zu zahlen bereit wäre.«

»Du bist ja auch durchgekommen«, konterte sie und reckte störrisch das Kinn vor.

Es stimmte, aber sie wusste nicht, welch hohen Preis er für

seine riskanten Ausflüge hatte zahlen müssen. Nur Madron und Moira hatten die flammend rote Narbe gesehen, die seinen gesamten Körper entlanglief, eine Verlängerung der feurigen Strähne in seinem Haar, seinem Geschenk von den Wurmlöchern.

»Ich habe durch die Gnade Gottes überlebt, aber ich würde dein Leben nicht demselben Umstand anvertrauen. Und Rhuddlan würde es auch nicht tun. Du weißt genauso gut wie ich, dass es den Quicken-tree strengstens verboten ist, in die Wurmlöcher einzudringen!« Und damit war die Sache für ihn erledigt. Rhuddlan hatte ihm zwar das Gleiche verboten, aber er fühlte sich nicht genötigt zu gehorchen. Er war schließlich kein Quicken-tree.

»Ich bin nur zur Hälfte Quicken-tree«, erwiderte Llynya mit einer Andeutung von Herausforderung in der Stimme, als ob sie ihn warnen wollte, nur ja nicht zu bestreiten, dass sie tat, was immer sie wollte.

Wilde kleine Göre, dachte er grimmig, als er sich vom Boden erhob. Mit ihr wird's garantiert noch Ärger geben. Es war klug von ihm gewesen, ihr bis jetzt aus dem Weg zu gehen, und sobald er sie sicher aus den Höhlen hinausgeschafft hatte, würde er erneut einen großen Bogen um sie machen. Es konnte einfach nichts Gutes dabei herauskommen, sich an ihre Fersen zu heften. Er würde schon noch eine andere finden, die er küssen konnte, eine, die nicht in jemand anderen verliebt war.

»Und die andere Hälfte?«, fragte er, als er ihr ihre Traumsteinklinge zurückgab.

»Yr Is-ddwfn.« Sie stand auf und nahm das Messer.

Mychael hatte den Namen schon einmal gehört. Es war ein anderer Stamm der *tylwyth teg*, derselbe, dem auch Ailfinn Mapp angehörte, die Magierin, nach der Rhuddlan suchte; und vielleicht war das die Erklärung für Llynyas spitze Ohren.

»Dann werde ich dafür sorgen, dass Rhuddlan auch deiner Yr-Is-ddwfn-Hälfte verbietet, in die Höhlen zu gehen.«

»Es ist nicht so einfach, den Yr Is-ddwfn etwas zu verbieten«, gab sie zurück.

»Vielleicht nicht«, räumte Mychael ein, während er seine

eigene Traumsteinklinge in die Lederschneide zurückschob und seinem eisernen Dolch den Vorzug gab, »aber ich bin überzeugt, dass Rhuddlan der Aufgabe mehr als gewachsen ist.« Kein Mädchen, ganz gleich, wie verzweifelt und auf Selbstzerstörung versessen, würde an Rhuddlan vorbeikommen. Und sie würde auch an ihm nicht vorbeikommen, das schwor er sich. Er bedeutete ihr mit einer Geste, ihm zu folgen, und wandte sich ab, um den Tunnel hinunterzugehen.

Llynya starrte ihm erbittert nach, während sie die Arme vor der Brust verschränkte und das warme Kristallheft ihrer Traumsteinklinge an ihr Herz drückte. Arroganter Mistkerl, dachte sie, als sie das beruhigende Licht genoss. Er hatte sie *Mädchen* genannt! Sie war eine Liosalfar, eine ausgebildete Kriegerin. War die tiefe Schnittwunde an der Seite seines Gesichts nicht Beweis genug dafür? Kein Mädchen wäre im Stande gewesen, ihn derart gut zu schneiden. Kein Mädchen wäre im Stande gewesen, ihn gleich zweimal zu verletzen.

Vielleicht hätte sich ein Mädchen überhaupt gar nicht erst auf ihn gestürzt.

Das war immerhin ein Gedanke, nicht? Vielleicht hatte sie seinen Stolz noch tiefer verletzt als seine Wange.

Zugegeben, sie hatten nicht gerade einen glänzenden Start gehabt, aber verletzter Stolz ließ sich kitten, für Brüskierungen konnte man sich entschuldigen, Wunden konnten geheilt werden. Bei allen Göttern, aber seit sie ihn das erste Mal gesehen hatte, hatte sie nichts anderes getan, als ihre Aufgabe noch beängstigender zu machen. Wenn es irgendjemand anderen gäbe, an den sie sich um Hilfe wenden könnte, würde sie Mychael ab Arawn kurzerhand fallen lassen, aber es gab sonst niemanden. Entweder er oder keiner, und sein Trick mit der Wand bewies, dass es durchaus lohnenswert war, wenn sie sich ein bisschen stärker um ihn bemühte.

Natürlich hatte er auch ihre Schätze abgelehnt und damit bewiesen, dass er mit dem Wert solcher Dinge nicht vertraut war. Ja, Madrons Druide hatte noch viel zu lernen.

Das blaue Licht seiner Traumsteinklinge verblasste, als Mychael um eine Ecke bog, und Llynya eilte hinter ihm her. Sie hatte nicht die Absicht, zu scheitern und sich ihr eigenes Grab zu schaufeln, wenn sie das Zeitwehr des großen Wurmlochs zu bezwingen versuchte. Mychael hatte ihr nichts erzählt, was sie nicht schon gewusst hätte, weder von der verbotenen Natur des Wurmlochs noch von seinen Gefahren, und sie ließ sich durch nichts von alledem aufhalten. Nur die Gewissheit, dass ein anderer seinen Frieden gefunden hatte, wäre im Stande, sie von ihrem Vorhaben abzubringen – und sie fühlte tief in ihrem Inneren, dass der Dieb von Cardiff keinen Frieden gefunden hatte.

Sie ballte ihre freie Hand zur Faust, um das plötzliche Zittern ihrer Finger zu unterdrücken. Bei allen Göttern, aber sie befürchtete, dass Morgan noch immer in die Tiefe stürzte. Das Gefühl überkam sie oft in den seltsamsten Augenblicken, beklemmend und Furcht erregend, und es verwandelte selbst den heitersten, sonnigsten Tag abrupt in finstere Nacht. Keine noch so große Menge von Lavendel konnte sie dann noch retten.

Ihr letzter Kampf war der Grund gewesen, dass Morgan für diese Welt verloren war, für seine Welt. Sie hatte ihn im Stich gelassen, hatte es ihm überlassen, dem Keiler von Balor ganz allein gegenüberzutreten, statt an seiner Seite zu kämpfen und ihm beizustehen, wie sie es Rhuddlan mehrmals hatte schwören müssen. Sie hatte Morgan im Stich gelassen, um einen kahlköpfigen Teufelspriester zu erschlagen, aber der Albtraum von Morgans Sturz in das Wurmloch verfolgte sie noch immer. Sie musste ihn einfach finden, ebenso sehr zu seiner Erlösung wie zu ihrer eigenen.

Sie holte Mychael am Ende des Tunnels ein, und sie traten hinaus auf die Stufen und in eine Flut von Traumsteinlicht. Unter ihnen auf dem Höhlenboden standen Shay, Trig und Math, ihre leuchtenden Klingen in der hocherhobenen Hand. Llynyas Freude und Erleichterung darüber, die drei gesund und wohlbehalten vorzufinden, verblasste jedoch schnell wieder, als ihr Blick auf Bedwyrs leblose Gestalt fiel. Der Anblick des alten Kriegers, der tot zu Füßen ihrer Gefährtin lag, war so schrecklich, dass er sie bis ins Innerste erschütterte.

Es hatte in letzter Zeit so viel Tod gegeben, Tod und Katastrophen und eine Auflösung der Lebensfäden. Die schlimme Zeit hatte im Herbst begonnen, als es galt, die reiche Fülle der Natur für die langen Wintermonate in Kerach zu sammeln – dem Winterlager der Quicken-tree. Der Sommer war eine Zeit der Sonne in *excelsis* gewesen und warmer, müßiger Tage, um zu tun, was einem gefiel, und der Frühling eine Zeit des Schwelgens in der Pracht üppiger Blüten.

Die Herrlichkeit war in diesem Jahr jedoch nur von kurzer Dauer gewesen, hatte kaum lange genug angehalten, um den Beginn von Beltaine zu begrüßen, bevor die Quicken-tree in die Schlacht gezogen waren; und seitdem war nichts mehr wie früher.

Sie verfolgten die Sha-shakrieg eine halbe Tagesreise tiefer in die Dunkelheit, in der Hoffnung, sie zu fangen und Nia noch lebend zu befreien, aber es sollte anscheinend nicht sein. Die Spinnenmenschen hatten Crai Force durch einen Tunnel verlassen, der hinter dem Wasserfall verborgen war. Der Durchgang war holperig und uneben, kalt und feucht. Diesmal tasteten sich Llynya und ihre Gefährten nicht im Dunkeln vorwärts, sondern ließen ihre Traumsteinklingen weiterhin heiß und hell glühen, als sie sich einen Weg über zu Eis erstarrte Teiche bahnten und schließlich zum Ende des Durchgangs gelangten, wo sich eine weitere Wand von Wasser aus einem Loch hoch über ihnen in einen violetten Schacht von höhlenartigen Ausmaßen ergoss – und dies war der Ort, wo sie schließlich gezwungen waren, sich geschlagen zu geben.

Ein Netz war vor das schmale Ende des Schachts gespannt, ein dicht gesponnenes Hindernis, das ihnen den Weg versperrte. Trig näherte sich dem Netz mit großer Vorsicht. Die anderen folgten ihm.

»Was ist das?«, fragte Shay verwirrt, als er neben den Hauptmann trat. Mychael fragte sich das Gleiche. In all den Monaten, die er in der unergründlichen Finsternis verbracht hatte, hatte er noch nie etwas Derartiges gesehen.

»Eine Kampfschranke. Die verdammten Bastarde«, knurrte

Trig. Er hatte eine Schnittwunde davongetragen, die quer über sein Gesicht und ein Auge verlief, ein dicker, purpurrot verfärbter Striemen, Beweis für die brennende Schärfe der Kampffäden des Spinnenvolkes. Seine Arme waren ebenfalls mit Schnittwunden bedeckt, seine Beinlinge völlig zerfetzt.

Mychael trat einen Schritt vor und befingerte das Netz. Es war aus breiten, starken Streifen eines fremdartigen Materials gefertigt, dunkelgrau, an den Rändern ausgefranst und völlig anders als echtes Spinnengewebe. Das Netz selbst bestand aus acht dreieckigen Einzelstücken, zu einem Ganzen zusammengewoben und mit einem doppelten Spiralfaden eingefasst. Die äußeren Ränder waren mit herabhängenden Schlingen an der Öffnung des Schachts befestigt, einer klebrigen Substanz, die die Fäden an den zerklüfteten Vorsprüngen in der amethystfarbenen Felswand festhielten. Vier breite Fäden kreuzten alle übrigen, wobei drei senkrecht von der Decke zum Boden verliefen und der vierte diagonal über die drei hinweggespannt war. Zwei dünnere Fäden waren um die Stelle geknotet, wo sich der diagonale und der mittlere vertikale Faden trafen.

Shay zog ein Messer aus dem Gürtel, um das ominöse Gebilde zu zerschneiden, doch Trig hielt den Jungen hastig am Handgelenk fest, bevor er zustoßen konnte.

»Lass das lieber bleiben«, sagte der Hauptmann. »Oder willst du etwa, dass die Sha-shakrieg aus dem Ödland heraufkommen und bis zu den Ufern von Mor Sarff ausschwärmen? Von dort aus ist es nur noch eine halbe Tagesreise bis nach Merioneth, und sie kennen den Weg gut.«

»Aber was ist mit Nia?«, verlangte Shay zu wissen.

»Ja, Trig, was ist mit Nia?«, fragte auch Llynya.

»Die beiden Knoten in dem Netz sind für die beiden Toten, die es bei dem Kampf gegeben hat«, erwiderte Trig, ohne sich um den rebellischen Unterton in ihren Stimmen zu kümmern. »Einer auf jeder Seite. Es ist ein Zeichen gerechten Ausgleichs. Sie haben nicht die Absicht, Nia zu töten.«

»Dann überlassen wir ihnen Nia also einfach?« Shay schien ganz und gar nicht damit einverstanden.

»Selbst ein Hauptmann der Liosalfar kann eine Kampfschranke nicht einfach durchbrechen, ohne Rhuddlans Erlaubnis zu haben«, erwiderte Trig, offensichtlich ebenso wenig bereit, Nia einfach ihrem Schicksal zu überlassen.

Hinter ihnen in der Höhle rief Math plötzlich: »Trig! Komm schnell!«

Shay und Trig eilten zurück zu der Stelle, wo Math auf dem Boden kniete, und ließen Mychael allein mit Llynya an der Kampfschranke zurück.

Die Elfenmaid wandte sich wieder zu dem Netz um und warf Mychael einen gewitzten Blick von der Seite zu. »Ich bin kein Hauptmann der Liosalfar«, sagte sie. »Du vielleicht?«

Scherereien und noch mehr Scherereien, dachte er. Es nimmt anscheinend kein Ende. Er verstand, was sie wollte. Er verstand auch, warum; aber als sie ihre Klinge an einer Stelle des Netzes ansetzen wollte, wo Trig es nicht sehen konnte, packte er ihre Hand und sagte leise zu ihr: »Trig hat Recht. Wir haben bereits einen Toten und eine Vermisste, und ich möchte nicht, dass es noch mehr werden. Rhuddlan wird einen Kampfverband aufstellen, und dann werden wir hierher zurückkehren.«

Sie sah langsam von der Stelle auf, wo er sie festhielt, und ihre Blicke trafen sich in dem violetten Licht des Hyazinthgesteins.

»Du kannst mich nicht von dem abhalten, was ich tun muss«, sagte sie, und er wusste, sie sprach nicht von der Kampfschranke, sondern von dem Wurmloch.

»Ich kann dich von dieser Sache hier abhalten«, erwiderte er mit großer Bestimmtheit.

Ihr Blick schweifte zu dem dicht gesponnenen Netz, dann wieder hinauf in sein Gesicht. »Ja. Vorläufig ist es wohl das Beste«, räumte sie ein und er ließ ihre Messerhand los. Sie wandte sich jedoch nicht sofort ab, um zu den anderen zu gehen, wie er erwartet hatte, sondern blickte ihn weiterhin unverwandt an, als ob sie noch mehr sagen wollte. Als sie es nicht tat, verkrampfte er sich unwillkürlich.

Sie heckte irgendetwas aus, aber er wollte verdammt sein, wenn er wusste, was das war. Schließlich, nach einer Zeitspanne, die ihm wie eine halbe Ewigkeit vorkam, machte sie auf dem Absatz kehrt und ließ ihn an der Schranke stehen.

Mychael stieß den angehaltenen Atem aus. Es war das letzte Mal, dass er sich mit ihr befasste, das schwor er sich. All die kummervollen Tränen, die er bei ihr zu sehen geglaubt hatte, waren längst vertrocknet; all seine Besorgnis um sie oder die romantischen Vorstellungen, die er sich von ihr gemacht hatte, waren völlig unangebracht gewesen. Sie brauchte keinen Helden. Sie brauchte einen Aufpasser, aber dieser Aufpasser würde er nicht sein. Er würde bei den Liosalfar bleiben und sie bis über Tage begleiten, würde dafür sorgen, dass Llynya aus den Höhlen verbannt wurde, und dann allein wieder hierher zurückkehren.

Die Elfenmaid blieb neben der Stelle stehen, wo Math und die anderen Liosalfar auf einer glatten Fläche des Schachtbodens knieten. Ihr Schatten ragte über den anderen an der gegenüberliegenden Wand der Höhle auf, eine schlanke Silhouette aus Dunkelheit, in Bruchstüche unterteilt durch das Traumsteinlicht, das in einem chaotischen Muster durch die Kristalle strahlte. Nur eine einzige Stelle an der Wand war unberührt von dem wirren Spiel des Lichts.

Mychael hob seinen Traumsteindolch ein Stück höher, um Licht auf den Felsen von Dunkelheit zu werfen. Llynya kniete sich neben die anderen, sodass ihr Schatten aus dem Chaos an der Wand verschwand, aber die Dunkelheit blieb dennoch. Ein Spalt oder vielleicht eine Öffnung? Seitlich davon entdeckte er eine ungewöhnlich glatte Stelle in der Felswand, eine gemeißelte Fläche, und auf dieser Fläche glaubte er etwas zu sehen, das ein Zeichen sein konnte.

Gleich darauf rutschten die Lisoalfar ein Stückchen weiter bei ihrer Suche, und die gesamte Felswand schien plötzlich in dem Licht und den Schatten, die ihre Traumsteinklingen warfen, zu tanzen und sich im Zickzack zu bewegen. Mit dem neuen Wirrwarr von Mustern verschwand die dunkle Stelle an der Wand. War es vielleicht nur eine Täuschung des Lichts gewesen?

Mychael versuchte, sie wieder zu finden, und konnte es doch nicht. Egal, es war ein Ort, den er sich merken und zu dem er zurückkehren würde, sobald er konnte.

Er ging zu der Stelle, wo die anderen noch immer auf dem Boden knieten. In ihrer Hast, zu dem Netz zu gelangen, hatte keiner von ihnen die glasähnlichen Scherben bemerkt, die auf dem von Wasser glatt geschliffenen Fels neben dem Bach verstreut lagen. Dies war es, was Math ihnen hatte zeigen wollen und was sie schließlich zu dem Spalt führte, verborgen in den zerklüfteten Gipfeln und Tälern des Hyazinthgesteins, das den Rest des Bodens inkrustierte.

Es war der eigentliche Grund, warum sie in die unergründliche Finsternis hinabgestiegen waren – um zu sehen, ob noch andere violette Schächte von Rissen durchzogen waren wie der eine, den Mychael von der Schlacht um Balor entdeckt hatte.

Trig murmelte etwas Unverständliches vor sich hin und beugte sich vor, um seine Hand in den klaffenden Spalt zu legen. Kaum hatten seine Finger die Oberfläche berührt, als plötzlich ein eisiger Schauder über Mychaels Rückgrat heraufkroch. Es war schwierig, in dem sich ständig verlagernden Licht der Traumsteinklingen deutlich zu sehen, aber er war bereit, zu schwören, dass sich ein dünner Fetzen von Dunkelheit aus der Schwärze tief im Inneren des Spalts löste. Es erinnerte ihn nur zu deutlich an das Bild in der mit Wandmalereien geschmückten Höhle, und genau wie die anmutigen ockerbraunen Rehe und die donnernde Bullenherde wäre er am liebsten Hals über Kopf davongerannt. Wieder löste sich ein Fetzen von Dunkelheit, und diesmal konnte es keinen Zweifel mehr daran geben, dass er aus der Spalte aufstieg. Trig ließ die rauchschwarze Materie über seine Hand streifen und befühlte sie prüfend mit den Fingern. Ein unflätiger Fluch entschlüpfte ihm. Math machte hastig das Zeichen, das Mychael Shay vor einer Weile hatte machen sehen. Der Junge tat das Gleiche. Llynya kniete vollkommen reglos auf dem Boden und starrte in den neu entstandenen Abgrund.

Mit grimmiger Miene erhob Trig sich auf die Füße und blickte einen nach dem anderen scharf an. »Wir befinden uns drei Tagesmärsche jenseits der Lanbarrdein-Höhle«, sagte er, »und wir müssen den Rückweg in zwei Tagen schaffen. Die Sha-shakrieg würden nicht ihr Leben riskieren, um in die unergründliche Finsternis zu kommen, und dann ohne *thullein* wieder abziehen. Da sie das Erz schleppen müssen, werden sie nur langsam vorankommen. Wenn wir uns beeilen, können wir zurückkehren und sie einfangen, bevor sie Deseillign erreichen.« Sein Blick schweifte zu dem Netz, und um seinen Mund erschien ein harter, grimmiger Zug. »Dann werden wir endlich erfahren, warum sie die Magia-Wand überschritten und in die unergründliche Finsternis eingefallen sind und somit den Vertrag gebrochen haben, der ihnen fünfhundert Jahre zuvor aufgezwungen wurde, als sie die Zauberkriege verloren.« Damit hob er die Hand und erteilte das Kommando zum Abmarsch.

Math folgte ihm als Erster aus der Höhle, dann Shay. Mychael sorgte dafür, dass Llynya vor ihm ging. Sie warf einen flüchtigen Blick auf die Kampfschranke, machte aber keine weiteren Anstalten, den Gehorsam zu verweigern.

Am Rande des Wasserfalls schaute auch Mychael noch einmal zurück und ließ seinen Blick suchend über die Wand schweifen, fand jedoch nichts. Dann blickte er zu dem klaffenden Spalt im Boden. Ein schwacher Brandgeruch stieg zusammen mit dem Rauch aus dem Abgrund auf, ein übler Geruch, der ihn an die unterbrochene Feuerkette erinnerte, als der alte Wurm Jagd auf sie gemacht hatte. Es war ein Gestank nach Fäulnis und Verwesung, und wieder fühlte er den kalten Schauder über sein Rückgrat laufen.

Er wandte sich ab und folgte Llynya, tauchte durch das herabströmende Wasser zu dem Pfad dahinter, von dem beklemmenden Bewusstsein erfüllt, dass es nichts Gutes war, was er hinter sich zurückließ.

Tief in dem Schacht auf der anderen Seite der Kampfsperre beobachtete Varga Von den Eisdünen, der Anführer der Sha-shakrieg, wie die Quicken-tree abzogen. Die Liosalfar hatten den breiten Riss in der Erde gesehen, genau wie er es beabsichtigt hatte. Im Süden war es noch weitaus schlimmer; dort füllten sich die Tunnel bereits mit beißendem Rauch, ein Vorzeichen drohenden Unheils, Hinweis auf das Nahen von Dharkkum, der alles verschlingenden Dunkelheit – es sei denn, man konnte sie noch aufhalten.

Einen Monat zuvor hatten Horden von Skraelings aus Rastaban den östlichen Rand des Großen Spalts passiert und waren Richtung Deseillign gezogen. Sie machten auch bereits den Westen unsicher, wo ein Sha-shakrieg-Trupp Schutt von einem Skraeling-Lager in dem abseits gelegenen *thullein*-Becken gefunden hatte. Die Quicken-tree würden bald genug ihren Biss zu spüren bekommen und die Gefahr erkennen, die im Erwachen begriffen war.

Die Liosalfar hatten ein Yr-Is-ddwfn-Ätherwesen bei sich, Beweis dafür, dass die alte Allianz noch immer intakt war. Eine gute Nachricht, vielleicht, und gute Nachrichten waren heutzutage dünn gesät, besonders für die Königin von Deseillign.

Varga blickte hinter sich zu der Stelle, wo zwei Mitglieder seines Verbandes ein Totennetz für den jüngsten Bruder der Königin spannen. Sinnloser Verlust. Seine Soldaten sprachen bereits von Rache, ein sicherer Weg ins Verderben, den einzuschlagen er niemandem gestatten würde. Es gab für sie nur einen einzigen Feind, den es zu bekämpfen galt.

Auf der anderen Seite des Schachts lag die Kriegerin, die sie gefangen genommen hatten, eine junge Frau. Silbrige Fäden hüllten sie wie ein Kokon vom Kopf bis zu den Füßen ein, abgesehen von der Öffnung über Augen und Nase. Auf diese Weise konnte sie sehen und atmen, aber nicht schreien. Sie verbarg ihre Furcht gut, für jemanden, der noch so jung war – zu jung, um die Zauberkriege gekannt zu haben, und somit auch zu jung, um viel von Sha-shakrieg oder Skraelings zu wissen.

Überrumpelt von den Liosalfar, die mitten in ihre Schürfaktion hineingeplatzt waren, hatte Varga die Frau eher aus Reflex denn aus Absicht gepackt; aber er hatte schnell die günstige Gelegenheit erkannt, die sie verkörperte. Ihre Gefangennahme würde zur Folge haben, dass die Lichtelfen in voller Truppenstärke in Deseillign einfielen, und derjenige, der sie in die Schlacht führte, würde Rhuddlan sein, der Elfenkönig. Er würde kommen, um die Frau aus der Gewalt des uralten Feindes der *tylwyth teg* zu befreien.

Ein solcher Weg war nicht ganz ohne Gefahren. Die Königin hatte nicht ihre Zustimmung dazu gegeben, irgendwelche Geiseln zu nehmen, und ganz sicherlich keine Quicken-tree Liosalfar. Sie reagierte äußerst ungehalten auf diejenigen, die sich Übergriffe gegen ihre Herrschaft erlaubten und die Macht an sich zu reißen versuchten, und es gab niemanden, den sie mehr hasste als Rhuddlan, die Geißel der Einöde, der einst versucht hatte, sie zu vernichten. Vargas Hass auf Rhuddlan war nicht minder stark, aber er sah die Sache vom Standpunkt der Vernunft aus, und er sah den Untergang von Deseillign voraus, wenn sie weiterhin allein kämpften. Sie brauchten den Elfenkönig. Denn jetzt war eine Zeit der Not, wo es lebenswichtig war, alte Bündnisse zu erneuern, Traumsteinkristall und *thullein* neu zu schmieden und das Magia-Schwert aus den Trümmern des Krieges auszugraben.

Jetzt war die rechte Zeit für Drachen.

7

Als die zerlumpte Schar von Liosalfar aus der unergründlichen Finsternis heraufkam und sich an den Ufern von Mor Sarff, dem unterirdischen Meer, wiederfand, waren nur knapp eineinhalb Tage seit dem Kampf gegen die Sha-shakrieg vergangen. Schwarze Wellen der ansteigenden Flut rollten den Strand herauf und umspülten ihre Stiefel, durchnässten das Leder und befeuchteten Füße, die von dem harten, schonungslosen Marsch durch die Höhlen wund und aufgescheuert waren. Sie hatten nur wenig gegessen und sich noch weniger Ruhepausen gegönnt, während sie sich in großer Eile einen Weg durch die Dunkelheit gebahnt hatten, wohl wissend, dass Nias einzige Überlebenschance in ihrer schnellen Rückkehr lag.

Als die Krieger den Tunnel verließen, bildete Mychael das Schlusslicht der Kolonne. Es war von Rechts wegen Trigs Platz, aber sowohl Trig als auch Math waren innerhalb weniger Stunden nach Verlassen des violetten Schachts dem Gift der Spinnfäden erlegen, das in ihre Haut eingedrungen war. Sie hatten die Schnittwunden zwar mit *rasca* eingerieben, doch gegen die Verletzungen, die die Peitschen der Sha-shakrieg verursacht hatten, vermochte selbst die Heilsalbe der Quicken-tree so gut wie nichts mehr auszurichten.

Mychael hatte gesehen, wie der Hauptmann taumelte und stolperte, und hatte daraufhin augenblicklich selbst den Platz am Schwanz der Truppe eingenommen, um ihren Rückzug zu decken und die anderen vorwärts zu treiben. Bisher hatte sich noch keiner über das unbarmherzige Marschtempo, das er vorgegeben hatte, beschwert. Weder Shay noch Llynya hatten es in Anbetracht seiner augenblicklichen Stimmung gewagt, sich dagegen aufzulehnen, und Math und Trig hatten keine Kraft mehr, um zu protestieren. Nur blinde Hartnäckigkeit hielt die beiden noch auf den Beinen.

»Shay«, knurrte Mychael und zeigte mit einer knappen Handbewegung auf die violetten Klippen. Der Junge nickte und schwenkte von der Kolonne fort, während er seine Traumsteinklinge hoch über dem Kopf hielt, um damit die kristalline Felswand zu beleuchten. Die Klippen begannen in einem intensiven Blau-Violett zu erglühen, und bald konnten sie die perlmuttschimmernden Bohrlöcher erkennen, die einen Ring um die Landspitze bildeten, insgesamt acht an der Zahl, die Tunnel zu den Toren der Zeit, die Eingänge zu dem großen Wurmloch.

Sechs Tage zuvor, bei ihrem Abstieg in die unergründliche Finsternis, hatten die Liosalfar hier angehalten, um die spinnwebfeinen Siegel aus Lichtäther zu überprüfen, die Rhuddlan vor die Tunneleingänge gespannt hatte, um die *pryf* daran zu hindern, in das Wehr zurückzugelangen. Bis auf das Knäuel goldener Würmer, das niemals die wirbelnden Tiefen des Abgrunds verließ, wurden die *pryf* dringend in ihren Nestern gebraucht, um die Drachen anzulocken. Kein Drache würde in ein verlassenes Nest kommen – das hatte Rhuddlan gesagt –, aber bisher hatten ihnen die fünf Monate seit der Befreiung der *pryfarim* nichts als Wildheit eingebracht.

Wildheit, überall nur Wildheit, und nirgendwo ein Drache in Sicht.

Mychael schleppte sich durch den feuchten Sand und biss die Zähne zusammen, kämpfte gegen seine Erschöpfung an und gegen die Flamme aus sengender Hitze, die unter seiner Haut loderte. Die verdammte Vision war im Schlaf über ihn gekommen, als sie am vergangenen Abend nach dem Essen eine kurze Ruhepause eingelegt hatten; sie hatte sich auf den flinken, feurigen Schwingen eines Traums in sein Bewusstsein geschlichen – und auf dem heißen Atem des Krieges.

Sha-shakrieg. Spinnenmenschen. Er befürchtete, er hatte endlich seine Feinde gefunden, die Quelle seines Stroms von Blut.

Er strich sich mit einer Hand durchs Haar und wischte dann den Schweiß ab, der auf seiner Oberlippe perlte. In jenem Traum hatte er den ersehnten Kuss der Elfenmaid bekommen, einen Kuss und noch sehr viel mehr – bevor sich der Traum in einen Albtraum verwandelt hatte. Das süße Liebesspiel war nämlich nur von kurzer Dauer gewesen und hatte in den Flammen geendet, die durch seine Adern züngelten und ihn zu verzehren drohten.

Die Frau aus dem Elfenvolk hätte nicht Teil davon sein dürfen, von jenem Überrest der feurigen Vision, die ihn zum ersten Mal in Strata Florida heimgesucht hatte. Tief im Innersten wusste er, dass er eine Gefahr für Llynya darstellte und dass es zu nichts Gutem führen konnte, wenn sie mit ihm zusammen war; aber seit ihrem Aufenthalt in Crai Force, als sie seine Wunden versorgt hatte und sie einander so nahe gekommen waren, war er einfach nicht im Stande gewesen, sie abzuschütteln. Das Gefühl ihrer samtweichen Haut haftete so nachhaltig an seinen Fingerspitzen wie Nemetons Magie, der Duft von Lavendel schlug ihm an jeder Wegbiegung entgegen, ob sie nun in der Nähe war oder weit entfernt. Sie hatte ihn gezeichnet, so viel stand fest, zweifellos mit ihrer elfischen Zauberkraft, in der Hoffnung, ihn sich gefügig zu machen.

Großer Gott im Himmel. Als ob er überhaupt noch so etwas wie einen eigenen Willen haben würde, wenn das Feuer endgültig Gewalt über ihn gewann und die Schatten zu Heerscharen anwuchsen. Wenn jener bewusste Tag kam, hatte ihr Wille nicht mehr die geringste Chance – und auch er selbst nicht, wenn ihm Ddrei Glas und Ddrei Goch nicht bei dem Kampf zur Seite stehen würden.

Und er war dazu verurteilt, zu kämpfen. Das sichere Bewusstsein jener Wahrheit schloss sich mit jedem Atemzug noch fester um ihn. Er würde kämpfen. Es würde Blut fließen. Er hatte sich von dem lockenden Ruf der Drachen ködern lassen, und er würde den Preis dafür zahlen müssen.

Ein dünner Strahl von Schmerz schoss seinen Arm hinunter, einer von vielen, die ihn um den Verstand zu bringen drohten. Mychael blieb abrupt stehen und ballte die Hand zur Faust, während er unterdrückt vor sich hinfluchte. Der alles verschlingende Wahnsinn hatte ihn noch nie zuvor in den Höhlen befallen. Dass er ausgerechnet hier und jetzt über ihn kam, war kein gutes Zeichen, und schlimmer noch war, dass Llynya sich in seine Vision eingeschlichen hatte. Er musste unbedingt wieder an die Erdoberfläche zurück. Die Quicken-tree glaubten, er sei immun gegen die niederdrückende Schwere der Dunkelheit. Aber sie irrten sich. Er fühlte sie, und zusammen mit dem wilden Feuer, das durch seine Adern strömte, war sie beinahe unerträglich. Er brauchte den freien Himmel über sich, sonst würde er von den glühenden Flammen und der Finsternis und dem schieren Gewicht der Erde um ihn herum zerquetscht werden.

Ja, der Wahnsinn war wieder einmal über ihn gekommen, begleitet von den unvermeidlichen Sinnestäuschungen und Wahnvorstellungen. Albtraumhafte Schreckgespenster hatten ihn aus der unergründlichen Finsternis hinausgejagt, so sicher wie jedes Spinnenvolk. Er hatte sich ständig beobachtet gefühlt, hatte an jeder Wegbiegung flüchtige Schatten hinter sich verschwinden sehen, hatte ein Schlurfen und Rascheln gehört, wo nichts und niemand zu finden gewesen war. Und erst der Geruch. Die Schreckgespenster hatten den widerwärtigen Fäulnisgestank des schwarzen Rauches aus der unergründlichen Finsternis mit sich gebracht. Er verfolgte ihn auf Schritt und Tritt.

Mychael blickte zur Spitze des kleinen Trupps. Llynya und

Trig trugen Bedwyrs Leichnam, wobei das Mädchen voranging. Math trottete mit hängendem Kopf neben ihnen her, während ein Arm schlaff an seiner Seite baumelte. In dem Licht, das von der Felswand ausstrahlte, konnte Mychael Maths blau-rot verfärbte, eiternde Wunden sehen und die unnatürliche Steifheit in der rechten Körperhälfte des Mannes. Die Spinnenleute besaßen wahrlich unheilvolle Waffen, vergiftete Spinnfäden und rasiermesserscharfe Bolzen aus *thullein*. Er wusste nicht, welche Waffen Rhuddlan einsetzen würde, um die Sha-shakrieg wirksam zu bekämpfen. Llynya sprach von Elbenpfeilen, während Shay sich fragte, ob auf der Welt überhaupt noch genug davon existierten. Es hieß, die Minen unterhalb von Tryfan seien schon seit langer Zeit ausgebeutet.

Früher hatte Mychael die Minen immer nur für einen Mythos gehalten, für den Stoff, aus dem die Märchen und Legenden seiner Mutter waren. Sie war eine meisterhafte Geschichtenerzählerin gewesen, hatte mit ihrer melodischen Stimme und ihrem ganz besonderen Zauber Worte miteinander verflochten, die sich ihm unauslöschlich ins Gedächtnis eingeprägt hatten, faszinierende Geschichten von den versteinerten Drachenrücken im Norden und den Schlössern der Könige von Douvan in den Bergen, von Drachen und riesigen Höhlen, gefüllt mit unermesslichen Schätzen, und von einem Zeitalter der Elfen und der Menschen. Seit seiner Rückkehr nach Merioneth hatten sich jedoch zu viele dieser Geschichten als wahr erwiesen, als dass er noch an den anderen zu zweifeln wagte. Vielleicht würde er nun, da die große Schlacht bevorstand, ja doch noch die Wunder von Tryfan zu sehen bekommen.

»Wunder«, knurrte er verächtlich vor sich hin. Es war wohl eher die Hölle, die ihn erwartete, und nicht etwa Wunder.

Ein Stück weiter vor ihm taumelte Math plötzlich und fiel hinter die anderen zurück, und Mychael fluchte abermals erbittert. Großer Gott im Himmel, aber er wollte auf keinen Fall noch mehr Liosalfar verlieren, und sie konnten auch nicht noch einen weiteren Verwundeten tragen. Er beschleunigte sein Tempo und begann dann zu rennen, als Math schließlich kraftlos zusammenbrach.

»Llynya! Warte!«

Das Mädchen blickte zurück, und als sie Math am Boden liegen sah, löste sie ihren Griff um Bedwyr und kam herbeigelaufen. Mychael erreichte den Mann als Erster, Shay war dicht hinter ihm.

»Verdammt«, flüsterte der Junge, während er sich neben seinem Kameraden auf die Knie sinken ließ.

Mychael fluchte innerlich noch sehr viel lästerlicher, sagte aber nichts. Math war kalkweiß im Gesicht, seine Muskeln vor Schmerz völlig verkrampft, seine Augen fest zusammengekniffen. Seltsame Worte kamen über seine Lippen.

Delirium, dachte Mychael, der Anfang vom Ende für uns alle. »Was redet er da?«

»Es ist ein Gebet für die Sterbenden«, erklärte Llynya, als sie sich neben Math kniete und dem jungen Mann prüfend eine Hand auf die Stirn legte.

»Er liegt im Sterben?«

»Nein.« Sie strich Math das strähnige dunkle Haar aus dem Gesicht. »Aber er glaubt es. Es ist eine alte Sprache der *sídhe*, die er spricht. Er wird sich wieder besser fühlen, sobald wir endlich aus den Höhlen heraus sind.«

Da ist er nicht der Einzige, dachte Mychael.

Das Mädchen strich behutsam mit der Hand über Maths Wange, und ihre Berührung war von großer Zärtlichkeit erfüllt, als sie sich über ihn beugte und sanfte Worte der Besorgnis gurrte – und Mychael ging dabei nur der zynische Gedanke durch den Kopf, dass Math sich die Sache mit dem Sterben vielleicht doch noch einmal überlegen würde.

»Gib ihm etwas von deinem Heilkraut«, befahl er schroff, »und sieh zu, dass er wieder auf die Beine kommt. Wenn er unbedingt beten will, dann kann er das in Merioneth tun.«

Llynya und Shay tauschten einen schnellen Blick, als ob jeder von ihnen dächte, dass der andere den Mund aufmachen und für die Sache der Vernunft eintreten sollte. Mychael bezwang Shay mit einem finsteren Blick, den der Junge gut genug kannte, um ihn falsch zu interpretieren. Das Mädchen, zur Hölle mit ihr, musste sich ihm natürlich widersetzen.

»Math braucht Ruhe, nicht nur irgendwelche Heilkräuter«, erwiderte sie und schob störrisch das Kinn vor. »Wir alle brauchen Ruhe.«

Falsch, hätte er ihr sagen können. Er braucht keine Ruhe. Er musste aus diesen gottverfluchten Höhlen heraus, bevor sie ihn bei lebendigem Leib auffraßen.

»Wenn uns die Sha-shakrieg verfolgt hätten«, fuhr sie fort, als ob er nicht schon selbst zu dieser Erkenntnis gekommen wäre, »dann hätten sie uns angegriffen, noch bevor wir Mor Sarff erreichten. Wir sind hier in Sicherheit.«

Den Teufel waren sie.

»Los, hilf ihm auf die Beine!«, knurrte er, diesmal zu Shay gewandt, der sich hüten würde, den Befehl zu missachten, »oder übergib ihn dem Meer. Wir verschwinden von hier, und zwar schnell.«

Als Llynya zu Math eilte, blieb Trig schwankend stehen. Er versuchte, ruhig und gleichmäßig durchzuatmen, um einen klaren Kopf zu bekommen und nachzudenken. Ein brennender Schmerz grub eine tiefe Furche quer über sein Gesicht, wo sich ein Sha-shakrieg-Kampffaden um seinen Kopf geschlungen hatte. Eines seiner Augen war dabei derart in Mitleidenschaft gezogen worden, dass es fast blind war. *Rasca* war kein heilender Balsam gegen das Gift der Spinnenleute. Die Wunde brannte wie Feuer auf seiner Haut, aber die Fäden waren nicht so stark mit Gift durchtränkt gewesen, dass sie tödlich wirkten, sonst wären er und Math noch in Crai Force gestorben.

Ja, eigentlich hätten sie tot sein müssen. Merkwürdig. Er hatte noch nie erlebt, dass die Sha-shakrieg halbe Sachen gemacht hätten.

Er blickte auf, wobei er instinktiv das Gesicht dem Licht zuwandte, und erkannte, dass sie inzwischen die violetten Klippen und Mor Sarff erreicht hatten. Er hätte es eigentlich schon eher merken müssen; der Geruch nach Salz war unverkennbar. Jetzt war es nicht mehr weit. Erschöpft ließ er Bedwyrs Leichnam auf den Strand sinken und beobachtete dann, wie das

Wasser über das Leichentuch schwappte, das sie aus ihren Umhängen gemacht hatten. Hinter sich hörte er Stimmen.

»Nun komm schon, Math. Mach den Mund auf.« Der Kobold beugte sich über den Krieger und schob ihm etwas zwischen die Lippen. Als Math es hinunterschluckte, zog sie ihren Arzneibeutel zu und schob ihre Schulter unter Maths, um ihn zu stützen. Gemeinsam mit Shay gelang es ihr, den gefallenen Liosalfar vom Boden hochzuziehen und wieder auf die Füße zu stellen.

»Llynya!«, brüllte Mychael ab Arawn vom Strand herauf, und Trig sah, wie der Kobold zusammenzuckte. »Llynya!«, schrie er abermals.

Mit offensichtlichem Widerwillen überließ sie es Shay, sich allein mit Math abzumühen. Sie sah ganz und gar nicht wohl aus. Ihr Gesicht wirkte verhärmt und abgespannt, ihr Schritt war unsicher, als sie den Strand in Richtung Landspitze hinaufkletterte. Mychael hatte sie alle hart angetrieben, vielleicht zu hart, aber Rhuddlan würde mit Freude hören, dass er getan hatte, was notwendig war.

Trigs Blick schweifte wieder zurück zu Shay und Math. Die Sha-shakrieg-Fäden hatten Maths Tunika zerfetzt und eine flammende Linie um seinen Hals und entlang seinem Arm eingebrannt, um ihn mit dem purpurroten Gift des Bia-Baums zu zeichnen, heimtückischer Saft der Einöde.

»Das wirst du nicht tun!«, hörte Trig den Kobold einen Moment später sagen, ihre Stimme von einem wütenden Beben erfüllt. Er blickte den Strand hinauf. Sie stand vor Mychael und starrte ihm trotzig ins Gesicht, die Füße in den Sand und die Hände in die Hüften gestemmt. »Keiner hat dein Tun bisher in Frage gestellt, aber damit wirst du nicht durchkommen!«

Mychael wandte Trig den Rücken zu, und Trig konnte seine gemurmelte Erwiderung nicht hören, aber er sah Llynya erbleichen, und er dachte, dass er den Jungen wohl besser bremsen sollte. Ihre Reserven waren völlig erschöpft; sie hatten nichts mehr übrig, was sie Mychael geben konnten, weder an Schnelligkeit noch an Kraft. Er hatte sie in Rekordzeit nach Mor Sarff gebracht. Mehr konnte er unmöglich verlangen.

Bevor Trig einschreiten konnte, marschierte Llynya hocherhobenen Hauptes davon und kehrte zum Rand des Wassers zurück. Eine zornige Röte bedeckte ihre Wangen.

»Hilf mir, Bedwyr ein Stück weiter den Strand hinaufzuschaffen«, sagte sie, als sie neben ihm stehen blieb.

Ja, dachte Trig, sie hat Recht. Sein Stellvertreter sollte nicht leblos in der Brandung liegen bleiben. Es war schon längst Zeit für eine Ruhepause und einen kleinen Imbiss. Vielleicht hatte ja noch jemand Kümmelkuchen übrig und einen Schluck Blütenkätzchentau.

Nein, dachte er gleich darauf, als er sich wieder erinnerte. Es würde keinen Blütenkätzchentau geben. Sie hatten den letzten Rest getrunken, als sie ihr provisorisches Lager aufgeschlagen hatten. Er würde Shay vorausschicken, um Nachschub zu besorgen … und um Verstärkung zu holen. Ja, Verstärkung. Das war das Wichtigste. Sie hatten einen weiteren violetten Schacht gefunden, der von klaffenden Rissen durchzogen war, Unheil verkündende Botschaft, und der heutige Marsch durch die Finsternis hatte eine seltsame Wendung genommen. Trig hatte ein äußerst ungutes Gefühl in den Tunneln auf jenem letzten Abschnitt in Richtung Meer gehabt. Augen hatten ihn in der Dunkelheit angestarrt, und selbst durch den starken Geruch des Bia-Safts hindurch hatte er den Gestank von Skraelings ausmachen können. Dass sie es wagten, so weit nach Süden vorzudringen, war der Beweis dafür, dass sich mehr als nur ein Konflikt zusammenbraute.

Ja, er würde Shay nach Merioneth vorausschicken. Der Junge hatte noch Kraft übrig, und Trig vertraute darauf, dass er in Anbetracht der Bedenklichkeit ihrer Situation vorsichtig sein und nicht in Schwierigkeiten geraten würde.

»Trig?« Er fühlte plötzlich eine Hand unter seinem Kinn und blickte auf, um Llynya dicht vor sich stehen und forschend in seine Augen starren zu sehen. »Kannst du mich hören, Trig?«

»Ja«, sagte er mürrisch und schob ihre Hand weg. Ganz so schlimm stand es nun doch noch nicht um ihn. »Na, dann komm.«

Mit vereinten Kräften trugen sie Bedwyr ein Stück höher den

Strand hinauf und legten ihn am Fuße eines der Pfade nieder, die sich die dunklen Klippen hinaufschlängelten und zu dem *pryf*-Nest führten. Math lehnte gegen die Felswand, gestützt von Shay, der ausgesprochen eingeschüchtert wirkte. Mychael hatte seinen Kristalldolch gezogen und wanderte in dem Sand vor den Klippen auf und ab, während er zu dem Nest hinaufblickte, das sich gut zwanzig Fuß über ihnen befand.

In den offenen Katakomben ringelten sich dicke Knäuel von Würmern. Das Licht von der kristallenen Landspitze schimmerte auf ihren glatten, grünlich-schwarzen Leibern und ließ erkennen, in welchen Tunneln Aktivität herrschte und welche offen waren. Der Trick, um durch das *pryf*-Nest hindurchzukommen, bestand darin, den richtigen Pfad vom Strand zu wählen, um zu einem offenen Tunnel zu gelangen. In längst vergangenen Zeiten, bevor die *pryf* in dem Wehr eingeschlossen worden waren, war es nicht weiter schwierig gewesen, die Würmer zu vertreiben. Jetzt konnte man von Glück reden, wenn man es schaffte, bis zu dem Nest hinaufzukommen, ohne dass plötzlich ein Wurm den Pfad hinunterschoss und einen zwang, fast wieder kehrtzumachen und Richtung Strand zu fliehen. Wie alle Geschöpfe, die das Zeitwehr erlebt hatten, wollten auch die *pyrf* wieder in das Loch zurück. Das Einzige, was sie davon abhielt, waren Rhuddlans Siegel.

»Shay, bring Math hinauf. Bleib auf der linken Seite«, befahl Mychael und zeigte auf einen bestimmten Pfad. »Llynya, geh mit ihnen.«

Die beiden jungen Männer setzten sich in Bewegung, doch der Kobold rührte sich nicht von der Stelle. Sie hatte einen störrischen Zug um den Mund, der jedoch nicht über den Argwohn in ihren Augen hinwegtäuschen konnte. Es war nicht der Pfad, der sie beunruhigte, das wusste Trig. Jeder von ihnen hätte genau denselben Weg ausgewählt. Und dennoch zögerte sie und blickte ihn Hilfe suchend an.

»Geh nur, Mädchen«, sagte Trig. »Mychael und ich werden Bedwyr tragen.«

Ihr Blick schweifte weiter zu Mychael, suchte etwas bei ihm, was der Junge ihr wohl kaum geben würde. Tröstliche Versicherungen und aufmunternde Bemerkungen waren auf dieser gefährlichen Reise nicht gerade seine Stärke gewesen.

»Geh«, sagte Mychael barsch und schickte sie mit einer brüsken Handbewegung fort. »Du wirst bestimmt nichts damit zu tun haben wollen.«

Der Kobold machte auf dem Absatz kehrt und flüchtete und überließ es Trig, sich zu fragen, was Mychael wohl mit seiner Bemerkung gemeint hatte. Es sah Llynya gar nicht ähnlich, schweigend kehrtzumachen und davonzulaufen, wenn sie etwas zu sagen hatte. Er wünschte, er wäre nicht so benommen und hätte einen klareren Kopf. Wenn sie sich jetzt auf den Weg zu dem Nest machten, würde keine Zeit mehr für eine Ruhepause und einen Imbiss bleiben. Er sollte die Truppe halten lassen und eine Rast anordnen; es würde ihnen allen zugute kommen, auch Mychael. Vielleicht sollte er es sogar speziell Mychaels wegen tun. Der Junge hatte eine ungesunde Nervosität und Reizbarkeit an sich.

In dem Moment wandte Mychael sich zu ihm um, nachdem er beobachtet hatte, wie Llynya die anderen einholte, und blickte ihn an. Trig stellte fest, dass er in das Gesicht eines Fremden starrte, umrahmt von einer Mähne zerzauster blonder und kupferfarbener Locken. In den Höhlen war es kalt, an den Ufern von Mor Sarff sogar noch kälter, und dennoch waren Mychaels Stirn und seine Wangen feucht vor Schweiß. Seine Haut war gerötet, seine Muskeln verkrampft vor Überanstrengung, und als sich ihre Blicke trafen, bildete sich plötzlich ein kalter, harter Knoten in Trigs Magen. Er machte instinktiv ein Unheil abwehrendes Zeichen … *Shadana.*

Der jüngere Mann bemerkte die hastige Bewegung, und sein Mund verzog sich verächtlich. »Ich hätte eigentlich mehr von dir erwartet, Trig.«

Trig selbst hätte ebenfalls mehr von sich erwartet, denn er hatte geglaubt, dass Bedwyrs Besorgnis völlig übertrieben wäre und dass Naas' Vision reiner Unsinn sei und zu gar nichts führen würde. Er hatte sich geirrt.

»Dann hast du dich heute noch nicht selbst gesehen.« Trig konnte in dem Blick von Männern lesen, wusste, was hinter den dunklen Pupillen lauerte; und er sah Chaos in Mychael ab Arawns Augen, Chaos und Wahnsinn und Rastlosigkeit, erzeugt durch Ddrei Gochs feurigen Atem, der sich im Inneren des Jungen regte.

Trotz der flackernden Erregung in seinem Blick betrachtete Mychael den älteren Mann kühl und nüchtern. »In Wahrheit habe ich schon viel zu viel von dem gesehen, was ich bin, und ich fürchte es nicht annähernd so sehr wie das, was aus mir werden wird.«

Ja, dachte Trig, und er konnte sich selbst nur mit Mühe davon abhalten, erneut ein Unheil abwehrendes Zeichen zu machen. Naas' Vision war tatsächlich zutreffend, und es gab allen Grund zur Furcht. Die unheilschwangeren Worte des Jungen zeugten zumindest von einem gewissen Maß an seherischer Begabung. Rhiannon musste Bescheid gewusst haben. Und dennoch, wenn jene Druidenpriesterinnen aus grauer Vorzeit ihr Blut über Generationen hinweg weitergegeben hatten, bis zu einer Zeit, in der eine von ihnen einen männlichen Nachfolger gebar, dann waren ihre Pläne gefährlich schief gegangen.

Trig betrachtete den zerfransten Saum der Tunika, die der Waliser trug, die Beinlinge aus weißer Mönchswolle und die Quicken-tree-Stiefel. Keine Priesterin aus uralter Zeit hätte es geduldet, dass einer ihrer Abkömmlinge in einem christlichen Kloster aufwüchse. Sie hatten die kapuzentragenden Mönche und ihren blutbefleckten Gott schonungslos bekämpft. Und mit der Übergabe jenes Abkömmlings an die Quicken-tree wären die Druidenfrauen erst recht nicht einverstanden gewesen – und mit gutem Grund. Rhuddlan würde den Jungen genauso für seine Zwecke benutzen wie jeden anderen, wenn er konnte. Mit Mychael an seiner Seite brauchte der Anführer der Quicken-tree nicht darauf zu warten, dass die Zeit ihr Werk vollbringen und Carn Merioneth für immer unerreichbar für die Menschen machen würde. Stattdessen würde die Zeit zu ihm kommen, angezogen von einem Seher mit Drachenblut in den Adern, geboren in der Nacht von Calan Gaef. Leider war dieser drachenblütige Seher nicht von derjenigen ausgebildet worden, die ihn zur Welt gebracht hatte, und leider würde

Rhuddlan ihn höchstwahrscheinlich trotzdem an die Sache setzen, und sie alle würden in einen wilden Strudel ohne Ende hinabgesogen werden.

Trig unterdrückte einen unflätigen Fluch. Madron war diejenige, die ihnen diese Suppe eingebrockt hatte. Sie hatte Rhiannons Kinder während der Schlacht vor fünfzehn Jahren entführt und sie hinter den geheiligten Mauern des Gesalbten versteckt, wohin kein Quicken-tree zu gehen wagte. Wegen ihrer Einmischung mussten sie sich nun alle mit einem Mann befassen, dessen Loyalität gespalten war und dessen Kräfte noch nicht einmal er selbst beherrschen konnte.

Und dieser Blick von ihm, mit diesem wilden Feuer, das in den Tiefen seiner Augen loderte…

Trig verdrängte das Unbehagen, das in ihm hochkroch, mit aller Kraft, weigerte sich, es Furcht zu nennen, und griff erneut nach Bedwyr. Er war nicht vor Schreck erbleicht, als er den dunklen Raum in dem eingestürzten violetten Schacht gesehen hatte. Und er weigerte sich ganz entschieden, sich von einem Grünschnabel Angst einjagen zu lassen. Trotzdem würde es keine Diskussion geben oder Befehle, eine Pause einzulegen und Kümmelkuchen herbeizuschaffen. Es war wirklich das Beste, so schnell wie möglich zu gehen. Mit diesem Ziel im Sinn packte Trig einen Zipfel von Bedwyrs Leichentuch.

»Lass ihn liegen«, sagte Mychael.

»Du kannst ihn nicht allein tragen.« Trig machte sich daran, den Leichnam seines Kampfgefährten hochzuhieven, und wurde von einer energischen Hand auf seiner Schulter zurückgehalten.

»Lass ihn auf dem Sand liegen«, stieß Mychael zwischen zusammengebissenen Zähnen hervor, in einem Ton, der nur zu deutlich erkennen ließ, dass dies ein Befehl war und nicht etwa eine Bitte.

Der kalte, harte Knoten in Trigs Magen zog sich noch fester zusammen. Zum Teufel mit dem Jungen! Was für eine Unverschämtheit, dass er es wagte, einem Liosalfar-Hauptmann Befehle zu erteilen. Spross einer Priesterin oder nicht, aber ab Arawns Sohn ging wirklich ein bisschen zu weit, wenn er sich einbildete, hier das Kommando führen zu können. Trig war ein kampferprobter Veteran und hatte bereits seine Feuertaufe in der Schlacht erlebt, noch bevor Mychaels Vater geboren worden war, ja sogar noch bevor sein Großvater das Licht der Welt erblickt hatte.

Mit einer brüsken Geste schüttelte Trig Mychaels Hand ab und richtete sich zu seiner vollen Größe auf, eine Anstrengung, die ihn vor Schmerz zusammenzucken ließ. »Die Quicken-tree lassen ihre Toten nicht in der Dunkelheit liegen.«

»Ich bin kein Quicken-tree, Alter. Lass ihn liegen.«

Alter! Trig unterdrückte einen Fluch und griff nach seiner Klinge. Noch bevor er sein Messer finden konnte, hatte Mychael seine Hand gepackt und riss sie mit einem Ruck hoch. Der Schmerz hätte Trig beinahe in die Knie gezwungen.

Mychael fletschte wütend die Zähne. »Ich kann noch immer den schwarzen Rauch riechen, wo er dich berührt hat, Trig. Willst du, dass wir alle damit vergiftet werden? Wir lassen Bedwyr hier liegen und kehren auf dem schnellsten Weg nach Merioneth zurück. Wenn du nicht damit einverstanden bist, dann widersprich mir mit deinem Messer.«

Aus dem Winkel seines gesunden Auges sah Trig das Aufblitzen der Kristallklinge in Mychaels anderer Hand. Er war auf dem linken Auge halb blind, und obwohl er auf beiden Seiten Dolche trug und außerdem ein Langschwert im Gürtel stecken hatte, würde Mychaels Traumsteindolch ganz zweifellos den Sieg davontragen, bevor er auch nur eine seiner Waffen ziehen könnte. Die Frage war nur, wo der Junge zustechen würde … und wie tief.

Er hielt Mychaels Blick fest und fürchtete die Antwort, die er dort sah. Der hitzköpfige Narr wäre glatt im Stande, ihn zu töten, und damit wäre keinem von ihnen gedient. Trig schluckte die bittere Galle der Niederlage herunter, murmelte einen Fluch und wich zurück – und wusste, dass er nicht länger Hauptmann der Liosalar war. Und im Grunde hatte er es auch nicht verdient, der Anführer zu sein, wenn er noch nicht einmal schnell genug war, einen Nestling zu überwältigen, selbst wenn es Ddrei Gochs war. Er, ein Held der Zauberkriege, war kampflos geschlagen worden, doch das war die einzige Schmach, die er hinnehmen würde. Von ihm aus konnte der Junge ihn hier und jetzt und auf der Stelle niederstechen, aber er würde Bedwyr nicht einfach im Sand liegen lassen, nicht, wenn eine Horde Skraelings in unmittelbarer Nähe lauerte.

Sein einäugiger Blick richtete sich erneut auf Mychael. »Ich werde ihn in einen der Tunnel legen. Vielleicht hast du gemerkt, dass wir verfolgt wurden, oder vielleicht auch nicht, aber das Pack, das uns auf den Fersen war, mag nichts lieber als einen Happen *tylwyth-teg.*«

Bei dieser Bemerkung erbleichte der Junge. »Bedwyr ist kein Kind.«

»Es kümmert die stinkenden Bastarde nicht im Geringsten, ob es Hammel oder Lamm ist, wenn es um Quicken-tree-Fleisch geht. Hast du sie nicht gerochen?«

Der Junge warf einen misstrauischen Blick auf den Pfad aus der Finsternis, den sie genommen hatten, und bewies damit, dass ihm der Geruch durchaus nicht entgangen war.

»›Skraelings‹, so werden sie genannt«, erklärte Trig, »und sie sind abartige, böse Geschöpfe. Ich rieche sie schon seit zwei Tagen.«

Seinem Ausdruck nach zu urteilen, hatte auch Mychael sie gerochen. »Na schön. Tu mit Bedwyr, was du willst, aber mach schnell.«

Und Trig beeilte sich, während er prüfend mit der Hand über den Bogen des nächst gelegenen Tunnels strich, um die Markierungen des Schlosses zu finden, und dann das Kristallheft seines Dolches in die Kerben gleiten ließ, die Rhuddlan in den Fels gemeißelt hatte. Als sich der Lichtäther, ein perlmuttschimmerndes Gebilde aus spinnwebfeiner Gaze, das den Eingang verhüllte, vom Sand hochhob, half Mychael ihm, Bedwyr in den Tunnel zu schieben. Trig zog seine Klinge aus der letzten Einkerbung im Felsen, und der hauchdünne Vorhang fiel wieder zurück, wahrlich ein Leichentuch für den alten Krieger und noch dazu eines, das weder Skraelings noch Sha-shakrieg zerreißen konnten.

Sie wandten sich zum Gehen, und Trigs Aufmerksamkeit

wurde auf Llynya gelenkt. Der Kobold stand am Ende des Pfades, ungewöhnlich still und reglos, und beobachtete sie beide mit einer Intensität, die Trig unsicher machte. Es würde keinem von ihnen etwas nützen, wenn sie auf die Idee kommen sollte, ihn gegen den Jungen zu verteidigen. Yr-Is-ddwfn-Ätherwesen hin oder her, er bezweifelte stark, dass sie an diesem Tag irgendeine Chance gegen Mychael haben würde. Als Trig auf den Pfad zuging und Llynya noch immer auf dieselbe Stelle starrte, ging ihm plötzlich auf, dass gar nicht er derjenige war, der ihre Aufmerksamkeit fesselte, sondern der Tunneleingang.

Sie trauert um Bedwyr, dachte er. Wie wir alle.

Zu spät. Sie sind zu spät gekommen, fluchte Caradoc im Stillen. Skraelings laufen wie der Wind, wenn es Blut zu holen gibt, so hatten sie ihm versichert. Zwanzig Meilen in einer einzigen Nacht, so hatten sie gesagt. Und dann hatten die feigen Bastarde eine volle Woche gebraucht und prompt die Gelegenheit verpasst, die verhüllten Fremden und eine ganze gottverfluchte Scheißbande von Quicken-tree einzufangen – und die Lavendelfrau, die längst ihm gehören sollte.

Es ließ sich nun mal nicht ändern, Wyrm-Meister, sagten sie. Wir mussten erst noch auf Slott Von Den Tausend Schädeln warten.

Wyrm-Meister, pah! Er, Caradoc, der Keiler von Balor, war zum Wyrm-Meister degradiert worden; und auch er wartete auf Slott, den tausendschädeligen Kretin, der schuld an der Verspätung war und daran, dass ihm die Lavendelfrau durch die Lappen gegangen war.

Die Skraelings hatten ihm etwas für sein verletztes Bein mitgebracht, ein in brüchiges Leder eingeschlagenes Päckchen, überreicht mit einem wortlosen Nicken. Er nahm das Bündel und hinkte zu einer steinernen Bank, die aus einer Wand in der unwirtlichen und schmutzigen Höhle herausgemeißelt worden war, in die sie ihn geführt hatten. Sie lag einen Tagesmarsch von dem Wurmloch entfernt, an derselben nördlichen Route, die sie im Frühjahr genommen hatten. Die Skraelings saßen überall in der Höhle verstreut, einige auf anderen Steinbänken oder Felsvorsprüngen, einige auf dem Boden am Rande eines trüben Teiches. Der Rauch ihrer Lagerfeuer zog in Schwaden durch den Raum, aufgewirbelt von der kalten Seitenbrise, die aus einer riesigen Höhle zwei Tagesreisen weiter nördlich herüberwehte. Rastaban, so nannten sie die Höhle, Auge des Drachens. Der Ort war schon lange verlassen gewesen, als Caradoc ihn zum ersten Mal gesehen hatte, mit Haufen von Knochen, bereits halb zu Staub zerfallen, und großen zerfetzten Spinnweben, die wie schleierartige Vorhänge von gigantischen Steinstühlen und den riesigen, dicken Säulen rechts und links davon herabhingen. Jede Bank in Rastaban war groß genug, um drei Männern Platz zum Schlafen zu bieten. Treppen waren aus dem kalten Fels herausgehauen worden, mit Stufen, so hoch wie seine Knie, die in die unergründliche Dunkelheit der Höhlendecke hinaufführten. Und jetzt wollten sie nach Rastaban zurückkehren.

Ein paar der Skraelings waren noch immer damit beschäftigt, Nahrung aus dem Rattenkäfig zu ergattern, ohne den kein Skraeling-Verband jemals auf Reisen ging, und das Ungeziefer auf den Spitzen derselben Stöcke und Schwerter zu rösten, die sie auch zum Niedermetzeln und Zerstören benutzten. Die meisten waren jedoch fertig mit Essen und hatten begonnen, mit den Knochen in ihren Zähnen herumzustochern.

Caradoc konnte sich nicht erinnern, schon jemals einen so bunt gemischten Haufen gesehen zu haben. Der Mann zu seiner Linken war bleichgesichtig, so blass, dass die Adern unter seiner Haut zu sehen waren, blaue Linien, die sich unter einer dicken Knollennase und schlaffen Wangen hindurchschlängelten und unter ungleichmäßig auf dem Schädel verteilten Haarbüscheln verschwanden. Caradoc hatte noch ein paar andere wie ihn gesehen. Neben dem Feuer hockte eine Gruppe von drei Männern, die ein Spiel mit Fingerknöchelchen spielten. Ihre Haut wies unterschiedliche Schattierungen von Grau auf, von hellem Aschgrau bis hin zu einem dunklen Bleigrau, und unter ihren eisernen Helmen ragte fettiges schwarzes Haar hervor.

Aber die mit Abstand sonderbarsten Geschöpfe der Truppe waren die Grünlinge, so genannt wegen der grünlichen Färbung ihrer Haut. Zwei von ihnen kochten Ratten über dem Feuer. Ein Dritter spießte gerade eine der weißen, augenlosen Eidechsen auf, die die Höhlen bewohnten. Zwei weitere schlenderten von einer Gruppe zur anderen. Es waren insgesamt zwanzig Skraelings, fünf mehr als im Frühjahr, als sie ihn in den Norden gebracht hatten. Jeder Einzelne von ihnen hatte Zähne von unnatürlicher Länge und Schärfe für einen Menschen, aber sie waren tatsächlich Menschen, oder doch zumindest zum größten Teil. Sie als Tiere zu bezeichnen, wäre eine Beleidigung gegenüber der Tierwelt gewesen.

Ja, nur Menschen hatten Augen wie ein Skraeling, argwöhnische, verschlagen wirkende Augen, die blitzschnell hin und her schweiften. Nur Menschen trugen Messer und Dolche, obwohl sie Fingernägel von der Länge und Form und Schärfe von Bärenklauen besaßen.

Caradoc erkannte vier von der Bande vom Frühjahr her wieder: Blackhand Dock, ein hoch gewachsener Grünling mit schwarzen, gefährlich gekrümmten Klauen, die aus den Fingerspitzen seiner linken Hand wuchsen, und gelben Klauen an der rechten Hand; Igorot, dessen aschgraue Haut so glatt wie ein Flusskiesel war, außer an einer Seite seines Gesichts, wo die Haut stark verbrannt und schlecht verheilt war; Beel, der Hässlichste der Truppe, der Teiggesichtige, derjenige, den er dabei erwischt hatte, wie er auf seinem Arm herumgekaut hatte, als er am Ufer des Sees wieder zu sich gekommen war. Beel hatte bei jenem Zusammenstoß einen seiner Zähne eingebüßt. Caradoc hatte ihn als Dolch behalten und in seinen Gürtel geschoben. Der Vierte, den er kannte, war der Hauptmann, Lacknose Dock, ein Grünling.

Der zerfetzte Rand von Igorots Ärmel enthüllte drei schwarze Streifen um seinen Unterarm und eine scheußliche Narbe, die nichts anderes als ein Brandmal sein konnte, ein frisches und nässendes Mal in der groben Form eines Blitzes. Sämtliche Grünlinge waren mit bläulich schimmernden Linien und einer feineren, gut abgeheilten Version des Blitzsymbols tätowiert. Beel hatte ebenfalls ein Brandmal, war aber nicht tätowiert. Igorot war der größte und kräftigste der Truppe, derjenige, der Caradoc im Frühjahr auf dem Weg nach Norden die meiste Zeit getragen hatte.

Caradoc hatte es gar nicht gefallen, so weit fortgebracht zu werden, ganz und gar nicht. Das Wurmloch übte große Macht auf ihn aus, und er hatte sehr darunter gelitten, nicht in der Nähe des wirbelnden Abgrunds zu sein. Aber er hatte es geschafft, zurückzukehren, und die Skraelings waren ebenfalls zurückgekommen, und gemeinsam würden sie die Quickentree aufspüren und überwältigen und sie zwingen, die Siegel zu erbrechen und ihm den Weg zurück in das Wurmloch zu zeigen. Das war seine Belohnung dafür, dass er beobachtet und gewartet und Nachricht geschickt hatte. Dann würde er endlich wieder die Macht haben, und die Skraelings konnten sich zum Teufel scheren.

Er wickelte das Päckchen aus, das sie ihm gegeben hatten, und ein fast greifbares Unbehagen breitete sich in der Höhle aus. Beel grunzte und rückte auf der Steinbank ein ganzes Stück von ihm ab. Folglich geschah es mit Vorsicht, dass Caradoc die äußere Lederschicht entfernte, um einen in Blätter eingewickelten Topf zu enthüllen. Eines nach dem anderen hob er die Blätter ab und beobachtete, wie sie zu Staub zerbröselten. Das Ding war alt, sehr alt – Plündergut aus einem lange zurückliegenden Krieg, hatten die Skraelings ihm erklärt –, wahrscheinlich zu alt, um ihm noch irgendwie zu nützen. Der Topf bestand aus Ton und war an hundert Stellen von Rissen durchzogen, und als Caradoc die letzte Blätterschicht entfernte, zerfiel auch er in seine Einzelteile. Alles, was noch übrig blieb, war ein gehärteter Klumpen aus irgendeinem transparenten goldenen Harz, das durch den Topf zu einer Kugel mit einer flachen Oberseite geglättet worden war.

Er machte Anstalten, davon zu kosten, aber Igorot stieß ein scharfes Zischen aus und zeigte auf Caradocs Bein. Also legte Caradoc den Harzklumpen stattdessen dorthin, schob ihn in sein Hosenbein neben seine Wunde, und – siehe da! – der Schmerz ließ augenblicklich nach. Zuerst zwar nicht allzu sehr, aber doch genug, um den Unterschied zu bemerken. Nach und nach schmolz das Zeug auf seiner Haut, und ein ganz schwacher Geruch nach Wald und Tannennadeln stieg zu ihm auf, ein würzig duftendes, grünes Band, das sich durch den üblen Gestank der Skraelings wand.

Igorot und die anderen rückten noch weiter von ihm ab und brachten ihre Fingerknöchelchen zur anderen Seite des Feuers. Beel wuchtete seine massige Gestalt von der Bank hoch und verzog sich in den äußersten Winkel der Höhle. Nur einer traute sich in Caradocs Nähe, der Hauptmann, Lacknose Dock, dessen fast gänzlich fehlende Nase durch einen silbernen Kegelstumpf ersetzt worden war.

Der Grünling blieb neben der Bank stehen und griff nach einer Hand voll von Caradocs Haar, packte den kupferroten Streifen, der durch die schmutzigen blonden Strähnen verlief, mit seiner klauenbewehrten Faust.

»Wir gehen jetzt zu Slott, Wyrm-Meister«, sagte Lacknose Dock und zog mit einem Ruck an der kupferfarbenen Haarsträhne.

Caradoc riss wütend den Kopf zurück und erhob sich von der Bank. Es wurde aber auch langsam Zeit. Er würde von jetzt an nur noch mit tausend Schädeln verhandeln und sich nicht länger mit Untergebenen und Handlangern abgeben.

Lacknose Dock lächelte lediglich und entblößte dabei sein mit langen, spitzen Zähnen bewehrtes Gebiss, eine äußerst unschöne und Furcht einflößende Angelegenheit; dann knurrte er eine Reihe von Befehlen und ging voraus aus der Höhle.

8

Rhuddlan marschierte durch den oberen Burghof von Carn Merioneth, einen Köcher voller Pfeile fest in seiner Faust, und strebte zu der uralten Eibe in der Nähe des Nordwestturms. Die Liosalfar hatten an diesem Abend schlechte Nachrichten aus den Höhlen mitgebracht: Bedwyr tot und Nia gefangen genommen; Trig und Math verwundet; Sha-shakrieg-Verbände in der unergründlichen Finsternis – und noch Schlimmeres.

Noch weitaus Schlimmeres, ja, schlimm genug, um ihnen allen zum Verhängnis zu werden: violette Schächte eingestürzt und voller Rauch; und Horden von Skraelings in den Tunneln.

Kein Skraeling würde sich in die Höhlen von Merioneth wagen, um eine Mutprobe zu bestehen oder um Schätze zu erbeuten. Nein, sie kamen nur, wenn es Blut zu holen gab, und auch nur dann, wenn sie von einem Herrn dazu getrieben wurden. Der Trick würde darin bestehen, herauszufinden, wer bei den Skraelings die Peitsche schwang.

Was den Grund betraf, weshalb die Spinnenmenschen zurückgekehrt waren, so brauchte Rhuddlan nicht lange zu rätseln. Der Grund war er selbst. Es war zwar schon viele Jahre her, seit es die Sha-shakrieg in die unergründliche Finsternis gelockt hatte, um die auf seinen Kopf ausgesetzte Belohnung zu kassieren; dennoch hatte er immer gewusst, dass sie eines Tages wiederkommen würden – eine neue Generation von Kriegern, die ihren Mut und ihre Zähigkeit im Kampf gegen die Geißel der Einöde unter Beweis stellen wollte. Er fragte sich oft, ob die Spinnenkinder wohl noch immer Lieder von Rhuddlans Vergeltung sangen und von seinem Marsch zum Salzsee. Der Tag, an dem er Deseillign in Schutt und Asche gelegt und die wertvollen Wasservorräte der Sha-shakrieg in der Wüste ausgegossen hatte, war das Ende der Zauberkriege gewesen, ebenso wie die Zauberkriege das Ende so vieler vorangegangener Dinge gewesen waren – das hatte er zumindest geglaubt.

Wenn es sein musste, würde er die Skraelings notfalls in den Höhlen ausräuchern; aber der Rauch, der von den Kristallsiegeln aufstieg, würde das Eingreifen von jemand anderem erfordern – Ailfinn Mapp. Es gehörte von jeher zu den speziellen Aufgaben der Prydion Magierin, über die Siegel zu wachen, und Rhuddlan befürchtete, nur eine sehr große Entfernung oder große Mühen konnten sie davon abgehalten haben, ihre Pflicht zu tun.

Überall auf dem Burggelände waren die Quicken-tree damit beschäftigt, Laternen an den Weidenhütten und in den Bäumen aufzuhängen, die wie Sterne in der kalten, wolkenverhangenen Herbstnacht leuchteten. Während die Liosalfar an der Eibe auf ihn warteten, eilten andere hierhin und dorthin und kümmerten sich um die Gehölze, die sie im Frühjahr angepflanzt hatten, Schösslinge von Eichen, Rotdorn und Haselnuss, von Eberesche und Fichte, aus Riverwood herbeigeschafft. Melodische Abendlieder erfüllten die Luft, gesungen, um die jungen Bäume die ganze Nacht über warm zu halten und zu schnellem Wachstum zu verlocken. Entlang der Innenseite der Burgmauern hatten die Quicken-tree Geißblatt und Holunder gepflanzt, und in sämtlichen Innenhöfen war wildes Gras ausgesät worden, das inzwischen die goldene Reife der ersten Ernte erreicht hatte.

Im Inneren des großen Festungswalls von Carn Merioneth gab es keine Fäule, aber die Wälder von Riverwood vermoderten in einem Besorgnis erregenden Tempo. Das Dickicht allein würde nicht ausreichen, um den Verfall aufzuhalten und Riverwood zu retten, und Rhuddlan wusste auch, warum.

»Owain.« Er begrüßte den Mann, der quer über den Burghof auf ihn zugeschritten kam.

»Wann ist Trig zurückgekehrt?«, wollte Owain wissen, während er neben Rhuddlan herging. Das grob geschnittene Gesicht des Mannes war mit Narben von vergangenen Schlachten gezeichnet, die ihn älter aussehen ließen, als er war. Er war stämmig und dunkelhaarig, größer und kräftiger als jeder Quicken-tree, was sich als ein Segen erwiesen hatte, als sie um Balor gekämpft hatten – ein Segen, den sie bald abermals dringend brauchen würden.

»Am frühen Abend«, erklärte Rhuddlan.

»Morgan?«

Der walisische Hauptmann fragte stets nach Morgan, noch immer voller Hoffnung, dass die Liosalfar eines Tages, wenn sie wieder einmal aus den Höhlen heraufkamen, endlich Nachrichten von seinem Prinzen haben würden.

»Nein«, erwiderte Rhuddlan. »Krieg und noch Schlimmeres.«

»Ich kenne nichts Schlimmeres als Krieg.«

»Du wirst es in Kürze kennen lernen, wenn du es vorziehst, zu bleiben«, erklärte Rhuddlan grimmig. »Gibt es immer noch Leibeigene südlich von Dwyryd?«

»Ja, aber sie werden verschwunden sein, bevor der strenge Winter einsetzt.«

Owain hate sich als eine unschätzbare Verbindung zwischen den *tylwyth teg* und den wenigen Pachthäuslern von Balor erwiesen, die noch geblieben waren. Nach der Schlacht, als die Quicken-tree Carn Merioneth von Caradoc gefordert hatten, waren die Burg und die umliegenden Ländereien sowohl von den freien Männern als auch von den Leibeigenen von Balor geplündert und ausgeraubt worden, eine Aktion, die Rhuddlan unterstützt hatte. Er hatte nichts von Caradocs persönlichen Besitztümern haben wollen und hatte seine Soldaten zwei Wochen lang in den Höhlen verborgen gehalten. Die verlassene Burg war eine leichte Beute für die Plünderer gewesen, ein Ort, wohin sich selbst die zaghaftesten Leibeigenen getraut hatten, um zu sehen, was es dort für sie zu holen gab. Die Diebe hatten nicht das Bedürfnis verspürt, auf dem Anwesen zu bleiben und dem Missfallen ihres neuen Herrn entgegenzusehen.

Was die Bauernhöfe und Landgüter anging, so war Merioneth' legendärer Reichtum unter Balors Herrschaft nach und nach versiegt, bis dem Boden schließlich nur noch der kärglichste Lebensunterhalt abgerungen werden konnte. Es hatte so gut wie nichts mehr gegeben, um die Bewohner von Balor auf dem zu Grunde gerichteten Anwesen zu halten, besonders im Frühjahr, als die Wintervorräte zur Neige gegangen waren.

»Und die Diebesbande, die wir wor einer Woche in Riverwood haben herumlungern sehen?«, erkundigte Rhuddlan sich.

»Wei und ich haben sie verjagt und sie werden mit Sicherheit einiges zu erzählen haben.«

Rhuddlan wusste, dass viele, die aus Balor geflohen waren, höchst interessante Geschichten von den sonderbaren neuen Herrschern von Merioneth zu erzählen hatten. Und was den Rest betraf, so würden die Zeit und das Dickicht das ihre tun, während Carn Merioneth mehr und mehr aus dem Gedächtnis der Menschheit entschwand. Der Wald würde wachsen und undurchdringlich dicht werden, bis sich die Menschen nur noch daran erinnerten, dass man wesentlich leichter ans Meer gelangte, indem man nördlich oder südlich um die Wälder herumging, bis Carn Merioneth nichts weiter als eine immer stärker verblassende Erinnerung war. Innerhalb der Zeitspanne jener Jahre würden alle noch verbliebenen Leibeigenen gestorben sein, ihre Kinder würden das Land verlassen, und laut Madron würde auf diese Weise ein entscheidendes Bindeglied zwischen dieser Welt und dem Jenseits zerstört sein, zwischen den Menschen und ihren Göttern.

Rhuddlan hatte einst genauso gedacht, dass nur die Zeit im Stande wäre, die Götter eines Landes zu zähmen; und er war bereit gewesen, den Lauf der Zeit noch zu beschleunigen und somit noch schneller in ein verborgenes Dasein zu entschwinden, ein sagenumwobenes Dasein, verkörpert durch Mythen – eine Unvermeidlichkeit, die er schon vor langer Zeit für die *tylwyth teg* vorausgesehen hatte. Die Menschen, so hatte er gefolgert, würden einen anderen Weg finden, um die Naturgesetze zu manifestieren, oder sie würden jene Gesetze brechen und mit dem Tod dafür bezahlen müssen.

Es würde abermals eine Zeit der Quicken-tree kommen und der anderen Clans, der *Fir Bile* und der *aes sídhe,* eine Zeit, in der man die Stimmen der Bäume wieder hören würde, eine Zeit, in der man seine Hand auf den Erdboden legen und den Herzschlag der Großen Mutter würde spüren können, eine Zeit, in der die Steine von der Unergründlichen Zeit erzählen würden.

Ja, er hatte alle diese Dinge gedacht und war zu dem Schluss gekommen, dass seine Entscheidungen richtig waren, auch wenn Madron gegenteiliger Ansicht war. An diesem Abend hatte Trig ihm jedoch bewiesen, dass er sich irrte. Götter, deren Kräfte im Schwinden begriffen waren, hatten außer der Zeit noch eine andere Macht zu fürchten. Eine Macht, die auf Wolfspfoten in Rhuddlans Wälder geschlichen kam und sich auf schwarzen Rauchfahnen aus dem Erdboden schlängelte, eine Macht, die sie alle vernichten würde, wenn man ihr nicht rechtzeitig Einhalt gebot.

Es waren zu viele Jahre vergangen, seit er das letzte Mal über die Grenzen seines eigenen Reiches hinausgesehen hatte. Zu viele Jahre lang war er vor der Welt der Menschen zurückgewichen, weil er das Ende des Fünften Zeitalters nahen gefühlt hatte. Er hatte sich geirrt. Die letzte Schlacht der Zauberkriege war noch nicht geschlagen.

Gemeinsam näherten er und Owain sich der Eibe, wo die Liosalfar warteten. Trig war bei ihnen, zusammen mit anderen Quicken-tree, drei Mitglieder des Ebiurrane-Clans und Madron.

»Wie geht es dem Jungen?« In Owains von Natur aus rauer Stimme schwang ein nervöser Unterton mit.

»So weit ganz gut«, erwiderte Rhuddlan, wohl wissend, dass Owain Mychael meinte. Die beiden waren ein Bündnis eingegangen, der ältere Mann und der jüngere, beide Waliser, der eine ein kampferprobter Soldat, der andere noch in der Ausbildung. »Moira kümmert sich um ihn. Er ist erschöpft, und seine Wunden müssen genäht werden, aber alles in allem ist er immer noch besser bei dem Kampf weggekommen als die meisten anderen.«

Die Wahrheit dieser Feststellung war deutlich in den dicken Striemen zu erkennen, die über Trigs und Maths Haut verliefen. Die Verletzungen hatten sich mittlerweile purpurrot verfärbt, und Rhuddlan wusste, sie brannten und schmerzten noch weitaus schlimmer als eine Messerwunde. Ein vergifteter Faden hatte Trig im Gesicht erwischt und eine Furche durch seine linke Augenbraue gebrannt. An dieser Stelle würde nie wieder Haar nachwachsen.

Die schlimmsten von Maths Wunden waren die Striemen um seinen Hals und an seinem Arm. Er wurde von Aedyth und Elen in einer Hütte unweit der Eibe verarztet. Im Gegensatz zu Trig, einem silberhaarigen Krieger, der längst jenseits der Grenzen des Leidens gewesen war, waren die Augen des jüngeren Mannes glasig vor Schmerz gewesen, als sie schließlich die Erdoberfläche erreicht hatten. In Trigs Augen hatte nur Zorn geflackert. Fast drei Tage waren seit dem Kampf in der Höhle bei Crai Force vergangen, und der schlimmste Teil dessen, was die vergifteten Fäden angerichtet hatten, war ausgestanden. Bald würden nur noch die Narben übrig bleiben.

Rhuddlan blickte im Vorbeigehen zu der Hütte hinüber. Aedyth war gerade dabei, Maths langes dunkles Haar hochzuheben und eine frische Schicht *rasca* und anderer Heilsalben auf den Wunden an seinem Hals zu verteilen. Unter Anleitung der Heilerin bandagierte Elen den Arm des jungen Mannes mit dunkelgrünem Quicken-tree-Tuch – der reinsten Sorte, die ihnen zur Verfügung stand, ohne eine Spur der älteren Silberfäden, die sich gewöhnlich durch den Stoff zogen.

Gleiches mit Gleichem heilen, dachte Rhuddlan, denn das Quicken-tree-Tuch und die Kampffäden der Sha-shakrieg bestanden aus dem gleichen Grundmaterial, den Larvenspinnfäden von *pryf*. Die Quicken-tree verwendeten die Larvenseide im Naturzustand. Die Spinnenmenschen dagegen transportierten sie tief in die Einöde, zu einem Ort weit jenseits von Deseillign, wo Gift aus dem Boden sprudelte. Dort ließen sie die Seide mehrere Mondzyklen hindurch in der giftigen Substanz einweichen, bevor sie sie zu ihren tödlichen Fäden verspannen.

Kein Liosalfar war seit den Zauberkriegen, als die Sha-shakrieg an der Seite der Dockalfar gekämpft hatten, mehr von den Kampffäden gezeichnet worden, nicht, seit auch Rhuddlan solche Narben davongetragen hatte.

Rhuddlan blieb bei der alten Eibe stehen und musterte die Krieger, die sich dort versammelt hatten, um seine Befehle entgegenzunehmen. Er sah Llynya hastig weiter in die Dunkelheit zurückweichen, als ob sie sich auf diese Weise vor seinem prüfenden Blick verbergen könnte. Man würde ein Auge auf sie haben müssen, jetzt, wo die Skraelings die Gegend unsicher machten. Er kniete sich auf den Boden, schüttelte die Pfeile aus dem Köcher und ließ sie in das Gras unter dem Baum fallen. Eine der Ebiurrane, eine hellhaarige Frau namens Fand, deren Gesicht mit einem diagonalen Streifen aus blauem Färberwaid bemalt war, beugte sich vor und wählte den ersten Pfeil. Sein Schaft war glatt und perfekt ausbalanciert, geschnitzt aus dem Kern einer Esche und markiert mit Runen. Seine Steuerfedern stammten von den schwarzen Schwungfedern von Schneegänsen, seine tödliche Spitze aus den Minen unterhalb des Drachenrückens von Tryfan – ein Elbenpfeil.

»Ich werde in den Norden zu Lyr gehen und ihm von den Dingen berichten, die wir heute erfahren haben«, gelobte sie; dann erhob sie sich und war im Nu mit der Dunkelheit verschmolzen und verschwunden.

Lyr hatte sowohl einen Sohn als auch eine Tochter in den Zauberkriegen verloren. Rhuddlan wusste, er würde kommen und ihnen beistehen.

Ein Liosalfar der Quicken-tree, Prydd, traf als Nächster seine Wahl. Er war ein braunhaariger Mann, der seine Jugend hinter sich hatte und sich dem mittleren Alter näherte. »In die Bretagne, Rhuddlan, wie du befiehlst!«, schwor er und hielt einen Elbenpfeil hoch. »Ich werde zum Daur-Clan gehen, um ihnen von Sha-shakrieg und Skraelings in der unergründlichen Finsternis zu berichten und von dem noch größeren Unheil, das uns droht.« Er richtete sich auf und Rhuddlan entließ ihn mit einem Nicken.

Zu viele Jahren waren inzwischen vergangen, seit er das letzte Mal ein Mitglied des Daur-Clans gesehen hatte. Rhuddlan wusste nicht, ob sie kommen würden, und ob es Prydd überhaupt gelingen würde, sie zu finden. Die Meere hatten sich verändert und den Daur-Clan gezwungen, auf dem Kontinent noch weiter landeinwärts zu ziehen. Rhuddlan hatte mit eigenen Augen gesehen, wie der Ozean angestiegen war und den Wald von Mount Tombe verschluckt hatte, um ihn in eine Insel zu verwandeln, umgeben von Treibsand und begehrt von christlichen Priestern. Nemeton war der letzte Reisende gewesen, der aus der Bretagne herübergekommen war, und er war ein Druide gewesen, ein Mensch, kein *tylwyth teg*.

Madron kam aus den Schatten der Eibe hervor und kniete neben den verstreuten Pfeilen nieder. Rhuddlan verkrampfte sich unwillkürlich. Er wusste, was sie vorhatte, und er würde es unter keinen Umständen gestatten.

Elegante Finger umschlossen einen Pfeil, und der weiße Seidenärmel ihrer Tunika glitt über ihren Handrücken. »Nach Anglesey«, sagte sie und begegnete Rhuddlans Blick. Ihre Augen waren grün wie die der Quicken-tree, aber sie erhob keinen Anspruch auf eine andere Abstammung als die ihres druidischen Vaters. Ihr Haar, ein rötliches Kastanienbraun, wurde von einem goldenen Band aus dem Gesicht gehalten, das in dem gleichen Muster gewirkt war wie die goldenen Verzierungen, die auf ihrem buttergelben Gewand prangten.

»Ja, die Druiden müssen gewarnt werden«, pflichtete Rhuddlan ihr bei, wenn auch widerstrebend und nicht ohne einen warnenden Unterton. »Aber ich würde lieber jemand anderen schicken. Ich brauche dich hier dringender.«

Madron war äußerst bewandert in der druidischen Lehre und darüber hinaus fähig, Naturphänomene zu manipulieren – eine Hexe, so hatte er die Menschen sie nennen hören, eine groteske Unterschätzung ihrer Fähigkeiten –, aber sie war keine Kriegerin wie Fand, die allein auf eine Mission geschickt werden konnte, nicht, wenn sich ein Krieg zusammenbraute.

»Keiner kennt den Pfad so gut wie ich«, konterte sie und es gelang ihr nur schlecht, ihre Verärgerung über seinen verschleierten Befehl zu verbergen. Dass sie es überhaupt versuchte, betrachtete Rhuddlan als ein hoffnungsvolles Zeichen. In Wahrheit stand es ihm nicht zu, ihr Befehle zu erteilen. Angelesey war ebenso ihr Zuhause wie Merioneth oder das kleine Häuschen im Wald von Wroneu, das sie verlassen hatte, und er hatte schon lange jegliche Rechte verloren, die er einst als ihr Beschützer besessen hatte. Sie war in erster Linie ihrer Tochter Edmee zuliebe bei den Quicken-tree in Merioneth geblieben und nicht etwa seinetwegen, weil sie schließlich akzeptiert hatte, dass es besser für das Mädchen war, unter seinesgleichen zu sein, als das einsame Leben seiner Mutter zu teilen.

Was ihn betraf, so war er froh, Madron in seiner Nähe zu haben, ob er nun das Recht hatte, ihr Vorschriften zu machen, oder nicht. Der vergangene Sommer hatte viele Gelegenheiten geboten, in ihrer Gesellschaft zu sein, ein widersprüchlicher Zeitvertreib, der eine besänftigende Wirkung auf ihn hatte, aber zugleich auch seine Sehnsucht nach dem verstärkte, was sie einst geteilt hatten. Nur wenige waren so schnell wie Madron, und sie hatte in den Jahren ihrer Trennung viel gelernt. Vieles, was selbst ihn überrascht hatte.

»Und keiner kann so gut Pfade bahnen wie du. Noch nicht

einmal dein Vater war im Stande, die Erde derart in Brand zu stecken«, erwiderte er und gab ihr damit unzweideutig zu verstehen, dass er von ihren Anstrengungen wusste, mit ihren Zauberformeln einen Durchgang durch das Dickicht offen zu halten. »Nemeton hat einen Pfad lediglich markiert. Du hast ein Leuchtfeuer mit deinen Beuteln voller Zeug fabriziert.«

Sie besaß den Anstand zu erröten. Dass er sie überhaupt in Verlegenheit bringen konnte, fasste er als ein weiteres hoffnungsvolles Zeichen auf. Zu viele Jahre lang hatte sie sich ihm gegenüber benommen, als ob sie so kalt und gefühllos wie ein Stein wäre.

»Hast du es so gelassen, wie es war?«, wagte sie trotz ihrer Verlegenheit zu fragen.

»Ja. Für dich. Vorläufig. Jeder, der deinen Pfad benutzt, wird davon aufgehalten werden, aber nicht verletzt.«

»Na schön«, sagte sie einlenkend und verzichtete auf den Pfeil. »Du weißt, dass wir in Wahrheit nicht gegeneinander arbeiten.«

»Nein, du hast Recht, das tun wir nicht«, pflichtete er ihr bei, dann wandte er sich ab und rief einen jungen Quicken-tree zu sich. »Tages, bring dies hier nach Anglesey und suche die alten Männer auf, die in den Höhlen leben. Informiere sie über das, was die Quicken-tree in den violetten Schächten entdeckt haben, und dann machst du dich sofort auf den Weg nach Inishwrath. Ich möchte wissen, wie es um die Troll-Gebiete auf der Insel steht. Keine Veränderung ist zu unbedeutend, um sie zu melden.«

Tages leistete seinen Eid auf den Elbenpfeil und ging den Weg von Fand und Prydd. Rhuddlan fuhr mit der Versammlung fort und schickte mehrere Männer und Frauen von den Quicken-tree und den Ebiurrane aus, um die Clans im hohen Norden und Westen, im Süden und Osten zu warnen; und jedem von ihnen gab er eine Nachricht für Ailfinn mit, unverzüglich nach Merioneth zu kommen. Er brauchte die Magierin ebenso dringend wie eine Armee.

Kurz vor Mitternacht verließ der letzte Bote das Gebiet von Carn Merioneth, eine schemenhafte Gestalt, die lautlos durch die Nebenpforte in der Festungsmauer schlüpfte, um sich auf den Weg nach Kingswood zu machen, einem Ort jenseits der Grenze zu England. Da die *tylwyth teg* von Kingswood am nächsten waren, würden sie die Ersten sein, die zur Verstärkung in Merioneth eintrafen.

Madron verabschiedete sich und strebte zu dem unteren Burghof – um nach dem Jungen zu sehen, dessen war Rhuddlan sich sicher. Die übrigen Mitglieder der Gruppe zerstreuten sich und suchten ihre Lager auf, um vor dem Marsch noch ein wenig zu schlafen. Für Rhuddlan würde es in dieser Nacht jedoch keinen Schlaf geben. Er würde noch vor Tagesanbruch mit einer handverlesenen Truppe aufbrechen, um Nia zu befreien und die unergründliche Finsternis auszukundschaften. Er musste herausfinden, in welche Gebiete der Feind bereits eingefallen war.

»Gibt es sonst noch etwas, was du mir mitteilen möchtest, Trig?«, fragte er, während er sich zu dem Elfenmann umdrehte, der wartend neben ihm stand.

Aedyth hatte eine Augenklappe aus grünen Blättern für Trigs linkes Auge fabriziert. Der Hauptmann starrte ihn mit einem Ausdruck an, den Rhuddlan nicht so recht deuten konnte.

»Du hattest gesagt, der Junge würde mich herausfordern und sich gegen mich auflehnen«, erklärte Trig. »Und bei allen Göttern, das hat er getan. Ich war nicht derjenige, der darauf bestanden hat, Bedwyr an dem dunklen Meer zurückzulassen.«

»Ist Blut geflossen?«, fragte Rhuddlan, von einer bösen Ahnung erfüllt. Dies war wirklich ein äußerst ungünstiger Zeitpunkt für ihn, um den alten Krieger als seinen Hauptmann zu verlieren, und Trig würde Bedwyr ganz sicher nicht kampflos zurückgelassen haben.

»Nein.« Trig schüttelte den Kopf. »Er ist mir mit gezogener Klinge in die Flanke gefallen, bevor ich auch nur mein Messer finden konnte.«

Rhuddlan ließ seinen Blick zum Lagerfeuer schweifen und dann wieder zurück zu Trig, während er einen tiefen Seufzer ausstieß. Es war auch ein äußerst ungünstiger Zeitpunkt für Trig, seine kämpferische Schärfe und Wachsamkeit einzubüßen. »Es sieht dir gar nicht ähnlich, nicht auf der Hut zu sein und überrumpelt zu werden.«

»Nein.«

»Aber wenn kein Blut geflossen ist...«

»Nein, Rhuddlan. Es ist vorbei. Dein neuer Hauptmann liegt im unteren Burghof. Wenn er die Nacht überlebt, wird er dir zweifellos gute Dienste leisten.«

»Er hat keine anderen Verletzungen als die, die Llynya ihm beigebracht hat. Moira wird diese Wunden schnell genug heilen.«

»Es sind nicht seine Wunden, die eine Gefahr für ihn darstellen«, erwiderte Trig. »Er ist tatsächlich das, was Naas gesagt hat – ein Geschöpf, das von Drachen hervorgebracht und durch das Blut von Priesterinnen aus uralter Zeit im Leib seiner Mutter zu neuem Leben erweckt wurde. Ein Nestling, nicht mehr, und er schmort in dieser Nacht in seinem eigenen Feuer.«

Rhuddlan blickte gerade rechtzeitig zu dem unteren Burghof hinüber, um Madron durch den offenen Torbogen in der Mauer schlüpfen zu sehen. Sein erster Impuls war, ihr zu folgen, aber sein Verstand riet ihm noch zu bleiben und Trig zu Ende anzuhören. Madron kannte den Jungen besser als die meisten. Tatsächlich war sie nicht im Geringsten überrascht gewesen, als er ihr berichtet hatte, was Naas in ihrer Vision gesehen hatte. Sie hatte lediglich erwidert, dass sie alle ein wenig von dem Drachen in sich hätten.

Das war es, was Rhuddlan fürchtete, der Drache in dem Jungen, denn Mychael hatte mehr als nur ein bisschen Drachenblut in den Adern. In diesem Sommer hatte Rhuddlan viele Nächte hindurch beobachtet, wie Mychael ruhelos auf dem Festungswall entlanggewandert war, blind und taub gegen die heftigen Unwetter, von denen die Quicken-tree in ihre Hütten getrieben worden waren. Er hatte die wilde Erregung in den Augen des Jungen flackern sehen, und er hatte die auffälligen Narben auf dem Körper des Jungen gesehen, die er bei seinen wiederholten Exkursionen in die Wurmlöcher davongetragen hatte – und seine Furcht war noch gewachsen.

Rhuddlan war ein Drachenhüter gewesen, bis er das Zeitwehr versiegelt hatte, um die *pryf* zu schützen, eine Maßnahme, die die Drachen weit aufs Meer hinausgetrieben hatte. Seitdem waren sie nicht mehr in seine Nähe oder in die Nähe von Merioneth gekommen, aber sie riefen nach dem Jungen; und der Junge war derjenige, zu dem sie kommen würden, falls sie überhaupt jemals wiederkamen. Rhuddlan wusste, wenn das geschah, dann würde seine Zeit zu Ende sein, der alte König, der zurücktrat, um Platz für den neuen zu machen.

Vielleicht war er bereit. Vielleicht. Aber der Junge war es nicht, so viel stand fest. Der Junge war wild, und diese Wildheit in ihm wurde immer noch stärker. Jetzt hatte Trig den Machtkampf mit Mychael erlebt, hatte das Drachenfeuer zu spüren bekommen, das in seinem Inneren loderte, aber ob es für die Quicken-tree arbeiten würde oder gegen sie, das konnte noch nicht einmal Naas sagen.

»Nein, Trig, deine Arbeit als Hauptmann ist noch nicht getan«, versicherte Rhuddlan dem älteren Mann und behielt seine Befürchtungen für sich. Wenn die alles verschlingende Dunkelheit heraufzog, brauchten die Quicken-tree Ddrei Goch und Ddrei Glas dringender, als sie Rhuddlan von den Licht-Elben brauchen würden. Die Frage war nur, ob die Quicken-tree Mychael ab Arawn überleben konnten. »Morgen früh werden wir dem Jungen eine Aufgabe stellen, um ihn wieder auf seinen Platz zu verweisen.«

»Und welcher Platz sollte das sein?«, fragte Trig mit einer skeptisch hochgezogenen Braue.

»Vorläufig untersteht er in der Schlacht deinem Kommando. Und er wird sich meinem Willen fügen.«

»Der Junge fügt sich nicht sonderlich gerne.«

»Nein«, pflichtete Rhuddlan ihm bei. »Allerdings nicht.«

Er versetzte seinem Hauptmann einen aufmunternden Schlag auf den Rücken und schickte Trig fort, dann eilte er zum Fallgitter hinüber, um seine Waffen für den morgigen Feldzug auszuwählen.

Er kannte die Erde. Er und die *tylwyth teg* verbrachten ihr Leben im Fluss ihrer subtilsten Rhythmen; sie wechselten mühelos mit den Bäumen von einer Jahreszeit in die andere, bewegten sich mit dem gewachsenen Fels von einem Zeitalter in das nächste, sie drehten sich mit der Erde um die Sonne und badeten mit ihr im himmlischen Licht des Mondes. Wegen dieses Wissens um die Rhythmen der Erde und des Universums, das allen *tylwyth teg* im Blut lag, hatte Nemeton die Quickentree damals hoch geschätzt. Rhuddlan dagegen hatte diese Einstellung anfangs noch für einen absurden Eigendünkel gehalten. *Die Erde ist alles,* hatte er gesagt. *Alle ihre Wunder zu kennen, heißt, das Herz der Großen Mutter zu kennen.* Und daran hatte Rhuddlan geglaubt, bis Nemeton seinen Blick in Richtung Himmel gelenkt und ihm erklärt hatte, dass vor der Entstehung der Erde das Chaos geherrscht hatte und dass es von weit her gekommen war.

Rhuddlan kannte die Geschichte der Sternenlicht-Geborenen. Sie stand auf der ersten Seite jedes Einzelnen der Sieben Bücher von Lore geschrieben, damit sie niemals in Vergessenheit geriet. Das Überraschende war, dass Nemeton die uralte Geschichte ebenfalls gekannt und auf ein Zeitalter angewandt hatte, das weit von der Schreckensherrschaft entfernt gewesen war.

Die douvanischen Könige der Zwölften Dynastie hatten in einem zweiten Zeitalter des Chaos gelebt, lange vor den tausendjährigen Kriegen. In der Zeit der größten Not war ein Kind aus der unergründlichen Finsternis zu ihnen gekommen, um das Magia Schwert zu schwingen – Stept Agah, der letzte Drachengebieter. Auch diese Geschichte war sehr alt, selbst nach elfischen Zeitbegriffen, eine Geschichte von Schlachten und Plagen und einem dunklen Schatten über dem Land, von ganzen Armeen von Wölfen und *uffern* Trollen, von schleichender Krankheit, die die Reihen der Menschen und Elfen dahinraffte, und von dem schwarzen, übel riechenden Dunst – dem Unheil verkündenden Vorboten von Dharkkum –, der wie ein Leichentuch zwischen Himmel und Erde gelegen hatte, bis Stept Agah die Drachen herbeigerufen und über die tödlichen

Armeen hergefallen war. Die Drachen hatten die Dunkelheit verschlungen, und der Prydion-Magier hatte den restlichen Rauch wieder in die Risse und Spalten zurückgezwungen, die tief unter der Erdoberfläche lagen, und sie mit violettem Kristall versiegelt, geschmiedet mit Worten der Macht.

Aber kämpferische Bestien sind immer hungrig... und wenn sie erst einmal aufgestachelt und zum Kampf gereizt waren, pflegten die Drachen das ganze Land zu verwüsten, wenn sie nicht durch das Magia Schwert gezügelt wurden. In seinem ganzen langen Leben hatte Rhuddlan sie noch niemals kämpfen sehen. Sie kamen zu dem Nest bei Mor Sarff, um sich fortzupflanzen und zu laichen und zu sterben. In diesem Nest – einem verborgenen Ort unterhalb des Labyrinths der *pryf*, der nur durch einen Unterwassertunnel zu erreichen war – wurden sie geboren, und hier starben sie auch.

Jetzt waren die kristallenen Siegel im Begriff zu zerbrechen. Er brauchte Ailfinn, damit sie ihm sagte, warum. Und wenn sich seine schlimmsten Befürchtungen bewahrheiteten, würde er die Drachen brauchen, um die finsteren Mächte zu bekämpfen – die Drachen und Mychael ab Arawn.

Hinab... hinab... immer tiefer hinab... Er stürzte in die Tiefe, stürzte unaufhaltsam wie ein Engel, der bei Gott in Ungnade gefallen war. Kyrie eleison. *Herr, erbarme dich meiner. Herr, erbarme dich meiner...*

Mychael lag mit ausgestreckten Armen und Beinen auf den dicken wollenen Decken, die Moira in seinem Turmzimmer für ihn ausgebreitet hatte. Er hatte sich seine Tunika und das Hemd vom Leib gerissen und den Taillenverschluss seiner Überhose gelockert. Einer seiner Strümpfe fehlte, sodass sein linkes Bein nackt war, und dennoch versengte ihn die unerträgliche Hitze.

Die Quicken-tree-Frau hatte seine Wunden längst genäht und ihn dann allein gelassen, damit er schlafen konnte, aber in dieser Nacht würde es für ihn keine gnädige Flucht in den Schlaf geben. Der erste weiß glühende Blitz hatte schließlich seinen Willen durchbrochen und ein wildes Feuer in seinem Inneren entfacht, noch während Moira die letzten Reste ihrer *rasca*-Salbe auf der Narbe verrieben hatte, die an seiner gesamten linken Körperhälfte entlanglief. Falls Moira gespürt hatte, wie es um ihn stand, so hatte sie nichts gesagt. Er hatte keinen Unterschied in der heilenden Berührung ihrer Finger gefühlt, als die Hitze begonnen hatte. Glücklicherweise hatte sie ihn allein gelassen, bevor die Veränderungen in ihm allzu deutlich sichtbar geworden waren. Er hatte ihr nie von seinem schrecklichen Leiden erzählt. Sie wusste nur von den Narben. Das genügte.

Aber Madron wusste Bescheid. Sie hatte die flammendroten Narben gesehen, und sie hatte ihm Arzneitränke angeboten. Tränke, um die Flammen in seinem Inneren zu löschen. Tränke, um seinen Schmerz zu lindern. Tränke, um seine Seele zu beschwichtigen. Zaubertränke, ohne Zweifel, um ihn gefügig zu machen und ihrem Willen zu unterwerfen.

Ceri hatte ihr nicht getraut, aber Mychael vertraute voll und ganz auf Ceridwen. In den Händen hielt er die Geschenke seiner Schwester, einen grünen Stein, den sie »Brochans Wundervollen Talisman« genannt hatte, und das *Fata Ranc Le*.

Er hätte seine Schwester nicht so schnell in den Norden gehen lassen dürfen. Sie war der Prüfstein seiner Vergangenheit, Blut von seinem Blute, aber sie litt nicht unter Drachenfeuer. Vielleicht konnte sie ihn ja kurieren. Die alte Heilerin der Quicken-tree, Aedyth, wollte eindeutig nichts mit ihm zu tun haben. Moiras *rasca* half zwar gegen die Qualen, aber nur ein klein wenig, nur bis zu einem Punkt, der noch weit von echter Erleichterung entfernt war.

Die Quicken-tree sprachen noch von einer anderen Heilerin, einer Magierin, die Rhuddlan zu sich bestellt hatte, die dem Aufruf aber noch immer nicht gefolgt war. Ihre Berührung könne die Toten zum Leben erwecken, so hieß es, ihre Heilkräuter seien das reinste Lebenselixier, ihre magischen Fähigkeiten stellten die Madrons weit in den Schatten. Ailfinn Mapp war ihr Name. Eine Prydion-Magierin, so sagten sie, jemand, der die Geheimnisse der Alten aus grauer Vorzeit kannte.

Nichts konnte noch älter als Drachenfeuer sein, und wenn

die Magierin tatsächlich das Geheimnis dessen hütete, was der Fluch seines Lebens war, dann würde er es erfahren. Aber sie kam nicht, ganz gleich, wie viele Boten Rhuddlan bei jedem Mondwechsel ausschickte.

Nein, dachte Mychael abermals, ich hätte nicht zulassen dürfen, dass Ceri mich so schnell wieder verlässt. Und dennoch, angesichts der bedrohlich näher rückenden Katastrophe war es wirklich das Beste, dass sie weit fort und in Sicherheit war. Unterwegs in den kalten Norden. Nach *Thule*. Land der zu Eis erstarrten Wüsten. So hoch oben im Norden, wie noch kein Mensch zuvor jemals gekommen war. Wurde auch Dain Lavrans von einem inneren Feuer verzehrt, dass er sich derart nach den tiefsten Tiefen des Winters sehnte?

Ceri hatte von einem Palast aus Eis gesprochen und von einem Knaben, der dort geboren werden sollte. Mychael fragte sich, welche Art von Mann jene arktische Landschaft wohl hervorbringen würde, Heimat des grimmigen Nordwindes. Und würde er den Sohn seiner Zwillingsschwester jemals kennen lernen? Oder würde er eines schimpflichen Todes sterben, in Schweiß gebadet und von Wahnsinn verzehrt, noch bevor das Kind überhaupt zur Welt gekommen war?

Wieder rollte eine Woge von Hitze durch ihn hindurch, und er biss verzweifelt die Zähne zusammen und klammerte sich mit aller Kraft an dem roten Buch fest, um zu verhindern, dass er von der Wucht der Woge mitgerissen wurde. Nur Gott allein wusste, wie viel von sich selbst er verlieren würde, wenn er losließe. Er befürchtete, dass es mehr sein würde, als er ertragen könnte.

Eine Lampe aus Bergkristall erhellte das Innere des Turmzimmers, während die leuchtenden Farben ihrer Flammen über nackte Steinwände und einen grob gezimmerten Tisch tanzten. Das halb mit Stroh gedeckte Dach aus ineinander verflochtenen Weidenruten über ihm wirkte wie eine baumartig verzweigte Kathedralenkuppel, in flackerndes Licht und sich überlagernde Schatten getaucht. Die Sterne und der Mond leuchteten durch das lockere Flechtwerk hindurch.

»... erbarme dich meiner«, flüsterte Mychael zum tausendsten Mal, während er gegen den endlosen Strom von Feuer ankämpfte. Aber der Herr in Seiner Weisheit erhörte sein Flehen nicht.

Sein Mund war staubtrocken und völlig ausgedörrt. Eine Flasche mit Wasser stand keine Armeslänge von ihm entfernt und daneben eine weitere mit Blütenkätzchentau, aber Mychael wagte es einfach nicht, seine Talismane loszulassen, um nach einer der beiden zu greifen. Seine gesamte Existenz stand auf des Messers Schneide, hing an einem hauchdünnen Seidenfaden über einem lodernden Abgrund.

Ein Abgrund, ja. Eine unergründlich tiefe Schlucht, von den Drachen in sein Herz gegraben; eine Schlucht, die jedes Mal, wenn er sich in ein Wurmloch hinuntergelassen hatte, noch tiefer geworden war. Wann hatte er zum ersten Mal den Ruf der Drachen gehört?

In Strata Florida in einer Winternacht, als ich allein die kalten Kreuzgänge entlangwanderte und von einer Vision heimgesucht wurde.

Wann war er das erste Mal von der Wildheit befallen worden?

Vor langer Zeit, langer Zeit – aber damals war sie noch nicht so schlimm wie jetzt.

Sie ist noch nie so schlimm wie jetzt gewesen.

Wie konnten die Drachen keine Macht über ihn haben, wenn er doch so deutlich fühlte, wie ihre Flammen eine feurige Bahn an seinem Körper entlangsengten? Es war wieder einmal die Vision, die ihn schon so oft gequält hatte, mit Ddrei Goch und Ddrei Glas, die über einen schwarzen Nachthimmel rasten und mit ihrem heißen Atem Pfade aus Feuer woben, während die Schatten seines Feindes von hinten aufmarschierten, Welle um Welle Furcht einflößender Angreifer, die sich langsam aus der Dunkelheit lösten und Gestalt annahmen. Sha-shakrieg und Skraelings.

Nur ich kann sie alle in Schach halten. Nur ich – und das Schwert, das mir gegeben wurde, passt nicht für meine Hand.

Die Muskeln in seinem Arm zuckten und zitterten vor Anstrengung, so gewaltsam hielt er das rote Buch und den Talisman umklammert. Sie hatten ihn zwar noch nie vor dem Inferno bewahrt, das in seinem Inneren loderte, aber er hielt sie dennoch mit aller Kraft fest. Er brauchte Willenskraft und noch mehr Willenskraft, um seinem schrecklichen Schicksal zu entgehen, schier übermenschliche Willenskraft, um durchzuhalten, bis der wilde Wahnsinn vorübergegangen war. Denn so sicher, wie die Wildheit aus dem dunklen Herz der Flammen erwachsen würde, so sicher würde sie sich auch irgendwann wieder legen.

Alle Dinge legten sich mit der Zeit. *Mit der Zeit.*

»Zeit.« Mychael murmelte das Wort, als ob es ein Fluch wäre, und schwor sich, Gott nie wieder um Erbarmen anzuflehen. Die Wurmlöcher hatten ihn gelockt, und er war der Verlockung erlegen. Dennoch war es ihm nicht gelungen, ihre großen Geheimnisse zu ergründen. Er wusste nichts von Zeit und Unendlichkeit, außer dass ein Mann in dem inneren Feuer, das ihn verzehrte, einen flüchtigen Blick auf die Ewigkeit erhaschen konnte, eine Ewigkeit der Verdammnis – denn was war der lichterloh brennende Abgrund, der nach ihm rief, denn anderes als die Hölle selbst?

Seine Atemzüge wurden flach und hastig, wie das Keuchen eines Tieres. Heftige Krämpfe zogen seine Eingeweide zusammen, zwangen ihn, sich mit einem schwachen Protestschrei zusammenzukrümmen. Der nächste Laut, der über seine Lippen kam, war ein klagendes Stöhnen … und so begann die Wildheit. *Allmächtiger Gott im Himmel, ich flehe dich an, erbarme dich meiner …*

9

Llynya bahnte sich einen Weg zwischen den Weidenhütten im unteren Burghof hindurch, während sie einen noch warmen Honigkuchen verspeiste, den sie von Moira an der Feuerstelle bekommen hatte. Silbriges Mondlicht schimmerte auf dem Festungswall und lockte mit dem Versprechen von Einsamkeit und einem freien Ausblick auf die unzähligen glitzernden Sterne am Nachthimmel. Vielleicht sollte sie zur Brustwehr hinaufklettern. Die Versammlung unter der Eibe würde sicher bald beendet sein, sodass noch genügend Zeit für etwas privatere Diskussionen blieb; Diskussionen, in die Llynya auf keinen Fall verwickelt werden wollte, besonders nicht, wenn Rhuddlan oder Shay daran beteiligt waren.

Rhuddlan würde nichts als Schelte und Strafen im Sinn haben, zu streng, um sie zu ertragen. Während Trig von Mychaels Missgeschick berichtet hatte, hatte Rhuddlan sich zu ihr umgewandt und sie mit einem flüchtigen, aber gründlich strafenden Blick bedacht. Llynya hatte sich eigentlich für erwachsen gehalten, bis Rhuddlans grimmiger Blick sie eines Besseren belehrt hatte. Trotz allem, was sie erlebt und durchgemacht hatte, war sie anscheinend noch immer der Kobold und steckte noch immer bis zur Halskrause in Schwierigkeiten. Im Nachhinein betrachtet hatte sie wirklich verdammt großes Glück gehabt, dass sich kein Sha-shakrieg über sie hergemacht hatte.

Und was Shay betraf, ihren langjährigen Gefährten in Chaos und Abenteuer – er hatte sich seit dem Kampf gegen die Spinnenleute zu einer regelrechten Plage entwickelt, war geradezu lächerlich um sie besorgt und mit einem schon fast nervtötenden Eifer darauf bedacht, sie vor Gefahren zu schützen. Wenn es nach Shay ginge, würde sie keinen Schritt mehr vor die Burgmauern setzen dürfen. Ihre große Sorge war, dass er auch Rhuddlan davon überzeugen würde, und dennoch wagte sie es nicht, für ihre fortgesetzte Freiheit einzutreten. Es war wirklich besser, sich in dieser Nacht ruhig zu verhalten und möglichst nicht blicken zu lassen, auf das Beste zu hoffen und am nächsten Morgen, wenn die anderen zu ihrem Marsch aufbrachen, diskret am Schwanz der Truppe zu bleiben. Sie würde mit den Ebiurrane in Lanbarrdein kampieren, und mit etwas Glück würde Rhuddlan noch nicht einmal merken, dass sie den Abstieg in die Finsternis gemacht hatte. Und dank Trig wusste sie jetzt auch, wie man die Siegel an den Tunneln erbrach, die zu dem Wurmloch führten.

»Albernes Raupengezücht!«, murmelte sie verdrossen.

Schließlich war sie genau wie alle anderen mitten im dichtesten Kampfgetümmel gewesen, als es zu der Schlacht gegen die Sha-shakrieg gekommen war, und trotzdem war sie am geringfügigsten dabei verletzt worden. Selbst Rhuddlan hatte das bemerkt, obwohl er es offenbar nicht als ihr Verdienst betrachtete, dass sie fast ungeschoren davongekommen war.

Als die Treppe zu den Zinnen vor ihr auftauchte, lenkte Llynya ihre Schritte auf den Burgwall zu, überlegte es sich dann jedoch wieder anders, als sie Naas' gekrümmte Gestalt oben auf der Brustwehr sah. Die alte Frau mühte sich Tag und Nacht ab, um die große Mauer zum Einsturz zu bringen, indem sie ihre Sämlinge in jede Ritze im Gestein pflanzte. Naas hatte zwar nicht die Angewohnheit, sonderlich viel zu reden, aber Llynya mied sie dennoch, weil sie in dieser Nacht nicht dazu aufgelegt war, auch nur ein Wort mit irgendjemand zu wechseln.

Da die Brustwehr besetzt war, blieb nur noch ein Ort übrig, der ihr Ungestörtheit bieten würde, nämlich der Obstgarten im hintersten Winkel des unteren Burghofs. Er war der älteste Teil der Festung und derjenige, der von dem Keiler am wenigsten verändert worden war. In der Nähe des Obstgartens stand zwar auch der Südturm, den Mychael zu seinem Wohnsitz erkoren hatte, aber sie konnte ihn problemlos umgehen.

Llynya achtete darauf, stets in der Dunkelheit und in den Schatten der flackernden Laternen zu bleiben, als sie an Hütten von verschiedener Form und Größe vorbeieilte. Einige waren mit Stroh gedeckt und mit Lehm verputzt worden, um zum Überwintern geeignet zu sein. Nicht alle Quicken-tree waren in diesem Jahr in das Winterlager gezogen, und jetzt würde wahrscheinlich keiner mehr fortgehen. Gedämpfte Geräusche, die von nächtlichen Aktivitäten zeugten, drangen durch die Wände aus geflochtenen Weidenruten, als sich das wilde Volk zur Nachtruhe begab. In einigen der Hütten wurden Schlaflieder gesungen, um Kinder zu beruhigen und in sanfte Träume versinken zu lassen.

Sollen die anderen heute Nacht von mir aus schlafen, dachte Llynya, während sie weiter in Richtung Obstgarten eilte. Sie würde zu den Sternen hinaufschauen und den Mond betrachten, den silbrig schimmernden Himmelskörper, so reich an magischen Kräften. Sie würde diese Kräfte auf sich einwirken lassen, denn sie brauchte Magie, mehr Magie, als sie selbst besaß, irdische Magie, die sie in die unergründliche Finsternis mitnehmen konnte.

Mychael ab Arawn hatte sich als ein fragwürdiger Verbündeter erwiesen. Der Kerl war wahnsinnig, daran konnte es keinen Zweifel geben. Auf dem Rückmarsch nach Carn Merioneth war seine Stimmung derart gefährlich geworden, dass es ihn zur Meuterei getrieben hatte. Nach der allgemein herrschenden Auffassung war Trig noch immer der Hauptmann der Liosalfar, ob er nun verwundet war oder nicht, und Trig war gegen die Entscheidung gewesen, Bedwyr am Schlangensee zurückzulassen, aber er hatte sich einfach nicht gegen Mychael durchsetzen können. Sie übrigens auch nicht. An dem Strand, der zu den Toren der Zeit führte, hatte der Bogenschütze abermals bewiesen, dass er exakt das war, was sie bereits in Riverwood in ihm gesehen hatte: *Sín,* ein wilder, orkanartiger Sturm der Wut.

Weder sie noch Shay hatten in Trigs und Mychaels kurzen Kampf eingegriffen, aber nicht etwa deshalb, wei sie nicht gewusst hätten, für wen sie nun Partei ergreifen sollten. Sie waren beide sprachlos und zu erschrocken gewesen, um sich zu rühren, bevor alles vorbei gewesen war. Wenn sie bei Rhuddlan weiterhin gut angeschrieben sein wollte, war es wahrscheinlich das Beste, sich von Mychael ab Arawn zu distanzieren. Andererseits war er fähig, die Wände mit den Fingerspitzen zu lesen. In ihrem ganzen Leben hatte Llynya bisher nur Nemeton so etwas tun sehen.

Mychael hatte Trig nichts von ihrer Geruchsblindheit gesagt, was ein weiterer Punkt war, der zu seinen Gunsten sprach. Unterhalb von Mor Sarff waren sie alle zu intensiv darauf konzentriert gewesen, die Erdoberfläche zu erreichen, und nach dem Vorfall bei Mor Sarff hatten Mychael und der Hauptmann kein Wort mehr miteinander gesprochen. Am Ufer des Schlangensees war böses Blut entstanden, so viel stand fest. Rhuddlan würde mit Mychael über diese Sache sprechen wollen, aber Rhuddlan würde noch vor Tagesanbruch in die unergründliche Finsternis hinabsteigen. Moira hatte Mychael fast augenblicklich in ihre Hütte mitgenommen, als sie schließlich wieder an der Erdoberfläche aufgetaucht waren, und seitdem hatte Llynya ihn nicht mehr gesehen, weder bei der Versammlung noch an der Feuerstelle. Wenn Mychael gerade schlief, dann verschlief er wahrscheinlich seine letzte Chance, sie zu entlarven. Sie hoffte zumindest, dass er keine Gelegenheit mehr haben würde, Rhuddlan und Trig über ihre Geruchsblindheit aufzuklären.

Sonderbarer Mann, so plötzlich und ohne jeden Grund wild zu werden. In der Höhle von Crai Force hatte sie ihn noch für einen Grünschnabel gehalten, aber kein Grünschnabel wäre im Stande gewesen, Trig einzuschüchtern, und kein Grünschnabel hätte den Marsch von der unergründlichen Finsternis bis nach Carn Merioneth in knapp zweieinhalb Tagen geschafft, und noch dazu mit zwei Verletzten und einem Toten. Ohne diese Schnelligkeit hätten sie Math höchstwahrscheinlich verloren. Ja, Mychael könnte einen mächtigen Verbündeten abgeben, aber die Sache war mit nicht zu unterschätzenden Gefahren verbunden, die es sorgfältig abzuwägen galt.

Als Llynya den Obstgarten erreichte, schwang sie sich in den nächsten Baum hinauf. Und augenblicklich breitete sich ein vertrautes und tröstliches Gefühl der Unbeschwertheit in ihrem Inneren aus. Sie war wieder zu Hause. Die Blätter in ihrem Haar flatterten kaum merklich, und ihre Lippen verzogen sich zu einem Lächeln. Ihre Ohren zuckten. Ja, diese Apfelbäume erinnerten sich noch vom Frühling her an sie. Sie waren damals eine Zufluchtsstätte für sie gewesen, dicht an dicht mit üppigen Blüten bedeckt und offen für ihren Kummer; sie hatten ihr ein Gefühl der Geborgenheit vermittelt und sie beruhigend auf ihren starken Ästen gewiegt, beladen mit frischen grünen Blättern. Bevor Aedyth sie nach Deri mitgenommen hatte, hatte Llynya ihre Tage fast ausschließlich im Schutz ihrer schattigen Zweige verbracht.

Ihre Tränen waren inzwischen versiegt, und die Blüten hatten Früchte hervorgebracht, dicke, saftige, von silbrigem Mondlicht überhauchte Äpfel. Sie pflückte einen und biss hinein, grub ihre Zähne in das süße, knackige Fleisch. Moira hatte ihr erzählt, die Priesterinnen von Anglesey hätten einst diesen Obstgarten angelegt und die Bäume viele Jahrhunderte hindurch gepflegt. Sie hatten den Saft der Äpfel zu einem Liebestrank von unübertroffener Wirkung veredelt und ihn dazu benutzt, um Männer in Zeiten der Gefahr an sich zu binden. Ganze Scharen von Männern, so behautpete eine der Geschichten, waren von ihren Zaubergesängen an die Küste gelockt worden, betörenden Klängen, die auf dem Wind herbeischwebten. Nachdem sie den Sterblichen den magischen Trank eingeflößt hatten, waren die Frauen mit ihnen davonmarschiert, um gegen ein monströses und Furcht erregendes Geschöpf zu kämpfen. Nur ein paar der Männer hatten laut Moira die Schlacht gegen die blutgierige Bestie überlebt, aber jene wenigen Tapferen hatten den Rest ihres Lebens in Frieden und Überfluss verbracht, gesegnet von der Gunst der Priesterinnen.

Bei den *tylwyth teg* wirkten solche Tränke nicht und auch keine Gifte irgendwelcher Art, ob sie nun von Priesterinnen zusammengebraut waren oder nicht. Keine Pflanze oder Frucht, die auf Erden wuchs – und sei es für Mensch und Tier auch noch so giftig –, vermochte den Elfen etwas anzuhaben. Es war nur das verfluchte Gebräu der Einöde, das sie niederstreckte. Llynya biss abermals von ihrem Apfel ab und begann, sich tiefer in den Wald aus Apfelbäumen hineinzubewegen, während sie von einem Ast zum nächsten kletterte und zur Mitte des fruchtbaren Gehölzes strebte. In den obersten Zweigen des höchsten Baumes machte sie ihr Bett und lehnte sich behaglich zurück, um den Himmel zu beobachten und das magische Licht des Mondes in ihre Poren eindringen zu lassen.

Das erste klagende Stöhnen war nicht mehr als ein ganz schwaches Flüstern in der nächtlichen Brise, eher eine unterschwellige Dissonanz als ein wirkliches Geräusch. Llynya hätte es vielleicht noch nicht einmal wahrgenommen, wenn ihre Ohrspitzen nicht plötzlich zu prickeln begonnen hätten.

Sie rollte sich herum und schob einen Schleier von Blättern beiseite, um zum südlichen Ende des Burghofs zu spähen, von woher das seltsame Geräusch gekommen war. Zumindest glaubte sie, dass es von dort ertönt war. Als sie es das nächste Mal hörte, kam es aus der Richtung des Festungswalls, etwas klarer und lauter, aber dennoch gedämpft durch die Entfernung. Llynya zog sich auf die Füße, balancierte auf einem Ast und blickte aufs Meer hinaus. Auf die Klippen rollten lange Brecher zu, deren weiß schäumende Kämme im Mondlicht schimmerten. Weiter draußen, am Rand des Horizonts, fast noch jenseits der Stelle, wo sich die Krümmung des Erdballs als eine dunkle, sichelförmige Linie gegen den Himmel abzeichnete, flackerte ein schmaler Strahl grünen, rot geränderten Feuers in der Nacht. Eine Sekunde später war alles wieder verschwunden, sowohl der klagende Schrei als auch die farbigen Lichter, und nichts blieb zurück, um die Stelle zu markieren, wo die Schwärze des Himmels mit dem äußersten Rand des Ozeans verschmolz.

Eine plötzliche Bewegung auf dem Festungswall erregte Llynyas Aufmerksamkeit, und sie sah Naas auf der Brustwehr stehen und aufs Meer hinausstarren. Die alte Frau machte irgendein unbekanntes Zeichen mit ihren gichtknotigen Fingern. Es war anders als jedes Unheil abwehrende Zeichen, das Llynya je zuvor gesehen hatte. Der Mittelfinger an jeder Hand war nach innen gekrümmt, während Daumen und kleiner Finger jeweils einen Kreis bildeten. Naas streckte beide Hände aus, in einer Geste, als ob sie etwas darbringen wollte – aber was? Und wem?

Caradoc und die Skraelings waren zwei Tage lang marschiert, durch Tunnel und Höhlen, die zunehmend höher und breiter wurden, die aber trotz der Stapel von Eichenbrettern, die einige der Höhlen füllten, nicht besser rochen. Merkwürdig, dass die Skraelings Bretter horten, hatte Caradoc gedacht, bis weiter entfernt liegende Höhlen den noch merkwürdigeren Sinn und Zweck dieser geheimen Holzlager enthüllt hatten. Die Skraelings bauten Schiffe.

Andere Skraelingverbände waren aus Verbindungsgängen herbeigeströmt, um sich ihnen anzuschließen, beladen mit Säcken voller Nieten und Bolzen oder dicken Strängen von Hanf für Taue. Sie hatten ihr erstes Lager in einer Höhle aufgeschlagen, die mit den skelettähnlichen Rümpfen von einem halben Dutzend Hulken gefüllt war, und die Skraelingschar war auf eine hundert Mann starke Truppe angewachsen.

Und es stießen immer noch mehr dazu. An diesem Morgen hatte allein eine einzige Tunnelöffnung genug von den garstigen Kreaturen ausgespien, um ihre Truppen zu verdoppeln, und bei der nächsten Höhle hatte sich ihre Anzahl erneut verdoppelt. Irgendwo unterwegs hatten sich Wölfe der Horde angeschlossen. Caradoc konnte sie wie Schatten zwischen den Unmengen marschierender Füße hindurchgleiten sehen, dunkle, Furcht einflößende Schemen, begleitet von Männern, die jedoch weitaus weniger abscheulich als die Skraelings aussahen. Caradoc glaubte, einen oder zwei Männer aus Balor unter ihnen zu erkennen, aber das Gedränge und Geschiebe der Menge machte es ihm unmöglich, mehr als einen flüchtigen Blick auf die Gesichter der Neuankömmlinge zu erhaschen.

Es waren mehr als genug Soldaten, um die Quicken-tree zu überwältigen. Und dennoch kamen immer noch mehr, strömten aus jedem Loch und jedem Winkel in der Finsternis hervor, bis Caradoc meinte, dass es einfach zu viele waren.

Die ständig anwachsende Horde war bis an die Zähne mit Hellebarden, Piken und Lanzen bewaffnet. Die Grünlinge bevorzugten Bögen und Kurzschwerter. Dolche und Messer waren im Überfluss vorhanden, ebenso wie Knüppel, mit Eisenspitzen bewehrte Fußangeln, Morgensterne, Streitäxte und Hämmer. Das Klirren von Metall und das Stampfen unzähliger Füße erzeugte einen schier ohrenbetäubenden Lärm, und bald verwandelte sich das Gedrängel in den engeren Tunneln in Wettkämpfe im Stoßen und Rempeln. Eine dieser Kraftproben endete mit einem erstickten Grunzen und dem Kollaps eines bleichgesichtigen Skraelings auf Caradocs Rechter. Ohne zu zögern, trampelten die marschierenden Soldaten mit ihren Nagelstiefeln über den am Boden liegenden Mann hinweg, jedoch nicht, bevor Caradoc die ellenlange klaffende Schnittwunde an der linken Körperseite des Skraelings bemerkt und beobachtet hatte, wie Ikorot seine blutbeschmierte Klinge am Vorderteil seines Kettenhemds abwischte.

Die Grünlinge verständigten sich hastig durch Zeichen, und Lacknose Dock, noch immer an der Spitze des Trupps, brüllte über das allgemeine Getöse und den anschwellenden Lärm hinweg: »*Grazch! Kle, drak, dhon, vange!*«

Der Ruf wurde von den anderen aufgegriffen und pflanzte sich die Reihen entlang fort – »*Grazch! Kle, drak, dhon, vange! Schritt, zwei drei vier! Und Schritt, zwei drei vier!*« –, und die Ordnung war wiederhergestellt, während Füße im Gleichschritt marschierten und der schrille, durchdringende Lärm von Skraelingstimmen an Caradocs Nerven zerrte.

Die Haufen frischer Knochen in den Tunneln um Rastaban und die zahlreichen Gruben und Bodenvertiefungen, bis zum Rand mit übel riechenden Abfällen gefüllt, warnten Caradoc davor, dass er sich sogar auf noch mehr Skraelings gefasst machen musste. Wut kroch in ihm hoch und zog seinen Magen zu einem Knoten zusammen. Die gottverdammten Bastarde hatten ein falsches Spiel mit ihm getrieben. Er hatte knapp hundert Skraelings verlangt, einen Verband von Garnisonsstärke, um die Truppe zu ersetzen, die er verloren hatte, und sie hatten ihm eine ganze verfluchte Armee auf den Hals gehetzt!

Der Wind frischte auf, als sie sich dem bogenförmig überwölbten Eingang nach Rastaban näherten, und trug das markerschütternde Geschrei hunderter – nein, tausender – weiterer Stimmen herbei, die zu dem Skraelingschlachtruf erhoben waren. »*Kle, drak, dhon, vange! Har maukte! Har!*«

Caradoc verlangsamte seinen Schritt und versuchte zurückzuweichen, denn sein Instinkt riet ihm, schleunigst den Rückzug anzutreten; aber Lacknose Dock packte ihn mit schraubstockartigem Griff und zerrte ihn weiter in die Schatten der bogentragenden Pfeiler. Beklemmende Furcht überwältigte Caradoc, und er versuchte, sich loszureißen und zu fliehen. Doch Lacknose verstärkte seinen Griff nur noch mehr, unterstützt von Igorots mächtigen Pranken. Und auf diese Weise betrat

Caradoc das Auge des Drachens, auf der einen Seite von einem metallnasigen Grünling vorwärts geschleift, auf der anderen von einem mit Brandmalen und Tätowierungen verunstalteten Grauling.

In der Höhle schlug ihm eine Woge von Gestank entgegen, ein Ekel erregender Geruch nach verbranntem Fleisch und Blut und Gemetzel, so stark, dass er ihn beinahe in die Knie gezwungen hätte. Tausende von Skraelings waren in der riesigen Höhle von Rastaban versammelt, und sie alle stampften im Rhythmus des Schlachtrufs auf den Boden. Der Erdboden bebte unter Caradocs Füßen; der Lärm prallte gegen die Felswände und wurde als ein vielfach verstärktes Echo zurückgeworfen. Die Luft selbst erzitterte unter der ohrenbetäubenden Vehemenz der Schreie – und am anderen Ende dieser erschreckenden Szene saß eine kolossartige Gestalt von unglaublicher Leibesfülle, zehnmal so dick wie jeder Skraeling in der Höhle. Slott, der Trollkönig.

Slott Von den Tausend Schädeln – menschliche Schädel und Tierschädel, jedes einzelne der kleinen, knochenweißen Gebilde in das Haar des Riesen geflochten, hunderte von knöchernen Bändern, die sich durch drahtige Strähnen wanden und seinen Bart beschwerten.

Caradoc taumelte bei dem Anblick. Ein Kreis von glühenden Kohlenbecken umringte das Podium, wo das Furcht einflößende Monstrum hockte und über seinen riesigen steinernen Thron quoll. Gegen seinen Willen und ungeachtet seiner grimmig hervorgestoßenen Drohungen, wurde Caradoc abermals von Lacknose Dock und Igorot gepackt und eine lange Treppe in die Halle hinunterbugsiert, wobei sie ihn halb trugen, halb mit sich schleiften. Als sie sich dem Podium näherten, verhallte der laute Sprechchor zu einem Murmeln, dann herrschte völlige Stille. Das einzige Geräusch, das noch zu hören war, war das Klirren und Klappern der tausend Schädel, als Slott seinen gewaltigen Kopf drehte, um Caradoc mit einem milchig schwarzen Auge anzustarren.

So zusammengekrümmt, wie der Koloss auf seinem Thron hockte, hingen seine Arme bis weit über seine Knie hinunter, sodass seine Fingerknöchel auf dem Boden schleiften. Auf seinem Handrücken wuchsen Haare von der Länge und Dicke von Borsten; der Rest seines Körpers, einschließlich seines langen, zuckenden Schwanzes, war mit verfilztem, bräunlichschwarzem Fell bedeckt. Slott trug weder Hemd noch Tunika oder Schuhe, sondern nur eine Weste aus aneinander genähten Häuten, einige davon pelzig, andere bleich und haarlos, einige grau ... und andere grünlich. Salz verkrustete seinen Bart und bildete weiße Streifen auf seiner Haut und seinen Kleidern. Blasiger schwarzer Riementang klebte an den unzähligen Schädeln, die in die schmierigen Strähnen seines Haares geflochten waren.

Sein Gesicht war breit und verbeult, seine Lippen übermäßig dick und wulstig und glänzend vor Speichel. Warzen von der Größe von Kartoffeln drängten sich auf seinem Nasenrücken – und Caradoc überlief es plötzlich eiskalt vor Schreck, als ihm klar wurde, dass er dieses Monstrum schon einmal gesehen hatte. Ja, er hatte Slott in dem Wurmloch gesehen, wo die Zukunft geschrieben wurde und Vergangenheiten aufeinander prallten, wo irdische Zeit und Ewigkeit miteinander verschmolzen, wo die Lebensgeschichten all derer, die jemals existiert hatten oder die jemals existieren würden, in einem goldenen Wirbel um den Abgrund kreisten. Der Riese war dort gewesen, zwar nicht mehr als eine flüchtige Erscheinung, undeutlich und verschwommen durch die Geschwindigkeit des Lichts, das ihn durchströmte, aber dennoch da – zu groß, um in dem Chaos von Gesichtern unentdeckt zu bleiben, zu entsetzlich, um in Vergessenheit zu geraten.

»Verneige dich vor dem Trollkönig«, knurrte Lacknose Dock und stieß Caradoc unsanft auf die Knie. »Erniedrige dich und schwöre deinem Herrn Treue. Na los!«

»Mein König«, stieß Caradoc keuchend hervor, ermuntert durch den schmerzhaften Hieb ins Kreuz, den Igorot ihm versetzte. Alles war schief gelaufen. Völlig anders, als er es geplant hatte. Er sollte keinen Herrn haben, sollte sich niemandem unterwerfen müssen. Die Macht des Wurmlochs sollte ihm gehören, nur ihm allein.

»Schwöre bei den Steinen von Inishwrath«, fauchte Lacknose Dock, während seine silberne Nase im Schein der Fackeln blitzte.

»Bei den Steinen.«

»Bei den Steinen!«, brüllte Slott mit einer so messerscharfen Stimme, dass Caradoc das Gefühl hatte, sie schnitte ihm die Haut vom Gesicht. Er zuckte zurück, als ihm der Atem des Trollkönigs entgegenschlug, halb erstickt von dem Gestank und von Grauen gepackt.

Die Schädel rasselten und klirrten, als Slott abermals den Kopf drehte und Caradoc mit einem Blick aus seinem schärferen Auge durchbohrte.

»Caerlon!«, rief der König, und ein hoch gewachsener Grünling kam von der anderen Seite des Podiums herbei, schön von Angesicht und ohne lange, scharfe Zähne und Klauen.

»Bei den Steinen, Majestät«, sagte Caerlon, während er sich auf ein Knie sinken ließ und sich verbeugte, sodass ihm sein kurzes braunes Haar in die Stirn fiel.

»Bin ich nicht aus dem Rauch und dem Fels auferstanden?«, fragte Slott, und jedes Wort klang wie das Poltern schwerer Steinbrocken in einem reißendem Strom.

»Ja, Herr. Ich selbst habe den Rauch nach Inishwrath gebracht, um die Macht zu brechen, die das Kriegsheer des Königs in todesähnlichem Schlaf gefangen hielt. Um den unheilvollen Bann zu brechen, der in den Zauberkriegen verhängt wurde. Um Euch zu befreien, Herr.«

»Warum?«

»Wenn der Rauch aufsteigt, sollen die Skraelings einen König haben. So steht es geschrieben, und so soll es sein.«

»Und was würde ein König davon haben?«

»Ruhm und Herrlichkeit, Sire.«

»Und was ist die größte Herrlichkeit?« Der Koloss streckte eine Hand aus und hob mit zwei riesigen Fingern die kupferrote Strähne hoch, die durch Caradocs Haar lief.

»Zeit, mein König«, antwortete Caerlon, als er sich mit einer kurzen Verbeugung erhob und den dicken Lederhandschuh überstreifte, der an seinem Gürtel gehangen hatte.

Slott reichte dem Grünling sein Zepter, und als Caradoc einen Blick darauf warf, fühlte er, wie auch noch sein letztes Fünkchen Hoffnung verlöschte. Das Zepter bestand aus einem dicken Eisenstab und einem zickzackförmigen eisernen Blitz, der an den Knauf angeschweißt war. Es war das Brandeisen, das Instrument von Folter und Gemetzel.

Caerlon wandte sich zu dem nächst stehenden Kohlenbecken um, und Slott schob sein Gesicht noch dichter an Caradocs heran, und jeder seiner stinkenden Atemzüge war wie ein eisiger Nordwind, dazu bestimmt, einem das Mark in den Knochen gefrieren zu lassen. Selbst Igorot und Lacknose Dock wichen vor der eisigen, übel riechenden Wolke zurück, obwohl sie Caradoc noch immer festhielten.

»Würdest du mir meine Herrlichkeit stehlen, Skraeling?«, fragte Slott drohend.

»Ich b-b-bin kein Skraeling«, stotterte Caradoc, während er ein feuchtwarmes Rinnsal an seinem Bein hinablaufen fühlte.

Slott beugte sich noch weiter zu ihm vor, und eine Unheil verkündende Flamme glomm in seinen Augen auf. »Du wirst in Kürze einer sein«, versprach er mit gutturaler Raspelstimme, »und was immer du gestohlen hast, wirst du mir zehnfach zurückgeben.«

Caerlon wandte sich von dem Kohlenbecken ab, das rot glühende Brandeisen in seiner behandschuhten Hand. Ein mattes Lächeln spielte um seine Lippen.

Caradoc wand sich verzweifelt hin und her, wehrte sich mit aller Macht gegen den schraubstockartigen Griff seiner Peiniger. Doch Igorot und Lacknose Dock packten ihn mit unbarmherziger Kraft und zwangen ihn zu Boden, seine Arme weit ausgestreckt, um seinem Herrn zu huldigen.

Das glühende Brandeisen wurde auf seine Haut gepresst, und die Steine von Rastaban warfen Caradocs gequälte Schreie als Echo zurück. Dann versank er in tiefe Ohnmacht.

»Wyrm-Meister«, knurrte Slott voller Verachtung und rollte den zerlumpten kleinen Mann mit dem Fuß auf den Rücken. Er roch nach verbranntem Fleisch. »Ich sollte kurzen Prozess mit ihm machen und ihn einfach auffressen.«

»Nein, Herr«, erwiderte Caerlon, als er sich neben die reglose Gestalt kniete. »Nicht diesen hier, davon würde ich Euch dringend abraten. Sehr Ihr das hier?« Er hob eine Hand voll von Caradocs Haar hoch, und kupferrote Strähnen glitten zusammen mit den schmutzig blonden durch seine Finger. »Er ist das Wesen, dessen Erscheinen vor so unendlich langer Zeit vorausgesagt wurde, Trolls Verderben, geboren in Merioneth – ein goldhaariger Jüngling mit einem kupferroten Mal, das ihn als Zeitreisenden kennzeichnet, ein ...«

Slott grunzte. »So jung ist er nun auch wieder nicht.«

»Jugend ist relativ, Sire. Gemessen an der Spanne seines Lebens ist er nicht mehr so jung, nein, aber verglichen mit der Anzahl Eurer Lebensjahre ist er kaum älter als ein Säugling.«

Slott akzeptierte diese Erklärung mit einem erneuten Grunzen, und Caerlon fuhr fort.

»... mit der Kraft von tausend Männern ...«

»Er ist lahm«, unterbrach Slott ihn abermals unwirsch.

Caerlon stieß einen fast unhörbaren Seufzer der Verzweiflung aus. »Ja, Herr, er ist lahm, da habt Ihr schon Recht. Aber ich habe ihm eine Salbe geben lassen, und nach allem, was man so hört, geht es ihm schon wesentlich besser.«

Slott bedeutete ihm mit einer Geste, fortzufahren.

»... und mit dem Wissen von Zeit und Ewigkeit.« Caerlon schüttelte Caradocs kupferrote Haarsträhnen. »Das hier ist das Zeichen, Sire. Er ist der Erbe von Stept Agahs Schwert, der Magia Klinge. Wir haben ihn, Sire, und jetzt ist er Euch zu Gehorsam verpflichtet.«

»Warum ihn nicht einfach essen, und damit basta?« Slott leckte an einem Finger und rieb damit ein paar Mal über die Wange des Mannes, bevor er ihn wieder in den Mund steckte.

Caerlon schob sich vorsichtshalber zwischen seinen König und den bewusstlosen Leckerbissen.

»Er ist wertvoll, Sire, unendlich viel wertvoller als eine Mahlzeit.« Er sah den Zweifel in Slotts scharfem Auge und auch in dem trüben. »Rache, Herr«, fügte er hastig hinzu. »Ist Eure Gemahlin nicht noch immer an den Ufern von Inishwrath zu Stein erstarrt?«

»Ja.« Slotts Stirn legte sich in Falten und bildete einen behaarten Wulst über seinen Augen.

»Mit diesem Mann hier wird der Sieg unser sein, Sire. Ganz gleich, welches Wissen er dem Zeitwehr entnommen hat, ganz gleich, welche Macht die Drachen ihm verleihen – alles das kann uns gehören. Mit dem Sohn von Merioneth an unserer Seite, der den Weg für uns bahnen wird, können wir in die Vergangenheit zurückgehen, die ganze Horde, und die Zauberkriege gewinnen.«

Allmählich dämmerte die Erkenntnis dem Trollkönig. »Ich bin noch immer nicht richtig wach, Caerlon«, gestand er.

»Ich weiß, Sire. Aber wir sind nach Rastaban zurückgekehrt, und die Wege in die unergründliche Finsternis sind frei. Die violetten Schächte sind von Rissen durchzogen und im Begriff, einzustürzen, und der tödliche Rauch von Dharkkum bricht aus seinem uralten Gefängnis aus – die Verheißung von Finsternis für einen finsteren Herrscher. Und das seid Ihr doch, nicht wahr, Sire?«

»Ja«, pflichtete Slott ihm knurrend bei. »Ich bin der finsterste Herrscher.«

»Und der Sieg wird Euer sein, hochverehrter Herrscher der Finsternis. Wer immer das Magia Schwert handhabt, beherrscht die Drachen, und jetzt beherrscht Ihr denjenigen, der Macht über die Drachen hat. Lasst ihn die Drachen in Schach halten. Lasst Dharkkum zerstören, was immer sie will, und die Erde von unseren Feinden säubern. Die Sha-shakrieg sind bereits auf dem Vormarsch, die elenden Verräter, und die Lichtelfen suchen die unergründliche Finsternis nach eingestürzten violetten Schächten ab. Wir werden sie alle vernichten, Sire, die Spinnenmenschen und die Quicken-tree, die Ebiurrane, die Daur, die Kings Wood, die Red-leaf, die Wydden und die verfluchten Yr Is-ddwfn. Alle, die uns vorher verleugnet und zurückgewiesen haben, sollen in der Finsternis sterben.«

»Und was ist mit uns?«, warf der Troll skeptisch ein.

»Wir werden nicht hier sein, Sire«, erklärte Caerlon mit einem gewinnenden Lächeln. »Wir werden in der Vergangenheit sein und in den Zauberkriegen kämpfen. Und wenn dieser

Tag wieder heraufzieht, werden wir die Drachen loslassen, um die Welt für die Dynastie des Trollkönigs frei zu machen.«

Slott heftete seinen Blick auf Caerlon. »Wie lange habe ich in Inishwrath geschlafen?«

»Fünfhundert Jahre, Sire.«

»Und du hast mich aufgeweckt, weil du Hoffnung in dem hier gesehen hast?« Slott stieß mit einem riesigen Finger nach dem goldhaarigen Mann auf dem Boden.

Caerlon zögerte nur einen Moment, dann sagte er: »Und in dem Ätherwesen.«

Slotts Blick wurde augenblicklich scharf und misstrauisch. »Ätherwesen?«

»Ja. Eine Sternenlicht-Geborene aus Yr Is-ddwfn. Alle Anzeichen sind da, Sire. Und jetzt, wo Dharkkum naht und das Magia Schwert neu geschmiedet werden muss …«

»Warum sollten sie jetzt ein Ätherwesen schicken«, unterbrach Slott ihn.

»Um die Finsternis besser bekämpfen zu können, Sire«, erklärte Caerlon. »Um dem drachenblütigen Abkömmling des Priesterinnengeschlechts beizustehen und das Sternenlicht herabzubeschwören. Um an der Seite desjenigen zu kämpfen, der das Schwert schwingt. Oder vielleicht auch, damit das Ätherwesen das Schwert selbst in die Hand nimmt und die Drachen an den Toren der Zeit gefügig macht. Vielleicht versuchen sie, Macht über die Zukunft zu erringen, Sire, so wie wir unbedingt Macht über die Vergangenheit erringen müssen.«

Macht über die Vergangenheit erringen. Wenn man Caerlon so reden hört, könnte man glauben, dass das alles ganz einfach wäre, dachte Slott. Schwerter und Drachen, Ätherwesen und Priesterinnen. Aber es war nicht einfach, ganz und gar nicht. Slott erinnerte sich noch sehr gut daran, wie die Dinge in den Zauberkriegen schief gegangen waren. Wie die Verteidigungslinien zusammengebrochen waren und die Quicken-tree in Deseillign eingefallen waren. Wie der Palast der Königin zerstört worden war und die Sha-shakrieg in hellen Scharen übergelaufen waren. Wie die Dockalfar allesamt wahnsinnig geworden waren und ihn im Stich gelassen hatten, mit nichts als einer

Horde von Skraelings und seinen eigenen, viel zu wenigen Trollen zur Unterstützung, um den Kampf fortzuführen.

Wie die Prydion-Magier, unterstützt von ihren Yr-Is-ddwfn-Ätherwesen, ihn und diejenigen, die er liebte, in Stein verwandelt hatten.

Nein. Krieg war niemals einfach – und nur Sieg konnte ihm jemals genügen.

Wieder versetzte Slott dem reglosen Mann einen Fußtritt. Wyrm-Meister, dachte er verächtlich.

»Stept Agah war aber ein Drachengebieter, als er das Schwert schwang«, sagte er zu Caerlon. »Kein Wyrm-Meister.«

»Das ist nur ein Scherz von Lacknose Dock«, erwiderte Caerlon, während er dem Hauptmann einen vernichtenden Blick zuwarf. »Ich habe den Mann auf Anhieb als das erkannt, was er ist, aber Lacknose Dock wagte es, an seinen Fähigkeiten zu zweifeln und den Mann Wyrm-Meister zu nennen.«

Nein, dachte Slott abermals, Krieg ist niemals einfach. Und er erinnerte sich daran, dass er sich in jenen letzten Monaten der Schlacht oft gefragt hatte, ob Caerlon nicht ebenso verrückt geworden war wie der Rest der Dockalfar.

Eine Armee in die Vergangenheit führen, um einen längst verlorenen Krieg zu gewinnen? Es war der schiere Wahnsinn – aber andererseits, was war Krieg denn schon, wenn nicht Wahnsinn? Und was war Wahnsinn, wenn nicht das Nahen von Dharkkum?

Ein leichter Schauder überlief Slott. Caerlon hatte mit seiner Hexerei eine Spalte in den violetten Kristallschächten hinterlassen. Wie überaus raffiniert von Caerlon, den Zorn des leibhaftigten Bösen aus dem Erdinnern heraufzubeschwören. Aber konnte der Elfenmagier auch kontrollieren, was er da ausgelöst hatte?

Slott warf einen verstohlenen Blick in die Richtung des Elfenmannes. Das wird sich noch zeigen, dachte er.

Er blickte abermals auf seinen frisch gebrandmarkten Untertan hinunter und stieß den Mann probeweise mit dem Zeh an. »Die Sternenlicht-Geborene wird sterben, wenn sie nichts anderes als diesen erbärmlichen Wurm hier hat, um an ihrer Seite zu kämpfen«, sagte er.

»Ja, Sire«, pflichtete ihm der schöne Grünling bei, während ein schwaches Lächeln um seine Lippen spielte. »Das können wir nur hoffen.«

Elixier des Lebens

10

Das rosige Licht der Morgenröte stahl sich über die Berge nach Riverwood hinein, glitt in Schatten und Mulden und verwandelte den kühlen Tau der Nacht in glitzernde, in allen Farben des Regenbogens schillernde Tropfen. Der mandelartige Duft von Mädesüß erfüllte die Luft, zusammen mit dem frischen, plätschernden Geräusch von Wasser.

Nennius wanderte langsam am Ufer des Bredd entlang und blieb alle paar Schritte stehen, um eine neue Verflechtung im Laubwerk zu betrachten. Große Gebiete des Waldes waren unpassierbar gemacht worden, indem Strauchzweige und Blumenstängel, Grashalme und Dornenranken ineinander geschlungen und zu einem undurchdringlichen Gewirr miteinander verflochten worden waren. Selbst die Äste der Bäume schienen nacheinander zu greifen und immer dichter zusammenzurücken, um einen grünen Schutzwall zu bilden und das Waldland nach allen Seiten abzuriegeln.

Nennius hob die Hand und befühlte prüfend ein kompliziertes Geflecht aus Weidengestrüpp. Dies war nicht das Werk der Natur. Nein, hier war eindeutig Magie im Spiel.

Hinter ihm rupfte seine Stute ein Büschel Gras aus dem Boden und kaute darauf herum, während sie geduldig mit ihrer schweren Last auf dem Rücken wartete. Er hatte seine kostbaren Bücher nicht auf der Insel zurückgelassen, sondern vorsichtshalber alles mitgebracht, was er möglicherweise benötigen würde, um seine Heimreise zu planen. Er hatte auch die Vorsichtsmaßnahme getroffen, sich den Kopf kahl zu scheren. Das Wurmloch hatte ihn mit einem schneeweißen Streifen durch sein kohlrabenschwarzes Haar gezeichnet – ein unverwechselbares Merkmal, das ihn auf Anhieb für jeden erkennbar machen würde, der wusste, welche Folgen der Durchgang durch ein Zeitwehr hatte. Er war in das Gebiet eines solchen Wehrtores eingedrungen, und er wollte unter allen Umständen verhindern, dass seine Identität und seine Absichten vor der Zeit enthüllt würden.

Eine azurblaue Libelle kam herbeigeschwirrt, um einen Moment über den herbstlichen gelb verfärbten Blättern zu schweben, dann flog sie weiter nach Süden und lenkte Nennius' Blick auf einen gigantischen Haufen von Felsbrocken quer über dem Fluss. Er fluchte unterdrückt, als er durch die ineinander verflochtenen Zweige des Dickichts spähte, in dem er stand, und auf den Damm starrte. Der Fluss verschwand unter dem Steinhaufen, und mit ihm auch der Trampelpfad, der sich an seinem Ufer entlangschlängelte; und dabei hatte Nennius an diesem Morgen seine ganze Hoffnung auf ebendiesen Pfad gesetzt. Er hatte zwei volle Tage damit verbracht, die Gegend auszukundschaften, während er nach einem Weg gesucht hatte, um die Festung auf den Klippen zu erreichen. Leider war seine Suche bisher ergebnislos verlaufen. Von seinem Lager unter einer Felsnase hoch oben auf einem der Berge hatte er zwar einen freien Ausblick auf das Meer und die umliegende Landschaft, aber eine Route durch den abscheulich verhedderten Wald hatte sich ihm von dort oben nicht präsentiert.

In der vergangenen Nacht hatte er Feuer innerhalb der Festungsmauern flackern sehen, und er hatte Boten beobachtet, die im Licht des Mondes zum Tor hinausgeschlüpft waren. Sie waren in alle Himmelsrichtungen ausgeschwärmt, gänzlich ungehindert durch das Dickicht, das für ihn ein solch unüberwindliches Hindernis darstellte. Er hatte mit dem Gedanken gespielt, einen der Boten abzufangen und ihn mit seiner Spezialmethode zu bearbeiten, um so Informationen über einen sicheren Durchgang durch das Labyrinth von Bäumen und Farnen aus ihm herauszupressen. Das Einzige, was ihn letztlich davon abgehalten hatte, war die Schnellfüßigkeit der verfluchten Bastarde gewesen – ganz gewiss nicht irgendwelche Skrupel. Er hätte keinerlei Bedenken, sie allesamt zu töten, im Innern der Burg und auch außerhalb, wenn es seiner Sache irgendwie förderlich wäre.

Primitive Horde, mit ihrer simplen Erdmagie. Geradezu lächerlich primitiv. Gruffuds Dämonen. Nemetons königliches, wildes Volk. Nun, er würde ihnen schon zeigen, was Magie war. Wahrscheinlich hatten sie irgendeine verdammte Religion um die großen Würmer herumkonstruiert. Ihre Religion hatte die Zeiten nicht überdauert, das konnte er ihnen versichern, aber sie würde ein weiteres Hindernis für ihn sein, das es zu überwinden galt, wenn er die Festung erreichte – und er würde die Festung erreichen, koste es, was es wolle.

Nennius blickte abermals zu dem Haufen von Felsbrocken hinüber, der ihm den Weg versperrte, und bemerkte plötzlich einen schwachen Lichtschimmer in den Schatten des Dickichts. Er zog die Stute am Zügel hinter sich her und marschierte ein Stück weiter flussabwärts, bis er auf eine Lücke stieß, wo das Gestrüpp und die Dornenranken zurückgebogen waren und eine Art belaubten Torbogen bildeten. Es war zwar keine große Öffnung, aber Nennius war dennoch hocherfreut, sie gefunden zu haben. Ein seltsamer Geruch hing in der Luft, ein Geruch nach verbrannter Erde, vermischt mit etwas anderem, etwas Seltenem. Erregung bemächtigte sich seiner, als er in die Hocke ging und mit der Hand in der Erde zu seinen Füßen scharrte. Auf dem Boden waren Brandflecken zu erkennen, daneben lagen ein paar versengte Blätter verstreut. Wieder siebte er die Erde mit den Fingern und hob eine Hand voll davon an seine Nase. Der merkwürdige Geruch um ihn herum wurde noch stärker, hob sich mit ständig zunehmender Intensität von dem Brandgeruch ab.

Chrystaalt, universelles Salz.

Nennius roch abermals prüfend an der Hand voll Erde und lächelte triumphierend. Der gute alte Grufudd hatte ihm tatsächlich zu Schätzen von unvorstellbarem Wert verholfen, indem er ihn hierher geführt hatte. Offensichtlich gab es jemanden in Marioneth, der Macht besaß, eine Macht, die Nennius gebrauchen konnte. Nemeton hatte von universalen Salzen geschrieben, aber Nemeton weilte nicht mehr auf dieser Welt. Konnte es sein, dass er einen Nachfolger hinterlassen hatte, jemanden, der Zugang zu seiner Ausrüstung und seinen Chemikalien hatte? Jemand, der die nötigen Kenntnisse besaß, um diese Dinge zu verwenden?

Nennius hob den Kopf, und sein Blick schweifte forschend über die Wälder um ihn herum. Er wusste, dass Kundschafter im Wald waren, aber sie überließen es hauptsächlich den Bäumen, die Arbeit für sie zu tun. Einen Tag zuvor war ein wandernder Händler mit einem Eselsgespann die Straße von Cymmer Abbey heraufgekommen. Nennius hatte von seinem Morgenlager aus beobachtet, wie der Händler versucht hatte, sich einen Weg durch Riverwood zu bahnen, und es mit einem ausgetretenen Pfad nach dem anderen probiert hatte, nur um jedes Mal wieder vor einem unüberwindlichen Hindernis zu landen. Gegen Mittag hatte er seine Versuche schließlich aufgegeben und war in Richtung Burg Aber-la weitergezogen.

Die Kundschafter hatten den Händler nicht behelligt, und sie hatten auch Nennius in Ruhe gelassen. Dennoch fragte er sich: Wussten sie eigentlich von dieser schmalen Bresche in ihrem grünen Schutzwall? Sie war geschickt verborgen in den Schatten der gigantischen Felsbrocken, direkt am Ufer des Flusses gelegen. Nur wenige würden auf die Idee kommen, hier nach einem Durchgang zu suchen.

Er rieb die mit Chrystaalt versetzte Erde zwischen den Fingern, dann nahm er ein Stück Pergament aus einem Beutel an seinem Gürtel und wickelte den Lehm in das Papier. Er machte noch zwei weitere solcher Päckchen aus der verbrannten Erde, sorgfältig darauf bedacht, nichts davon zurückzulassen. Seine dritte Bodenprobe war mit einem Klumpen Moder verunreinigt. Er kratzte so viel Erde davon ab, wie er konnte, dann drehte er das Stück zusammen und verstaute das Päckchen zusammen mit den anderen in seinem Beutel. Mit genügend Zeit und einem funktionierenden Destillierapparat ausgestattet, könnte er das reine Chrystaalt aus dem Gemisch zurückgewinnen und seinen eigenen, sorgsam gehüteten Vorrat damit aufstocken. Oder vielleicht würde er ja auch denjenigen aufspüren, der das Zeug verbrannt hatte, und sich dessen Vorrat aneignen. Jeder Reisende war besser dran, wenn er sich mit Chrystaalt stärken konnte. Und bei der ganz besonderen Reise, die er plante, konnte selbst eine geringfügige Menge der Substanz den Unterschied zwischen einer lediglich stürmischen Überfahrt und einem Sturzflug in den Schlund der Hölle ausmachen.

Würmer, Zauberwälder und Chrystaalt. Wieder spielte ein stilles Lächeln um Nennius' Mundwinkel. Merioneth war in der Tat ein Land des Überflusses, und alle diese Schätze waren frei erhältlich. Er brauchte sich nur zu bedienen.

Sie war warm und von Wohlgerüchen erfüllt, die Welt der Träume, und sie duftete hauptsächlich nach Äpfeln. Llynya verlagerte ihr Gewicht auf dem Ast, auf dem sie lag, und ließ die Wärme der Morgensonne dort weitermachen, wo das silbrige Mondlicht der Nacht aufgehört hatte. In ihrem letzten Traum hatte er sie geküsst – Mychael ab Arawn –, und er hatte nach Blütenkätzchentau geschmeckt. Weich und warm waren seine Lippen gewesen, köstlich weich und warm. Und ausgesprochen zärtlich ...

»Raupengezücht«, murmelte Llynya, aber sie hielt die Augen weiterhin fest geschlossen, in der Hoffnung, dass noch ein anderer Traum kommen würde – einer, in dem der verflixte Bogenschütze zur Abwechslung einmal *nicht* auftauchte. Er hatte sie mit irgendeinem druidischen Zauber verhext, ganz ohne Zweifel, dass sie so oft an ihn denken musste und sogar noch im Schlaf von seinem Bild verfolgt wurde.

Sie streckte sich und rollte sich auf die Seite, um noch eine Weile zu dösen. Von dem Kräutergarten weiter unten drang das träge Summen von Bienen herauf, zusammen mit den miteinander vermischten Düften von Majoran, Thymian und Salbei, und über all den Wohlgerüchen schwebte ein zarter Hauch von Lavendel. Oberhalb der Erde war es keine solch schlimme Plage, ihr Bedürfnis nach Lavendel, nur tief unten in der unergründlichen Finsternis.

Die unergründliche Finsternis.

»Verdammt!« Llynya riss erschrocken die Augen auf und musste augenblicklich blinzeln. Die Morgensonne stand bereits hoch am Himmel, ein leuchtender, strahlend heller Ball, der sein Licht in den Burghof ergoss. »Dreimal verdammt und zugenäht!«

Hastig setzte sie sich auf ihrem Ast auf und ordnete in aller Eile ihre Kleider. Sie brauchte unbedingt ein Bündel, um dasjenige zu ersetzen, das sie in Crai Force verloren hatte. Außerdem brauchte sie Proviant, einschließlich eines ausreichenden Vorrats an Lavendel. Und bei allen Göttern, aber ein oder zwei Elbenpfeile wären auch nicht schlecht gewesen.

Wieder blickte sie blinzelnd zur Sonne hinauf. Ja, sie hatte einiges zu erledigen, und zwar schleunigst. Rhuddlan war schon vor Stunden zu seinem Marsch in die unterirdischen Höhlen aufgebrochen.

»Holla, da oben!«, rief plötzlich eine laute, muntere Stimme von unten aus dem Garten herauf, und Llynya fluchte innerlich. Sie war entdeckt worden, noch bevor sie ihre Flucht bewerkstelligen konnte. »Heda, Llynya!« Es war ein kleiner Quicken-tree-Junge, Gwydion, der hektisch zu ihr heraufwinkte. Sein Haar war so schwarz wie Kohle, mit einem kurzen steifen Zopf, der über seinem linken Ohr abstand. Llynya hob die Hand zu einem flüchtigen Gruß, dessen Lustlosigkeit dem kleinen Störenfried jedoch völlig entging. »Trig hat gesagt, du sollst zum Fallgitter kommen, und zwar schnellstens.«

Nachdem der Junge seine Nachricht überbracht hatte, machte er wieder auf dem Absatz kehrt und rannte in großen Sprüngen durch den Obstgarten davon. Man hatte ihm zweifellos einen süßen Honigkuchen versprochen, wenn er seine Sache gut machte.

Llynya ließ sich wieder in die Zweige des Apfelbaums zurücksinken und stieß einen Seufzer aus. Damit konnte sie ihr Vorhaben wohl erst einmal auf Eis legen, und wer weiß, ob überhaupt noch etwas daraus werden würde. Das Fallgitter war ein scheußlicher Ort, ein gähnender Schlund voll spitzer Eisenzähne und Fallgruben. Es war ganz und gar kein Ort, an den sie freiwillig einen Fuß setzen würde, selbst wenn sie keine anderen, wesentlich dringlicheren Pläne hätte. Auf dem langen Weg dorthin würde sie jedoch an Aedyth' Hütte und dem

Herdfeuer vorbeikommen und könnte bei der Gelegenheit gleich den benötigten Lavendel und den Proviant besorgen.

Resigniert, weil ihr nichts anderes übrig blieb, als Trigs Aufruf Folge zu leisten, und in der Hoffnung auf eine nicht allzu anspruchsvolle Aufgabe – denn wenn sie sie schnell erledigte, könnte sie Rhuddlan noch in den Höhlen einholen –, schwang Llynya sich von ihrem Ast und ließ sich zu Boden fallen, wo sie mit geübter Leichtfüßigkeit landete. Weiter westlich lag der Kräutergarten, und sie machte einen kleinen Abstecher auf ihrem Weg zum Fallgitter, um etwas Salbei zu pflücken.

Zwischen der äußeren Mauer und den ordentlichen Reihen von Kräutern stand eine kleine steinerne Kapelle, ihr Mauerwerk von einem Wall aus Thymian umgeben und mit Kletterpflanzen überwuchert, die sich jetzt, wo die Tage kürzer wurden, scharlachrot verfärbten. In den doldenförmigen rosa Blüten des Thymians summten unzählige Bienen. Der Salbei wuchs etwas weiter nördlich und war weniger gut besucht. Llynya bückte sich und zupfte eine Hand voll der grau-grünen Blätter ab, um ihren Beutel zu füllen, und ein paar, um sie gleich an Ort und Stelle zu zerkauen. Die Kapelle war nicht ein Ort der Priesterinnen, die, ähnlich wie die *tylwyth teg*, ihre Andacht mit den Bäumen verrichtet hatten. Aedyth vermutete, dass sie von Gwrnach erbaut worden war, dem Vater des Keilers von Balor, da der Keiler selbst keinerlei Hang zu heiligen Dingen hatte erkennen lassen.

Ja, dachte Llynya verbittert, Caradoc hat überhaupt keine Neigungen gezeigt, außer für das Ruchlose, aber die hat er dafür auch voll und ganz ausgekostet. Falls er den Sturz in das Wurmloch überlebt hatte, würde sie ihn mit ihrem Dolch ins Jenseits befördern müssen – denn er war derjenige gewesen, der Morgan ins Verderben getrieben hatte.

Drei Männer waren an jenem bewussten Tag über den Rand des großen Wurmlochs in den Abgrund gefallen: Dain Lavrans, Morgan ab Kynan und Caradoc, der Keiler von Balor. Nur Lavrans war gerettet worden, und zwar von Mychael, der ihn gefunden und in Sicherheit gezogen hatte. Die beiden anderen waren verloren gewesen. Wohin sie verschwunden waren oder wann oder ob einer von ihnen seine schweren Verletzungen überlebt hatte, waren Fragen, die unbeantwortet geblieben waren – und das mit gutem Grund, zumindest nach den Maßstäben der Quicken-tree. Aber sie, Llynya, war eine Yr Is-ddwfn; und die Yr Is-ddfwn hatten in einem längst vergangenen Zeitalter die Tore der Zeit und das Wehrtor des großen Wurmlochs benutzt, um mit einer Mühelosigkeit durch die Zeit zu reisen, die anderen vor oder nach ihnen völlig fremd war. Sie hatten die Geheimnisse gekannt, die die Menschheit seit Anbeginn der Zeit zu ergründen suchte. Die alten Priester von Anglesey suchten Rat bei den Sternen, um die Wege von neuem zu entdecken. Llynya wusste, ihr Orakel war nicht im Sternenhimmel zu finden, sondern war in Stein gemeißelt und lag im labyrinthischen Inneren der unergründlichen Finsternis verborgen. Sie würde die Wände finden, von Yr-Is-ddwfn-Hand beschrieben, und sich mithilfe dieser Zeichen einen Weg durch das Zeitwehr bahnen. Sie würde Morgan finden, und wenn sich die Gelegenheit ergab, würde sie Caradoc töten. Sie hatte damals seinen kahlköpfigen Teufelspriester, Helebore, dem alten Wurm zum Fraß vorgeworfen, und wenn Caradoc Widerstand gegen ihre Klinge leisten sollte, würde sie mit ihm auf die gleiche Weise verfahren.

Sie schob sich ein Salbeiblatt in den Mund und verließ den Kräutergarten, um quer durch den Burghof zu eilen. Der süße Duft von Honig wehte ihr entgegen, getragen von einer milden Brise. Offenbar backte irgendjemand gerade Honigkuchen. Kleine Kinder spielten im Sonnenschein und tollten durch die wild wachsenden Gräser, während ältere Jungen und Mädchen, die gerade die Ernte einbrachten, sie beharrlich wieder wegscheuchten. Llynya erkannte das prachtvolle, üppig wachsende bernsteingelbe *jhaen*-Gras, dessen Samen für Kümmelkuchen verwendet wurden, und die festen, rostroten Halme des Judasgrases mit den dicken, saftigen Körnern, die am besten in Form von Frühstücksbrei schmeckten. Weniger reichlich vorhanden waren die langen Halme von *kel* mit ihren hängenden weißen Rispen und blau-grünen Blattspreiten, ein seltenes Geschenk von Naas. Sie alle wurden von Hand gedroschen und von der Spreu gereinigt.

Die Quicken-tree hatten nicht mehr als einen Frühling gebraucht, um die Ländereien von Balor in üppig sprießende Wiesen und Waldungen zu verwandeln. Das meiste dessen, was sich innerhalb der Burgmauern befunden hatte, war – wie Llynya erfahren hatte – anlässlich der Sommersonnenwende verbrannt worden, um ein Alban-Heruin-Fest von noch nie da gewesener Helligkeit zu feiern. Nach allem, was man so hörte, hatten die vernachlässigten Gebäude aus mit Lehm beworfenem Flechtwerk und strohgedeckten Dächern in Sekundenschnelle lichterloh gebrannt. Die Gebäude im unteren Burghof waren abgerissen und die Trümmer in den oberen Hof transportiert worden, um einen Scheiterhaufen für den Wehrturm mit seinen abscheulichen Verliesen zu ergeben. Das Schlimmste auf dem Burggelände, nämlich die Kampfarenen und Helebores Gemächer, war jedoch von den Flammen unberührt geblieben. Nur die Zeit war im Stande, jene übel riechenden Katakomben mit ihrem endlosen Irrgarten von Tunneln, die sich durch Mauerwerk und Erdreich gleichermaßen wanden, von Schmutz und Sünden zu reinigen.

Seit dem letzten Mai ging das Gerücht von einem Irrlicht in den Tunneln um, eine Erscheinung, die hauptsächlich von den Kindern gesichtet worden war. Llynya hoffte, dieses Naturphänomen eines Tages mit eigenen Augen zu sehen, obwohl sie sich beim besten Willen nicht vorstellen konnte, warum ein Irrlicht ausgerechnet einen solch widerwärtigen Aufenthaltsort wählen sollte. Meistens waren sie Phänomene des Waldes.

Sie schlenderte an dem Seitenturm in der Westmauer vorbei, ging um eine halbhohe Zwischenmauer herum und blieb abrupt stehen. Ihr erster Impuls war, hastig wieder hinter die Mauer zu schlüpfen und eine andere Route zu nehmen, denn Mychael ab Arawn hatte sich an diesem Morgen ebenfalls nicht schnell genug davongemacht.

Er saß auf einer niedrigen Bank in einem Flecken von Sonnenlicht, den Rücken gegen den hohen Steinwall gelehnt, die Beine gespreizt und zwischen den Füßen einen Eimer mit Wasser vor sich auf dem Boden. Eine Schöpfkelle hing am Rand des Eimers, und während Llynya zuschaute, hob Mychael die Kelle an den Mund und trank einen großen Schluck, wobei er einen nicht unbeträchtlichen Teil des Wassers auf das Vorderteil seiner vielfach geflickten Tunika verschüttete. Den Inhalt der zweiten Schöpfkelle goss er sich in einem stetigen Strom über den Kopf – nach seinem Aussehen zu urteilen offenbar nicht das erste Mal, dass er das Wasser für diesen Zweck verwendete. Bei seinem dritten Versuch verzichtete er ganz und gar auf die Kelle, indem er sich einfach über den Eimer beugte und seine hohlen Hände benutzte, um sich Wasser ins Gesicht zu spritzen, bevor er sich mit allen zehn Fingern die Haare aus der Stirn zurückstrich.

In nassem Zustand sieht er nicht annähernd so grimmig aus wie gestern an den Ufern vor Mor Sarff, dachte Llynya versonnen. Tatsächlich sah er sogar ziemlich kränklich aus.

Das übermütige Gekicher eines Kindes lenkte ihre Aufmerksamkeit auf einen angrenzenden Bogengang, und gleich darauf kam Gwydion die Galerie entlanggehüpft, gefolgt von einem halben dutzend junger Jagdhunde, die fröhlich hinter ihm hersprangen und spielerisch nach seinen Fersen schnappten. Trigs Hündin hatte im Frühsommer Junge bekommen, einen Wurf schwarzer Welpen, die das Blut von Rhuddlans großem, kraftvollem Rüden, Conladrian, in den Adern hatten. Der Junge lachte kreischend, als sich einer der jungen Hunde in seinem Hosenboden festbiss und ihm beinahe die Hose mitsamt den Beinlingen herunterriss. Ein anderer Welpe zwickte den ersten, und prompt stolperten sie alle übereinander und purzelten in einem wüsten Durcheinander geradewegs auf Mychael zu. Llynya fing seinen gequälten Blick angesichts dieser drohenden Invasion auf und konnte der inneren Herausforderung nicht widerstehen, zu ihm hinüberzuschlendern.

Gwydion landete in einem wilden Haufen junger Hündchen zu Füßen des Bogenschützen, als Llynya gerade die Hälfte des Weges zurückgelegt hatte. Sie hörte, wie Mychael den Jungen sanft tadelte, und sah ihn die Hand ausstrecken, um dem Kleinen das Haar zu zerzausen. Gwydion lachte und erzählte aufgeregt plappernd von seinen morgendlichen Abenteuern, und zwischen jedem »Weißt du, Mychael, dieses« und »Weißt du,

Mychael, jenes«, schenkte der Bogenschütze dem Kind ein Lächeln. Es war ein überraschend warmes, gewinnendes Lächeln mit blitzenden weißen Zähnen, bei dessen Anblick Llynya um ein Haar gestolpert wäre – ausgerechnet sie, die leichtfüßigste Elfe in ganz Riverwood. Das Wort »Fallgitter« war das Letzte, was sie hörte, bevor Gwydion wieder mit der Hundemeute davonstürmte.

»*Malashm*«, sagte sie, beugte sich über den Eimer und schöpfte eine Kelle voll Wasser, während sie sich fragte, ob sie selbst wohl ebenfalls auf ein solch liebevolles Lächeln hoffen durfte. Es hätte ihrem Herzen gut getan, aber es sollte anscheinend nicht sein.

Denn Mychael ab Arawn hob nur ganz flüchtig den Kopf und schielte mit einem verquollenen Auge zu ihr herauf, bevor er den Kopf mit einem vernehmlichen Stöhnen wieder in den Händen vergrub. Moira hatte gute Arbeit geleistet und die Schnittwunde auf seiner Wange mit feinen Stichen genäht, wobei sie nur die grünsten Fäden verwendet hatte. Llynya kannte die Frau gut genug, um zu wissen, dass sie Mychael nicht nur verarztet, sondern auch verköstigt hatte; dennoch sah er aus der Nähe betrachtet sogar noch mehr als erbärmlich aus. Die goldenen und kupferroten Strähnen seines Haares standen ihm wild und struppig vom Schädel ab, zerwühlt durch seine Hände und nass von dem Wasser, das er sich über den Kopf gegossen hatte. Der helle Schein der Morgensonne fiel auf sein Gesicht und verlieh ihm ein leicht lumineszierendes Aussehen, so als ob das Licht durch seine Haut hindurchschiene. Neben der genähten Stichwunde auf seiner Wange, wo sich ein blauer Fleck gebildet hatte, hatte er noch weitere Blutergüsse im Gesicht, die sie sich nicht erklären konnte, und unter seinen Augen lagen dunkle Ringe der Müdigkeit.

Was hat er in der Nacht bloß getan, fragte Llynya sich verwundert, dass er in einer solch bemitleidenswerten Verfassung ist? Sein kurzer Zusammenstoß mit Gwydion hatte ihn zweifellos mehr Kraft gekostet, als er erübrigen konnte.

»Du siehst ja schlimm aus, wie die christliche Hölle«, sagte sie betont leichthin, um ihre Besorgnis zu verbergen. Ihre schonungslose Bemerkung brachte ihr einen weiteren Blick aus trüben, verquollenen Augen ein. Sie griff um Mychael herum und brach einen kleinen Zweig von der Poleiminze ab, die sich hinter ihm an der Mauer hochrankte. »Du solltest mal auf dem hier herumkauen, das hilft.«

Er knurrte nur etwas Unverständliches und schob die durchdringend riechenden Blätter brüsk beiseite.

Mychael sah fiebrig und ungewöhnlich bleich aus für jemanden, der weniger als eine Woche in den Höhlen verbracht hatte. Llynya steckte die Minzeblätter in ihren eigenen Mund und kaute sie zusammen mit dem Salbei, während sie Mychael einer genaueren Musterung unterzog. Was sie sah, verstärkte ihre Beunruhigung nur noch. Seine Tunika war halb aufgeschnürt und an der Schulter zerrissen; seine Beinlinge waren verdreht und ein Stück heruntergerutscht. Unter seinem linken Ärmel wand sich ein flammendroter Striemen, der über die Innenseite seines Handgelenks verlief und bis in seine Handfläche reichte, und sie fragte sich, wie weit er sich seinen Arm hinaufzog. Was immer das für eine Wut gewesen war, die auf dem Marsch durch die Höhlen an ihm genagt hatte, sie schien ihn restlos verzehrt zu haben. Er wirkte matt und erschöpft, nicht länger wie ein entfesselter Sturm, sondern wie ein Sturm, der seine Kraft verbraucht und sich schließlich gelegt hatte. Wenn Trig irgendeine Verwendung für ihn am Fallgitter hatte, dann konnte sie nur hoffen, dass es keine Aufgabe war, die schnelles Denken erforderte.

Aber vielleicht hatte Trig auch etwas wirklich Schreckliches für Mychael auf Lager. Während des Treffens am vergangenen Abend war kein Wort über die Meuterei an den Ufern von Mor Sarff gefallen. Da nur sie und Shay Zeugen des Vorfalls waren, war sie erleichtert darüber gewesen, dass das Thema nicht zur Sprache gekommen war. Aber das würde es noch. Trig würde die Sache nicht auf sich beruhen lassen. Es wäre besser gewesen, der Hauptmann hätte seinen Zorn auf Mychael gleich dort am Strand an ihm ausgelassen, statt erst an diesem Morgen, wo es nicht danach aussah, als hätte Mychael noch genügend Kraft, um sich dagegen zu wehren.

Llynya blickte über ihre Schulter in den Hof. Vielleicht wäre es das Beste, wenn er nicht mitten im Burghof saß, wo jeder, der nach ihm suchte, ihn sofort finden konnte. Sicher, er war bereits von Gwydion aufgespürt und zu Trig beordert worden, aber der Junge war danach nicht wieder zum Fallgitter zurückgelaufen, sondern in die entgegengesetzte Richtung verschwunden. Falls Trig ihm aufgetragen hatte, ihm Bericht zu erstatten, so hatte Gwydion die lästige Aufgabe offensichtlich vergessen; und wenn sie Mychael auch sonst nicht zu helfen vermochte, so könnte sie zumindest ein oder zwei Stunden Zeit für ihn herausschinden, damit er sich wieder einigermaßen erholen konnte. Außerdem könnte es nicht schaden, etwas zu unternehmen, um ein bisschen besser bei ihm angeschrieben zu sein – falls das überhaupt möglich war.

»Draußen vor der Mauer ist ein alter Burggraben mit Blick aufs Meer«, sagte sie. »Er ist mit einem tiefen Haselnussdickicht eingefasst. Ich könnte dich dort hinbringen, und Trig braucht niemals zu erfahren, ob der Junge dich gefunden hat oder nicht.«

»Ich habe keine Angst vor Trig«, lautete die gemurmelte Antwort.

Natürlich nicht, dachte Llynya. Denn um sich zu fürchten, musste man wenigstens eine Spur von Verstand besitzen.

»Möchtest du etwas Honig?«, fragte sie und zog ein Honigstäbchen aus einem der Päckchen, die an ihrem Gürtel baumelten.

Mychael schüttelte den Kopf, ohne sich die Mühe zu machen, einen Blick auf ihre Gabe zu werfen. Es war frischer Kleehonig, in einen dicken, ausgehöhlten Schachtelhalm eingefüllt. Llynya steckte den Halm in den Mund und kramte in einem ihrer Beutel nach einer Prise Lavendel. Es war der letzte Rest ihres Vorrats, und die getrockneten Blüten waren mit einem Bodensatz von kleinen Stückchen von Stängeln und zerbröselten Blättern vermischt. Trotzdem war es noch immer ein wirksames Heilmittel und gut gegen die seltsame Unpässlichkeit, die ihn plagte, ganz gleich, welcher Art sie sein mochte, davon war sie überzeugt.

Sie hielt den Lavendel in der Hand, nahm das Honigstäbchen aus dem Mund und drückte einen Klecks Honig auf die süß duftenden Brösel. Dann knetete sie das Ganze zu einem kleinen Ball und warf Mychael einen abschätzenden Blick zu. Es würde ihm gut tun, die Mischung zu essen. Das Problem bestand nur darin, ihm das Zeug einzutrichtern.

Er könnte ihr den Kopf abreißen oder noch Schlimmeres tun.

Aber sie war schließlich eine Yr-Is-ddwfn-Liosalfar, nicht?

Ja, dachte sie, ich bin eine Kriegerin aus dem Königreich jenseits des ewigen Meers.

Trotzdem zögerte sie einen Moment, bevor sie seine Hand ergriff und vorsichtig von seinem Gesicht wegzog. Ihre Mühe brachte ihr einen scharfen Blick aus zwei blutunterlaufenen Augen ein.

»Es wird dir gut tun, das schwöre ich«, sagte sie in schmeichelndem Tonfall, während sie sich gleichzeitig fragte, worauf sie sich da eigentlich eingelassen hatte. Erschöpft oder nicht, er war noch immer ein Sturm, und normalerweise würde sie sich schwer hüten, Stürme in ihre Handfläche zu locken.

Sie nahm ihren ganzen Mut zusammen und drückte ihm das klebrige Zeug gegen die Lippen – und wusste augenblicklich, dass sie einen Fehler gemacht hatte. Er biss sie nicht etwa, sondern öffnete bereitwillig den Mund, um den Lavendel mitsamt ihren Fingern aufzunehmen. Erschrocken versuchte sie, ihre Hand zurückzuziehen, konnte es aber nicht. Er umfing ihr Handgelenk und hielt ihre Hand fest, während er genüsslich den Honig von ihren Fingern leckte.

Grundgütiger Himmel! Sie konnte kaum noch atmen. Seine Zunge war unerwartet weich … und warm … und feucht, und mit jedem langsamen, sanften Streicheln über ihre Haut löste sie eine Woge prickelnder Hitze in ihrem Körper aus. *Hilfe!* Sie hatte ja nicht gewusst, dass der verfluchte Druidenjunge im Stande war, mit einer einzigen Bewegung seiner Zunge einen solch gefährlichen Zauber zu spinnen.

»Nanu«, rief plötzlich eine Stimme. »Was ist das?«

Llynya wirbelte herum und befreite ihre Hand mit einem

Ruck aus Mychaels. Eine schuldbewusste Röte stahl sich in ihre Wangen, und ihr Herz hämmerte.

Zwei der Erntehelferinnen hatten sie ertappt – Massalet, eine junge Frau von den Ebiurrane, und Edmee, Madrons Tochter. Das hat mir gerade noch gefehlt, dachte Llynya. Edmee entging so gut wie nichts. Ihre Freundin hatte ihre silbergraue Tunika an einer Seite hochgerafft und den Zipfel durch ihren Gürtel geschoben und trug einen Weidenkorb voller Himbeeren. Massalet, die braunen Augen übermütig funkelnd, hielt eine große Holzschale voller Sahne in den Händen.

Beide Mädchen grinsten breit – zu Llynyas großer Verlegenheit –, und Edmee stellte ihren Korb ab, damit sie die Hände frei hatte und in Gebärdensprache sprechen konnte. Llynya errötete noch stärker, als Edmee zu gestikulieren begann. Sie hatten sich diese Sprache, die auf den wortlosen Zeichen und Signalen der Liosalfar basierte, vor vielen Jahren ausgedacht, und sie verstand nur zu gut, was Rhuddlans und Madrons stumme Tochter sagte.

»Moira möchte, dass du die hier isst«, sagte Massalet zu Mychael, krampfhaft bemüht, nicht laut loszuprusten, »für den Fall, dass Llynyas Finger nicht ausreichen, um dich zu sättigen.«

»Macht, dass ihr wegkommt.« Mychaels Stimme klag rau und gepresst und ließ eine Erschöpfung erkennen, die weit über das hinausging, was Llynya in seinem Gesicht gesehen hatte, aber sie wagte es nicht, ihn erneut anzusehen. Sie wollte kehrtmachen und davonlaufen; es juckte ihr förmlich in den Fußsohlen, sich aus dem Staub zu machen, und dennoch zwang sie irgendetwas, wie angewurzelt stehen zu bleiben. Verdammter Druide. Er hatte sie verhext. Hatte sie sich nicht von Anfang an gesagt, dass sie sich vor seinem Kuss hüten musste?

Aber wer hätte gedacht, dass er ihre Finger küssen würde?

»Keine Sorge, wir werden dich in Ruhe lassen«, erwiderte Massalet grinsend und nicht im Geringsten eingeschüchtert von seinem schroffen Benehmen. »Pass nur auf, dass du noch etwas anderes isst außer dem Kobold.« Lachend stellte sie die Schüssel mit Sahne auf die Bank und eilte davon. Edmee ließ sich jedoch nicht so einfach fortschicken.

Fingerlutschen?, sagte sie und betrachtete Llynya mit hochgezogenen Brauen und der Andeutung eines Lächelns, als sie den Korb mit Himbeeren neben Mychael abstellte und sich auf der Bank niederließ. Sie hatte eine helle Haut und kastanienbraunes Haar wie ihre Mutter, und ihre Augen waren so grün wie Ebereschenblätter. *Mychael ab Arawn und ich studieren seit Mai gemeinsam die druidischen Weisheiten, aber er hat kein einziges Mal versucht, an meinen Fingern zu nuckeln.*

Das ist auch gut so, dachte Llynya und warf ihrer Freundin einen wütenden Blick zu, von dem sie hoffte, dass er den Tumult in ihrem Innern kaschierte. Obwohl Edmees Gehör ausgezeichnet war, antwortete Llynya ihr in der stummen Sprache, in der Hoffnung, dass Mychael sie und Edmee einfach ignorieren würde. *Ich habe ihm ein Heilkraut verabreicht, das war alles!*

Edmees Grinsen wurde noch eine Spur breiter, als sie auf die Beeren und die Sahne wies und Llynya davon abot. *Und so weit ich weiß*, fuhr sie fort, *hat er es auch bei keiner anderen versucht, obwohl einige mit Freuden dazu bereit wären, sich von ihm ablecken zu lassen.*

Llynya aß ein paar Beeren und trank etwas von der Sahne und schmeckte doch nichts von beidem. Sie ließ sich auch nicht dazu herab, auf die Stichelei zu antworten, weil sie vermutete, dass Massalet eines jener Mädchen war, die die Aufmerksamkeit des goldhaarigen Bogenschützen zu erringen versuchte.

Hat er dich schon geküsst?, wollte Edmee wissen.

»Nein«, platzte Llynya heraus und schielte dann verstohlen zu Mychael hinüber. Sein Blick ruhte mit einer Intensität auf ihr, die ihr noch weitaus peinlicher war als Edmees gutmütige Neckereien, und sie blickte hastig in eine andere Richtung. Sie war drauf und dran, wegzulaufen, um sich diesem durchbohrenden Blick zu entziehen.

Das wird er noch tun, verlass dich drauf, sagte Edmee. *Wenn ein Mann erst einmal deine Finger halb seine Kehle hinuntergesaugt hat, wird er auch einen Kuss wollen.*

»Ach was, dummes Zeug«, erwiderte Llynya brüsk, obwohl sie bereits wusste, dass Edmees Bemerkung auf Wahrheit beruhte. Hatte sie nicht schon in Crai Force gespürt, dass Mychael sich danach verzehrte, sie zu küssen? *Sieh ihn dir doch an, Edmee. Sieht er vielleicht aus, als ob er in der Verfassung wäre, irgendjemanden zu küssen?*

Edmee dachte einen Moment über die Frage nach, während sie Mychael einen prüfenden Blick von der Seite zuwarf. *Er sieht aus, als brauchte er dringend einen Kuss,* signalisierte sie schließlich. *Aber ich wünschte, dass nicht du diejenige wärst, die ihm diesen Kuss geben würde. Er ist…*

Mychael streckte blitzschnell die Hand aus und umschloss Edmees Finger. »Du gehst ein bisschen zu weit, Mädchen!«

Llynya keuchte erschrocken auf und wäre vor Verlegenheit beinahe auf der Stelle gestorben.

Falls Edmee überrascht darüber war, dass Mychael ihre Gebärdensprache verstand, so ließ sie sich zumindest nichts anmerken, sondern betrachtete ihn nur mit nachdenklichem Blick.

»Sag deiner Mutter, dass ich sie heute sprechen möchte«, fügte er hinzu, als er das Mädchen wieder losließ.

Edmee erhob sich von ihrem Platz, und Llynya sprang ebenfalls hastig auf, weil sie auf keinen Fall mit Mychael allein bleiben wollte. Bei allen Göttern, was hatten sie und Edmee sich eigentlich dabei gedacht? Direkt vor seinen Augen von Küssen zu sprechen, als ob er blind wäre! Trig hatte ihm die Zeichensprache der Liosalfar beigebracht. Mychael hatte sich sogar mit ihr durch diese Zeichen verständigt. Daher war es nicht weiter schwierig, auch den Rest ihrer Geheimsprache zu verstehen, zumindest nicht für jemanden, der eine so schnelle Auffassungsgabe besaß wie er.

Trig! Llynya fluchte innerlich. Höchste Zeit für sie, sich auf den Weg zum Fallgitter zu machen. Sie hätte schon längst dort sein sollen.

Edmee wiederholte in Gebärdensprache Moiras Anweisung an Mychael, von den Früchten zu essen, dann verschwand sie mit einem neckenden Lächeln und eilte zurück zu den Erntefeldern. In ihrer Hast, das Gleiche zu tun, drückte Llynya Mychael ungeschickt die Schüssel mit der Sahne in die Hand und murmelte etwas davon, dass sie hoffte, der Lavendel würde ihm helfen – und alles, ohne ihn auch nur einmal flüchtig anzusehen. Dann rannte sie davon, nur zu froh darüber, endlich zu entkommen.

Mychael blickte ihr nach und fragte sich, ob vielleicht noch Spuren des Wahnsinns der vergangenen Nacht durch seine Adern strömten. Was sonst hätte ihn dazu verleiten können, so unbesonnen und überstürzt zu handeln? Er hatte Llynya gekostet, hatte ihre Finger mit seiner Zunge liebkost und den Honig von ihren Fingerspitzen geleckt, und wäre Edmee nicht so plötzlich dazwischengeplatzt, hätte er auch noch seinen Kuss bekommen. Er hatte gespürt, wie Llynya der Atem stockte, hatte gespürt, wie ihr Puls zu rasen begann. Es war keinerlei Widerstand in ihr gewesen, keinerlei lüsternes Feuer, nur eine sanfte Bereitwilligkeit und Hingabe, in der er hätte ertrinken können.

Er wäre in der vergangenen Nacht beinahe gestorben. Was immer mit ihm geschah, er hatte einfach nicht mehr die Kraft, es zu kontrollieren. Schlimmer noch, es war Madron, die ihn von seinen Qualen errettet hatte. Sie hatte ihm irgendeinen obskuren Trank eingeflößt und Lieder gesungen, die ihm seinen Schmerz genommen hatten – die ihn aus seiner Grauen erregenden und feurigen Vision befreit und an einen Ort weit jenseits der lodenden Flammen geführt hatten. Ja, er hatte sich über die unerträglichen Qualen erhoben und zurückgeblickt und sich selbst noch immer in seinem Turmzimmer liegen sehen, in Schweiß gebadet und in Schatten getaucht. Wohin er entschwebt war, konnte er nicht genau sagen, aber irgendwo auf seiner einen Seite war ein kühles, spiegelglattes Meer gewesen und auf der anderen ein dichter, in Nebelschleier gehüllter Wald. Obwohl eine blasse Sonne über dieser Landschaft geleuchtet hatte, hatte im Westen tiefste Nacht geherrscht, ein dunkler See von einem Himmel mit einem vollen Mond und bläulich-weißen, flimmernden Sternen, anders als alle, die er jemals über Wales beobachtet hatte. Nichts hatte sich in all dieser Stille bewegt, bis die Lockung des Westens ihn aufgefordert hatte, einen Schritt vorwärts zu machen. Und er war dem Ruf gefolgt und auf die Dunkelheit zugegangen, war am Ufer des

Meeres entlanggewandert, in einen Umhang aus Mondlicht gehüllt, während er gefühlt hatte, wie sich die Zeit zusammen mit dem Sand unter seinen Füßen verschob. In die Dunkelheit war er gegangen, weiter und immer weiter, ein Reisender, ganz in Weiß gekleidet, der einem Pfad aus Sternenlicht folgte.

Nach einer langen Stunde war ein starker Wind aufgekommen, hatte sich über dem Wasser erhoben und ihn umtost und schließlich seinen Blick von dem strahlend hellen Mond abgelenkt. Jenseits des Meeres hatte er die Hexe gesehen, wie sie ihren Atem in seinen Mund blies – keinen Kuss – und auf diese Weise sein erhitztes Blut noch weiter abkühlte. Als der letzte Rest von Hitze aus seinem Körper verschwunden war, war er zurückgekehrt und wieder zu sich gekommen, als ob er aus einem Traum erwacht wäre.

Nur dass nichts von alledem ein Traum gewesen war. Als er sich im Morgengrauen schließlich gerührt hatte, hatte er nämlich eine halb leere Phiole mit einem dunklen Gebräu zwischen den Bettlaken gefunden. Er trug sie jetzt bei sich, versteckt in einer Tasche, die Moira in das Futter seiner Tunika eingenäht hatte. Er wollte Madron fragen, was das war, was sie ihm in der Nacht eingeflößt hatte, und welchen Preis er dafür würde zahlen müssen, dass er es getrunken hatte. Denn die Hexe würde einen Preis fordern, daran gab es keinen Zweifel, ebenso wenig wie es Zweifel an seiner Wirksamkeit geben konnte.

Ja, das verfluchte Zeug hatte gewirkt. Die Druidenfrau würde ihn noch kriegen, wenn er nicht höllisch aufpasste.

Mychael ließ seinen Blick erneut über das Feld von Gräsern schweifen. Auch Llynya würde ihren Preis haben, einen, den er bereits zu zahlen begonnen hatte. Der Geschmack von Honig und Lavendel haftete noch immer an seiner Zunge – und der verlockende Geschmack ihrer Haut. Er war wirklich wahnsinnig gewesen, seinen Mund auf irgendeinen Körperteil von ihr zu pressen. Und dennoch wusste er, dass er sie wieder kosten würde.

Von hoch oben auf dem Mauergang beobachtete Madron, wie Mychael langsam von der Bank aufstand; er hatte offensichtlich noch immer Schmerzen von seiner nächtlichen Feuerprobe. Drachenfeuer. Sie war bis zum Anbruch der Morgendämmerung bei ihm geblieben, bis sie sicher sein konnte, dass er nicht unter zusätzlichen schädlichen Nachwirkungen ihres Trankes leiden würde. Auf diese Weise hatte sie die Nacht verbracht, indem sie neben ihm gesessen und das *Fata Ranc Le*, das Rote Buch des Schicksals, gelesen hatte.

Der Junge hatte niemanden auch nur in die Nähe des Roten Buchs des Schicksals gelassen, seit Ceridwen es ihm gegeben hatte. Wo er seinen Schatz versteckte, hatte Madron beim besten Willen nicht herausfinden können, bis sie ihn an jenem Morgen durch Zufall dabei beobachtet hatte, wie er ihn in die unterirdische Kampfarena von Balor zurückbrachte – kein Ort, an den sie sich freiwillig begeben würde. Letzte Nacht, dem Schicksal sei Dank, hatte er das Buch jedoch in seinem Turmzimmer gehabt, aufgeschlagen und bereit für sie, um in aller Muße darin zu lesen.

Enttäuschenderweise hatten die Seiten nicht mehr von Mychaels Schicksal enthüllt als seinen Platz in der Abstammungslinie der Priesterinnen und die Umstände seiner Geburt. Beweis genug, dass Mychael, genau wie Madron, ein Katalysator des Buches war, nicht ein Teil davon. Die Magie des Buches – erzeugt durch Sie-deren-Name-nicht-genannt-werden-Konnte, die größte aller Prydion-Magierinnen – war so mächtig, dass, wenn ein Erbe oder eine Erbin die Hand auf das *Fata Ranc Le* legte, sich ihr Schicksal auf den Seiten zu erkennen geben würde und das Buch in den Besitz dieser Person überginge. Manchmal kamen in anderen Geschichten stückchenweise Einzelheiten ans Licht, wenn die Schicksale miteinander verknüpft waren. Manchmal waren die Geschichten kurz, kaum eine Seite lang. Das Buch war reich bebildert und oft mit kunstvollen Buchmalereien verziert, was es zu einer besonderen Kostbarkeit machte. Viele der Sprachen in dem *Fata* waren ausgestorben oder in Vergessenheit geraten, und noch nicht einmal Madrons Vater, Nemeton, war in der Lage gewesen, sämtliche Geschichten zu lesen.

Es war ein seltenes Vergnügen für sie, das Buch nach so langer Zeit wieder in den Händen zu halten. Siebzehn Jahre zuvor hatte Madron das Rote Buch des Schicksals aus dem Hart Tower in Wydehaw Castle entfernt und in der Schreibstube von Kloster Usk versteckt. Nemeton hatte nämlich befürchtet, weder sie noch das *Fata Ranc Le* noch länger schützen zu können, und hatte sie deshalb beide in ein christliches Kloster verbannt. Sein anderes großes Buch, das *Prydion Cal Le*, war seit seinem Tod nicht mehr gesehen worden.

Es war in Usk geschehen, auf Geheiß ihres Vaters, dass Madron Ceridwens Geschichte auf den Seiten des *Fata* niedergeschrieben hatte, um sicherzustellen, dass die Zukunft so verlaufen würde, wie er sie vorausgesehen hatte. Kein anderer hätte es gewagt, die geheiligten Seiten derart zu entweihen. Außer vielleicht ein Prydion-Magier.

Madron strich gedankenverloren mit der Hand über den abgenutzten roten Einband und schlug das *Fata Ranc Le* wieder auf der letzten beschriebenen Seite auf, wo das neue Schicksal enthüllt wurde, das in dem Buch verzeichnet worden war, nachdem sie Ceridwens dort niedergeschrieben hatte. Wie diese neue Geschichte in das Buch hineingekommen war, war Madron jedoch ein Rätsel. Kein Prydion-Magier war jemals nach Usk gegangen, um die Geschichte aufzuschreiben, und auch ihr Vater hatte es nicht getan. Und wenn das Buch durch Zufall mit einem seiner vom Schicksal dazu bestimmten Erben in Berührung gekommen war, warum war es dann nicht in deren Besitz übergegangen?

Dass Mychaels Geschichte nicht darin aufgetaucht war, belastete sie sehr. Sonst würde sie wissen, ob der Junge überlebte oder sterben würde, ob er Söhne oder Töchter haben würde, um die Blutlinie der Priesterinnen von Merioneth fortzuführen, ob die Drachen zu ihm kommen würden, wenn er sie rief, oder ob ihm sein drachenvergiftetes Druidenblut schließlich zum Verhängnis werden würde.

Doch das Buch hatte ihr nichts von alledem gesagt. Ohne eine solche Anleitung würde sie in harter Bedrängnis sein, dem Jungen zu helfen und mehr für ihn zu tun als das, was sie in der vergangenen Nacht getan hatte.

Schöner wilder Junge, dachte Madron, als sie beobachtete, wie Mychael über den Burghof wanderte. Er hatte einen Arm um seine Mitte geschlungen und rieb mit der Hand über seine linke Körperseite, wo das Drachenfeuer zu wüten pflegte. *Hat dich jene Priesterin aus uralter Zeit nur deshalb erschaffen, damit du stirbst, bevor dich das Schicksal ereilt, das dir von Geburt an vorherbestimmt ist?*

11

Trig würdigte Llynya kaum eines Blickes, als sie schließlich am Fallgitter ankam. Dort hatte sich bereits eine größere Gruppe versammelt, in der Hauptsache Liosalfar, zusammen mit ein paar unerprobten Jugendlichen, die am Rande herumlungerten oder auf einem Heuwagen saßen. Krieg war an der Tagesordnung, und Trig war wieder ganz der Alte, ein kompetenter Anführer, der Kundschafter ausschickte und einem Kader der erfahreneren Krieger – denjenigen, die schon in den Zauberkriegen gekämpft hatten – Wachen zuteilte. Jeder der Grenzkundschafter wurde mit einem Horn aus fest zusammengerolltem Silber ausgerüstet, um damit notfalls Alarm auszulösen.

Shay entdeckte Llynya augenblicklich. Er winkte flüchtig und eilte auf sie zu. In seinem Haar und an seiner Tunika hafteten Reste von Spreu, und sie fragte sich unwillkürlich, ob er es in der vergangenen Nacht vorgezogen hatte, im Heuwagen zu schlafen. Es war beileibe kein schlechter Schlafplatz. Sie selbst hatte auch schon ein paar Mal dort genächtigt, wenn das sanfte Wiehern und Schnauben von Rhuddlans Stuten genau das Schlaflied gewesen war, das sie gebraucht hatte.

»Wo hast du so lange gesteckt?«, fragte Shay mit einem Unterton der Besorgnis in der Stimme.

»Ich habe bei der Kapelle angehalten, um Kräuter zu pflücken«, erwiderte sie und bot ihm ein Salbeiblatt aus einem ihrer Beutel an, in der Hoffnung, ihn von der Schamröte abzulenken, die sie noch immer auf ihren Wangen spürte.

Er schob sich das Blatt in den Mund. »Du hast einen Sahneschnurrbart und Beerenflecken auf den Lippen.«

Sie zuckte nonchalant die Achseln und wischte sich mit dem Handrücken über den Mund, erleichtert, dass ihm die peinlicheren Details offenbar entgangen waren. »Die würdest du auch haben, wenn du die Chance gehabt hättest.«

»Tja, du hättest *deine* Chance beinahe verpasst. Trig will eine Expedition nach Tryfan schicken.« Shays Augen leuchteten vor freudiger Erregung. »Zwanzig von uns sollen losziehen und sehen, was wir dort finden können. Wei wird die Führung übernehmen, und er hat mich bereits ausgewählt!«

Eine Expedition nach Tryfan, dachte sie. Bei allen Göttern, aber eine solche Gelegenheit würde sich ihr wahrscheinlich nie wieder bieten.

»Um nach Elbenpfeilspitzen zu graben?«, fragte sie neugierig.

»Ja, und vielleicht auch, um die Gegend zu erkunden.«

»Es heißt, die Hallen in den Bergen sind noch riesiger als die Halle der Könige in Lanbarrdein, mit steinernen Thronen, doppelt so groß wie ein Mann.«

»Aber sie werden nicht so reich an Edelsteinen sein, darauf wette ich.«

»Nicht an Traumstein oder Rubinen« – denn die Höhlen von Lanbarrdein waren mit einer dicken Schicht von beidem überkrustet –, »aber vielleicht gibt es dort etwas, was noch wundervoller ist, vorausgesetzt, man kann die Hallen überhaupt finden.« Und genau das ist der Haken an der Sache, dachte Llynya. Die Legende behauptete, dass die Bergfesten der douvanischen Könige für alle Zeiten versiegelt worden waren, um niemals wieder geöffnet zu werden. Und dennoch, hier bot sich die Gelegenheit zu einem Abenteuer großen Stils.

»Komm doch mit uns, Llynya. Du weißt, dass Wei sich freuen würde, wenn du mit dabei wärst.«

Shay hatte Recht. Sie brauchte nichts weiter zu tun, als die Hand zu heben, und Wei würde sie bereitwillig mit auf die Reise in den Norden nehmen. In weniger gefährlichen Zeiten waren sie schon so manches Mal zusammen marschiert, um fremde Gebiete zu erkunden. Wei kannte ihre Stärken und wahrscheinlich auch ihre Schwächen – abgesehen von der verflixten Sache mit dem Lavendel.

Sie ließ ihren Blick über die Menge schweifen, suchte nach dem Elfenmann und fand ihn bei dem eisernen Tor, wo er gerade damit beschäftigt war, zwei Jungen in der Anfertigung und Befiederung von Pfeilschäften zu unterweisen. Das Einzige, was noch benötigt würde, um die Waffen zu vervollständigen, waren die Elbenpfeilspitzen, die er und sein Trupp hoffentlich auf Tryfan zurückbringen würden.

»Du würdest oben im Norden sehr viel sicherer sein, Kobold.«

Etwas in Shays Stimme veranlasste sie, ruckartig den Kopf zu ihm umzudrehen. Es war mehr als die bevormundende Art, die er in letzter Zeit ihr gegenüber an den Tag legte und die sie auf den Tod nicht ausstehen konnte. Sein Gesicht war verhärmt, seine Augen dunkel vor Besorgnis.

»Wei und ich waren diejenigen, die dich nach der Schlacht von Balor von dem Zeitwehr weggetragen haben«, fuhr er mit ruhiger Beharrlichkeit fort, »und nach diesem letzten Marsch durch die Dunkelheit solltest du dich meiner Ansicht nach unbedingt von den Höhlen fern halten. Dort unten ist etwas, und ich fürchte, es ist dir nicht wohlgesonnen.«

»Ich habe keine Angst vor den Sha-shakrieg.« Es war nur eine kleine Lüge, denn im Grunde fürchtete sie sich nicht mehr vor den Spinnenleuten als jeder andere Quicken-tree.

»Ich spreche nicht von den Sha-shakrieg«, erwiderte Shay.

»Wovon dann?«

»Ich kann es nicht genau sagen, aber …« Er verstummte und zuckte die Achseln, aber er lächelte nicht. Und er nahm seine Worte auch nicht zurück.

»Seit wann bist du so vorherwissend, Shay? Das ist doch sonst nicht deine Art.«

»Es hat nichts mit Vorherwissen zu tun, wenn man etwas fühlt, was wirklich da ist, und als ich in Crai Force nach Trig und Math gesucht habe, habe ich deutlich gespürt, dass da in der Dunkelheit noch etwas anderes außer Quicken-tree und Spinnenleuten war. Hast du es denn nicht auch gespürt?«

Doch, sie hatte ebenfalls das Gefühl gehabt, dass dort noch ein anderes Wesen in der Finsternis gelauert hatte. Sie hatte es an dem hektischen Scharren und Kratzen erkannt, das sie gehört hatte, und vielleicht auch an einem unregelmäßigen, rauen Keuchen und Schnaufen.

Ein kalter Schauder rieselte über ihr Rückgrat. Habe ich wirklich ein Keuchen gehört, als ich mich bei den Wasserfällen versteckt habe?, überlegte sie. Oder spielte ihr ihre Erinnerung einen Streich? Hatte tatsächlich etwas nach ihrer Tunika geschnappt, als sie und Mychael davongelaufen waren? Oder konstruierte sie einen Troll aus Shays Ängsten?

In der Dunkelheit lauerte Gefahr. Sie konnte es nicht leugnen, aber sie brauchte nicht den Albtraum eines Elfenkindes von *uffern*-Trollen, um zu wissen, von wo ihr Gefahr drohte. Der Abstieg in das Zeitwehr der goldenen Würmer würde ihr Verderben sein – oder ihre Rettung.

»Wann will Wei nach Tryfan aufbrechen?«, erkundigte sie sich.

»Nach dem Mittagessen«, erwiderte Shay mit sichtlicher Erleichterung. »Wir nehmen Rhuddlans Stuten und werden uns am Stall treffen.«

»Dann bis später.« Llynya gab ihm zum Abschied einen freundschaftlichen Klaps auf die Schulter, bevor sie sich einen Weg zu dem Fallgitter und zu Wei bahnte.

Sie hatte ihm nicht wirklich ein Versprechen gegeben, und mit der Zeit würde Shay sicherlich dahinter kommen. Er würde es spätestens dann begriffen haben, wenn sie aufbrachen und sie, Llynya, nirgendwo zu finden war. Ihre Pflicht lag anderswo.

»Wei«, begrüßte sie den Quicken-tree-Mann. Sein Haar war fast so hell wie Trigs, eine Mischung aus Blond und Grau, die sein Alter verriet und ihm bis auf die Schultern herabfiel. Seine ärmellose Tunika enthüllte stahlharte Muskeln und zahlreiche Tätowierungen, die wichtige Ereignisse und Stationen seines Lebens symbolisierten: seine Aufnahme in einen Blatt-Clan;

daur für Wei, den Eichen-Clan; sein Name in Oghamschrift auf der Innenseite seines rechten Unterarms und in den Runen der alten Sprache auf der Innenseite des linken. Alle Krieger waren in den Zauberkriegen auf diese Weise gezeichnet worden. Oben auf seiner Schulter prangte ein eintätowiertes Ebereschenblatt, das ihn als Quicken-tree auswies, und darunter das Symbol für Deri, wo er einst begraben werden sollte.

»Kobold.« Der Elfenmann wandte sich von seinen Lehrlingen ab und lächelte. Er hatte ein langes, schmales Gesicht, seine Haut war braun gebrannt von der Sonne. »Du hast ja noch nicht mal einen Kratzer abbekommen, wie ich sehe. Bist wohl zu schnell für sie gewesen, was?«

»Zu schnell oder nicht den giftigen Faden wert, um mich zu verbrennen.«

»Bist immer auf der Hut gewesen und hast scharf aufgepasst, richtig?«

»Ja.«

»Und du bist nicht stocksteif stehen geblieben wie ein vor Schreck erstarrtes Karnickel?«

»Nein, ganz bestimmt nicht.«

»Dann bist du eindeutig zu schnell für sie gewesen.«

»Vielleicht«, räumte Llynya ein, »aber es stimmt auch, dass sie an mir offenbar nicht so interessiert waren wie an den anderen.«

»Du bist ziemlich jung für eine Liosalfar. Schon möglich, dass sie dich für ein Kind gehalten haben.« Wei wandte sich ab und fing einen befiederten Pfeil auf, den ihm einer seiner Lehrlinge zuwarf. Er betrachtete ihn prüfend, strich mit den Fingern über das Holz des Schafts, dann über die Steuerfedern.

»Das habe ich auch gedacht, Wei, aber« – Llynya hielt inne und warf einen Blick auf die beiden Jungen, bevor sie ihre Stimme dämpfte – »ist es denn nicht so, dass die Spinnenleute Elfenkinder fressen? Wenn sie mich für ein Kind gehalten haben, warum haben sie mich dann nicht für ihren Bratspieß gefangen?«

Ein belustigtes Grinsen breitete sich auf Weis Gesicht aus und warnte sie vor dem, was kommen würde.

»Das ist doch nur ein Ammenmärchen, Kobold«, sagte er schmunzelnd, »ersonnen von Frauen, um ihre Küken fest unter Kontrolle zu haben. Tja, und während der Zauberkriege hat es ja auch funktioniert.«

Er lachte und tätschelte ihre Wange, und sie fühlte sich nun schon zum zweiten Mal an einem Tag zutiefst gedemütigt – und das alles, noch bevor der Morgen vorbei war. Dann fing Wei ihren betrübten Blick auf, und sein Ausdruck wurde ernst.

»Du bist eine Yr-Is-ddwfn-Liosalfar, Llynya, und schneller als alle anderen zusammen. Wenn irgendjemand versucht, dich zu fressen, stößt du ihm deinen Dolch in die Eingeweide, Mädchen. Und sollte es danach noch ein zweiter wagen, tust du mit ihm das Gleiche. Deswegen bist du doch mit Eisendolch, Traumsteinmesser und Kurzschwert bewaffnet.«

»Ja«, pflichtete sie ihm bei, wohlwissend, dass es stimmte. »Aber Bedwyr... er war...« Sie brach ab, und ihr Blick schweifte fort. Bedwyr war sehr schnell gewesen, und auch das wussten sie beide. Der Waffenmeister war derjenige gewesen, der sie verschiedenen Angriffs- und Verteidigungstechniken gelehrt und ihr den Falkenstoß und die Bärenfinte beigebracht hatte. Er war in Crai Force der Schnellste mit dem Dolch gewesen, und trotzdem hatte er sterben müssen.

Wei hob ihr Kinn hoch und benutzte seinen Daumen, um die Träne abzuwischen, die ihre Wange hinunterkullerte. »Es ist nun einmal eine traurige Wahrheit, Kobold, dass Krieger in Schlachten ums Leben kommen. Wir alle vermissen ihn, und wenn die Liosalfar ihn zurückbringen, werden wir für ihn singen und ihn in allen Ehren zur Großen Mutter heimschicken.«

Er gab ihr Kinn frei, um den nächsten gefiederten Schaft aufzufangen, und betrachtete ihn mit kritischem Blick, während er ihn ins Licht hielt und hin und her drehte, um zu sehen, ob der Schaft gerade war.

Llynya wischte sich mit dem Ärmel übers Gesicht. Verdammte Tränen.

»Ich werde nach Tryfan gehen«, erklärte Wei. »Wenn du eine Woche lang durch die Berge wandern möchtest und es dir nichts ausmacht, zwanzig Pfund Elbenpfeile zu schleppen, dann kannst du gerne mitkommen.«

»Ich würde alles darum geben, Tryfan zu sehen«, erwiderte sie, und es fiel ihr nicht schwer, genau das richtige Maß an Wehmut in ihre Stimme zu legen. »Aber Trig hat Verwendung für mich, und ich habe schon lange genug herumgetrödelt. Sei vorsichtig, Wei, und vor allem flink.«

»Ja, Kobold, wir alle werden flink sein, wenn auch nicht so flink und leichtfüßig wie du, darauf wette ich.«

Mit einem kurzen Winken war Llynya verschwunden und lief zu Trig.

Also, das nenne ich wirklich einen grausigen Anblick, dachte sie, Trig mit seiner grünen Blätteraugenklappe und den purpurrot verfärbten Narben. Math lag noch immer in einer der Weidenhütten, wo er von Aedyth gepflegt wurde. Der Hauptmann hatte es abgelehnt, sich so »verhätscheln« zu lassen.

Er sah Llynya auf sich zukommen und entließ den Liosalfar an seiner Seite.

Llynya schnitt eine Grimasse. Sie hätte wirklich nicht so lange trödeln sollen, und sie hoffte inständig, man sähe ihr nicht an, dass sie geweint hatte. Sie schluckte hart und hob grüßend eine Hand. »Ho, Trig.«

»Llynya.« Er warf ihr einen starren, finsteren Blick aus seinem gesunden Auge zu. Graue Strähnen schimmerten wie Silber in seiner wallenden blonden Mähne. Ein fester, aus fünf Strähnen bestehender Zopf war auf der linken Seite in sein Haar geflochten. Trig hatte alle Tätowierungen der Liosalfar aus den Zauberkriegen und zusätzlich eine doppelte Wellenlinie um sein Handgelenk, ein Zeichen seiner Hauptmannswürde. Haselnussblätter aus blauem Färberwaid wanden sich seinen Arm hinauf. Oben auf seiner Schulter war die Eberesche eintätowiert und darunter das Symbol für Deri.

In Anbetracht seiner scheußlichen Laune hielt sie es für das Beste, schnell zu sprechen, bevor er ihre Aufgabe erklären oder ihr Verdammungsurteil verkünden konnte.

»Ich habe gerade mit Wei gesprochen, und ich möchte mit nach Tryfan gehen, wenn du mir die Erlaubnis gibst, Trig.« Es war ein ziemlich überstürzter Plan, aber immer noch besser als nichts.

»Willst du ebenfalls gegen mich rebellieren und mich von meinem Platz verdrängen, Kobold?« Falls das überhaupt noch möglich war, so wurde sein Blick in diesem Moment noch finsterer.

Llynya erbleichte. »Nein, Hauptmann.« Sie richtete sich zu ihrer vollen Größe auf und zwang sich, seinem starren Blick standzuhalten. Es war kein gutes Zeichen, dass er so offen von der Meuterei sprach, und es verhieß nichts Gutes für den Tag.

»Dann hör genau zu, bevor du den Mund aufmachst. Diese Expedition in die Berge ist keine leichte …« Er hielt mitten im Satz inne, und sein Blick schweifte zu einer Stelle unmittelbar hinter ihrer linken Schulter. Sie wusste sofort, was seine Aufmerksamkeit erregt hatte, auch ohne sich umzudrehen. Sie merkte es an der Art, wie er plötzlich grimmig das Kinn vorschob, und an dem Prickeln, das sie im Nacken spürte. Dennoch blickte sie über ihre Schulter zurück, und es war genauso, wie sie befürchtet hatte. Mychael hatte sich endlich aufgerafft, obwohl er noch immer wie die christliche Hölle aussah, und marschierte geradewegs auf sie zu.

Llynya ballte die Hand zur Faust; sie wollte auf keinen Fall bleiben und ihm erneut gegenübertreten, wagte es jedoch auch nicht, einfach zu gehen. Aber vielleicht hatte sie ja Glück, und Trig würde sie entlassen, wie er es mit dem Liosalfar getan hatte.

Sie trat nervös von einem Fuß auf den anderen, in der Hoffnung, Trigs Aufmerksamkeit zu gewinnen und ein mürrisches »Na schön, dann mach, dass du wegkommst«, zu hören, aber der Blick des Hauptmanns war unerschütterlich.

»Trig.« Die heiser gesprochene Begrüßung kündete von Mychaels Ankunft. Er blieb neben ihr stehen, und Llynya tat ihr Bestes, um die verlegene Röte zu ignorieren, die ihren Hals hinaufkroch, indem sie resolut auf ihre Stiefel starrte. Mychael zu ignorieren erwies sich dagegen als unmöglich. Das Gefühl seiner Nähe machte sie derart kribbelig, dass sie kaum still stehen konnte. Ihre Ohren zuckten, ihre Nasenflügel bebten.

»Junge«, sagte der Hauptmann, und sie zuckte nervös zusammen. Es würde offensichtlich keine Begegnung der Art »lassen wir das Vergangene ruhen und sprechen wir nicht mehr davon« sein.

»Ich bin im Morgengrauen in die Lichthöhlen gegangen und prompt wieder zurückgeschickt worden«, erklärte Mychael, und jedes Wort schien ihn große Anstrengung zu kosten. Es wäre weitaus besser gewesen, dachte Llynya, wenn er meinen Rat angenommen und ein bisschen Kraft gesammelt hätte, bevor er Trig gegenübertrat. »Die Dienst habenden Wachen sagten mir, es geschähe auf deinen Befehl.«

Bei dieser Bemerkung blickte sie überrascht auf. Sie hatte überhaupt nicht gewusst, dass in den Lichthöhlen Wachen postiert waren, und sie hätte niemals vermutet, dass Mychael im Morgengrauen schon wieder auf den Beinen gewesen war oder dass er so unvernünftig wäre, in seiner erbärmlichen Verfassung wieder in die Höhlen hinabzusteigen. Er brauchte wirklich dringend jemanden, der auf ihn aufpasste.

Er sah in ihre Richtung, als ob ihr eigener unberechenbarer Blick den seinen angezogen hätte, und wieder war sie tief beeindruckt von der Wildheit seines vielfarbigen Haares und der atemberaubenden Schönheit seines Gesichts. Die verlegene Röte in ihren Wangen wurde noch um eine Schattierung dunkler. Er wollte sie küssen. Sie spürte es selbst jetzt ganz deutlich.

»Richtig, so ist es«, bestätigte der Hauptmann.

»Du weißt, dass ich bei Rhuddlan sein sollte«, sagte Mychael, als er seine Aufmerksamkeit wieder auf Trig konzentrierte. »Ich kann ihn zu der Kampfschranke führen.«

»Rhuddlan kann eine Kampfschranke auf vier Meilen Entfernung riechen, Junge. Um sie zu finden, braucht er dich ganz sicher nicht.«

»Dann werde ich allein gehen«, erwiderte Mychael beharrlich, was ihm lediglich einen weiteren kalten, unerschütterlichen Blick des Hauptmanns einbrachte.

Wenn man die beiden jetzt so sieht, dachte Llynya, würde man nicht glauben, dass Mychael tatsächlich im Stande gewesen ist, Trig seinen Willen aufzuzwingen. Der Hauptmann, von

Kampfnarben gezeichnet und mit Tätowierungen übersät, war jeder Zoll ein Krieger und dem jüngeren Mann gegenüber auch noch dadurch im Vorteil, dass er gut vierzig Pfund mehr wog – das meiste davon Muskeln.

»Du wirst nicht allein in die unergründliche Finsternis hinuntergehen«, erklärte Trig mit unumstößlicher Endgültigkeit. Dann heftete er seinen Furcht einflößenden Blick auf Llynya. »Und du auch nicht, Kobold. Und wenn ihr beide meint, ihr könntet euch heimlich durch irgendein Loch in den Hügeln oder in Riverwood hinunterlassen, von dem ihr glaubt, dass ich es nicht kenne, dann habt ihr euch schwer getäuscht!«

Mychael erwiderte nichts; er blickte Trig nur schweigend an und machte den Eindruck, als bräuchte es nicht mehr als einen kräftigen Windstoß, um ihn umzupusten.

Obwohl seine Verhaltensweise zweifellos die klügere war, konnte Llynya einen solch schmählichen Erlass einfach nicht unwidersprochen hinnehmen. »Trig«, protestierte sie. »Ich ...«

Mychael fiel ihr hastig ins Wort, während er mit der Hand ihre Schulter umfasste, um sie zum Schweigen zu bringen. »Sie wird nicht in die unergründliche Finsternis gehen. Nicht wahr, Llynya?« Er drückte ihre Schulter auf eine Art und Weise, die zwar nicht körperlich unangenehm war, aber Erinnerung genug an das, was sonst noch zwischen ihnen vorgefallen war.

Sie wand sich aus seinem Griff und warf ihm einen wütenden Blick zu, den er jedoch nicht zur Kenntnis nahm. Die Pest über dich!, dachte sie erbost. Er war eine Plage und noch mehr, wenn er sich einbildete, sie herumkommandieren zu können, und im höchsten Grade lästig, weil ihr jedes Mal der Atem stockte, wenn er sie berührte, und ihre Gedanken in eine Richtung wanderten, in die sie einfach nicht wandern sollten. Er bedeutete nichts als Ärger, jawohl, sowohl für sich selbst als auch für sie.

»Ja«, sagte Trig. »Sie wird die unergründliche Finsternis nicht wieder zu sehen bekommen, bis sie Freund von Feind unterscheiden kann und im Stande ist, Sha-shakrieg und Straelinghorden am Geruch zu erkennen.«

»Du ...« Llynya wirbelte zornig zu Mychael herum, bereit, sich auf ihn zu stürzen, aber Trig hielt sie zurück.

»Es war nicht der Junge, Kobold. Wenn die Verletzungen durch die giftigen Fäden nicht so an meinen Kräften gezehrt hätten, wäre ich schon von selbst dahinter gekommen. Rhuddlan ist derjenige, der dir verbietet, in die Höhlen hinabzusteigen, aber er hat mir gestattet, dich als Späherin in Riverwood einzusetzen. Und was dich betrifft« – er wandte sich Mychael zu – »so sind Rhuddlans Anordnungen klar. Da du unbedingt ein Hauptmann sein möchtest, wirst du die Lastponys der Ebiurrane anführen. Heute Morgen wurde eine Packtierkolonne gesichtet, die von Norden her kam, geführt von Tabor Shorthanks persönlich. Sie werden am frühen Nachmittag vor den Burgmauern eintreffen. Wenn irgendjemand im Stande ist, die Tiere in der Hälfte der Zeit zu beladen und einen dunklen Pfad entlangzutreiben, dann ist es Lyrs Ponymeister. Er kennt Wege in die Höhlen von Lanbarrdein hinein und wieder hinaus, die andere noch nicht einmal erahnen könnten, und keiner außer ihm hat es jemals geschafft, ein Pony an dem alten Wurm vorbeizubugsieren, wenn wir die Tiere in der unergründlichen Finsternis brauchten. Falls es dazu kommt, wird er es wieder schaffen. Bis dahin muss die Halle von Lanbarrdein mit Proviant ausgestattet und ein Lager aufgeschlagen werden, um diejenigen zu verpflegen, die in die unergründliche Finsternis hinuntergehen.«

Mychael kannte Tabor Shorthanks und seine gräulichen Ponys. Tabor hatte im späten Frühjahr eine Packtierkolonne von dem Ebiurrane-Sommerlager in den Norden zurückgeführt. Mychael hatte den Zug damals begleitet – ein Marsch, der mit einigen Unannehmlichkeiten verbunden gewesen war. Tabors Gesellschaft war angenehm; er war sehr bewandert in elfischem Sagen- und Märchengut und steckte voller interessanter und lustiger Geschichten, die zu erzählen ihm große Freude bereitete. Die Ponys dagegen waren eine völlig andere Sache. Eine *uffern*-Rasse, in den letzten Zauberkriegen erbeutet und nicht vollständig von Elfenhand gezähmt, bissen sie kräftig zu, wenn sie der Drang überkam, als brauchten sie hin und wieder einen Happen Menschenfleisch, um den Grasgeschmack in ihren Mäulern loszuwerden. Und nicht nur das –

die zotteligen Biester schlugen scheinbar aufs Geratewohl mit ihren scharfkantigen Hufen aus, trafen jedoch immer ihr Ziel, das öfter, als Mychael sich erinnern mochte, sein Schienbein gewesen war. Der bloße Gedanke, diese grässlichen Viecher in die Höhlen zu bringen und mit ihnen in den engen Tunneln der Canolbarth eingeschlossen zu sein, reichte aus, um ein mulmiges Gefühl in seiner Magengrube zu erzeugen.

Er begegnete dem Blick des Hauptmanns, einen Protest auf den Lippen, schluckte ihn jedoch wieder herunter, als er das warnende Glitzern in Trigs gesundem Auge sah. Eine Weigerung würde unangenehme Folgen haben, und Trig konnte äußerst unangenehm und streng sein, wenn ihm der Sinn danach stand. Es kam nicht von ungefähr, dass er Hauptmann der Liosalfar war. Was den Vorfall am Ufer des Schlangensees betraf, so war es der Wahnsinn gewesen, der ihn, Mychael, gegen den älteren Mann aufgebracht hatte, und er wusste, er hatte es nur dem Werk der Giftfäden zu verdanken, dass er unbeschadet davongekommen war. Er hatte sich keinem in Merioneth als Vasall verpflichtet, aber er schuldete Trig Treue. Es war immer noch besser, seine Strafe in Form von Ponybissen hinzunehmen, als einen Freund zu verlieren, falls er Trig noch als solchen bezeichnen konnte.

»Na schön, dann werde ich morgen nach Lanbarrdein gehen«, sagte Mychael schließlich und gab nach, wenn auch nur ein bisschen. Wenn er erst einmal dort angekommen war und seine Pflicht erfüllt hatte, würde er tun, was ihm gefiel. Auch er kannte ein paar Wege in die Halle der Könige und solche, die von dort aus weiterführten, Pfade, die er die Quicken-tree niemals hatte benutzen sehen.

Es war ein Risiko, das er notgedrungen eingehen musste.

Der Hauptmann nickte, zufrieden mit Mychaels Antwort, aber offenbar nicht mit seinem Äußeren. »Du siehst ja schlimm aus, Junge. Llynya« – er wandte seine Aufmerksamkeit dem Mädchen zu – »bring ihn zu Aedyth und lass sie irgendeinen Trank für ihn zusammenbrauen, damit er nicht mehr so grün und elend aussieht. Wenn er fertig ist, komm wieder hierher zurück, um weitere Anweisungen entgegenzunehmen.«

Sie erbleichte, wenn auch nur leicht, und öffnete den Mund, um etwas zu erwidern, wurde jedoch von einem Ausruf von einer der Wachen oben auf der Brustwehr unterbrochen. Der Hauptmann blickte zu dem großen Festungswall hoch. Mychael kostete es wesentlich mehr Anstrengung, seinen Blick von Llynya loszureißen und zu der Stelle oberhalb des Fallgitters hinaufzusehen. Pwyll, ein junger Quicken-tree, stand oben auf einem der Tortürme. Der Junge machte hastig ein Zeichen, und Trig nickte.

»Dann mal los mit euch«, befahl der Hauptmann, als er seine Aufmerksamkeit wieder Llynya und Mychael zuwandte.

Mychael trat rasch beiseite, um Llynya vorausgehen zu lassen, da er keinerlei Bedürfnis verspürte, noch länger in Trigs Nähe zu verweilen. Offenbar von dem gleichen Gedanken beseelt, machte Llynya auf dem Absatz kehrt und eilte davon.

Trig beobachtete einen Moment, wie sich die beiden entfernten, dann hob er den Blick wieder zu Pwyll. Der Junge machte ihm erneut ein Zeichen, noch dringlicher diesmal, und Trig rief nach Wei.

Oben auf der Brustwehr angelangt, lenkte Pwyll ihre Blicke auf das südliche Ende von Riverwood.

»Es hat gerade erst angefangen, nur einen Moment bevor ich dich gerufen habe«, erklärte der Junge und zeigte auf eine Reihe von Bäumen entlang dem Fluss. Die oberen Zweige der Erlen am Ufer des Bredd lehnten sich auf merkwürdige Weise gegen den Wind, während die obersten Blätter des Wäldchens in entgegengesetzter Richtung der vorherrschenden Brise flatterten. Ein schwacher Geruch nach Gefahr, vermischt mit dem Duft der Erlen, zog über den Festungswall herüber.

Mehr brauchte Trig nicht, um zu erkennen, was da nicht stimmte. »Sie haben etwas gefangen.«

»Wohl eher *jemanden*«, erwiderte Wei, »und sicherlich keinen Pachthäusler.«

»Du hast Recht«, meinte Trig. »Wir sollten besser hingehen, um zu sehen, was sie haben und was wir davon halten sollen.«

12

Mychael ging schweigend neben Llynya her, als sie den Weg einschlug, der durch die Felder führte und weiter zu der Turmgalerie in der Ostmauer. An ihrem andern Ende mündete die Galerie in den unteren Burghof, wo Aedyth' Hütte in einem Wäldchen von jungen Bäumen stand. Trigs Anweisung war ein Befehl gewesen und nicht etwa eine Bitte, aber Mychael hatte nicht die Absicht, zu gehorchen. Aedyth würde ihn wahrscheinlich lieber vergiften, als ihm helfen. Außerdem hatte er noch immer Schmerzen von der vergangenen Nacht, und Madrons Gebräu war noch in seinem Blutkreislauf. Wer wusste schon, was eine weitere Dosis irgendeines obskuren Kräutertranks bei ihm anrichten würde. Das Elfenmädchen machte ebenfalls einen etwas rebellischen Eindruck, ihr Mund war eine schmale Linie, ihr Blick starr auf irgendeinen Punkt in der Ferne geheftet. Sie ging mit raschen, weit ausholenden Schritten – fest entschlossen, ihn möglichst schnell wieder loszuwerden, davon war er überzeugt.

Hohe *jhaen*-Halme wiegten sich sanft in der Morgenbrise, erfüllten die Luft mit dem würzigen Geruch reifen Getreides und streiften ihre Schultern, als sie vorbeigingen. Die Erntehelfer arbeiteten auf der Westseite des Feldes, ihre Stimmen ein silbriges Murmeln, das nur gedämpft über das Rauschen der Gräser hinweg zu hören war.

Llynya war nicht wie die anderen Mädchen in Merioneth. Als er sie mit Edmee und Massalet zusammen gesehen hatte, war ihm das zum ersten Mal in aller Deutlichkeit bewusst geworden. Nie kam ihr ein Scherz oder eine kokette Bemerkung über die Lippen, selbst dann nicht, wenn sie dazu herausgefordert wurde. Er hatte auch noch nie ein Lächeln um ihre Mundwinkel spielen sehen, abgesehen von dem einen, das sie Shays Tauben geschenkt hatte. Noch nicht einmal Shay war in den Genuss eines solchen Lächelns gekommen. Und was ihn selbst anbetraf – sie sah ihn stets nur mit ernstem, düsterem Blick an, ganz gleich, ob die Umstände nun günstig waren oder schrecklich; und wenn sie überhaupt jemals lachte, dann jedenfalls nicht dort, wo er es hören konnte. Seltsam für jemanden, der allgemein als Kobold bekannt war.

War der Verlust von Morgan so schmerzlich für sie?

Die Vorstellung, dass sie womöglich noch immer um Morgan trauerte, beunruhigte Mychael, und nicht etwa deshalb, weil er Llynya für sich selbst haben wollte, obwohl dem so war. Er wusste, wie sehr es schmerzte, einen geliebten Menschen zu verlieren. Er hatte seine gesamte Kindheit hindurch mit diesem Gefühl gelebt, mit diesem unablässig nagenden Schmerz in seiner Brust, dem dicken, harten Kloß in seiner Kehle, der unweigerlich zu Tränen führte. Wenn er während seiner Kindheit im Kloster Strata Florida zufällig einmal trockenen Auges eingeschlafen war, war er jedes Mal noch vor Tagesanbruch wieder aufgewacht und hatte gefühlt, dass seine Wangen nass vor Tränen waren, denn sein Herz vergaß niemals die Toten von Merioneth, selbst wenn seine Gedanken von dem Kummer fortschweiften.

Er blickte auf die schweigsame Kriegerin an seiner Seite hinab und fragte sich, ob sie sich nachts in den Schlaf weinte. Er hoffte inständig, dass es nicht so war. In jenen Nächten in den Höhlen hatte er zwar keine Tränen bei ihr gesehen, dennoch lächelte sie nicht, und sie lachte überhaupt niemals, die bezaubernde und doch so schrecklich ernste Elfenmaid der Yr Is-ddwfn.

»Ich würde nicht zu Aedyth gehen, um mir Arzneikräuter geben zu lassen, wenn ich du wäre«, sagte sie warnend, als sie das Schweigen schließlich brach.

»Warum nicht?«

»Weil die Heilerin glaubt, du wärst eine dunkle Bestie, und man kann unmöglich wissen, was sie dir vielleicht einflößen wird.«

»Ja, und sie hat ja auch durchaus Recht damit.« Sein unbefangenes Eingeständnis brachte ihm einen scharfen Seitenblick unter hochgezogenen Brauen ein.

»Ich würde auch nicht alles glauben, was ich über mich selbst höre, wenn ich du wäre.« Es war eine Ermahnung, als ob sie besser als er wüsste, welchen Gerüchten man Glauben schenken konnte und welchen nicht.

Sie war pikiert, zweifellos, doch es war nicht seine Schuld, jedenfalls nicht ganz. Sie war erwischt und aus den Höhlen verbannt worden, und im Gegensatz zu ihm waren ihre Chancen, allein in der unergründlichen Finsternis zu überleben, gleich null.

»Im Ostturm gibt es reichlich Heilkräuter«, fuhr sie fort und hielt dann einen langen Moment inne, als wäre sie sich nicht ganz schlüssig. »Wenn du möchtest, kann ich dir ebenso gut einen Arzneitrank mischen wie die Heilerin«, fügte sie dann hastig und mit deutlich spürbarem Widerstreben hinzu.

Mychael grinste. Armer kleiner Fratz. Wenn es nach ihr ginge, würde sie am liebsten nichts mit ihm zu tun haben, aber ihr Gewissen gestattete ihr offenbar nicht, ihn der alten Aedyth zu überlassen.

»Ja, deine Arzneien sind mir lieber als die meisten anderen«, erklärte er.

Eine zarte Röte kroch in ihre Wangen, und er blickte sie hingerissen an. Keine Rose war so bezaubernd schön wie sie, und kein Mädchen war jemals seinetwegen errötet. Er würde sie für sich gewinnen, erkannte er ganz plötzlich, ob es nun Liebe war, die ihn beherrschte, oder nicht.

»Trig hat dich verdammt glimpflich davonkommen lassen, wenn man bedenkt, dass du gegen ihn gemeutert hast«, sagte sie und blickte weiter starr geradeaus, während sie noch stärker errötete.

»Man sollte sich besser fragen, warum Rhuddlan mich hat davonkommen lassen. Hier geschieht nichts, außer auf seinen Befehl.«

Bei dieser Bemerkung hob Llynya den Kopf, und ihr Blick schweifte geradewegs zu dem kupferroten Streifen in seinem Haar. »Ja. Ich nehme an, er hat Grund genug, dich zu schützen.«

Seite an Seite gingen sie unter dem Torbogen der Galerie hindurch, einem schmalen, gedeckten Gang, der zehn Meter an der Innenseite des großen Festungswalls entlanglief. Quadratische Fenster, die auf den Burghof hinausblickten, erhellten das dämmrige Innere und ließen graue, durch aussickerndes Wasser feuchte Steinquader erkennen. Grünes Moos wuchs in den grob verputzten Rissen und Spalten. Ein paar Meter weiter die Galerie entlang öffnete sich ein Treppenschacht, der in den Ostturm hinaufführte.

»Es sind weder Rhuddlan noch Trig, die mich beschäftigen«, erklärte Mychael. »Und auch Aedyth nicht, was das anbelangt.«

»Noch sonst irgendjemand, darauf wette ich.« Er hörte ihr gedämpftes Murmeln kaum, als sie den Turm betrat.

Er folgte Llynya dicht auf den Fersen, und sein Grinsen wurde noch breiter. Nach der Helligkeit der sonnenüberfluteten Felder brauchten seine Augen einen Moment, um sich an die Dunkelheit im Innern des Turms zu gewöhnen, und ihm schoss der Gedanke durch den Kopf, dass er in letzter Zeit anscheinend kaum noch etwas anderes tat, als Llynya durch irgendwelche dunklen und gewundenen Orte zu folgen.

Im nächsten Augenblick jedoch, als er um die erste Biegung der Wendeltreppe bog, war er plötzlich zu überhaupt keinem Gedanken mehr fähig. Aus der offenen Tür eines Raumes auf dem Treppenabsatz über ihnen ergoss sich Licht ein Stück die Stufen hinunter, und durch die Gnade Gottes und eine verirrte Brise hob sich der Saum von Llynyas Tunika, sodass bei jedem Schritt, den sie machte, ein Stückchen nacktes Bein über dem Rand ihres Strumpfes blitzte. Mychael blieb abrupt auf einer der schmalen Stufen stehen und starrte zu ihr hoch, wie gelähmt vor plötzlichem Verlangen.

Allmächtiger! Der Atem stockte ihm in der Kehle. Die Mädesüßblüten und Rosenknospen in ihrem Gewand glitzerten wie mit Tau benetzt. Die ganze zierliche kleine Person schien zu schimmern und zu funkeln und zu glitzern, eine fast übermächtige Verlockung, während sie leichtfüßig die Treppe hinaufeilte und diese wundervoll seidige Haut zeigte. Mychael schluckte hart und kämpfte gegen den Drang an, die Hand auszustrecken und sie zu berühren.

Sie würde ihn umbringen, so viel stand fest.

Ja, sagte er sich warnend, als er hinter ihr herrannte, bevor sie verschwinden konnte. Wenn er seine Hand unter ihren Rock schob oder sich wie ein von Wollust besessener Dorftölpel auf sie stürzte, würde er wohl kaum etwas damit gewinnen. Eine solche Methode wäre selbst für jemanden von seiner Unerfahrenheit ein bisschen zu ungehobelt. Außerdem gab es da noch ihr Messer zu berücksichtigen und ihre augenblickliche Stimmung, und keines von beiden verhieß Gutes für eine gewagte Liebkosung oder eine kleine Turmtändelei. In den Phantasien, denen er sich in den Wäldern von Strata Florida hingegeben hatte, war immer ein gewisses Maß an sinnlicher Begierde seitens der Waldnymphe vorhanden gewesen (tatsächlich sogar ein recht beträchtliches Maß) – ein Geschöpf, so ungeheuer leidenschaftlich und verführerisch und zügellos, dass sie seine (zugegebenermaßen schwache) Willenskraft im Handumdrehen untergraben und ihn auf jede nur erdenkliche lustvolle Art und Weise genommen hatte.

Aber das war, bevor er Llynya in einem Baum hatte liegen sehen, eingehüllt in zarte Nebelschleier. Nichts in seinen Wunschträumen hatte sich jemals mit der Realität ihrer Erscheinung vergleichen lassen.

»Nein, das stimmt nicht«, sagte er endlich, als er sich wieder an ihren Vorwurf erinnerte, dass er sich um niemanden Gedanken machte. »Es gibt da eine, an die ich in letzter Zeit fast ständig denke.«

Kaum waren ihm die Worte über die Lippen gekommen, als sie abrupt auf der Treppe herumwirbelte. Es hätte nicht viel gefehlt, und er wäre gegen sie geprallt. Leider war er jedoch viel zu reaktionsschnell, um versehentlich mit jemandem zusammenzustoßen, und sie war viel zu trittsicher, um zu stolpern, selbst auf sehr schmalen, roh behauenen Steinstufen.

»Wer ist sie?«

Verdammt. Er hatte sich selbst in eine Falle manövriert. Er konnte ihr wohl kaum gestehen, dass sie diejenige war, an die er Tag und Nacht dachte. Dass er an diesem Morgen ohne ihren betörenden Lavendelduft um sich herum erwacht war und dass er in jenem Moment – zusammen mit all den anderen

Schmerzen, die ihn peinigten – ein bedrückendes Verlustgefühl empfunden hatte. Oder dass der Geschmack ihrer Finger mehr zu seiner Wiederherstellung beigetragen hatte als jedes Arzneimittel.

Oder dass der bloße Anblick ihres nackten Beins genügte, um ihn in eine gierige, wollüstige Bestie zu verwandeln.

Er spürte, wie sie sich versteifte, als er keine Antwort gab.

»Ist es Massalet?«, verlangte sie zu wissen. Sie stand so dicht vor ihm, dass er unfähig war, einen vernünftigen Gedanken zu fassen.

Küss sie, war alles, was er denken konnte.

»Wenn sie dir ein Versprechen gemacht hat«, fuhr Llynya fort, »wirst du eine Enttäuschung erleben. Im Norden wartet nämlich ein Ebiurrane-Mann auf sie.«

»Und du? Wer wartet auf dich?« *Küss sie, na los!*

Ihre Augen weiteten sich vor Überraschung. »Niemand wartet auf mich. Ich hege für keinen Mann tiefere Gefühle«, erklärte sie, als ob diese Tatsache selbstverständlich und unumstößlich wäre.

»Was ist mit Morgan ab Kynan?« Es fiel Mychael schwer, diese Frage zu stellen, aber es musste sein.

»Morgan?« Ihre Augen wurden sogar noch größer, und er sah – Gott steh ihm bei! –, wie ihre Ohren zuckten. »Was sagst du da von Morgan?« Selbst ein Engel im Himmel hätte nicht unschuldiger klingen können.

Er fiel nicht darauf herein. »Ich sage, dass du den Tod finden wirst und nicht etwa Liebe, wenn du vorhast, im Zeitwehr nach Morgan zu suchen.«

Ihr Gesicht wurde wachsbleich in dem goldenen Licht, das durch die öffene Tür fiel. »Du weißt überhaupt nicht, wovon du sprichst.«

»Ich weiß sehr viel mehr, als du denkst, und ich möchte, dass du mich zu Ende anhörst«, erwiderte er, jetzt vollkommen ernst und nüchtern. Er stieg eine Stufe zwischen ihnen hinauf, sodass sie auf einer Höhe waren und sich Auge in Auge gegenüberstanden. »Es ist alles andere als einfach, dem Pfad zu folgen, Llynya. Das gleißende Licht blendet dich in den Augen und kriecht über deine Haut. Oft schießt es in einem grellen Blitzstrahl aus dem Abgrund hinauf und versengt dich. Donner grollt in dem Zeitwehr, und die Luft ist so schwer, dass es dir fast die Lungen zerreißt, wenn man sie einatmet. Und selbst wenn du alles das aushalten kannst, gilt es immer noch, den Stürmen zu trotzen – orkanartige und urplötzlich aufkommende Stürme, die aus allen Richtungen gleichzeitig wehen, ein zerstörerisches Unwetter, das einen in tausend Stücke zerreißen kann. Wahrlich, ich sage dir, eine solch gefährliche Reise lohnt sich selbst für alle Liebe der Welt nicht.«

»Ich bin stärker, als du denkst«, erwiderte sie, obwohl sie in Wahrheit nicht überzeugter klang als er.

»Selbst wenn du den Abstieg überleben würdest, gibt es keine Gewissheit darüber, was du finden würdest.« In Mychaels Stimme schwang ein frustrierter Unterton mit. »Das Zeitwehr verändert alles. Nichts und niemand, der hineingeht, kommt unverändert wieder heraus.«

»Der Streifen in deinem Haar?«

»Ja. Und das hier.« Er hob den Arm und zog seinen Ärmel hoch, um den breiten Striemen rötlich verfärbter Haut zu enthüllen, der an der Innenseite seines Unterarms entlanglief. Er hatte nicht vorgehabt, ihr seine Narben zu zeigen, aber der Verlust der Eitelkeit war ein geringer Preis, den er durchaus zu zahlen bereit war, wenn er sie dadurch von ihrem lebensgefährlichen Kurs abbringen konnte.

Zarte Finger strichen behutsam über die verletzte Haut. »Tut die Narbe weh?«

»Jetzt nicht mehr. Außer wenn …« Er brach unvermittelt ab, und sie hob den Blick, um ihm forschend in die Augen zu sehen.

»Außer wann?«, soufflierte sie.

Er zuckte die Achseln und schüttelte leicht den Kopf.

Sie konzentrierte ihre Aufmerksamkeit wieder auf seinen Arm, ließ ihre Fingerspitzen prüfend von der Narbe auf die unversehrte Haut daneben gleiten und wieder zurück. »Diese Stelle ist wärmer«, sagte sie und blickte erneut zu ihm auf, einen fragenden Unterton in der Stimme.

»Die Hitze, die die Narbe erzeugt hat, kehrt manchmal zurück.«

»Wie letzte Nacht?«

Er zögerte nur einen Moment, bevor er die Wahrheit gestand. »Ja.«

Sie schob seinen Ärmel noch ein Stück höher, über seinen Ellenbogen bis zu der Rundung seines Bizeps. Die Narbe hörte auch dort nicht auf. »Wie weit reicht sie?«

»Von meinem Schädel bis hinunter zu meinen Fußsohlen«, erwiderte er.

Ungläubig hob sie den Blick, um dem seinen zu begegnen, dann schob sie ohne lange Vorreden die zerrissene Schulterpartie seiner Tunika beiseite. Die Narbe verlief in einem Bogen über seine Schulter. Mit unendlich sanften Fingerspitzen folgte sie der leicht metallisch schimmernden Spur seinen Hals hinauf und hinter sein Ohr, wo die Narbe in die kupferfarbene Strähne in seinem Haar überging. Als Llynya jedoch nach dem Saum seiner Tunika griff, hielt er sie energisch zurück, indem er rasch ihr Handgelenk umfasste. Seine Eitelkeit mochte er vielleicht eingebüßt haben, aber er hatte nicht die Absicht, auch noch seinen Stolz zu verlieren. Ihre Erforschung, wenn auch noch so sanft und behutsam, war nicht ohne Folgen geblieben, und sie durfte auf keinen Fall wissen, dass schon die zarteste Berührung von ihr genügte, um ihn zu erregen.

»Du wirst die Liebe, die du verloren hast, nicht wiederfinden, Llynya.« Seine Stimme klang rau, als er sich am Rande eines Abgrunds taumeln fühlte, verwundbar gemacht durch ihren betörenden Duft und ihre zärtliche Berührung und den Anblick ihres bezaubernden Gesichts, nahe genug, um seine Lippen auf ihren Mund zu pressen.

Ihr Blick schweifte von ihm fort. »Es war nicht Liebe, die ich verloren habe, als Morgan fiel. Sondern Ehre.«

Ehre? Verwirrt löste Mychael seinen Griff um ihr Handgelenk und ließ seine Hand sinken. Derart befreit, drehte sie sich auf der Treppe um und lief weiter hinauf, immer zwei Stufen auf einmal nehmend.

Als sie hinter der nächsten Treppenbiegung aus seinem

Blickfeld verschwand, hastete er hinter ihr her. »Ehre? Du würdest um der Ehre willen sterben?« Jegliche Freude und Erleichterung, die er bei der Erkenntnis gefühlt hatte, dass sie sich nicht vor Liebeskummer um Morgan verzehrte, war schlagartig von Bestürzung verdrängt worden, als er den Rest ihres Geständnisses gehört hatte.

»Es gibt Schlimmeres als den Tod«, gab sie zurück.

Er fluchte, ein lästerliches Wort, das sie nicht kennen sollte, obwohl der schockierte Blick, den sie über ihre Schulter warf, ihm verriet, dass es ihr nicht fremd war. Es stimmte, was sie über den Tod gesagt hatte. Er wusste es sehr wohl, aber sie sollte solche Dinge nicht wissen. Er hätte sie küssen sollen, als ihm der Gedanke gekommen war, denn jetzt hatte er nur noch das Bedürfnis, sie an den Schultern zu packen und kräftig zu schütteln.

Sie gelangten zum ersten Treppenabsatz mit der offenen Tür, wo helles Licht in die dunklen Winkel strömte, und kletterten weiter die enge Wendeltreppe hinauf. Moiras Trockenkammer lag im obersten Stockwerk. Mychael war schon ein paar Mal dort gewesen, als die ältere Frau ihn hinaufgeschickt hatte, um etwas für sie zu holen. Der zweite Treppenabsatz war in Dunkelheit gehüllt, die Tür zu dem obersten Turmzimmer geschlossen. Jemand hatte Ysopblüten auf den Boden gestreut, und der schwache Duft von Orangen stieg unter ihren Füßen auf, als sie zu der Tür gingen. Llynya griff nach dem Schnappriegel, doch Mychael legte seine Hand auf ihre und hielt sie zurück.

»Ehre?«, fragte er. »Welche Ehre?« Dann schoss ihm plötzlich ein Gedanke durch den Kopf, und seine Finger schlossen sich noch fester um ihre. »Hat Morgan dich etwa geschändet? Ist es Rache, die du suchst?« Er würde persönlich Jagd auf den Dieb machen, wenn er dem Mädchen Gewalt angetan hatte.

»Nein. Er hat mich geküsst, das schon, aber sein Kuss hatte ganz bestimmt nichts Schändliches oder Entehrendes an sich, nur eine gewisse … ach, ich weiß nicht … Süße.«

Eifersucht, so unverfälscht und maßlos irritierend wie irgendetwas, was er je gefühlt hatte, durchbohrte sein Herz. Morgan hatte sie geküsst!

»Inwiefern hast du dann deine Ehre verloren?«

»Morgan war in meiner Obhut. Ich musste Rhuddlan hoch und heilig schwören, dass ich auf ihn aufpassen und ihn schützen würde. Ich hätte an seiner Seite kämpfen sollen, um den letzten, vernichtenden Schwerthieb des Keilers abzuwehren, und ich habe versagt.«

»Unsinn! Du hast dich tapfer geschlagen«, erklärte er ihr vehement. »Keiner macht dich verantwortlich für das, was Morgan passiert ist.«

»Mir braucht niemand zu sagen, wo meine Verantwortung liegt.« Sie hob trotzig das Kinn. »Ich bin eine Yr Is-ddwfn, und der Quicken-tree-Begriff von Ehre ist für mich kein Maßstab. Was bei ihnen als Ehre gilt, genügt mir noch lange nicht.«

Arrogantes, störrisches Frauenzimmer. »Weiß Rhuddlan eigentlich, welche Hochachtung du ihm entgegenbringst?«, fragte Mychael, krampfhaft bemüht, seine Wut in Schach zu halten. »Oder dass du in deiner Torheit vor nichts zurückschrecken wirst?«

»Nein, und wenn er es wüsste, würde er mich aus Merioneth verbannen, was weder meinen noch deinen Absichten dienlich wäre.«

Seine Absichten. Dann hatte sie also erahnt, was er vorhatte? Unmöglich – es sei denn, sie meinte seine Absichten mit ihr. Ja, genauso war es. Er konnte es an der heißen Röte erkennen, die in ihre Wangen stieg. Sie wusste, dass er sie begehrte – und sie rannte nicht in die entgegengesetzte Richtung.

Nein, sie war ganz sicherlich nicht wie die anderen Mädchen in Merioneth. Sie hatte keine Angst, allein mit ihm zu sein, und dennoch hatte sie mehr Grund als alle anderen, sich zu fürchten. Und schon deshalb würde es ihm nicht gefallen, wenn sie ins Exil geschickt würde, verbannt aus dem Land, wo er von Schreckensvisionen, von Krieg und Drachen heimgesucht wurde. Er befürchtete, seine Tage würden unerträglich trostlos und bar jeden Lichts sein, wenn noch nicht einmal mehr die Hoffnung bestünde, ihr zufällig im Burghof zu begegnen.

Es war keine sonderlich angenehme Erkenntnis. War er wirklich derart vernarrt in das Mädchen, und das nach weniger als einer Woche? Morgan hatte sie geküsst, und sie hatte den Kuss des Diebs süß gefunden. Jetzt forderte sie ihn, Mychael, dazu heraus, sie doch verbannen zu lassen, wenn er wollte, und sich damit um jegliche Chance zu bringen, vielleicht doch noch den ersehnten Kuss von ihr zu bekommen.

War sie sich so sicher, dass er es nicht tun würde? War er so leicht zu durchschauen?

Ja, wahrscheinlich schon, und auch dieser Gedanke war äußerst unbefriedigend. Es gab nur eine Sache, die ihm Befriedigung verschaffen konnte.

Verflucht. Er stand vor ihr, und seine Frustration wuchs, bis er sich einfach nicht mehr zu helfen wusste. Er beugte den Kopf und presste seinen Mund auf ihren, und eine faulere Ausrede für einen Kuss hätte er sich beim besten Willen nicht vorstellen können: eisige Lippen, unterkühlt von der klammen Kälte des Turms, ein verkrampfter, unnachgiebiger Körper, schroffe Worte, die noch immer zwischen ihnen zu stehen schienen. Es war ein hoffnungsloser Kuss – und trotzdem wich Llynya nicht zurück. Sie ließ sich seinen linkischen Kuss gefallen und verwandelte ihn durch die schiere Gnade ihrer Akzeptanz in weitaus mehr, als er war. Ihr süßer Atem streifte seine Haut wie ein warmer Hauch, sanft, so unendlich sanft, und plötzlich löste sich seine innere Verkrampfung. Er trat einen Schritt näher, sodass ihr Körper seinen berührte, und seufzte angesichts der Erleichterung, die ihm der leichte Druck verschaffte. Dann öffnete sie den Mund, und er stürzte Hals über Kopf in einen Taumel sinnlicher Begierde.

Shadana … shadana … Seit Crai Force hatte Llynya sich gefragt, wie es wohl sein würde, ihn zu küssen. Und jetzt wusste sie es. Sein Kuss war ein Gebilde aus sengender Hitze und Kraft. Seine Körpertemperatur war fast unmittelbar mit der Berührung ihrer beiden Lippen angestiegen. Die Muskeln seiner Arme, zuerst locker, spannten sich unter ihren Händen an und sammelten Kraft, als er noch näher kam. Mit seinem letzten Schritt fühlte sie, wie er seinen harten, warmen Körper in voller Länge an sie presste. Es war ein Gefühl, anders als alles, was sie je zuvor gekannt hatte.

Und erst sein Geschmack. *Ihr Götter, steht mir bei!* Sie hatte den Mund unter seinen Lippen geöffnet und war prompt von einer Woge von Empfindungen überrollt worden. Seine Zunge war über ihre geglitten, und sie hatte einen köstlichen Schauer der Lust über ihre Haut rieseln gefühlt. Mychael war wild und stürmisch, ohne jede Finesse und ausschließlich von seinem Instinkt getrieben, gierig verschlingend, wo sie genießen würde; und er erfüllte sie mit einer überwältigenden Anzahl von Wohlgerüchen, von denen jeder Einzelne von einem dringenden Bedürfnis sprach, das ihr Verständnis überstieg. Und dennoch fühlte sie es ebenfalls, dieses unaussprechliche Verlangen, das seinen Körperbewegungen innewohnte. Der Unterschied zwischen ihnen bestand darin, dass sie schnell herausfand, dass er weitaus verwegener war als sie. Wo sie schamhaft zurückgescheut hätte, drängte er stürmisch vorwärts und trieb sie unerbittlich weiter, als sie sich jemals zu gehen getraut hätte. Seine Hände wanderten von einer verbotenen Liebkosung zur nächsten, während ihre eigenen abwehrenden Bewegungen immer einen halben Schritt hinterherhinkten, bis er sie überall am ganzen Körper berührt hatte. Oder zumindest glaubte sie das.

Als seine Hand unter ihre Übertunika glitt und über ihre Hose zu ihrem nackten Schenkel, veränderte sich der Kuss plötzlich. Sein kehliges Stöhnen hallte in ihrem Mund wider, und ihre Knie begannen so heftig zu zittern, dass sie Mühe hatte, sich auf den Beinen zu halten. Seine Hand, so warm auf ihren Kleidern, fühlte sich wie ein glühend heißes Brandeisen auf ihrer nackten Haut an.

»Mychael!«, keuchte sie und löste ihre Lippen von seinen.

Er tat nichts anderes, als die Gelegenheit zu nutzen, um ihr Gesicht mit einer Flut von hastigen kleinen Küssen zu bedecken, während seine andere Hand an ihrer Taille beschäftigt war. Gleich darauf fiel ihr Gürtel klirrend auf den Boden, und sie wusste, sie war verloren.

Im Nu war seine Hand unter ihrem Hemd und streichelte

hungrig ihre Brüste. Ihre Kleider hochgeschoben, ihre Bänder an ihrem Hemd bereits halb gelöst, stürzte sie in halsbrecherischem Tempo in unerforschtes Territorium.

Ins Paradies. Mychael war überwältigt vor Erstaunen. Noch nie zuvor in seinem Leben hatte er etwas so Zartes und Zerbrechliches und dennoch so Lebendiges gehalten wie die Elfenfrau in seinen Armen. Der Geschmack von Lavendel füllte seinen Mund und überflutete seine Sinne. Ihre Haut war zart und weich, so samtweich, dass er fürchtete, seine rauen, ungestümen Hände würden irgendwie Spuren auf ihr hinterlassen. Und deshalb war er vorsichtig, umschloss ihre Brüste mit behutsamer Hand, um ihr leichtes Gewicht zu fühlen und sich noch intensiver in sie zu verlieben, nur weil er sie berühren durfte.

Sie duftete nach Blumen, heißen Blumen, als ob ein ganzes Heer von ihnen unter einer glühenden Sommersonne blühte. Der parfümierte Wohlgeruch stieg von ihrer Haut auf, und er schmeckte ihn auf der Zunge, als er ihre Haut mit hungrigen Küssen bedeckte. Zarte Veilchen und Gartennelken, süßer Waldmeister und Pfingstrosen, Lavendel und Lilien – sie alle vermischten sich zu einem berauschenden Duft. Er stieg ihm wie Wein zu Kopf, wirbelte durch Vernunft und Verlangen und vermischte eins mit dem anderen, bis er nicht mehr wusste, wo das eine aufhörte und das andere anfing. Ihr Herz raste unter seiner Hand, schlug im Gleichtakt mit seinem Puls, wo sein Handgelenk auf ihrer Haut lag. Er war einem anderen Menschen bisher noch nie so nahe gewesen, dass er seinen Herzschlag hätte fühlen können, und dennoch war er ihr noch nicht annähernd nahe genug.

Nicht annähernd.

Er presste sich zitternd vor Begierde an sie, drückte seine Brust gegen ihre Brüste und fühlte, wie sie dahinschmolz und sich an ihn schmiegte. Ermutigt von ihrer Reaktion, schob er seine Hüften vor und drückte seinen Unterleib an ihren. Sie keuchte auf, und flüssiges Feuer breitete sich in seinen Lenden aus. Der betörende Blumenduft um ihn herum wurde noch intensiver, erschwerte es ihm noch mehr, über das heiße, pulsierende, unbezähmbare Verlangen in seinem Blut hinauszudenken. Wieder schob er die Hüften vor und rieb sich an ihrem Unterleib, und er hörte, wie ihr der Atem in der Kehle stockte. Und noch einmal und ihre Finger gruben sich Halt suchend in seine Schultern.

Langsam ließ er seine Hand höher an ihrem Bein hinaufgleiten, während er sie noch fester an sich zog und in der seidigen Glattheit ihrer Haut schwelgte, bis er die Stelle zwischen ihren Schenkeln erreichte und ihre Unterhosen fühlte. Weicher als Quicken-tree-Tuch waren sie, und dennoch nicht so weich wie das, was unter dem Stoff lag, direkt unter seinen Fingerspitzen.

Das Bewusstsein, ihre intimste Körperstelle zu liebkosen, berauschte ihn förmlich und löste eine brünstige Hitze in seinem Inneren aus. Er brannte innerlich lichterloh, während er fieberhaft an seinem Gürtel und seinen Hosen nestelte, um sein hartes Fleisch aus dem beengenden Stoff zu befreien. Llynya machte eine hastige Bewegung, um ihn zurückzuhalten, ein weiteres protestierendes »Nein!« auf den Lippen, und in dem Durcheinander von Händen und grobem Leinen fanden ihre Finger ihn – und sie zog sie nicht zurück.

Es war genug.

Ohne jede weitere Bewegung ihrerseits wurde er abrupt all seiner Eitelkeit und seines Stolzes beraubt, als plötzlich sein Lebenssamen aus ihm herausspritzte, begleitet von einem Gefühl, das zu gleichen Teilen aus Ekstase und Scham bestand. Er vergoss seinen letzten Tropfen, und Llynya löste sich mit einem schockierten Aufkeuchen aus seiner Umarmung. Hastig hob sie ihren Gürtel vom Boden auf und verschwand dann leise die Turmtreppe hinunter. Nichts als das Geräusch seines eigenen keuchenden Atems hallte von den Steinwänden um ihn herum wider.

Stöhnend lehnte Mychael sich gegen die Tür und hielt sich mit beiden Händen den Kopf. Grenzenlose Scham und ein Gefühl tiefster Demütigung kroch in jede seiner Poren, während sein Körper noch immer unter den köstlichen Nachwirkungen des Höhepunkts pulsierte, den er durch ihre Hand erlebt hatte.

Allmächtiger! Die Grobheit und Geschmacklosigkeit dessen, was er getan hatte, entsetzte ihn zutiefst, ebenso wie sein völliger Mangel an Selbstbeherrschung. Sie hatte ihn berührt, und es war, als hätte sich plötzlich ein Wehr geöffnet und alles aufgestaute Verlangen frei gelassen, das er jemals gefühlt hatte. Er hatte ja nicht gewusst, dass es so urplötzlich geschehen konnte, so ungeheuer intensiv, oder dass schon eine einzige Berührung genügte, um es auszulösen.

Ihre Berührung.

Er fluchte lästerlich und schlug erbittert mit der Faust gegen die Tür. Er hatte sich im höchsten Grade lächerlich gemacht, und er hatte Llynya wahrscheinlich derart mit Abscheu erfüllt, dass sie ihm niemals würde verzeihen können. Vielleicht würde er ja auf seiner Reise nach Lanbarrdein mehr Glück haben, und eines von Tabors Ponys würde ihn tödlich verletzen. Ein einsamer Tod in den unterirdischen Höhlen war wirklich das Einzige, das er verdient hatte.

Und dennoch, trotz all seiner Demütigung – die Erlösung, die sie ihm geschenkt hatte, war süß, so unendlich süß gewesen. Und obwohl sie gegangen war, hatte sie ihn nicht eher verlassen, bis es vorbei gewesen war.

13

Nia konnte die Einöde riechen, lange bevor sie die drückende Hitze in die Höhlen hinunterströmen fühlte. Ihre Nerven waren zum Zerreißen angespannt, ihr Mut und ihre Kräfte fast gänzlich aufgebraucht von dem langen, strapaziösen Marsch. Sie hatte schon einige Zeit in der unergründlichen Finsternis verbracht, bevor sie gefangen genommen worden war, aber die Sha-shakrieg waren immer noch tiefer in den violetten Schacht hinabgestiegen, und am dritten Tag ihrer Gefangenschaft waren sie in einer Tiefe angelangt, von der sie niemals geglaubt hätte, dass man sie überhaupt lebend erreichen könnte. Selbst jetzt, nach zwei Tagen anstrengenden Kletterns, war Nia sich nicht sicher, ob sie das schleichende Unwohlsein, das sie bei dem steilen Abstieg befallen hatte, überleben würde – oder die Erinnerung an das, was sie in jenen unergründlichen Tiefen gesehen, gefühlt und gehört hatte.

Der absolute Tiefpunkt ihrer langen, gefährlichen Reise war der Moment gewesen, als sie ein sturmumtostes Meer mittels eines schmalen felsigen Damms überqueren mussten. Tief unterhalb des Pfades waren hohe Wellen gegen eine Seite des Klippendamms gebrandet. Salzige Gischt von dem sturmgepeitschten Wasser hatte sich in Pfützen entlang dem Pfad gesammelt und jeden Schritt zu einem Wagnis gemacht. Auf der anderen Seite des Dammes ragte eine riesige Eishöhle drohend in der Dunkelheit auf. Glitzernde blau-weiße Eissäulen, dicker als hundert Männer, standen wie grimmige Wachtposten am Eingang der Höhle. Im Licht der Sha-shakrieg-Fackeln hatte Nia zu Eis erstarrte Wasserfälle aus den Innenwänden der Höhle herausschießen sehen, Berge von bläulich-grünen Eisschollen, die sich auf dem Boden türmten, und eine hohe Decke, überzogen mit schlanken, weiß glitzernden Eiszapfen.

»Die Dangoes«, hatte der Mann vor ihr in der gemeinsamen Sprache gesagt. Varga war sein Name, und er war der Anführer des Trupps, derjenige, der den Strick hielt, mit dem ihre Handgelenke gefesselt waren. Ansonsten hatten die Sha-shakrieg nichts getan, um sie zu verletzen, obwohl der Grund dafür ganz sicher nicht in mangelnder Feindschaft zu suchen war. Seltsame, Furcht einflößende Wesen waren sie, diese Spinnenmenschen, von Kopf bis Fuß in Schichten von braunem Stoff gehüllt, ihre Gesichter mit grauen Gazestreifen umwickelt, die nur die Augenpartie frei ließen. Sie schienen von elfischer oder menschlicher Gestalt zu sein – vielleicht waren sie Abkömmlinge einer gemeinen Rasse, die irgendwann in grauer Vorzeit existiert hatte –, aber nur ihre dunklen Augen waren zu sehen, und sie beobachteten jede ihrer Bewegungen mit Feindseligkeit und einem Misstrauen, das Nia nicht verstehen konnte. Was glaubten sie denn, was sie gegen eine solche Übermacht ausrichten könnte?

Sie hatten ihr einen zusätzlichen Umhang um die Schultern

gelegt, bevor sie zu dem Felsendamm gelangt waren; dennoch hätte es weitaus mehr als eines Umhangs bedurft, um zu verhindern, dass ihr der kalte Schrecken des Ortes bis in die Knochen drang. Die riesige, eisüberkrustete Höhle roch nach Tod, nach einer Kälte, noch kälter als der eisige Hauch des Grabes, die ihre Fangarme nach allem ausstreckte, was lebendig war, um es als Geisel zu nehmen und mit tödlichem Griff umklammert zu halten. Als sie am Eingang der Höhle vorbeiging, fühlte Nia die Liebkosung unsichtbarer frostiger Finger, eine auf ihrer Wange, eine andere an ihrem Knöchel. Leichte Windböen, dachte sie zuerst, bis der Geist, der über die Höhle herrschte, seinen Griff um ihr Fußgelenk verstärkte – um sie von dem schmalen Pferd zu zerren und hinunter in den gähnenden Schlund der Eishöhle. Als sie voller Angst aufschrie, eilte Varga mit seiner Fackel an ihre Seite. Rasch schwenkte er die lodernde Fackel zwischen ihr und der Höhle hin und her, und in dem Lichtbogen von Funken und Flammen sah sie dünne Fetzen eisigen Nebels, ineinander verschlungen und knotig wie uralte Gerippe. Vargas schnelles Eingreifen war ihre Rettung, aber zusammen mit jener arktischen Berührung hatte Furcht von ihr Besitz ergriffen, eine Furcht, die sie nicht mehr loslassen wollte.

Als sie dem langen, kurvenreichen Pfad über Wasser und Eis folgten, kam ein echter Wind hinter ihnen auf. Seine kalten Böen brachten die Eiszapfen in der Höhle zum Singen, schauriger Widerhall des Atems der Erde, der durch zu Eis erstarrte Saiten blies. »Eismusik«, murmelte jemand hinter ihr, während er hastig ein Unheil abwehrendes Zeichen machte. Varga marschierte weiter und zog Nia hinter sich her, scheinbar völlig ungerührt von dem Furcht einflößenden Phänomen, aber andere Mitglieder des Spinnenvolkes banden die Gazeschals über ihren Ohren noch fester zusammen, um sich vor den unirdischen Klängen zu schützen.

Das Lied schwebte über den Damm hinaus zum Meer, wortlos melodisch, während seine Töne durch die frostklare Luft perlten und wie Eiswasser über Nias Rückgrat hinabrieselten. Wahnsinn lauerte in dem Lied, die Verheißung eines sanften

Todes im Schlaf, um die Schwachen oder Unvorsichtigen anzulocken oder jene, die zu erschöpft waren, um weiterzugehen, ob ihre Erschöpfung nun von dem harten Marsch herrührte oder Lebensüberdruss entsprang. Um Nia stand es noch nicht so schlimm, dass sie bereit war, sich einfach aufzugeben, und sie zwang sich, sich auf andere Dinge zu konzentrieren und die schauerlichen Klänge aus ihrem Bewusstsein zu verdrängen. Sie hatten den Damm gerade zur Hälfte überquert, als plötzlich eine neue Melodie ertönte, ein Klang, der bewirkte, dass sich die feinen Härchen in Nias Nacken prickelnd aufrichteten. Sie blieb unwillkürlich stehen, ihre Aufmerksamkeit voll und ganz von der Eishöhle gefesselt.

Das unheimliche, klagende Geheul nahm an Lautstärke zu, während es von den gigantischen Eissäulen widerhallte und das Donnern der Brandung gegen die Felsen unter ihnen übertönte. Nia stand reglos da und starrte in die dunklen Winkel der Höhle, wie versteinert vor Furcht und mit einem tonlosen Gebet auf den Lippen, bis sie fühlte, wie eine Hand ihren Arm umschloss.

Erschrocken blickte sie auf und sah Varga vor sich stehen. Sie konnte in seinem bandagierten und verhüllten Gesicht nur die schwarzen Augen erkennen, die sie prüfend betrachteten. Seine Hand auf ihrem Arm war in Form und Beschaffenheit sehr ähnlich wie ihre Hände, einschließlich der von der Kälte geröteten, rissigen Haut; aber als sie sah, was sich unter seinem losen Ärmel verbarg, wich sie angewidert zurück. Er lockerte seinen Griff um ihren Arm augenblicklich.

»Es ist nichts weiter als dein Hund, der in der Dunkelheit herumstreunt«, erklärte er ihr mit seiner rauen, gedämpft klingenden Stimme und wies mit einer Kopfbewegung auf die Höhle, aus deren Tiefen noch immer das schaurige, unirdische Wehklagen aufstieg.

»Ich habe keinen Hund«, erwiderte sie und ihr Atem bildete kleine weiße Wölkchen in der frostkalten Luft. Dann begriff sie plötzlich. »Conladrian!«, stieß sie keuchend hervor.

Varga zuckte nur die Achseln und bedeutete ihr mit einer Geste, weiter den Pfad entlangzugehen. Nia folgte ihm, jedoch nicht ohne einen Blick zurückzuwerfen. Conladrian, Rhuddlans großer, Furcht gebietender schwarzer Rüde, der zuletzt in den Nebelschwaden vor dem Zeitwehr gesehen worden war. Er trauerte offensichtlich noch immer um Rhayne, seine jüngere Schwester und Gefährtin, die an den Ufern von Mor Sarff von Caradoc abgeschlachtet worden war. Wie kam es, dass er jetzt hier, an diesem fernen, unwirtlichen Ort, lebte, umschlossen von Dunkelheit und ewigem Eis?

Die Dangoes. Nia wiederholte den Namen im Stillen, und ein kalter Schauder überlief sie. Sie würde ihn ganz sicher nie vergessen.

Das war vor zwei Tagen gewesen, und jetzt war es Hitze, die sie fühlte, eine stickige Hitze, die sich in den Tunneln und Schächten vor ihnen verdichtete und die kalte, feuchte Luft der Höhlen zurückdrängte. Bedwyr war in Crai Force getötet worden, aber die anderen hatten überlebt. Nia hatte sie in dem violetten Schacht gesehen und gehört, wie sie sich beratschlagten. Sie hatte es nur schwer ertragen, als ihre Kampfgefährten schließlich gegangen waren, aber sie war eine Liosalfar und wusste, Trig hatte eine kluge Entscheidung getroffen. Die Liosalfar waren den Spinnenleuten zahlenmäßig zwanzigfach unterlegen gewesen, und Trig hatte die Übermacht des Feindes sicherlich geahnt. Rhuddlan würde eine Rettungsmannschaft ausschicken, um sie aus der Gewalt der Spinnenleute zu befreien, aber ihrer Berechnung nach war er zu diesem Zeitpunkt wahrscheinlich bestenfalls knapp jenseits der Magia-Wand angelangt. Sie war also ganz auf sich gestellt und hatte bisher nur sehr wenige Informationen sammeln können, um sich selbst oder den Quicken-tree zu helfen.

Nachdem die Liosalfar abgezogen waren, war es zu einem erbitterten Streit unter den Sha-shakrieg in dem violetten Schacht gekommen. Messer waren gezogen worden, und der Trupp wäre beinahe in ein dutzend verschiedene Lager zerfallen. Eine Gruppe hatte zu dem toten Jungen gehalten, den sie aus Crai Force hinausgetragen hatten. Andere hatten Anstalten gemacht, die Liosalfar zu verfolgen, aber Varga hatte sie daran gehindert und die Truppe wie durch ein Wunder zusammengehalten. Rhuddlans Name war viele Male gefallen. Am Ende hatte Varga sich durchgesetzt, und sie hatten sich auf den langen und anstrengenden Marsch nach Deseillign gemacht, während sie den Leichnam trugen und ihre schweren, mit *thullein* gefüllten Lederbündel.

An der nächsten Biegung des Pfades drang das laute Rauschen von Wasser an Nias Ohr, und als sie eine weitere Biegung umrundeten, kam das Licht, grell und unerträglich nach der Dunkelheit der Höhlen, in breiten Strahlen von Gelb und Orange. Die Farben stammten nicht von dem Licht selbst, wie Nia bald erkannte, sondern von dem umgebenden Gestein. Varga band sich eine schützende Schicht Gaze vor die Augen, bevor er sie weiterführte. Ihr fiel auf, dass alle Sha-shakrieg das Gleiche taten und die Gazebandagen um ihre Gesichter hochzogen, um nicht von dem grellen Licht geblendet zu werden. Die Landschaft veränderte sich schnell von größtenteils horizontal in turmhoch vertikal, und die Grau- und Brauntöne der unergründlichen Finsternis verwandelten sich in tausend verschiedene Schattierungen von Orange und Umbra, dann in Gelb, Gold, Ocker und schließlich in Rot in allen seinen Nuancen. Steile, glatte Felswände ragten höher und immer höher zu beiden Seiten der Schlucht auf, der sie folgten, während in der Öffnung hoch oben über ihren Köpfen ein schmaler Streifen blassblauen Himmels erkennbar war. An einigen Stellen sickerte Wasser zusammen mit dem Licht in die tiefe Schlucht hinunter, dünne Rinnsale von Farbe, die den Fels benetzten und die Sattheit der streifenförmig angeordneten Farben noch stärker hervorhoben. Ein Stück weiter voraus konnte Nia das Tosen der Wasserfälle näher kommen hören.

Teiche von kristallklarem Wasser säumten eine Seite des Pfades. Zuerst klein und weit auseinander liegend, wurden sie bald größer und rückten immer dichter zusammen, bis sie zu einer rieselnden Kaskade ineinander zu fließen begannen. Saftig grüne Pflanzen sprossen an den Rändern der Teiche, und die Ufer waren mit Moos überwuchert. Und dennoch, trotz des Baches und der Anfänge von Vegetation war es der Geruch der Wüste, den Nia am schärfsten wahrnahm, trocken und fein und leicht bitter. Als sie auf Sand trafen, waren es zuerst nicht mehr als ein paar vom Wind verstreute Körner, die den Boden bedeckten. Bis sie schließlich in Serpentinen zu einer tiefer gelegenen Ebene hinabzusteigen begannen, war der Sand zu einer dicken Schicht geworden, die in sämtliche Winkel und Ecken der Schlucht wehte.

Allmählich kamen die Wasserfälle in Sicht, eine Linie aus Silber, die sich am Rand einer Felswand entlangzog und zunehmend breiter wurde, als sie um eine Kurve bogen, bis sie die undurchdringliche Wand aus Wasser schließlich direkt vor sich hatten. Dichter Nebel quoll in die Schlucht und dämpfte das Licht, und der Wüstengeruch wurde von dem kühlen, frischen Geruch des Wassers überlagert. Als Nia sich umblickte, sah sie, dass der Weg jetzt an einem langen Grabenbruch entlangführte, der sich meilenweit in beide Richtungen erstreckte. Die Wasserfälle stürzten von einem vorgelagerten Berg hunderte von Metern oberhalb des Pfades in die Tiefe und strömten hunderte von Metern unter ihnen durch eine riesige Klamm in die Erde zurück. Die Breite der Klamm entsprach der halben Länge der Ostmauer von Carn Merioneth, mit Flüssen, die in verschiedenen Höhen in den Strom einmündeten. Breite Kanäle erstreckten sich in vier Richtungen von dem See, gebildet durch die strömenden Wassermassen, und weit in der Ferne, jenseits einer öden, unfruchtbaren Landschaft endloser Sandflächen, konnte Nia Türme am Horizont aufragen sehen.

»Deseillign?«, fragte sie und zeigte nach Osten. Sie wollte wissen, welches Schicksal ihr bevorstand.

Varga schüttelte den Kof. »Nein. Wadi Bishr-dira. Die Türme, die du siehst, sind Säulen aus Fels, geformt vom Wind. Ihre schweren Decksteine bewahren sie davor, vollkommen abgeschliffen zu werden. Deseillign ist doppelt so weit entfernt, wie man von hier aus sehen kann.«

Wadi Bishr-dira. Der Name erzeugte einen leisen Widerhall in ihrem Inneren. Varga bediente sich der gemeinsamen Sprache, wenn er mit ihr redete, der Sprache aller Länder; aber seine Stimme hatte einen wärmeren Klang angenommen, als er seine Muttersprache gebrauchte, um den Namen eines Ortes zu nennen, den er kannte. Nia blickte auf die weite, leere Ebene hinaus. Wie die Wände der Schlucht um sie herum, so wies auch die Wüste eine Vielzahl unterschiedlicher Farben auf. Wolken, die über den Himmel jagten, warfen Schatten auf die hügeligen Dünen und auf die hier und dort aus dem Sand aufragenden Felsnasen. Es gab nichts von dem, was Nia kannte, keine Bäume, keine Berge, keine Flüsse. Es war das Land ihrer Feinde, und dennoch war das Land selbst Teil von Mutter Erde, und sie fühlte dieselbe Kraft hindurchströmen, die auch durch Riverwood oder Wroneu strömte. Welche Geschichten mag der Nachtwind in der Wüste erzählen?, fragte sie sich. Wovon flüsterten die Sandkörner unter der brennenden Sonne?

Eine Gruppe schwarz gekleideter Wachtposten wartete in der Nähe, während der Rest der Sha-shakrieg-Truppe weiter den Pfad hinuntermarschierte – völlig lautlos bis auf das Knirschen ihrer mit Erz gefüllten Lederbündel. Varga rief einen der Männer zu sich und sprach mit gedämpfter Stimme zu ihm, dann nahm er eine Pergamenturkunde aus einem Beutel an seinem Gürtel und reichte sie dem Soldaten. Als der Soldat im Laufschritt den Pfad hinuntereilte, wandte sich Varga zu Nia um und zog die Gaze von ihrem Gesicht. Dann wickelte er den Gazestreifen ab, der seine Augen verhüllt hatte.

»Du solltest etwas essen«, sagte er und reichte ihr einen der zähen Streifen aus zu Brei zerstampften und getrockneten Blättern, die ihre Marschverpflegung auf der Reise gewesen waren.

Sie streckte die Hand aus, um das Essen anzunehmen, und dabei bemerkte sie einen seltsamen blauen Schimmer auf ihrer Haut. Neugierig blickte sie zum Himmel hinauf, an den Wolken vorbei, und plötzlich stockte ihr der Atem in der Kehle.

»Das Himmelsgewölbe«, erklärte Varga. »Das Licht des Sterns leuchtet noch immer über Deseillign.«

Nia wusste, was er meinte, aber sie hatte niemals erwartet, dass sie es einmal mit eigenen Augen sehen würde. Hoch über den Wolken und täuschend ähnlich wie der Himmel aussehend, wölbte sich das Felsdach, das das unterirdische Reich der Sha-shakrieg umschloss, eine Höhle, so unvorstellbar riesig, dass sie sich jeder Beschreibung entzog – ein Land, das sich von dem Grabenbruch bis zu dem Ödland erstreckte, volle dreißig Tagesmärsche breit.

Das Licht, das die unterirdische Wüste überflutete, stammte von den Kristallmassen, die in den Fels eingebettet waren, Überbleibsel eines Sterns, der vor Jahrmillionen auf die Erde herabgestürzt war. In einem klaren, mineralischen Geäder über die Kuppeldecke ausgebreitet, erstrahlte der Kristall in himmlischem Feuer, ungelöscht seit einer Zeitspanne, die sogar das Erinnerungsvermögen der Bäume überstieg. Nur der Fels selbst existierte schon genauso lange.

Nia bewegte ihre Hand durch die farbigen Strahlen und beobachtete, wie das Sternenlicht über ihre Haut tanzte. Sie nahm an, dass es ausreichte, um eine Lichtelfe am Leben zu erhalten, wenn auch wahrscheinlich nur notdürftig. Denn trotz seiner hellen Schönheit besaß es nicht so viel Kraft wie das Licht der Sonne. Seit Millionen von Jahren in der Erde eingeschlossen, schwand die Lebenskraft des Himmelskörpers mehr und mehr dahin. Nia fragte sich, ob die Sha-shakrieg wohl wussten, dass ihre Zeit ablief – so wie auch ihr Ende nahen würde, wenn es ihr nicht gelang, zu fliehen.

Sie wandte sich zu Varga um. »Wie viele Tagesmärsche sind es bis zur Stadt?«

Er musterte sie wachsam durch den Schlitz in seinen Bandagen. Seine Augen waren nicht so dunkel, wie sie anfangs gedacht hatte, sondern spielten mehr ins Bräunliche, von sehr dichten Wimpern umrahmt und mit tiefen Falten in den Augenwinkeln. »Für sie« – er wies auf die Truppe, die den gewundenen Pfad zum Wüstengrund hinuntermarschierte – »sind es zwei Tage, da sie in einer Karawane reisen. Wir beide, du und ich, werden mit Genehmigung der Königin zurückgehen.«

»Zurück?«, wiederholte sie verwirrt.

»Nach Merioneth, an Rhuddlans Hof, damit ich sagen kann, was ich auf dem Herzen habe.«

Hoffnung wallte plötzlich in ihr auf. Er würde sie nach Merioneth zurückbringen. Allein. Ob es mutig oder schlichtweg dumm von ihm war, kümmerte sie nicht, obwohl sie nach dem wenigen, was sie von ihm wusste, nicht den Eindruck hatte, dass er zu Dummheit neigte. Und dennoch, mit Varga als einzigem Bewacher hatte sie gute Chancen zu entwischen – selbst wenn ihre Überlebenschancen nicht annähernd so groß waren. Sie war jetzt seit neun Tagen unter der Erde, ohne das Licht der Sonne, um das erdrückende Gewicht der Dunkelheit zu lindern, und somit hatte sie nur noch fünf weitere Tage, bis die unergründliche Finsternis endgültig ihren Tribut fordern würde. Jenseits davon lag das Unbekannte. Seit den Zauberkriegen hatte sich kein Liosalfar länger als zwei Wochen unter der Erde aufgehalten.

Sie blickte zu dem von Kristalladern durchzogenen Himmel über dem Sandtal des Grabenbruchs hinauf. Das Sternenlicht würde helfen, aber vielleicht nicht genug. Fünf Tage, um zum Drachenschlund zu gelangen. Allein könnte sie es schaffen, immer vorausgesetzt, dass sie bei ihrer Flucht nicht verletzt wurde.

Doch fast ebenso schnell, wie ihre Hoffnung aufgewallt war, wurde sie wieder zerstört. Varga trug nur ihr Bündel, signalisierte jetzt jedoch einem der schwarz gekleideten Wachtposten, ihm eins von seinen zu bringen. Im Gegensatz zu den mit Eisenerz gefüllten Säcken klapperte und klirrte das Bündel des Mannes vernehmlich. Geradezu Unheil verkündend, dachte Nia, und ihre ungute Vorahnung erwies sich als richtig, als Varga in das Bündel hineingriff und ein wirres Durcheinander von Eisenketten herauszog. Verrostet und mit einer Reihe von rasiermesserscharfen Widerhaken und Stacheln versehen, hatten sie das bösartige Aussehen von Fußfesseln.

»Was ist das da?«, fragte sie mit einer Stimme, in die sich Zorn und Furcht mischten.

»Beinschellen. Deine Fluchtchancen werden sich nicht verbessern, wenn du allein mit mir marschierst.«

»Ich werde nicht mit diesen schweren Ketten an den Beinen marschieren.«

»O doch, das wirst du«, versicherte er ihr ruhig, während er die ineinander verhedderten Metallglieder eines nach dem anderen löste. »Und nach der Hälfte der Strecke wirst du dir wünschen, du könntest fliegen.«

Bastard. Was er sagte, interessierte sie nicht. Wenn er sie in Ketten legte, würde die Rückreise durch die Höhlen länger dauern, als sie überleben konnte.

Ihre Befürchtungen mussten sich wohl in ihrer Miene widerspiegeln, denn seine nächsten Worte waren ermutigend. »Ich weiß, wie die unergründliche Finsternis auf euch Quicken-tree lastet, und ich weiß auch, dass du schon mindestens neun Tage unter der Erde bist. Zusammen mit den acht Tagen, die es dauert, um wieder ans Tageslicht zurückzugelangen, wären das ingesamt siebzehn Tage in der Dunkelheit. Was bedeuten würde, dass du bereits drei Tage, bevor wir den Drachenschlund erreicht hätten, tot wärst oder zumindest halb tot. Deshalb werden wir nicht denselben Weg zurückgehen, den wir gekommen sind. Es gibt Abkürzungen durch die großen Höhlen, nicht schneller als diejenigen, die wir nehmen werden, und auch nicht viel gefährlicher, aber wir werden die drei Tage, die wir brauchen, einsparen.«

»Wir können noch viel mehr Zeit sparen, wenn du mich nicht fesselst.«

»Das könnten wir«, pflichtete Varga ihr bei, »aber du bist eine Liosalfar, und ich erinnere mich noch gut genug an die Zauberkriege, um besondere Vorsicht walten zu lassen.«

»Was für eine Vorsicht?«, schimpfte Nia in ihrem Zorn. »Du riskierst den sicheren Tod, wenn du nach Merioneth gehst.«

Es war schier unglaublich, aber er schien unter der Gaze tatsächlich zu lächeln. »Das bezweifle ich doch stark. Rhuddlan wird die Wichtigkeit des Anliegens, das mich aus der Wüste geführt hat, sicherlich nicht unterschätzen.«

Nia spitzte die Ohren. Hier war die Lösung des Rätsels, die sie die ganzen letzten Tage über gesucht hatte. Die Großen Kriege lagen Jahrhunderte zurück, in den Zauberkönigreichen herrschte Frieden. Diejenigen, die damals um die Vorherrschaft gekämpft hatten, die Dockalfar, hatten bis zum Äußersten gekämpft, jeder Einzelne von ihnen, von ihrem wahnsinnigen Anführer durch einen Blutzauber verhext, der fehlgeschlagen war. Seit über fünfhundert Jahren hatte es keinerlei Kontakt zwischen den Quicken-tree und den Sha-shakrieg mehr gegeben – bis Varga sie, Nia, in der unergründlichen Finsternis gefangen genommen hatte.

»Warum bist du gekommen?«, fragte sie.

Varga warf der Liosalfar-Kriegerin einen prüfenden Blick zu und war beruhigt über das, was er sah. Er hatte an diesem Morgen aufgehört, sie zu betäuben, indem er den mit verdünnten Gift durchtränkten Strick, den er um ihre Handgelenke geschlungen hatte, um sie während der langen Reise gefügig zu machen, gegen einen unpräparierten ausgetauscht hatte. Er hatte es nicht gewagt, sie noch länger unter Drogen zu setzen, denn sie musste bei Kräften sein für den langen und strapaziösen Marsch zurück nach Merioneth; und innerhalb eines halben Tages hatte sie sichtlich an Gesundheit und Energie gewonnen. Ihre Augen, bis vor kurzem noch von einer trüben Mattigkeit erfüllt, waren jetzt wieder von einem klaren, reinen Grün, der Augenfarbe der Quicken-tree, die er so häufig in Schlachten gesehen hatte, wenn ihre Augen ebenso hell leuchteten wie ihre Traumsteinklingen. Ihr Haar war von einem dunklen Kastanienbraun, Zeichen dafür, dass sie jung war, nach den Maßstäben der *tylwyth teg* noch kaum aus den Windeln heraus; dennoch war sie groß und muskulös und alt genug, um mit Dolchen und einem Schwert bewaffnet gewesen zu sein.

Die Antwort auf ihre Frage barg gewisse Risiken, aber auch Vorteile. Wenn er sie dazu überreden könnte, ihn bei seinem Vorhaben zu unterstützen, würde er ihr keine Fußfesseln anlegen müssen, und ihre Chancen, es bis nach Hause zu schaffen, würden sich verzehnfachen. Die Liosalfar hatten zwar den Rauch gesehen und die Risse in dem violetten Schacht, und trotz alledem – nach dem Debakel in Crai Force wollte selbst Varga von den Sha-shakrieg nicht ohne eine Geisel in Merioneth erscheinen. Und es wäre sehr viel besser für ihn, nicht mit einer toten Gefangenen in den Armen zu erscheinen, wenn dieser bewusste Tag kam und wenn es Hoffnung auf ein Bündnis geben sollte.

Innerhalb von wenigen Tagen würde das *thuellin*, das sie nach Hause transportiert hatten, von den Wüstenschmieden zu

Schwertern geschmiedet und mit einer Schneide des Leidens versehen werden, wobei eine Klinge noch stärker und tödlicher als alle anderen zusammen sein würde. Kein Skraeling konnte selbst dem schwächsten Schwert der Wüstenschmiede trotzen. Mit Genehmigung der Königin würde er Rhuddlan diese Schwerter als Gegenleistung für eine Kampftruppe anbieten. Denn nur mit vereinten Kräften konnte es ihnen gelingen, die Skraelings in die Enge zu treiben.

Und trotzdem würde alles umsonst sein.

Ein unflätiger Fluch stieg in Vargas Kehle auf. *Mit Genehmigung der Königin* – der Fluch kam in einem gedämpften Zischen über seine Lippen. Ihr lang gehegter Hass würde noch ihrer aller Tod sein. Rhuddlan hatte sie einmal beinahe vernichtet, aber jetzt war der König der Lichtelfen ihre einzige Hoffnung.

Das große Kristallsiegel an dem Abgrund im Kryscaven-Krater war durch Magie erbrochen worden, und es war ebendieser Ort, von dem die tödliche Gefahr ausging: Dharkkum. Keiner konnte ihr trotzen, weder Skraelings noch Trolle noch der schreckliche Magier, der eine solch unheilvolle Tat begangen hatte.

Um den Kampf gegen die alles verschlingende Finsternis von Dharkkum zu gewinnen, würden sie Rhuddlans gefürchtete Bestien brauchen, doch sie wagten es nicht, die Drachen selbst herbeizulocken, solange sie niemanden hatten, der sie kontrollieren konnte. Rhuddlan war ein fähiger Drachenhüter – oder war es zumindest gewesen, bevor Merioneth zerstört und das Drachennest geleert worden war; aber um das Magia-Schwert zu führen, waren das Feuer und das wilde Ungestüm der Jugend nötig, und Rhuddlan hatte schon fast ebenso viele Jahre auf dem Buckel wie Varga selbst.

Das Ätherwesen, das er in Crai Force beobachtet hatte, hatte genügend Feuer in sich gehabt, Sternenfeuer. Es lag ihr im Blut, aber die Wildheit und die Blutgier, die für den Kampf erforderlich waren, besaß sie nicht. Varga hatte sie kämpfen sehen, und, ja, keiner war schneller oder geschickter mit einer Klinge als sie. Um mit Drachen zu kämpfen, brauchte es jedoch auch eine gehörige Portion Wahnsinn, und von Wahnsinn hatte Varga nichts bei ihr bemerkt. Es musste noch einen anderen Abkömmling geben, einen Drachenbezwinger, und dieser, das wusste Varga, würde Rhuddlans Untergang sein.

»Kennst du die Geschichte der Sternenlicht-Geborenen?«, fragte er als Antwort auf die Frage der Liosalfar-Kriegerin.

»Bruchstücke davon, ja«, erwiderte sie. »Sie herrschten über die Douvanischen Königreiche, aber das ist schon sehr lange her, zu lange, als dass sich noch irgendjemand daran erinnern könnte.«

Ja, sie ist wirklich noch sehr jung, dachte Varga.

»Es war sogar noch vor dem Tausendjährigen Krieg«, fügte sie hinzu, als ob ausgerechnet er diesen Hinweis brauchte. Er lächelte unter seiner Maske aus Gaze. Er hatte einmal eine Tochter gehabt, ebenso jung wie sie, aber alle seine Kinder waren in den Zauberkriegen umgekommen.

»Durch den Tausendjährigen Krieg gewannen die Elfen zwei eigene Königreiche, das der Liosalfar und das der Dockalfar«, erklärte er. »Es heißt, die Zauberkriege hätten ihren Ursprung im Ende des Tausendjährigen Krieges gehabt.«

»Ja, das habe ich auch gehört.«

»Das ist oft bei Kriegen der Fall«, fuhr er fort. »Ein Krieg führt zum nächsten. Für die Sternenlicht-Geborenen war es genauso, aber die Zeitspanne zwischen den Kriegen war weitaus größer, hat ganze Zeitalter umfasst. Die Zeit zwischen den Tausendjährigen Kriegen und heute wäre nichts im Vergleich zu jenen Zeitaltern. Zeit genug für alle Welt, um den Krieg zu vergessen, der vorher war, und unvorbereitet auf den Krieg zu sein, der uns bevorsteht.«

»Es kommt ein Krieg?« Er hörte die Erregung in ihrer Stimme und fasste es als ein gutes Zeichen auf. Sie würde kämpfen, so wie auch alle anderen Quicken-tree und Ebiurrane und Yr Is-ddwfn und sämtliche *twylyth teg* um ihr Leben kämpfen würden.

»Ein Krieg, ja, aber anders als jeder, von dem du je gehört hast, anders als alles, was irgendeiner von uns je erlebt hat – Sha-shakrieg, Liosalfar und diejenigen Menschen, die mit Erinnerungen handeln, sogar noch älter als die Douvanischen Königreiche.«

»Du weißt offenbar nicht viel von Menschen, wenn du glaubst, dass sie über ihre Bäuche und die kurze Zeitspanne ihres Lebens hinaussehen können«, erwiderte Nia, während sie eine Braue hochzog, um ihrer Bemerkung besonderen Nachdruck zu verleihen.

Eine Kriegerin, dachte Varga, aber keine Gelehrte. Und dennoch, für das, was er brauchte, würde die Kriegerin vollauf genügen.

»Es gibt solche Menschen«, versprach er ihr, »in jedem Winkel der Welt. Heilige Männer und Frauen, die die Geheimnisse der Vergangenheit hüten, damit sie nicht in Vergessenheit geraten. Männer und Frauen, deren heilige Pflicht darin besteht, ihren Göttern zu dienen, aber deren heilige Verantwortung das Wissen ist, das diejenigen hinterlassen haben, die vor ihnen lebten, Zeitalter für Zeitalter seit Anbeginn der Welt. Rhuddlan kennt solche Menschen in eurem Land, ebenso wie die Königin von Deseillign sie in ihrem Land kennt.«

»Du sprichst von einem Bündnis?« Sie klang ungläubig und bedachte ihn mit einem Blick, als ob sie ihn für hoffnungslos verrückt hielte.

»Ja.«

Sie tat seine Bemerkung mit einem verächtlichen Schnauben ab.

Er verbarg ein Lächeln, als er ihr Bündel ablegte. »Es ist in meinem besten Interesse und auch in deinem, so schnell wie möglich nach Merioneth zurückzukehren. Wenn du gründlich darüber nachdenkst, wirst du erkennen, dass ich die Wahrheit sage. Du brauchst dir keine Sorgen zu machen, dass du mich in das Herz der Quicken-tree-Festung führen musst, denn ich kenne den Weg dorthin bereits gut. Und deine Leute werden sich auch nicht durch mein Erscheinen überrumpelt fühlen. Rhuddlan ist kein Mann, der seine alten Feinde vergisst, und ich habe an der Kampfschranke ein Zeichen für ihn hinterlassen, dass ich zurückkehren würde. Er wird noch genug über die Knotensymbole wissen, um zu entziffern, was dort steht, und er wird sich noch gut an mich erinnern, um zu wissen, dass ich – wenn ich dir Schaden hätte zufügen wollen – dich *en chrysalii* zurückgelassen hätte, damit er dich zusammen mit der Nachricht finden würde.«

Ihr Blick, wenige Sekunden zuvor noch so tapfer verächtlich, füllte sich mit Furcht. Ja, sie verstand, was er gesagt hatte, auch wenn sie die uralte Foltermethode noch nie gesehen hatte. Vielleicht erzählten sich die Quicken-tree an ihren Lagerfeuern ebensolche Geschichten wie die Sha-shakrieg. Es gab kein Kind in Deseillign, das noch nie von Rhuddlan, der Geißel der Einöde, gehört hatte.

»Ich biete dir also einen Waffenstillstand an«, sagte Varga. »Dein Wort gegen die hier.« Er hob die schweren Eisenketten hoch, und die rasiermesserscharfen Stacheln glitzerten im Licht.

»In Ordnung, du hast mein Wort«, erwiderte sie nach einem kurzen Moment des Zögerns. Wie ehrlich sie war, blieb noch abzuwarten, aber selbst wenn ihre Zustimmung eine halbe Lüge war, würde es genügen, um ihnen weiterzuhelfen. Auf der Route, die er plante, würde sie ohnehin kaum Zeit oder Gelegenheit zur Flucht haben.

»Gut.« Varga zog einen in Blätter eingewickelten Kümmelkuchen aus Nias Bündel und reichte ihn ihr, aber er ließ ihn nicht sofort los, als sie danach griff.

Sie hob fragend den Blick zu ihm.

»Du bist eine Liosalfar«, sagte er, als wollte er sie daran erinnern.

»Ja.«

»Und du bist stark?«

»Stärker als diejenigen, die keine Liosalfar sind.«

Er ließ den Kümmelkuchen los. »Zeig mir deinen Arm.«

Auf seine Aufforderung erfolgte erneut ein kurzes Zögern. Dann schob sie sich den Kümmelkuchen zwischen die Zähne, rollte ihren Ärmel hoch und zeigte ihm die Tätowierungen, die er zu sehen gehofft hatte.

»Gut. Gut.« Sein Blick wanderte über die Haselnussblätter, die in ihre Haut eintätowiert waren, und über das einzelne

Ebereschenblatt hoch oben auf ihrer Schulter. Ihr Name – Nia – stand in Runen zwischen ihrem Ellenbogen und ihrem Handgelenk. »Hast du schon mal den Kai Crack passiert?«, fragte er, womit er einen niedrigen Durchgang abseits der Haupttunnel in den Canolbarth meinte.

Ihre Augen verengten sich misstrauisch. »Du weißt aber viel über die Ausbildung der Liosalfar, wenn du von dem Kai Crack weißt.«

»Jeder Mann kennt seine Feinde. Rhuddlan könnte dir mehr über mich erzählen als meine eigenen Hauptleute.«

Sie schien einen Moment über seine Bemerkung nachzudenken, dann nickte sie. »Ja. Ich bin durch den Kai Crack gekrochen und noch durch ein dutzend anderer Engpässe.«

»Dann wirst du ja keine Schwierigkeiten mit dem Grim Crawl haben.«

Sie blickte ihn skeptisch an. »Grim Crawl?«

»Ghranne Mekom in meiner Sprache, ein schmaler Tunnel, der den Kasr-al Loop umgeht. Wenn man hundert Soldaten hindurchführt, kommt man nur sehr langsam voran, selbst vorausgesetzt, dass man hundert Männer hat, die an den engeren Stellen nicht vor Angst erstarren. Aber zwei Reisende können auf dieser Route einen halben Tag Zeit sparen. Keine Sorge. Der Tunnel ist nicht viel schlimmer als der Kai Crack.«

Der skeptische Blick, den sie ihm zuwarf, trug dazu bei, um sein Vertrauen in sie zu stärken. Keiner, der sich durch die sehr engen und niedrigen Durchgänge jenseits der Magia-Wand hindurchgekämpft hatte, unterschätzte ihre Gefahren. In einem Tunnel stecken zu bleiben, der so klein war, dass einem die Decke von oben gegen den Rücken drückte, während einem der Boden von unten gegen die Brust drückte, war eine echte Bedrohung, und der natürliche Drang, in einer solchen Situation in Panik zu geraten, bedeutete den sicheren Tod.

»Wie sparen wir die übrigen zweieinhalb Tage ein?«, wollte Nia wissen.

»Wir gewinnen einen halben Tag, indem wir an einem Seil in den Mindao River Slot hinunterklettern. Der Fluss führt zurzeit kein Hochwasser. Wir werden zwar nass werden, aber wir werden nicht über die Wasserfälle hinausgetrieben werden.«

Sie zog abermals skeptisch die Brauen hoch, diesmal sogar noch höher, aber sie protestierte nicht. »Und was müssen wir tun, um die fehlenden beiden Tage einzusparen? Über eine brennende Schlucht springen? Mit bloßen Händen an einer von diesen mörderisch steilen Felswänden hochklettern?«

Jetzt war Varga derjenige, der zögerte. Anders als bei den anderen beiden Abkürzungen konnte er über die dritte Route leider nichts sagen, was ihr ein gewisses Gefühl der Beruhigung vermittelt hätte. Wenn sie den Pfad verließen, würden sie ihr Leben riskieren, und die Gefahr würde an jeder Wegbiegung noch größer werden, bis sie endlich die Magia-Wand erreichten.

»Nein«, sagte er schließlich. »Obwohl du dir vielleicht wünschst, es wäre so. Die dritte Route führt direkt durch die Dangoes.«

Sie erbleichte sichtlich und machte hastig ein Zeichen. Varga sagte nichts, aber er wusste, dass mehr als ein Unheil abwehrendes Zeichen nötig sein würde, um sie vor tödlichen Gefahren zu schützen. Und nach dem Ausdruck der Furcht in ihren Augen zu urteilen, wusste sie das ebenfalls.

»Iss deinen Kuchen«, sagte er. »Und dann erzähle ich dir die Geschichte der Sternenlicht-Geborenen, wie sie im *Elbion Bhaas Lee* geschrieben steht.«

»Du kennst das Indigoblaue Buch der Elfenlehre?«, fragte sie, und ein Teil ihrer Furcht wurde von Überraschung verdrängt. Sie ließ sich nicht so leicht einschüchtern, zumindest nicht für lange, wie Varga zu seiner Zufriedenheit feststellte.

»Ja, genau das. Hör gut zu, denn eine solche Zeit wie die, von der das Buch erzählt, ist auch jetzt wieder gekommen.«

Und so begann er. Es war eine alte Geschichte, die älteste überhaupt, denn sie berichtete von den Anfängen, von den Sternen und der Finsternis, von den Zeitaltern der Wunder und dem Dunklen Zeitalter, das darauf gefolgt war. Die Geschichte erzählte von den Prydion-Magiern und den Sieben Büchern des Wissens – und von der Entstehung der Drachen in einem Kessel aus Sternenmetall und davon, wie die mächtigen Geschöpfe schließlich die Finsternis verschlungen hatten.

»Aber kriegerische Bestien sind immer hungrig«, sagte er, als sich die Geschichte ihrem Ende näherte, »und noch während die Drachen den Laich ihrer ersten Brut an den Ufern des unterirdischen Sees ablegten, schmiedeten die Magier ein unvergleichliches Schwert, um sie zu beherrschen, seine Klinge aus Sternenmetall getempert, sein Heft mit Steinen aus Licht besetzt. Dann wurde ein Blutzauber über die Völker der Erde verhängt, um fortan bis in alle Ewigkeit sicherzustellen, dass diejenigen, die das Schwert führen können, rechtzeitig hervortreten werden – Ätherwesen des Sternenlichts, gebunden durch himmlischen Äther.« Er blickte Nia eindringlich an. »Stept Agah war ein solcher Sternenlicht-Geborener. Es heißt, er sei durch eine Chandra-Priesterin auf das Schwert vereidigt worden, und obwohl er bei der Schlacht ums Leben kam, teilte das Schwert dennoch seine tödlichen Hiebe aus.«

»Es ist ein *druaight*-Schwert, das allein weiterkämpft, wenn sein Meister tot ist«, sagte Nia mit einem Unterton von Besorgnis in der Stimme.

»Ja, und nur ein *druaight*-Meister ist im Stande, ein solches Schwert zu handhaben.«

Nia senkte den Blick auf den Pfad, um ihre Furcht zu verbergen. Ihr Herz hämmerte plötzlich wie verrückt.

Sie kannte ein Ätherwesen, das Einzige seiner Art – Llynya.

In seinem Privatquartier oberhalb von Rastaban stand Caerlon vor einer Öffnung in der Felswand, die einen Ausblick auf den Hof des Trollkönigs bot. Unten in der riesigen Höhle wanderte Slott durch die Versammlung, ein wahrer Berg von Fleisch und Haaren, mit klappernden Schädeln und einem langen, zuckenden Schwanz. In der Nähe der Westmauer war Lacknose Dock gerade damit beschäftigt, einen Stoßtrupp für einen frühmorgendlichen Überraschungsangriff auf Merioneth aufzustellen. Sie würden binnen einer Stunde aufbrechen und im Morgengrauen des nächsten Tages in Riverwood eintreffen. Blackhand Dock hatte in der vergangenen Nacht einen Skraeling-Verband und ein Rudel Wölfe in die unergründliche Finsternis geführt. Die Zeit drängte, wenn die Sha-shakrieg es wagten, in Quicken-tree-Territorium einzufallen. Ein Bündnis zwischen den alten Feinden war zwar unwahrscheinlich, aber Caerlon wollte kein Risiko eingehen. Jedes etwaige Hindernis für den Sieg war so weit aus dem Weg geräumt worden – *wirklich jedes nur denkbare* –, und er würde nicht zulassen, dass ihm Verzögerung zum Verhängnis wurde. Die Sternenlicht-Geborene war vor weniger als zwei Wochen aus Deri zurückgekehrt, und nun, da alles andere vorbereitet war, wurde es höchste Zeit, sie einzufangen. Ob oberhalb der Erde oder unterhalb, er würde sie kriegen, ein saftiger Bissen für Slott, bevor er die Welt ein für alle Mal von ihresgleichen säubern würde.

Am vergangenen Tag war noch eine andere Truppe ausgeschickt worden, eine Horde von Skraelings, angeführt von Redeye Dock, die auf dem Weg nach Tryfan waren. Die Quicken-tree wollten in Tryfan nach Elfenpfeilspitzen graben, aber Caerlon würde dafür sorgen, dass sie einen Vorgeschmack vom Krieg bekamen.

Er wandte sich von der Öffnung ab und ließ seinen Blick durch den Raum schweifen. Das Licht der Fackeln und der Feuer in der großen Halle verbreitete einen orangeroten Schein um ihn herum und beleuchtete gewölbte Felswände und Slotts neuesten Vasallen, der auf dem Boden schlief.

Wyrm-Meister. Wahrlich ein verabscheuungswürdiger Name für jemanden, der so wertvoll für sie war; trotzdem musste sogar Caerlon zugeben, dass Rhiannons Sohn nicht unbedingt eine überwältigende Erscheinung war. In Wahrheit sah er ganz anders aus, als Caerlon ihn sich vorgestellt hatte, geradezu erbärmlich, selbst mit der sauberen Tunika und den Beinlingen, die Caerlon für ihn beschafft hatte. Und dennoch stimmte alles: Der Streifen war da, und er war goldhaarig, und er war in der unergründlichen Finsternis gefunden worden, wo kein anderer Mensch hätte überleben können. Sein Kommen hatte bedeutet, dass für Caerlon die lange Zeit des Wartens endlich vorbei war – fünfhundert Jahre des Wartens. »Trolls Fluch«, so wurde der Mann genannt, und es hieß, das Erbrechen des violetten Kristallsiegels sei der Auslöser für sein Erscheinen gewesen.

Ein verdammt hartes Stück Arbeit, dachte Caerlon. Tausend magische Formeln hatte er angewandt, neunhundertneunundneunzig davon für nichts und wieder nichts, und für jede Einzelne von ihnen war eine außergewöhnliche Mischung aus Metallen und Gestein und Kristall erforderlich gewesen, bevor er es schließlich geschafft hatte, auch nur so viel wie einen haarfeinen Riss in einem der Siegel zu erzeugen. Aber er hatte letztendlich gesiegt, und die Kristalle waren zersprungen. Vor einem halben Jahr hatte selbst das mächtige Siegel am Kryscaven-Krater unter seiner Magie nachgegeben. Zu diesem Zeitpunkt hatte er begonnen, aus der großen Masse von Männern geeignete Kämpfer zu rekrutieren, um eine Armee aufzustellen und bereit zu sein für den Tag, wenn die Siegel endgültig zerreißen würden und der Rauch aufstieg, dunkler Vorbote eines anderen Zeitalters, das den Zauberbann der Prydion-Magier brechen konnte.

Der wandelnde Beweis dafür war unten in der großen Höhle. Als Caerlon den Rauch nach Inishwrath gebracht und über der felsigen Landzunge ausgegossen hatte, in die Slott verwandelt worden war, war der Trollkönig – jahrhundertelang zu Stein erstarrt – endlich erlöst worden. Knapp zwei Wochen zuvor hatte er Slott nach Hause gebracht, um Furcht in den Herzen der Quicken-tree und Sha-shakrieg zu wecken und die gottverfluchten Skraelings in Angst und Schrecken zu versetzen. Er hatte einen König gebraucht, um sie in Schach zu halten, bevor er es gewagt hatte, sie alle zusammen in Rastaban zu versammeln; ebenso wie er den goldhaarigen Mann brauchte, um die Drachen in Schach zu halten. Denn so sicher, wie die Finsternis kam, so sicher würden die Bestien kommen, um sie zu vernichten.

Tja, und da lag er nun, der große Schwertschwinger, gebrandmarkt und lahm und bei weitem nicht so jung, wie Caerlon ursprünglich angenommen hatte. Jetzt war er Slott zu Gehorsam verpflichtet und nicht länger Trolls Fluch. Damit waren alle Hindernisse aus dem Weg geräumt, und nichts und niemand konnte Caerlon jetzt noch von dem Ersehnten abhalten – dem Zeitwehr, dem großen Wurmloch. Das hatte er in seinem sorgsam gehüteten Buch gelesen, und daran glaubte er. Um in die Zukunft zu stürzen, bedurfte es keiner großen Fähigkeiten; aber in der Zukunft wartete keine Erlösung auf Caerlon, kein Ruhm und keine Ehre, um seine Schande zu tilgen. Um das zu erreichen, brauchte er die Vergangenheit. Die Drachen konnten ihn dorthin zurückversetzen, das hatte das Buch enthüllt, ihn und sein gesamtes Heer, und zwar mit einem einzigen massiven Angriff. An den Toren der Zeit an die Kandare genommen, könnten Ddrei Goch und Ddrei Glas die Würmer verjagen, allesamt, das ganze goldene Knäuel, und ein Fenster zu den Zauberkriegen öffnen, ein Fenster in eine Zeit vor dem Tod des wahren Königs, Tuan von den Dockalfar, des Souveräns, den Caerlon mit seinem Blutzauber im Stich gelassen hatte.

Wahnsinnig, dachte Caerlon, und bei der Erinnerung ballte sich seine Hand unwillkürlich zur Faust. Sie waren alle wahnsinnig geworden, die Dockalfar, alle bis auf den letzten Mann, die letzte Frau, das letzte Kind, und sie waren in ihrem Wahnsinn mit seinem Gebräu in den Adern gestorben.

Kein Rauch konnte die Gebeine der Dunkel-Elfen wieder zum Leben erwecken. Nur eine Rückkehr in die Vergangenheit konnte das bewirken, und bald würde Caerlon die Zügel der Zeit fest in der Hand haben. Die Methode hatte ihm die Person verraten, die er unterhalb der Höhle gefangen hielt. Was nur gerecht war, denn schließlich war sie diejenige, die ihn mit dem Blutzauber hintergangen hatte. Sie hatte eine Seite beschrieben, auf der nichts hätte geschrieben stehen dürfen, und so war es passiert, dass er bei seiner Magie einen Schritt zu weit gegangen war. Die verdammte Tinte war vor seinen Augen verblasst, noch während die Dunkel-Elfen seinen Zaubertrank getrunken hatten, und er war zu spät gekommen, um das Unglück zu verhindern.

Verfluchte Ailfinn Mapp. Dreimal verfluchte Magierin. Sie hatte es gewagt, das *Elhion Bhaas Le* zu verunstalten, das Indigoblaue Buch der Elfenlehre, und die Dockalfar hatten dafür büßen müssen.

Jetzt war sie diejenige, die büßte, und erst wenn die Quicken-tree allesamt tot um sie herumlagen, würde er ihre Bestrafung als ausreichend betrachten. Bis dahin würde sie ihm weiterhin ausgeliefert sein und Folterqualen leiden müssen, so wie er sie hatte leiden lassen, seit sie nach Merioneth gekommen war und er sie aus dem Hinterhalt heraus überwältigt hatte.

Er hatte gewusst, dass sie kommen würde. Obwohl tausend Jahre verstreichen sollten, musste sie kommen, um das Buch in ihren Besitz zu bringen, das er gestohlen hatte. Ihr Buch. Das *Elhion Bhaas Le*.

Inzwischen war es zwei Wochen her, seit Caerlon das letzte Mal hinuntergegangen war, um nach seiner Gefangenen zu sehen. Seine diversen Pflichten hatten ihm einfach keine Zeit dafür gelassen; er war mit dieser Sache in Inishwrath beschäftigt gewesen, und außerdem hatte er noch die Skraelings aus allen Himmelsrichtungen zusammentrommeln und Trolls Fluch nach Rastaban bringen müssen. Zweifellos schmachtete Ailfinn am Rande des Todes, denn in diesem Zustand hielt er sie gefangen, schwebend zwischen Leben und Tod, Himmel und Erde, an einem Ort, wohin kein Skraeling zu gehen wagte, einem Ort, wo der Dämmerschlaf des Vergessens herrschte – in der Oubliette von Rastaban.

Ja, er würde nach ihr sehen und ihr irgendetwas Verdorbenes zu essen bringen, und bei seiner Rückkehr würde er Lacknose Dock loslassen, um das Ätherwesen in Riverwood aufzuspüren.

14

Der Wald schlief, als Mychael sich von der Burg aus auf den Weg nach Bala Bredd machte, einem kleinen See hoch oben in den Bergen, die Quelle des River Bredd, der sich durch die bewaldeten Täler von Merioneth schlängelte. Er und Owain wanderten häufig zusammen dorthin, doch in dieser Nacht hatte der ältere Mann es abgelehnt, sein warmes, gemütliches Bett zu verlassen, um einen Marsch in die Hügel zu machen.

Tabor Shorthanks hatte tatsächlich am frühen Nachmittag den Festungswall erreicht, und er und seine Ponys würden am kommenden Morgen ausgeruht und erfrischt sein und bereit für die Reise nach Lanbarrdein. Bis dahin waren es nur noch wenige Stunden. Der Pony-Meister war erfreut darüber gewesen, dass Mychael sein Reisegefährte sein würde – weitaus erfreuter als Mychael selbst, der der Reise mit ziemlich gemischten Gefühlen entgegensah. Er hatte bereits einen schmerzhaften Tritt gegen das Schienbein abbekommen, und zweimal hatte ihm eines der unberechenbaren Biester kräftig auf den Fuß getreten, während er Pwyll und ein paar anderen beim Abladen der Lasten geholfen hatte; und er bezweifelte, dass es ihm in den Höhlen besser ergehen würde.

Llynya war nicht da gewesen, um bei den Ponys zu helfen. Sie war auch nicht zu dem Totenmahl am Lagerfeuer erschienen, das Moira zu Bedwyrs Ehren organisiert hatte. Der Leichnam des alten Kriegers war von Mor Sarff heraufgebracht worden und würde am folgenden Morgen nach Deri transportiert werden, um am Fuß der alten Muttereiche bestattet zu werden.

Elen und zwei Küchenjungen hatten Unmengen von *kel*-Brot für das Festessen gebacken, und bis in den späten Abend hinein hatte der obere Burghof noch nach heißen Backöfen und frischen Brotlaiben gerochen. Kümmelkuchen hatte es im Überfluss gegeben, außen knusprig und innen flaumig weich und mit Honig durchtränkt; ferner eine sämige Gemüsesuppe, die mit Brombeeren serviert worden war und mit Schlagsahne von den Kühen der Pachthäusler. Der größte Kessel auf dem Feuer hatte ein köstliches Ragout aus frischen Kräutern und Gemüse enthalten: Porree und Lauch, Spitzkohl und Gartenlattich, Möhren, Erbsen und Portulak. Geröstete Nüsse und Bucheckern, zusammen mit Platten von Moiras delikaten Pilzpastetchen, hatten das Mahl abgerundet.

Es war ein wahrhaft königliches Festmahl gewesen, und trotzdem hatte Mychael kaum einen Bissen gegessen. Essen konnte ihn nicht locken, denn verglichen mit dem Kuss der Elfenmaid schmeckten selbst die größten Köstlichkeiten fade. Er hatte den Tag damit verbracht, in jedem Winkel und jedem Baum nach ihr zu suchen, sowohl innerhalb der Burgmauern als auch außerhalb, weil er etwas wieder gutzumachen hatte und weil er Llynya unbedingt wieder sehen wollte – selbst wenn er nur eine Entschuldigung auf den Lippen haben würde und nicht ihren Kuss. Aber es hatte sich herausgestellt, dass ein Kobold, der nicht gefunden werden wollte, tatsächlich unauffindbar war.

Er hatte im Burghof auf den Einbruch der Dämmerung gewartet, in dem sicheren Glauben, dass sie von dem Gesang angelockt würde, dass sie seiner Anwesenheit aus Respekt vor Bedwyr trotzen würde. Er hatte sich geirrt, und das schmerzte ihn, denn er wusste, nur große Abscheu konnte sie von ihm fern gehalten haben. Der einzige Grund, weshalb sie im Turm nicht sofort davongerannt war, war zweifellos der, dass sie noch zu jung war, um gewusst zu haben, was da vor sich gegangen war. Und als sie schließlich begriffen hatte, musste sie zumindest entsetzt und schlimmstenfalls zu Tode verängstigt gewesen sein.

Ein weiterer Grund dafür, dass er dringend mit ihr sprechen musste. Er wollte es nicht auf dem Gewissen haben, dass er ihr womöglich für immer die Lust an der Liebe verdorben hatte. Obwohl es ihn mit Sicherheit in große Verlegenheit bringen würde, musste er ihr versichern, dass es nichts weiter als seine eigene Dummheit war, unter der sie gelitten hatte. Ja, je länger er darüber nachdachte – und in Wahrheit hatte er den ganzen Tag über an kaum etwas anderes gedacht –, desto stärker wurde ihm bewusst, dass er sie regelrecht überfallen hatte. Er konnte von Glück reden, dass er noch heil und in einem Stück war.

Der Trauergesang ertönte jetzt hinter ihm, untermalt von Laute und Lyra, Trommeln und Silberflöten und dem hellen Klang der Quicken-tree-Stimmen. Tabors Stimme war deutlich über die anderen hinweg zu hören, als er ein Klagelied für Bedwyr sang. Die süße, schwermütige Melodie und die sanften Klänge der Begleitmusik wurden vom Nachtwind davongetragen, schwebten über den steinernen Festungswall und in den Wald hinein, und dennoch verhallten sie immer weiter in der Ferne, während Mychael mit raschen, weit ausholenden Schritten zwischen den Bäumen hindurchmarschierte.

Rhuddlan hatte am gesamten Flussufer entlang Kundschafter postiert, und Mychael bewegte sich unwillkürlich vorsichtiger, als er sich dem River Bredd näherte. Es war nicht gerade leicht, sich unbemerkt an Quicken-tree-Spähern vorbeizuschleichen, aber das Letzte, was Mychael wollte, war, dass irgendein halbwüchsiger Elf auf seiner ersten Patrouille über einen knackenden Zweig erschrak und sofort Alarm schlug. Dann würde er nämlich nie den See erreichen.

Im Süden lag das dichte Gehölz, wo die Bäume einen Mönch gefangen hatten, wie Mychael kürzlich erfahren hatte. Mychael hatte mit dem Gedanken gespielt, dorthin zu gehen, um sich den Fremden anzusehen, aber die Zeit wurde knapp, und er wollte die letzten Stunden vor seiner Abreise nach Lanbarrdein lieber am Bala Bredd verbringen.

Er erreichte den See, als der Halbmond bereits hoch am Himmel stand. Auf dem letzten Stück des Weges ging es steil bergauf durch eine Kaskade von Felsbrocken und die schmalen Bäche, die sich um sie herum sammelten, bevor sie die Bergflanke hinunterströmten. Als Mychael sich der Hügelkuppe näherte, wichen die Felsbrocken einem sumpfigen Flachmoor mit einer Reihe von Biberteichen, die die Stelle markierten, wo das Wasser aus einem kleinen Tal herausfloss und die Bäche begannen.

Im Norden und Westen wurde der See von großen Wäldern begrenzt, den letzten Ausläufern von Riverwood. Im Osten erhoben sich die geröllübersäten Flanken des Glyder Mawr zu einem steil aufragenden Gipfel, gekrönt von schroffen Felsspitzen. In der Mitte des Sees lag eine Insel, die mit dem westlichen Ufer durch eine äußerst wackelige Brücke aus umgestürzten, halb unter Wasser liegenden Baumstämmen verbunden war.

Diese Insel war Mychaels Ziel. Die Einheimischen waren davon überzeugt, dass es dort spukte, und das mit gutem Grund. Oft waren seltsame Geräusche zu hören – ein merkwürdiges, unheimliches Seufzen und Zischen, das durch die Bäume auf der Insel ging. Manchmal erschienen milchige Nebelschwaden am Fuß der zerklüfteten Kalksteinklippen und schwebten gespenstergleich auf die Wasserfläche hinaus.

Heute Abend war eines dieser Male. Über den Klippen und ihrer Umgebung lag eine ganze Bank aus dichtem Nebel, von der sich Fetzen lösten und langsam über den See trieben; und der Wind trug sonderbare Geräusche aus dem Moor herüber.

Mychael grinste, als er das schwache Zischen von Dampf erkannte, der aus dem Geysirteich im Herzen der Insel aufstieg. Die Quelle, die den Teich speiste, musste ziemlich kräftig sprudeln, um einen solch starken Nebel zu erzeugen. Es würde also reichlich heißes Wasser vorhanden sein.

Er hatte gerade die Baumbrücke überquert und das sandige Ufer der Insel erreicht, als er hinter sich im Wald das laute Knacken eines zerbrechenden Zweiges hörte. Blitzschnell kauerte er sich nieder, alle seine Sinne hellwach, und spähte über den im Mondlicht glitzernden See hinweg in die Wälder. Plötzlich kam eine Windböe auf und fegte durch die Bäume, sodass die dicht belaubten Äste heftig hin und her schwankten. Fast ebenso schnell, wie der Wind aufgekommen war, legte er sich wieder. Nachdem er eine Weile gewartet und nichts weiter gehört oder gesehen hatte, wandte Mychael sich ab und ging zwischen den Bäumen hindurch auf den heißen Teich zu.

Llynya beobachtete ihn von dem tief hängenden Ast einer zitternden Kiefer aus und konnte es noch immer nicht fassen, dass sie einen der Baumzweige zerbrochen hatte. Und dennoch, sie stand direkt darauf, und eine abgeknickte Hälfte ragte unter ihrem Stiefel hervor. Wieder erzitterte die Kiefer von den Wurzeln bis hinauf in die höchsten Wipfel, während sie Llynya kräftig schüttelte und abermals einen Windstoß erzeugte. Der Baum wollte sie loswerden, aber sie wagte es nicht, aus der Deckung hervorzukommen, bis Mychael außer Sichtweite war. Sie war ihm heimlich gefolgt, weil sie wissen wollte, wohin der Druidenjunge in dieser kalten, dunklen Nacht ging, aber sie wollte nicht dabei erwischt werden, wie sie hinter ihm herschlich.

»Verdammt«, fluchte sie und ließ sich auf den Boden fallen, als Mychael schließlich in dem kleinen Wald auf der Insel verschwand. Ein Ast hinter ihr schwang ruckartig hoch und streifte unsanft ihre Kehrseite, gleichzeitig fiel ein Kiefernzapfen herunter und prallte von ihrem Kopf ab.

»Schon gut, schon gut«, murmelte sie, als sie die Kiefernnadeln von ihren Kleidern bürstete. Sie war der Kobold, die Leichtfüßige, diejenige, die von allen Bäumen mit einem Blatt für ihr Haar beehrte worden war, nicht irgendein ungeschickter Trampel, der sich krachend einen Weg durch die Wälder bahnte. Die Bäume erwarteten ganz einfach Besseres von ihr.

An dem Tag, als sie nach Carn Merioneth zurückgekehrt war, war Mychael bis spät in die Nacht in den Wäldern geblieben, und sie hatte sich gefragt, wo er sich die ganze Zeit über aufgehalten hatte. Wenn er von Bala Bredd wusste, war er in jener Nacht vermutlich ebenfalls hier gewesen. Es war ein Ort der Heilung, wo die Wildbeerensträucher wuchsen und fast bis zur Wintersonnenwende Früchte hervorbrachten, da der Teich die Büsche warm hielt. Diejenigen, die der Welt der Menschen angehörten, mieden das Tal, obwohl nicht unbedingt wegen der mysteriösen heißen Quelle. Rhuddlan hatte schon vor langer Zeit Anspruch auf den See erhoben und einen unsichtbaren Ring aus Magie um die Insel herumgezogen, genug, um den Menschen ein Gefühl des Unbehagens einzuflößen, wenn sie das erste Mal das Moor betraten oder einen Fuß auf den Westhang von Glyder Mawr setzten.

Riverwood war von einer ganz eigenen Magie durchdrungen, dem Zauber des tiefen Waldes und uralter knorriger Bäume, die seit Jahrhunderten auf die Mutter Erde lauschten. Es gab Teile von Riverwood, wo selbst die mutigsten Menschen das Gefühl hatten, von dem duchdringenden Blick der Baumriesen verfolgt zu werden, und im Rauschen der Blätter die Warnung hörten, auf der Hut zu sein; und einer dieser Teile grenzte an das westliche Ufer von Bala Bredd.

Ein dicht bewachsener Randstreifen aus Dornbüschen, Haselnussbäumen, Weißdorn und Farngestrüpp zog sich über die Hügel, um die Anfänge des Waldsees zu markieren. Llynya konnte zwar nicht für den Weißdorn sprechen, aber die Haselnussbäume waren hochbetagt, noch sehr viel älter, als Haselnussbäume im Allgemeinen wurden, ihr langes Leben ein Geschenk von Rhuddlan für irgendeine gute Tat in grauer Vorzeit. Das Waldgebiet um den See herum gehörte zu Llynyas Lieblingsaufenthaltsorten. Die hohen, ausladenden Rotbuchen und mächtigen Bergahorne waren herrliche Plätze, um sich einen Nachmittag oder Abend zu vertreiben, besonders wenn der Vollmond am Himmel stand und die Blätter mit silbernen Tupfen sprenkelte. Dann war der Wald wie ein Märchenland, in gleißendes Silber getaucht und von tanzendem Licht erfüllt.

Als sie unter den Bäumen auf der Insel keine Bewegung mehr ausmachen konnte, eilte sie zum Ufer des Sees und huschte über die Baumbrücke. Mychael wollte ohne Zweifel zu dem Teich am Fuß der Klippen. Wenn er die Absicht hatte, ein Bad zu nehmen, sollte er sich wirklich in Acht nehmen; daher war es nur gut, dass sie ihm aus der Burg gefolgt war, denn so konnte sie ihn vor Gefahr schützen.

In Wahrheit war sie ihm schon den ganzen Tag gefolgt, sorgfältig darum bemüht, ihn im Auge zu behalten, ohne von ihm gesehen zu werden. Ihre Faszination von ihm hatte sich noch um ein Vielfaches verstärkt, seit sie mit ihm im Turm gewesen war. Sie war zutiefst bestürzt über ihre Reaktion auf einige wenige Küsse – und rettungslos in Mychael vernarrt, wie sie befürchtete.

Er hatte an diesem Nachmittag eine schrecklich lange Zeit mit Madron in deren Hütte verbracht, bevor Tabor mit den Ponys eingetroffen war. Als Mychael dann schließlich die Unterkunft der Druidenfrau verlassen hatte, hatte Llynya ihn eine Phiole in seine Brusttasche schieben sehen. Ein Arzneitrank, ganz ohne Zweifel, und Llynya brannte darauf, das Zeug zu kosten, um herauszufinden, was Madron ihm gegeben hatte. Es war irgendein Hexengebräu, so viel stand fest, vielleicht ein linderndes Mittel gegen das Drachenfieber, das unter seiner Haut loderte, vielleicht aber auch ein Zaubertrank, um ihn noch stärker an druidische Bräuche zu binden – oder an Madron selbst.

Dieser Gedanke gefiel Llynya ganz und gar nicht. Sie war

noch einmal zum Turm zurückgegangen, während Mychael die Ponys abgesattelt hatte, und hatte einen ihrer eigenen Arzneitränke für ihn zubereitet, die Dosis, die sie ihm an Stelle von Aedyth' Trank versprochen hatte. Sie hatte den Kräutertrunk an der Tür zu seinem Turmzimmer abgestellt, aber er war nicht mehr in seinen Raum zurückgekehrt, bevor er durch das Seitentor entwischt war.

Mychael hatte an diesem Nachmittag auch Moira aufgesucht und war mit einem Bündel Quicken-tree-Tuch aus ihrer Hütte gekommen, das er mitgenommen hatte, als er Carn Merioneth verlassen hatte.

Dummer Junge. Er sollte doch eigentlich wissen, dass es zu gefährlich war, nach Einbruch der Dunkelheit den Schutz des Festungswalls zu verlassen und mutterseelenallein durch die Wälder zu wandern. In den vergangenen vier Tagen waren zwar nahezu alle Wölfe auf seltsamte Weise aus Riverwood verschwunden, aber es gab noch genügend andere Gefahren zu fürchten. Und wenn Mychael schwimmen wollte, würde er sogar noch verwundbarer sein, ganz allein im Wasser ohne irgendeine Waffe und so nackt wie ein neugeborenes Baby …

Llynya riss sich energisch zusammen, ihre Wangen hochrot vor Scham. Was dachte sie sich eigentlich? Sie konnte ihm unmöglich nachspionieren, wenn er nackt war.

Andererseits, wenn er nackt war und sie es deshalb nicht wagte, ihm nachzuspionieren, wie sollte sie ihn da vor Gefahren schützen?

»Verflixtes Raupengezücht«, murmelte sie missmutig, innerlich hin- und hergerissen und wütend auf sich selbst, weil sie so unschlüssig war. Sie hatte schon eine Menge nackter Männer aller Größen und Altersstufen gesehen, von den jüngsten Babys bis hin zu den ältesten Kriegern. Zusammen mit Moira und Aedyth hatte sie ihren Teil dazu beigetragen, sich um Verwundete zu kümmern und Wehwehchen aller Art zu kurieren, und sie war mit einem dutzend oder mehr nackter Quicken-tree in Bala Bredd geschwommen und hatte sich überhaupt nichts dabei gedacht, denn keiner der *tylwyth teg* machte sich über Nacktheit Gedanken.

Aber Mychael ab Arawn war kein *tylwyth teg*, und sie hatte auch niemals einen Quicken-tree-Mann auf die Art geküsst, wie sie Mychael geküsst hatte. Jener Kuss hatte alles verändert und Mychael heimlich mit Wollust im Herzen zu betrachten, während er nackt war, würde der christlichen Sünde so nahe kommen, wie sie ihr jemals zu kommen hoffte.

Und es war wahrhaftig Wollust, was sie für ihn empfand. Sie hatte sein Fleisch in der Hand gehalten und dabei gefühlt, wie sie beide dem atemberaubenden Zauber von Sex erlagen, wie sie mitgerissen wurden von der magischen Kraft und der Hitze und dem leidenschaftlichen Verlangen, bis sich Mychaels Verlangen in ihre Handfläche ergossen hatte. Es war alles viel zu schnell gegangen, aber sie hatte den ganzen Tag über fast ständig daran gedacht – und daran, dass solche Küsse auch ein ganz anderes Ende hätten nehmen können, eines, bei dem sie nicht davongelaufen wäre.

Ja, sie begehrte den Druidenjungen, und vielleicht war das die größte Veränderung, die mit ihr vorgegangen war. Sie hätte nicht länger die ganze Nacht über in einem Baum hocken und unbekümmert über irgendwelche Liebenden in der Lichtung unter ihr wachen können – nicht ohne dabei sehnsüchtig an Mychael und seine Küsse zu denken.

Ihre einzige Hoffnung war daher, ihn abzufangen, bevor er in den Teich stieg, die Tatsache, dass sie ihm heimlich gefolgt war, irgendwie zu bemänteln, und ihn zu überreden, schleunigst nach Carn Merioneth zurückzukehren. Und so stürmte Llynya durch den Wald und erreichte gerade rechtzeitig den Teich, um Mychael – splitterfasernackt – ins Wasser tauchen zu sehen. Sie fluchte lästerlich. Gründlich frustriert wanderte sie am Ufer auf und ab, während sie auf eine Chance wartete, seine Aufmerksamkeit zu erregen, entschlossen, alles offen einzugestehen. Sie war ihm gefolgt, ja, aber nur zu seinem eigenen Besten. Sie hatte ihn nackt gesehen, auch das, ja, aber nur durch Zufall und auch nicht für lange, und bei dem Nebel und der Dunkelheit hatte sie ohnehin nicht viel von ihm gesehen. Eigentlich so gut wie gar nichts.

Ihr Fuß landete auf etwas Weichem, und sie blieb stehen, um

zu sehen, was ihren Schritt dämpfte. Es waren Mychaels Kleider.

Natürlich, dachte sie mit einem ärgerlichen Seufzer. Sie lagen in einem unordentlichen Haufen neben einem kleinen Kreis aus Steinen, einem Feuerring. Sie kniete sich auf den Boden und wischte ihren schmutzigen Stiefelabdruck von seiner Tunika, und dabei fühlte sie Madrons Phiole zwischen den Schichten von Stoff. Llynya hielt inne, jedoch nicht länger als einen ganz flüchtigen Moment, nicht lange genug, um ihrer Zögerlichkeit Gelegenheit zu geben, sich zu Zurückhaltung auszuwachsen, bevor sie Madrons Geschenk in der Hand hielt.

Sie ließ sich bequem auf dem weichen Polster aus Blättern und Kiefernnadeln nieder, das den Boden bedeckte, kreuzte die Beine, stützte ihren Ellenbogen auf das Knie und ihr Kinn in die Hand und betrachtete das Arzneifläschchen eingehend. Es steckte in einer Lederhülle – Leder von einer Kuh, armes Tier –, und die Öffnung war mit einer dicken Schicht Bienenwachs versiegelt, eine Zusammenstellung, die typisch für Madron war. Das Leder war eine Gemeinheit, wie immer, aber Madron war Druidin, keine *tylwyth teg*. Llynya schnüffelte prüfend an dem Siegel. Das Wachs stammte von einem Bienenstock im nördlichsten Zipfel von Riverwood, wo die Bienen Blütenstaub von süßem Wiesenklee und Heidekraut sammelten, und sie wunderte sich, dass Madron derart weit hinausgegangen war.

Vorsichtig löste sie das Bienenwachs, um den Arzneitrank zu enthüllen. Er sah nicht sonderlich eindrucksvoll aus, dunkelgrün, mit irgendwelchen undefinierbaren Stückchen, die an der Oberfläche schwammen, aber der Geruch genügte, um Llynya zurückzucken zu lassen. Kräuterartig und beißend, erinnerte er sie nur zu deutlich an eines von Dain Lavrans' Gebräuen, *aqua ardens*, »Wasser, das brennt«. Der Magier hatte ständig irgendwelche Flüssigkeiten in seiner unteren Turmkammer destilliert, und oft genug war es *aqua ardens* gewesen. Die Kräuter in diesem Trunk waren hauptsächlich von der kühlenden Sorte.

Behutsam träufelte sie eine winzige Menge von dem Zeug auf ihre Zunge. Zuerst geschah nichts. Dann wurde ihre Zunge warm und begann zu prickeln. Die Wärme breitete sich so weit aus, wie es bei einer solch kleinen Kostprobe möglich war, und kühlte dann wieder ab. Der grundlegende Aufguss war erfrischend und im Wesentlichen milde, abgesehen von zwei Bestandteilen: einer Spur von Ständerpilzsporen, die, wie sie wusste, aus einem uralten Feenkreis im Wald von Wroneu stammten, und einem Salz, das sie nicht genau identifizieren konnte. Die Kräuter waren stark genug, um zu helfen, aber wiederum nicht so stark, um schädlich zu sein. Im Großen und Ganzen hatte das Gebräu den Geschmack von Moiras *gwin draig*, Drachenwein; dennoch besaß es eine Schärfe, von der Llynya sich nicht sicher war, ob die Quicken-tree-Frau sie gutheißen würde – außer vielleicht für einen Druidenjungen. Madron und Moira hatten oft die Köpfe zusammengesteckt und sich beratschlagt über das eine oder andere Arzneikraut, und es konnte sehr gut sein, dass dieser Trunk auf einem von beiden Frauen gemeinsam entwickelten Rezept beruhte. Er hatte nichts von einem bindenden Zauber an sich, und obwohl er ziemlich stark war, glaubte Llynya nicht, dass er Mychael schaden könnte. Trotzdem sollte jemand bei ihm sein, falls er jemals beschloss, das Zeug einzunehmen. Männer waren oft nicht darauf vorbereitet, dorthin zu gehen, wohin Pilzsporen sie führen konnten. Es wäre wirklich das Beste, wenn er nicht allein war, wenn dieser Tag kam.

Nachdem ihre Neugier befriedigt war, versiegelte sie die Phiole wieder und schob sie in die Tasche seiner Tunika zurück. Der weiße Wollstoff seiner umgeänderten Mönchstracht war an vielen Stellen geflickt und zerschlissen, grob gewebt und rau unter ihren Fingerspitzen. Moiras Flicken aus wattiertem Quicken-tree-Tuch waren herrlich weich und dick im Vergleich zu dem fadenscheinigen Stoff, und Llynya ertappte sich bei dem Wunsch, dass alle seine Kleider so fein wären. Sie faltete alle Kleidungsstücke und schichtete sie zu einem ordentlichen Stapel auf: Tunika, Hemd, ein Degenkoppel mit Schnalle, Unterhosen, Beinlinge. Dann griff sie nach dem Umhang, um ihn obenauf zu legen. Es war ein gutes Stück aus Quicken-tree-Tuch, dunkelgrün und von feinen Silberfäden durchzogen.

Aber es war mehr als nur sein Umhang, wie sie erkannte, als sie das Kleidungsstück hochhob. Moiras Bündel war darin eingewickelt. Llynya warf einen neugierigen Blick darauf und fragte sich, was die andere Frau wohl für Mychael gemacht hatte.

Ein Aufblitzen von Purpur war das Erste, was ihre Aufmerksamkeit erregte. Sie war mehr als geneigt, Dinge wie purpurrote Blitze zu erforschen – so wie überhaupt alles, was mit Mychael ab Arawn zu tun hatte. Und so hob sie eine Ecke des Stoffes hoch und entdeckte zu ihrer Überraschung, dass Moira offenbar sehr viel mehr zu bindendem Zauber neigte als Madron. Die Quicken-tree-Frau hatte den Rand des Tuchs mit kompliziert geknüpften Borden besetzt, bekannt dafür, dass sie ein unentrinnbares Schicksal woben. Die Stiche entlang den Säumen waren fein und zierlich und so gearbeitet, dass die Fäden übereinander lagen und sich mehrfach kreuzten, sodass das Ganze einen endlosen Knoten in einem von Moiras stärksten Mustern bildete. Und dann war da noch das Purpurrot.

Llynya hob ein weiteres Stück des Stoffes hoch und entdeckte einen Tunikaärmel, einen wunderschönen Ärmel, mehr wie ihr eigener als wie irgendetwas, das die Quicken-tree trugen. Sie schüttelte die Tunika aus, um einen besseren Blick darauf zu bekommen, und eine Kaskade von wilden Schwertlilien ergoss sich in ihren Schoß – purpurrote Blütenblätter, von feinen safrangelben Adern durchzogen, Kelche und Stängel unversehrt, schwertförmige Blätter wie Klingen von sattem Grün in den Stoff eingewebt.

Die eingewebten Blüten schmückten nur die Außenseite des linken Ärmels, von der Schulter bis zum Handgelenk, wobei jede Blumenkrone zu einem perfekten Lilienornament gepresst war. Weitere schwertförmige Blätter waren in Form von schmalen Einsatzstreifen in das Vorderteil der Tunika eingewebt worden und liefen als Zierstreifen an den Beinlingen entlang, wobei ihr leuchtendes Grün mit der Farbe des Tuchs kontrastierte. Es war ziemlich wundersam und merkwürdig, dass Moira solche Kleider für Mychael angefertigt hatte.

Llynya strich glättend mit den Fingern über die Tunika. Sie

würde ihn warm halten, sehr viel wärmer als Schafwolle, und das schimmernde grüne Tuch würde ihn im Wald ebenso perfekt tarnen wie jeden der *tylwyth teg*.

Ein gedämpftes Platschen auf der gegenüberliegenden Seite des Teichs veranlasste sie, ruckartig den Kopf zu heben. Mychael schwamm durch die Schatten, wo die Klippen ein Stück über das Wasser hinausragten, doch selbst die zusätzliche Schicht von Dunkelheit konnte nicht das blasse Gold seines Haares verbergen. Er zog sich auf einen Felsvorsprung hinauf, um von dort aus abermals in die Fluten zu tauchen, und Mondlicht rann wie ein silbrig schimmernder Strom an der gesamten Länge seines Körpers herab.

Er ist atemberaubend schön, dachte Llynya, in Nebelschwaden gehüllt, während sich der Wasserdampf um seine Füße und Beine kräuselte und sich wie ein hauchdünner seidener Schleier um seinen Rumpf schlang. Sie hob eine Hand voll seiner Kleider an die Nase und beobachtete, wie er hinabtauchte und dabei sogar noch leiser ins Wasser glitt, als er herausgekommen war. Von seiner Tunika stieg ein schwacher Veilchenduft auf, der ihr verriet, dass die Schwertlilien sogar mitsamt den Wurzeln in seine Kleider eingearbeitet worden waren. Der Umhang dagegen roch ausschließlich nach Mychael, nach Mann und Moschus, und sie schmiegte unwillkürlich ihre Wange an den Stoff.

Als Mychael in der Mitte des Teiches wieder auftauchte, hob sie ihren Traumsteindolch und schloss ihre Hand fest um das Heft, um einen Lichtblitz zu erzeugen und sich als Quickentree auszuweisen. Die speziellen Farben des Kristalls würden Mychael sagen, dass es Llynya von den Lichtelfen war, die am Ufer auf ihn wartete. Sie hatte vor, noch so lange zu bleiben, bis er wieder ging, deshalb wollte sie ihn lieber wissen lassen, dass er nicht allein war. Zu ihrer Überraschung erwiderte er das Lichtsignal nach einem Moment. Erst da erkannte sie, dass er nicht annähernd so verwundbar – oder so nackt – war, wie sie zuerst geglaubt hatte. Bei einer schnellen Überprüfung seiner Sachen erwies sich nämlich, dass sein Gürtel und seine Dolchscheide nirgendwo auffindbar waren.

»Verdammt!«, fluchte sie unterdrückt. Sie hatte einen völlig nutzlosen Gang getan. Er hatte sich vor einem knappen halben Jahr den Liosalfar angeschlossen und begleitete sie seitdem auf fast allen ihren Missionen. Er brauchte ihren, Llynyas, Schutz nicht. Zweifellos konnte er spielend mit Wölfen und Skraelings, den Sha-shakrieg und obendrein noch mit einer ganzen Bande von Räubern, Plünderern und Taschendieben fertig werden. Und dennoch, nachdem sie ihre Anwesenheit so überdeutlich kundgetan hatte, konnte sie wohl kaum einfach wieder gehen, ohne sich noch lächerlicher zu machen. Deshalb setzte sie sich neben den Feuerring, um die Sache durchzustehen, während sie sich im Stillen eine schwachsinnige Närrin schimpfte.

Mychael glitt erneut unter die Wasseroberfläche und tauchte erst wieder auf, als er den Felsvorsprung erreichte, der das Ufer bildete. Der Teich war unermesslich tief, oder zumindest hatte noch kein Quicken-tree jemals den Grund berührt. In der Mitte des Teiches ragte eine Felssäule auf, die ungefähr drei Meter unter der Wasseroberfläche endete, und durch diese Säule spie der Geysir manchmal sein dampfendes, mineralienreiches Gebräu aus. Meistens sprudelte das heiße Wasser aus der Säule heraus, ohne die Oberfläche zu erreichen, sodass der Teich herrlich warm und angenehm zum Schwimmen war, selbst wenn hoher Schnee lag – obwohl nichts von alledem Llynyas Gedanken auch nur annähernd so stark beschäftigte wie der Anblick von Mychael, als sich dieser aus dem Wasser erhob.

»*Malashm*«, grüßte er, während er sich das Gesicht abwischte und sich dann mit beiden Händen das nasse Haar aus der Stirn zurückstrich.

»*Lasham*«, sagte sie und schluckte hart. Das Wasser glitzerte auf seiner Haut und rann in dünnen Strömen an seinem mageren, eckigen Körper hinunter, hob die festen Muskeln an seinen Armen und seiner Brust hervor. Kleine Wellen schwappten gegen seinen Unterleib und brachen sich an dem mit Silber beschlagenen Ledergürtel um seine nackte Taille. Das Heft seines Traumsteindolches strahlte bläulich-weiß unter der Teichoberfläche, beleuchtete seine hervorstehenden Hüftknochen und wahrscheinlich noch mehr, wenn sie sich getraut hätte, hinzuschauen, was sie jedoch nicht wagte.

Er schien nicht im Geringsten überrascht, sie zu sehen, oder auch nur im Geringsten befangen wegen seines unbekleideten Zustands, was Llynya beinahe ebenso sehr beunruhigte wie die Art, wie er aussah – wie ein heidnischer Wassergott, der aus seinem Reich auf dem Grund des Teiches emporstieg.

»Ist in der Burg alles in Ordnung?«, wollte Mychael wissen.

»Ja«, stieß sie mühsam hervor und wünschte dann augenblicklich, sie hätte die Wahrheit ein bisschen frisiert. Natürlich würde er denken, sie wäre von Trig ausgeschickt worden, um ihn zu finden; und sie hatte sich ganz sicherlich verraten, indem sie zugab, dass kein Notfall vorlag, der sie gezwungen hatte, mitten in der Nacht zum Teich zu laufen, und der Mychaels unverzügliche Rückkehr erforderte.

Er schwieg einen Moment, während er ihren Blick über die Wasseroberfläche hinweg festhielt. Seine rechte Hand ruhte auf seinem Dolchheft; seine Linke lag auf seiner Körpermitte und bewegte sich in einer gedankenverlorenen Liebkosung, die jedes Mal, wenn Llynya ihren Blick auch nur ein ganz kleines Stück tiefer wandern ließ, höchst sonderbare Gefühle in ihren Eingeweiden auslöste. Zweifellos dachte er über ihre Antwort nach, und ebenso zweifellos erkannte er, dass sie aus eigenem Antrieb gekommen war und nicht auf Befehl von Rhuddlan oder Trig – eine Tatsache, die durch seine nächste Frage bewiesen wurde.

»Bleibst du noch eine Weile?«, fragte er und legte den Kopf schief, als wüsste er nicht so recht, was er von ihrer Anwesenheit halten sollte.

»Ein Weilchen«, erwiderte sie so nonchalant wie möglich, als ob sie nur ganz zufällig vorbeigekommen wäre, ohne spezielle Pläne.

»Könntest du dann auf das hier aufpassen?« Er schnallte seinen Gürtel ab und legte ihn mitsamt dem Dolch und allem auf die Felsen. »Ich kann ohne die Waffen besser schwimmen.«

Als Llynya stumm nickte, tauchte er mit elegantem Schwung

ins Wasser zurück und kraulte wieder zur gegenüberliegenden Seite des Teiches.

Da Llynya nicht so recht wusste, was sie in der Zwischenzeit anfangen sollte, beschloss sie, einen Arm voll Reisig und Zweige zu sammeln und ein Feuer anzuzünden. Die Nachtluft wurde zunehmend kälter und hatte eine gewisse beißende Frische an sich, die häufig Schnee ankündigte. Der Schnee würde wahrscheinlich nicht Carn Merioneth erreichen oder die tiefer gelegenen Gebiete von Riverwood, aber Bala Bredd war ein Bergsee, und es war gut möglich, dass die Berge gegen Morgen von einer dünnen Schicht Pulverschnee bedeckt sein würden. Llynya hob schnüffelnd die Nase und schloss die Augen. Ja, es würde schneien, und zwar ziemlich bald.

Mychael beendete seine zweite Runde durch den Geysirteich und begann eine weitere, während er mit kraftvollen, gleichmäßigen Zügen schwamm, bis das Feuer knisternd brannte und Llynya sich schon lange auf einer provisorischen Schlafdecke aus ihren Umhängen auf dem Boden ausgestreckt hatte, um lieber die Sterne zu beobachten als Mychael. Hin und wieder fragte sie sich, ob er die Absicht hatte, die ganze Nacht hindurch zu schwimmen, doch die meiste Zeit ließ sie das rhythmische Geräusch seiner Schwimmzüge im Hintergrund verhallen, während sie den Weg der Wanderer über das Himmelsgewölbe verfolgte und auf Mychaels Rückkehr wartete.

15

Der Wind war aufgefrischt, als Llynya aus tiefem Schlummer erwachte und sich schlaftrunken aufsetzte, um festzustellen, dass Mychael ihr gegenüber am Feuer saß. Er verspeiste gerade eine Hand voll Himbeeren und sah sehr elfisch in seinen neuen Kleidern aus. Der rötliche Schein der Flammen tanzte über das schimmernde Tuch, hob die leuchtenden Farben der eingewebten Blüten und schwertförmigen Blätter hervor und verlieh ihnen einen leicht metallischen Glanz, der zu dem kupferroten

Streifen in seinem Haar passte. Die Linie seiner Narben war vorhin im Mondlicht deutlich sichtbar gewesen, doch es hatte Mychaels Anziehungskraft nicht im Geringsten beeinträchtigt. Er war gezeichnet – aber von Zeit, dem magischen Lebenselixier. Es stand ihm gut.

Er hob den Kopf und blickte sie an, als sie sich rührte. »Hallo«, sagte er und streckte ihr seine Hand mit den Beeren entgegen.

»Nein, danke.« Llynya lehnte sein Angebot kopfschüttelnd ab und reckte sich, um ihre verkrampften Muskeln zu lockern. Ich bin wirklich eine großartige Beschützerin, dachte sie ärgerlich, einfach einzudösen und wie ein Murmeltier zu schlafen, während er überall herumgelaufen ist, um sich abzutrocknen und die Kleider zu wechseln und seinen Gürtel und das Degenkoppel umzuschnallen, und wahrscheinlich auch noch einen Höllenlärm veranstaltet und alle möglichen Zweige und Äste zerbrochen hat, als er seine Beeren gepflückt hat.

»Ich wollte dich nicht wecken«, sagte er.

Sie glaubte einen neckenden Unterton in seiner Stimme zu hören; und tatsächlich, als sie ihn ansah, waren seine Mundwinkel zu einem Grinsen verzogen.

Zu ihrem großen Ärger spürte sie, wie eine heiße Röte in ihre Wangen stieg. *Lästiger Kerl.*

»Moiras Handarbeit an deiner Tunika und deinen Beinlingen ist wirklich außergewöhnlich«, erklärte sie Mychael, ohne sich um sein spöttisches Lächeln zu kümmern. »Es gibt nicht viele *tylwyth teg*, die komplette Pflanzen in ihren Quickentree-Stoff einweben können.«

»Es gibt auch nicht viele von ihnen, die die Äste der Bäume zerbrechen, in denen sie sich verstecken«, erwiderte Mychael, während sein Grinsen noch breiter wurde und die kühlen grauen Tiefen seiner Augen mit Wärme erfüllte. »Was ist los mit dir, Kobold? Wirst du langsam alt und tatterig?«

»Alt und tatterig! So ein Unsinn!« Sie machte sich daran, ein paar aufgelöste Zöpfe in ihre wirre Mähne zurückzuschieben, um ihre Verlegenheit zu überspielen, und um ihr schlafzerzaustes Haar wenigstens einigermaßen in Ordnung zu bringen.

»Dann warst du es also, die ich hinter mir durch die Wälder trampeln und poltern gehört habe.«

»Ich bin in meinem ganzen Leben noch nie getrampelt, und ich poltere auch nicht herum, wenn ich mich durch den Wald bewege«, erklärte sie in gespielter Gekränktheit.

»Genau«, pflichtete er ihr bei, als er eine Kürbisflasche mit Blütenkätzchentau öffnete, die er zum Feuer mitgebracht hatte. »Das habe ich mir auch gesagt, dass das unmöglich du sein konntest, sondern vielleicht ein alter, schwerfälliger Bär oder ein torkelnder Hirsch, dessen Geweih sich in dem Dornengestrüpp verfangen hatte, oder vielleicht eine große Bestie auf der Suche nach Beute, eine von der Sorte, die den Mond anheulen. Aber hier ist keine Bestie, nur du.«

Er genoss das Geplänkel offensichtlich, und Llynya ebenfalls, trotz ihrer zur Schau getragenen Verdrossenheit. Es geschah nicht oft, dass Mychael lächelte, und es kam sogar noch seltener vor – wenn überhaupt jemals –, dass er scherzte und neckte, und dennoch neckte er sie.

»Und da irrst du dich«, versicherte sie ihm. »Es gibt hier eine suchende Bestie, die nach Bala Bredd gekommen ist, um die Früchte des Waldes zu verschlingen. Vielleicht wird sie als Nächstes Jagd auf dich machen, wenn die Himbeeren zur Neige gehen. Deshalb solltest du dich besser satt essen und dann schleunigst von hier verschwinden.«

Wieder verzogen sich seine Lippen zu einem blitzenden Grinsen, dann lachte er laut. »Ich habe schon oft in den Wäldern nach solchen Bestien gesucht und noch nie eine gefunden, deshalb werde ich wohl erst einmal abwarten und es darauf ankommen lassen.«

Sein Lachen rieselte wie kühles, klares Wasser durch sie hindurch, und sie war derart überrascht über den melodischen Klang, dass sich ihr Puls beschleunigte und ihre Ohren sich aufrichteten und nach vorn zuckten. Sie konnte nichts anderes tun, als ihn fasziniert anstarren – und sich nach seinem Kuss sehnen. Denn das war das Heimtückische an der Sache, nicht? Und der wahre Grund, weshalb sie hergekommen war? Um ihm einen Kuss zu rauben, wenn sie sich traute.

Sie hätte ihm auf die Schnelle einen Kuss auf die Lippen drücken können, aber ein schneller Kuss war nicht das, was sie wollte. Sie wollte einen von jenen langsamen, sinnlichen, heißen Küssen, die er ihr im Turm gegeben hatte. Und jetzt wollte sie noch eine andere Art von Kuss, einen mit Lachen darin. Süßes Rätsel der Begierde, einen Kuss zu wollen und zärtliche Liebkosungen und sein Entzücken zu schmecken, ihre Lippen auf seinen lächelnden Mund zu pressen und mit ihm zu seufzen und zu lachen, während sie denselben warmen Atem teilten. Ja, die Wahrheit war nur zu offensichtlich, als sie jetzt so dicht neben ihm saß. Sie war wegen eines Kusses gekommen.

Aber wie sollte sie es anstellen, einen zu bekommen? Das war die große Frage. Sie hatten sich im Turm gestritten, kurz bevor er sie geküsst hatte, aber sie hatte heute Abend wirklich keine Lust zum Streiten.

Damals in Crai Force, als sie ihm mit ihrem Dolch die Wange aufgeschlitzt hatte, hätte er sie beinahe geküsst, doch sie wusste, das war »trotz« und nicht etwa »wegen« ihrer Tat gewesen. Nein, sie wollte Mychael nicht verletzen, nie wieder, auf gar keinen Fall.

Was sie wollte, war, ihn küssen – einmal, zweimal, dreimal und immer wieder und wieder, bis die Sonne über Glyder Mawr aufstieg und die Bergflanken vergoldete. Angesichts ihrer Reaktion beim letzten Mal bezweifelte sie jedoch, ob er noch immer geneigt war, sie zu küssen.

Verflixt und zugenäht, fluchte sie innerlich, und ihre Lippen pressten sich zu einer schmalen Linie zusammen. Es musste doch noch irgendeine andere Methode geben außer Massalets kokettem Gehabe, um Mychael zu einem Kuss zu verlocken. Llynya hatte noch nie im Leben kokettiert. Sie würde sch wie eine komplette Idiotin vorkommen. Vielleicht war es das Beste, wenn sie versuchte, seine Freundschaft zu gewinnen; und dann, als gute Freundin, könnte sie ihn ganz offen um einen Kuss bitten.

»Tut die Schnittwunde auf deiner Wange noch weh?«, fragte sie, ihre Besorgnis war echt, auch wenn ihre Beweggründe für diese Frage äußerst suspekt waren.

»Nicht sehr«, erwiderte Mychael gähnend. Er verschränkte die Hände und streckte die Arme weit nach vorn. Harte und dennoch geschmeidige Muskeln spielten unter seiner Tunika. Er stöhnte leise, ein gedämpfter, intimer Klang, ein animalischer Laut voll animalischen Wohlbehagens. Seine Schwingungen hallten durch Llynyas Inneres, und sie wäre beinahe auf der Stelle dahingeschmolzen.

»Moira hat etwas auf der Wunde verrieben«, fuhr er fort, als er seine Dehnübung beendete und nach dem Blütenkätzchentau griff. »Noch etwas anderes außer *rasca*, um den Schmerz zu lindern. Es sind hauptsächlich die Stiche, mit denen sie die Wunde genäht hat, die ich noch fühlen kann, nicht die Schnittverletzung als solche.«

Sie saßen eine Weile in einträchtigem Schweigen da – so einträchtig und friedlich, während das Feuer leise knisterte und der Wind sanft durch die Bäume rauschte, dass Llynya schon fast davon überzeugt war, sie hätten bereits ein Stadium der Freundschaft erreicht. Dann dachte sie an ihre Begegnungen während der vergangenen beiden Wochen zurück und kam zu dem Schluss, dass zwar eine Art Beziehung zwischen ihnen bestand, dass man diese aber noch nicht als Freundschaft bezeichnen konnte.

»Ich habe ein paar von den Quicken-tree auf diese spezielle, sehr schnelle Art kämpfen sehen, wie du in Crai Force mit deinem Dolch gekämpft hast«, sagte Mychael und blickte von dem Feuer auf, seine Brauen zu einem nachdenklichen Stirnrunzeln zusammengezogen. »Aber keiner von ihnen ist so schnell wie du. Noch nicht einmal annähernd. Ich erinnere mich noch, dass es wie ein Blitz aus heiterem Himmel war, als du mich geschnitten hast.«

»Es ist eine Angriffstechnik, die sich ›Blitzhieb‹ nennt oder ›*tlas buen*‹ in der Elfensprache«, erklärte sie, während sie abermals mit Gewissensbissen kämpfte. Rhuddlan könnte ihr noch immer das Fell über die Ohren ziehen, weil sie einen von ihren eigenen Leuten verletzt hatte. »Die Yr-Is-ddwfn-Ätherwesen sind schon immer die schnellsten von allen *tylwyth teg* gewesen. Die Quicken-tree leben schon zu lange in der Welt der

Menschen, seit Äonen und Äonen, wie ich vermute, und es hat Eheschließungen und dergleichen zwischen den beiden Völkern gegeben, so wie die Verbindung zwischen deinem Vater und deiner Mutter, die sich allerdings nicht direkt für eine Elfe hielt, obwohl sie so elfisch war, wie ich es noch bei keiner Priesterin jemals erlebt habe. Fast feengleich war sie, eine seltene *faerie blodau*, nicht wie eines von den kleinen Waldgeschöpfen. Durch diese Verschmelzung sind die Quicken-tree und die anderen Clans in gewisser Hinsicht stärker geworden, während es sie in anderer Hinsciht wiederum geschwächt hat, aber sie sind den Menschen noch immer in vielen Dingen überlegen.«

»Du hast meine Mutter gekannt?«, fragte Mychael und beugte sich gespannt vor. Sein plötzliches, reges Interesse erinnerte sie wieder an den Verlust, den er vor langer Zeit erlitten hatte. Sie hätte beinahe die Hand ausgestreckt und sanft seine Wange berührt, hielt sich jedoch zurück. Unter keinen Umständen sollten ihre Gefühle für ihn als mütterlich missdeutet werden.

»Ja, und ich habe sie geliebt«, erwiderte Llynya, froh darüber, dass sie solche Bande teilten, obwohl sie Rhiannon seit Jahren nicht mehr gesehen hatte und auch seit Jahren nicht mehr nach Merioneth gegangen war, bevor Mychael geboren worden war. Sie und Ailfinn waren lange und weit gewandert, nachdem sie Yr Is-ddwfn verlassen hatten; und als sie schließlich nach Merioneth zurückgekehrt waren, hatten sie feststellen müssen, dass es an Gwrnach gefallen war. »Sie hat die wundersamsten Geschichten erzählt und die süßesten Melodien auf ihrer Harfe gespielt. Man konnte förmlich die Sterne in Rhiannons Liedern singen hören. Sie hatte sanfte Hände und eine sanfte, beruhigende Stimme, und ihr Haar war wie eine wunderschöne goldene Wolke. Ich habe nie wieder solch prachtvolles Haar gesehen, bis Ceridwen nach Deri kam. In jener Nacht habe ich ihr tausend Zöpfe ins Haar geflochten, um sie zu schützen.« Sie hielt inne, während sie mit einem langen Stock im Feuer stocherte und Mychael einen Blick von der Seite zuwarf. »Weißt du, du könntest auch einen solchen Zopf gebrauchen, einen *fif braid*. Es ist eines von diesen schönen, raffinierten Dingen, die dich an die Bäume binden.«

»Binden, knoten, flechten und verknüpfen«, sagte er lächelnd. »Die Quicken-tree sind ständig damit beschäftigt, die Welt zusammenzuweben. Und zu welchem Zweck soll ich es wagen, mich an die Bäume zu binden?«

»Nun, du wirst ein bisschen müheloser zwischen ihnen hindurchgehen, wenn sie wissen, dass du da bist«, erklärte sie. »Im Allgemeinen geben sie sich nicht mit Menschen ab. Das Leben der Menschen geht zu schnell vorüber, als dass es die Bäume sonderlich kümmern würde. Aber wenn dein Haar zu einem *fif braid* geflochten ist – in der Art, wie sie alle auf diesem oder einem anderen Fleckchen Erde miteinander verflochten sind –, dann werden sie dir mehr Beachtung schenken, und manchmal werden sie auch ein bisschen mit dir sprechen.«

»Sprechen?«

»Ja.«

»Und worüber?«, fragte Mychael mit einem ungläubigen Unterton in der Stimme.

»Über dies und jenes«, erklärte Llynya achselzuckend.

Er starrte sie lange Zeit schweigend an, bevor schließlich der Zweifel aus seinem Ausdruck verschwand. »Sie sprechen mit dir, nicht wahr?«

»Ja, und mit Rhuddlan und Madron und mit fast jedem der *tylwyth teg*, der sich die Zeit nimmt, ihnen zuzuhören.«

Ein Seufzer entschlüpfte ihm, als er zu den Bäumen hinaufblickte. Die dunklen Wipfel von Kiefern und Eichen und ein paar vereinzelten Rotbuchen hoben sich als scharf umrissene Silhouetten gegen den Nachthimmel ab und bildeten einen unregelmäßig geformten Wall um den Teich herum.

»Ein *fif braid* wird mich ebenso sehr an die Quicken-tree binden wie an den Wald, richtig?«

»Ja«, gab sie zu.

Er wandte den Blick von den Bäumen ab und sah Llynya wieder an. »Einige der Quicken-tree wären nicht allzu erfreut darüber, wenn ich mit geflochtenem Haar in Carn Merioneth erscheinen würde.«

»Naas hat dir einen Traumstein geschenkt, und Moira hat dir Kleider genäht, in die sie eine komplette wilde Schwertlilie eingewebt hat«, entgegnete Llynya, während sie abermals mit ihrem Stock in den Flammen stocherte und eine Wolke von Funken aufwirbelte. »Selbst wenn Rhuddlan wollte, dass du gehst, könnte er nicht gegen Naas und Moira handeln.«

Wieder verzog sich Mychaels Mund zu einem Lächeln, aber es war ironisch, ohne den leisesten Anflug von Freude. »Es ist nicht Rhuddlan, der mich loswerden möchte. Ich glaube, es wäre ihm sogar lieber, ich würde als Quicken-tree wiedergeboren, damit er mein unangefochtener Lehnsherr sein könnte und absolute Macht über mich hätte.«

Eine Schicksalswende, die Mychael nicht zuzulassen gewillt war, wie Llynya vor einigen Tagen erkannt hatte.

»Er ist durchaus gerecht als Lehnsherr, aber durch den Zopf wirst du ihm nicht mehr verpflichtet sein, als du es jetzt bist«, versicherte sie ihm. »Der Zopf ist ein Schutz für dich, das ist alles, und er bindet dich nur deshalb enger an die Quicken-tree, weil sie alle eng mit den Wäldern und Wiesen, den Sümpfen und Mooren und dem Heideland verbunden sind. Ich habe einmal von einer Ebiurrane gehört, die so weit hinauf in den Norden ging, dass es keine Bäume, kein einziges grünes Lebewesen mehr gab. Eines Nachts geriet sie in einen heftigen Schneesturm und verirrte sich in der Eiswüste. Gegen Morgen, als sie vor Kälte schon fast steif gefroren war, hörte sie die Bäume der Heimat nach ihr rufen. Sie achtete auf ihre Stimmen und wurde an einen sicheren Ort geleitet. Wenn du jemals eine Zuflucht in den Wäldern oder außerhalb suchen solltest, wird der Zopf es den Bäumen erleichtern, dich dorthin zu führen.«

»Ein *fif braid* wird den Bäumen helfen, einen Weg zu einer Zufluchtsstätte für mich zu bahnen?«, fragte er und blickte von seiner Betrachtung des Feuers auf, um Llynya äußerst interessiert anzusehen.

»Ja. Sie kennen den Weg von jedem x-beliebigen Ort zu jedem anderen und sogar die Orte dazwischen, wie Yr Isddwfn.«

»Yr Is-ddwfn? Dann ist der Ort, wo du herkommst, also

eine Zufluchtsstätte?« Seine Neugier war jetzt vollends geweckt, und ganz plötzlich ging ihr auf, dass es ein Missverständnis zwischen ihnen gegeben hatte. Sie hätte sich selbst eine Ohrfeige dafür verpassen können, dass sie nicht vorsichtiger gewesen war.

»Ja, ich nehme an, es ist so etwas Ähnliches wie eine Zufluchtsstätte«, erklärte sie ausweichend. Sie bereute es bereits, ihm den Zopf so angepriesen zu haben, weil sie damit offensichtlich Hoffnungen in ihm geweckt hatte, die sich nicht erfüllen würden. Aedyth hielt Mychael für eine dunkle Bestie, aber Naas hatte ihr an diesem Nachmittag, als sie auf der Festungsmauer gesessen und zugeschaut hatten, wie Mychael und die anderen Tabors Ponys absattelten, eine ganz andere Geschichte erzählt – eine Geschichte von Priesterinnen und Drachenblut und von Mychaels unermüdlicher Suche im Drachenschlund nach einer Landkarte von Nemeton.

Weder eine Zuflucht im Wald noch Yr Is-ddwfn konnten Mychael vor sich selbst schützen, und das Drachenfeuer, das ihn verzehrte, war in Wahrheit ein Teil seiner selbst, ein Blutzauber von Ddrei Goch und Ddrei Glas, der durch seine Adern strömte, heraufbeschworen in einer längst vergangenen Zeit.

»Es ist eine Stätte des Lernens und der Verzauberung, wie einige vielleicht sagen würden«, fuhr sie fort, um zu vermeiden, dass seine Hoffnungen völlig zerstört wurden. »Die Prydion-Magier entdeckten den Ort gegen Ende des Dunklen Zeitalters, obwohl sie glaubten, dass er sogar schon in der Unergründlichen Zeit existiert haben musste. Es waren die Drachenlarven, die *pryf*, die den Weg nach Yr Is-ddwfn durch das Wurmloch erschlossen.«

»Ich bin in dem Wurmloch gewesen«, erinnerte Mychael sie, »aber ich habe niemals einen Weg gesehen.«

»Du hättest ihn auch gar nicht sehen können, selbst wenn er direkt vor dir gewesen wäre, es sei denn, jemand hätte dich gelehrt, ihn zu erkennen. Ailfinn Mapp, die große Prydion-Magierin, hat damals versucht, Nemeton beizubringen, wie man den Weg findet. Aber trotz allem, was er lernte, war er niemals in der Lage, den Weg nach Yr Is-ddwfn zu erkennen.«

»Dann ist Yr Is-ddwfn also nicht Nemetons Zufluchtsstätte?«, fragte er stirnrunzelnd, als ihm die enttäuschende Wahrheit dämmerte.

»Nein. Aber vielleicht könnte ich dich lehren, wie man den Weg dorthin findet«, erwiderte sie mit einem hoffnungsvollen Unterton in der Stimme und dachte, dass sie ihn wirklich küssen sollte. Sie wusste, mit einem Kuss könnte sie ihn wieder aufheitern. »Fast überall ist es so, dass ein Ding entweder da ist, sodass man es sehen kann, oder dass es nicht da ist, aber bei dem Weg nach Yr Is-ddwfn ist ein Trick dabei. Er ist zwar da, aber man sieht ihn erst, wenn man den Dreh heraus hat. Nicht weit vom Rand entfernt gibt es einen Ort, der entweder hier oder dort zu sein scheint, und wenn du die Augen genau so zusammenkneifst« – sie demonstrierte es, indem sie die Augen zu Schlitzen verengte – »und ein ganz klein bisschen zu schielen versuchst, sodass du nicht allzu scharf hinstarrst« – und sie tat genau das, indem sie zu Mychael hinschielte, während sie in Wirklichkeit versuchte, nicht so sehr ihn zu sehen, sondern ihn vielmehr zu durchschauen – »wirst du erkennen, dass der Fels eine winzig kleine Krümmung aufweist. Und wenn du deinen Weg um diese Krümmung finden kannst… was ein bisschen schwierig sein kann, wie ich jederzeit zuzugeben bereit bin, weil der Fels nicht so fest ist, wie Fels im Allgemeinen ist, und weil sich überall um dich herum die Würmer ringeln… also, wenn du das kannst, dann bist du praktisch schon da, und wenn du erst einmal da bist, wirst du zu deiner Überraschung feststellen, dass es gar nicht mal so weit von hier entfernt ist. Überhaupt nicht weit.«

Sie öffnete die Augen und ertappte ihn dabei, wie er sie in einer Mischung aus Verwirrung und Belustigung beobachtete.

»Tja, so wird es gemacht«, sagte sie zu ihrer Verteidigung.

»Das bezweifle ich nicht«, erwiderte Mychael, »aber ich glaube, ich weiß, warum der Druide den Trick nie beherrscht hat. Du kennst nicht zufällig eine etwas weniger knifflige Methode, um den Zufluchtsort zu finden, der Nemetons war, oder?«

»Nein«, gestand Llynya. »Naas sagt, Madron hätte Merioneth förmlich auf den Kopf gestellt, um die Tagebücher ihres Vaters zu finden, denn sie enthielten seine Karten und solche Dinge, aber es ist nichts zum Vorschein gekommen.«

»Naas sagt das?«, wiederholte er voller Zweifel. »Naas sagt doch nie etwas. Sie spricht doch noch nicht einmal mit Rhuddlan.«

»Nun, mit mir schon. Wir sind Freunde seit der Zeit, als ich das erste Mal zu den Quicken-tree gekommen bin.«

Ein Grinsen zuckte um seine Mundwinkel. »Die Bäume sprechen mit dir, Naas spricht mit dir, die Meisen und die Tauben sprechen mit dir. Gibt es eigentlich irgendetwas oder irgendjemanden, der nicht mit dir spricht?«

»Es gab einmal einen Mann«, erwiderte sie und beugte sich lächelnd zu ihm vor, »aber jetzt spricht auch er mit mir.«

Zu ihrem großen Entzücken sah sie, wie Mychael errötete.

Sie rutschte noch ein klein wenig näher an ihn heran und ließ ihre Finger durch eine Strähne seines Haares gleiten. Die verlegene Röte auf seinen Wangen verstärkte sich noch, wärmte seine Haut und ihre Fingerspitzen, und wieder war sie zutiefst beeindruckt von seiner Schönheit – von den hohen, ausgeprägten Wangenknochen und der fein geschwungenen, fast eleganten Linie seiner Nase, von seinen dichten dunklen Wimpern und den ebenso dunklen Bögen seiner Brauen, die einen so ausdrucksvollen Kontrast zu seinem hellen Haar bildeten. Er sah eher so aus, als stammte er aus dem hohen Norden statt aus Wales, aus den Ländern jenseits der Nordsee, wo solch weißblondes Haar häufig bei Männern anzutreffen war, wo seine fein geschnittenen Züge nicht so einzigartig waren. Seine Augen, so blassgrau, wiesen einen schmalen Rand von Ceridwens leuchtendem Blau auf. Um seine Pupillen war eine noch schmalere Linie von Bernsteingelb zu erkennen. Es war diese bernsteingelbe Linie, in der das Feuer aufzuflackern pflegte, wenn ihn der Zorn packte so wie damals an den Ufern von Mor Sarff. In dieser Nacht sah er nicht so wild und hitzig aus, nur warm von seinem Bad im Teich, sein Körper entspannt und gelöst. In dieser Nacht war er ein Mann, der fröhlich lachte.

Fasziniert von den Veränderungen, die die Wasser von Bala

Bredd in ihm bewirkt hatten, ließ Llynya ihre Hand sinken und berührte behutsam die schmale weiße Narbe in seinem Mundwinkel. »Woher hast du diese Narbe?«

»Ich bin einmal im Garten von Strata Florida gestolpert und habe mich an einem scharfkantigen Stein verletzt«, erklärte er nach einem kurzen Moment des Zögerns.

Es war ihre Berührung, das wusste sie, die seiner Stimme den heiseren, kehligen Klang verlieh. Sie spürte, wie seine Körpertemperatur schlagartig anstieg, fühlte die sinnliche Hitze, die von ihm ausstrahlte und sie beide einhüllte, um ihre Haut mit den Wohlgerüchen von Begierde und Sehnsucht zu liebkosen. Sie hatte sich geirrt, als sie gedacht hatte, dass er sie nicht mehr küssen wollte – denn er wollte wirklich einen Kuss von ihr. Einen Kuss und noch mehr.

Sie strich langsam mit einer Fingerspitze über die Narbe, bevor sie ihre Hand zurückzog. »Wie alt warst du damals?«

»Nicht älter als fünf oder sechs. Es war der Tag, an dem Moriath kam und Ceri aus dem Kloster holte. Als die Mönche das Tor hinter den beiden verschlossen, geriet ich in Panik und rannte davon, um einen anderen Ausgang zu finden. Doch wohin ich auch lief, überall waren die Mauern so hoch, dass ich nicht rüberklettern konnte. Bis ich den Garten fand. Am Ende des Gartens stand ein kleines Tor zu den Feldern hin offen, und ich konnte die Straße sehen, die Moriath und Ceri genommen hatten.« Ein leises Lächeln spielte um seine Lippen. »Ich hatte es schon fast geschafft, aber dann stolperte ich, und bis ich mich endlich vom Boden hochgerappelt hatte, blutend wie ein abgestochenes Schwein, hatte Bruder John mich eingefangen, und er ließ mich nicht eher wieder los, bis ich zwölf war und so groß und kräftig, dass er nicht mehr mit mir fertig wurde.«

Llynya hatte vor langer Zeit Gerüchte gehört, dass Rhiannons Tochter in Usk Abbey wäre, aber keine hatte je etwas von einem Sohn gesagt. Es war Ceridwen selbst gewesen, die Llynya erzählt hatte, dass ihr Zwillingsbruder im Kloster Strate Florida war.

»War es sehr schlimm für dich, an einem solchen Ort zu sein?«, fragte sie und unterdrückte ein Schaudern. »Ich habe gehört, sie fesseln Frauen an Pfähle und verbrennen sie auf Scheiterhaufen, und dass sie ihren Gott in Weinfässern und Brotstückchen am Leben erhalten und sein Blut trinken und sein Fleisch essen.«

»Das ist richtig, aber in Strata Florida ist nie jemand auf dem Scheiterhaufen verbrannt worden. Unser Abt hielt nichts von solchen Methoden. Und was den Wein und die Oblaten angeht … es ist nicht so kannibalisch, wie es sich anhört, sondern als eine Form der Verehrung gemeint.«

»Ich würde lieber ein Loblied auf die Mutter Erde singen und mit leisen, behutsamen Schritten durch die Wälder gehen.«

»Ja, mir scheint, das ist eine gute Art«, pflichtete Mychael ihr bei, »und eine, die auch mehr meiner Natur entspricht, obwohl es tatsächlich so ist, dass ich durch die Mönche weniger Schaden erlitten habe als hier in Merioneth, seit ich wieder heimgekehrt bin.«

»Du könntest wieder ins Kloster zurückgehen«, sagte sie und bereute ihre Worte augenblicklich.

»Nein.« Er schüttelte den Kopf, und dabei glitt die lange seidige Haarsträhne, die sie befingert hatte, über seine Schulter. »Ich habe früher einmal mit diesem Gedanken gespielt, aber jetzt nicht mehr. Die meisten Menschen wissen nichts von den Zauberwesen, die jenseits des Waldesrandes leben und unterhalb der Hügel, die sie ihre Heimat nennen, und vielleicht soll das auch so sein. Sie verirren sich nur selten in das Reich der *tylwyth teg*, und jene kurzen Ausflüge werden als ›wundersam‹ betrachtet und weiter nichts. Aber ich würde nicht zurückgehen und meine Augen vor dem verschließen, was ich gesehen habe.« Er warf ihr einen schüchternen Blick von der Seite zu. »An jenem Morgen am Fluss dachte ich, du könntest Flügel haben, so feenhaft und überirdisch bist du mir erschienen, als der Nebel um dich herumwallte und du mit einer Schar Meisen gesprochen hast.«

Ja, er begehrte sie, ganz ohne Zweifel.

»Ich bin keine Flussfee«, erwiderte sie hastig, plötzlich ebenso schüchtern wie er. Sie hatte geglaubt, sie wäre die Einzige, die an jenem Morgen völlig hingerissen gewesen war. Und was das andere betraf – Flügel waren nicht gar so weit von ihrer Abstammungslinie entfernt, als dass ihre Schulterblätter nicht hin und wieder geprickelt hätten. »Komm. Lass mich dir einen Zopf flechten, um dich enger an die Bäume zu binden. Ich schwöre dir, sie werden dir weniger Schaden zufügen als die Mönche.«

Mychael nickte, und sie griff nach einer Hand voll seines Haares, froh darüber, dass sie ihm endlich etwas Gutes tun konnte. Sie begann am unteren Rand seiner Mähne und arbeitete sich Stück für Stück nach oben vor, während sie die flachsblonden Strähnen mit den Fingern kämmte, bis sie wie Sonnenlicht durch ihre Hände glitten. Sein Haar war glatt und fein, nicht so wild gelockt wie das seiner Zwillingsschwester. Diese Beschaffenheit erleichterte ihr die Arbeit und machte es zugleich schwieriger. Feine, glatte Strähnen neigten weniger dazu, sich ineinander zu verheddern, rutschten aber dafür leichter aus einem Zopf heraus, besonders da sein Haar vom Scheitel bis zu den Schultern von unterschiedlicher Länge war. Es wies auch eine Vielzahl von sehr unterschiedlichen Schattierungen auf, alle blond, von goldfarbenen und honigblonden Strähnen bis hin zu den subtilsten Nuancen von Silber und blassem Elfenbein.

Llynya teilte einen Streifen Haar ab und begann, einen aus fünf Strähnen bestehenden Zopf zu flechten, halb blond, halb kupferrot. Wenn sie die außen liegenden Strähnen zur Mitte hin einschlug, würde er einen mehrfarbigen Zopf haben und den ungewöhnlichsten *fif braid*, den man jemals zwischen Riverwood und Wroneu gesehen hatte. Zu seinem zusätzlichen Schutz – weil er kein *tylwyth teg* war – nahm sie einen Silberring aus einem der Beutel an ihrem Gürtel und flocht ihn im oberen Drittel des Zopfes in die Strähnen ein. Ein Stückchen tiefer arbeitete sie einen weiteren schmalen, mit eingravierten Runen geschmückten Ring ein und schlang dann ein grün-silbernes Band aus Quicken-tree-Tuch um den Zopf. Nemeton hatte nie einen *fif braid* akzeptiert. Dain Lavrans hatte einen solchen Zopf nur anlässlich der Feuerfeste getragen, und das war zu einer Zeit gewesen, bevor er in das große Wurmloch hinabgestiegen war und sein Haar sich verändert hatte.

Damit blieb nur noch ein einziger Mann übrig, der sich mit diesen Männern hätte vergleichen können.

Sie flocht abermals eine Länge rostroten Haares und grünen Bandes in den Zopf, und ihr Lächeln verblasste abrupt, als sie an den Dieb von Cardiff dachte. Wo immer Morgan jetzt auch sein mochte, sie bezweifelte, ob irgendjemand daran gedacht hatte, ihm einen schützenden Zopf zu flechten; und um die Wahrheit zu sagen, sie bezweifelte auch, ob Morgan überhaupt irgendwo war, wo sie ihn finden könnte. Wahrscheinlich schwebte er noch immer in irgendeiner schrecklichen Vorhölle, weit jenseits von Zeit und Raum. Sie wusste nur sehr wenig von dem, was im Innern eines Zeitwehrs passierte, und Aedyth hatte sogar noch weniger darüber gewusst. Aber Ailfinn wusste es. Ailfinn wusste alles, doch obwohl die Magierin bereits zu Beginn des Sommers in Merioneth erwartet worden war, war sie noch immer nicht erschienen. Seit ihrem Aufbruch aus Deri hatte Llynya nicht mehr das Gefühl gehabt, dass der Dieb von Cardiff noch tiefer gestürzt war, was an sich ein gutes Omen hätte sein können, wenn nur die Unruhe in der Nähe ihres Herzens nicht gewesen wäre, die sie nicht mehr losgelassen hatte, seit er in dem Wurmloch verschwunden war.

Nein, Morgan war nicht irgendwo in der irdischen Zeit gelandet. Noch nicht.

Als sie sich dem Ende von Mychaels Zopf näherte, wirbelte ein Windstoß eine Hand voll Blätter – Eiche und Birke, Haselnuss und ein paar verirrte Ebereschenblätter – um das Feuer hoch und ließ sie in einem herbstlichen Tanz von Scharlachrot, Bernsteingelb und vergilbendem Grün um die Flammen kreisen. Der Wind hielt die Blätter einen Moment in der Luft fest, bevor sie wieder zur Erde herabschwebten und auf Mychaels Schultern und sein Haar fielen.

»Die Bäume freuen sich, dass sie dich haben, ob Aedyth nun froh darüber sein wird oder nicht«, sagte Llynya, als sie das Ende des Zopfes mit einem weiteren Silberring und einem Stückchen Quicken-tree-Tuch aus ihrem Beutel befestigte. Der

Gedanke an Morgan hatte ihre eben noch so heiter sorglose Stimmung zerstört. Yr Is-ddwfn war nicht Mychaels Zuflucht, aber Nemetons Karte – wenn sie jemals gefunden wurde – könnte ihn zu einem Ort führen, wo er dem Schicksal seines Drachenfeuers entrinnen konnte. Für sie war das Wurmloch der einzige Ausweg, obwohl Mychael ihr praktisch garantiert hatte, dass das Wurmloch, wenn sie sich über seinen bedrohlichen Rand wagte, ihr Verderben sein würde. Zweifellos war Mychaels tiefer Abstieg in das Zeitwehr mit großen Gefahren und Verletzungen verbunden gewesen. Auch sie würde tief hinabsteigen müssen, noch weitaus tiefer als bis zu dem Pfad nach Yr Is-ddwfn. An jenem Morgen hatte Mychaels Haut noch immer gebrannt, versengt von der Hitze der Wurmlochnarben. Ob sie das Gleiche ertragen könnte, wenn das ihr Schicksal sein sollte?

Nemetons Haut war nicht durch Brandnarben verunstaltet gewesen, und so weit sie sich erinnern konnte, hatte er das große Wurmloch mehr als einmal durchbrochen. Die Druiden hatten ein besonderes Talent dafür, Arznei- und Zaubertränke zu brauen, und vielleicht hatte Nemeton sich entsprechend vorbereitet, bevor er in das Zeitwehr hinabgestiegen war. Madron würde es wissen. Sie war immer an der Seite ihres Vaters gewesen und hatte aus der reichen Fülle der Natur alle möglichen Säfte zusammengebraut. Aber es war ziemlich unwahrscheinlich, dass Madron Llynya irgendwelche Geheimnisse verraten würde, besonders nicht solche, die das Wurmloch betrafen. Das Zeitwehr war das spezielle Territorium der Druiden, zumindest nach Madrons Ansicht. Wie die ersten Prydion-Magier, so hatten auch die Druiden Reisende durch das Wehr geschickt, um seine besonderen Eigenschaften zu erkunden. Sie beobachteten das Wehr und warteten darauf, dass diese Reisenden zurückkehren würden; und in einer Nacht im Jahr, an Calan Gaef, beobachteten sie, wie eine Priesterin von Merioneth die Tore zwischen den Welten öffnete und in die Tiefen des Zeitstroms blickte. Es kam daher, weil sie Sterbliche waren und ihre Lebensspanne nur sehr kurz war, dass sie so nach Zeit hungerten, hatte Rhuddlan erklärt.

Inzwischen gab es in Merioneth keine Priesterinnen mehr. Ceridwen war die Letzte gewesen, und nach allem, was man so hörte, hatte sie nicht annähernd so viel Macht besessen wie die Priesterinnen in alter Zeit. Dass niemand da gewesen war, um sie zu unterweisen, war ein Teil des Problems. Dass sie den Mutterleib mit einem Zwillingsbruder geteilt hatte, war sowohl Moiras als auch Naas' Ansicht nach die eigentliche Ursache für ihren Mangel an Fähigkeiten.

Mychael – er war der Punkt, an dem sämtliche Schicksalsfäden zusammenliefen.

»Wenn du so unglücklich über den Zopf bist, kannst du ihn gerne wieder lösen«, sagte er mit besorgter Stimme und riss sie abrupt aus ihren Gedanken.

Sie blickte auf und erkannte, dass sie sich mit ihren düsteren Grübeleien verraten und seine heitere Stimmung ebenso zerstört hatte wie ihre eigene. »Nein«, erwiderte sie. »Es ist nicht der Zopf.«

»Was dann?«

Als Antwort auf seine Frage ergriff sie seine Hand und drehte sie herum, um die Narbe in seiner Handfläche und auf der Innenseite seines Handgelenks zu enthüllen. Sie strich mit den Fingerspitzen über die rosa verfärbte Haut und stellte zu ihrer Überraschung fest, dass sie dieselbe Temperatur wie der Rest seiner Hand hatte.

»Sie fühlt sich kühl an« sagte sie, als sie zu ihm aufblickte. »Das Feuer ist erloschen.«

»Bala Bredd besitzt irgendwie magische Kräfte. Das ist der Grund, weshalb ich hierher gekommen bin.«

»Ja, die Wasser von Bala Bredd haben eine stärkere Heilkraft als andere. Trotzdem habe ich das Gefühl, der Teich braucht einen von Moiras verjüngenden Aufgüssen, wenn du stundenlang ununterbrochen schwimmen musstest, um Erleichterung zu finden.«

»Ein kurzes Bad genügt gewöhnlich«, gestand Mychael, während er gedankenverloren einen Zweig in die Flammen warf. »Ich bin nur deinetwegen so lange geschwommen.«

»Meinetwegen?«, fragte sie verwirrt.

Er hielt ihren Blick einen Moment lang fest, bevor er einen weiteren Zweig ins Feuer warf. »Ich habe heute überall nach dir gesucht.«

»Ich weiß«, sagte Llynya. »Ich habe dich beobachtet, wie du von morgens bis abends sämtliche Ecken und Winkel von Carn Merioneth abgesucht hast und ziemlich genau meiner Spur gefolgt bist.«

»*Allmächtiger*«, fluchte er leise und blickte auf. »Hattest du solche Angst, dass ich dich finden würde?«

»Ich hatte keine Angst. Ich war mir nur nicht sicher, was ich sagen oder tun sollte, nachdem ... nachdem du ... wir ...« Sie brach hilflos ab und senkte verlegen den Blick, während sie nach dem Saum ihrer Tunika griff und ein Mädesüßblatt glättete, damit es besser das Licht des Feuers reflektierte.

»Ich wollte mich nur entschuldigen«, erwiderte Mychael, »und erklären ... falls das nötig sein sollte.« In seiner Stimme schwang eine Frage mit, eine Frage, die zu beantworten sie sich einfach nicht überwinden konnte. Als sie nichts sagte, seufzte er und fuhr beharrlich fort: »Nicht, dass ich sonderlich viel Glück dabei gehabt hätte, als ich es mir selbst zu erklären versucht habe. Aber du kannst sicher sein, dass ich dich niemals in Verlegenheit bringen wollte.«

»Ich dich auch nicht«, versicherte sie ihm in aller Ernsthaftigkeit, während sie zu ihm aufsah.

»Und ich würde dich auch niemals verletzen«, schwor er. »Ich schwöre es bei allen Göttern, die jemals waren oder jemals sein werden.«

»Du hast mich nicht verletzt.« Sie zögerte eine Sekunde, bevor sie fragte: »Und was ist mir dir? Habe ich dich verletzt?«

»Du? Mich?« Sein Ausdruck der Überraschung hielt nur einen flüchtigen Moment an, bevor er sich in Verdruss verwandelte. Er fluchte abermals und vergrub sein Gesicht in den Händen. »Nein, Kobold, du hast mich nicht verletzt.«

»Ich weiß, es war nicht der normale Verlauf der Dinge«, fuhr sie hastig fort. »Als ich dich berührt habe, habe ich befürchtet, dass ich dir vielleicht ... wehgetan hätte, als du ... du ...« Wieder suchte sie vergeblich nach den richtigen Worten. Sie hatte jedes Jahr an Beltaine beobachtet, wie sich die Paare den unterschiedlichsten Arten des Liebesspiels hingaben, aber sie hatte nie eine Bezeichnung für irgendeine davon gehört, und sie – dumme Göre, die sie gewesen war – war auch gar nicht auf den Gedanken gekommen, danach zu fragen. Und sie hatte auch in Wirklichkeit nicht allzu viele Einzelheiten mitbekommen, wie ihr jetzt klar wurde. Sie hatte gedacht, ihr bliebe noch reichlich Zeit, bevor dieses Thema für sie von Bedeutung sein würde.

Inzwischen war die Zeit jedoch abgelaufen, denn sie war allein mit Rhiannons Sohn in der stillen, dunklen Nacht, eingehüllt in sanftes Mondlicht und silbrigen Sternenschein, während sie auf einen Kuss wartete, von dem sie befürchtete, dass sie ihn nicht mehr bekommen würde.

»Es war Dummheit, weiter nichts«, sagte Mychael schließlich, um das verlegene Schweigen zwischen ihnen zu brechen. Er machte Anstalten, sich zu erheben. »Komm, wir sollten besser zusehen, dass du nach Hause kommst, bevor Aedyth einen Suchtrupp losschickt.«

Sie hielt ihn zurück, indem sie ihm leicht eine Hand auf den Arm legte. »Ich bin kein Kind mehr, das tun muss, was Aedyth will.«

»Du bist auch noch keine erwachsene Frau, mit der ich tun darf, was ich gerne möchte«, erwiderte er sanft und berührte ihr Haar.

Sie hätte ihm einen Tritt für diese herablassende Bemerkung versetzen können, aber nur aus Frustration. Als er sich von seinem Platz erhob, rappelte sie sich ebenfalls hastig vom Boden auf, nicht bereit, ihn gehen zu lassen, da der Duft von Verlangen noch in der Luft lag. Denn trotz seiner völlig unangebrachten Ritterlichkeit wollte er sie noch immer küssen.

»Es war meine Schuld,« sagte Llynya, »dass die Dinge im Turm so schief gegangen sind, nicht wahr?«

»Nein«, entgegnete er. »Die Schuld lag ganz allein bei mir.« Mychael wandte sich zum Gehen, aber sie griff erneut nach ihm und legte ihm bittend die Hand auf den Arm. Sein Blick schweifte zu ihr zurück, nachsichtig und von milder Neugier erfüllt.

»Ich bin weggelaufen, obwohl ich hätte bleiben sollen... obwohl ich eigentlich bleiben wollte. Du schmeckst wahrhaft wundersam, Mychael ab Arawn«, sagte sie, »nach Wäldern und Regen und dicken schwarzen Gewitterwolken. Nach Salzwasser aus einem weit entfernten Meer, nach Honig, gewärmt von der Sonne, und ich... ich hatte gehofft, du würdest mir noch einen Kuss geben.« Sie wusste, sie bewegte sich auf gefährlichem Boden. Sinnliches Verlangen in Worte zu kleiden war ein bindender Zauber, eine Verführungszauberformel, wohl bekannt in den *artes magicae*. Sie wollte nicht, dass es ein Zauberbann war, der ihn an sie fesselte, dennoch wollte sie, dass er den wahren Grund erfuhr, warum sie ihm gefolgt war. »Nur ein Kuss, nicht mehr. Das schwöre ich.«

Während sie sprach, veränderte sich sein Gesichtsausdruck von Neugier in einen Ausdruck, den sie – abgesehen von den Linien der Anspannung, die um seinen Mund erschienen – nicht so recht deuten konnte. Langsam hob er die Hand, um ihr Kinn zu umfassen und sanft über ihre Wange zu streichen.

»Du bittest mich um einen Kuss, einen einzigen Kuss und nicht mehr?« In seiner Stimme schwang Resignation mit. »Nur ein Kuss, obwohl ich dir mit Freuden tausend geben würde.«

Er war ihr so nahe, dass sie kaum zu atmen wagte, während sein Atem – süßer Hauch – die Luft zwischen ihnen erwärmte. Wenn sie zu wenig verlangt hatte, wenn das der Grund war, weshalb seine Stimme plötzlich so traurig klang, dann würde sie sich liebend gerne mehr nehmen.

Wagemutig erhob sie sich auf die Zehenspitzen und brachte ihren Mund dicht an seinen. »Selbst tausend Küsse müssen mit einem einzigen beginnen«, murmelte sie, dann streifte sie leicht mit ihren Lippen über seine, ein zarter Hauch von einem Kuss. Seine andere Hand legte sich auf ihre Taille, als ob ihre Berührung sie dazu veranlasst hätte. Bei ihrem zweiten Kuss kam er ihr auf halbem Weg entgegen, und seine Hand glitt um ihre Taille herum auf ihren Rücken. Den dritten Kuss nahm er sich selbst.

Mychael öffnete seine Lippen über ihrem Mund, während er den Arm noch fester um Llynya schlang und sie näher und immer näher zu sich heranzog. *Allmächtiger Gott im Himmel!* Er würde in ihr ertrinken. Er konnte es deutlich fühlen, konnte es förmlich kommen sehen, und dennoch hätte nichts und niemand auf der Welt ihn davon abhalten können, das anzunehmen, was sie ihm anbot. Küsse. Tausende von Küssen. In Anbetracht ihrer Unschuld wäre es das einzig Vernünftige und Anständige gewesen, sie sofort nach Hause zu bringen; aber er brachte einfach nicht die Kraft auf, sie zur Burg zurückzubegleiten, wenn ihre Hand so zärtlich in seinem Haar wühlte. Und um die Wahrheit zu sagen, wenn sie sich so wie jetzt mit ihrem ganzen Körper an ihn presste und ihr Mund förmlich an seinem klebte, schien sie auch gar nicht mehr so unschuldig.

Nein, er hatte nicht die Kraft, sie nach Hause zu begleiten. Er konnte nur beten, dass er die Kraft haben würde, sie langsam zu lieben.

Deshalb tat er zunächst nichts anderes, als sie zu küssen und wieder zu küssen, während er in der feuchten Wärme ihres Mundes schwelgte und in dem zarten Geschmack von Lavendel. Ihre Zunge spielte mit seiner, und eine heiße, prickelnde Süße strömte durch ihn hindurch und entzündete ein Feuer in seinem Inneren. Ihre Zähne streiften leicht über seine Lippen und gruben sich zart in sein Kinn, und alles in ihm drängte danach, sie zu verschlingen, seinen Mund auf jeden Zentimeter ihres Körpers zu pressem, um sie zu kosten und zu erforschen. Sie war die Flussnymphe seiner Waldesidylle, die Zauberin seiner erotischen Wachträume, das verführerische Wesen, das er so viele Male mit einer Streichelbewegung seiner Hand heraufbeschworen hatte, aus dem verzweifelten Bedürfnis heraus, geliebt zu werden. Doch in all seinen Träumen war die Nymphe niemals so schön und bezaubernd gewesen wie die Frau, die er jetzt in seinen Armen hielt. Kein Phantasiewesen war jemals so anschmiegsam und zartgliedrig gewesen. Kein Mann hätte sich jemals das wilde Durcheinander von Zöpfen und Blättern und losen Haarsträhnen erträumen können, das ihr Gesicht in einem solch seidigen Gewirr umrahmte.

Hungrig streifte Mychael mit den Lippen über ihre Wangen und Brauen und Wimpern, von der Sehnsucht getrieben, sich mit ihr zu füllen, mit dem berauschenden Blumenduft, der von ihrer Haut aufstieg. Sie war wie eine Pflanze, ein grünes Lebewesen, das sich um ihn schlang, das ihn mit Ranken des Verlangens an sich band und ihn mit Sinneslust fesselte. Und erst da, als er von der leidenschaftlichen Glut ihrer Küsse erfüllt wurde, erkannte er die ganze Wahrheit dessen, was sie mit dem Flechten seines Haares getan hatte. Sie hatte ihn an die Bäume gebunden, ja, und die Bäume banden ihn an sie.

Als der süße Saft der Lust in ihm aufstieg, stieg auch der Saft in den Kiefern und Birken und Eichen. Es war keine Metapher, sondern geschah tatsächlich. Mychael konnte es riechen, obwohl bereits der Herbst vor der Tür stand, und er konnte riechen, wie dasselbe mit Llynya geschah. Er roch den immer intensiver werdenden Duft von Rosen und Waldmeister auf ihrer Haut, die Düfte von Mädesüß, Veilchen und Pfingstrosen, Blumen, die um diese Jahreszeit längst nicht mehr blühten und dennoch einen betörenden Duft in diese Septembernacht ausströmten – weil Llynya erregt war.

Küsse allein würden dem Kobold nicht genügen. Unschuldig oder nicht, sie begehrte ihn, war von dem gleichen ungezügelten Verlangen getrieben, das auch er empfand; und er wollte, dass sie neben ihm lag, wollte, dass sie ihn in sich aufnahm, ihre Arme fest um ihn geschlungen, ihre Lippen mit seinen verschmolzen, während ihre Hände ihn liebkosten und ihn mit höchster Verzückung erfüllten. Er brannte darauf zu erfahren, wie es war, eine Frau zu nehmen, und sie war eine Frau, die er nehmen würde. Mit Halbheiten könnte und würde er sich nicht zufrieden geben. Er wollte nicht länger allein sein – und sie wollte es auch nicht, das spürte er ganz deutlich.

Und daher war es Empathie und nicht Dreistigkeit, die ihn veranlasste, nach ihrem Gürtel zu greifen und die Schnalle zu lösen; daher war es das Bedürfnis, ihre Sehnsucht zu stillen, und nicht nur Begierde, das ihn dazu trieb, den Verschluss ihrer Beinlinge zu öffnen und sie bis zu ihren Knöcheln hinunterrutschen zu lassen. Mit einem einzigen Handgriff glitten ihre Unterhosen über ihre Hüften hinunter und landeten in einem weichen Knäuel zu ihren Füßen. Mychael unterbrach seinen leidenschaftlichen Kuss nur lange genug, um ihr das Degenkoppel über den Kopf zu streifen, dann ergriff er erneut Besitz von ihren Lippen und begann, ihre Tunika aufzuschnüren. Llynya hätte ihn jederzeit aufhalten können, aber sie tat es nicht. In Wahrheit waren auch ihre Hände nicht ganz untätig, denn während er sie entkleidete, tat sie das Gleiche mit ihm. Er fühlte die Kälte des Windes an den Beinen, als sie ihm die Beinlinge herunterzog, und sie hatte bereits seine Tunika aufgeschnürt, noch bevor er mit ihrer fertig war. Er schlüpfte aus dem Kleidungsstück und warf es achtlos auf den Boden.

Als ihre Tunika fast wie von allein von ihren Schultern glitt und die schwellenden Rundungen ihrer Brüste enthüllte, presste er seinen Mund auf ihre nackte Haut und kostete zum ersten Mal von ihr. *Süßes Paradies auf Erden.* In seinen Lenden begann es zu pulsieren, und er ließ seine Hände um ihre Hüften gleiten, um die warmen, entblößten Pobacken zu umfassen. Und so hielt er sie mit beiden Armen umschlungen, während sich seine Lippen um ihre rosige Knospe schlossen, und es war ein Gefühl, als ob er sie in sein Innerstes aufgenommen hätte.

Ihre Hände verwühlten leidenschaftlich sein Haar und streichelten sein Gesicht. »Mychael.« Sein Name war eine geflüsterte Segnung, ein inniger Seufzer, nicht eine Aufforderung, sich zurückzuhalten. Er war nach Bala Bredd gekommen, um Heilung zu finden, und sie war gekommen, weil sie sich nach Liebe gesehnt hatte, und in der kühlen Nachtluft und den dichten Schwaden wärmenden Nebels, die von dem Teich aufstiegen, entpuppte sich beides als ein und dasselbe.

Er nahm ihr Gesicht zwischen die Hände und küsste zärtlich ihre Mundwinkel.

»Ich möchte mit dir liegen, Llynya«, sagte er in aller Aufrichtigkeit. Nach dem Debakel am Morgen wollte er unbedingt verhindern, dass sie seine Wünsche missverstand, und ungeachtet dessen, was er fühlte, würde er keinen Schritt weitergehen und sie zu irgendetwas drängen, ohne die gleichen Worte von ihr gehört zu haben.

»Ja, o ja«, hauchte sie dicht an seinen Lippen und küsste ihn abermals zart, und er fühlte heiße Erregung in sich aufwallen.

Sie nahm ihn bei der Hand und zog ihn mit sich auf den weichen Stapel ihrer Umhänge und abgelegten Kleidungsstücke hinunter. Und er folgte ihr nur zu bereitwillig, während er sich im Stillen ermahnte, sein Verlangen zu zügeln und sie nicht zu überwältigen. Er war um einiges größer und schwerer als sie und noch sehr ungeübt in der Kunst des Liebesspiels, und in seine Erregung mischte sich eine gehörige Portion Nervosität und Ungeduld – ein sicheres Rezept für eine Katastrophe, wenn er nicht behutsam vorging.

Und dennoch, als er Llynya anblickte, fragte er sich, ob es überhaupt möglich war, sie zu berühren und nicht automatisch das Bedürfnis zu verspüren, äußerst behutsam mit ihr umzugehen. Mondlicht schimmerte auf ihrer nackten Haut und wand sich durch ihre Tätowierungen, versilberte die blauen Blätter auf ihrer wohlgeformten Schulter, als sie sich eilig ihrer Unterhosen und Stiefel entledigte. Als sie fertig war, schlüpfte sie vollends aus ihrer Tunika und ließ sie in ihren Schoß fallen, und der blasse Schein des Mondes glitt wie Quecksilber an ihrem Arm entlang und hob die Runen und die Oghamschrift hervor, die sie als Liosalfar kennzeichneten.

Es war ein ernüchternder Anblick. Mychael wusste, was Llynya war, und dennoch schienen diese Tätowierungen in einem krassen Widerspruch zu dem Rest von ihr zu stehen, zu der Feinheit ihrer Knochen, den weichen, schwellenden Rundungen ihrer Brüste und den schlanken Kurven ihrer Beine. Die Schlacht gegen die Mächte des Bösen nahte, und wenn er die Wahl hätte, würde er nicht zulassen, dass Llynya kämpfte.

Langsam strich er mit der Fingerspitze über die Tätowierungen auf ihrem schlanken Arm und folgte dem Muster aus Blättern und Ranken bis hinunter zu ihrem Handgelenk.

»Eine Kriegerin«, sagte er, und es gelang ihm nicht, den bedauernden Unterton aus seiner Stimme herauszuhalten. »Ich wünschte, es wäre nicht so.«

»Dann möchtest du also lieber eine andere haben?«, fragte sie spitz. Er blickte auf, verdutzt über ihre Frage. Dann sah er den Zorn in ihren Augen aufblitzen und erkannte seinen Fehler. »Eine von den Erntehelferinnen vielleicht?«

Eine Kriegerin, allerdings, dachte er und wagte es nicht, dem Grinsen freien Lauf zu lassen, das er um seine Lippen zucken fühlte.

»Nein, Kobold. Ich möchte keine andere als dich haben, niemals.« Es war die volle Wahrheit. Er wusste es in dem Moment, in dem er die Worte aussprach, und er verstand es ebenso wenig, wie sie es zu glauben schien, wenn man nach dem Blick, den sie ihm zuwarf, urteilen konnte.

»Edmee hat mir erzählt, dass Massalet dir den ganzen Sommer über wie ein Hund nachgelaufen ist.« In ihren grünen Augen flammte unverkennbar Eifersucht auf, und das erstaunte ihn fast ebenso sehr wie die Tatsache, dass sie ihm nackt gegenübersaß und anscheinend nichts Besseres zu tun hatte, als sich mit ihm zu streiten.

»Nun ja, sie ist die meiste Zeit zufällig am selben Ort gewesen wie ich«, gab er zu.

»Und?«, hakte sie nach, und sie sah mit jeder Sekunde, die verging, mehr wie die kampflustige Liosalfar und weniger wie die rehäugige Nymphe aus.

Er sah sich rasch nach ihrem Dolch um und dachte dabei, dass er seine Küsse niemals lange genug hätte unterbrechen dürfen, um ihr Gelegenheit zu geben, eine Unterhaltung anzufangen. Der Dolch lag außerhalb ihrer Reichweite, gut einen halben Meter näher bei ihm als bei ihr, wie er zu seiner Beruhigung feststellte.

»Und ich habe niemals genügend Notiz von ihr genommen, dass sie anders als schnippisch mir gegenüber gewesen wäre. Du weißt doch, was ›schnippisch‹ ist, nicht wahr, Kobold?« Er konnte sich das Grinsen nicht länger verkneifen, und sie stürzte sich blitzschnell auf ihn und stieß ihn mit einem leisen Keuchen um.

Sie mochte zwar schnell sein, aber mit seiner Kraft konnte sie es nicht aufnehmen. Mychael fing sie in seinen Armen auf, rollte sie mit einer einzigen mühelosen Bewegung auf den Rücken und drückte sie zu Boden, ein Bein über ihre geworfen, während er lachend auf sie hinabblickte – und ebenso schnell und mühelos war Massalet vergessen.

Sein ganzes Fühlen und Denken war auf Llynya konzentriert und auf den Ansturm heißer Erregung, der durch seinen Körper pulsierte. Sie hatte gesagt, sie wollte mit ihm liegen, und die Zeit dafür war nun gekommen. Nur durch seine Unterhosen von ihr getrennt, rieb er sich verlangend an ihr und beobachtete, wie sich ihre Augen vor Sinnlichkeit verschleierten.

Mit einer kaum merklichen Bewegung spreizte sie die Schenkel und erlaubte ihm, sich noch enger an sie zu drängen, und ein tiefes Stöhnen entrang sich seiner Kehle.

»Ja, du weißt es«, murmelte er.

»Ja, Druidenjunge, Ich weiß, was du vorhast.« Ein spitzbübisches, sinnliches Lächeln spielte um ihre Mundwinkel. Sie bewegte sich abermals unter ihm und schmiegte sich aufreizend an ihn, und er erwiderte ihr Lächeln. Wir werden es schaffen, dachte er. Ja, wir werden es schaffen.

Schneeflocken rieselten vom Himmel herab, um auf ihren langen Wimpern zu landen, und Mychael küsste sie zärtlich fort. Der Schnee kühlte ihre Wangen, und er wärmte ihre zarte Haut mit seinen Lippen, während er ihren Kopf mit beiden Händen umfasst hielt.

Ihre Küsse waren nicht weniger heiß, als sie ihre Lippen hungrig über sein Gesicht und seinen Hals bis hinunter zu seinen Schultern wandern ließ, und jeder einzelne ihrer Küsse berührte ihn an einer Stelle, die weitaus tiefer als die Oberfläche seiner Haut lag. Als ihre Hand seine Brust streichelte und quälend verführerisch über seinen Unterleib glitt, hielt er reglos inne, und seine Muskeln zogen sich instinktiv zusammen, um Platz für ihre Hand zu schaffen und sie dazu zu ermutigen, noch ein Stück tiefer hinunterzugleiten.

Als sie es nicht tat, streifte er leicht mit den Lippen über ihre Wange. »Bitte«, flüsterte er.

Sie schüttelte den Kopf.

Er glaubte zu wissen, was sie davon abhielt, seine empfindlichste Stelle zu liebkosen – eine Vermutung, die sie mit ihren nächsten Worten bestätigte.

»Nein. Ich will nicht, dass dies schon wieder endet, jetzt noch nicht.«

Ein gequältes Grinsen ging über sein Gesicht. Es war eine durchaus begründete, wenn auch ziemlich unschmeichelhafte Schlussfolgerung. Dennoch waren sie weit davon entfernt, dieses süße Spiel zu beenden, und er würde dafür sorgen, dass sie das wusste.

Er stemmte sich ein ganz klein wenig hoch, um ihrem Blick zu begegnen, und erkannte mit einem seltsamen Gefühl der Faszination, dass sich ihrer beider Haare wie durch Zauberhand ineinander geschlungen hatten. Seine hellblonden Strähnen wanden sich um einen dunklen Zopf, während sich ihre rabenschwarzen Locken um Gold ringelten. Noch während er hinsah, hob eine leichte Brise eine weitere schwarze Locke hoch und begann, sie um das Band zu wickeln, das sie in seinen Zopf eingeflochten hatte.

Mychael fluchte unterdrückt und riss seinen Blick von dem Zauber los, nur um abermals in Verzückung zu geraten, als er in Llynyas Augen sah. Waldgrün und wie von einem inneren Leuchten erfüllt durch das Sternenlicht, das sich in ihrer Iris widerspiegelte, brachte ihn ihr Ausdruck träumerischen Verlangens endgültig um den Verstand. Sie lag mit gespreizten Schenkeln unter ihm, weich und nachgiebig und bereitwillig, und alles in ihm drängte danach, sie auf eine Art und Weise zu lieben, die nichts mit »langsam« zu tun hatte.

Hastig riss er sich die Unterhosen vom Leib und ließ sich dann, jetzt vollkommen nackt und aufs Höchste erregt, wieder hinabsinken, um sich halb auf sie zu legen. Er war eine hungrige, wollüstige Bestie; er wusste es, und sie stachelte seine Wollust mit einer Mühelosigkeit an, die geradezu verdammungswürdig war. Die einzige Überraschung war, wie viel Zärtlichkeit in Wollust enthalten sein konnte, denn sie weckte auch dieses Gefühl in gleichem Maße in ihm.

Ihr stockte der Atem, als seine Finger liebkosend durch das weiche Haar zwischen ihren Schenkeln strichen und dann in jene geheimnisvollste aller weiblichen Körperregionen hineinglitten, die Quelle endloser Spekulationen unter den wenigen frommen Novizen, die ihm nur unter dem lateinischen Namen, *vulva*, bekannt war.

»Du bist so wundervoll weich«, lautete seine erste ehrfurchtsvoll gemurmelte Entdeckung, rasch gefolgt von einem gestöhnten: »Und du bist ganz feucht.«

Diese Erkenntnis riss ihn wie eine Woge mit sich, viel zu mächtig, als dass er dagegen hätte ankämpfen können. Mit einer einzigen schnellen Bewegung legte er sich auf sie und drängte sich gegen ihr feuchtes Dickicht von Locken. Er war unbeholfen, sie war hilfreich, und als er schließlich in ihren Schoß hineinstieß, befürchtete er, Llynyas Vergnügen würde in der köstlichen Intensität seines eigenen sinnlichen Genusses viel zu kurz kommen. Er erreichte nur zu schnell den Höhepunkt, aber er hätte kein Bedauern darüber empfinden können, selbst wenn sein Leben davon abhängig gewesen wäre. Es war Gottes Wille, davon war er überzeugt, denn beim zweiten Mal war Llynya bereits auf halbem Weg zum Gipfel sinnlicher Erfüllung, noch bevor er überhaupt richtig angefangen hatte. Als sie zum Orgasmus kam und er spürte, wie sich ihre Muskeln in jenem von höchster Verzückung erfüllten Augenblick um ihn herum zusammenzogen, wusste er, er war für immer verwandelt worden. Beim dritten Mal war sein Selbstvertrauen groß, der Rhythmus war sein, und seine Ziele waren klar und fest umrissen.

Llynya hatte keine solchen Ziele. Vollkommen gesättigt und von einem Gefühl glückseliger Erfüllung durchdrungen, war sie erstaunt, als Mychael abermals zu ihr kam – und ihr Erstaunen wuchs noch mehr. Ausdauer war eine besondere Gabe und ein sinnlicher Genuss ganz eigener Art, wie sie einige Zeit später erkannte. Es galt, Gipfel der Wollust zu erreichen und in Abgründe Schwindel erregender Verzückung zu stürzen, wo sie bereits gewesen war, und er führte sie abermals Schritt für Schritt dorthin, während er sich selbst zurückhielt, sie immer ein bisschen höher hinauftrieb, bis jede Schranke, die sie vielleicht zwischen einem Mann des Menschengeschlechts und einem Yr-Is-ddwfn-Ätherwesen errichtet haben mochte, verschwand. Er verschmolz mit ihr zu einer Einheit, wurde zu einem Teil von ihr. Sie fühlte, wie der Austausch stattfand, angetrieben durch die kraftvollen Stöße seines Körpers. Sein Lebenssamen, die heiße Feuchtigkeit seiner Küsse, sein Schweiß, alles das drang in sie ein, und sie nahm es gierig in sich auf wie eine Pflanze, die nach Leben spendendem Wasser dürstet. Es war eine berauschende Mischung, und sie schmolz dahin und wurde schamlos in ihrem Bedürfnis nach mehr.

Sie leckte sein Gesicht, während sie jeden Zentimeter von ihm kostete, und empfand dabei eine Liebe, so intensiv, dass sie befürchtete, sie könnte daran sterben. Sie atmete ihn ein, jeden Wohlgeruch, den er jemals ausgeströmt hatte, und wurde in einem Wirbelsturm von Flammen gefangen. Einen flüchtigen Moment lang hatte sie Angst, aber seine Arme hielten sie fest umschlungen und vermittelten ihr ein Gefühl der Geborgenheit. Einen flüchtigen Moment lang hörte sie einen klagenden Schrei von tief aus dem Herzen der Flammen aufsteigen, aber dann war er wieder verstummt, und alles, was sie hören konnte, war Mychael, der eine Litanei von Liebesworten in ihr Ohr flüsterte. Als sie es keinen Moment länger ertragen konnte, hielt er in seinen Bewegungen inne. Tief in ihrem Schoß vergraben, verharrte er vollkommen reglos, und innerhalb der Zeitspanne eines Atemzugs stieg von tief aus ihrem Innern eine Woge reinster erotischer Glückseligkeit auf und überflutete ihren Körper, ein dunkler Ozean sinnlicher Wonnen, der sie wie eine Sturmflut mit sich riss.

Sie klammerte sich an Mychael, als die Wogen der Verzückung langsam wieder abebbten, schockiert über die Tränen, die ihr über das Gesicht strömten. Er küsste sie wieder und wieder und murmelte ihren Namen, sein Körper war schweißüberströmt, und er lag erschöpft neben ihr. Ihre Beine waren ineinander verschlungen, sein Arm lag in einer schützenden Geste über ihrem Leib, einer nutzlosen Geste – denn nichts und niemand konnte sie vor ihm schützen.

War das Liebe, was wir gemacht haben?, fragte Llynya sich, als sie Mychael im kalten Licht des heraufdämmernden Morgens beim Schlafen beobachtete. Oder war es etwas anderes gewesen, etwas noch Elementareres als Liebe – falls das überhaupt möglich war? Sie zog ihren zweiten Stiefel an und fädelte mit geschickten Fingern die Schnürriemen durch die Silberringe, ohne eine Antwort auf ihre Frage zu finden.

Es war Liebe, was sie für ihn empfand, das wusste sie. Sie betrachtete ihn, und ihr wurde weh ums Herz vor lauter Liebe, und darin lag eine Gefahr ganz eigener Art. Sie hatte sich an Mychael gebunden, weitaus stärker noch als an Morgan, noch tausendmal stärker, und jetzt musste sie sich wieder aus dieser Verstrickung lösen, bevor er zu Schaden kommen konnte. Sie hatte die Absicht, in das Wurmloch hinunterzusteigen, tief hinunter, und sie würde nicht zulassen, dass er wegen ihrer Tat leiden musste.

Sie erhob sich auf ihre Füße und warf einen letzten Blick auf ihn. Sein Gesicht war weich im Schlaf, seine Atemzüge ruhig und gleichmäßig, sein Haar ein zerzaustes Durcheinander von goldenen Strähnen. Sie hatte die klagenden Rufe der Drachen gehört und ihr Feuer gefühlt, als sie und Mychael miteinander vereint gewesen waren. Er war bis ins Innerste von ihrem Wesen durchdrungen, wilde Geschöpfe, überschwemmt von Seewasser und universellen Salzen, die sich mit jedem Atemzug durch ihn hindurchwanden – und auch durch sie, als ihrer beider Atem miteinander verschmolzen war. Die Drachen hatten durch Mychael nach ihr gerufen, und da hatte sie plötzlich gewusst, was sie in jener Nacht im Obstgarten gehört hatte, als Naas auf dem Festungswall entlanggewandert war, den Blick weit hinaus aufs Meer gerichtet. Die Drachen kamen. Und sie kamen Mychaels wegen.

Das Ende seiner Suche war nahe. Bald würde er die Bestien gezähmt haben.

Nur mit Mühe widerstand Llynya dem Drang, Mychael noch einmal zu küssen, und rannte davon in die Wälder. Sie brauchte Ailfinn. Nur eine Prydion-Magierin würde wissen, wie man einen solch mächtigen Zauber entwirren konnte, wie sie ihn in dieser Nacht gesponnen hatten.

16

Da ist er also, dachte Llynya, als sie von ihrem Platz auf einem hohen Ast auf den Mann hinunterstarrte, der in Riverwood gefangen gehalten wurde, und auf die Stute, die neben ihm graste. Das Licht des frühen Morgens schimmerte durch das Erlenwäldchen, in dem er gefangen war, und enthüllte ein dichtes Geflecht aus Zweigen und Ranken, unüberwindliche Mauern aus ineinander verschlungenen Ästen und das Dickicht aus Büschen und Dornengestrüpp, das ihm keine Fluchtmöglichkeit ließ. Der Fremde hatte den Wald vor drei Tagen betreten, und sein Eindringen hatte die Bäume bis in die Wipfel hinauf erzittern lassen und die Wälder mit einem warnenden Rauschen erfüllt. Tag und Nacht raunten die Blätter »Gib Acht! Sei auf der Hut!«, bis sich Merioneth von allen Seiten bedrängt fühlte. Wölfe und ihre Sippschaft liefen ungehindert durch Riverwood, desgleichen alle Arten von Taschendieben und Räubern, nicht aber der Fremde, und Trig wollte wissen, warum. Zu diesem Zweck hatte sich der Hauptmann der Notwendigkeit gebeugt und Llynya mit der Morgenpatrouille zum Fluss hinuntergeschickt. Der Mann hatte sich beharrlich geweigert, auch nur eine der Fragen zu beantworten, die man ihm gestellt hatte, und Trig wollte, dass sie ihre besonderen Fähigkeiten einsetzte und mit Hilfe ihres Tiefenspürsinns herausfand, was der Fremde nicht preiszugeben bereit war.

Und sie war verdammt dankbar, aus Carn Merioneth herauszukommen, wenn auch nur für eine Stunde oder so. Mychael ab Arawn hatte einen Tumult in ihrem Herzen ausgelöst, den sie kaum ertragen konnte. Sie hatte Dankesgebete zu den Göttern emporgesandt, als er am Tag zuvor endlich nach Lanbarrdein aufgebrochen war, denn zuerst war es gar nicht so sicher gewesen, dass er gehen würde.

Sie hatte erwartet, dass er verärgert sein würde, wenn er aufwachte und feststellte, dass sie fort war. Sie hatte jedoch nicht mit dem Sturm gerechnet, der bei seiner Rückkehr von Bala Bredd über Merioneth hereingebrochen war. Mychael hatte im

Burghof gestanden und wieder und wieder ihren Namen geschrien, bis auch der letzte Bewohner der Festung begriffen hatte, was sie getan hatten.

Sie hatte den Sturm überstanden, indem sie sich bei Naas oben auf dem Wandelgang der Festungsmauer versteckt hatte. Und dann war Mychael mit Tabor aufgebrochen, und der Sturm war abgeflaut, bis auf das Chaos, das er in ihrem Herzen verursacht hatte.

Sie hatte das Richtige getan, daran zweifelte sie nicht. Ihr einziger Zweifel war, ob sie es überleben würde. Aber es bestand ja immer noch Hoffnung, dass Ailfinn kommen und sie erlösen würde.

Bis dahin würde sie ständig von Erinnerungen an Bala Bredd verfolgt werden. Sie stahlen sich bereits in ihre Träume und wanden sich durch ihre Tage, süße und doch so quälende Erinnerungen an Mychaels Zärtlichkeiten, seine Küsse, bis sie sich nichts anderes wünschte, als ihre Lippen abermals auf seine zu pressen und sich in dem atemberaubenden Wunder zu verlieren, das Rhiannons Sohn war und niemand anderer. Sie wollte ihn wieder in sich spüren, wollte die geschmeidige Kraft seines Körpers fühlen und die Hitze seiner Haut. Sie wollte ihn liebkosen und kosten und seinen Atem trinken. Sie wollte ihn wieder und wieder küssen und ihn lieben – sie wollte alles das und noch mehr, und sie sehnte sich mit einer Schmerzlichkeit danach, für die es keine Linderung gab. Keiner würde ihre Sehnsucht lindern können. Keiner außer Mychael. Sie, bis vor kurzem noch eine stolze Liosalfar-Kriegerin, war jetzt nur noch wenig mehr als ein liebeskrankes Mädchen. Ein sehr liebeskrankes Mädchen. Es würde eine willkommene Ablenkung von den Sorgen und Nöten einer solchen Liebe sein, ihre Fähigkeiten mit dem Verstand des Gefangenen von Riverwood zu messen.

Trig hatte sie gewarnt, dass der Gefangene ein kahlköpfiger Culdee wie Helebore war, aber zu Llynyas Erleichterung beschränkte sich alle Ähnlichkeit zwischen den beiden auf die religiöse Neigung und die Glatze. Im Gegensatz zu Helebore hatte der Mönch in den Erlen kräftige weiße Zähne, die er gegenüber den Quicken-tree-Kundschaftern fletschte, und einen festen Mund, den er dazu benutzte, um seine Drohungen hervorzustoßen. Und er hatte eine ganze Menge davon auf Lager, einige so grauenvoll – besonders diejenigen, die in aller Ausführlichkeit die Methoden der Ausweidung schilderten, die er bei jedem einzelnen seiner Bewacher anwenden würde, wenn er sie erwischte –, dass ein paar der jüngeren Kundschafter es nicht mehr ausgehalten hatten. Das war ein weiterer Grund gewesen, weshalb Trig sich gezwungen gesehen hatte, sie, Llynya, zum Fluss mitzunehmen. Nachdem sie ihre Feuertaufe in der Schlacht erlebt hatte, war es ziemlich unwahrscheinlich, dass sie unter hasserfüllten Schmähreden und Drohungen wanken würde, ganz gleich, wie schauerlich und Furcht einflößend sie waren.

Sie kletterte auf einen tiefer gelegenen Ast, um einen besseren Blick auf den Gefangenen zu bekommen. Der Mönch unter ihr saß auf einem herabgefallenen Ast, seine fein geschwungenen Brauen zu einem finsteren Stirnrunzeln zusammengezogen, seine dunklen Augen von einem eisigen Zorn erfüllt. Es wunderte sie, dass die Bäume es überhaupt geschafft hatten, ihn fest zu halten. Nach dem, was sie gehört hatte, hatte er buchstäblich alles getan, außer die Erlen an den Wurzeln zu packen und aus der Erde herauszureißen, um sich zu befreien. Er hatte in dem Wäldchen gewütet und getobt und wie ein Wilder auf Bäume und Sträucher eingedroschen, bis Trig um seine Sicherheit gefürchtet hatte, obwohl alle seine Anstrengungen vergebens gewesen waren. Der Wald würde ihn so lange gefangen halten, bis Rhuddlan ihn wieder freiließ. Wie es ihm gelungen war, trotz des schützenden Dickichts in die Wälder einzudringen, war anscheinend eine Frage, die Madron beantworten konnte. Trig hatte schwache Spuren eines Zaubers unweit der Erlen entdeckt, auf einem Pfad, der zu dem gigantischen Steinhaufen führte, wo der Bredd in die Erde floss.

Nein, er ist nicht wie Helebore, dachte Llynya, als sie den Mann eingehend betrachtete. Sein Körper war nicht vom Alter gebeugt und mager, sondern aufrecht und kräftig. Sein Gesicht war nicht von Falten durchzogen und von Zügellosigkeit und

Verderbtheit gezeichnet, sondern gut geschnitten, mit klaren, zornigen Linien. Es war nicht das Gesicht eines jungen Mannes, aber er war auch noch nicht alt, obwohl er kein einziges Haar auf dem Kopf hatte. Als Kind in den Wäldern hatte Llynya ein paar Mal ihren damals noch längst nicht so ausgeprägten Geruchssinn an Menschen erprobt und herausgefunden, dass diejenigen, die durch den Wald schlichen, gewöhnlich das Herz zum Bersten voll mit Hunger oder Angst hatten, abhängig davon, ob sie der Jäger oder der Gejagte waren. Die Mönche, die durch die Wälder streiften, schwankten gleichermaßen zwischen Frömmigkeit und Habgier, Weihrauch und Ale. Nicht wenige hatten Wollust im Sinn. Einmal war sie auf eine Gruppe von Aussätzigen getroffen, und sie hatten nach einem langsamen Tod, verfaultem Fleisch und unerträglichem Schmerz gerochen. Moira hatte Llynya weggescheucht und war dann mit einem Topf voll *rasca* zurückgekehrt, um sich um die Kranken zu kümmern. Prinzen rochen nach geschlagenen Schlachten, die Gedanken von Pilgern kreisten um den christlichen Gott, reisende Händler rochen nach der Straße und ihren Waren. Es würde interessant sein, mit ihrem jetzt sehr viel stärker entwickelten Spürsinn herauszufinden, was dieser hier vorhatte.

Er wusste offensichtlich, dass sie da waren und ihn beobachteten, ein halbes dutzend von ihnen in den Bäumen um die Lichtung herum versteckt. Sie konnte es an seinem Geruch erkennen, dass er sich ihrer Anwesenheit bewusst war, konnte sehen, wie er wachsam die Ohren spitzte und wie sich seine Muskeln unter dem braunen Umhang anspannten, obwohl er vollkommen reglos dasaß.

Sie glitt auf einen tieferen Ast, um noch näher an ihn heranzukommen, und Trig machte ein warnendes Zeichen. Auch der Mann bewegte sich in seiner Wachsamkeit und hob kaum merklich den Kopf. Kein Dummkopf, dieser Fremde, wenn er ihre lautlose Annäherung gespürt hatte.

Sie hatte ein bisschen Lavendel in einem der Arzneibeutel an ihrem Gürtel, aber nicht genug, um sie von dem zu unterscheiden, was wild in den Wäldern wuchs. Sie hatte das Heilkraut in letzter Zeit nicht gebraucht. Es war, als ob Mychaels Küsse ihre Gedanken von aller Schwermut abgelenkt hätten – obwohl sie die Letzte wäre, die behaupten würde, dass diese Ablenkung zum Guten gewesen war. Es war eher so, als wäre sie vom Regen in die Traufe gekommen, denn zwischen Schwermut und Liebeskummer bestand nun wirklich kein nennenswerter Unterschied, außer dass das eine durch Lavendel gelindert werden konnte und das andere durch nichts als einen Kuss!

Was den Mann betraf, er roch sauber und nach Wald, was selten genug für einen Mönch war. Die Quicken-tree hatten ihm jeden Tag Kümmelkuchen und Blütenkätzchentau gebracht, und er roch auch danach. Die Bäume hatten ihm reichlich Platz gelassen, um herumzustreichen. Er hatte sich einen Pfad vom einen Ende seines Waldgefängnisses bis zum anderen gebahnt, und die Gerüche platt getrampelter Vegetation stiegen in einem grünen Wirbel um ihn herum auf.

Bei ihrem nächsten Atemzug inhalierte Llynya noch tiefer und schloss die Augen, um sich besser konzentrieren zu können. Er trug destillierte Salze bei sich und gedörrtes Fleisch – sie rümpfte angewidert die Nase –, was den schwachen Geruch nach Blut erklärte. Sein Weinschlauch enthielt Rebensaft von ungewöhnlicher Stärke; allein der Geruch wirkte schon fast berauschend, fruchtig, mit einem scharfen, durchdringend riechenden Beigeschmack. Sein Herz dagegen enthielt kaum mehr als einen alles verzehrenden Zorn. Er hatte Beutel voller Kräuter bei sich, von denen sie einige erkannte und einige seltsamerweise nicht. Unter den Kräuterdüften konnte sie eine weitere Schicht von Gerüchen wahrnehmen, eine duftende Mischung von Gewürzen aus fernen Ländern, Salzwasserseen und den Geruch von Staub, der von einer endlosen, kurvenreichen Straße aufstieg. Eine Pilgerfahrt, hätte sie gedacht, außer dass die Gewürze, die sie roch, aus Ländern weit jenseits der Gegenden stammten, in die fromme Christen zu pilgern pflegten. Sie erzählten vom östlichen Teil der Welt, von einem Ort in weiter, weiter Ferne, noch jenseits der Berge der Muttergöttin und der riesigen grasbewachsenen Ebenen, einem Ort, den noch kein Waliser jemals gesehen hatte.

Neugierig beugte sie sich noch ein Stück weiter vor. Die Blätter um sie herum flatterten warnend. Sie wunderte sich darüber und schlang ihre Beine um den Ast, auf dem sie hockte, um festeren Halt zu haben. Langsam atmete sie den Geruch des Fremden ein, eine Schicht nach der anderen, während ihre Nase die tausend profanen Gerüche des Lebens und die exotischeren seiner Wanderungen überprüfte und aussortierte, bis sie ganz zuunterst auf einen Raum stieß, wo nichts war.

Absolut gar nichts.

Noch nicht einmal der Geruch seines Zorns war in diesem Raum.

Sie öffnete die Augen und warf ihm einen fragenden Blick zu. Hinderte er sie daran, noch tiefer vorzudringen? Und wenn ja, wie? Ihre Ausbildung war zwar bestensfalls erst zur Hälfte abgeschlossen, aber von einer Abwehrmethode gegen Tiefenspürsinn hatte Aedyth nie etwas gesagt. Llynya versuchte es noch einmal und hatte auch diesmal nicht mehr Erfolg. Er hatte eine von Zorn erfüllte Gegenwart, davor ein paar erlebnisreiche Jahre in exotischen Ländern, und dann kam nichts mehr, gar nichts, so als ob sein Leben gerade erst begonnen hätte.

Merkwürdig, dachte sie. Keiner kam als Erwachsener zur Welt. Jeder hatte eine Vergangenheit – außer diesem Mann hier.

Vermutlich Grund genug für die Bäume, um zu zittern und ihn von Merioneth fern zu halten.

Von der anderen Seite der Lichtung stellte Trig ihr eine Frage in Gebärdensprache. Nicht bereit, sich schon geschlagen zu geben, zuckte Llynya nur die Achseln und bedeutete ihm mit einer Geste, zu warten. Was Riverwood da eingefangen hatte, war wahrhaftig ein schwieriges Rätsel. Der Tod stahl einem Menschen die Zukunft. Aber was konnte einem die Vergangenheit rauben? Ihr fiel beim besten Willen nichts ein, denn sogar wenn ein Mensch sich selbst und alles, was in seinem Leben gewesen war, vergaß – seine Vergangenheit vergaß ihn nicht. Sie klebte an ihm, eine spinnwebfeine Hülle, die auf seiner Seele aufgeprägt war.

Sie betrachtete den Fremden noch eingehender und überlegte angestrengt. Er hatte eine Gegenwart, und jeder seiner Atemzüge bewies, dass er auch eine Zukunft hatte. Innerhalb des schützenden Wäldchens war es sicher, dass er noch einen weiteren Tag erleben würde. Es war nur seine Vergangenheit, die er verloren hatte.

Oder vielleicht war er ihr auch entflohen.

»*Shadana*«, flüsterte Llynya und wich zurück, als sie plötzlich begriff, was die Ursache war. Es war die Zeit. Er hatte seine Vergangenheit verloren, indem er durch die Zeit gereist war.

Ein Schwall von Erregung pulsierte durch ihre Adern, und im Nu hatte sie sich auf einen anderen Ast hinuntergelassen. Irgendwo müsste eine Spur davon zu finden sein. Hatte sie nicht auch an Mychael einen Hauch davon gerochen? Einen schwachen Hauch von Äther aus dem Zeitwehr, der noch immer an ihm haftete? Wenn das, was sie glaubte, stimmte, dann müsste dieser Mann sogar noch mehr von dem Geruch an sich haben.

Als sie sich bewegte, fuhr der Gefangene des Erlenwäldchens plötzlich herum und starrte in die ineinander verschlungenen Äste hinauf. Sie hielt vollkommen reglos inne und balancierte auf einem biegsamen Ast, während sie ihn aufmerksam beobachtete. Jetzt, wo er den Kopf ins Sonnenlicht gedreht hatte, konnte sie sehen, was die Schatten des Waldes bisher vor ihrem Blick verborgen hatten – er war nicht kahlköpfig, nicht wirklich, nicht so, wie Helebore es gewesen war. Dicke Haarstoppeln sprossen wie dunkles Frühlingsgras überall auf seinem Schädel. Sein Kopf war geschoren worden.

Aus Gründen der Frömmigkeit?, fragte sie sich. Oder aus List?

Wie groß war die Bedrohung, die dieser Mann darstellte, der so erbittert gekämpft hatte, um sich einen Weg durch das Dickicht zu bahnen, und der sich den Kopf kahl geschoren hatte, um das zu verbergen, was, wie sie wusste, hätte da sein müssen – der verräterische Streifen des Zeitwehrs?

Sie schloss die Augen und holte tief Luft, während sie rasch die ursprünglichen Gerüche aussortierte und sich durch die verschiedenen Schichten zu der Leere vortastete. Sei vorsichtig!, warnte sie sich, als ihr wieder einfiel, was am Brunnen passiert war, als sie dieselbe Technik bei Mychael angewandt hatte.

Aber nichts geschah in jenem leeren Raum, der jenseits von wohlriechenden Gewürzen und Straßenstaub lag. Überhaupt nichts.

Frustriert über ihren Misserfolg und mehr als nur ein bisschen verärgert über den Mönch, stieg sie auf den nächst tieferen Ast hinunter, sodass sie jetzt nur noch ein kleines Stück über dem Fremden war, knapp ausserhalb seiner Reichweite. In den Bäumen am Rand der Lichtung ertönte augenblicklich ein gedämpftes Schwirren, gefolgt von einem simultanen Klicken von Eibenholz auf Eschenholz, als ein halbes dutzend Pfeile blitzschnell aus Köchern herausgezogen und auf Bogenkerben gelegt wurden. Aus den Augenwinkeln sah Llynya Trigs finsteren Blick und sein Signal, das sie jedoch ignorierte – auf eigene Gefahr, aber sie ignorierte es trotzdem. Sie wollte unbedingt wissen, was dieser Mann verbarg.

Nennius fühlte, wie die Bedrohung in der Lichtung plötzlich wuchs, als er das Geräusch von Bogensehnen hörte, die gespannt wurden. Er erkannte dieses Geräusch nur zu gut, ebenso wie er erkannte, dass einer von seinen Bewachern ihn auf seltsame Art und Weise erforschte und mit Hilfe der Wahrnehmungen eines zusätzlichen Sinnesorgans in sein Innerstes eindrang. Und derjenige lauerte ganz in seiner Nähe. Viel zu nahe. Vielleicht wurde es Zeit, Nennius' wildem Volk ein bisschen Angst einzujagen.

Er erhob sich langsam von seinem Platz, während seine Hand in seinen Umhang glitt und nach dem Dolch tastete, der in seinem Gürtel steckte. Vorher waren sie zu schnell gewesen, als dass er sie mit seiner Klinge hätte aufspießen können, aber nachdem er drei Tage lang darauf gehorcht hatte, wie sie in den Bäumen herumhuschten, wusste er, in welche Richtung er seine Waffe schleudern musste. Diesen hier würde er kriegen. Seine Hand schloss sich um das Dolchheft.

»Wer bist du?«, fragte plötzlich eine herrisch klingende

weibliche Stimme von oben, und Nennius erstarrte mitten in der Bewegung, den Dolch halb aus dem Gürtel gezogen. »Und was führt dich nach Riverwood?«

Hoheitsvoll verächtlich, über alle Maßen arrogant und überheblich und voll tollkühnen Mutes – er kannte diese melodische Stimme.

»Erkläre deine Absichten, Fremder«, befahl sie unbekümmert, und sein Herz begann zu rasen. Erinnerungen stiegen in ihm auf und schnürten ihm die Kehle zu, bis er kaum noch atmen konnte. Wie war das möglich, dass sie hier war? In dieser Zeit. An diesem Ort.

Sie hatte ihn verschmäht und war davongegangen, ihr Umhang im Wind flatternd, während die Sonnenstrahlen auf den goldenen Strähnen ihres Haares geschimmert hatten und Sandwolken von den Dünen hochgewirbelt waren.

Wie nahe war sie noch gewesen, als der fürchterliche Sturm aufgekommen war und die Zeit von ihrem Weg abgedrängt hatte, sodass er wieder in dieses primitive Zeitalter zurückgeschleudert worden war?

»Sag mir sofort deinen Namen!«

»Nennius«, stieß er krächzend hervor und erinnerte sich dann daran, dass ihr dieser Name nichts sagen würde. »Corvus«, fügte er hinzu. »Corvus Gei.«

Sie war die Einzige von allen, die er kannte, die niemals bei diesem Namen erzittert war. Ob sie ihm nach all diesen Jahren noch immer verweigern würde, was ihm von Rechts wegen zustand?

»Was führt dich nach Riverwood, Mönch?«

Mönch? Dann erkannte sie ihn also nicht, auch nicht dem Namen nach, ihn, den Gebieter der Unterwelt des ganzen gottverdammten Parsec? Das Zeitwehr war eine Feuersbrunst, die die Erinnerungen eines Mannes oder einer Frau versengen und verstümmeln konnte, doch selbst angesichts seines veränderten Äußeren und der Tatsache, dass er eine schlichte braune Kutte trug, hätte er zumindest ein Fünkchen Wiedererkennen von ihr erwartet. Sie hatten so viel Zeit damit verbracht, sich gegenseitig zu bekämpfen.

»Komm hervor und zeig dich, Avallyn Le Severn«, befahl er, jetzt ebenfalls mit gebieterischer Stimme, während er einen Schritt vortrat.

Sechs Pfeile sirrten durch die Luft und bohrten sich in den Boden zu seinen Füßen; sie kamen aus allen Richtungen geflogen und bildeten eine Barriere zwischen ihm und dem Baum, in dem sie sich versteckte. Unmittelbar darauf hörte er abermals das Geräusch von Pfeilen, die in Bogensehnen eingespannt wurden. Seine Nemesis hatte schon immer eine abscheuliche Menge von Loyalität in anderen geweckt.

Als er zuerst nach England gekommen war, war er dem Fluss mit ihrem Namen von seiner Quelle bis zum Meer gefolgt, in der Annahme, der Fluss sei der Grund, weshalb er nach Wales geführt worden war, in das Land der Cymry. Doch der Fluss hatte nichts von dem Zeitwehr enthüllt und auch nichts davon, warum er ihren Namen trug, die königliche Schlampe, für die er einst bereitwillig sein Leben geopfert hätte.

Er hatte ihr Liebe geschenkt, und sie hatte ihn zurückgewiesen.

»Avallyn«, sagte er erneut warnend, während er suchend in den Baum über ihm starrte und zwischen Blättern und Zweigen hindurchspähte, um einen Blick auf sie zu erhaschen. Ein grünumhüllter Fuß kam in sein Blickfeld, ein Stiefel mit einer kurzen Stulpe, die mit silbernen Ringen besetzt war. Ein Stück schlankes Bein folgte, darüber eine Tunika aus dem grau-grünen Tuch, das alle Angehörigen des wilden Volkes trugen. Er verrenkte sich den Hals, um ihr Gesicht zu sehen, den Atem angehalten gegen die verdammte Hoffnung, die in seiner Brust aufkeimte. Konnte es wirklich sein, dass sie mit ihm zusammen in eine andere Zeit katapultiert worden war?

»Wie lange bist du schon hier, Mönch?«

Ihre Frage weckte sogar noch größere Hoffnungen in ihm. Das wilde Volk wusste ganz genau, wie lange er schon hier war, nämlich drei Tage. Die Erlen hatten den Pfad noch kaum versperrt, als auch schon die Kundschafter von überallher zu ihm geströmt waren. Dennoch fragte sie danach, und in ihrem Mund bekam die Frage eine neue, sehr viel tiefere Bedeutung.

Wie lange er schon hier war? Lange genug, dass sein gesamtes Vermögen gestohlen und seine Armeen in alle Winde zerstreut worden waren und einer seiner Feinde das Kommando übernommen hatte, wahrscheinlich Strachan, das Schwein, oder Van, der Niederträchtige. Lange genug, um Geduld gelernt zu haben, eine Tugend, die ihm in der Zukunft außerordentlich gefehlt hatte. Lange genug, um seine Rückkehr geplant zu haben und die Vernichtung all derer, die ihn hierher geschickt hatten.

Ja, er war lange genug in der Vergangenheit gewesen.

»Sechzehn Jahre«, antwortete er, und bei dieser Bemerkung veränderte sie plötzlich ihre Haltung im Baum, sodass er ihr Gesicht zwischen den Blättern sehen konnte. Sie war mit einem blauen Streifen gekennzeichnet, einer diagonalen Linie aus Farbe, die von einer Augenbraue bis hinunter zu ihrem Kinn verlief, genau wie die anderen, die er gesehen hatte. Und dennoch, für einen Moment ließ er sich von der verblüffenden Ähnlichkeit der Züge täuschen: der Form ihrer Nase, ihres Mundes, den hohen, ausgeprägten Wangenknochen, der sanften Kurve ihrer Brauen und Wangen und ihres Kinns. Dann wurde der Unterschied deutlich. Haar, das eigentlich goldblond hätte sein müssen, war von einem satten Dunkelbraun und mit einer wilden Mischung von abgebrochenen Zweigen und Blättern geschmückt. Augen, die grau hätten sein sollen, waren stattdessen grün und viel zu unschuldig, um Avallyn Le zu gehören. Die Frau selbst war eher zierlich und noch sehr jung, noch kaum älter als ein Mädchen.

Enttäuschung bemächtigte sich seiner und drückte ihn wie ein Bleigewicht nieder.

»Bist du durch das Zeitwehr gekommen?«, fragte sie, noch zu jung, um die Erregung in ihrer Stimme zu zügeln.

»Glaub von mir aus, was du willst«, knurrte Nennius und wandte sich ab, unfähig, sie noch länger anzusehen. Schmerz packte ihn, bahnte sich mit scharfen Klauen einen Weg aus dem Abgrund herauf, wo er ihn sechzehn Jahre lang mit stummem Zorn versiegelt hatte. Sie würden sterben, alle miteinander. Ihre Stimme, ihre gottverfluchte Stimme hatte ihn hereingelegt und ihm einen Moment lang Hoffnung vorgegaukelt, und dafür würden sie alle sterben.

Avallyn! Ach, Avallyn!

Er sank wieder auf den herabgestürzten Ast, ließ mutlos die Schultern hängen und das Kinn auf die Brust sinken. Das wilde Mädchen wollte ihn ergründen, wie? Nun, dann sollte sie doch. Sollte sie doch in seinem Geist herumstochern, so viel sie wollte, und vor den Schrecken erzittern, die sie dort finden würde.

Er gab seine innere Abwehr auf und vergrub sein Gesicht in den Händen. Verdammter Hurensohn. *Avallyn.* Die Zeit verspottete ihn, schickte ihm ihr Ebenbild in Gestalt einer Fremden.

Er musste wieder zurückkehren.

Llynya hörte sein gedämpftes Stöhnen, roch seine Qualen und fragte sich, ob der Mann vielleicht wahnsinnig war. Eine Reihe von Emotionen waren wie Quecksilber über sein Gesicht geglitten, zuerst heftiger Zorn, dann Erstaunen, gefolgt von einem seltsamen, unerklärlichen Triumphieren, das wie Feuer in seinen Augen geleuchtet hatte, und schließlich tiefste Niedergeschlagenheit.

»Warum bist du hier?«, fragte sie und bekam nur Schweigen zur Antwort. »Hast du dich verirrt?«

Diese letzte Frage entlockte dem Mönch einen erstickten Schrei. Geistesgestört, ganz ohne Zweifel, dachte sie, aber er kommt aus einer anderen Zeit, und sie würde herausfinden, von woher. Die Bäume logen nicht. Er war tatsächlich eine Gefahr.

Wagemutig ging sie noch einen Schritt weiter in ihren Erkundungen, holte tief Luft und hielt dann den Atem an, eine bewährte und erfolgreiche Methode, um Tiefenspürsinn zu verstärken. Atemzug für vorsichtig angehaltenem Atemzug durchsuchte sie die Leere in seinem Innern nach einem Hinweis auf mehr; und sie war schon kurz davor, ohnmächtig zu werden oder aufzugeben, als sie schließlich auf etwas stieß. Es war schwach, sehr schwach, nicht mehr als ein bloßer Seufzer, der durch die riesige Leere ging, noch nicht einmal genug, um als

Geruch bezeichnet zu werden. Trotzdem war es immer noch genug, dass sie es verfolgen und ergründen konnte, und sie tat es, indem sie es tief in sich einsog. Innerhalb der feuchten Grenzen ihrer Lungen entfaltete sich der kaum wahrnehmbare Geruch zu einem kräftigen Lufthauch des Äthers. Die Schwaden des unvergänglichen Stoffs wanden sich durch ihr Inneres, sanft und behutsam zuerst, eine willkommene Erleichterung von der anstrengenden Suche, aber bald zogen sie sich fester und immer fester zusammen. Sie rang keuchend nach Luft – zu spät! –, als sie sich zu befreien versuchte und es doch nicht konnte. Der Äther verwandelte sich von einem kräftigen Lüftchen in einen starken Wind, wobei er seinen Griff um ihr Inneres noch verstärkte, und dann in einen gewaltigen Sturm – *sín* –, der sie in seinem Sog unerbittlich mit sich riss und in rasendem Tempo auf den dunklen Rand zutrieb, der plötzlich vor ihr auftauchte. Es war überhaupt keine Leere, wie sie mit wachsender Panik erkannte, sondern eine bodenlose Schlucht, die sich durch die innere Landschaft der Vergangenheit des Mannes schlängelte. Gleißendes Licht hüllte sie ein, schoss in Strahlen aus dem Abgrund herauf. Ein letzter Lichtstrahl zuckte durch ihren Geist und explodierte in einem blendenden Blitz, dann fiel sie über den Rand und stürzte … stürzte … stürzte unaufhaltsam durch die Zeit.

Nennius hörte ein gepeinigtes Aufkeuchen und blickte ruckartig zu dem Baum hinauf, um zu sehen, wie das wilde Mädchen von dem Ast abrutschte. Er stürzte sich auf sie, und sie landete in seinen Armen, bevor einer der Ihren ihr zu Hilfe kommen konnte. Die anderen kamen augenblicklich aus den Erlen heruntergesprungen, ließen sich mit schussbereit gespannten Bögen und gezogenen Schwertern auf die Lichtung fallen, doch sein Dolch war bereits an der Kehle des Mädchens, noch bevor sie auf dem Boden gelandet waren.

Sie bewegte sich in seiner grimmigen Umklammerung, als sie von ihrer kleinen Reise in seinen Geist in die Wirklichkeit zurückkehrte und langsam wieder zu sich kam. Er war schon von Besseren erforscht worden – in Wahrheit war es schon mehr als einmal vorgekommen, dass seine Erinnerungen geplündert und geschändet worden waren, bevor er gelernt hatte, eine schützende Mauer um seinen Geist zu errichten und die Eindringlinge abzuwehren –, aber er war noch nie zuvor von jemandem überfallen worden, der so lautlos und leichtfüßig wie sie gewesen war. Eine solche Fähigkeit wie ihre könnte sich als nützlich erweisen, falls er lange genug lebte, um sie zu benutzen.

Nennius' Blick schweifte über den Kader von Soldaten, die ihn umringten. Die Angehörigen von Nemetons wildem Volk waren größer, als er nach dem wenigen, was er in den Bäumen von ihnen gesehen hatte, vermutet hatte – von hohem, schlankem Wuchs, mit feinen, gut geschnittenen Zügen. Einer der Männer hatte langes, fast weißblondes Haar. Die anderen waren dunkelhaarig wie das Mädchen. Alle hatten blau bemalte Gesichter. Sonnenlicht und Schatten spielten über ihre Kleidung und veränderten ständig ihre Farben, sodass sie mit dem Hintergrund des Waldes verschmolzen. Er war kaum im Stande, sie alle sechs im Auge zu behalten.

»Keinen Schritt weiter!«, knurrte er, während er das Mädchen noch fester an sich zog. Sie wehrte sich gegen seinen schraubstockartigen Griff, und er hielt sie davon ab, indem er seine scharfe Klinge warnend gegen ihre Halsschlagader drückte. Nicht fest genug, um eine Schnittwunde zu hinterlassen, aber doch fest genug, um sie der Möglichkeit des Todes zu versichern.

»Wenn du ihr auch nur ein Härchen krümmst, wirst du deinen letzten Atemzug getan haben«, sagte der hellhaarige Mann und zog mit der linken Hand einen Dolch aus der Lederscheide an seinem Gürtel, während er in der rechten ein Schwert hielt. Beides waren tödlich aussehende Waffen, mit rasiermesserscharfen Klingen, die jede einen Strahl von Licht reflektierten. In dem Dolch breitete sich das Licht von der Klinge in das kristallene Heft aus und blitzte zwischen den Fingern des Mannes hervor, violettes Licht, von Blau umrahmt. Nennius hatte noch nie etwas Ähnliches gesehen.

»Ich gehe und nehme das Mädchen mit. Wenn ihr mich daran zu hindern versucht, stirbt sie«, schwor er, während er noch weiter zu dem Erlenstamm hinter ihm zurückwich. Das Licht des Kristallhefts war unnatürlich hell, fast so hell wie die Sonne. Er wollte einen Arm vor sein Gesicht heben, um seine Augen gegen den blendenden Schein abzuschirmen, wagte es aber nicht, den Dolch von der Kehle des Mädchens wegzuziehen.

»Und wo willst du hingehen?«, fragte der hellhaarige Mann und kam einen Schritt näher, der Dummkopf.

Nennius drückte die Schneide seines Dolches um eine Haaresbreite tiefer in die Haut des Mädchens, und der Mann blieb wie angewurzelt stehen. »Zum Zeitwehr, zum Wurmloch«, stieß er gepresst hervor. »Sie wird mich dorthin führen.«

Seine Gegner tauschten einen schnellen Blick, und im nächsten Moment schien der Kristall zu explodieren und die Lichtung mit tausend scharfen, wirbelnden Dolchen aus Licht zu erfüllen. Sie stachen in seinen Körper, und er schrie auf und ließ das Mädchen fallen. Er versuchte zu fliehen, konnte es aber nicht. Das grelle Licht war überall zugleich, reflektierte von jedem einzelnen Blatt, jedem Zweig, jedem Ast in einer blendenden, Schwindel erregenden Entfaltung von Kraft. Es strömte über ihn und schnitt durch ihn hindurch und zwang ihn, seinen Blick wieder auf das Herz des Dolches zu heften. Eine pulsierende Helligkeit erwachte im Kern des Kristallhefts zum Leben, die schimmernden Kämme von Wogen auf einem sturmgepeitschten Meer. Sie brandeten gegen ein felsiges Ufer und rissen ihn mit sich und zogen ihn hinunter in undurchdringliche Finsternis.

Llynya blickte auf den Fremden, der neben ihr zusammengebrochen war und reglos auf dem Boden lag. Sie war noch immer erschüttert über das, was sie in seinen Erinnerungen gesehen hatte, und überaus dankbar dafür, dass Trig den Mann gerade noch rechtzeitig in Traumsteinschlaf versetzt hatte.

»Entwaffnet ihn«, wies der Hauptmann die anderen an, als er zu Llynya eilte. »Überprüft ihn vom Schädel bis zu den Fußsohlen und nehmt jede Waffe an euch, die ihr finden könnt.« Er kniete sich neben Llynya und strich prüfend mit seiner Handfläche über ihre Stirn. »Du bist ausgerutscht.«

Es war eine Demonstration von Besorgnis um ihr Wohlergehen und zugleich ein Tadel und so viel Rücksichtnahme, wie sie jemals bekommen würde. Sie hätte ihm sagen können, dass sie weitaus mehr getan hatte, als auszurutschen, aber dieses Geständnis würde ihr nur schaden. Sie hatte schon genug Dummheiten für einen Tag begangen, ohne ihm auch noch auf die Nase zu binden, dass sie wieder einmal gesprungen war, ohne vorher hinzusehen, und sich beinahe das Genick dabei gebrochen hätte.

»Er ist aus einer anderen Zeit, Trig. Ich habe seinen Geist erforscht und es gesehen. Er ist durch das Wurmloch gekommen.«

Trigs Augen verengten sich zu Schlitzen, als er sie ansah. »Ja, und das muss eine äußerst angenehme Reise für dich gewesen sein.«

»Zuerst war es unheimlich«, gab sie zu, »aber dann hat es sich eingependelt.« Eingependelt zu einem Sturz in bodenlose Tiefen, eine schwerelose Durchquerung von Raum und Zeit; es war das Gleiche gewesen, was sie fühlte, wenn ihre Verbindung mit Morgan besonders stark wurde und Verzweiflung drohte.

Sie wusste jetzt, wie sie ihn finden konnte. Sie hatte die Methode in Nennius Corvus Geist Erinnerungen gesehen. Die Pfade der Zeit hafteten wie Fäden an dem Mönch, falls er ein Mönch war – weiche, spinnwebfeine Fäden des Wissens, zu einem wellenartigen Band ineinander geschlungen, das ihn mit dem Ort verband, von woher er gekommen war, und mit demjenigen, wo er jetzt war.

Morgan würde ebenfalls eine solche Spur hinterlassen haben.

»Er ist also ein Zeitreisender«, sagte Trig, während er den bewusstlosen Mann musterte. »Ich wusste doch, dass Nemetons Tochter etwas damit zu tun haben musste. Vielleicht ist Madron diejenige, die ich hierher bringen sollte, um ihn auszuhorchen. Genau wie ihr Vater es getan hat, wartet sie schon seit einer Ewigkeit darauf, dass endlich einer der verschwundenen Magier zurückkehrt.«

»Er ist kein Magier, Trig. Er ist gewalttätig und böse, durch und durch.«

»Er ist vielleicht kein Magier, aber er hat auch nichts mit Skraelings zu tun«, erwiderte der Hauptmann. »So viel kann selbst ich riechen. Nun, wir werden jedenfalls nicht mehr erfahren, bis er wieder aufwacht, aber sicherlich war das Grund genug für die Bäume, ihn fest zu halten, und Grund genug für uns, das Gleiche zu tun. Pwyll und Lien!« Er wandte sich an zwei seiner Kundschafter. »Ihr übernehmt die Tageswache bei ihm. Er wird ziemlich schnell wieder zu sich kommen, und wir haben noch andere Sorgen außer ihm. Llynya, du kehrst sofort nach Merioneth zurück. Kynor, begleite sie. Und der Rest von euch kommt mit mir. Wir müssen die Grenze nach Afon Mawddach kontrollieren.«

Ein Stück weiter entfernt beobachtete Lacknose Dock, wie die Quicken-tree aus ihrem von Dornenbüschen umschlossenen Wäldchen hervorkamen und sich nach Süden aufmachten. Lautes Murren erhob sich unter den Mannschaften, als die größere Liosalfar-Truppe zwischen den Bäumen verschwand – ein Murren, das Lacknose Dock mit einem grimmigen Zähnefletschen zum Verstummen brachte und mit einem Handzeichen, das jedem, der seine Befehle missachtete, den Tod versprach. Frey Dock, sein stellvertretender Kommandeur, bekräftigte das Versprechen noch mit einer eigenen Drohung. Caerlon hatte sie aus einem einzigen Grund nach Riverwood geschickt, nämlich um die Sternenlicht-Geborene zu fangen. Wenn die Skraelings die Festung der Quicken-tree angriffen, würden sie es in großer Zahl tun und von allen Richtungen und mit dem totalen Sieg als ihrem Ziel, einem Sieg, der ihnen sicher sein würde, wie Caerlon ihnen erklärt hatte, wenn es ihnen gelang, nur zwei der feindlichen Krieger zuvor gefangen zu nehmen und aus der Schlacht herauszuhalten.

Lacknose hatte den wimmernden Wyrm-Meister abgeliefert, und auch die Sternenlicht-Geborene würde bald in seiner Gewalt sein. Blackhand Docks Versuch, sie in der unergründlichen Finsternis zu finden, war gescheitert, dennoch würde es reichlich Kämpfe und Blut geben, wenn Caerlon erst einmal seinen begehrten Schatz hatte.

»Caerlon, der Schlaue«, murmelte Lacknose verdrießlich vor sich hin. Ein richtiger Klugscheißer, der sich für wer weiß wie schlau hielt, obwohl er während der Zauberkriege nichts als Unheil mit seiner Besserwisserei angerichtet hatte, aber diesmal hatte der verdrehte kleine Prinz endlich einmal etwas Vernünftiges mit seiner Magie bewirkt. Er hatte ihnen Slott aus Inishwrath zurückgebracht. Es gab kein besseres Mittel als den Trollkönig, um Furcht in den Herzen der Menschen und Elfen zu wecken, und während die Skraelings einst Angehörige des Menschengeschlechts gewesen waren, bestand kein Zweifel daran, dass die Quicken-tree und alle übrigen ihrer Art noch immer zu den *tylwyth teg* gehörten. Sie würden tausend köstliche Abendmahlzeiten für den Tausendschädeligen ergeben, bis sich der große König »Slott Von Den Zweitausend Schädeln« nennen konnte.

Die Kriegerin der Lichtelfen, die er suchte, bewegte sich gerade aus dem Wäldchen hinaus, begleitet von einem anderen Quicken-tree, einem jungen Mann; und Lacknose signalisierte seinen Soldaten, sich in Bewegung zu setzen und auszuschwärmen. Zwei der Liosalfar waren zur Bewachung eines Gefangenen in dem Erlenwäldchen zurückgeblieben. Er schickte vier von der Skraeling-Horde aus, um sie zu ermorden. Sie wussten, dass es schnell und lautlos zu geschehen hatte, auf die gleiche Art, wie sie an diesem Morgen zwei der Quicken-tree-Kundschafter im Norden getötet hatten, heimlich und leise und ohne einen Schlachtruf auszustoßen. Bei Einbruch der Dunkelheit würde Rhuddlans Hauptmann wissen, dass er die Schlacht des Tages mit fünf Toten verloren hatte, doch bis dahin würde er noch nicht einmal ahnen, dass der Feind über die Grenze vorgerückt war.

Lacknose Dock befühlte die Phiole, die an seinem Gürtel hing. Caerlons Gebräu aus Rauch hatte sich mit derselben Mühelosigkeit einen Pfad der Fäulnis durch das Dickicht gebahnt, wie es das Unterholz in Riverwood verfaulen ließ. Eine großartige Waffe, dieser Trank, und eine großartige Strategie, die Bäume praktisch direkt unten den Quicken-tree vermodern zu lassen.

Sorgsam darauf bedacht, in Windrichtung zu bleiben – denn die Nasen der Quicken-tree übertrafen die jedes Spürhundes –, führten Lacknose, Frey und der andere Dockalfar, Ratskin, die Skraelings eine Viertelmeile auf einen Parallelkurs mit der Sternenlicht-Geborenen und ihrem Gefährten. Trennen und erobern, isolieren und vernichten, lautete die Strategie der Dockalfar. Die Bäume wurden immer spärlicher, je weiter sie sich vom Fluss entfernten, und als sie sich einer kleinen Lichtung näherten, wusste Lacknose, dass der richtige Ort und der richtige Zeitpunkt für ihren Überfall aus dem Hinterhalt gekommen waren. Er hob die Hand, um das Zeichen zum Angriff zu geben, als plötzlich ein Hornsignal die Stille des Waldes zerriss. Es war ein elfisches Schlachthorn, das die Quicken-tree zu den Waffen und zum Kampf rief. Die Liosalfar-Kriegerin fuhr herum, ihr Schwert kampfbereit gezogen, und wieder ertönte das Hornsignal aus dem Erlenwäldchen.

Unmöglich!, dachte Lacknose Dock wütend, dass zwei junge Quicken-tree vier von seinen blutgierigen Skraelings niederkämpfen konnten. Mit einem dumpfen Knurren hetzte er seine Lakaien auf die Sternenlicht-Geborene und ihren Begleiter.

»*Khardeen!*«, schrie sie, als sie sah, wie Lacknose Dock und seine Soldaten aus dem Dunkel des Waldes hervorstürzten und auf sie zurannten. »Kynor! Zu den Bäumen!«

In die ersten Hornsignale mischten sich andere, die von Süden her ertönten, aber selbst hundert Warnsignale konnten sie nicht mehr retten. In Sekundenschnelle war sie umzingelt, noch bevor sie und der Junge zu den wenige Meter entfernt wachsenden Birken fliehen konnten, und Lacknose Dock hätte sie beide gehabt – das Ätherwesen für Caerlon und den Jungen für Slotts Abendessen –, wenn das Mädchen ihn nicht plötzlich mit einem Elfentrick überlistet hätte.

»Nach Merioneth! Schnell!«, sagte sie zu dem Jungen, dann brach sie blitzschnell durch die Reihen der Skraelings und verschwand im Nu in den Wäldern, noch bevor die stinkenden Bestien überhaupt begriffen, dass sie sich bewegt hatte. Der Junge tat das Gleiche und rannte nach Westen zu der Festung an der Küste. Die Sternenlicht-Geborene war Richtung Süden geflohen, und Lacknose Dock stürmte hinter ihr her, während er Frey und Ratskin befahl, ihm zu folgen. Ob Dockalfar oder Liosalfar, der Trick war derselbe, und kein Skraeling beherrschte ihn. Genauso unmöglich war es, dass ein schnellfüßiger Kobold drei noch schnelleren Dunkel-Elben davonlaufen konnte. Den Jungen würden sie sich ein andermal schnappen.

Llynya rannte mit gezogenem Schwert, obwohl es sie beim Laufen behinderte, aber sie wagte es nicht, die Waffe wieder in die Lederscheide zurückzuschieben. Grüne und goldene Blätter wirbelten hinter ihr über den Boden, als sie über tief hängende Ranken sprang und mit der Schnelligkeit eines Falken um Bäume herumhuschte. Sie flog förmlich über den Boden. Wind peitschte ihr Gesicht und löste ihre Zöpfe, sodass ihr Haar hinter ihr herflatterte. Es war ein Tempo, das sie nicht lange halten konnte, da es weitaus besser dafür geeignet war, Menschen einzukreisen, als vor Dockalfar davonzulaufen.

Dockalfar in Riverwood! Und Skraelings!

Skraelings waren zwar tödlich, konnten aber einen Quicken-tree im Wald nicht fangen, außer mit der Spitze eines Pfeils, und auch nur dann, wenn sie sich entsprechend schnell bewegten. Kynor hatte gute Chancen, es bis nach Merioneth zu schaffen, aber sie war erschreckend nahe daran, von den drei Dockalfar eingefangen zu werden, die sie verfolgten.

Aus den Augenwinkeln sah Llynya, wie sich die Dunkel-Elben trennten, um sie zu flankieren. Mit einem blitzschnellen Satz wechselte sie die Richtung und flitzte zurück Richtung Norden, aber drei Gegner waren einfach zu viele, als dass sie ihnen hätte entrinnen können. Sie konterten jede Bewegung, die sie machte, und rückten unaufhaltsam näher, während sie den Kreis um sie herum immer enger zusammenzogen. Als sie schließlich von allen Seiten umzingelt war und keine Fluchtmöglichkeit mehr hatte, fuhr sie herum, um zu kämpfen, ihr Schwert in der einen Hand, ihren Traumsteindolch in der anderen.

»*Shadana*«, betete sie und versuchte verzweifelt, ihre Angreifer im Auge zu behalten und sich gleichzeitig nach vorn und nach hinten und nach allen Seiten zu verteidigen. Sie hatte noch nie zuvor Dockalfar gesehen – angeblich waren sie alle in den Zauberkriegen umgekommen –, und sie waren noch schrecklicher als alles, was sie sich jemals vorgestellt hatte – entsetzlich schmutzig und mit langen, spitzen Zähnen bewehrt, ihre Haut leicht grünlich verfärbt. Der Größte von ihnen hatte keine Nase, nur ein grob bearbeitetes Stück Silber, um das Loch in seinem Gesicht zu verdecken. Trolle, hätte sie vielleicht gedacht, *uffern* Trolle, außer dass ihre Gesichter und ihre Schnelligkeit etwas an sich hatten, was darauf schließen ließ, dass sie zu den Elben gehörten. Ganz sicherlich konnte nur eine Elbe schnell genug gewesen sein, um sie einzufangen.

Aber wie sie stanken! Nach Mord und Zerstörung und Moder. Es war ein Ekel erregender Gestank, und sie musste an sich halten, um nicht zu würgen.

Die zwei Kleineren lösten die aufgerollten Seile, die sie um die Schultern trugen, während sich der Größere an Llynya heranschlich, sein Schwert in der Hand. Sie holte mit ihrem Langschwert nach ihm aus und zwang ihn, wieder zurückzuweichen, während sie gleichzeitig versuchte, die beiden anderen im Auge zu behalten. Sie sprang vor und zurück und parierte geschickt die Schwerthiebe des nasenlosen Elben, aber als sie seinem vierten Hieb auszuweichen versuchte, schlangen die beiden anderen blitzschnell ihre Seile um ihre Handgelenke und zerrten sie zu Boden.

»Verdammt!« Sie wand sich heftig und fluchte erbittert und konnte ihren Gegnern ein paar gezielte Fußtritte versetzen, bevor sie es endlich schafften, auch ihre Fußgelenke zu fesseln. Ihr Herz hämmerte so schnell, dass es kurz davor war, aus ihrer Brust zu springen. Gefangen. Sie war gefangen genommen worden. Sie fluchte abermals, um das verzweifelte Schluchzen zu unterdrücken, das in ihrer Kehle aufstieg.

Der Nasenlose nahm ihr den Traumsteindolch ab und strich ihr grob das Haar aus dem Gesicht, um ihre Ohren freizulegen. Als er die Form ihrer Ohren sah, stieß er ein erfreutes Grunzen aus. Er starrte ihr in die Augen und hielt ihren Blick fest.

»Du hättest besser in Yr Is-ddwfn bleiben sollen, Ätherwesen, zusammen mit dem Rest deiner spitzohrigen Sippschaft.« Er spuckte auf den Boden und erhob sich auf die Füße, um es den anderen beiden zu überlassen, sie wie ein Bündel zusammenzuschnüren, nachdem Ratskin ihr Schwert einkassiert hatte. Dann banden sie ihr einen breiten Streifen schmutzigen Stoffs vor den Mund, und Llynya schwanden beinahe die Sinne bei der Explosion von stinkenden, Ekel erregenden Gerüchen, die von dem Tuch aufstiegen.

»Lacknose«, rief einer der Dockalfar, »sie läuft blau an!«

Der große Dunkel-Elbe kam zurück und warf einen Blick auf seine Gefangene. »Ich würde auch blau anlaufen, wenn du mir deine schmuddelige Proviantschlinge um den Mund wickeln würdest. Frey, nimm ihr das Ding wieder ab.«

Frey löste den Knebel, nur um ihr augenblicklich seine eigene, nur geringfügig weniger ranzig riechende Schlinge vor den Mund zu binden. Ratskins Schlinge benutzte er als zusätzliche Fessel um ihre Beine. Ihre Arme waren mit Stricken eng an ihren Körper gebunden.

Das Signalhorn im Norden war inzwischen verstummt, aber Trigs Schlachthorn ertönte noch immer von Süden her, und die Töne bewegten sich auf das Erlenwäldchen zu. Trig würde glatt an Llynya vorbeilaufen, wenn er nicht durch den Gestank der Skraelings alarmiert wurde. Denn die Skraelinghorden hatten sie und die Dockalfar inzwischen eingeholt. Sie konnte sehen, wie sie sich um Frey und Ratskin scharten und über die Schultern der Dunkel-Elben hinwegspähten, um einen Blick auf ihre Gefangene zu werfen.

Sie waren schreckliche, Furcht einflößende Geschöpfe, einer wie der andere, ihre scharfen, spitzen Zähne so lang, dass ihre übergroßen Kiefer sie kaum zu fassen vermochten. Ein paar trugen Kettenhemden und Halsbergen. Andere waren mit einem dicken, gefütterten Wams aus ungegerbtem Leder bekleidet, besetzt mit spitzen Eisennieten, um sie zu schützen. Jeder Einzelne von ihnen war bis an die Zähne mit Speeren, Dolchen und Schwertern bewaffnet. Zwei von denjenigen, die sich über Ratskin beugten, hatten Morgensterne aus Eisen um ihren Gürtel geschlungen. Ein paar andere waren weiblichen Geschlechts, wie Llynya erkannte, ebenso schwer bewaffnet wie die Männer und mit einem ebenso blutrünstigen, erbarmungslosen Ausdruck in den Augen.

Lacknose Dock knurrte einen Befehl in einer Sprache, die sie kaum noch als von der uralten gemeinsamen Sprache hergeleitet erkannte. Sie klang schroff und abgehackt aus seinem Mund, ein Durcheinander von harten Konsonanten und kurzen Lauten, aber die Skraelings reagierten prompt, indem sie sich wieder zu einer Kolonne formierten und in Richtung Fluss strebten. Frey warf sich Llynya wie einen Sack über die Schulter, und alle machten ihm Platz, damit er vor der Horde hermarschieren konnte.

Ein neuer Chor von Hornsignalen ertönte von Westen her, aus der Richtung von Carn Merioneth, um Trigs Ruf zu beantworten. Kynor, wie Llynya inständig hoffte.

»Das bedeutet, dass sie jetzt auf zwei Seiten von uns sind, vielleicht sogar auf drei«, knurrte Ratskin.

»Er hat Recht, weißt du.« Frey blickte zu Lacknose auf. »Und jeder Kundschafter, den sie in Riverwood hatten, stürmt inzwischen in diese Richtung.«

»Ja, aber wir werden nicht mehr in Riverwood sein, dass sie uns finden könnten«, erwiderte Lacknose Dock. »Keine Viertelmeile von hier gibt es ein Loch, das nach Lanbarrdein hinunterführt. Wir werden sie in der Dunkelheit mühelos abschütteln.« Mit einem gebellten Befehl verdoppelte er ihr Marschtempo.

Verloren, dachte Llynya trostlos. Ich bin verloren.

Nennius stand neben den vier toten Soldaten; sein Atem ging in kurzen, keuchenden Stößen, seine Arme pochten schmerzhaft von der Wucht der Hiebe, die er mit tödlicher Kraft ausgeteilt hatte. Das Schwert an seiner Seite, das er seinen Bewachern abgenommen hatte, troff vor Blut. Er schüttelte kräftig den Kopf und versuchte, den letzten Rest des verdammten Zauberschlafs, in den der hellhaarige Mann ihn versetzt hatte, aus seinem Gehirn zu vertreiben. Als er in seinem Erlengefängnis wieder zu sich gekommen war, waren nur noch zwei der Kundschafter da gewesen, um ihn zu bewachen, zwei, die der Aufgabe offensichtlich nicht gewachsen waren. Jetzt lagen die beiden wilden Jungen hinter ihm im Gras, verwundet, aber nicht tot.

Einer der beiden – Pwyll, so hatten die anderen ihn gerufen – war von einem Pfeil ins Bein getroffen worden. Einem vergifteten Pfeil, nach dem Aussehen der Wunde und dem Gesicht des Jungen zu urteilen. Er war plötzlich kreidebleich geworden, während kalter Schweiß auf seiner Stirn ausgebrochen war und sein dunkles Haar befeuchtet hatte. Er war der Erste gewesen, der von seinem Ausguck im Baum heruntergestürzt war, und es war sein Schwert, das Nennius an sich genommen hatte. Der andere, Lien, war sehr viel schwerer verletzt. Er hatte zwei feindliche Angreifer in den Bäumen abgewehrt und war dann heruntergesprungen, um Pwyll zu Hilfe zu kommen, als zwei weitere der stinkenden Bestien die Erlenwand durchbrochen hatten. Und so hatten sie Seite an Seite gekämpft, Nennius und Lien, und alle vier feindlichen Soldaten getötet, während Pwyll in sein Signalhorn gestoßen hatte.

Der Rest des wilden Volkes war im Begriff zurückzukehren. Die Fanfaren ihrer Schlachthörner hallten durch den Wald und kamen langsam näher, doch Nennius bezweifelte, dass sie noch rechtzeitig eintreffen würden, um Lien zu retten. Der Kundschafter verlor Blut aus einer tiefen Schwertwunde an seiner Seite, große Mengen von Blut. Noch eine Stunde zuvor hätte Nennius nicht gezögert, dem Jungen eigenhändig den Rest zu geben. In der Zwischenzeit hatte er es sich jedoch anders überlegt, und jetzt stand er da und hielt Wache und hoffte, die beiden Kundschafter würden überleben. Zu seinem praktischen Vorteil und um seine eigene Haut zu retten, hatte er nämlich aus seinen Feinden kurzerhand Verbündete gemacht. Es wäre ein Jammer, sie fast ebenso schnell wieder zu verlieren, wie sie bekehrt worden waren.

Einer der schlimm zugerichteten Angreifer zuckte im Todeskrampf, und Nennius durchbohrte ihn abermals mit seinem Schwert, nur um ganz sicherzugehen. Dann ging er zu den Jungen zurück und sammelte die Verpflegung ein, die sie ihm bei Tagesanbruch gebracht hatten.

Er beugte sich zuerst über den einen und dann über den anderen, während er jedem von ihnen etwas von dem süßen, frisch riechenden Wasser einflößte, mit dem sie ihn täglich versorgt hatten. Pwyll gelang es, etwas von der klaren Flüssigkeit zu schlucken. Lien war dazu nicht fähig. Zu seiner eigenen Stärkung trank Nennius einen kräftigen Schluck von dem Brandy, den er in einer Reiseflasche von Ynys Enlli mitgebracht hatte. Verdammt scharfes Zeug, das die Kundschafter wahrscheinlich auf der Stelle umgebracht hätte, und er wollte sie doch am Leben erhalten.

Ja, er wollte unbedingt, dass sie überlebten.

Zu diesem Zweck nahm er Pwylls Kristalldolch und machte einen schnellen Einschnitt an der Stelle, wo der Pfeil aus dem Schenkel des Jungen herausragte. Sobald er die Widerhaken lokalisiert hatte, war es keine Schwierigkeit, die Pfeilspitze mit einem Minimum an Schaden aus dem Fleisch zu entfernen. Er goss etwas von dem süßen Wasser in die Wunde – das Zeug hatte eine Eigenschaft an sich, die Nennius auf den Gedanken brachte, es könnte nichts anderes tun als helfen – und verband die Wunde mit einem Streifen Stoff, den er von Pwylls Umhang abschnitt. Das Vernähen der Wunde würde vorerst noch warten müssen.

Für den anderen Jungen konnte er jedoch nicht mehr viel tun. Er säuberte die klaffende Schwertwunde an Liens Seite mit dem süßen Wasser, verband ihn mit dem grün-grauen Tuch und wickelte ihn in seinen Umhang, um ihn warm zu halten, bevor er sich neben ihm im Gras niederließ. Solchermaßen bereitete Nennius sich darauf vor, von dem zurückkehrenden wilden Volk gefunden zu werden – mit einem blutbeschmierten Schwert quer über dem Schoß und einem sterbenden Kundschafter in den Armen.

17

Caerlon folgte Redeye Dock durch die nördlichen Tunnel, die nach Rastaban führten, und er verfluchte ihn den ganzen Weg über.

»Skraelings!«, stieß Caerlon grimmig zwischen zusammengebissenen Zähnen hervor. »Du hast ihn bei den Skraelings gelassen. Du hirnverbrannter Trottel! Du Kretin, du! Die beschissenen Skraelings *fressen* die Quicken-tree! Wenn sie diesen hier gefressen haben, wird dein Fell das Nächste sein, das Slotts Weste verlängert, und dein verdammter Dickschädel der Nächste, der an seinen Köpfen baumelt!«

Die Drohung war durchaus ernst gemeint. Caerlons Hand schloss sich um das Heft seines Messers. Wenn sie die kleine Höhle ein Stück weiter voraus erreichten und sich herausstellte, dass von dem jungen Liosalfar-Krieger nichts mehr übrig geblieben war außer seinen Knochen, würde Caerlon Redeye Dock mit einem mächtigen Hieb niederstrecken, ihm die Kehle durchschneiden und dann die Skraelings nach Herzenslust auf ihm herumkauen lassen, während er langsam verblutete.

Sie bogen um die letzte Kurve im Tunnel, und Caerlon hob seinen rot glühenden Traumstein hoch, um die Höhle zu beleuchten. Eine Woge der Erleichterung durchflutete ihn. Der Liosalfar war noch immer heil und in einem Stück.

»Grazch!«, befahl er, und die zwei Tiermenschen, die den Gefangenen bewachten, wichen von dem verschnürten Bündel zurück, das reglos auf dem Höhlenboden lag.

Caerlon trat vor und schnitt mit einer schnellen Bewegung seiner Klinge das Seil durch, das die Kapuze um den Kopf des Quicken-tree zusammenhielt. Er riss dem gefangenen Krieger die Kapuze ab, und eine dichte Mähne langen dunklen Haares ergoss sich auf die Schultern des Liosalfar. Wie schwarze Seide war es, mit einem eingeflochtenen *fif braid* an einer Seite. Zornig funkelnde, grüne Augen blickten zu ihm auf, und ein prickelndes Gefühl der Erregung und Vorfreude breitete sich in Caerlon aus.

»Stell ihn auf die Füße«, befahl er, und Redeye zerrte den Liosalfar vom Boden hoch.

Seine Bewacher waren nicht gerade sanft mit ihm umgegangen. Caerlon konnte es an den Blutergüssen erkennen, die das Gesicht des Jungen bedeckten. Seine Hände waren hinter seinem Rücken gefesselt, und er hatte eine Schnittwunde davongetragen, die quer über seine Brust verlief. Das Blut war bereits getrocknet und hatte eine Kruste auf dem Quicken-tree-Tuch gebildet, Beweis dafür, dass die Wunde nicht allzu tief war.

»Wann ist das hier passiert?«, fragte er Redeye, während er auf die blutverkrustete Dolchwunde zeigte.

»Im Kampf, Mylord. Sie haben seit den Zauberkriegen nichts von ihrer Geschicklichkeit eingebüßt. Wir waren wirklich in harter Bedrängnis.«

Natürlich sind sie in harter Bedrängnis gewesen, dachte Caerlon voller Abscheu und Verachtung, eine fünfzigköpfige Skraeling-Horde gegen zwanzig Quicken-tree.

»Ihre Verluste?«

»Zwei Tote, fünf Verwundete und dieser Gefangene hier.«

Caerlon hasste es, danach zu fragen, aber er war ihr Anführer, und er musste Bescheid wissen. »Und wie ist es euch ergangen?«

»Zweiundzwanzig Tote, Mylord, einschließlich der fünf, die ich selbst erledigt habe.«

Caerlon nickte. Ein schwer verwundeter Skraeling war ein toter Skraeling. Es war die einzige Möglichkeit für Caerlon, um seine Armee mit genügend Ratten zu verköstigen, indem mit den kampfunfähigen Skraelings kurzer Prozess gemacht wurde. Für diejenigen, die nicht mehr kämpfen konnten, gab es keine Rationen.

»Wo ist das Elbenschrot?«, wollte er wissen.

Redeye machte wortlos eine Handbewegung, und einer der Skraelings kam mit einem schweren Bündel angetrottet. Er leerte den Inhalt auf dem Boden aus. Nichts als Elbenschrot lag dort, das schwarze, stark glänzende Gestein, das die Quicken-tree und andere Clans der *tylwyth-teg* verwendeten, um Pfeilspitzen zu fabrizieren. Caerlon hatte die stille Hoffnung gehegt, dass sich vielleicht noch etwas anderes in dem erbeuteten Bündel finden würde.

»Ihr bereitet euch auf den Krieg vor?«, fragte er den Liosalfar. Er erwartete keine Antwort und bekam auch keine. »Wie war es in Tryfan? Noch immer voll mit gutem Gestein, wie ich sehe.« Er strich prüfend mit der Stiefelspitze über den Haufen, für den Fall, dass er vielleicht etwas übersehen hatte. Nein, es waren nur glänzende schwarze Gesteinsbrocken.

»Ihr hattet also kein Glück bei eurer Suche nach dem Douvanischen Thronsaal, wie? Was für ein Jammer, dachte Caerlon. Die Reichtümer der Douvanischen Könige waren legendär, aber die Bergfestung war durch mehr als eine Art von Magie versiegelt worden. Es ging schon lange das Gerücht um, dass nur der Strom der Zeit im Stande war, die Türen des Thronsaals zu öffnen, da sie durch einen Zeitzauber verschlossen worden war.

Mit einem Seufzer bedeutete er den Skraelings, das Elbenschrot wieder einzupacken. Sie mussten natürlich getötet werden. Er konnte einfach nicht das Risiko eingehen, dass Slott durch sie von dem Liosalfar-Gefangenen erfuhr. Er hatte ohnehin schon alle Hände voll zu tun, um zu verhindern, dass der Wyrm-Meister auf dem Teller des Trollkönigs landete. Der Quicken-tree-Jüngling würde noch nicht einmal die Vorstellung vor dem König überleben, geschweige denn das Abendessen, und Caerlon wollte ein Gespräch mit dem Jungen führen.

»Redeye«, sagte er, als die Skraelings auf dem Boden herumkrochen, um das Gestein aufzusammeln. Er machte eine viel sagende Geste mit seinem Messer und zeigte dabei auf die Tiermenschen.

Der Dockalfar sah die Notwendigkeit ein und nickte. Redeye hatte den Jungen eine gute halbe Meile vor Rastaban bewusstlos geschlagen und den anderen Skraelings aus Tryfan erzählt, der Gefangene wäre gestorben. Caerlon würde ihn für diesen brillanten Einfall belohnen müssen, auch wenn es ihm ganz und gar nicht gefiel, dass Redeye seine Schwäche kannte.

Caerlon wandte sich zu dem Gefangenen um. Fünf lange Jahrhunderte hindurch war er ohne einen geeigneten Gefährten gewesen. Fünf lange Jahrhunderte, die er in der Gesellschaft seiner Bücher, einiger verdorbener Dunkel-Elben und des viehischen Abschaums der Menschheit hatte verbringen müssen. Nein, er würde seinen kostbaren Fang nicht an Slotts unstillbaren Hunger verlieren.

Die Unterbringung des Jungen stellte ihn jedoch vor ein Problem. Wohin mit ihm? Es gab nur einen Ort, der vor der schnüffelnden Neugier der Skraelings sicher war – die Oubliette. Und die war beinahe besetzt.

»Bring das Bündel in mein Quartier«, sagte er zu Redeye, während sein Blick weiter auf dem Liosalfar ruhte. »Ich werde das Elbenschrot dem Trollkönig, Slott von Den Tausend Schädeln, beim abendlichen Festmahl überreichen.«

Furcht flackerte in den grünen Augen des Quicken-tree, und Caerlon lächelte befriedigt.

»Wie heißt du, Licht-Elf?«, fragte Caerlon seinen Gefangenen, und diesmal erwartete er eine Antwort. Als er wieder keine bekam, trat er hinter den Jungen und schlitzte seinen Ärmel von der Schulter bis zu seinem Handgelenk auf, wobei seine Dolchspitze eine blutige Linie auf der Haut des jungen Kriegers hinterließ. Ein Blick sagte ihm, was er wissen wollte.

Mit der Spitze seiner Klinge drehte Caerlon den Kopf des Jungen zu sich herum und zwang ihn, seinem Blick zu begegnen. Ein erfreuliches Lächeln spielte um seinen Mund.

»Willkommen in Rastaban … Shay.«

»Tabor! Halt an!«, rief Mychael, dann biss er die Zähne zusammen und versuchte, das Pony wegzuschieben, das auf seinem Fuß stand. »Na los, beweg dich, du störrisches Biest!« Tausendschön, so hieß die Stute, aber sie hatte ebenso wenig Ähnlichkeit mit der dunkelrot blühenden Blume wie er, Mychael. Es war eine Wahnidee von Tabor. Er rief alle die plumpen, unverschämten Huftiere mit lieblich klingenden Namen; und Safran, Zupfer und Röschen, Augenstern und Herzenstrost und die verdammte Tausendschön waren die Letzten von dem Haufen, die wieder aus den Höhlen hinaufgeführt werden sollten. Falls Rhuddlan einen Sturmangriff gegen die Spinnenleute und das Pack, das Skraelings genannt wurde, führen müsste, war die Halle der Könige bereit.

Mychael konnte nicht das Gleiche von sich behaupten.

Sie hatte ihn verlassen. Die Pest über sie!

Sie hatte ihn an den Ufern von Bala Bredd verlassen, einfach so, ohne ein Wort zu sagen. Trig war der Einzige, der es gewagt hatte, sich ihm an diesem Morgen im Burghof zu nähern, der Einzige, der ihn davon abgehalten hatte, Carn Merioneth zu zerreißen, um Llynya zu finden.

Ein kurzes Stück weiter vorn kennzeichnete eine Wand aus lumineszierendem Flussstein einen engen Tunnel, der von einem der Hauptdurchgänge durch die Canolbarth abzweigte und zurück nach Lanbarrdein führte – der Dritte dieser Art, den sie passiert hatten, und der Letzte, den es in dieser Richtung gab. Es war der Grund, weshalb Mychael mitgekommen war, um Tabor nach getaner Arbeit zu entwischen und allein weiterzugehen und sich in der unergründlichen Finsternis zu verlieren. Und dennoch, als der erste kaum benutzte Tunnel vor ihm aufgetaucht war, eine dunkle Öffnung, durch die ein kalter Luftzug wehte, hatte er es nicht über sich gebracht, darin zu verschwinden. Der Tunnel ist zu steil, hatte er sich gesagt, und mit dem Wasser, das häufig den Boden glatt und schlüpfrig macht, der gefährlichste von den dreien. Er würde lieber auf den Nächsten warten.

Der Nächste war jedoch, als sie ihn schließlich erreicht hatten, ebenso wenig verlockend gewesen wie der Erste. Etwas an dem Geruch des Tunnels war Mychael nicht ganz geheuer vorgekommen. Eine schwache Spur von *pryf* war in der Luft gewesen, die die Vermutung nahe legte, dass die Würmer vielleicht von ihrem Nest aus in den Gang durchgebrochen waren. *Pryf* in einem Tunnel waren nicht unbedingt gefährlich. Sie hatten nicht die Angewohnheit, Leute platt zu walzen oder gegen die Wände zu drücken und zu zerquetschen, wie es der alte Wurm zu tun pflegte, aber sie konnten einem eindeutig in die Quere kommen und unzählige Verzögerungen verursachen.

Der Geruch war nicht der von Skraelings gewesen. Er und Tabor hatten beide ständig nach einem Anzeichen von ihnen

Ausschau gehalten, hatten jedoch auf dieser Seite der Halle der Könige keine Spur von ihnen entdeckt. Die Skraelings waren alle in der unergründlichen Finsternis. Aber jetzt war der dritte Tunnel unmittelbar vor ihm, und statt sich sein Bündel zu schnappen und schleunigst in der Tunnelöffnung zu verschwinden, rief Mychael nach Tabor.

»Ho, Junge!«, rief der hoch aufgeschossene Pony-Meister zurück. Die Augen des Mannes waren hell und strahlend, sein schmales Gesicht zu einem Lächeln verzogen. Eine zerzauste Mähne jugendlich braunen Haares hing lose geflochten über seinen Rücken herab und täuschte über sein wahres Alter hinweg, ebenso wie sein Name – »Tamburin« – über seine langgliedrige, schlaksig wirkende Statur hinwegtäuschte. Er trug eine dunkelgrüne Weste über seiner grauen Ebiurrane-Tunika. »Was sagst du? Sträubt sich Tausendschön wieder gegen dich?«

Sträuben? Sie wollte in seine Arme klettern und den Rest des Weges zum Drachenschlund getragen werden. Da sie ein schlaues Tier war und wusste, wie undurchführbar eine solche Idee war, begnügte sie sich stattdessen damit, auf seinem Fuß zu stehen.

»Ja!«, brüllte Mychael zurück und wartete darauf, dass Tabor seinen wahren Wert zeigte. Er brauchte nicht lange zu warten. Ein weiches, meldodisches Summen erfüllte die Luft, ein Präludium aus *»Hmmm, hmmm, fey-oh«* und *»Hmmm, hmmm, oh-fey«*. Am Ende des Refrains sang Tabor mit einer klaren, voll tönenden Stimme, die wie das Geläut von Silberglocken die Granitwände der Canolbarth entlangschallte.

»Tausendschön, mein Mädchen,
das grüne Gras wartet auf dich
Hoch oben in den Bergen von Eryi
Mit frischem, süßen Wasser
und Moiras Hafermehlkuchen
Für brave, müde Ponys!«

Tausendschön schnaubte und setzte sich mit einem kurzen, hüpfenden Sprung wieder in Bewegung, um den Pfad hinaufzutraben, während die Glöckchen an ihrem Geschirr im Rhythmus mit Tabors Lied klingelten.

»Tausendschön, mein Mädchen,
die Sterne leuchten hell
Hoch oben in den Bergen von Eryi
Wo ein weiches Wiesenbett
im silbrigen Mondlicht
wartet
Für brave, müde Ponys!«

»Brave Ponys!«, murmelte Mychael verdrießlich und bückte sich, um seinen schmerzenden Fuß zu reiben. Es war ein Marschlied und ein Refrain, dem kein Lasttier widerstehen konnte. Tabors Stimme, so süß und rein, erfüllte den Gang, hallte seine gesamte Länge entlang und spornte die Ponys zu einem flotten Trab an.

Mit ein paar humpelnden Schritten hatte Mychael Tausendschön eingeholt und griff nach einer Schnur, die lose an ihrem Packsattel verknotet war. Ein schneller Ruck am Ende der Schnur löste sein Bündel. Er blieb stehen und schlang es sich über die Schulter, um Tabor und die Tiere ohne ihn weiterziehen zu lassen.

Tausendschön, mein Mädchen,
es gibt keine bösen Wölfe
Hoch oben in den Bergen von Eryi
Wo die Trolle vor langer Zeit in Stein verwandelt
Und die Ponys alle von Feen mitgenommen wurden!

Mychael hatte die Geschichte von Tabor selbst gehört, von der Beerdigung des letzten großen Kriegers, als der Raub der Ponys die entscheidende Wende im Kampf gegen die Dockalfar herbeigeführt hatte. Die nächste Strophe des Liedes ging in dem lauten Klappern von Hufen auf einem felsigen Wegstück unter, die darauf folgende war noch leiser und verlor sich hinter einer Biegung.

Mychael stieß den angehaltenen Atem aus und sah sich um. Zu seiner Rechten war die Kaskade von lumineszierendem Gestein und der Eingang zu dem Tunnel, der nach Lanbarrdein zurückführte. Es war der Ort, wo seine Zukunft lag, was auch immer das für eine Zukunft sein mochte.

Er hob die Hand, um die Tasche auf seiner linken Brustseite zu befingern. Madrons Phiole war dort, bis zum Rand nachgefüllt mit dem starken Gebräu zu seiner Rettung. Ein kleiner Stoffbeutel an seinem Gürtel enthielt ein anderes Arzneimittel dieser Art, eines, das Llynya für ihn gemischt hatte. Er hatte den Beutel an der Tür seines Turmzimmers vorgefunden, kurz bevor er mit Tabor zu der Reise nach Lanbarrdein aufgebrochen war. Und er hatte sofort gewusst, dass es Llynyas war, hatte es an der kräftigen Dosis von Lavendel in der Mischung erkannt und an dem Duft von Wildblumen, der noch an dem Stoff und der Schnur haftete – und an der gottverdammten Tatsache, dass er alles erkennen würde, was von ihrer Hand stammte, ganz einfach deshalb, weil er *sie* kannte.

Er stand da und starrte blicklos in die Dunkelheit, das Kinn grimmig vorgeschoben.

Sie hatte ihn verlassen. Er hatte ihr in jener Nacht sein Herz geschenkt – hatte ihr fürwahr einen Blick in seine Seele gestattet –, und sie war gegangen. Wenn es das war, was man von der Liebe hatte, dann war er ohne Liebe weiß Gott besser dran. Trotzdem litt er, und er tobte innerlich vor Zorn.

Und schlimmer noch, er befürchtete, er wusste, warum sie ihn verlassen hatte. Er hatte den Strahl von gottloser Hitze gefühlt, der niemals zwischen ihnen hätte sein dürfen. Er hatte den klagenden Schrei gehört, so kurz und dennoch so vernichtend – und Llynya musste ihn ebenfalls gehört haben.

Madron hatte ihm keine Versprechungen gemacht, als er sie aufgesucht hatte, sondern ihm nur gesagt, dass das Gebräu in der Phiole helfen würde, das Drachenfeuer abzukühlen, wenn es über ihn kam – bis zu einem gewissen Punkt helfen würde, und sie wusste nicht genau, wo die Grenze lag. Was den Preis des Trankes anging, so hatte sie sich in Schweigen gehüllt und ihm nur geraten, immer eine Schlacht zur Zeit zu gewinnen. Es war ein böses Omen und ein Maßstab seiner Verzweiflung, dass er das Zeug trotzdem eingenommen hatte.

Ja, Merioneth war in letzter Zeit voller böser Omen: Sha-sha-krieg, Skraelings und der Mönch, den die Bäume in Riverwood gefangen genommen hatten. Mychael hatte gehört, der Mann habe einen kahl geschorenen Kopf, ganz ähnlich wie Helebore, der Teufelspriester und unheilstiftende Leibarzt von Balor, der später dem alten Wurm zum Opfer gefallen war, und dass er genau wie der Leibarzt die Kutte eines Culdee-Mönches von Ynys Enlli trug. Der Mönch reiste mit einer Stute, beladen mit Büchern, und Madron hatte großes Interesse an den dicken Folianten bekundet.

Ein leichter Windstoß wirbelte aus der Öffnung des Tunnels und wehte in einem kalten Lufthauch über seine Wange. Er hatte nicht mehr viel Zeit, um die Zeichen auf den Wänden zu lesen, aber er wusste genau, wo er seine Suche beginnen musste – in der Höhle des violetten Schachts, wo Rhuddlan genau jetzt an der Kampfschranke sein sollte. Die flache Steinplatte, die er hoch oben an der glitzernden Wand entdeckt hatte, war ein Wegweiser irgendeiner Art, davon war er überzeugt. Sie wirkte so fremd innerhalb der Schichten von Kristall, dass sie einfach kein Werk der Natur sein konnte. Der lange Schatten rechts davon könnte womöglich ein Spalt sein, der in einen Schacht oder Tunnel führte, so schmal, dass man sich seitlich hindurchzwängen musste.

Die Höhlen waren voller Inschriften und Hinweiszeichen, aber angesichts der schieren Schwierigkeit der Anbringung vermutete Mychael, dass der Wegweiser, den er in dem violetten Schacht gesehen hatte, zu etwas Wichtigem führte. Denn warum sonst hätte sich jemand die Mühe machen sollen, glatten Stein in eine Kristallwand einzufügen?

Ja, es gab eine ganze Reihe von Gründen für ihn, in die unergründliche Finsternis hinabzusteigen: eine Chance an dem Wurmloch, nun, da er wusste, wie er Rhuddlans Siegel erbrechen konnte; die Gewissheit, dass es eine Schlacht zu schlagen galt; und die Hoffnung, noch eine andere Markierung außer *»Ammon«* in dem violetten Schacht zu finden und bei seiner Suche nach der ersehnten Zufluchtsstätte vielleicht endlich einen Schritt weiterzukommen. Ja, es gibt viele Gründe, um hinunterzugehen, und nur einen Grund, es nicht zu tun – Llynya.

Mychael fluchte unterdrückt, und seine Hand tastete instinktiv nach dem Beutel mit Wildblumen, der an seinem Gürtel hing. Der Stoff fühlte sich weich, geradzu sinnlich unter seinen Fingerspitzen an. Seine leichte Berührung setzte den Wohlgeruch der wild wachsenden Blumen frei, und ihr Duft, so voller süßer Erinnerungen, stieg um ihn herum auf und hüllte ihn ein.

Wieder fegte ein Windstoß aus der Tunnelöffnung herauf, ein kalter Luftzug, der durch die Wolke von Blumenduft wirbelte und den Gang entlangwehte. Mychael folgte ihm mit seinem Blick bis zu der Stelle, wo Tabor und seine Packtierkolonne hinter einer Biegung verschwunden waren. Er konnte noch immer das gedämpfte Klappern von Hufen und das leise Klingeln von Glöckchen an Geschirr hören. Bis zum Einbruch der Dunkelheit würden die Ponys zusammen mit Rhuddlans Stuten auf den Wiesen in den Burghöfen von Merioneth grasen. Tabor würde an der Feuerstelle sitzen und sich mit Honigmet laben, und trotz der Vorbereitungen auf einen Krieg würden lustige Geschichten erzählt und Lieder gesungen werden. Die Sterne würden leuchten, der abnehmende Mond eine silbrige Sichel hoch oben am Firmament – und Llynya würde dort sein, ein Teil von alledem.

Sie war es, die ihn zurückhielt. Obwohl sie ihn verlassen hatte, wünschte er sich nichts sehnlicher, als bei ihr zu sein, sie in seinen Armen zu halten, wieder die zarte Weichheit ihrer Lippen unter seinen zu fühlen.

Verrückter Narr.

Er hängte sich sein Bündel über den Rücken, schob es zurecht, um das Gewicht gleichmäßig zu verteilen, und zog seinen Kristalldolch aus der Lederscheide. Dann hielt er die Klinge hoch über seinen Kopf und glitt in die schmale Tunnelöffnung neben der Wand aus lumineszierendem Gestein.

Llynya oder nicht, er wusste, wohin er gehen musste – zuerst zu dem Wurmloch und dann die Magia-Wand hinunter und hinein in die unergründliche Finsternis. Wenn er sich jemals von den Drachen befreien oder sie seinem Willen unterwerfen wollte, musste er sie zuerst einmal finden.

Heim, war alles, was Nia denken konnte. Sie wollte endlich nach Hause zurückkehren, und es war ihr ziemlich gleichgültig, welches Zuhause das sein würde: Deri mit der großen Eiche von Wroneu, Carn Merioneth mit Riverwood oder Kerach im Norden. Jeder Wald würde genügen. Tatsächlich sogar jeder Baum

Ja. Genau das war es, was sie brauchte – einen Baum.

»Halt!« Vargas gedämpfter Befehl schallte durch den engen Tunnel zu ihr zurück.

Sie hörte auf zu kriechen und fluchte erbittert vor sich hin, während ein weiterer Hoffnungsfunke in ihrer Brust erlosch.

Sie und Varga hatten fast eine Stunde lang an dem Grabenbruch gewartet, bevor endlich eine Nachricht von der Königin von Deseillign eingetroffen war, die sie auf diesen mörderischen Weg geschickt hatte. Der Grim Crawl war noch tausendmal schlimmer als der Kai Crack, noch tausendmal länger und noch tausendmal mühsamer und gefährlicher. Nia wunderte sich, dass der erstickend enge Tunnel überhaupt jemals auf einer Karte verzeichnet worden war. Eine Viertelmeile weiter zurück hatten ihre lästerlichsten Flüche den längst verstorbenen Sha-shakrieg gegolten, die einst den Weg markiert hatten, dem sie und Varga jetzt folgten. Ein enorm zäher Haufen, so viel stand fest, und absolut furchtlos, dass sie sich getraut hatten, sich durch die einengende Dunkelheit mit ihren scheinbar endlosen Biegungen und Windungen hindurchzuzwängen. Ein neues Merkmal, ein scharfkantiger Grat aus Kalkstein auf dem Tunnelboden, schnitt jedes Mal in ihren Bauch, wenn sie sich ein Stück vorwärtsschob. Staub, vermischt mit dem schwachen Geruch nach Vargas Blut, füllte ihre Nase und bewies, dass auch er die Tortur der Tunneldurchquerung nicht ganz unbeschadet überstand.

Sie hatte nicht annähernd so viel Angst vor Varga wie davor, tief unter der Erde zu sterben, gefangen in der entsetzlichen engen Röhre, die von allen Seiten gegen sie drückte. Spinnenleute. Was für ein seltsamer Haufen, dass sie sogar das schlangenartig gewundene Loch gefunden hatten, das Varga schlicht »Mekom« nannte. Als sie Varga dabei beobachtet hatte, wie er ein Netz spann, um sie aus der tiefen Schlucht des Mindao River herauszubefördern, war ihr eines der Geheimnisse des Spinnenvolkes enthüllt worden. Es war Geschicklichkeit, unterstützt durch Kraft und einen klebrigen Pflanzensud, die es den Sha-shakrieg ermöglichten, Larvenspinnfäden von *pryf* auf eine Art und Weise auf einer Oberfläche zu befestigen, dass sie hielten und zudem noch das Gewicht von Menschen trugen.

Das Wasser in der Schlucht war den größten Teil des Weges über lediglich kniehoch gewesen und erst am Ende bis zu ihrer Taille angestiegen. Glatte handgroße Grifflöcher waren in regelmäßigen Abständen in die Mindao-Klippen eingemeißelt worden, um sich zur Not daran festhalten zu können, das hatte Varga ihr erklärt, falls durch schwere Regenfälle oberhalb der Erde große Wassermassen in den unterirdischen Fluss gelangten. Zum Glück war das nicht der Fall gewesen, sodass ihnen die Tortur erspart geblieben war, die senkrecht abfallende Felswand hinaufzuklettern, wahrhaftig wie Spinnen an einer Wand.

Das Ghranne Mekom ersparte ihnen jedoch nichts. Nia hatte größte Mühe, ihre Panik zu kontrollieren. Sie schlich sich immer wieder in ihre Gedanken ein und verhöhnte sie mit der Aussicht auf den sicheren Tod, falls sie versagen sollte – und dabei hatte sie noch die Dangoes vor sich.

Sie biss die Zähne zusammen und kniff die Augen zu. Sie wollte den Kopf heben und konnte es doch nicht. Die kilometerdicken Schichten von Erde über ihr waren weniger als eine Haaresbreite von ihrem Nacken entfernt. Sie fühlte, wie der tonnenschwere Fels bei jedem Atemzug gegen sie drückte und sie zu zerquetschen drohte. Ihre Muskeln zuckten und zitterten unter ihrer Haut, verlangten lautstark nach einer Erleichterung, die sie ihnen nicht verschaffen konnte. Sie war tief unter der Erde eingepfercht.

»Varga«, rief sie und fragte sich, wieso er so lange brauchte, obwohl sie die Antwort tief im Innersten bereits wusste. Er war in dem engen Tempel stecken geblieben. Nichts sonst hätte ihn so lange an derselben, von allen Göttern verlassenen Stelle festhalten können. Sie sollte schleunigst zurückkriechen. Sich retten. Dennoch war es gar nicht so einfach, den Weg zurückzukriechen, den sie gekommen war, weil noch viele andere kleine Tunnel in das Mekom einmündeten. Wenn sie sich rückwärts in einen dieser Gänge schob, würde sie sich womöglich hoffnungslos verirren und nie mehr an die Erdoberfläche zurückfinden. *Shadana.*

»Halt an«, befahl Varga abermals. »Ich bin fast durch.«

»V-Varga. Ich... ich...« Die Worte blieben ihr in der Kehle stecken und erstickten sie fast. Sie hustete, und eine winzige Staubflocke wirbelte vom Boden hoch und veranlasste sie, noch heftiger zu husten. Elend über Elend!

Varga fluchte unterdrückt und versuchte vergeblich, seine eingekeilten Schultern zu bewegen. Seine Lüge hatte ihm nichts genützt. Nia hielt nicht durch. In dem Mekom war innere Kraft die Grundvoraussetzung fürs Überleben, und ihre Kraft war offensichtlich versiegt. Er hatte geglaubt, die Quicken-tree-Kriegerin könnte den langen Weg durch den engen Tunnel bewältigen. Es schien, als hätte er sie falsch eingeschätzt.

Er fluchte abermals und versuchte noch einmal, seine Schultern auf eine Art und Weise zu bewegen, die ihn aus der Krümmung in dem Gang befreien würde, in der er feststeckte. Als er gefühlt hatte, wie sich der Tunnel zu stark verengte, hatte er versucht, sich wieder rückwärts zu schieben, und dabei war er gefangen worden und mit den Schultern an einem Felsvorsprung hängen geblieben, der es ihm zwar gestattet hatte, in die Kurve hineinzukriechen, der es ihm aber unmöglich machte, wieder zurückzuweichen.

Er war schon mehr als einmal durch diesen Tunnel gekrochen. Warum klappte es diesmal nicht?, fragte er sich verzweifelt. Er hatte sich hin und her gedreht und gewunden, hatte einige Muskelgruppen entspannt und andere angespannt, und dennoch steckte er immer noch hoffnungslos fest. Und es war nicht etwa so, dass er schwerer oder breiter als früher wäre. Tatsächlich hatte er seit dem Ende des Krieges sogar etwas an Gewicht verloren. Trotzdem war es sogar noch weniger wahrscheinlich, dass sich der Tunnel in der Zwischenzeit verändert hatte.

Oder vielleicht doch?

Hatte er nicht mit eigenen Augen den klaffenden Spalt in dem Kristallsiegel des Kryscaven-Kraters gesehen? Die Erde musste bis ins Innerste gebebt haben, um einen solchen Spalt zu erzeugen, und waren bei starken Erdbeben nicht auch noch andere Veränderungen möglich? Veränderungen, die so gering waren, dass sie unbemerkt bleiben würden, bis jemand, der früher einmal durch das Mekom gekrochen war, plötzlich nicht mehr hindurchgelangen konnte.

Wieder stieß er einen gedämpften Fluch aus. Sie würden beide sterben – wenn er ihr nicht befahl, wieder zurückzukriechen, und sie die Kraft dafür aufbrachte.

»Pwr wa ladth«. Er hörte den schwachen Klang ihrer Stimme, während sie zwischen heftigen Hustenanfällen zu singen versuchte. Ein holprig gesungenes Lied würde ihm ganz sicher nicht helfen. Was er brauchte, war eine verfluchte Schulter mit Gummigelenken.

»Pwr wa ladth. Fai quall a'lomarian.«

Sie kämpfte sich hinter ihm Stück für Stück vorwärts, während sie mit stockender, Furcht erfüllter Stimme ihr Lied sang. Er hatte ebenfalls Angst, aber vor dem Scheitern, nicht vor dem Tod.

»Es sholei par es cant. Pwr da ladth. Pwr da ladth.«

Es war eines der grünen Lieder der Quicken-tree, eine melodische Weise, in der das Sonnenlicht besungen wurde – nicht seine Helligkeit und Schönheit, sondern seine unsichtbare Kraft, die Macht von Sonnenlicht an dunklen, trostlosen Orten, seien sie nun in der Seele oder in der Welt.

Ja, er kannte die Lieder seiner Feinde gut. Er verlagerte abermals sein Gewicht in der engen Röhre, und es gelang ihm, sich knapp einen Fingerbreit vorwärts zu bewegen, während Nia hinter ihm sang.

»Ströme tief. Ströme tief.
Pwr da ladth. Pwr da ladth.
Winde dich durch Blatt und Stängel und Wurzel.
Fai quall a'lomarian.
Ströme wie ein Fluss in die Erde.
Es sholei par es cant.
Ströme tief. Ströme tief.
Pwr da ladth. Pwr da ladth.«

Er hatte geglaubt, die Dangoes wären die größte Herausforderung auf ihrem Weg nach Merioneth, aber jetzt sah es ganz danach aus, als würden die Eishöhlen keine Chance mehr bekommen, Varga von Den Eisendünen zu vernichten. Er würde wie ein Wurm in diesem Tunnel verrecken.

Aber die Liosalfar brauchte nicht zu sterben.

»Nia ...« Er hatte ihren Namen noch kaum ausgesprochen, als das erste Beben durch die Erde ging, kaum kräftiger als ihre Stimme, ein seltsames Flüstern, das durch den Fels vibrierte. Das zweite Beben war sogar noch schwächer, aber Varga fühlte, wie etwas in dem engen Tunnel nachgab. Noch eine gewaltsame Drehung, und er war frei. Er kroch mit doppelter Geschwindigkeit auf das Ende des Tunnels zu, während er sein Bündel vor sich herschob. Ein Windstoß kündige den Kasr-al Loop an, und im Nu war er durch das Mekom gekrabbelt und fiel kopfüber in die kleine Höhle, die zu dem Hauptpfad führte. Er rappelte sich auf, um Nia zu holen, hielt jedoch abrupt inne, als er eine kleine, schmutzverkrustete Hand in der Öffnung des Tunnels auftauchen und nach einem Halt am Rand des Grim Crawl tasten sah. Erleichterung durchflutete ihn.

Er bückte sich und zog Nia heraus, und sie kam auf die Füße, zittrig und erschöpft, aber fähig, sich aus eigener Kraft auf den Beinen zu halten.

»*Shadana.*« Das Wort kam in einem tiefen Stoßseufzer über ihre Lippen. »*Pwr da ladth.*« Sie schob sich eine schmutzige Haarsträhne hinters Ohr und machte sich daran, den Staub von ihren Kleidern zu bürsten.

»Bist du verletzt?«, fragte Varga.

»Nein. Und du?«

»Ich bin unversehrt. Ich habe schon häufiger Erdbeben in den Höhlen gespürt, aber noch nie, während ich in dem Mekom war.«

Sie blickte mit einem verärgerten Stirnrunzeln zu ihm auf. »Das war kein Erdbeben, Spinnenmann. Das war ich, die dich aus dieser Tunnelbiegung freigesungen hat, in der du eingeklemmt warst. Und wenn... Was ist das?«, fragte sie plötzlich und hielt reglos inne.

Völlig verblüfft über das, was sie gesagt hatte, brauchte Varga einen Moment, um zu erkennen, was das war, was ihre Aufmerksamkeit erregt hatte. Jedoch nur einen Moment, dann fragte er sich, wieso er es bisher nicht wahrgenommen hatte.

»Skraelings«, sagte er. Der Gestank zog in Schwaden von dem Hauptpfad in die Höhle hinein.

Sie wollte blitzschnell ihren Dolch ziehen, ganz Kriegerin, die sie war, und griff ins Leere. »Du kannst mich nicht unbewaffnet lassen, Varga, nicht, wenn Skraelings in der Nähe sind.«

Diesmal war kein Zaudern oder Stocken zu bemerken, dachte er und bewunderte die Schnelligkeit ihrer Reaktion. Sie mochte zwar vieles nicht kennen, aber die Gefahr der Skraelings kannte sie.

»Du hast Recht«, pflichtete er ihr bei und zog ihren Traumsteindolch aus seinem Gürtel. Ohne ein weiteres Wort händigte er ihr den Dolch und auch ihr Schwert aus und ging dann zu der Stelle, wo sich die Höhle auf das Schwanzende des Kasr-al Loop hin öffnete. Wenn sie die Absicht hatte, ihn hinterrücks anzugreifen, wollte er es lieber gleich jetzt wissen. Er hängte sich sein Bündel über den Rücken und kniete sich auf den Pfad. Der Damm, von dem aus sie in die Dangoes gelangen würden, lag keine Meile von der Höhle entfernt.

Nia trat neben ihn und hob ihre Traumsteinklinge, um den Pfad zu beleuchten. »Sie bewegen sich nach Westen, Richtung Merioneth.«

»Ja, und sieh dir das hier an.« Er zeigte auf eine Stelle dicht an der Tunnelwand, wo sich die feinkörnigere Erde zu sammeln pflegte. Ein Pfotenabdruck hob sich deutlich von dem weichen Staub ab.

»Wölfe.« Sie berührte vorsichtig den Rand der Spur.

»*Uffern*-Wölfe«, korrigierte er sie. »Wölfe, die gewaltsam dazu gezwungen wurden, einem Skraelingherrn zu gehorchen. Es gibt keine andere Methode, um sie dazu zu bringen, durch die Höhlen zu laufen.«

Nia blickte über ihre Schulter zurück auf den engen Tunnel.

»Nein«, sagte Varga. »Uns bleibt nichts anderes übrig, als vorwärts zu gehen.«

»Ich hatte auch nicht vor, etwas anderes zu tun«, versicherte sie ihm, und ihre Gekränktheit zeigte sich in der Art, wie sie die Schultern straffte. »Aber wenn es dazu kommen sollte, dass wir den Rückzug antreten müssen, möchte ich lieber einen Ort haben, wohin sie uns nicht folgen können.«

Er nickte. »Der Crawl würde sicherlich genügen, aber mit den Dangoes wird uns sehr viel besser gedient sein. Die Eishöhlen sind kein Ort für Skraelings und ihresgleichen. Wenn wir es bis zu dem Damm schaffen, werden wir sofort in die Höhlen hinuntersteigen.«

»Wenn?«

Er hob eine Prise Staub von dem Pfad auf und roch prüfend daran. »Die Spuren sind frisch. Es sind nur die Serpentinen in dem Pfad, die verhindern, dass wir die Geräusche der Skraelinghorde hören.«

»Und was glaubst du, wie viele es sind?«

Er zuckte die Achseln und wischte sich den Staub von den Fingern. »Mehr als genug, um uns beiden einen Heldentod zu bescheren.«

18

Lumineszierendes Gestein ergoss sich in rundgeschliffenen Wellen den schmalen Tunnel entlang, den Mychael hinabstieg, ein zu Stern erstarrter Fluss, der in dem blauen Licht seiner

Traumsteinklinge wilde Strudel bildete. Er kam nur langsam voran, aber der Weg war kürzer als die Route, die er und Tabor durch die Canolbarth genommen hatten. So vertieft in seine Lieder, wie der Pony-Meister war, bezweifelte Mychael, dass Tabor sein Verschwinden überhaupt bemerken würde, bevor er die Höhle des Teiches der Weissagung erreichte.

Der Teich war wirklich ein Reinfall, dachte Mychael. Seit der Befreiung der *pryf* war nichts mehr darin zu sehen. Es stieg zwar noch immer Dampf von der Wasserfläche auf und kräuselte sich in dünnen Schwaden aufwärts, so wie er es seit eh und je getan hatte, aber das Wasser selbst war trüb, von schlammigen Wirbeln durchzogen, die noch nicht einmal Madron und Moira zu beseitigen vermocht hatten. Im Frühjahr hatte Madron Mychael gelegentlich in die Höhle mitgenommen, um ihn die Lieder seiner Mutter und die Gesänge ihres Vaters zu lehren: Lieder, um Fenster zu fernen Orten zu öffnen, und Gesänge, um diejenigen zu führen, die jene Orte zu erreichen suchten. Nemeton war ein solcher Sucher gewesen. Madron sagte, er hätte viele ausgedehnte Reisen unternommen, bevor er schließlich mit einem gewissen Lord D'Arbois nach Wales gekommen war. Auf jener Reise hatte er, geschehen an der Stelle, wo die Flüsse Wye und Llynfi zusammenflossen, eine Pause einlegen lassen und das Gefolge dadurch vor einem Schneesturm von ungewöhnlicher Heftigkeit gerettet – jedenfalls war die Geschichte immer so erzählt worden. Drei Tage lang hatte der Schneesturm getobt, untermalt von grellen Blitzen und krachendem Donner. In den Stunden vor Tagesanbruch hatte jedes Mal ein schwerer Eisregen eingesetzt, die Nächte dazwischen waren von undurchdringlichem Nebel erfüllt gewesen. Als das Unwetter endlich vorbei war, hatte Nemeton demjenigen, der über die kleine Burg hoch oben auf den Klippen über den beiden Flüssen herrschte, große Siege prophezeit. D'Arbois hatte sich die Prophezeiung zu Herzen genommen, indem er den alten Baron in die Flucht geschlagen und Wydehaw Castle für sich erobert hatte.

Sín. Das Heraufbeschwören von Stürmen. Madron hatte versucht, Mychael die Methode beizubringen. Es war eine

Fähigkeit, die die Hexe in geringem Maße besaß und die ihm anscheinend völlig fehlte. Mychael war es selbst unter den günstigsten Umständen nicht gelungen, auch nur einen Fetzen von Nebel zu erzeugen. Was vielleicht auch besser so war, zumindest seiner Ansicht nach. Gottlose Hexerei war nicht sein Ziel, obwohl Madron ihm versichert hatte, dass weder die Natur noch Hexerei irgendetwas Gottloses an sich hatten.

Wales, hatte sie weiterhin erklärt, war das Land gewesen, das ihr Vater als seine wahre Heimat betrachtet hatte, und Wydehaw der Ort in Wales, wo er sich am wohlsten gefühlt hatte. Er hatte einen Turm an die Burg angebaut und dort viele Jahre lang geforscht und studiert, bis eine Katastrophe eingetreten war, die ihn gezwungen hatte, in den Norden zu gehen. Er hatte es vorgezogen, in Merioneth zu bleiben, um der letzten der Magusdruidenpriesterinnen und den längst vergessenen Männern von Anglesey nahe zu sein. Und auf all seinen Reisen, so hatte sie gesagt, hatte ihr Vater seine Spuren von Magie hinterlassen, um die Wunden zu kennzeichnen, die er gefunden hatte.

Was Nemetons Zufluchtsstätte anging, so war Madron diejenige gewesen, die Mychael die Markierung *»Ammon«* gezeigt hatte, die sich schlangenartig durch Ddrei Glas' und Ddrei Gochs Schuppen wand. Die Markierung war Teil einer Landkarte, die Nemeton vor seinem Tod in mühevoller Kleinarbeit zusammengefügt hatte, und diese wiederum war in den Tagebüchern enthalten, die verloren gegangen waren, als Carn Merioneth an den Feind gefallen war. Madron hatte in den vergangenen fünfzehn Jahren viele Male sowohl in Anglesey als auch in Wydehaw danach gesucht, aber nichts gefunden. Sie hatte auch in Carn Merioneth nichts finden können, obwohl sie und Moira den Ort seit ihrer Rückkehr im Frühjahr gründlich von oben bis unten durchstöbert hatten und sogar Naas bei der Suche mitgeholfen hatte.

Mychael und Dain Lavrans hatten über Nemetons Turm gesprochen, den Hart Tower von Wydehaw Castle, über die sagenumwobene Druidentür und das große Himmelskörpermodell in dem Falkenhorst direkt unter dem Dach und über die

Turmwände, von oben bis unten bekritzelt mit allen möglichen geheimnisvollen Inschriften und Zahlen, obskuren Formeln und schwer verständlichen Rezepten. Mychael brannte darauf, den Hart Tower einmal selbst zu durchsuchen, wohlwissend, welche unermesslichen Schätze das Gemäuer barg; und vielleicht würde sich ihm ja noch eine Gelegenheit bieten, sich eingehend mit den Geheimnissen zu befassen, die der bretonische Barde enträtselt hatte – obwohl noch abzuwarten blieb, wie er den gegenwärtigen Burgherrn dazu überreden würde, ihm Zutritt zu Nemetons Turm zu gewähren. Da er direkt von einem walisischen Mönchskloster in das jenseitige Reich der unergründlichen Finsternis gegangen war, wusste er nur wenig über die Engländer und sogar noch weniger über die Lehnsherren der Marken. Lavrans hatte ihn jedoch in das Geheimnis der Druidentür eingeweiht, und gesetzt den Fall, dass er das mächtige Ding tatsächlich öffnen konnte, würde diese Tat allein vielleicht schon genügen.

Was seinen Unterricht bei Madron betraf, so war er immer weniger geneigt gewesen, Zeit mit der Hexe zu verbringen, je stärker seine Anfälle von Wahnsinn geworden waren. Er war ein Druide, ja, aber kein Priester, wie sie es gerne wollte, und auch keine Hexe, die der Natur ins Handwerk pfuschte. Er kannte Worte, denen große Macht innewohnte, und er wusste um die Macht einer Stimme, in feierlichem Gesang erhoben; er hatte eine solche Macht bei jedem Abendgottesdienst in Strata Florida gespürt, bei jedem gesprochenen Gebet. Und er sah keinen Unterschied zwischen den Christen und den Druiden und den Quicken-tree mit all ihren vielen Liedern, wenn es darum ging, in Worte zu fassen, was ihnen heilig war und was sie zu verehren pflegten, was immer das auch war. Aber was ihn selbst betraf, so befürchtete er, dass das, was ihn auserwählt hatte, weder verehrungswürdig noch heilig, sondern nichts als Macht war – brutal und unbeugsam. Er war eine seltsame Mischung, und vielleicht war das Wissen darum der Grund, warum keiner Anspruch auf ihn erheben konnte, warum alle Götter ihn verlassen hatten, ihn einfach den Drachen überließen, um mit den Bestien zu kämpfen und zu sterben.

Die Würmer waren ihre Nachkommenschaft, das Zeitwehr ihr Werk. Seit Rhuddlan die Tore zu dem großen Wurmloch versiegelt hatte, war seine, Mychaels, Wildheit nur noch stärker geworden. In der Vergangenheit hatte er zumindest noch ein gewisses Maß an Frieden in den kleineren Wurmlöchern finden können, die seitdem jedoch verschwunden waren.

Frieden, die Verheißung der Götter.

Nein, er hatte Llynya längst nicht alles über die Wurmlöcher und ihre Gefahren erzählt, und er hatte ihr nichts von der Glückseligkeit gesagt, von den Sternen, die er gesehen hatte; und auch nichts von den Drehungen der Erde in dem Wehr und wie er den ewigen Strom der Zeit in seinem Innersten gespürt hatte; oder davon, wie die Gezeiten einmal durch ihn hindurchgeflutet waren, in einem kompletten Zyklus, und ihm den Lauf des Mondes gezeigt hatten. Es war das Gefühl der Erlösung selbst gewesen, das er entdeckt hatte, das Gefühl, endlich sein Seelenheil zu finden, in die Weisheiten der Erde einzutauchen und von dort aus in die des Himmels. Er würde viel darum geben, um noch einmal in diesem Zustand vollkommenen Friedens zu versinken. Und dennoch – die Wege der Drachen führten am Ende immer zu Krieg, zu Krieg und dem Strom von Blut. Auch diese Wahrheit war in dem Wurmloch zu finden, wirbelte auf Feuerzungen von Drachenatem um seinen Kern herum.

Vielleicht würde er dort die ersehnte Zuflucht finden ... vielleicht erwartete ihn dort aber auch ein Kampf auf Leben und Tod. In dem violetten Schacht würde ganz sicherlich ein Kampf toben, wenn Rhuddlan das Netz der Sha-shakrieg durchbrochen hatte und weiter vorgedrungen war. Mychael wusste, dass er in diesem Fall verpflichtet war, Rhuddlan zu folgen und zu kämpfen. Er war gleich dreimal gestraft – mit dem Drachenfeuer, das in seinem Inneren wütete, mit dem Blut der Priesterinnen von Merioneth, das ihn hierher geführt hatte, und damit, dass er schon immer so gewesen war, wie er jetzt war – allein.

Er bog um eine Kurve, wo der Tunnel noch steiler in die Tiefe abfiel, und traf auf ein schmales Sims, das ihn über das lumineszierende Gestein führte. Der erstarrte Fluss wand sich in einem noch spitzeren Winkel weiter abwärts, bis er mit dem gigantischen Strom von beige-grau schimmerndem Fels verschmolz, der die Nordwand von Lanbarrdein bildete. Das Sims zog sich an dem Strom entlang und fiel dann in eine Höhle auf der anderen Seite der Nordwand ab. Sie wurde Tropfsteinbrunnen genannt, zum einen wegen des Irrgartens von riesigen Tropfsteinen, die sich an der Decke und am Boden des Hauptraums gebildet hatten, und zum anderen wegen der Wasserlöcher, die sich, hintereinander aufgereiht wie Perlen auf einer Schnur, durch die Höhle zogen. Es war der Tropfsteinbrunnen, durch den der River Bredd seinen Weg nach Lanbarrdein fand. Mychael war seiner Spur bereis viele Male gefolgt, da der Weg eine direkte Verbindung zwischen Riverwood und der unergründlichen Finsternis darstellte und schneller an die Erdoberfläche führte als der lange Weg durch die Canolbarth.

Vom Tropfsteinbrunnen aus konnte er einen Pfad nehmen, der direkt in das *pryf*-Nest führte, und sich von dort aus einen Weg hinunter zu den Toren der Zeit bahnen, oder er konnte durch einen Nebentunnel zu der Magia-Wand weitergehen und ungefähr eine Viertelmeile weit denselben Weg zurückverfolgen, um zu der aus Kristallfelsen bestehenden Landspitze des Zeitwehrs zu gelangen. Welche dieser Routen er nahm, würde in erster Linie von den *pryf* abhängen. Bei seiner letzten Reise in die unergründliche Finsternis hatte er trotz seines eigenen Kummers ihre fiebrige Aktivität und ihre hektischen, unberechenbaren Bewegungen bemerkt und sich gefragt, ob sie vielleicht versuchten, in dem Nest selbst ein Wurmloch zu graben. Mögen die Götter mir beistehen, wenn das wahr ist, dachte er.

Überall herrschte Aufruhr und überall wimmelte es vor Feinden. Es gab Haufen von Sha-shakrieg und Skraelings, die ihm Sorgen machten, und Fäulnis und Wölfe und Männer, die mit dem Teufel im Bunde waren. Wenn nun auch noch die *pryf* wild wurden, befürchtete er, dass es sein Ende nur noch beschleunigen würde.

Nachdem er den serpentinenförmig verlaufenden Pfad überquert und sich durch eine schmale Öffnung gezwängt hatte, kam Mychael auf einem windgepeitschten Sims hoch oben an der Westwand des Tropfsteinbrunnens heraus. Die Luft war von dem Geruch nach Salz erfüllt. Der oberirdische Eingang zu der Höhle befand sich in einer Steilwand am östlichen Rand von Riverwood und fing stets die vorherrschenden Meereswinde ein. Trig hatte eine ständige Wache an dem Loch postiert und ihm und Llynya ausdrücklich verboten, sich auch nur in die Nähe des Eingangs zu wagen. Daher schob Mychael hastig seine Traumsteinklinge in die Lederscheide zurück, als er plötzlich Lichter in der Dunkelheit unter ihm flackern sah, und er hoffte inständig, dass er nicht gesehen worden war. Er würde sich an diesem Punkt nicht mehr zur Umkehr zwingen lassen. Fast genauso schnell erkannte er, dass die Lichter, die durch den Wald von Tropfsteinsäulen und Steinbögen unter ihm hüpften, nicht das intensiv leuchtende Blau von Traumstein aufwiesen, sondern gelb und rot waren – bis auf eines, und dessen Farbe spielte eher ins Blau-Grüne, mit einem violetten Kern im Innern der Flamme.

Llynya war im Tropfsteinbrunnen – und mit einer ziemlich großen Truppe, sehr viel mehr Kriegern, als er noch in Carn Merioneth vermutet hatte, nachdem Wei mit einem Stoßtrupp nach Tryfan aufgebrochen war und Rhuddlan die vielen Boten ausgeschickt hatte und Rhuddlan selbst mit vierzig Liosalfar in die unergründliche Finsternis hinabgestiegen war. Die Soldaten dort unten in der Höhle konnten nur die Kings-Wood-Elfen sein, auf deren Unterstützung Rhuddlan gehofft hatte.

Das Rauschen von Wasser übertönte viel von dem Geräusch marschierender Füße, trotzdem hörte Mychael deutlich das Klirren von Waffen. Merkwürdig, dachte er. Er hatte noch nie einen *tylwyth teg* einen solchen Lärm machen hören, ganz gleich, wie gut bewaffnet, und ein vollständig bewaffneter Liosalfar-Krieger trug nicht weniger als drei Schwerter, einen Bogen und einen vollen Köcher. Neuerdings hatte Trig seine Leute noch zusätzlich mit eisernen Morgensternen ausgerüstet, und trotzdem klirrten und rasselten sie nicht, sondern bewegten sich vollkommen lautlos.

Die Truppe dort unten klang dagegen wie eine Armee von wandernden Kesselflickern. Die Kings-Wood-Elfen würden erst noch zurechtgestaucht werden müssen, bevor sie Rhuddlan bei seinem Feldzug von Nutzen sein würden.

Neugierig und besorgt, dass Llynya diejenige wäre, die man dazu ausgewählt hatte, einen solch ungehobelten Haufen anzuführen, lief Mychael das hohe Sims entlang und folgte ihnen, in der Hoffnung, einen besseren Blick auf die Soldaten zu bekommen. Die Truppe schwenkte in einem kurzen Bogen nach Norden, bevor sie Richtung Süden weitermarschierte, und Mychael fluchte leise vor sich hin. Sie wanderten um das größte Wasserloch herum. Wenn sie erst einmal auf der anderen Seite waren, war es nur noch ein Katzensprung in die unergründliche Finsternis.

Verdammt, fluchte er abermals und beschleunigte seinen Schritt. Trig würde sich hüten, Llynya auch nur irgendwo in die Nähe der unergründlichen Finsternis zu lassen.

Er zog seinen Kristalldolch wieder aus der Scheide, um mehr Licht auf seinem Weg zu haben, und eilte weiter hinter der Truppe her, oder genauer gesagt, hinter dem Hauptteil davon. Denn die Kings-Wood marschierten nicht in Reih und Glied, sondern bildeten eine ungeordnete, lückenhafte Kolonne. Es gab reichlich Nachzügler, kleine Punkte von Helligkeit, die sich in einigem Abstand von dem Trupp bewegten.

Der Tunnel, auf den sie zustrebten, verband den Tropfsteinbrunnen mit der Magia-Wand und verbreiterte sich ungefähr auf halbem Weg entlang der Wand zu einer kleinen Höhle. Als sich der Pfad vor ihm gabelte, nahm Mychael den Weg, der schräg hinunter zum Boden der Höhle führte, und bewegte sich im Laufschritt weiter, da er entschieden hatte, dass es das Beste war, wenn er die Truppe einholte und sah, was sie vorhatten. Trig hatte nichts von einem Einsatz in der unergründlichen Finsternis erwähnt, aber wenn Rhuddlan dringend nach Liosalfar jenseits der Magia-Wand verlangt hatte, war es Mychaels Ansicht nach wahrscheinlicher, dass man seine Unterstützung begrüßen würde, statt ihm einen Verweis zu erteilen. Er würde sich anbieten, Llynyas Posten zu übernehmen, und sie könnte zurückgeschickt werden, um Riverwood auszukundschaften, wo sie hingehörte. Wenn er auch nur auf den geringsten Widerstand bei ihr traf, würde er sich nicht scheuen, ihre Absicht, Morgan in das Wurmloch zu folgen, zu enthüllen.

Doch je mehr er sich dem Höhlenboden näherte, desto weniger war er davon überzeugt, dass Rhuddlan oder Trig irgendetwas mit der lärmenden, schwerfällig marschierenden Truppe zu tun hatten, die er verfolgte. Und je stärker seine Zweifel wurden, desto schneller lief er, bis er in halsbrecherischem Tempo die schmalen Steinstufen hinunterrannte, die an der Südwand des Tropfsteinbrunnens abwärts führten. Als er die letzte Stufe hinuntersprang und die Stelle erreichte, wo der salzige Tanggeruch der Meereswinde nicht mehr hingelangte, wurde jede Unsicherheit von einer plötzlichen, Furcht einflößenden Gewissheit verdrängt. Er landete auf dem Höhlenboden und wusste augenblicklich, dass es keine Liosalfar waren, denen er nachjagte.

Der Gestank von Schwarzfäule lag wie ein Leichentuch über den unteren Bereichen der Höhle, drückte die Luft nieder und weckte panische Angst in ihm. Skraelings!

Die Horde war ein ganzes Stück vor ihm, die Spitze des Trupps schon fast im Tunnel verschwunden. Er versuchte, die Krieger rasch zu zählen, aber er konnte kaum denken, so groß war seine Angst, dass das Schlimmste eingetreten war.

Die Skraelings hatten Llynyas Traumsteindolch, und es musste ein erbitterter Kampf um diese Waffe stattgefunden haben. Sie hätte ihnen ihren Dolch niemals kampflos überlassen.

Allmächtiger! Wie viele von dem Gesindel waren nötig gewesen, um die Lichtelfe zu überwältigen?

Ein schrecklicher Laut stieg in seiner Kehle auf, und er biss fest die Zähne zusammen, um ihn zu unterdrücken.

Er hatte kaum eine Chance. Die Übermacht war einfach zu groß. Vielleicht fünfzig zu eins. Vielleicht auch noch mehr.

Vor ihm schlängelte sich ein anderer Pfad vom Höhlenboden aufwärts und führte zu einem natürlichen Bogen hinauf, der einen langen, offenen Abschnitt der Höhle überspannte.

Mychael schob seinen Traumsteindolch in die Scheide zurück, um das Licht zu verbergen, und stürmte den Pfad hinauf, so schnell er konnte. Er verlor zwar an Boden, indem er die Richtung wechselte, gewann dafür aber einen besseren Überblick. Was er vom höheren Punkt des Bogens aus sah, ließ ihm das Blut in den Adern gefrieren.

Piken und Hellebarden stachen in die Luft, ragten wie unzählige metallene Stacheln von einer langen Kolonne von über hundert Soldaten auf, allesamt scheußlich anzusehende Gestalten mit übergroßen, weit ausladenden Kinnbacken und langen, spitzen Fangzähnen. Sie waren einstmals Menschen gewesen, aber jetzt nicht mehr, wie Tabor erklärt hatte; der Abschaum des Menschengeschlechts, von einem mörderischen Magier ausfindig gemacht und in Diener des Bösen verwandelt.

Mychaels Blick schweifte über die monsterhafte Armee und suchte nach dem einen, der das blaue Traumsteinlicht hielt. Er fand ihn ziemlich am Anfang der Kolonne, kurz vor dem Tunneleingang, wo er sich gerade umdrehte, um einen Befehl zu erteilen. Groß und blond und sehr viel weniger plump und ungeschlachtet als der Rest der Truppe, schien er auf den ersten Blick ein Liosalfar zu sein. Dann sah Mychael, dass die Nase des Hauptmanns nichts weiter als ein silbernes Dreieck in der Mitte seines Gesichts war und dass die Hand, die Llynyas Dolch hielt, mit Klauen bewehrt war wie die Tatze eines Bären. Nein, dieser Mann war kein Lichtelf, sondern einer von einem finsteren, verbrecherischen Schlag – ein Dockalfar.

Mychaels erster Impuls war, ihn auf der Stelle zu töten, aber noch während er einen Morgenstern aus der Ledermanschette um seinen Arm riss, schweifte sein Blick weiter rückwärts über die Horde zu demjenigen, der den Befehl empfing. Und in dem Moment entdeckte er Llynya, eine zierliche Gestalt, die wie ein Bündel über der Schulter eines anderen Dockalfar hing. Das Licht eines gelben Traumsteins warf einen matten Schimmer auf die Mädesüßblüten und Rosenknospen, die in ihre Tunika eingewebt waren.

Furcht stieg in Mychael auf, eisig und schnell, und verdrängte alle Gedanken aus seinem Kopf bis auf einen – *Lebt sie noch?*

Ihm wurde plötzlich eng ums Herz, und seine Kehle zog sich so fest zu, dass er kaum noch atmen konnte. Die Skraelings drängelten sich jetzt am Eingang des Tunnels und stießen und schubsten sich gegenseitig, um hineinzukommen, sodass er Llynya in dem Gewühl aus den Augen verlor. Mychael stand da und wartete und beobachtete, sein Blick ausschließlich auf den hellen Schimmer in dem dunklen, wogenden Meer von Waffen konzentriert.

Der Soldat, der Llynya trug, blickte kurz zurück, und Mychael konnte sein Gesicht sehen. Er war so schön und wohl gestaltet wie jeder Quicken-tree, bis auf die leere, eingesunkene Augenhöhle seiner linken Gesichtshälfte. Der Dunkel-Elbe verlagerte Llynyas Gewicht auf seiner Schulter, bevor er der Truppe in den Tunnel folgte. Kurz bevor der Mann aus seinem Blickfeld verschwand, sah Mychael, wie sich Llynyas Körper abermals bewegte, diesmal jedoch aus eigener Kraft und unterstützt durch ihre gefesselten Hände, nicht durch den Dockalfar, der sie trug.

Seine Erleichterung war ebenso überwältigend, wie es seine Furcht gewesen war. Rasch ließ er seinen Blick über die rempelnde, schubsende Horde gleiten, bevor er mit großen Sprüngen über den Steinboden eilte. Es waren keine anderen Quicken-tree darunter, nur Llynya, und außer ihm war niemand da, um sie zu retten.

19

Als Nia und Varga um die letzte Kurve des Kasr-al Loop auf der Ostseite der Dangoes bogen, hörten sie plötzlich Kampfgeräusche und Schwerterklirren in der Dunkelheit vor ihnen, untermalt von gellenden »*Khardeen!*«-Rufen.

»*Har Maukte! Har!*« Wieder und wieder stieg das Gebrüll der Skraelings als Antwort auf den Schlachtruf der Quicken-tree auf, begleitet von einem schauerlichen Geheul. »*Har! Har! Har!*«

Varga stieß einen gedämpften Fluch aus, der wie ein Zischen klang; Nia erbleichte vor Schreck. Sie hatte noch nie zuvor *uffern*-Bestien gehört. Es war ein Geheul, das einem durch Mark und Bein ging, aber sie blieb tapfer an Vargas Seite und stürmte vorwärts, während sie ihren Dolch zog.

Raureif überzog das Tor zu dem steinernen Damm, den sie mehrere Tage zuvor überquert hatten. Die Luft wurde plötzlich kalt, und mit drei schnellen Schritten waren sie aus dem Tunnel heraus und trafen auf eine chaotische Szene.

Auf der rechten Seite loderten Fackeln, die gelbe Flammenzungen und Spuren von rußigem Rauch in die Luft sandten. Weiter westlich blitzten blaue Traumsteine in der Finsternis, leuchteten mit eisiger Helligkeit inmitten eines Ansturms von sich verlagernden Schatten. Und hier und dort tanzten goldene Kristalle mit weiß glühendem Kern durch die Dunkelheit und verströmten ein Licht, das fünfhundert Jahre lang nicht mehr in Merioneth gesehen worden war.

»Dockalfar.« Varga sprach eine Wahrheit aus, die Llynya noch kaum begreifen konnte: Die Dockalfar waren in die unergründliche Finsternis zurückgekehrt, wo sie einst geherrscht hatten, wo die Schätze der Erde ihr Handelsgut gewesen waren – die bekannten Metalle und *thullein* und Kristalle von jeder erdenklichen Farbe. Mit den gelben Traumsteinen hatten sie allerdings nie Handel getrieben, und diejenigen, die einen rot glühenden Kern hatten, waren ausschließlich für den König der Dunkel-Elben und seine Garde bestimmt gewesen: »Yuell«, so wurde diese Sorte genannt, der Traumsteinkristall der Tuans. Ein gutes halbes Dutzend solcher Kristalle oder noch mehr leuchteten jetzt oben auf dem Damm, mitten im dichtesten Kampfgetümmel.

Die Quicken-tree waren den Gegnern zahlenmäßig weit unterlegen, dennoch verteidigte Rhuddlan erbittert seine Stellung auf dem Pfad und zwang die Skraelings, auf freiem Feld zwischen dem arktischen Meer, das gegen die Klippen brandete, und dem glitzernden Schlund der großen Eishöhle zu bleiben.

Schritt für Schritt wurden die Lichtelfen zum Nachgeben gezwungen, und wie groß ihre Verluste waren, war an der Zahl der in silbergrünes Tuch gekleideten Leichen zu erkennen, die auf dem eisüberkrusteten Pfad verstreut lagen.

Nia beobachtete in ungläubigem Entsetzen, wie die Dockalfar den Quicken-tree abermals in die Flanke fielen und ein weiterer Liosalfar niedergestreckt wurde. War Rhuddlan wahnsinnig geworden?

Sie machte Anstalten, vorwärts zu stürmen, einen Schrei auf den Lippen, aber Varga packte sie am Arm und hielt sie zurück.

»Nicht, Kind. Sieh doch«, sagte er und zeigte in die Dangoes.

Lange, ineinander verschlungene Stränge aus zu Eiskristallen erstarrtem Dunst hatten sich zwischen den riesigen Eiszapfensäulen am Eingang der Höhle hervorgewunden und formten sich zu knotigen, grobknochigen Fingern. Sie griffen über die gefrorene Gletscherspalte am Fuß der Säulen hinweg und tasteten sich die Klippen hinauf zu dem steinernen Damm.

Nia fühlte die tödliche Kälte ihrer Absicht und stolperte rückwärts zu dem Kasr-al Loop. *Shadana.* Hatte sie wirklich vorgehabt, sich freiwillig in die Klauen der Eishöhle zu begeben?

»Halt«, kommandierte Varga und hielt sie erneut am Arm fest. »Wir werden nicht den Rückzug antreten, solange es noch eine Schlacht zu schlagen gilt. Die Eisfinger der Dangoes haben es nicht auf uns abgesehen. Es sind die Skraelings, die sie haben wollen.«

Noch während er sprach, stellte sich seine Behauptung als richtig heraus, als die ersten nebelartigen Fingerglieder den Damm erreichten. Sie wählten ihre Opfer mit Sorgfalt, suchten sich nur diejenigen aus, die nicht von gefürchteter Hitze umgeben waren – diejenigen, die keine Fackeln trugen. Und diese dem Tod geweihten Seelen konnten sich noch so heftig wehren, es nützte ihnen nichts, da Flammen die einzige Waffe waren, die scharf genug war, um die Klauen der Dangoes zu durchschlagen. Einer nach dem anderen wurden die unglückseligen Skraelings gepackt, während sich die eisigen Finger um ihren

Hals und ihre Arme und Beine schlangen, und über den Rand des Damms gezerrt, ihre panikerfüllten Schreie waren nur ein schwaches Echo gegen den Lärm der Schlacht.

»Wir werden von dort aus kämpfen«, sagte Varga und zeigte auf einen Haufen von Felsbrocken, die von dem Torbogen des Kasr-al-Loop-Tunnels heruntergefallen waren. »Rhuddlan weiß, dass er ihrem Wolfsrudel nicht entfliehen kann, deshalb hält er sie auf dem Damm fest, damit die tödlichen Nebel sie verschlingen. Wir werden das Gleiche von dieser Seite aus tun und sie daran hindern, den Rückzug anzutreten.«

Nia, die nur wenige Augenblicke zuvor noch drauf und dran gewesen war, vorwärts zu stürmen, von nichts als Impulsivität und Heldenmut getrieben, ertappte sich dabei, wie sie auf einmal zögerte. Es waren mindestens hundert Skraelings da, und es wimmelte von Wölfen. Wenn sie alle plötzlich beschlossen, kehrtzumachen und davonzulaufen, konnten sie und Varga nicht das Geringste tun, um sie aufzuhalten.

Sie wandte sich zu ihm um, um ihm das zu sagen, aber er hatte bereits sein Langschwert gezogen und rannte auf das Kampfgetümmel zu.

»Verdammt!« Ihr blieb nichts anderes übrig, als hinter ihm herzulaufen.

Das Bewusstsein, wie gefährlich die Eishöhle war, breitete sich in Windeseile unter den Skraelings aus, und mit diesem Bewusstsein kam die Panik. Ihre Linien lösten sich auf, als die Eisklauen bedrohlich näher kamen, und Nia kletterte hastig mit Varga auf den Geröllhaufen, bereit, den Tunneleingang zu verteidigen und den Ansturm der Horde abzuwehren oder bei dem Versuch zu sterben.

Ein Dockalfar durchbohrte den ersten Skraeling, der zu fliehen versuchte, mit seiner Pike, woraufhin sich die anderen augenblicklich wieder zu einer Kampflinie formierten; aber es wären weitaus mehr Dunkel-Elben nötig gewesen, als dort waren, um die Skraelings bei der Stange zu halten. Einzeln oder zu zweit traten sie den Rückzug an, flitzten an den seewärts gelegenen Klippen des Dammes entlang. In dem wüsten Durcheinander und Gedrängel – die meisten Soldaten der finsteren

Heerscharen stürmten vorwärts, während ein paar andere versuchten, sich in die entgegengesetzte Richtung zu verdrücken – kamen einige ums Leben, indem sie entweder von ihren robusteren Gefährten getötet wurden oder sich zu nahe an die eisüberzogenen Klippen heranwagten und in die Fluten vor Mor Sarff stürzten.

Die wenigen Skraelings, die es schafften, die feindlichen Linien zu durchbrechen, mussten allerdings noch mit Varga und Nia auf dem Geröllhaufen fertig werden. Der Sha-shakrieg-Mann kämpfte wie ein Wirbelsturm, während seine grauen Lumpen flatterten und sein Schwert ein Lied von Stahl und Tod sang. Silbriges Licht blitzte auf der geschliffenen Scheide der Klinge, geschmiedet aus *thullein.* »Klinge der Leiden«, so hatte Nia jemanden das Schwert nennen hören, rasiermesserscharf und, genau wie die Fäden, die Varga bei sich trug, mit Gift durchtränkt. Der letzte Skraeling, der den tödlichen Biss der Klinge zu spüren bekam, wand sich vor Qualen am Fuß des Geröllhaufens. Die ersten drei, die vorgehabt hatten, sich zum Kasr-al Loop durchzukämpfen und in dem Tunnel zu verschwinden, waren auf der Stelle getötet worden.

Elfische Schnelligkeit war Nias Verteidigungsmittel und ihre stärkste Angriffstaktik, bis schließlich auch die Wölfe aus den Reihen ausbrachen und in Richtung Tunnel rannten. Unterstützt durch die Eisklauen der Dangoes, befand sich Rhuddlans Trupp jetzt nicht länger in der Defensive, sondern zwang die Skraelinghorden, langsam, aber sicher zu dem Loop zurückzuweichen – zu Nias und Vargas großem Schaden. Denn sie konnten es einfach nicht mit so vielen aufnehmen. Es würde nur noch Minuten dauern, dass wusste sie, bis sich das Blatt wendete und sie überwältigt wurden.

Ein Wolf sprang blitzschnell auf Nia zu, um sie in den Knöchel zu beißen, und Varga versetzte ihm einen Hieb mit der Breitseite seiner Klinge. Jaulend wich das Tier wieder zurück, hatte jedoch noch kaum kehrtgemacht, als die nächste, mit scharfen Zähnen bewehrte Schnauze nach Nias Fuß schnappte. Ein schroffer Befehl von einem teiggesichtigen Skraeling hetzte noch weitere Wölfe auf sie, und in Bruchteilen von Sekunden hatte sich ein zähnefletschendes, knurrendes Rudel in einem Halbkreis um Nia und den Sha-shakrieg versammelt. Graue Wölfe und schwarze, zottelig braune und sogar einige von der schneeweißen Gattung aus dem hohen Norden geiferten und knurrten und schnappten, während sie den Kreis um den Steinhaufen immer enger schlossen. Ein großer schwarzer Wolf rückte noch näher heran als die anderen, und Nia roch den Hunger in ihm. Er war ein verzweifeltes Tier, von Schmerz gepeinigt, Opfer der bösartigen Macht der Dockalfar. Um ein Waldtier in eine kampflustige, raubgierige Bestie zu verwandeln, war es notwendig, sein Wesen mithilfe von schwarzer Magie auf abartige Weise zu verändern, sodass der Hunger in blinde Gier verwandelt wurde und natürliche Bedürfnisse in unersättliches Verlangen – ein verabscheuungswürdiger Eingriff in die Natur, wie ihn die Prydion-Magier schon lange vor den Zauberkriegen verboten hatten.

Konfrontiert mit den bedrohlich näher rückenden Bestien, die ihn und Nia von allen Seiten umzingelten, befahl Varga seiner Kampfgefährtin, noch ein Stück weiter den Geröllhaufen hinaufzuklettern. Als sie zurückwichen, rannten die Skraelings, die auf Flucht erpicht waren, an ihnen vorbei und holten nur halbherzig mit ihren Schwertern nach Varga und Nia aus, bevor sie in den Schutz des Kasr-al-Tores tauchten und es den Tieren überließen, die beiden zu töten.

Auf der anderen Seite des Dammes kämpfte Rhuddlans Kriegerverband unermüdlich weiter, und ihre Schnelligkeit und Geschicklichkeit half ihnen, sich gegen die Übermacht des Feindes zu behaupten. Als sie weiter Stück für Stück vorrückten und auf den Felsendamm kamen, fanden die eisigen Klauen der Dangoes sie jedoch ebenso mühelos wie die Skraelinghorde. Rhuddlan schickte drei Liosalfar aus, die am Rand der Klippen entlangrannten, um die skelettartigen Eisfinger mit der Hitze von Traumsteinlicht abzuschneiden und andere für den Vorstoß zu befreien.

Es würde ihr und Varga nicht viel nützen, wie Nia befürchtete, als sie mit ihrem Schwert auf einen Wolf einschlug, der sich auf sie zu stürzen versuchte. Blut rann an Vargas Schenkel herab, wo sich scharfe Wolfszähne in sein Fleisch gegraben hatten. Das Tier lag tot auf den Felsbrocken, erlegt durch das Schwert des Sha-shakrieg, aber der Blutgeruch hatte die anderen zu noch tollkühneren Angriffen angestachelt.

Nia kletterte zusammen mit Varga noch höher auf den Geröllhaufen hinauf, auf allen Seiten von Wölfen umzingelt, während Rhuddlan und seine Männer noch immer auf dem Damm waren, gut eine Viertelmeile entfernt. Sie hätte es schaffen können, zu den Liosalfar zu kommen, indem sie blitzschnell zum Damm gerannt wäre, aber der Sha-shakrieg neben ihr war nicht so schnell. Er hatte sich in die Schlacht gestürzt, um auf Rhuddlans Seite zu kämpfen, statt zurückzuweichen und sich zu retten, und aus diesem Grund blieb Nia auf dem Geröllhaufen. Es war eine Wahl, von der sie annahm, dass sie sie ziemlich bald bereuen würde, und vielleicht hätte sie es bereut, wenn nicht plötzlich von völlig unerwarteter Seite ein Retter aufgetaucht wäre.

Ein tiefes Heulen, gedämpft und unheimlich, bahnte sich einen Weg durch die nadelspitzen Eiszapfen an der Decke der Eishöhle und ließ sie erzittern. Noch nie war die Rettung mit einer solch schwermütigen, kummervollen Melodie verbunden gewesen. Die Wölfe hielten reglos inne und verstummten, ihre Ohren wachsam gespitzt.

Das Geheul wurde ständig lauter, begleitet von Eismusik, und das Wolfsrudel begann zu winseln und zu kläffen und wild herumzuspringen und auf den Felsen zu tanzen. Ein paar schlichen mit eingekniffenem Schwanz von dem Geröllhaufen weg und verschmolzen mit der Horde fliehender Skraelings.

Nia blickte zu der großen Eishöhle hinüber und entdeckte den heulenden Jagdhund – Conladrian –, so reglos wie eine Steinstatue und so schwarz wie die Nacht gegen die gewaltigen, glitzernden Eiszapfen, die den Eingang zu den Dangoes flankierten. Er hob abermals den Kopf und ließ seine kraftvolle Stimme ertönen, und die Hälfte der Wölfe riss sich von dem Geröllhaufen los und rannte zurück durch die Linie der Liosalfar, um in westlicher Richtung über den Damm zu fliehen. Die übrigen Tiere rannten in ständig wachsender Verwirrung hin und her, und einige beantworteten den Ruf des riesigen Jagdhunds mit lautem Geheul, während andere stumm und wachsam waren.

Die Eismusik erwies sich als das endgültige Verderben der Skraelinghorde, ein tödlicher Lockruf, dem sie ebenso wenig widerstehen konnten wie die Menschen. Ihre süße Melodie perlte in an- und abschwellenden Wogen von betörenden Klängen durch die Luft und versprach all denjenigen, die sich näher und immer noch näher trauten, einen sanften Tod im Schlaf – und einige folgten dem Ruf und liefen über den Rand und in das Eis. Die Dockalfar versuchten, die Skraelings von dem Damm wegzutreiben, bevor sie dem tödlichen Zauber des Liedes erlagen, aber für die Erschöpften und die Verwundeten war die Verlockung größer als die Bedrohung durch eine Dockalfar-Pike.

Varga und Nia töteten vier weitere Skraelings, als diese den Rückzug antraten. Während die Quicken-tree den Damm entlangkamen, streckten sie die Skraelings zu beiden Seiten mit gewaltigen Schwerthieben nieder. Es waren nur die Dockalfar, die unversehrt in den Tunnel entkamen, da sie zu schnell für Varga waren und einen großen Bogen um Nias schimmernde Schwertklinge machten.

Die Quicken-tree kämpften sich noch näher heran und vernichteten ihre Gegner bis auf die wenigen Skraelings, die durch die Linie der Liosalfar gebrochen waren und jetzt zusammen mit den Wölfen nach Westen flohen. Varga griff einen letzten Skraeling an und schlug ihn zurück in das Kasr-al-Tor.

»Nia!« Roth, ein Liosalfar an der Spitze des Trupps, begrüßte sie freudestrahlend. Andere jubelnde Ausrufe des Erkennens folgten, bis Varga aus den Schatten des Kasr-al-Portals hervortrat. Beim Anblick des Sha-shakrieg verstummten die freudigen Stimmen abrupt, und die Liosalfar griffen erneut nach ihren blutbesudelten Schwertern.

Varga blieb reglos auf dem Pfad stehen. Traumsteinlicht flackerte über die mit Färberwaid bemalten Gesichter, die ihn anstarrten, und enthüllte leuchtend aquamarinblaue Augen und die glitzernden Klingen von Dolchen und kurzen Schwertern, stoßbereit erhoben. Einen schrecklichen Moment lang befürchtete Nia, dass sie sich vielleicht den Liosalfar entgegenstellen müsste, um Varga vor Schäden zu bewahren.

»Der Sha-shakrieg ist für Rhuddlan«, sagte sie warnend, während sie einen Schritt vortrat und eine beschützende Haltung annahm.

»Ja. Er gehört mir.« Eine einzelne Stimme, klar und tief, sprach aus der Dunkelheit, und die Quicken-tree-Soldaten senkten ihre Schwerter wieder.

Rhuddlan schritt durch die sich teilenden Reihen der Soldaten und blieb zwei Meter vor Varga entfernt stehen, seine Miene war ein grimmiges Spiegelbild des Gemetzels.

»Lasst uns allein«, befahl er, und sämtliche Liosalfar entfernten sich. Auch Nia verneigte sich kurz und trat beiseite, um sich zu den Quicken-tree-Soldaten zu gesellen. Sollte Rhuddlan es vorziehen, den Sha-shakrieg mit seinem Schwert niederzustrecken, bevor er ihn zu Ende angehört hatte, nun gut, so sei es. Er war schließlich ihr Souverän.

Die Liosalfar hießen sie willkommen, und sie mischte sich mit einem Gefühl der Erleichterung unter ihre Kameraden.

Varga beobachtete, wie sie verschwand, und ihm fiel auf, wie bleich und ausgezehrt ihr Gesicht war und wie unsicher ihr Gang. Die Schlacht hatte sie ihrer letzten Kraft beraubt. Er bezweifelte, ob sie die Wälder jemals wieder sehen würde.

»Vielleicht werde ich in der Wüste ein Lied für sie komponieren«, sagte Varga, als er seine Aufmerksamkeit dem großen, blonden Mann vor ihm zuwandte. »Eine Weise für Nia von den Lichtelfen.«

»Wenn sie stirbt, wirst du die Wüste nicht mehr wieder sehen.« Der Anführer der Quicken-tree reagierte barsch, nicht anders, als Varga erwartet hatte. Rhuddlan war schon immer bestimmend und energisch gewesen und arrogant, und er war sich seiner Vorgehensweise häufig zu sicher. Das war seine Schwäche und zugleich seine Stärke, und es schien, als hätte er sich kaum verändert.

»Ich wollte sie durch die Dangoes führen. Der Weg ist gut zwei Tagesreisen kürzer.«

»Falls man überlebt«, erwiderte Rhuddlan brüsk. »Und unendlich viel länger, wenn man nicht überlebt.«

»Ja«, pflichtete Varga ihm bei. »Dennoch hätte ich mein Leben riskiert, um sie sicher hindurchzugeleiten. Tatsächlich habe ich mein Leben riskiert, um sie zu den Lichtelfen zurückzubringen und dich vor einem Krieg zu warnen, wie von der Königin von Deseillign befohlen.«

Rhuddlans Augen verengten sich zu Schlitzen. »Dein Leben steht nicht länger auf dem Spiel, Varga. Es ist verwirkt, und die Warnung der Königin kommt zu spät. Wir befinden uns bereits im Krieg.«

Arrogant, allerdings, dachte Varga. Ein grimmiges Lächeln verzog seine Lippen unter seiner Djellabah. Er hatte nicht gekämpft, den Kasr-al Loop zu halten, um dafür bedroht zu werden. Er brauchte Rhuddlans Hilfe, aber genauso dringend brauchte der Quicken-tree-Anführer auch seine, Vargas, Unterstützung.

»Dies ist noch kein Krieg«, sagte er mit einem unüberhörbaren Unterton von Verachtung in der Stimme, »nur eine kleine feindliche Auseinandersetzung in der Dunkelheit. Und ich habe mein Leben nicht *verwirkt*, Rhuddlan, um dich und deine Liosalfar vor einem Haufen Skraelings und den abartigen Überbleibseln der Dockalfar zu retten. Komm her und sieh dir das hier an, wenn du den Krieg sehen willst, den wir in Deseillign kämpfen, einen Krieg, der durch unsere Straßen rennt und unsere Kinder abschlachtet.« Er ging zu dem nächsten Skraeling hinüber und drehte den Toten mit seiner Fußspitze auf den Rücken. Dann kniete er sich neben den Leichnam und riss den Ärmel des Pikeniers vom Handgelenk bis zu seiner Schulter auf. »Komm her, König der Lichtelfen, und sieh, was Merioneth auflauert.«

Rhuddlan hob seine Traumsteinklinge hoch, sodass ein Teich von Licht auf die grauhäutige Leiche zu Vargas Füßen fiel. Schatten und eine blaue Lumineszens glitten über die leblose Gestalt des Skraelings, enthüllten eine grob zusammengestückelte Tunika und den Kettenpanzer, der ihn im Stich gelassen hatte, und auf seinem Oberarm einen zickzackförmigen, in sein Fleisch eingebrannten Blitz – ein Brandmal, um ihn als Lakaien eines lange bezwungen geglaubten Königs zu kennzeichnen – Slott von Den Tausend Schädeln.

»Beim Blut der Steine!«, fluchte Rhuddlan erschrocken. Seine Hand schloss sich noch fester um den Dolch, und Licht brach aus dem kristallenen Heft hervor, ein greller Hyazinthstrahl mit einem Kern aus goldenen Flammen.

Ein zweiter Fluch blieb ihm in der Kehle stecken.

Mit drei schnellen Schritten war er bei dem nächsten gefallenen Skraeling. Mit der Spitze seiner Schwertklinge schlitzte er den Ärmel des Toten auf, um ein weiteres scheußliches Brandmal zu enthüllen. Der Blitz war unverkennbar. An einem Ende wie eine Sense geformt und am anderen von Flammen eingefasst, glich das Symbol der Kreuzblume an Slotts Zepter – und dieses Zepter hatte der Trollkönig fest in der Hand gehalten, als die Bestie und ihr Gewand zu Stein erstarrt und in tausend Stücke zersprungen waren und sich in das Granittor von Inishwrath verwandelt hatten.

Rhuddlan war kein Prydion-Magier, aber er wusste nur zu gut, was nötig war, um verzauberten Stein wieder in ein Wesen aus Fleisch und Blut zurückzuverwandeln – der Licht verschlingende Rauch von Dharkkum und ein durchtriebener Magier, der mit dem Werkzeug umzugehen verstand.

»Du wirst feststellen, dass die Brandmale noch frisch sind, mit Schorf überzogen und von verkohltem Fleisch umrandet«, sagte der Sha-shakrieg. »Und obwohl du hier bereits eine beträchtliche Anzahl getötet hast, gibt es im Norden noch tausende von weiteren Skraelings, und jeden Tag stoßen frische Rekruten dazu. Es besteht keinerlei Zweifel daran, dass Slott frei ist und nach Rastaban zurückgebracht wurde, und genauso schnell, wie der Rauch zunimmt, so wächst auch seine Armee.«

Rhuddlan fuhr zu seinem alten Feind herum und konnte seinen Zorn nur mit Mühe in Schach halten. »Ist dies das Werk der Wüstenkönigin? Hat sie es darauf angelegt, sich selbst und auch mich zu vernichten, indem sie die Kristallsiegel erbrochen hat, um Slott aus Inishwrath zurückzuholen?«

Der verhüllte Spinnenmann leugnete den Vorwurf mit einem Kopfschütteln. »Die Lady von Deseillign weiß nichts darüber, wie man schwarzen Rauch aus Kristallgefängnissen befreit oder Trolle aus Fels. Und auch die Wüstenmagier nicht, trotz ihrer großartigen Fähigkeiten.«

»Die Lady hat eines der Sieben Bücher des Wissens«, erwiderte Rhuddlan scharf. »Ich habe ihr das *Gratte Bon Le* nicht weggenommen.« Tatsächlich hatte er den dicken Wälzer schon in den Händen gehalten, das Orangefarbene Buch der Steine, aber Ailfinn hatte ihn gezwungen, es zurückzulassen, ein Pfand für den uralten Pakt zwischen den Sha-shakrieg und den *tylwyth teg*.

»Das ist richtig«, erwiderte Varga. »Aber das *Gratte Bon Le* ist kein Buch der Zauberformeln wie das Indigoblaue Buch der *tylwyth teg*. Es sagt nichts darüber aus, wie man den Zauberbann von Prydion-Magiern umgehen oder brechen kann. Wenn es das täte, dann hätte Ailfinn Mapp das Buch nicht der Königin überlassen. Tatsache ist, dass du und die Magierin kaum noch etwas übrig gelassen habt.«

»Wir haben so viel übrig gelassen, dass fünfhundert Jahre später noch immer Sha-shakrieg am Leben sind, um ihren Schwur zu brechen«, erwiderte Rhuddlan mit nicht minder großer Verachtung.

Voller Empörung wandte er sich ab und trat zu dem nächsten Skraeling und dann zu einem anderen. Alle waren gebrandmarkt. Und alle Brandmale waren frisch.

»Die Lady braucht dringend *thullein*, um zu kämpfen«, sagte Varga zur Verteidigung seiner Königin, während er Rhuddlan über den Damm folgte. »Sie hatte nur zwei Möglichkeiten – entweder die vertraglich festgelegten Grenzen zu verletzen oder die Wüstenkönigreiche zu verlieren. Dass sie ihr Volk und auch deines über ihren Stolz stellt, ist der Beweis für ihre Not, eine Not, die noch sehr viel größer ist als selbst damals in jenen schrecklichen Tagen, als du die Reservoire von Deseillign zerstört und unsere gesamten Wasservorräte in die Wüste gegossen hast.«

»Ein halbes Jahrtausend der Niederlage ist genug, um jedermanns Stolz einen Dämpfer zu verpassen«, knurrte Rhuddlan und tat den wohl bekannten Stolz der Lady als ebenso irrelevant ab wie den Rest von Vargas Argumentation.

Er fluchte abermals unterdrückt, als er sich umsah. Vor drei Tagen hatte er einen der Liosalfar, Tages, zu der Insel Inishwrath geschickt, um die Gegend auszukundschaften. Vor Tages war Pwyll als Letzter auf Inishwrath gewesen, und zwar Ende August. Der Junge hatte berichtet, dass die Landspitzen sicher wären, aber jetzt sah es ganz danach aus, als wäre er nur um Haaresbreite dem Tod entkommen. Slotts Erweckung konnte nicht lange danach stattgefunden haben und musste Inishwrath beinahe in Stücke zerissen haben. Wenn er Glück hatte, würde Tages nur die Überreste der Zerstörung finden und nicht noch andere von Slotts haariger Horde, die aus ihrem jahrhundertelangen Zauberschlaf erwachten.

Das bisschen Rauch, das von dem violetten Schacht aufstieg, wo Varga seine Kampfschranke hinterlassen hatten, hätte bei weitem nicht gereicht, um den Trollkönig und sein Zepter auferstehen zu lassen. Dazu war eine ungeheure Menge von dem verdammten Zeug nötig gewesen. Aber woher kam der Rauch?

Er bedeutete einem Liosalfar, ihm zu folgen, und wanderte dann weiter den Felsendamm entlang. In dem wilden Kampfgetümmel mussten sie doch zumindest einen der Dockalfar getötet oder verwundet haben. Selbst ein toter Dunkel-Elbe würde ihm noch etwas verraten.

Und ein lebender würde ihm alles sagen.

Dockalfar. *Shadana.* Slott aus seiner Versteinerung erwacht und Sha-shakrieg in der unergründlichen Finsternis. Irgendjemand war dabei, ein uraltes Gebräu von katastrophalem Ausmaß aufzurühren, und Rhuddlan wollte wissen, wer das war.

»Nehmt dieser Gruppe hier die Waffen ab und werft die Leichen ins Meer«, wies er den Quicken-tree-Krieger an, der vortrat. »Wenn einer von euch einen Dockalfar findet, ruft mich.«

Nachdem Rhuddlan seine Befehle erteilt hatte, wandte er sich ab und richtete seinen Blick abermals auf Varga, den Lord von den Eisendünen. Kein junger Krieger, der gekommen war, um seinen Mut unter Beweis zu stellen, sondern der vertrauenswürdigste Berater der Wüstenkönigin während der Zauberkriege. Abgesehen von der Lady selbst war Varga der Letzte von den Spinnenleuten, von dem Rhuddlan erwartet hätte, dass er sich freiwillig in die Hände der Quicken-tree begeben würde. Es konnte durchaus sein, dass diese Entscheidung sein endgültiges Verderben war.

»Als ich das letzte Mal im südlichen Becken der Sha-shakrieg war, war noch genug *thullein* da, um die Wüstenschmiede mit genügend Metall für mehrere Jahrtausende zu versorgen«, erklärte Rhuddlan ihm. »Selbst die Lady in ihrer unersättlichen Gier kann diese riesigen Vorkommen seit den Zauberkriegen nicht vollkommen ausgebeutet haben, also erzähl mir nicht, dass die Sha-shakrieg das bisschen Metall brauchen, das innerhalb meiner Grenzen liegt. Ich will die Wahrheit wissen, Varga, sonst werde ich dich töten. Die Wahl liegt bei dir.«

Dunkle Augen starrten ihn zwischen den grauen Tuchstreifen hervor an, die das Gesicht des Sha-shakrieg verhüllten, vollkommen ausdruckslose Augen, die nichts verrieten. Dann verbeugte sich Varga zu Rhuddlans Befriedigung und zog ein dünnes Lederpäckchen aus seiner Tunika.

Rhuddlan nahm die Botschaft in Empfang. Sie war mit einem Klecks von orangefarbenem Wachs versiegelt, worin das Wasserzeichen der Wüstenkönigin eingeprägt war. Die letzte Depesche dieser Art, die er gesehen hatte, hatte die Kapitulation der Wüstenkönigin enthalten. Jetzt wollte sie wieder Krieg führen.

Er strich prüfend mit den Fingerspitzen über das Siegel, suchte nach Anzeichen dafür, dass sich jemand daran zu schaffen gemacht hatte, und fand zwei – einen glatten Buckel von nachträglich geschmolzenem Wachs und einen haarfeinen Riss, wo das Siegel erbrochen worden war. Er blickte Varga an, der seine unausgesprochene Frage mit einem Achselzucken nüchterner Akzeptanz beantwortete. Der Hof in Deseillign war eine Schlangengrube der Intrigen.

Rhuddlan erbrach das Siegel abermals und zog den Pergamentbogen aus der Lederhülle. Er überflog den Text rasch und fand Vargas Aussage bestätigt, dass er als Abgesandter der Königin gekommen war. Ihre kühne Handschrift war unverwechselbar. Das Dokument trug das Datum des vergangenen Tages und berichtete von Skraeling-Einsatztruppen, die sich an den Grenzmauern von Deseillign zusammenzogen und bis in den östlichen Westen vordrangen. Es berichtete außerdem von einem Grubenunglück in dem südlichen Becken im Hochsommer, von dem Tod von einhundert Sha-shakrieg, verschluckt von einer plötzlich erschienenen Spalte im Kryscaven-Krater, der seitdem ununterbrochen Flammen und übel riechenden Rauch spie und die südlichen Höhlen mit einer seltsamen, verheerenden Pestilenz füllte. Daher konnte an jener Stelle kein *thullein* mehr abgebaut werden, und ohne einen ausreichenden Vorrat von dem metallreichen Erz für Schwertklingen und Pfeilspitzen hatte sich die Lage für die Sha-shakrieg erheblich verschlimmert. Was den riesigen Spalt betraf, der in dem Krater klaffte, so waren Spuren von Magie an seiner gesamten Länge gefunden worden, Spuren, die den Wüstenmagiern zufolge eindeutig erkennen ließen, dass hier Prydion-Magier am Werke gewesen waren.

Das Schreiben endete mit einem gebieterischen Erlass: Die *tylwyth teg* wurden aufgefordert, die Prydion-Magierin, Ailfinn Mapp, auszuliefern und sich für immer von einer solchen Magierin loszusagen; die Quicken-tree hatten die Sternenlicht-Geborene auszuliefern, die in Crai Force gesehen worden war, als Zeichen des guten Willens, einen erneuten Verrat durch Prydion-Magier zu verhindern; ferner sollte Traumstein im Gewicht von tausend Pfund nach Deseillign geliefert werden als Entschädigung für den bisher erlittenen Schaden und für alle später auftretenden Schäden; und der König der Lichtelfen sollte der Königin den mächtigsten Krieger in seinem gesamten Heer ausliefern – einen allseits gefürchteten Waffenmeister, berühmt dafür, dass er ein *druaight*-Schwert handhaben konnte.

Während Rhuddlan las, krampfte sich seine Hand immer fester und fester um seinen Dolch, bis ein gleißend heller, knisternder Blitzstrahl von Licht aus dem Kristallheft hervorschoss und einen der Skraelings auf dem Pfad traf. Dünne Rauchfahnen stiegen augenblicklich von der blutbeschmierten Tunika und der bleichen Haut des Toten auf, und von dem Wasser, das sich in einer Pfütze um ihn herum gesammelt hatte, stieg Dampf auf.

»Ist sie vollkommen verrückt geworden?«, verlangte er von Varga zu wissen, während der Traumstein in seiner Hand noch immer knisterte und flackerte.

»Nein«, erwiderte der Sha-shakrieg. Er war einen Schritt zurückgewichen und beobachtete den Dolch. »Nur schlecht beraten durch ihren Thonrat.«

»Dann hast du diese Idiotie also gelesen und es trotzdem gewagt, sie mir zu übergeben?« Rhuddlan fuchtelte mit dem Schreiben in der Luft herum.

»Ich habe es nicht gewagt.« Varga richtete seinen Blick wieder auf Rhuddlans Gesicht. »Du hast die Wahrheit von mir verlangt, nicht Weisheit, und die Wahrheit ist, dass sich Deseillign seinem Ende nähert. Der Rauch aus dem Kryscaven-Krater strömt durch Risse in dem Grabenbruch und breitet sich wie eine nachtschwarze Wolke über der Wüste aus. Die Anzahl der Skraeling-Horden hat sich innerhalb von zwei Wochen verdoppelt, und ihr einziges Ziel ist Vernichtung. Es ist kein Hauptmann zu uns gekommen, um Kapitulationsbedingungen auszuhandeln, es sind keinerlei Forderungen gestellt worden, und die Luft stinkt förmlich nach ihren ›Tod den Verrätern!‹-Schreien. Die Lady fürchtet nicht nur für ihr eigenes Leben, sondern für das Leben sämtlicher Wüstenvölker. Sie möchte, dass das Magia-Schwert neu geschmiedet wird.«

Rhuddlan unterdrückte einen heftigen Fluch. Er konnte Mychael nicht vor dem hier retten. Nicht jetzt. Nicht, nachdem die großen Siegel am Kryscraven erbrochen worden waren und die mörderischen Dämpfe von Dharkkum wieder das Land einhüllten. Ganz sicherlich hatte die Lady von Deseillign ihren Wüstenschmieden bereits empfohlen, mit der Arbeit zu beginnen. Schwertklingen besaß sie reichlich, um selbst zehntausend Skraelings abzuschlachten, aber nicht die Schwertklinge, die dazu gedacht war, an einem Traumsteinheft angebracht zu werden. Für das Magia-Schwert brauchte sie das Roh-*thullein*, das Varga aus dem westlichen Becken gestohlen hatte.

»Es ist ein Schwert des Verderbens, das einem verderblichen Zweck dient, denn es kann jeden niederstrecken«, sagte er.

»Du hast ja die Sternenlicht-Geborene, um seine Taten zu mildern.«

»Nein.« In diesem Punkt konnte es keinen Kompromiss geben. Llynya besaß weder die Stärke noch den Mut, um eine solch tödliche Klinge zu führen.

»Dann gibt es einen anderen«, sagte Varga mit großer Überzeugung. »Es muss noch einen anderen geben. Lass die Sternenlicht-Geborene mäßigend auf *ihn* einwirken. Halte deine Magierin im Zaum und lass den gefürchteten Krieger frei. Ruf die Drachen herbei und überlass es dem Krieger, sie zu zähmen und mit ihrer Aufgabe zu betrauen. Es ist das Einzige, was uns noch retten kann.«

Ja. Was Varga sagte, stimmte. Das Magia-Schwert konnte sie alle retten – bis auf denjenigen, der es wagte, es in die Hand zu nehmen.

Er blickte zu dem gegenüberliegenden Rand des Dammes, wo die Liosalfar gerade den letzten toten Skraeling ins Meer warfen.

»Roth!«, rief er und der Mann blickte auf und schüttelte den Kopf. Sie hatten keine Dockalfar gefunden.

Rhuddlans Blick schweifte zu den Dangoes. Conladrian war wieder verschwunden. Die Reise des riesigen schwarzen Rüden hatte noch kaum begonnen, wenn er erleben wollte, wie seine Schwester, Rhayne, aus dem Eis kam. Die schneeweiße Hündin war bei der Schlacht um Balor gefallen und von ihrem Bruder in die gefrorene Welt jenseits des tödlichen Schlundes der Eishöhle geschleppt worden, außerhalb des Bereichs der irdischen Zeit, in der Hoffnung, dass sie wieder zum Leben erwachen würde. Die Schlacht um Balor schien nichts im Vergleich zu dem, was ihnen jetzt bevorstand. In den gesamten Dangoes war nicht genug Platz für die Geister der Legionen von Geschöpfen, die sterben würden, wenn Dharkkum nicht aufgehalten wurde. Der Rauch mit seinen erstickenden Dämpfen und verheerenden Seuchen war erst der Anfang der Katastrophe. Die wirkliche Gefahr würde kommen, nachdem sich der

Rauch verzogen hatte, um der alles verschlingenden Dunkelheit von Dharkkum selbst zu weichen, eine Nacht, so unendlich finster, dass kein Licht sie zu durchdringen vermochte, noch nicht einmal Traumsteinlicht.

Ein Windzug strich über seine Wange, ein eisiger Nebel der Warnung, und aus dem Kasr-al Loop schallte das hohe, durchdringende Geheul von Wölfen herüber, die sich wieder zu einem Rudel zusammenfanden.

»Wir können es nicht wagen, noch länger hier zu bleiben. Es ist zu gefährlich«, sagte er zu Varga. »Wenn du ein Bündnis willst, dann werden wir es an den Toren der Zeit schließen und zu meinen Bedingungen. Kannst du für die Königin sprechen?«

»Hast du den gefürchtetsten Krieger, den die Königin sucht?«

Rhuddlan wägte seine Antwort ein letztes Mal ab, wohlwissend, dass er damit Mychaels Untergang besiegelte.

»Ja«, antwortete er schließlich. »Ich habe ihn. Er und die Sternenlicht-Geborene erwarten uns in Merioneth.«

Abkehr von der Gnade

20

Mychael stand über die toten Skraelings gebeugt und wischte das Blut von seinem Traumsteindolch. Naas' Klinge hatte eine tödliche Schneide, rasiermesserscharf. Innerhalb von wenigen Minuten hatte sie fünf Skraelings getötet. Gut fünfzehn der feindlichen Soldaten befanden sich hinter ihm im Tropfsteinbrunnen, Wanderer, die den Anschluss an die Skraeling-Horde verpasst hatten und sich rasch in den unterirdischen Höhlen verirrten. Mychael hatte sie davonkommen lassen und entschieden, nur diejenigen zu töten, die zwischen ihm und seinem Ziel standen – Llynya.

Der Lärm der Haupttruppe schallte ihm durch den Tunnel entgegen. Die Horde befand sich nur ein kurzes Stück vor ihm, nicht mehr als ein oder zwei Tunnelbiegungen entfernt. Er hatte den Letzten der Nachzügler am Ende der Kolonne zur Strecke gebracht. Nach einer knappen Viertelmeile würde sich der Tunnel zu einer Höhle verbreitern, bevor er auf dem letzten Stück des Weges ziemlich steil in die Tiefe abfiel, und in dieser Höhle würde er die größten Chancen haben, Llynya zu befreien – oder zu sterben.

Mychael blickte auf den leblosen Skraeling zu seinen Füßen nieder. Er hatte noch nie zuvor mit einem Dolch getötet, dennoch hatte er keinerlei Unsicherheit empfunden, noch nicht einmal bei dem ersten Soldaten, auf den er gestoßen war. Er hatte auf die Kehle gezielt, schnell und sicher wie Trig es ihn gelehrt hatte, und jeden Einzelnen von ihnen mit einem einzigen sauberen Schnitt getötet.

Es war etwas völlig anderes, als einen Feind mit Pfeil und Bogen zu vernichten. Er hatte das Blut seiner Gegner gerochen, war ihnen nahe genug gewesen, um den exakten Zeitpunkt ihres Todes zu erkennen – jenes seltsame Abflauen in der Luft über ihren Körpern, nachdem sie ihren letzten Atemzug getan hatten und das Leben aus ihrem Leib gewichen war. Ganz gleich, wie groß sein Abscheu vor dem Töten war, er war nichts im Vergleich zu seiner Angst, dass er nicht im Stande wäre, genug von ihnen zu töten, dass sein Dolch sein Ziel verfehlen könnte, dass er selbst schwer verwundet oder gar getötet werden würde und Llynya verloren wäre.

Er trat einen Schritt von dem gefallenen Skraeling weg und lockerte die Schlaufen, die die Morgensterne an der Schutzmanschette um seinen Arm fest hielten, um sie notfalls sofort zur Hand zu haben. Bei dem bevorstehenden Kampf zählte jede Sekunde.

Als er noch an den Schlingen nestelte, erwachte plötzlich Hitze unter seiner Haut zum Leben – ein schwaches Prickeln, mehr nicht –, aber er spürte es dennoch ganz deutlich. Seine Hand hielt mitten in der Bewegung inne. Er wartete mit angehaltenem Atem, und wenig später fühlte er abermals ein heißes Prickeln auf der linken Seite seines Oberkörpers, das zu einer sanften Woge anschwoll und an seiner gesamten Seite hinunterlief, wobei es exakt dem Pfad seiner Narben folgte.

Ein bitterer Fluch kam über Mychaels Lippen, und seine Hand ballte sich zur Faust. Die Zeit war abgelaufen. Das Drachenfeuer kam wieder über ihn.

Er fluchte abermals, verwünschte sein verdammtes Blut. Er hatte Madrons Phiole bei sich, aber er konnte sich jetzt nicht hinlegen und es sich gemütlich machen, um durch ein Zauberland voll kühlender Träume zu wandern, während Llynya an einen finsteren Ort jenseits der Magia-Wand verschleppt wurde. In Wahrheit hatte sich der Preis des Hexengebräus immer dann, wenn er es am Dringendsten brauchte, als zu hoch erwiesen.

Mit einem schnellen Handgriff löste er die letzte Schlaufe an den Morgensternen. Wenn der Wahnsinn kam und ihn packte, dann sollte er auch gleich die Skraelings packen. Diesmal würde er dem rasenden Zorn, den er bei der Auseinandersetzung mit Trig an den Ufern von Mor Sarff mühsam zu zügeln versucht hatte, freien Lauf lassen. Er würde kämpfen, bis das

Delirium über ihn kam. Wenn er es nur schaffen könnte, Llynya von ihren Fesseln zu befreien und ihr einen Dolch in die Hand zu drücken, würde die Lichtelfe vielleicht trotz seines Schicksals fliehen können. Sie war schnell wie der Blitz.

Flüchtig berührte er die vernarbte Wunde auf seiner Wange, die er ihr zu verdanken hatte, und wünschte ihr in Gedanken viel Glück, dann zog er sein Schwert und stürmte im Laufschritt davon. Die Skraelings würden bald wissen, dass der Moment gekommen war, um dem Tod ins Auge zu blicken. Wenn es denn einen Strom von Blut geben sollte, dann würde er zwischen dem Tropfsteinbrunnen und der Magia-Wand beginnen.

Llynya roch die zunehmende Frische in der Luft, die ihr sagte, dass der enge Tunnel bald in einen größeren Raum mündete, in eine Höhle oder vielleicht in die Magia-Wand selbst. Bisher waren sie einem Weg gefolgt, der sich durch Höhlen wand, die sie kannte; aber da sie mit dem Kopf nach unten über der Schulter eines Dockalfar hing, hatte sie bei den vielen Biegungen und Kurven und Abzweigungen des Tunnels, der aus dem Tropfsteinbrunnen herausführte, schließlich die Orientierung verloren und war sich nicht mehr sicher, ob sie noch in dem Hauptgang waren oder nicht. Überall um sie herum waren Skraelings, schubsende, drängelnde, mörderisch stinkende Gestalten, die ihre schmutzigen Pranken nach ihr ausstreckten, um sie zu begrapschen, wann immer sich eine Gelegenheit dazu bot.

»Ätherwesen«, grunzten sie, und ihre dicken, klauenbewehrten Finger griffen nach ihrer Tunika oder ihren Beinen, um zu zwicken und zu drücken. Frey, der Dockalfar, der Llynya trug, versuchte, die Skraelings mit grimmig gefletschten Zähnen und Messerhieben in Schach zu halten, aber sie riskierten es trotzdem immer wieder.

Und Schuld daran war einzig und allein der Dockalfar. Um die Skraelings daran zu hindern, sie zu beschnüffeln und zu beriechen, als ob sie ihre Tagesration Fleisch wäre, hatte er ihnen erzählt, Llynya sei verzaubert und ihr Gewicht in Edelsteinen wert, dass die Blumen, die in ihre Kleider eingewebt waren, aus

Traumstein und Turmalin geschnitzt seien – und jetzt versuchte jeder der scheußlichen Bestien, reich zu werden, bevor sie Rastaban erreichten, indem sie eine Mädesüßblüte oder eine Rosenknospe von ihrer Tunika pflückten.

Rastaban.

Ein eisiger Schauer überlief Llynya. Das Auge des Drachens, uralte Höhle der *uffern*-Trolle, konnte der Ort ihres endgültigen Verderbens sein.

»Slott«, murmelten und grummelten die Skraelings ununterbrochen, während sie durch den Tunnel marschierten.

»Slott. Slott. Slott. *Har!*«

Der bloße Name des Trollkönigs weckte fürchterliche Angst in Llynyas Herz, nicht nur um sich selbst, sondern um alle *tylwyth teg*. Sie befürchtete, dass Rhuddlan in eine Falle seiner Feinde getappt war, dass die Dockalfar und die Sha-shakrieg sich zusammengetan hatten, um den König der Lichtelfen in die unergründliche Finsternis zu locken, wobei sie Nia als Köder benutzten.

»Shadana«, betete sie und schloss fest die Augen.

Sie glaubte nicht, dass Trig es wagen würde, seine Truppen abermals zu teilen und jemanden hinter ihr herzuschicken, so wie er es getan hatte, als Nia den Sha-shakrieg in die Hände gefallen war. In ganz Riverwood waren die Fanfaren der Quicken-tree-Schlachthörner zu hören gewesen, als die Skraeling-Horde das Loch in der Steilwand erreicht hatte, das zum Tropfsteinbrunnen hinunterführte. Zwei Liosalfar waren getötet worden, als sich die Skraelings gewaltsam einen Weg zu dem Höhleneingang gebahnt hatten, und Llynya begriff, dass in Merioneth womöglich noch immer ein Kampf tobte. Es waren nur noch so wenige Quicken-tree in der Burg, um die Stellung zu halten, dass Trig es sich wohl kaum leisten konnte, einen Trupp zu ihrer Rettung auszuschicken – und zusammengeschnürt wie ein Kaninchen für den Kochtopf, war sie vollkommen hilflos und unfähig, sich selbst zu retten. Der Dockalfar war kein Risiko eingegangen, als er sie gefesselt hatte, da er die Tricks der Lichtelfen nur zu gut kannte. Ihre einzige Hoffnung war die Tatsache, dass sie nur so wenige waren.

Trotz der großen Menge von Skraelings gab es nur drei Dunkel-Elben in der Truppe, nur drei von ihren Peinigern, die schlau genug waren, um ein Yr-Is-ddwfn Ätherwesen fest zu halten.

Trolle waren dagegen eine ganz andere Sorge. Die Feindschaft zwischen Trollen und Elfen ging bis auf das Douvanische Zeitalter zurück, eine uralte, erbitterte Fehde. Als die Dockalfar sich während der Zauberkriege mit Slott verbündet hatten, um den Sieg zu erringen, hatten sie den Rest der *tylwyth teg* für immer gegen sich aufgebracht. Trolle stocherten mit Elfenknochen in ihren Zähnen herum. Slott flocht sich ihre Schädel in den Bart, und einer seiner schrecklichen Zöpfe war ausschließlich mit den Schädeln des königlichen Geschlechts der Yr Is-ddwfn geschmückt. Als Ailfinn Mapp die Trolle auf der Insel Inishwarth in Stein verwandelt hatte, war es ein Corps von Yr-Is-dwffn Ätherwesen gewesen, das die blutrünstigen Kolosse an dem felsigen Ufer für die Magierin in Schach gehalten hatte.

Trolle waren ein Fluch, ein schrecklicher, Furcht einflößender Fluch, und die Tatsache, dass Slott wieder auf Erden wandelte, bedeutete, dass das Böse wieder auferstanden war.

Sie musste unbedingt fliehen, bevor sie Rastaban erreichten. Sie war noch immer im Besitz ihres Bündels und könnte leicht nach Hause zurückfinden. Mögen die Götter ihr beistehen, aber sie würde nicht zulassen, dass ihr Schädel in Kürze von den borstigen Locken des Trollkönigs herabbaumelte.

Wieder griff ein Skraeling nach den Blumen auf ihrer Tunika, und Frey versetzte ihm einen Stoß mit seinem Dolch. »Zurück mit dir, du Bestie.«

Und Bestien waren sie, alle miteinander – brutale, viehische, dumme Kreaturen, weil sie sich den Dockalfar ausgeliefert hatten, nur weil diese ihnen reiche Beute versprochen hatten. Was mögen sie wohl gedacht haben, überlegte Llynya, als der Gifttrank der Dunkel-Elben begonnen hat, sie in Monstren zu verwandeln?

Jetzt waren die Skraelings ganz sicherlich kaum noch fähig, zu denken. Sie waren gerissen, das schon, aber nur, wenn es darum ging, den Hunger zu befriedigen, der in einem unstillbaren Maße in ihnen geweckt worden war – Gier und Völlerei. Die Dockalfar hatten alle anderen Wünsche und Sehnsüchte in ihnen abgetötet und beherrschten sie allein mit diesen beiden Hauptbedürfnissen. Ein Skraeling ließ sich ausschließlich von Habsucht und der Heftigkeit seines Appetits leiten und von sonst gar nichts.

Nicht so die Dockalfar. Wenn Llynya einen Dolch gehabt hätte, hätte sie Ratskin schon hundertmal dafür erstochen, dass er sie ständig anfasste. Bewohner der Unterwelt oder nicht, er erkannte Blumen als das, was sie waren, und er kannte den Unterschied zwischen Blüten und Edelsteinen. Er betatschte sie zu seinem eigenen Vergnügen und ignorierte das mörderische Funkeln in ihren Augen, Dummkopf, der er war. Wenn Slott sie nicht in einem Stück verschlang, noch immer gefesselt und geknebelt, würde sie zumindest einen Augenblick der Freiheit haben, bevor sie starb. Seit Ratskins letzter lüsterner Liebkosung plante sie, diesen Augenblick zu nutzen, um ihm die Eingeweide aufzuschlitzen. Sie hatte das Messer für diese Tat bereits ausgewählt. Es war ein Dolch mit einem perlenbesetzten Heft, der an Frey Docks rechter Hüfte baumelte. Er und Ratskin hatten jeder mindestens ein halbes dutzend Dolche in ihren Gürteln stecken, einige mit einem Heft aus Silber, in das die Wurzeln von Bergulmen eingelassen waren, andere mit Heften aus Karneol und wieder andere mit einem runengeschmückten Heft aus Eiche. Rituelle Messer, obwohl sie sich nicht vorzustellen wagte, welche Rituale Dunkel-Elben vollzogen.

Wieder wehte ihr eine kühle Brise entgegen, während sie sich einen Weg durch den Ekel erregenden Gestank der Skraelings bahnte. Sie brachte einen ganz schwachen Duft nach grünem Wald mit sich, der Llynya verriet, dass sie noch immer oberhalb der Magia-Wand waren und dass noch andere Tunnel vor ihnen lagen. Aus der unergründlichen Finsternis kamen keine Waldgerüche. Sie schloss die Augen und atmete den schwachen Wind ein, benutzte ihn, um die Schmerzen zu lindern, die ihre Fesseln ihr verursachten. Ihre Hände und Füße waren taub und wie abgestorben, ihr Mund unangenehm wund gescheuert von dem schmutzigen Knebel.

Ein gebrüllter Befehl von der Spitze der Kolonne sagte ihr, dass die Horde in einer Höhle angekommen war. Als der Anführer nach Seilen verlangte, wusste sie genau, welche Höhle sie erreicht hatten, und verlor noch ein wenig mehr die Hoffnung. Die Höhle war ziemlich klein und öffnete sich mittels eines tückisch steilen, fast senkrecht abfallenden Felskamins auf die Magia-Wand. Es führten noch andere Tunnel aus der Höhle, von denen sie nicht wusste, wohin. Sie und Shay hatten den Abstieg durch den Kamin einmal ohne Seile bewältigt, ein Kraftakt, der die Fähigkeiten jedes Skraelings weit überstieg. Auf halbem Weg den Felsschacht hinunter hatte sie befürchtet, dass der Abstieg auch über ihre und Shays Fähigkeiten ginge, aber wenn es schon überwältigend schwierig erschienen war, weiter hinunterzuklettern, so war der Aufstieg zurück durch den Spalt schlichtweg unmöglich gewesen. Sie hatten es zwar bis zum Boden des Schlundes geschafft, aber nur ganz knapp. Selbst mit Seilen würde Lacknose zwangsläufig ein paar seiner weniger beweglichen Soldaten verlieren. Und angesichts der Tatsache, dass sie selbst über der Schulter des Dunkel-Elben baumelte, standen ihre Chancen kaum besser als die des unbeholfensten Skraelings.

Bis sie und Frey den Höhleneingang erreicht hatten, war bereits über die Hälfte der Skraelings in den Felskamin abgestiegen – einige zu schnell, was zu einem bösen Ende geführt hatte. Die Todesfälle hatten für Konfusion in der Höhle gesorgt. Die Soldaten des Trollkönigs liefen verwirrt um die Seile herum und starrten knurrend in den dunklen Abgrund. Lacknose Dock war bereits hinuntergeklettert. Llynya konnte das schwache Licht ihrer Traumsteinklinge in dem Schacht schimmern sehen und empfand ein heftiges Gefühl des Verlusts.

Ratskin hatte eine Peitsche von seinem Gürtel gelöst und benutzte sie, um die restlichen Skraelings zu dem Schacht zu treiben. Jedes Knallen der geflochtenen Peitschenschnur endete mit einem Grunzen oder Kreischen, und über den Gestank der Horde hinweg konnte Llynya riechen, wie sich der Geruch nach Angst in der Höhle ausbreitete. Auch Frey musste den wachsenden Widerstand gespürt haben, denn er hob seine gelbe Traumsteinklinge und brüllte über den Lärm hinweg: »*Grazch! Kle, drak, dhon, vange!*«

Nur wenige der Skraelings reagierten auf den Befehl, sich aufzustellen, bis Ratskin mit seiner Peitsche nachhalf. Mit dem drohenden Abgrund auf der einen Seite und Ratskin auf der anderen, fasste das Chaos festen Fuß in der Mitte.

Frey versuchte abermals, den wachsenden Tumult unter Kontrolle zu bekommen. »*Grazch!*«, brüllte er und erleuchtete die Höhle noch mehr, indem er auf einen Felsbrocken kletterte und die Traumsteinklinge hoch über seinen Kopf hielt. Strahlen von goldener Lumineszenz schnitten durch den flackernden Schein der Fackeln und durch Wolken von Rauch, und Llynya dachte, dass sie noch nie eine bunter zusammengewürfelte Truppe gesehen hatte – grobschlächtig und stinkend und völlig undiszipliniert.

An ihrem neuen Aussichtspunkt waren sie und Frey unter den Ersten, die den schrecklichen Schrei hörten, der aus dem Tunnel hinter ihnen erschallte. Er war jäh und Furcht einflößend und verstummte dann abrupt wieder. Der Dunkel-Elbe wandte sich zu dem unheimlichen Geräusch um und Llynya musste unter seinem Arm hindurchspähen, um zu sehen, was passierte. Sie befürchtete, dass jede Sekunde irgendein gefährliches Höhlentier oder ein Troll aus dem Gang stürzen und über sie herfallen würde.

Von den Skraelings, die noch in dem Tunnel waren, zogen einige ihre Schwerter und kehrten wieder um. Dann ist es also ein Tier, dachte Llynya, da sie annahm, dass sie sich nicht auf einen Troll stürzen würden. Sie zappelte heftig und versuchte, sich aus dem Griff ihres Peinigers zu befreien, doch Frey packte sie nur noch fester. *Verdammt!* Sie würde sterben, wenn sie nicht fliehen konnte.

Die anderen Skraelings in dem Tunnel drängelten sich in die Höhle und trugen noch mehr zu dem Chaos bei, das unter ihren Kampfgenossen ausgebrochen war.

»*Grazch!*«, brüllte Frey wütend, während er vergeblich versuchte, die Neuankömmlinge zu organisieren. Ohne Lacknose, der sie in Schach halten würde, wurde die Skraeling-Horde immer mehr zu einem wilden, nicht mehr kontrollierbaren Haufen.

Llynya zappelte heftig und trat um sich und versuchte, den erstickenden Knebel aus ihrem Mund zu bekommen. Wenn Frey sie fallen ließ – ob sie sich dann zu einem der anderen Tunnel winden könnte, um sich zu verstecken? Irgendwo würden sicherlich ein paar scharfkantige Felsen sein, sodass sie ihre Fesseln durchschneiden konnte.

Als Schwerterklirren aus dem Tunnel ertönte, gefolgt von dem gellenden Schrei eines Skraelings, der abrupt abgeschnitten wurde, hörte Llynya auf zu zappeln.

Schwerter? Sie spitzte die Ohren. Kein Höhlentier trug ein Schwert. Vielleicht war Trig schließlich doch noch gekommen, um sie zu retten.

Durch den Zustrom neuer Soldaten füllte sich die Höhle schnell mit schubsenden, rempelnden Skraelings. Barsche Befehle ertönten, unterstützt durch scharfe Klingen. Drei weitere Skraelings wurden in den Schacht hinuntergestoßen, ohne dass man ihnen ein Seil zugestand, und wachsende Panik breitete sich in der Höhle aus.

Frey fluchte lästerlich vor sich hin und rief Ratskin zu, er solle herkommen und ihm seine Last abnehmen.

Llynya fluchte ebenfalls, obwohl keiner sie in dem allgemeinen Lärm hören konnte, und sie wehrte sich abermals erbittert, als Ratskin sie packte. Das Klirren von Stahl, der auf Stahl schlug, wurde hinter ihr lauter – ihre einzige Hoffnung. Ratskin warf sich Llynya über die Schulter und lief auf einen anderen Tunnel zu, während sich Frey Dock in das Gewühl stürzte und der wild durcheinander wimmelnden Horde befahl, sich in geordneten Reihen aufzustellen. Ratskin wies zwei der Skraelings an, ihm durch den dunklen Tunneleingang zu folgen, den er ausgewählt hatte, und Llynya wurde von unaussprechlichem Grauen überwältigt, als sie begriff, dass sie keines schnellen, sauberen Heldentodes sterben würde.

Nach dem Chaos in der Höhle schien es in dem Tunnel unnatürlich still. Sie konnte deutlich das Grunzen und Schnaufen der beiden Skraelings hören und Ratskins keuchenden Atem. Sie rannten den Gang entlang, als ob der Dunkel-Elbe wüsste, dass ihm nicht mehr viel Zeit für seine abscheuliche Tat blieb.

Die Wände des Tunnels waren nicht vollkommen glatt und massiv, sondern von einem seltsamen Geflecht von Rissen durchzogen, einige breit, andere schmal. Haufen von Erde und Steinbrocken lagen auf dem Tunnelboden verstreut, dazwischen fanden sich Spuren von tua-Kot. Ein sonderbarer, modriger Geruch erfüllte den Tunnel, aber mit einer scharfen, durchdringend riechenden Nuance, die Llynya bisher noch nie bei tua-Kot bemerkt hatte. Die Echsen selbst schienen überall zu sein, flitzten hastig hierhin und dorthin. Sie hatte noch nie zuvor so viele der Tiere an einem Ort versammelt gesehen, aber sie erinnerte sich von ihrer und Shays Expedition her, dass die kaum benutzten Tunnel jenseits des Tropfsteinbrunnens ihr heimisches Revier waren. Der Ansturm der Skraelings musste die tuas aufgeschreckt und alle in diesen einen Tunnel getrieben haben.

Als sich der Pfad vor ihnen gabelte, ließ Ratskin anhalten und warf Llynya unsanft auf den Boden. Sie landete in der Felswölbung, wo die Tunnelwand in den Boden überging, und beobachtete das Geschehen, kämpfte aber nicht – noch nicht, obwohl ihr Herz vor Angst raste. Ihre Beine waren an den Schenkeln, den Waden und den Knöcheln gefesselt, und der Strick um ihre Knöchel verband ihre Füße mit ihren gefesselten Handgelenken. Ihre Arme waren fest an ihre Seiten gebunden worden, sodass ihr so gut wie kein Spielraum blieb. Ratskin würde mehr als eine ihrer Fesseln durchschneiden müssen, um die Befriedigung zu finden, die er suchte. Skraeling-Wachen oder nicht, jeder Strick, den er durchschnitt, würde sie der Freiheit ein Stück näher bringen.

Er befahl den beiden Skraelings barsch, Llynya fest zu halten, und die Soldaten packten sie und drückten sie auf den harten Felsboden. Ihre massigen Körper verdeckten das Licht von Ratskins gelber Traumsteinklinge fast völlig. Sie hörte den Dockalfar vor sich hin flüstern, spürte seine wachsende Erregung, und ein kalter Knoten der Furcht bildete sich in ihrem Magen. Sie würde ihn umbringen. Sie schwor es bei den Göttern und den Bäumen.

Das Geräusch schneller Schritte hallte durch den Tunnel, doch Llynya hatte keine Hoffnung, dass es etwas anderes sein könnte als noch mehr Skraelings. Ihr Geschrei und ihre Proteste wurden in der Höhle zunehmend lauter, und da sie allesamt Feiglinge waren, nahm sie an, dass einige zu desertieren versuchen würden, statt sich in den Felskamin hinunterzuwagen, besonders, da zwei bereits in dem Tunnel verschwunden waren.

Ratskin zerrte ungeduldig an seinen Kleidern, während er etwas von den Dingen murmelte, die er ihr bald antun würde. Falls die Schwertkämpfer, die sie in dem anderen Tunnel gehört hatte, ihretwegen gekommen waren, würde ihre Hilfe zu spät kommen, wie sie befüchtete.

Sie zog die Füße an den Körper, als ob sie das vor den schändlichen Absichten des Dunkel-Elben retten könnte, und ein tua lief über ihre Zehen, dann noch einer und noch einer. Gleich darauf war ein neues Geräusch in dem Tunnel zu hören, ein gedämpftes Rascheln, so als ob ein leichter Westwind durch Blätter rauschte. Fünf weitere Eidechsen flitzten über ihre Füße, und es waren die winzigen, trippelnden Füße all der vielen Tiere, die das schwache Geräusch erzeugten. Llynya hielt vollkommen still, selbst als ein halbes dutzend der Echsen ihre Beine hinaufkrabbelten und einen Moment auf ihren Knien hockten und drei andere auf ihre Schulter kletterten. Fünf weitere tua flitzten ihre Hüfte hinauf und huschten quer über ihren Schoß.

Sie hatte nichts gegen tua, und sie pflegten nicht zu beißen, aber sie war noch nie zuvor in einen ganzen Schwarm von ihnen geraten. Drei weitere krabbelten an ihrem rechten Arm hinauf, liefen über ihre Brust und flitzten an ihrem linken Arm wieder hinunter. Es war nicht ihre Nähe, die Llynya beunruhigte, sondern die unnatürliche Hektik der Eidechsen und die Tatsache, dass von Minute zu Minute mehr herbeikamen. Irgendetwas war ganz und gar nicht in Ordnung, wenn sie alle plötzlich auf der Flucht waren.

Sie blickte zu der gegenüberliegenden Tunnelwand, spähte zwischen den beiden Rohlingen hindurch, die sie fest hielten, und wieder stieg beklemmende Furcht in ihr auf. Hunderte der kleinen Tiere strömten aus den Ritzen und Spalten heraus, fielen die Wand hinunter und purzelten übereinander, in ihrer Hast, wegzukommen und sich zu retten.

Weg von etwas, das hinter ihnen im Fels war.

Ein weiterer Schwarm von tua flitzte über Llynya hinweg und rannte auf die Weggabelung auf der Südseite des Tunnels zu – kein Einziger nach Norden.

»Beli... Beli... Beli«, murmelte sie, und ihre Augen weiteten sich vor Schreck, als die nächste Woge von tua aus den Felswänden hervorquoll. Das Signal zu fliehen war ausgesandt worden, ein primitiver Impuls, den jede Eidechse instinktiv spürte. Konnten die Skraelings denn nicht sehen, was um sie herum vorging?

Ratskins Dolche landeten klappernd auf dem Tunnelboden, als er seinen Gürtel fallen ließ, und Llynya berechnete anhand des Geräusches, wohin jede Einzelne der Waffen gefallen war. Der nächste Dolch lag neben ihrer linken Hüfte.

Aber selbst wenn sie sie alle ergreifen könnte, würde es nicht ausreichen, um sie vor dem Unheil zu schützen, das sich zusammenbraute, was immer das auch sein mochte.

Ohne Vorwarnung fiel plötzlich einer der Skraelings gegen sie und erdrückte sie fast mit seinem Gewicht. Der andere Skraeling sprang auf die Füße, wurde jedoch von einem Pfeil in die Kehle getroffen und stürzte rückwärts gegen die Wand, um schlaff auf den Boden zu sinken.

Ratskin fluchte heftig und griff nach Llynya, aber er hatte sich noch kaum bewegt, als sich die spitzen Eisenzacken eines Morgensterns in seine rechte Hand bohrten und sie an der Wand über Llynyas Kopf festnagelten. Er schrie gellend, und Llynya duckte sich, während ihr Herz raste. Zu beiden Seiten von ihr stöhnten die Skraelings im Todeskampf. Über ihr vibrierte der Eisenstern noch immer von der Wucht, mit der er den Dunkel-Elben aufgespießt hatte.

Shadana, dachte sie. Sie kannte keinen Quicken-tree, der

massiven Fels mit einem Morgenstern durchbohren konnte. Sie wand sich ein Stück unter den unglückseligen, sterbenden Skraelings hervor, in dem Versuch, um Ratskin herumzusehen, und stellte mit einem seltsam flauen Gefühl im Magen fest, dass die Eidechsen verschwunden waren, allesamt.

Nicht jedoch die Dolche. Hastig schnappte sie sich das Messer, das ihr am Nächsten lag, und durchschnitt den Strick, der ihre Handgelenke mit ihren Knöcheln verband; dann machte sie sich daran, die Fesseln um ihre Beine durchzutrennen. Nachdem das geschehen war, zog sie sich mühsam hoch, die Hand erhoben, um Ratskin mit der perlenbesetzten Klinge die Eingeweide aufzuschlitzen, hielt dann jedoch mitten im Stoß inne, alarmiert durch eine subtile Veränderung in der Luft.

Sie warf misstrauisch einen Blick in Richtung Haupttunnel, spähte zwischen den Skraelings und Ratskin hindurch. Mit der Schnelligkeit eines Falken in vollem Sturzflug kam ein weiterer Morgenstern aus der Dunkelheit angesaust, dann noch einer und noch einer, und alle flogen um Haaresbreite an ihr vorbei, um Ratskin zu fangen und mit ihren nadelspitzen Stacheln an der Felswand festzunageln. Jeder Aufprall hallte von dem ungläubigen Schrei des Dunkel-Elben wider und dem dumpfen Geräusch von massivem Eisen, das sich in harten Fels grub.

Llynya drückte mit aller Kraft gegen die schweren Körper über ihr, um an die anderen Dolche heranzukommen.

Ratskins Schreie verwandelten sich in lästerliche Flüche. Quälender Schmerz verzerrte sein Gesicht. Er versuchte verzweifelt, sich zu befreien, aber jedes Ziehen und Zerren verstärkte seine Qualen nur noch. Sein Traumsteindolch lag ein Stück weiter südlich und das Licht der Klinge glitzerte auf den Strömen von Blut, die an seinem Körper herunterrannen und warf makabre, gelblich getönte Schatten an die Tunnelwand.

Der gutturale Schrei: »Das Ätherwesen! Findet das Ätherwesen!«, schallte aus der Höhle herüber und Llynya wusste, dass Frey ihr Verschwinden bemerkt hatte. Gleich darauf hallte der Tunnel von dem Klirren und Trampeln einer Horde von Skraelings wider, die auf der Jagd nach ihr waren.

Bloß weg von hier, war ihr einziger Gedanke, doch noch bevor sie sich unter den beiden toten Skraelings hervorwinden konnte, griff eine Hand durch das Durcheinander von Körpern nach ihr und zerrte sie auf die Füße.

Sie wusste sofort, wem die Hand gehörte. Sie wusste noch bevor sie seinen Geruch wahrnahm oder die goldene Mähne sah, dass es Mychael war, der sie an seine Seite zog.

Mit einem schnellen Hieb schlitzte er Ratskin die Kehle durch und brachte die gellenden Schreie des Dunkel-Elben zum Verstummen. Sein nächster Dolchhieb durchtrennte die letzten ihrer Fesseln. Dann befreite er sie und schob seinen Dolch in die Scheide zurück, um einen Pfeil in seinen Bogen einzulegen.

»Wie kommen wir am schnellsten hier raus?«, fragte er, sein Atem keuchend, seine Aufmerksamkeit auf den kleinen Beutel konzentriert, den er hastig von seinem Gürtel abriss. Er spießte den Beutel mit dem Pfeil auf und eine Wolke von Lavendel- und Rosenduft durchtränkte die Luft.

»Durch den Südtunnel«, sagte sie, als sie das Arzneimittel erkannte, das sie ihm gegeben hatte.

Mychael nickte kurz, dann spannte er seinen Bogen und schoss den Pfeil mit dem Beutel voller getrockneter Blüten in den Nordtunnel. Blütenblätter rieselten aus dem Riss in dem Stoff und legten eine falsche Spur für die schnell näher kommenden Skraelings.

Er griff nach Llynyas Hand und fuhr herum, um davonzulaufen, aber es war zu spät. Die Horde hatte sie schon fast eingeholt. Der Südtunnel verlief eine Viertelmeile lang schnurgerade; sie würden entdeckt werden, noch bevor sie es zu der ersten Biegung im Pfad schaffen könnten. Also wandte sich Mychael stattdessen hastig zu einem breiten Spalt in der Nordwand um und schob Llynya darauf zu. Ihr graute davor, in den dunklen Spalt zu kriechen, und das Einzige, was für sie noch schlimmer war, war der Gedanke, wieder von den Skraelings eingefangen zu werden.

Unterdrückt vor sich hin fluchend, rannte sie zu Ratskin, um sich seine Traumsteinklinge und ihr Schwert zu holen, dann kroch sie in den Spalt, zwängte sich so tief hinein, wie sie konnte, um Platz für Mychael zu machen. Wie klug diese Entscheidung war, stellte sich wenige Sekunden später heraus, als nämlich ein Skraeling fast genau in dem Moment an der Öffnung vorbeikam, in dem Mychael sich hinter ihr in die Ritze zwängte. Sie schob Ratskins Dolch in ihre Tunika und flehte innerlich, dass das flackernde Licht der Skraeling-Fackel den verblassenden Schein des Traumsteinkristalls verborgen hatte.

Sie würden es bald genug wissen.

Dafür, dass ihr Versteck ein Felsspalt war, war es noch ziemlich geräumig, aber trotzdem nicht mehr als ein Riss im Gestein. Sie und Mychael hatten sich so weit hineingequetscht, wie sie konnten, und beide atmeten keuchend, während der Geruch von Blut und Furcht um sie herumwirbelte.

Der Skraeling draußen verschwand, ohne auch nur einen Blick in ihre Richtung zu werfen. Ein Beweis dafür, dass er das Traumsteinlicht nicht gesehen hatte. Erleichterung durchflutete Llynya, süße, schwächende Erleichterung. Ihre Knie gaben unter ihr nach und Mychael fing sie auf, indem er einen Arm um ihre Taille schlang und sie an sich zog. Es war kein sonderlich geeigneter Zeitpunkt für Tränen, aber sie kamen trotzdem, heiß und feucht, und kullerten über ihre Wangen hinunter, als sie sich an ihn klammerte – ganz wie ein schwaches, hilfloses Mädchen und so gar nicht wie eine Kriegerin.

Ratskin war tot.

Mychael hatte sie gerettet.

Sie hatte befürchtet, sie würde ihn niemals wieder sehen, würde niemals wieder mit ihm zusammen sein. Sie war ihm nach ihrem Stelldichein im Wald aus dem Weg gegangen, weil sie sich nicht zugetraut hatte, stark genug zu sein, um ihn ein zweites Mal zu verlassen. Seine Küsse hatten sie zu tief berührt. Seine Leidenschaft hatte ihr Verlangen zu schnell geweckt und das Gefühl der Erfüllung, das sie in seinen Armen gefunden hatte, war zu intensiv gewesen. Und genau dafür war in ihrem Leben kein Platz mehr, denn sie wusste, es war genau das eine, das sie von ihrem Kurs abbringen konnte – das Erblühen von sinnlichem Verlangen zu Liebe.

Dennoch war er jetzt hier bei ihr und sie würde ihn nicht wieder gehen lassen.

Weitere Skraelings drängelten sich in dem Tunnel, mit Frey in ihrer Mitte, der laut brüllte und fluchte. Es war jedoch nicht der Verlust von Ratskin, den er so heftig beklagte, sondern der Verlust von ihr, der Sternenlicht-Geborenen. Slotts Abendessen. Llynya erzitterte jedes Mal von neuem, wenn der Dunkel-Elbe sie so nannte, und jedes Mal zog Mychael sie noch fester an sich. Noch fester, bis sie jeden seiner Atemzüge in dem Heben und Senken seiner Brust spürte. Noch fester, bis alle ihre Sinne von ihm erfüllt waren, von seinem Duft und seiner Sinnlichkeit – und seiner Hitze.

Zu viel Hitze.

Sie blickte zu ihm auf und wischte sich die Tränen aus den Augen. Er beobachtete noch immer angespannt den Tunnel, seine Züge in dunklen, schönen Linien gezeichnet, während das flackernde Licht vorbeigleitender Fackeln harte Schatten auf sein Gesicht warf, die seine ausgeprägten Wangenknochen noch stärker hervorhoben und die Strähne in seinem Haar in geschmolzenes Kupfer verwandelten.

Mit ihrer anderen Hand berührte Llynya prüfend Mychaels linke Körperseite, wo er von Brandnarben gezeichnet war, und sie wusste sofort, was die grimmige Wildheit in ihm erzeugt hatte, die ihn dazu getrieben hatte, Ratskin auf massivem Fels aufzuspießen – Drachenfeuer. Mychaels Körper war erfüllt davon, seine Muskeln hart und angespannt durch die Flammen in seinem Inneren. Er zuckte zusammen, obwohl ihre Berührung nur ganz sanft war, doch sie zog ihre Hand nicht zurück. Sie schob sie unter seine Tunika und drückte noch ein wenig fester, während sie versuchte, etwas von der Hitze in sich selbst aufzunehmen.

»Verdammt«, murmelte sie. Es war eine hoffnungslose Taktik, eine Kunstfertigkeit, die ihre Fähigkeiten überstieg, und das Heilmittel, das sie ihm gegeben hatte, lag überall im Tunnel verstreut.

Draußen in dem gegabelten Gang ließ sich Frey Dock von der falschen Spur im Nordtunnel ködern und befahl der Horde, sich in Marsch zu setzen. Fackelschein glitt über den Felsspalt hinweg, füllte die Öffnung abwechselnd mit Streifen von Licht und Schatten, und Llynya wagte es, wieder zu hoffen. Wenn das, was die tua in solch panische Angst versetzt hatte, sie nicht von hinten angriff, bevor die Skraeling-Horde im Nordtunnel verschwand, könnten sie vielleicht doch noch entkommen.

Als die letzte Fackel draußen vor dem Spalt vorbeigetanzt war, ließ Mychael von seiner Beobachtung des Tunnels ab und blickte Llynya an. Sein Blick war wild und grimmig, seine Augen von einem unnatürlichen Glanz erfüllt. Ihr Instinkt zwang sie, vor ihm zurückzuweichen, trotz der Felswand in ihrem Rücken, aber er verstärkte seinen Griff um ihre Taille und zog sie noch enger an sich.

Er war wild, allerdings; wilder noch, als selbst Rhuddlan wusste. Die Wahrheit brannte wie eine lebendige Flamme in seinen Augen.

Mit einer Bedächtigkeit, die sie zuerst nicht verstand, hob er eine Hand an ihre Stirn und strich mit einem Finger langsam über die Mitte ihres Gesichts bis zu ihrer Nasenspitze hinunter. Er hielt ihren Blick noch immer fest, während er den Boden einer Augenbraue nachzeichnete, mit der Fingerspitze langsam über ihre Schläfe glitt und dann an der Rundung ihrer Wange entlang bis hinunter zur Mitte ihres Kinns – und als er diese sanften Linien zeichnete, wurde ihr klar, was seine Liebkosung zu bedeuten hatte. Wärme durchströmte sie. Ihr Puls begann zu rasen, aber nicht vor Furcht. Zum Schluss strich er mit dem Daumen über ihre Lippen, behutsam und zärtlich, von einer Seite ihres Mundes bis zur anderen.

Es war die Geheimsprache eines Liosalfar-Kriegers und seine Worte waren schlicht und eindeutig: *Du… bist… mein.*

»Ja«, flüsterte sie und sie wusste tief in ihrem Innersten, dass es die Wahrheit war. Sie war sein.

Er berührte ihren Mund noch einmal, dann beugte er den Kopf, um sie zu küssen, um den Preis zu nehmen, den er gewonnen hatte. Und sie hieß ihn mit geöffneten Lippen willkommen, hob ihm ihr Gesicht entgegen und schmiegte sich verlangend in seine Umarmung. Der Druidenjunge war ihre große Liebe und sie wollte ihn haben.

Er roch nach Blut und Kampf, nach Zeit und Ewigkeit und nach Wald, und sie akzeptierte alles das, ließ ihre Sinne überfluten mit all dem, was Mychael war. Er roch nach Leidenschaft und Verlangen, nach dem geheimnisvollen Weg in sinnliche Verzückung, und sie würde ihn dort wieder hinführen, in das Zauberreich, das sie beide erschaffen hatten, und ihm Wunder zeigen, die noch kein Sterblicher jemals erlebt hatte.

Ja, als ihrer beider Lippen miteinander verschmolzen, wünschte sie sich nichts sehnlicher, als dass er für immer ihr gehörte. Sie würde ihn mit Magie an sich binden und mit Zaubertränken und zärtlichen Liebesworten und sich selbst durch diese Bindungen untrennbar an sein Drachenherz fesseln.

21

Mychael und Llynya hielten am Ende des Südtunnels an, beide völlig außer Atem nach ihrem langen Lauf. Tausende von tua waren mit ihnen stehen geblieben und klammerten sich an die Wände um sie herum, während ihre zarten, bleichen Kehlen pumpten und ihre glatten, augenlosen Köpfe nickten. Wie die Höhle weit hinter ihnen, so öffnete sich auch der Tunnel, in dem sie sich befanden, über einen senkrecht abfallenden Schacht auf die Magia-Wand. Viermal während ihrer Flucht hatten sie und Mychael sich einen Weg durch ganze Heerscharen von Höhleneidechsen hindurchbahnen müssen, nur um dann von den kleinen Tieren in einer panikerfüllten Woge überholt zu werden und nach einer Viertelmeile abermals auf sie zu stoßen. Jetzt war kein Platz mehr, um zu fliehen.

Sie hatten Frey Dock und seine Skraelinghorde abgeschüttelt und dafür war Llynya dankbar, aber sie waren noch lange nicht in Sicherheit. Sie musste nur die tua beobachten, um das zu wissen. Die kleinen Reptilien waren wie erstarrt vor Angst und Anspannung. Lacknose war irgendwo an der Magia-Wand, mit einer ganzen Rotte weiterer Skraelings.

»Was hat die tua so in Panik versetzt?«, wollte Mychael wissen. Er ließ sich mit einem schmerzerfüllten Keuchen gegen die Tunnelwand sinken, eine Hand um seine Mitte geschlungen. Schweiß perlte auf seiner Stirn. Sein Gesicht war von Erschöpfung gezeichnet und Llynya wünschte inständig, sie könnten es riskieren, lange genug anzuhalten, um ihm eine Ruhepause zu gönnen.

Sie konnten aber nicht warten. Noch während sie sich umschaute, sammelten sich die tua wieder und bereiteten sich darauf vor, abermals loszustürzen.

»Verdammt«, fluchte sie leise, während sie am Rand des breiten, klaffenden Spalts zu ihren Füßen hin und her wanderte. Die tua würden es vielleicht überleben, wenn sie sich Hals über Kopf in den Schacht hinunterstürzten, aber sie und Mychael ganz sicherlich nicht.

»Ich weiß es nicht«, erwiderte sie auf seine Frage. »Die *pryf* meiden den Tropfsteinbrunnen wegen des offenen Wassers, deshalb kommen sie nicht oft in die Tunnel nördlich von ihrem Nest. Und der alte Wurm könnte die tua mit Sicherheit nicht den engen Gang hinunterjagen, den wir aus dem Tropfsteinbrunnen genommen haben.«

»Ich rieche keine Würmer, weder *pryf* noch andere«, sagte Mychael. »Ich rieche nur tua, und hinter uns ist der Geruch sehr viel stärker als hier drinnen, wo wir von ihnen umringt sind.«

Was er sagte, stimmte. Merkwürdig, dachte Llynya. Der durchdringende moschusähnliche Geruch war in dem Tunnel hinter ihnen erheblich stärker gewesen als an der Stelle, wo sie jetzt waren, wo sie kaum einen Schritt machen konnte, ohne auf Schwärme von Eidechsen zu treten. Sie warf einen argwöhnischen Blick zurück in den Tunnel. Irgendetwas war dort hinten. Die tua wussten es und es machte ihnen Angst.

Ganz plötzlich steigerte sich die Angst der Eidechsen zu wilder Panik und sie stürzten sich scharenweise den Felsspalt hinunter. Erschrocken griff Llynya nach Mychael und sie hielten sich aneinander fest gegen den Massenansturm weißhäutiger kleiner Tiere. Innerhalb von Sekunden waren sämtliche tua verschwunden, und sie waren allein in dem Gang über dem Loch.

»Scheiße!«, fluchte Mychael, als er den dunklen Tunnel hinunterstarrte, aus dem sie gekommen waren.

»*Shadana.*«

Sie blickten sich an und Mychael legte sein Bündel ab.

»Du zuerst«, sagte er und löste die Seilrolle, die außen an seinem Bündel befestigt war. Mit ein paar raschen Bewegungen machte er das Seil an einer Felsnase fest, wobei er eine Art Seemannsknoten benutzte.

»Nein, du gehst zuerst«, widersprach sie. »Du bist verletzt.«

Ein grimmiges Lächeln spielte um seinen Mund, als er ihrem Blick begegnete. »Ich bin nicht verletzt. Ich brenne lichterloh, *cariad.*«

Das Kosewort, obwohl in rauem Ton gesprochen, verfehlte nicht seine Wirkung, auch nicht im Zusammenhang mit seiner Unheil verkündenden Enthüllung. Sie streckte tröstend eine Hand nach ihm aus und sein Lächeln verblasste. Mit einem schnellen Schritt hatte er sie in seine Arme gezogen und presste stürmisch seinen Mund auf ihren. Das Verlangen, das zwischen ihnen war, ließ sich nicht mit einem einzigen Kuss stillen, dennoch fühlte Llynya eine tiefe und heilende Erleichterung darüber, ihn zu berühren, die Hitze seines Mundes zu teilen, so wie sie alles mit ihm teilen würde.

Sie war so versunken in seinen leidenschaftlichen Kuss, dass sie die Gefahr, die sich plötzlich aus dem Tunnel hervorschlängelte, erst bemerkte, als es fast schon zu spät war.

Gewarnt durch ein lautes, bedrohliches Zischen, schrie sie auf und sprang zurück, wobei sie Mychael gleichzeitig auf die Tunnelwand zuschob.

Er fluchte und duckte sich, als die lange, schmale, karneolrote Zunge abermals aus den schwarzen Tiefen des Tunnels hervorschoss, ihre gespaltene Spitze auf der Suche nach Wärme und einem Geschmack von Beute. Wie eine Peitschenschnur war sie, das Knallen gemildert durch ein scharfes Zischen. Ein vor Angst erstarrter tua war ihr erstes Opfer, mit einer blitzschnellen Bewegung von der Wand gepflückt und gefangen von der klebrigen Spitze, die sich dann mit ihrem zappelnden Abendessen blitzschnell wieder in den Tunnel zurückzog.

Mychael packte Llynya während der kurzen Gnadenfrist und schob sie hastig in das Loch. Sie glitt den Felskamin an dem Seil hinunter, wobei sie kaum die Wände berührte, und betete im Stillen, dass Lacknose nicht auf dem Grund des Schachts auf sie wartete. Mychael kletterte hinter ihr hinunter und gleich hinter Mychael schoss die schlangenähnliche rote Zunge in den Schacht und tastete suchend hin und her. Von dem Tier, dem das scheußliche Ding gehörte, sahen sie nichts, bis sie die Magia-Wand erreichten.

Llynya landete auf dem Boden und blickte zuerst nach Westen. Sie sah das Flackern ihrer eigenen Traumsteinklinge ein Stück weiter vorn in der Dunkelheit, ein kleiner Tupfer von blauem Licht zwischen den lodernden Fackeln, die sich einen Weg an der Wand entlangbahnten. Wütend presste sie die Lippen zusammen. Sie wollte ihren Dolch zurückhaben, aber es sollte offenbar nicht sein. Nicht an diesem Tag. Es waren einfach zu viele Skraelings, als dass sie und Mychael sie bekämpfen könnten – und außerdem war über ihnen die Bestie.

Im Gegensatz zu der Stelle, wo sie und Shay aus der anderen Höhle hinuntergeklettert waren, war die Wand unterhalb des Südtunnels ein riesiger, offener Durchgang mit einer enorm hohen, kuppelartigen Decke. Am südlichen Rand fiel der breite Gang in eine schmale, tief eingeschnittene Schlucht ab, deren Wände mit den von der Decke herabgestürzten Felsbrocken bedeckt waren. Glasartig funkelnde Adern von Rosenquarz durchzogen die Granitwände und liefen über den Pfad, fingen das gelbe Traumsteinlicht ein und erzeugten ein schwaches Leuchten in dem Durchgang. Als Mychael den Boden des Schachts erreichte, vermischte sich das blaue Licht seiner Klinge mit dem gelben Licht von Llynyas Traumstein, und die riesige Höhle nahm einen grünlichen Schimmer an.

Mychaels erstes Wort war ein Fluch, als er auf den Boden sprang. Sein zweites ein Befehl.

»Feuerkette!«

Ja, dachte Llynya. Soll Lacknose doch mit dem Ungeheuer fertig werden.

Sie rannten ein kurzes Stück von dem Schacht fort und begannen dann, eine Feuerkette zu legen, und zwar außerhalb der Reichweite der scheußlichen Zunge, bis die Bestie selbst aus dem Felskamin hervorkommen würde. Die Fackeln, die von Westen her die Magia-Wand entlangkamen, näherten sich jetzt schneller – angetrieben von Ratskins Schwert, wie Llynya vermutete. Das bedrohliche Zischen gewann an Kraft, als das Geschöpf, das sich den steilen Felskamin hinunterarbeitete, näher und immer näher kam. Mychael hatte als Einziger das Material für Feuerketten bei sich, da Llynya aus den Höhlen verbannt worden war. Sie nahm seine Kürbisflasche voller *hadyn draig* und schüttete das Drachensperma auf den Boden. Es war sinnlos zu versuchen, eine Furche in Quarz und Granit zu graben, deshalb fiel der Drachensamen hin, wo er wollte, während Mychael sein Bestes tat, um die Spur mit *roc tan* zu bedecken.

Wenn genügend Zeit war, wurde eine Feuerkette schichtweise angeordnet, um den Flammen noch mehr Kraft zu verleihen und ihre Brenndauer zu verlängern – Schritt vier und fünf von Trigs Anweisungen. Schritt sechs bestand in dem Zusatz von Farbe, um den Erzeuger der Feuerkette zu identifizieren. Llynya begann gegen Mychaels Protest gleich mit Schritt vier.

»Wir beenden sie hier und sparen uns die übrigen Schichten, sonst müssen wir vielleicht den ganzen Weg bis nach Tryfan rennen«, erklärte sie ihm, während sie die Schachtöffnung im Auge behielt und gleichzeitig Lacknoses Vorankommen beobachtete. »Ich weiß nicht, was vor uns liegt. Shay und ich haben diesen Teil der Magia-Wand nie erf–«

Eine Schnauze tauchte aus dem Felskamin auf, eine lange, schuppige Schnauze. Mychael erstarrte zu Reglosigkeit bei dem Anblick.

»Nein«, murmelte sie und kämpfte gegen den Drang an, die Kürbisflasche fallen zu lassen und davonzulaufen, so schnell ihre Beine sie trugen. »Das ist kein Drache, nicht mit dieser Zunge. Komm jetzt, mach schnell!«

Sie beendeten die Feuerkette genau in dem Moment, als der Kopf des Wesens in Sicht kam, weißkehlig und bleich auf der Unterseite, mit langen Reihen von goldbraunen, schuppigen

Höckern und Warzen auf der Oberseite. Es war ein tua von monströsen Proportionen. Gleich darauf folgten die klauenbewehrten Vorderbeine, und das gigantische Eidechsenweibchen scharrte damit auf dem Boden, als es sich abmühte, seinen mächtigen, überreifen Körper aus dem engen Schacht herauszuwinden.

Ja, es war ein Weibchen, von dem elfenbeinfarbenen Glitzern seiner rasiermesserscharfen Zähne bis hin zu den schwarzen Schlitzen, wo seine Augen hätten sein sollen; von den weißen, sternförmigen Dornen, die in einer Linie über sein Rückgrat liefen, bis hin zu den weichen Schuppen seines trächtigen Bauches.

Der goldglänzende Schwanz des tua glitt aus dem Schacht und landete mit einem schweren Klatschen auf dem Boden, und einen Moment lang tat die blinde Echse – die in aufrechter Haltung so groß wie ein ausgewachsener Mann war und fast doppelt so lang – nichts anderes, als ihre Zunge hervorschnellen zu lassen und prüfend die Luft durch die Nase einzuziehen. Dann griff sie an.

Llynya fühlte, wie sie zurückgerissen wurde, als Mychael hastig einen brennenden Schwefelzweig auf die Linie warf. Flammen schossen abrupt in die Luft und bildeten eine Wand von drei Metern Höhe. Ihre Hitze war selbst in einiger Entfernung noch sengend. Sie wirbelten herum und stürmten davon, kamen jedoch nicht allzu weit, bevor sie wieder auf die riesige Schar von tuas stießen. Der Pfad war knöcheltief mit den winzigen Reptilien bedeckt, alle dicht zusammengedrängt, und ausnahmslos alle starrten wie hypnotisiert nach Westen, die Schnauzen in Richtung des wütenden Feuers erhoben.

Llynya fuhr herum, voller Angst, dass ihnen das Ungeheuer auf den Fersen war. Das war es nicht, aber was sie stattdessen sah, war beinahe ebenso schrecklich.

Die Feuerkette hatte die gigantische Eidechse aufgehalten, aber auf eine ganz andere Art als beabsichtigt. Die goldbraune Bestie war nicht etwa vor dem Feuer zurückgeschreckt, sondern aalte sich genüsslich in den Flammen. Sie züngelten über ihre Schuppen und Klauen, tanzten über ihren prallen Leib und hüllten sie in flackerndes Feuer ein, bis die sternförmigen Dornen auf ihrem Rücken rot glühten.

»Salamander«, flüsterte Mychael, während er sich hastig bekreuzigte.

»Feuerechse«, hauchte Llynya und machte ihr eigenes Unheil abwehrendes Zeichen.

Die beiden beobachteten gebannt, wie die riesige Echse in der Glut des *roc tans* badete, sich in dem Feuer des *hadyn draig* wälzte. Doch die Flammen konnten ihr nichts anhaben, denn sie verbrannte nicht, sondern schwelgte nur in dem Inferno. Das Licht ließ Funken von ihren Schuppen sprühen und ihren Körper in allen Farben des Regenbogens glitzern, und in der Dunkelheit um sie herum wirkte sie wie eine lebendige Flamme inmitten der alles verzehrenden Hitze.

Llynya blickte auf die tua zu ihren Füßen hinab. Auch sie waren wie gebannt. Ein Schrei stieg aus der Kehle des Feuersalamanders auf, ein schrilles, durchdringendes Kreischen, das die Magia-Wand hinauf- und hinunterhallte und Llynya das Blut in den Adern gefrieren ließ. Die winzigen tua huschten vorwärts, als sie den Lockruf hörten, machten ein paar hastige Schritte. Ein erneuter durchdringender Schrei veranlasste sie, abermals ein paar Schritte in Richtung Feuer zu eilen.

»Was glaubst du, wie viel Zeit uns noch bleibt?«, fragte Mychael.

»Mehr als diesen winzigen Tieren«, erwiderte sie – eine Einschätzung, die bei dem nächsten Schrei des Salamanders bestätigt wurde. Die Kleinen konnten sich dem befehlenden Ton einfach nicht widersetzen und bewegten sich erneut vorwärts, eine riesige, bleiche Woge zitternder Winzlinge.

»Das Feuer wird noch sechs Stunden anhalten, vielleicht auch noch etwas länger.«

»Es wird keine Rolle spielen«, erwiderte Llynya. »Sie wird sich tagelang nicht mehr rühren, nachdem sie sich vollgefressen hat.«

»Sie?«

»Ja. Sie ist ihre Mutter und sie wird die tua fressen, allesamt.« Ein Schauder überlief sie.

Mychael schlang ihr einen Arm um die Schultern und zog sie an sich. »Nun ja, das ist ein Anblick, den du nicht unbedingt zu sehen brauchst. Wir müssen gehen. Die Truppe an der Magia-Wand hat uns mit Sicherheit entdeckt, obwohl ich bezweifle, dass sie noch einmal über uns herfallen werden.«

Er hatte Recht. Sie mussten aufbrechen. Der Weg zurück war ihnen verwehrt, also blieb ihnen nichts anderes übrig, als vorwärts zu gehen – hinein ins Unbekannte.

Die feurige Bestie würde Lacknoses Verderben sein.

Naas stellte ihre Falle in einem der Tunnel auf, die zu der ehemaligen Wildschweingrube und Kampfarena von Balor führten. Es war der einzige Teil von Merioneth, den Rhuddlan noch nicht kultiviert hatte, ein scheußlicher Ort, den alle mieden. Mit Ausnahme des Druidenjungen, der hier ein kleines Versteck für sein Buch gefunden hatte, und sicher genug war es in dem Loch zweifellos. Knochen und Blut, Tod und Furcht, Mord und Verstümmelung – Naas war das alles ziemlich egal, aber der Rest der Quicken-tree war ein bisschen zimperlich in solchen Dingen. Bäume waren ihr Ein und Alles, die Wächter der Erde und Beschützer aller grünen Lebewesen. Die Quicken-tree liebten ihre Blätter und Zapfen und Blüten geradezu abgöttisch.

»Girlandenflechter«, schnaubte Naas verächtlich. »Rankenweber.«

Zugegeben, sie waren einem guten Kampf durchaus nicht abgeneigt, und sie waren alles andere als feige, wenn es galt, eine Schlacht zu schlagen wie diejenige, die mit Riesenschritten auf sie zukam; aber die Brutalität, die sinnlose Gewalttätigkeit der Wildschweingrube, war etwas, was die Quicken-tree nicht fassen konnten – oder verzeihen.

Nicht so das Irrlicht. Dem machte der Gestank nach Blut und Tod in den Katakomben von Merioneth ebenso wenig aus wie Naas. Es hatte seit Mai sorglos und unbekümmert in der Grube gelebt, aber seine Zeit war abgelaufen, so wie sie auch für alle *tylwyth teg* ablief. Sie würde es einfangen, jawohl, und es an seine Aufgabe setzen.

»Ein Stück von dem Tuch«, murmelte sie und stattete ihre Falle mit einem Quicken-tree-Umhang als Köder aus. Eine Tunika und Stiefel würden später noch folgen, nachdem sie ihn eingefangen hatte. Nicht nötig, gleich zu übertreiben. Neben den Umhang legte sie einen Stapel Kümmelkuchen, einen großen Stapel. Weiß der Himmel, was der Junge all die Jahre über gegessen hatte – all die vielen, vielen Jahre.

O ja, sie wusste, wer er war. Sie hatte es gleich gewusst, seit dem Tag, als er das erste Mal von den Kindern gesehen worden war. Er war das Wydden-Kind, das bei der letzten großen Durchquerung nach Yr Is-ddwfn verschwunden war, verschwunden in dem selben Jahr, in dem Ailfinn und Llynya aus dem Zeitwehr nach Merioneth gekommen waren. Der Pfad war verdammt schlüpfrig und gefährlich, wie jeder, der ihn beschritten hatte, bestätigen konnte; und der Junge war ausgerutscht, zum großen Kummer seiner Mutter. Für immer in der Ewigkeit verloren, hatten sie alle gedacht – fälschlicherweise.

Nun, sie würde ihn bald genug einfangen. Sie lag schon eine ganze Weile auf der Lauer und hielt nach ihm Ausschau. Hatte ihn auch schon ein paar Mal gesehen. Er hatte sich im Laufe der Jahre irgendwo verletzt, wahrscheinlich bei seinem Sturz. Eine seiner Schultern war höher als die andere, eine Verkrümmung der Wirbelsäule.

Es würde ihm sicherlich Schmerzen bereiten, aber sie würde in ihren diversen Beuteln und Kästen schon etwas finden, um seine Beschwerden zu lindern.

Sie vervollständigte ihre Falle mit einem Stück Band und einem Zweig. Die komplizierte Fangvorrichtung war ihr letzter Ausweg. Skraelings und Dockalfar in Riverwood und Llynya gefangen genommen. Es wurde wirklich höchste Zeit, etwas zu unternehmen. Sie hatte dem Irrlicht schon dreimal in der Grube aufgelauert und es mit Leckereien und Liedern angelockt, aber der Junge war einfach zu schnell und sie zu alt, um ihn bei einem Wettlauf einzufangen.

Zufrieden mit dem Aussehen des Dings, verließ Naas die Grube und bahnte sich wieder einen Weg hinauf in den Burghof. Dort oben gab es reichlich Schwierigkeiten für jeden, der Lust hatte, mitten hineinzugeraten.

Madron gehörte zu denjenigen, die es darauf angelegt hatten, sich Ärger einzuhandeln, und sie, Naas, gehörte ebenfalls dazu, wie sie gestehen musste. Und zwar speziell mit dem Gefangenen, den Rhuddlan aus Riverwood mitgebracht hatte, dem Mann namens Corvus Gei.

Madron beäugte den Mann, der an die Zwischenmauer gekettet war. Sie war knapp außer seiner Reichweite, saß auf einem grasbewachsenen Hügel im unteren Burghof, wo Trig den Fremden gefangen hielt.

Corvus Gei war der Name, den er Llynya genannt hatte. Nennius war der Name, den Madron in einem seiner Bücher gefunden hatte, zusammen mit einer persönlichen Widmung von Helebore, dem einstigen Leibarzt von Balor Keep. Nennius war ein Name, der ihr vertraut war, obwohl der Mann, den sie diesem Namen nach kannte, schon lange tot war. Er hatte ein Buch geschrieben, der verstorbene Nennius, ein Geschichtswerk. Und dieser Nennius hier hatte ein Buch gestohlen, das Buch ihres Vaters, und zwar aus dem Kloster auf Ynys Enlli, Helebores Insel.

Sie hätte daran denken sollen, auch auf der Insel der Heiligen nach den Büchern zu suchen. Nemeton hatte die Angewohnheit gehabt, seine Bücher in christlichen Häusern zu verstecken und den neuen Gott den alten beschützen zu lassen. Die Chancen, dass die Culdees ihr Zutritt zu ihrer Insel gewährt hätten, waren jedoch gleich null. Die Mönche betrachteten Frauen als die Verkörperung des Teufels.

Egal. Jetzt hatte das Buch *sie* gefunden.

Madron senkte den Blick und strich mit der Hand über die goldenen Runen und den abgenutzten blauen Ledereinband des *Prydion Cal Le*, des Blauen Buchs der Magier, eines der Sieben Bücher des Wissens. Ihr Vater hatte es ihr einmal gezeigt, als sie nach ihrem langen Aufenthalt im Kloster Usk endlich wieder in Merioneth vereint gewesen waren; aber er war ihr schon bald wieder genommen worden, noch bevor er eine

Chance gehabt hatte, ihr den Inhalt des Buches zu vermitteln. Kostbares, kostbares Buch. Mit diesem Fund hier war sie nun im Besitz von zweien der insgesamt sieben Bücher … *und das Rad dreht sich weiter.*

Von den restlichen fünf Büchern war nur der Verbleib von zwei weiteren bekannt. Das *Sjarn Va Le*, das Violette Buch der Sterne, war zusammen mit den Trollen auf Inishwrath in Stein versiegelt. Das heißt – jetzt nicht mehr. Denn Tages hatte von gewaltigen Zerstörungen berichtet, als er von seiner Reise nach Inishwrath zurückgekehrt war. Die große Landspitze der Insel war verschwunden, hatte nur eine schartige, zerklüftete Narbe an der Steilwand hinterlassen.

Trig war unaussprechlich grimmig geworden, als er die schlimmen Nachrichten hörte, und nachdem Tages seinen Bericht beendet hatte, hatte der Hauptmann nur ein Wort gesagt: »Slott.«

Nicht wenige der Quicken-tree waren bei diesem Wort vor Schreck erbleicht, und die Angst um Llynya war noch größer geworden. Dass sie von Skraelings verschleppt worden war, war ein Schicksal, das wahrhaftig Grund zur Verzweiflung war. Dass einige der Dockalfar überlebt hatten und dass Slott wieder auf Erden wandelte, bedeutete, dass ihnen allen das gleiche Schicksal drohte. Es gab nicht einen Quicken-tree, der keinen Vorfahren hatte, dessen Schädel in die Zöpfe des Trollkönigs geflochten war.

Das *Gratte Bron Le*, das Orangefarbene Buch der Steine, befand sich in Deseillign. Rhuddlan selbst hatte es dort in den Händen der Wüstenkönigin zurückgelassen.

Die anderen drei Bücher waren verschwunden. Das *Elhion Bhaas Le*, das Indigoblaue Buch der Elfenlehre, war am Ende der Zauberkriege verloren gegangen. Es war das Buch, das Ailfinn auf all ihren Reisen suchte – obwohl Madron jetzt, wo sie wusste, dass einige der Dockalfar überlebt hatten, eine ziemlich genaue Vorstellung davon hatte, wohin die Suche der Magierin geführt hatte, und sie konnte sich auch denken, warum Ailfinn nicht auf Rhuddlans Aufruf reagiert hatte. Schlimme Nachrichten, allerdings. Sehr schlimme Nachrichten.

Lanbarrdein war einst die große Festung der Dockalfar gewesen. Als Rhuddlan sie in den Zauberkriegen erobert hatte, hatte Tuan seinen Hof nach Rastaban verlegt, dem unterirdischen Herrschaftsgebiet seines Verbündeten, Slott. Es war in Rastaban gewesen, wo angeblich sämtliche Dockalfar den Tod gefunden hatten. Dass Dockalfar und Skraelings Angriffe auf Riverwood verübten, bedeutete, dass sie sich wieder in Rastaban niedergelassen hatten. Das Buch war höchstwahrscheinlich dort, im Besitz desjenigen, der aus dem Abschaum der Menschheit eine Armee von Skraelings produziert hatte, und vermutlich war Ailfinn ebenfalls dort.

Das *Treo Veill Le*, das Grüne Buch der Bäume, war durch Verrat verloren gegangen, gestohlen von Ihr-deren-Name-nicht-genannt-werden-darf, der größten aller Prydion-Magierinnen, die das kostbare Buch während des Dritten Zeitalters in das Zeitwehr geworfen hatte. Sie war diejenige, die die Drachen aus ihrem Kessel hervorgezaubert hatte, und sie war auch diejenige, die das Magia-Schwert geschmiedet hatte. Dann der Verrat – all die vielen, vielen Jahrhunderte hindurch unverziehen. Das *Chandra Yeull Le*, das Gelbe Buch der Chandra, das Buch der Priesterinnen, war ebenfalls auf Grund von Verrat verloren worden, gestohlen von einem Dieb im Zeitalter der Douvanischen Königreiche, vermutlich von einem Douvanischen König, wie einige behaupteten.

Aber Madron besaß nun die beiden Bücher, die ihr Vater gekannt hatte. Jedes Mal, wenn sie mit der Hand über den Ledereinband strich, spürte sie deutlich seine Gegenwart.

Nemeton, flüsterte das dicke blaue Buch. Nemeton, Ergründer der Geheimnisse von Zeit und Ewigkeit. Die Landkarte im Inneren des Buches war nicht das, was Rhiannons Sohn sich erhofft hätte, aber in den Aufzeichnungen des Magiers gab es Hoffnung für ihn – und Hoffnung für sie.

Und vielleicht auch ein klein wenig Hoffnung für den Mann, der sich Corvus nannte und der trotz seiner Kutte und der Tonsur kein Mönch war. Er war ein Reisender, ein Mann aus einer anderen Zeit, obwohl er nicht zu den Reisenden gehörte, die den Druiden ausgeschickt hatten, was ihn zu einem Rätsel und zu einer Gefahr machte. Trig hatte ihr erzählt, was Llynya über den Fremden herausgefunden hatte, kurz bevor die Skraelings angegriffen hatten, aber Madron hätte auch ohne diese Informationen Bescheid gewusst. Wer außer einem Zeitreisenden hätte nach ihrem Pfad gesucht? Wer außer einem Zeitreisenden hätte die Überreste ihres Zauberfeuers zusammengekratzt und sich die Mühe gemacht, einige wenige Kristalle von universellen Salzen aufzulesen und in ein Päckchen zu wickeln?

Chrystaalt, so hatte er es genannt und sie gefragt, ob sie wüsste, wo er noch mehr davon finden könnte, als ob sie eine Küchenmagd wäre. Auf diese Weise hatte er ihr verraten, wonach er trachtete.

»Ich kann Euch behilflich sein und dafür sorgen, dass Ihr Eure Reise bald fortsetzen könnt«, sagte Madron und blickte von dem Buch auf. »Ich kann aber auch dafür sorgen, dass Ihr hier festgehalten werdet, bis Ihr eines natürlichen Todes sterbt.«

Corvus hatte seine Aufmerksamkeit keine Sekunde von ihr abgewandt, seit sie sich ins Gras gesetzt hatte, und sie stellte fest, dass er sie noch immer scharf beobachtete. Wie bei ihren vorherigen Begegnungen war sein Interesse nicht ausschließlich bösartiger Natur, aber da Madron schon lange an die mannigfaltigen Interessen von Männern gewöhnt war, hielt sie seinem Blick gelassen stand.

»Es wäre sicherer für Euch, mich meines Weges ziehen zu lassen«, sagte er, seine Stimme ebenso kühl und ruhig wie ihr Blick, obwohl sie nicht über den wachsamen, lauernden Ausdruck in seinen Augen hinwegtäuschen konnte. Sein scharfer Blick verfolgte jede ihrer Bewegungen.

»Eine Drohung?«, fragte Madron mit hochgezogenen Brauen. »Ihr seid in Ketten gelegt. Wäre es da nicht besser, zu verhandeln?«

Ein überraschendes Lächeln breitete sich auf seinem Gesicht aus, begleitet von einem kurzen Auflachen. »Ihr erweist Euch einen schlechten Dienst, Lady, wenn Ihr mit mir verhandeln wollt.«

»Inwiefern?«, fragte Madron. Er war ein gut aussehender

Mann mit feinen, klar geschnittenen Zügen, seine Zähne außergewöhnlich weiß und gerade, seine Augen klar. In dem Haar, das wieder auf seinem Kopf zu wachsen begann, war bereits deutlich der Streifen des Zeitwehrs zu erkennen, ein Aufblitzen von Weiß inmitten von Kohlrabenschwarz.

Sein Lächeln wurde noch breiter und enthüllte jene regelmäßigen weißen Zähne, und er beugte sich so weit zu ihr vor, wie es seine Ketten zuließen. »Ich bin ein Mann ohne Ehrgefühl. Ohne jede Spur von Ehrgefühl. Ganz gleich, welchen Handel wir abschließen, ich werde mich nur so lange daran halten, wie er für mich von Vorteil ist.«

Madron brauchte nicht erst über seine Bemerkung nachzudenken. Sie wusste bereits, dass sie stimmte. Llynya hatte seine Gewalttätigkeit gerochen und Madron selbst kannte ihn als einen Betrüger und Dieb. Dennoch würde sie mit ihm verhandeln, um so viel Wissen aus ihm herauszuholen, wie sie konnte.

»Beantwortet einfach meine Fragen, dann werde ich Euch oder Euren Handel nicht länger brauchen, Corvus. Oder nennt man Euch dort, wo Ihr herkommt, Rabe?«

»Einige nennen mich Rabe. Andere nennen mich Herr.«

Er konnte durchaus ein Lehnsherr sein, wie sie stillschweigend zugab. Er besaß die Arroganz dafür und er strahlte eine beunruhigende Macht aus. »Und wo ist das?«

Er lehnte sich wieder gegen die Mauer zurück, dann blickte er sich im Burghof um. »Ungefähr so weit von hier, wie man überhaupt gelangen kann.«

»Aus welcher Zeit kommt Ihr?«, wollte sie wissen.

Er antwortete mit einer eigenen Frage. »Welchen Unterschied könnte das schon für Euch machen, meine liebe wissbegierige Gefängniswärterin?«

Madron erhob sich, um zu gehen, und Corvus stieß abermals ein kurzes Lachen aus, bevor er nachgab und ihre Frage beantwortete. »Aus einer Zeit, die weit von dieser entfernt ist.«

»Ist es die Zukunft oder die Vergangenheit?«

»Wirke ich so primitiv und ungehobelt?«

»Also die Zukunft«, erklärte sie und nahm wieder auf dem Grashügel Platz. »Wie viele Jahre?«

»Ich weiß es nicht. Nein«, sagte Corvus hastig, als sie abermals Anstalten machte, sich zu erheben. »Ich weiß es wirklich nicht, das ist die Wahrheit. Dies ist das Jahr 1198 anno Domini, und ich komme aus dem Jahre 627 T. R., dem sechshundertsiebenundzwanzigsten Jahr nach der Trelawnischen Revolution. Ich weiß wirklich nicht, was der Unterschied zwischen diesen beiden Zeiten ist, ich weiß nur, dass er immens sein muss. Ich habe Planeten in kürzerer Zeit besucht, als Ihr brauchen würdet, um den europäischen Kontinent zu erreichen.«

»Ihr seid zu den wandernden Sternen gereist?«, fragte sie überrascht.

»Und noch weiter.«

Einen Moment lang fühlte Madron Furcht in sich aufsteigen. Er kam aus einer sehr viel weiter entfernten Zeit, als sie gedacht hatte. Nur mit Mühe konnte sie sich selbst davon abhalten, zum Himmel hinaufzublicken, wo in ein paar Stunden der Abendstern aufgehen würde. Ob er auch dort gewesen ist?, fragte sie sich.

»Warum seid Ihr hierher gekommen?«, fragte sie stattdessen. »Was sind Eure Absichten?« Gefahr hatte immer ein Ziel und er war zweifellos eine Gefahr.

»Es war nicht meine Entscheidung, hierher zu kommen«, erklärte er ihr in einem gequälten Tonfall, »und meine einzige Absicht ist, wieder zurückzukehren.«

»Ihr meint, jemand hat Euch hierher geschickt, gegen Euren Willen?« Diese Möglichkeit war ihr noch gar nicht in den Sinn gekommen. Und dennoch, hatte nicht auch Morgan ab Kynan das Zeitwehr gegen seinen Willen betreten? Oder hatte er überhaupt noch so etwas wie einen eigenen Willen besessen, als der Blitz heruntergeschossen war, um ihn einzufangen? Nach allem, was man so hörte, waren Morgans Verletzungen tödlich gewesen.

»Die Zeit ist ein sehr wirksames Gefängnis, Lady, eine Möglichkeit, bis in alle Ewigkeit zu büßen.«

»Ihr seid ein Schurke und Verbrecher.« Es war eine Feststellung, keine Frage.

»Im höchsten Grade«, bekannte er freimütig. »In meiner

Zeit werde ich in zwei Sonnensystemen gesucht, und in einem halben dutzend anderer werde ich als Halbgott verehrt.«

Madron warf ihm einen äußerst skeptischen Blick zu, und er lachte wieder und tat ihre Zweifel mit einer kettenrasselnden Handbewegung ab. »Glaubt von mir aus, was Ihr wollt.«

»Ich kenne das Sonnensystem. Zumindest dieses hier.« Sie machte ebenfalls eine weit ausholende Geste. »Mein Vater war ein weit gereister Mann, wie Ihr sicherlich seinen Aufzeichnungen entnommen habt. Es ist Euer Anspruch auf Göttlichkeit, der mir reichlich fragwürdig vorkommt.«

Sein Interesse, niemals nur milde, wurde noch größer, und er zog überrascht seine fein geschwungenen Brauen hoch. »Ihr seid Nemetons Tochter?«

»Ja.«

»Dann stammte das Chrystaalt auf dem Waldpfad also von Euch.« Er beugte sich erneut vor, sein Ausdruck gespannt, fast gierig. »Ihr habt noch mehr davon?«

»Ja. Aber bevor Ihr auch nur eine winzige Kostprobe davon bekommt, will ich Euer Wissen von dem Zeitwehr haben.«

»Dann wisst Ihr also, dass es nicht genügt, das Chrystaalt nur zu verbrennen, sondern dass man es auch einnehmen muss?«

Madron nickte. »Was ich nicht weiß, ist, wie viel von dem Chrystaalt eingenommen werden muss und wie lange vor der Reise ein Reisender davon essen sollte und ob es noch andere notwendige Vorbereitungen gibt.«

Sein Ausdruck verhärtete sich und er wandte den Blick ab, aber nicht, bevor sie ein flüchtiges Aufflackern von Schmerz in seinen Augen gesehen hatte.

»Es ist keine müßige Frage«, fügte sie hinzu.

»Und es ist auch keine Reise, zu der ich raten würde«, erwiderte Corvus schroff und wandte sich ihr wieder zu. »Ich kann Euch versichern, Lady, in der Zukunft gibt es nichts, was Euch locken könnte. Es ist ein finsterer und trostloser Ort.«

»Und trotzdem wollt Ihr zurückkehren.«

»Es ist meine Zeit. Und ich will zurückhaben, was mir gehört.«

»Seid Ihr Euch so sicher, dass Ihr dorthin zurückkehren könnt, von wo Ihr gekommen seid?«

»Ja.«

Als er ihren fragenden Blick sah, ließ Corvus sich dazu herab, sich ausführlicher zu erklären.

»Ganz gleich, wie sehr das Wurmloch von seinem Kurs abweichen mag, die Verbindung, die es zwischen den Zeiten herstellt, ist immer dieselbe. Wenn ich in meine Zeit zurückkehre, werden sechzehn Jahre seit dem Zeitpunkt vergangen sein, an dem ich damals aufgebrochen bin. Das weiß ich. Ob ich tot, lebendig oder wahnsinnig sein werde, wenn ich dort ankomme, ist jedoch eine Frage, die keiner beantworten kann, also gebt Acht.«

»Ich kann Euch versichern, dass ich nicht die Absicht habe, mich in das Zeitwehr zu stürzen. Ich will nur darüber Bescheid wissen.« Da ihr Vater so frühzeitig verstorben war, war sie nur sehr schlecht vorbereitet, falls ein Zeitreisender kommen und ihre Hilfe brauchen sollte. Sie kannte allerdings den Wert der Salze, wenn auch nicht ihre Anwendungsmethoden, aber zu einer Reise durch das Zeitwehr gehörte noch sehr viel mehr dazu. Es galt, sorgfältige Berechnungen anzustellen, um die Chancen eines Reisenden zu erhöhen, wieder aus dem Wurmloch herauszukommen und an einem festen Punkt zu landen. Außerdem mussten astrologische Fakten berücksichtigt werden, mit deren Hilfe man die günstigste Zeit für die Reise bestimmen konnte. Es gab sogar Möglichkeiten, das Wurmloch zu manipulieren. All dieses Wissen und noch mehr war in den Stein des Mutterfelsens eingeritzt, irgendwo im hintersten Winkel der unergründlichen Finsternis. Aber Madron konnte sich nicht vorstellen, dass jemals eine Zeit kommen würde, in der sie so verzweifelt sein würde, dass sie eine solch ungeheuer gefährliche und möglicherweise fruchtlose Reise unternehmen würde. Da war es ihrer Ansicht nach doch weitaus besser, so viel Wissen wie möglich aus den Büchern zusammenzutragen und den unerwartet aufgetauchten Reisenden zu befragen. Verurteilter Verbrecher oder nicht, er war in dem Wurmloch gewesen.

»Das meiste von dem, was Ihr wissen wollt, ist in den Büchern zu finden«, erklärte er. »Alles, bis auf die Wahrheit über die Reise selbst – und das, Lady, ist eine Reise durch die Hölle, komplett mit Feuer und Schwefel.«

»Die universellen Salze sollen angeblich die physische Krise während des Übergangs lindern. Haben Sie Euch denn nichts davon gegeben?«

»Von dem Chrystaalt? Die haben mich darin vergraben«, erwiderte Corvus mit einem harten Lachen. »Seid bloß vorsichtig, wie viel von dem Zeug Ihr an einem Ort aufbewahrt. Ich glaube, die Würmer können es auf mehrere Lichtjahre Entfernung riechen, so wie ein Hai seine Beute riechen kann. Es lässt sie schreiend herbeistürmen, um den ganzen Vorrat zu verschlingen – und jede Nebensächlichkeit, die sich zufällig in dem Haufen befindet.«

»Und das ist das, was Ihr wart, eine Nebensächlichkeit?«

»Nein«, erwiderte er und seine Augen verdunkelten sich bei der Erinnerung. »Ich war der Daseinszweck, um die Salze zu sammeln und anzuhäufen, den gesamten Vorrat von zwei Welten, um sicherzustellen, dass ich gepackt wurde, verschluckt...«

»Von der Würmerhorde, wie?« Diese Frage kam von Naas, die den Hügel heraufeilte. »Ihr habt die lange Fahrt den Schlund runtergemacht, stimmt's?«

»Naas«, sagte Madron warnend und erhob sich hastig, als die alte Frau an ihr vorbeiging und geradewegs auf Corvus Gei zumarschierte.

»Quatsch!« Naas tat ihre Warnung mit einer verächtlichen Handbewegung ab und trat dicht vor den Mann. Die alte Frau überragte ihn kaum, obwohl er saß und sie stand. »Du wirst mir doch nichts tun, nicht wahr, mein Junge?«

Madron war sich da nicht so sicher. Naas war nicht mehr als ein knochiges Bündel von Lumpen und dünnen weißen Haarbüscheln. Mit einer Bewegung, deren Tollkühnheit sicherlich nicht zu überbieten war, griff sie nach Corvus' Kinn und grub ihre knochigen Finger in seine von Bartstoppeln übersäte Haut.

»Hast du gewusst, was das war, was dich gepackt hat,

Junge? Hast du von den Würmern gewusst? Haben die Priesterinnen etwa auch dieses Geheimnis preisgegeben?«

Zu Madrons Überraschung machte Corvus keine Bewegung gegen die alte Frau; er hob nur den Kopf, um sie direkt anzusehen.

»Ich wusste nichts von Würmern und Zeit, bis ich hierher gekommen bin. Deine Geheimnisse sind in der Zukunft ebenso gut verborgen, Großmutter, wie in dieser Zeit, der Domäne von religiösen Fanatikern.«

»Fanatiker.« Naas kicherte. »Dann bist du also ein ganz Gewitzter, wie? Schlau genug, um überlebt zu haben, schlau genug, um den Weg zurück nach Hause zu finden. Damit werden sie jetzt nicht mehr rechnen, stimmt's?«

Corvus' Mund verzog sich zu einem kalten Lächeln, und Madron konnte sich nicht erinnern, schon jemals einen raubtierhafteren Ausdruck gesehen zu haben. »Sie hatten mich zum Sterben auf diesem Berg von Chrystaalt festgebunden – um zu sterben oder von dem Wurm gefressen und aus der Zeit hinausgeworfen zu werden, und dafür werden *sie* sterben.« Es war unverkennbar, wie viel Vergnügen ihm dieser Gedanke bereitete. Er erhellte seine Miene wie ein Licht von innen. Mord war also auch Teil seines Anliegens.

Naas schmunzelte und ließ sein Kinn los. »Du wirst feststellen, dass sie nicht leichter sterben als ich, aber sie haben einen Fehler gemacht, als sie ihren Abschaum zu mir geschickt haben. Du musst der Letzte gewesen sein, der durch das Zeitwehr gekommen ist, bevor Rhuddlan es versiegelt hat, und ich schicke dich schnurstracks wieder zu ihnen zurück. Je schneller, desto besser. Komm, Madron. Die Zeit von Calan Gaef ist nahe genug für unsere Zwecke. Geh und hol deine Salze, und ich werde den Jungen mitbringen.«

Madron konnte nichts anderes tun, als dastehen und mit offenem Mund starren, sprachlos vor Bestürzung, als die alte Frau Corvus' Ketten überprüfte.

»Tja, für die hier werden wir wohl den Schmied brauchen«, murmelte sie, während sie kräftig mit den Eisenketten rasselte.

»Naas. Nein«, protestierte Madron schließlich. »Er ist Trigs

Gefangener, nicht unserer. Du kannst seine Eisen nicht aufbrechen lassen.«

Die alte Frau schüttelte energisch den Kopf. »Unsinn. Trig hat nichts mit Zeitreisenden zu tun. Das ist dein Spezialgebiet, mein Schätzchen, und meines. Hol schleunigst deine Salze und triff mich in der Wildschweingrube, und wir werden eine Route nehmen, der keiner folgen wird.«

Als Madron sich noch immer nicht rührte, heftete Naas ihren Blick aus weißen Augen auf sie und starrte sie durchbohrend an, bis Madron ein Zittern der Furcht fühlte, ähnlich wie das beklemmende Gefühl, das Corvus kurz zuvor in ihr ausgelöst hatte.

»Gehorche, Madron!«, befahl die alte Frau. »Es ist keine Bitte, die ich vorbringe, sondern ich *verlange*, dass du tust, was ich dir sage.«

Madron hatte sich immer als unabhängig von den Quickentree betrachtet, als jemanden, der zwar unter ihnen lebte, ihnen aber nicht unterworfen war, keinem von ihnen. Plötzlich erkannte sie, wie sehr sie sich geirrt hatte. Sie hatte Rhuddlans Anweisungen missachtet und seine Pläne durchkreuzt, wann immer sie es für notwendig gehalten hatte. Bei Naas war das nicht möglich, nicht in diesem Moment, und sie fragte sich, ob es überhaupt jemals möglich gewesen war. Madron beugte stumm den Kopf und ging davon, um zusammenzupacken, was sie für eine Reise durch die Tore der Zeit benötigen würden.

Naas konzentrierte ihre Aufmerksamkeit wieder auf den Mann, den sie in das Zeitwehr hinunterstoßen würde. »Du musst ein ganz furchtbar Böser gewesen sein, dass die Weißen Frauen dich hierher geschickt haben. Ich könnte ihnen die Arbeit abnehmen und dich töten, aber ich versuche genau wie sie, mir ein reines Gewissen vor den Göttern zu bewahren. Aber ich nehme an, du weißt ebenso gut wie ich, dass das Wurmloch das wahrscheinlich für uns erledigen wird.«

Seine dunklen Augen ließen kein einziges Mal Unsicherheit oder Furcht erkennen. »Ja, das weiß ich.«

»Huch!« Naas drehte plötzlich den Kopf. »Hast du das gehört?«

»Nein.«

Naas grinste. Aber sie hatte es gehört, laut und deutlich, das Knacken eines Zweiges. Das Irrlicht war ihr in die Falle gegangen.

22

Es wird immer schlimmer, dachte Llynya verzweifelt, als sie von ihrem Versteck aus hinunterspähte – einer Aushöhlung in der Felswand über einem Sims mit Blick auf die Magia-Wand. Unten auf dem Pfad marschierten Skraelings hin und her und es strömten immer noch mehr herbei. Sie und Mychael waren von dem Hauptdurchgang in ein Labyrinth von engen Tunneln ausgewichen, um dem letzten Skraeling-Verband zu entwischen, auf den sie gestoßen waren, aber es schien, als nähme es kein Ende mit den Skraelings. Vor den Zauberkriegen war die Magia-Wand die Hauptstraße nach Rastaban gewesen, als die Höhle noch eine Raststätte zwischen Riverwood und Tryfan gewesen war. Wer immer jetzt über das Auge des Drachen herrschte, hatte die Wand mit Beschlag belegt und seine Truppen dort stationiert.

Es waren jedoch keine Dockalfar unten auf dem Pfad, und vielleicht bedeutete das, dass ihre Situation doch noch nicht ganz hoffnungslos war.

Und auch kein Feuersalamander, und das ließ ganz eindeutig hoffen.

Llynya huschte zurück und signalisierte Mychael, ihren Platz auf dem Sims zu übernehmen und Wache zu halten. Es war das erste Mal, dass sich ihnen eine Gelegenheit zum Ausruhen geboten hatte, und sie hatte die Zeit genutzt, um einen Lavendeltee zuzubereiten. Sie hatten sich über die Traumsteinklingen gekauert, um einen Becher Wasser zu erhitzen, und sich dann den warmen Tee und einen Kümmelkuchen im Widerschein der Skraeling-Fackeln geteilt. Sie hatte dafür gesorgt, dass Mychael das meiste von dem Tee bekam, aber selbst die wenigen Schlucke, die noch für sie übrig geblieben waren, hatten viel zu ihrer Stärkung beigetragen. Aus dem Horngehenk an ihrem Gürtel hatte sie eine Hand voll Eicheln von der Muttereiche in Deri verteilt, um Mychael neue Kraft zu verleihen, und sie hatte Federn zu ihrem Schutz verbrannt.

Wenn sie Licht brauchten, benutzten sie nur Ratskins Traumsteinklinge und ließen Ara in ihrer Lederscheide. Der gelbe Traumstein war kaum von dem gelblichen Lichtschein der Fackeln zu unterscheiden, und jeder Skraeling, der ihn trotzdem zufällig bemerkte, würde denken, er gehörte einem der Dockalfar. Der Skraeling, der über diese simple Schlussfolgerung hinaus zu denken im Stande war, musste sicherlich erst noch erfunden werden.

Mychael kam von dem Sims herunter und kniete sich neben Llynya. Das Licht von Ratskins Klinge ließ die Silberringe glitzern, die sie in seinen *fif*-Zopf eingearbeitet hatte, Zauberringe, in sein Haar eingeflochten, um ihn vor Gefahr zu schützen. Sie zweifelte nicht an ihren Kräften, nur daran, ob genug davon in den eingravierten Runen war, um die vorliegende Aufgabe zu bewältigen. *Ammon, Bes, Ceiul...* eine Rune für jeden Ring, die Runen der Zuflucht und des Schutzes. Sie hatte sie mit Sorgfalt ausgewählt, nachdem sie mit Naas gesprochen hatte.

Sie reichte Mychael eines der Honigstäbchen, die sie aus ihrem Bündel herausgekramt hatte, und er saugte daran.

»Wir können hier nicht bleiben«, sagte er, als er ihr die Leckerei zurückreichte. »Wenn wir nicht bald einen Weg an die Erdoberfläche finden können, müssen wir es wohl oder übel riskieren, an der Wand entlangzugehen.«

»Ja«, sagte sie unverbindlich, während sie betete, dass sie einen Weg hinauf nach Riverwood finden würden. Die Magia-Wand bedeutete den sicheren Tod, da es überall nur so von Skraelings wimmelte. Es gab zwar noch einen anderen Weg, den sie nehmen konnten, aber der war so schrecklich, dass sie gar nicht daran denken mochte. Llynya saugte den letzten Rest Honig aus dem Stäbchen und stopfte den leeren Schachtelhalm in einen ihrer Beutel, da sie nicht mehr Spuren hinterlassen wollte, als absolut unvermeidlich war.

Ein plötzlicher Tumult unten an der Wand veranlasste sie und Mychael, wieder auf das Sims hinauszuhasten. Schulter an Schulter beobachteten sie, wie zwanzig Meter unter ihnen eine mit viel Lärm und Gebrüll verbundene Wachablösung stattfand, deren einziges Ritual im Austausch von ledernen Kollern und Kürbischflaschen voller Ale zu bestehen schien.

»Sie haben uns nicht entdeckt«, flüsterte Mychael leise, um zu verhindern, dass seine Stimme über das Sims hinaus zu hören war.

»Nein, das glaube ich auch nicht«, erwiderte sie, ebenfalls im Flüsterton.

»Wenn sie betrunken genug sind, können wir uns vielleicht an ihnen vorbeischleichen, ohne dass sie Alarm schlagen.«

»Ja.«

Schweigend beobachteten sie das Geschehen unter ihnen. Ein großes Kochfeuer knisterte und zischte, während das Fett von einem dutzend brutzelnder Nagetiere in die Flammen tropfte. Es herrschte ein ziemliches Gedrängel um das Feuer, da der Trick darin bestand, sich einen Rattenschwanz zu schnappen, sobald er knusprig genug war, um abzubrechen, aber bevor er in die Flammen fiel. Rattenbeine waren offenbar die zweitgrößte Köstlichkeit, und ein halbes dutzend gerösteter Unterschenkel machte ständig die Runde. Jeder verkohlte Rattenkadaver, der von seinem Bratspieß abgenommen wurde, wurde sofort durch ein anderes, verzweifelt zappelndes Tier aus dem Rattenkäfig ersetzt.

Skraelings waren mörderisch und brutal, und Llynya wusste, wenn Mychael sie nicht im letzten Moment befreit hätte, wäre ihr Schicksal nicht anders gewesen als das der Ratten. Ein unkontrollierbarer Schauder lief über ihr Rückgrat.

»Frierst du?«

»Nein«, erwiderte sie leise und ballte ihre Hände zu Fäusten, um das Zittern zu unterdrücken. Wie viele Skraelings könnte sie in einem offenen Kampf überwältigen, wenn keine Dockalfar da waren?

Nicht genug, lautete die Antwort. Nicht annähernd genug.

Sie zählte fast hundert Skraelings unten auf dem Pfad, zwei

Horden von Truppenstärke. Die Hälfte davon würde bald abziehen. Der Pfad bot nur wenig Deckung, und vielleicht konnten sie und Mychael einen ansehnlichen Teil der verbleibenden Horde mit seinem Bogen unschädlich machen. Sie hatten den Vorteil, auf höher gelegenem Gelände zu sein.

Aber was war mit der nächsten Skraeling-Horde? Und der übernächsten? Sie konnten nicht den ganzen Weg bis zum oberen Ende von Rastaban kämpfen, dem einzig sicheren Weg aus den Höhlen, den sie noch von ihren Erkundungsgängen mit Wei in Erinnerung hatte; und komme, was da wolle, sie würde nicht zulassen, dass sie noch einmal gefangen genommen wurde. Wenn sie kämpfen musste, dann würde es ein Kampf auf Leben und Tod sein. Sie würde durch das Schwert sterben, nicht an einem Bratspieß über den Flammen oder zwischen Slotts malmenden Kiefern.

»Llynya?«, fragte Mychael besorgt. Sie drehte sich zu ihm um und er streckte die Hand aus, um ihre Wange zu streicheln. »Du weinst ja.«

Es stimmte. Sie versuchte, den Beweis wegzuwischen, aber Mychael hinderte sie daran, indem er ihre Hand mit seinen Fingern umschloss. Sein Griff war warm, zu warm, aber stark, sein Arm von der Manschette mit den Eisensternen umhüllt, die sie vor Ratskin gerettet hatten – Beweis genug für seine nächsten Worte.

»Ich werde bis zum letzten Atemzug kämpfen, um dich zu beschützen.« Sein Schwur war grimmig, doch nicht grimmiger als der Ausdruck seiner Augen, als sie seinem Blick begegnete. Drachenfeuer flackerte in ihren Tiefen, bernsteinfarbene Ringe von züngelnden Flammen, entzündet durch das unselige Blut in seinen Adern.

Er war der Drache. Die Narbe, die an seinem Hals entlanglief und unter seinem Haar verschwand, brannte von Ddrei Gochs feurigem Atem. Aber sein Körper war nicht der Körper eines Drachen – trotz all seiner geschmeidigen Kraft und der Schichten von harten Muskeln über noch härteren Knochen –, und Llynya befürchtete, dass er die Wildheit der Bestie nicht überleben könnte.

»Wenn sie kommen, rennst du blitzschnell davon.« Seine Hand schloss sich noch fester um ihre, als wollte er seinen Worten auf diese Weise mehr Nachdruck verleihen. »Sie werden dich nicht einfangen können, nicht die Skraelings. Du bist so schnell, dass sich ihnen alles drehen wird, wenn du an ihnen vorbeiflitzt.«

»Nein, ich werde dich nicht verlassen.«

»Du hast mich ja auch in Bala Bredd verlassen.« Es war kein Vorwurf, sondern eine Feststellung. Törichter Junge, sie wollte zweimal verdammt sein, wenn sie zuließ, dass er an ihrer Stelle starb.

»Ja, und aus dem gleichen Grund, weshalb ich dich an jenem Morgen verlassen habe, werde ich dich jetzt *nicht* verlassen.«

Mychael runzelte die Stirn in einer stummen Frage.

»Liebe«, erklärte sie, während sie eine Hand um seinen Nacken schlang und ihn zu sich herzog. »Ich habe dich damals aus Liebe verlassen und aus Liebe werde ich jetzt bei dir bleiben.«

Mychael war verwirrt, ließ sich ihren Kuss aber trotzdem gern gefallen. Müde ließ er sich von ihr in die Felsmulde niederdrücken, ließ das weiche Gewicht ihres Körpers eine gesegnete Wohltat sein. *Liebe.* Sie sprach von Liebe und er war bis ins Innerste davon erfüllt. Seine Arme glitten um sie, seine Hände streichelten die Kurven und Rundungen ihres Körpers. Er hatte noch niemals eine solche Zartheit gekannt, gepaart mit einer solchen Kraft, wie Llynya sie besaß, so durch und durch weiblich, so köstlich weich und schmiegsam und nachgiebig, bis auf die Schärfe ihres Verlangens. Ihre Hände waren in seinem Haar, hielten ihn fest für all die leidenschaftlichen Küsse, die sie ihm schenken wollte. Sie schlang ein Bein über seine Hüften, drängte sich stürmisch an ihn, und er war augenblicklich erregt.

Hungrig öffnete er seine Lippen über ihren und zog ihre Zunge in seinen Mund, um sie wieder loszulassen und dann abermals tief einzusaugen, ein lustvolles kleines Spiel, das ihn an ihre Liebesnacht in Bala Bredd erinnerte. Zu seiner Verblüffung gab sie ihm die Erinnerung doppelt zurück, als sie ihre Hand unter seine Tunika und Unterhosen schob und ihre Finger um sein Glied schloss, um ihn in einem Rhythmus zu liebkosen, der zu seinem langsamen, heißen Kuss passte.

Shadana… Er bäumte sich ihr entgegen, drängte sich in die weiche Kurve ihrer Handfläche und füllte ihre Hand.

»Liebe mich«, murmelte sie, und die Worte schossen wie Zunderfeuer durch sein Inneres, schnell und heiß und ebenso verführerisch wie ihre Berührung.

Es war der schiere Wahnsinn, was sie wollte, aber die Liebkosungen ihrer Hand waren einfach unwiderstehlich. Jede Bewegung brachte ihn fast um den Verstand und bereitete ihm unsäglichen Genuss. Bald, schwor er sich, bald würde er Llynya sanft, aber energisch von sich schieben und dem gefährlichen Spiel ein Ende machen. Bis dahin konnte er nur beten, dass sich kein Skraeling oder sonst irgendetwas aus der Dunkelheit auf sie stürzte.

Als ob sie seine Gedanken gelesen hätte, ließ Llynya ihre Handfläche abermals an ihm entlanggleiten und hielt schließlich an der Spitze seines Schafts inne.

»Liebe mich«, flüsterte sie erneut und stürzte ihn in noch größere Verzückung, indem sie mit einer Fingerspitze über seine Eichel strich.

Hexe. Das hatte sie in Bala Bredd nicht getan.

Sie streichelte abermals seine empfindlichste Stelle, und plötzlich war es um ihn geschehen. Er würde sie kriegen, so wie sie ihn gekriegt hatte. Er würde sie wieder nehmen, so wie er sie an den Ufern des nebelumwallten Teiches genommen hatte.

Hastig löste er den Taillenverschluss ihrer Unterhosen und schob seine Hand unter den Stoff, und seine Finger fanden die süße, weiche Knospe ihrer Weiblichkeit. Sie hatte ihm gezeigt, wie er ihr sinnlichen Genuss bereiten konnte, hatte ihm zugeflüstert, was sie sich von ihm wünschte, wie er sich bewegen und wo er sie berühren sollte. Der erregende Reiz dieses Spiels war noch immer wunderbar neu für ihn, auch das Bewusstsein, dass sie ihm gehörte, dass es ihm erlaubt war, jeden Zentimeter ihres Körpers zu liebkosen und seine Finger in ihren Schoß gleiten zu lassen; dass ein sanftes Reiben genügte, um seine Welt mit dem Duft ihrer Erregung zu füllen und sie ebenso hungrig zu machen wie ihn.

Sie keuchte auf und flüsterte seinen Namen und plötzlich waren die Skraelings vergessen, und mit ihnen alle Gefahren und jede Spur von Vernunft und gesundem Menschenverstand. Das Einzige, was Mychael noch wahrnahm, war die heiße, seidige Feuchtigkeit, die seine Berührung willkommen hieß, der immer intensiver werdende Blumenduft, der ihm verriet, dass Llynya bereit für ihn war, das drängende, unbezähmbare Bedürfnis, seinen Körper mit ihrem zu vereinen.

Hastig zog er ihr die Unterhosen aus und drang, geführt von ihrer Hand, in sie ein. Ein kehliges Stöhnen entschlüpfte ihm, ausgelöst durch eine Flut von köstlichen Empfindungen. Wahrlich, nur Gott konnte einen Akt von solch intensivem Genuss erschaffen haben, dass es einen Mann in himmlischen Wahnsinn trieb, wenn er sich im Körper einer Frau bewegte.

Er stieß tief in sie hinein und ein köstlicher grüner Duft hüllte ihn ein, ein Wohlgeruch, noch intensiver als selbst der würzigste Duft der tiefen Wälder. Geheimnisvoll und berauschend und grün, wand er sich mit liebkosenden Ranken der Lust um ihn und betörte seine Sinne. Irgendwo in seinem Hinterkopf ertönte eine warnende Stimme, aber er ignorierte sie, denn der Drang, sich weiter mit Llynya zu bewegen, war weitaus stärker als die Vorsicht, zu widerstehen. Es war ein Bedürfnis, ebenso dringend wie das Bedürfnis zu atmen.

Wieder drang er mit einem kraftvollen Stoß in sie, während er mit beiden Händen ihre Hüften umklammerte und sie an sich gedrückt hielt, und einen qualvoll süßen Moment lang fragte er sich, ob ihn in Wahrheit nicht eine neue Art des Wahnsinns im Liebesakt gepackt hatte. Der grüne Duft ergoss sich in einem würzigen Strom in seinen Mund und breitete sich in seinem Inneren aus. Er strömte durch seine Adern und kühlte sein heißes Blut, aber nicht die Glut seines Verlangens nach Llynya. Er versuchte zu widerstehen, aber sie wollte keinen Widerstand dulden.

»Nicht doch, mein Liebster«, murmelte sie beschwichtigend

und drückte ihre Lippen auf seine Schläfe. Sie blies ihm sanft ins rechte Ohr und grub ihre Zähne behutsam in sein Ohrläppchen, dann tat sie das Gleiche mit seinem linken Ohr, markierte ihn auf jeder Seite mit ihrem warmen Atem und einer schnellen Bewegung ihrer Zunge. Sie zog mit ihrer Zungenspitze eine feuchte Spur von der Mitte seines Kinns bis zu seinem Mund und presste dann ihre Lippen auf seine, um ihn leidenschaftlich zu küssen. Mychael schob kraftvoll die Hüften vor und vergrub sich noch tiefer in ihrem Schoß, während ihre Zunge seinen Mund erforschte und mit seiner spielte. Der berauschende Duft von Lavendel überflutete seine Sinne.

Allmächtiger. Es war nicht Wahnsinn, sondern irgendein Zauber, den sie spann, um ihn zu umgarnen und zu verschlingen.

»Komm, Mychael. Komm mit mir«, flüsterte sie lockend.

Und er gab mit einem Stöhnen schierer Verzückung nach. Sie fesselte ihn nicht mit Efeuranken, sondern mit ihrer Magie. Aller Widerstand strömte aus ihm heraus, als er sich bereitwillig in ihren Bann ziehen ließ. Was immer sie von ihm haben wollte, er würde es ihr geben, der hinreißenden grünen Zauberin.

Sie setzte ihre Reise mit ihrer Zunge fort, markierte ihn zu beiden Seiten seiner Nase, an jeder Schläfe, zeichnete eine Karte seines Gesichts mit ihrem Atem und dem honigsüßen Tau ihrer Zunge. Zum Schluss küsste sie ihn mitten auf die Stirn.

Sein Bewusstsein verschärfte sich und breitete sich von der Stelle, wo ihr Atem als ein köstlich warmer Hauch über seine Haut streifte, in jeden Teil seines Körpers aus, bis hinein in die Spitzen seiner Finger und Zehen, als würde sein Orgasmus dort beginnen und implodieren. Es würde sein Tod sein, süßer, glückseliger Tod der Verzückung.

»Jesus«, murmelte er und betete zu einem anderen Gott, noch während er von *Ihrer Göttlichkeit* gerettet wurde.

Er drang abermals tief in sie ein und fand Leben, pulsierend, wachsend – ihr Leben, weiblich bis ins Innerste, das ihn in sich aufnahm und ihn verwandelte, ihn zu *Ihrem* Ebenbild machte.

Denn solcher Art war die Magie, die sie im Mutterschoß der Erde bewirkte, dass er in einem Akt der Wollust und der Liebe wiedergeboren würde. Sein Körper war hart und angespannt von dem dringenden Bedürfnis, endlich den Höhepunkt zu erreichen, seinen Samen in einem Strom wilder Lust zu vergießen, der Drache zu sein, der das Weibchen nahm, das ihm gehörte.

Doch wenn er der Drache war, dann war sie die Drachenbändigerin. Sie ließ ihn zappeln, obwohl er die zitternde Bereitschaft ihres Körpers spürte. Ließ ihn verzweifelt über dem Abgrund sinnlicher Erlösung zappeln, bis er befürchtete, dass er wirklich wahnsinnig würde.

Dann streifte sie mit den Lippen über seine Wange zu seinem Mund hinunter, nahm ihn mit einem langen, heißen, tiefen Kuss und ließ ihn fallen.

Ein Ruck ging durch seinen Körper, als sich sein heißer Samen aus ihm ergoss, und er sah, wie der Rand seines Bewusstseins sich entlang einer schmalen grünen Linie mit dem ihren vermischte. Ihre Lust brandete über die Trennlinie hinweg und verschmolz mit seiner, eine gewaltige Woge, die ihn packte und mit sich in die Tiefe riss und alles nahm, was er zu geben hatte.

Llynya löste ihre Lippen von Mychaels Kopf und beobachtete sein Gesicht, als er den Höhepunkt der Verzückung erreichte, nahm jede schöne, starke Linie in sich auf. Er gehörte ihr, gefesselt durch Ekstase, ein williger Sklave ihres sinnlichen Zaubers. Ein Lächeln spielte um ihre Lippen. Ja, der Druidenjunge gehörte ihr, und in diesem sicheren Wissen überließ sie sich dem Zauber seiner Leidenschaft.

Mychael erwachte, geweckt durch einen sanften Regen von Küssen. Er fühlte sich, als hätte er tagelang geschlafen, einen langen und traumlosen Schlaf.

»Es wird Zeit, dass wir gehen«, sagte eine süße Stimme neben ihm. *Ihre* Stimme.

Ein Lächeln breitete sich auf seinem Gesicht aus, und er nahm sie in seine Arme, rollte sie auf den Rücken und drückte sie in die Felsmulde nieder, so wie sie ihn niedergedrückt hatte.

Sie glühte unter ihm, ihr verträumtes Lächeln ein Spiegelbild seiner eigenen Glückseligkeit.

»Wage es nicht, mir das noch einmal anzutun«, sagte er, während er zärtliche Küsse auf ihre Lippen drückte, »ohne mich vorher zu warnen.«

Ihre Antwort war ein erneutes Lächeln, dann hob sie die Hand und ließ ihren Finger über die Mitte seines Gesichts bis zu seiner Nasenspitze gleiten, zeichnete die Kurve seiner Augenbraue, Schläfe und Wange nach und strich zum Schluss sanft mit dem Daumen über seine Lippen, um ihm zu sagen, was er bereits wusste: *»Du... bist... mein.«*

»Ja, Kobold.« Er küsste sie abermals. »Ich bin dein.«

Zauberhaftes Wesen. Ja, er gehörte ihr, gehörte ihr mit Leib und Seele. Ihr Geschmack war noch immer in seinem Mund, die grüne Frische wirkte noch immer lindernd. Ganz gleich, was ihre Absicht gewesen war, ob sie ihn an sich binden oder hatte heilen wollen – sie hatte beides getan. Und sein Versprechen ihr gegenüber war nicht weniger bindend. Bis zu seinem letzten Atemzug würde er dafür kämpfen, dass sie am Leben bliebe. Wie viele Skraelings hatten schon durch seine Klinge den Tod gefunden? Dennoch, mit Llynya an seiner Seite hatte er sich nicht in die blutgierige Bestie verwandelt, wie er es befürchtet hatte. Noch nicht, aber sie waren auch noch nicht in Sicherheit.

Sie hatte bereits alles gepackt und war abmarschbereit, sodass er sich fragte, ob sie überhaupt eine Minute geschlafen hatte. Wenn nicht, so wirkte sie jedenfalls kein bisschen mitgenommen. Tatsächlich schlug sie sogar ein noch schnelleres Marschtempo an als vorher.

Sie suchten stundenlang in dem Labyrinth von Tunneln, übernahmen abwechselnd die Führung. Es kamen zwar keine Skraelings in den dunklen Schächten zum Vorschein, aber leider fanden sie auch keinen Weg hinauf nach Riverwood.

Also, was wird es sein?, fragte Mychael sich. Skraelings oder der Feuersalamander?

Llynya hatte das Drachenfeuer in seinem Inneren mit ihrem Tee und dem grünen Duft ihres Liebesspiels abgekühlt, aber es war noch nicht erloschen, sondern prickelte noch immer unter seiner Haut. Ob das Feuer wieder ausbrechen wird, wenn wir es brauchen?, fragte er sich. Und was für eine verrückte Wendung der Dinge das war – dass er neuerdings nach seinem Albtraum Ausschau hielt, statt vor ihm zu fliehen!

Er hatte sich im Traumsteinbrunnen ganz bewusst von dem Drachenfeuer überwältigen lassen. Zum allerersten Mal hatte er sich bereitwillig den züngelnden Flammen überlassen, die sich an seinen Narben entlangfraßen. Die Hitze war deswegen nicht weniger stark gewesen. Er hatte das wilde Blut förmlich durch seine Adern brausen hören, aber weil er die Wildheit akzeptiert hatte, war das gefürchtete Delirium ausgeblieben. Er hatte das Drachenfeuer benutzt, statt sich von ihm benutzen zu lassen, und, ja, er hatte einen Strom von Blut hinterlassen. Aber er hatte Llynya befreit, und er würde noch tausend weitere Male töten, wenn sie abermals in Gefahr geraten sollte.

Also, was würde es sein? Sie konnten nicht bis in alle Ewigkeit wandern. Es gab kein Wasser an der Magia Wand, und ihre Vorräte würden nicht mehr lange reichen.

Sie kamen zu einer anderen Weggabelung und tauschten einen alarmierenden Blick.

»Fühlst du das?«, fragte Mychael und zeigte auf den westlichen Tunnel.

»Ja.« Llynya runzelte die Stirn.

Eine Woge von Hitze kam aus dem Tunnel, und in den wenigen Sekunden, die sie dort standen, nahm sie spürbar an Intensität zu. Als ein riesiger Schwarm von tua aus dem Gang herausflitzte, um dann in zwei verschiedene Richtungen zu fliehen, fluchten sie beide erbittert.

»Sie kommt in diese Richtung«, sagte Mychael.

»Und sie steht in Flammen.« Llynya zeigte den Tunnel hinunter. Es war nicht nur die riesige Muttereidechse, die sich näherte, sondern ein Flammenmeer. An dem am weitesten entfernten Punkt, den sie sehen konnten, nahm der Fels einen roten Schimmer an, als ob das Gestein glühte. Gleich darauf schlängelte sich die Spitze der karneolroten Salamanderzunge in ihr Blickfeld, und Llynya und Mychael wichen erschrocken zurück.

»Die Magia-Wand«, sagte er. Mit etwas Glück würde der gigantische Feuersalamander ihnen folgen, und in der allgemeinen Panik würden die Skraelings es vielleicht nicht so eilig haben, sie mit ihren Schwertern niederzustrecken.

»Nein.« Llynya schüttelte den Kopf, einen entschlossenen Ausdruck auf dem Gesicht. »Es gibt noch einen anderen Weg, um hier herauszukommen, und weder die Skraelings noch die Feuerechse werden uns auf diesem Weg folgen.«

Mychael entging nicht die Bedeutung ihrer Worte. Wenn die Skraelings nicht dorthin gehen würden, musste eine gewisse Gefahr damit verbunden sein. Dass auch der Feuersalamander davor zurückscheuen würde, sie zu verfolgen, ließ auf eine Gefahr schließen, die lebensbedrohlich war.

»Das klingt aber nach einer bedenklichen Rettung, Llynya.«

»Ja, es ist ja auch äußerst gefährlich, aber es ist immer noch besser, als an der Magia-Wand zu sterben.«

Sie lief nacheinander zu den Tunneln, die ihnen offen standen und roch prüfend an jeder Öffnung.

»Komm«, sagte sie und winkte Mychael zu dem südlichsten Pfad. »Wir fliehen durch die Dangoes.«

Rhuddlan kehrte nach Merioneth zurück und zu einer ganzen Litanei von Katastrophenmeldungen und Unglücksbotschaften: Madron und Naas heimlich mit einem Zeitreisenden verschwunden; Inishwrath in Stücke zertrümmert; zwei Tote in Tryfan und Shay gefangen genommen; acht Tote bei den Dangoes; Skraelings und Dockalfar in Riverwood eingefallen, wobei Lien lebensgefährlich verwundet und Llynya geraubt worden war; Nia an den Toren der Zeit zurückgelassen, völlig entkräftet durch ihren langen Aufenthalt in der unergründlichen Finsternis; und Tabor allein aus Lanbarrdein zurückgekehrt – ohne Mychael.

Zur Hölle mit dem Jungen und zur Hölle mit Madron. Er würde beiden gehörig die Flügel stutzen. O ja, er konnte Druiden ziemlich schnell gefügig machen. Leider musste er jetzt den Preis dafür zahlen, dass er es nicht schon längst getan hatte.

Das einzig Gute war, dass sich Merioneth rasch mit *tylwyth teg* füllte. Die Kings-Wood-Elfen waren an dem Tag nach der Schlacht in Riverwood eingetroffen, die Ebiurrane am darauf folgenden. Die Red-leaf waren aus dem Süden gekommen. Die Wydden aus dem schottischen Hochland hatten Wei auf dem Rückmarsch von Tryfan eingeholt; sie waren der letzte Stamm, der auf dem Landweg gekommen war.

Der Daur-Clan war auf dem Seeweg gekommen, während ihre schlanken Segelboote und Einbäume wie Schaumkämme auf den Wellen ritten. Blau und silbern bemalt, mit wolkengrauen Segeln, verschmolzen ihre Schiffe zu einer Einheit mit Wasser und Himmel und wurden dringend benötigt für die Aufgabe, die er ihnen stellen würde.

Tages hatte die Nachricht überbracht, dass die alten Männer von Anglesey geschworen hatten, die Wahrheit über die bevorstehende Schlacht zu schreiben, um sie für die Nachwelt und kommende Zeitalter festzuhalten.

Finstere Zeitalter würden das sein, wenn die Drachen nicht gerufen werden konnten. Naas hatte unklugerweise entschieden, genau dann fortzugehen, wenn er, Rhuddlan, sie am dringendsten brauchte. Wenn Mychael ab Arawn seinen Abstieg in die unergründliche Finsternis nicht überlebte, würde es an Rhuddlan sein, die Drachen zu rufen, und dazu würde er Naas' Feuer brauchen.

Trig war Madron und Naas gefolgt, allerdings vergebens. Naas war so verdammt listig, dass sie sich einfach nicht aufspüren ließ, noch nicht einmal von einem Liosalfar-Hauptmann. Trig hatte jedoch genau gewusst, wohin das Trio strebte, und er hatte einen Kader von Ebiurrane Liosalfar ausgeschickt, um sie an den Toren der Zeit aufzuhalten. Rhuddlan hatte die Truppe persönlich dorthin begleitet, als er und sein Kriegerverband von der Magia-Wand aus aufgestiegen waren.

Wei hatte die Brandmale auf den Körpern der Skraelings, die Rhuddlans Truppe in Tryfan angegriffen hatten, bestätigt und sie als Slotts spezielles Zeichen identifiziert. Rastaban war offen, wie Varga ihm erklärt hatte, und Rhuddlan befürchtete das Schlimmste für Shay. Moira war kreidebleich geworden, als sie von der Gefangennahme des Jungen erfahren hatte. Ein schwerer Verlust.

Auch Llynyas Gefangennahme war ein schwerer und gefährlicher Verlust für die Quicken-tree gewesen, tatsächlich sogar für alle *tylwyth teg* – bis die beiden Kings-Wood-Kundschafter, die er Mychael nachgeschickt hatte, gemeinsam zurückgekehrt waren. Die vier waren bei Tagesanbruch in Merioneth eingetroffen und hatten von einem fürchterlichen Gemetzel und grausigen Ereignissen erzählt. Dennoch bestand immer noch Hoffnung für den Kobold und den Druidenjungen.

»Es war hier.« Der Kings-Wood-Elf namens Kenric zeigte auf die Karte, die Rhuddlan auf einem Stück Leinen gezeichnet hatte. Sie hatten sich am Herdfeuer versammelt, die Hauptleute und Oberbefehlshaber sämtlicher Elfen-Clans. Varga wanderte allein auf dem Festungswall entlang und beobachtete das Meer. Alle *tylwyth teg* machten einen weiten Bogen um den Sha-shakrieg in ihrer Mitte, den Erzfeind aus uralten Zeiten.

»Im Tropfsteinbrunnen«, sagte Rhuddlan. »Dort haben sie sich getroffen?«

Kenric und die anderen Kundschafter tauschten einen Blick. »Es war kein Treffen, Rhuddlan. Es war der Ort, wo das Blutbad begann. Wir haben keine anderen Spuren außer denen des Jungen gefunden. Er war ganz allein, jawohl, und er hat fünf in dem Tunnel getötet, sieben weitere in dieser kleinen Höhle hier« – er zeigte erneut auf die Karte – »und drei hier, einer davon ein Dockalfar, und sein Leichnam trug die Spuren von Eisensternen.«

»Und auch die verdammte Granitwand hinter ihm«, murmelte Mael, ein anderer der Fährtenleser. »Hatte den Dockalfar regelrecht an die Wand genagelt, der Druide, mit einem verfluchten Eisenstern.«

»Mit drei verfluchten Eisensternen«, korrigierte ihn einer seiner Gefährten.

»Richtig, drei.« Mael nickte.

»An dieser Stelle hat er sich mit der Sternenlicht-Geborenen zusammengetan«, berichtete Kenric, während er auf die Karte zeigte. »Wir sind ihnen durch den Südtunnel zu dem Felskamin gefolgt, der sich auf die Magia-Wand hin öffnete. Haben Spuren von einer Feuerechse gefunden.« Er blickte von der Karte auf. »Hab schon seit vor den Zauberkriegen keine von diesen Echsen mehr gesehen, aber sie ist dort unten, so viel steht fest, was auch erklärt, warum der Druide und das Mädchen den Weg in die Dangoes genommen haben. Keine Feuerechse würde sich in die Dangoes trauen, ganz gleich, wie verlockend die Beute ist.«

Er beugte sich abermals über die Karte und zeigte auf einen Punkt an der Magia-Wand. »Die Wand ist von hier ab Richtung Norden mit Skraeling-Horden besetzt. Die Feuerechse hatte in der Nähe des Felskamins ein paar Skraelings zum Abendessen verspeist, aber ein Teil der Horde konnte entkommen. Dieser hier allerdings nicht.« Er hielt ein gewölbtes Dreieck aus Silber hoch. »Kynor sagt, er war der Dunkel-Elbe, der Llynya gefangen genommen hatte. Das hier war seine Nase, sagt Kynor.«

Rhuddlan nahm das Metallstück und drehte es hin und her, während er es nachdenklich betrachtete. Dass es überhaupt einen Dockalfar gab, der Caerlons verrückten Zaubertrank überlebt hatte, war überraschend. Dass die Dockalfar durch das mörderische Gebräu entstellt worden waren, wunderte Rhuddlan jedoch nicht im Geringsten. Er hatte das Gleiche während der Schlacht auf dem Felsendamm beobachtet. Jene wenigen Dunkel-Elben, die die Skraeling-Horden befehligten, waren alle auf bizarre Art verstümmelt gewesen. Es wäre wirklich passend, wenn sich Caerlons verabscheuungswürdige Machenschaften als Bumerang erwiesen hätten. Er war derjenige, der zum ersten Mal einen Menschen in einen Skraeling verhext hatte. Auf diese Weise hatten sich die Wege des Intelligentesten der Dunkel-Elben und seiner Lehrerin, Ailfinn Mapp, getrennt.

Jetzt, wo alle *tylwyth teg* versammelt waren, befürchtete Rhuddlan das Schlimmste für die Magierin. Seit der Wintersonnenwende-Zeremonie in Anglesey hatte sie keiner mehr gesehen. Dass sie zum Beltaine-Fest nicht nach Deri gekommen war, war nicht ungewöhnlich. Sie hatte gewusst, dass er das

Äthersiegel an dem Zeitwehr erbrechen wollte, aber sie hatte gesagt, da er das Zeitwehr ohne sie verschlossen hätte, könnte er es auch ebenso gut ohne sie wieder öffnen. Fünfzehn Jahre der Versiegelung bedeuteten Ailfinn überhaupt nichts, und sie hatte Rhuddlan sich selbst überlassen. Aber die Folgen davon, die zunehmende Wildheit der *pryf*, die gewaltigen Risse in den violetten Schächten, die Katastrophe im Kryscaven-Krater... es war völlig ausgeschlossen, dass die Magierin nicht das Aufreißen der Erde gespürt hatte oder die Entfesselung zerstörerischer Kräfte – das heißt, wenn sie noch lebte.

Zum ersten Mal war Rhuddlan gezwungen, sich einzugestehen, dass Ailfinn ein schreckliches Unglück widerfahren sein musste, dass sie entweder von der dunklen Armee gefangen genommen worden war, die sich in der Erde formierte, oder – schlimmer noch – womöglich tot war, die Letzte der Prydion-Magierinnen, und ihre Gehilfin noch kaum mehr als ein unerfahrener Kobold und in ebenso großer Gefahr wie sie alle.

»Harek«, rief er einem Hauptmann der Daur zu. »Nehmt drei Boote unter vollen Segeln, um bei den Dangoes Wache zu halten. Wenn Mychael und Llynya aus dem Eis kommen, bringt sie zu den Toren der Zeit.« Was immer sonst noch geschehen mochte, ob die Dunkel-Elben wieder herrschen würden oder nicht, Dharkkum musste unter allen Umständen aufgehalten werden, und zu diesem Zweck würde Mychael die Drachen in ihr Nest zurückrufen müssen – wenn er die Dangoes überlebte.

»Die Hälfte der verbleibenden Flotte wird vor den Toren von Mor Sarff vertäut liegen«, fuhr Rhuddlan fort. »Die anderen Boote in der Bucht von Merioneth.« Es war eine kleine, schmale Bucht südlich des Drachenschlundes. In den Zauberkriegen hatten die Dockalfar Langschiffe benutzt, um Angriffe entlang der Küste der Irischen See und entlang dem Schlangensee zu verüben. Diesmal würde er auf alle Eventualitäten vorbereitet sein.

Rhuddlan hatte sich mit Varga an den Toren der Zeit geeinigt und einen Liosalfar nach Deseillign geschickt, um die Botschaft zu überbringen. Wenn die Wüstenkönigin einen gefürchteten Krieger haben wollte, der ein *druaight* Schwert führen konnte, würde die Klinge der Leiden zu den Ufern von Mor Sarff gebracht werden. Llyr, Anführer der Ebiurrane Liosalfar, der hinter Madron und Naas hergeschickt worden war, hatte Anweisung, die Frauen fest zu halten, wenn sie den Schlangensee erreichten. Sie würden Mychael helfen, so gut sie konnten, und zur Hölle mit ihrem Reisenden.

Und was ihn, Rhuddlan, anbelangte – angesichts der Tatsache, dass der Trollkönig wieder in Rastaban herrschte, führten alle seine Wege zuerst zu dem Auge des Drachen und zu dem namenlosen Feind, der es gewagt hatte, die Kristallsiegel zu erbrechen und Dharkkum zu befreien.

23

Der Weg in die Dangoes war immer kälter geworden und schien sich immer länger hinzuziehen, und trotzdem marschierte Llynya zielstrebig weiter. Die trockenen Korridore oberhalb der Magia-Wand waren einem einzigen breiten Tunnel gewichen, durch den Wasser strömte. Es sickerte aus den Wänden und sammelte sich in kleinen, eiskalten Bächen auf dem Boden. Sie und Mychael hielten einen Moment an, um ihre Kürbisflaschen nachzufüllen und damit Llynya ihren Umhang umlegen konnte.

»Es ist jetzt nicht mehr weit bis zu dem tiefen Eis.« Ihr Atem bildete kleine weiße Wölkchen in der frostkalten Luft, als sie sprach.

Die gellenden Schreie der Feuerechse waren noch lange Zeit zu hören gewesen, nachdem sie ihren gewählten Weg eingeschlagen hatten, aber die gigantische Eidechse war ihnen nicht über die erste, mit einer dünnen Eisschicht überzogene Geröllhalde hinaus gefolgt. Dennoch gab es kein Zurück mehr und keine anderen Tunnel oder Nebenschächte außer dem einen, den sie hinuntergingen. Mychael begrüßte den Temperatursturz. Er presste seine heiße Hand auf den immer dicker werdenden Raureif an den Tunnelwänden, und Wasser sickerte unter seiner Handfläche hervor.

»Niemand geht in diese Richtung, sagst du?«

»Nicht freiwillig.« Llynyas Stimme wurde gedämpft durch den Stoff der Kapuze, die sie sich um den Kopf und die untere Hälfte ihres Gesichts gewickelt hatte.

»Was könnte denn jemanden zwingen, hierher zu kommen?«

»Notwendigkeit und Tod. Es ist ein Ort der Geister und der Halbtoten.«

»Halb tote Menschen oder Elfen oder Tiere, oder was?«, fragte er müde und sah sich genauer um, als er sein Bündel ablegte. Er hatte es auf Proviant abgesehen, nicht auf seinen Umhang. Er bezweifelte, ob er jemals wieder frieren würde.

Sie zuckte die Achseln. »Wer oder was auch immer nicht zum Sterben bereit war, als der Tod kam.«

»Der größte Teil der Menschheit ist nicht bereit, wenn der Tod kommt.«

»Der Tod trifft die Entscheidung, hierher zu kommen, nicht der Mensch«, erwiderte sie und blickte ihn über den Rand der Maske hinweg an, die sie aus dem langen Zipfel ihrer Kapuze gemacht hatte. »Die Dangoes können viel über Tod und Sterben und solche Dinge enthüllen. Die Reise durch die Eishöhlen ist für jeden Reisenden anders, aber Menschen, so scheint es, sind besonders anfällig für die Hoffnungslosigkeit und Verzweiflung des Eises. Wenn du dir von mir die Augen und die Ohren verbinden lässt, kann ich dir etwas von dem Kummer ersparen, der dich in den Höhlen erwartet.«

»Mit verbundenen Augen werde ich dir nicht viel nützen«, schalt er, als er ihr einen Streifen von gedörrtem Beerenmus reichte.

Sie nahm das getrocknete Obst und schob es unter der Maske hindurch in ihren Mund. »Du kannst nicht mit Körperkraft gegen die Verzweiflung ankämpfen, Mychael, und auch nicht mit der Kraft deines Verstandes.«

»Bist du schon einmal hier gewesen? Weißt du, was auf uns zukommt?«

»Nein.« Sie schüttelte den Kopf, während sie ihre getrockneten Beeren kaute und in einem ihrer Beutel kramte. »Ich weiß nicht, was auf uns zukommt. Ich weiß nur das, was ich von Ailfinn gelernt habe.«

Die Erwähnung der Prydion-Magierin ließ ihn aufhorchen. »Du kennst die Magierin, die Rhuddlan nach Merioneth gerufen hat?«

»Ja«, sagte sie zögerlich, was ihn noch neugieriger machte, und schüttete ein paar Wacholderbeeren in ihre Handfläche.

»Kennst du sie gut?«

»Ja.« Wieder das Zögern. Sie schob sich die Beeren in den Mund.

Er zog fragend die Brauen hoch und sie sah sich genötigt, weitere rätselhafte Informationen preiszugeben.

»Sie ist mit Vorsicht zu genießen, das kann ich dir versichern, genau wie die Dangoes. Lass mich dir wenigstens die Ohren verbinden zum Schutz gegen die Eismusik.«

»Ich habe keine Angst vor dem Eis, Llynya.«

»Die solltest du aber haben.«

»Vielleicht«, pflichtete er ihr bei und fragte dann unverblümt: »Woher kennst du Ailfinn, und warum ist sie mit Vorsicht zu genießen?«

Einen Moment lang dachte er, sie weigerte sich vielleicht, seine Frage zu beantworten, so lange ließ ihre Antwort auf sich warten.

»Sie ist meine Lehrerin«, erklärte sie schließlich »und meine Großmutter.«

»Großmutter?«, fragte er überrascht.

»Ja.« Sie schüttete noch mehr Beeren in ihre Hand und bot sie Mychael an.

»Nein, danke.« Er brauchte keine Wacholderbeeren, um sich warm zu halten.

Sie schob sie in ihren Beutel zurück und zog ihre Maske wieder zurecht. Als sie sich zum Gehen wandte, legte er ihr jedoch eine Hand auf den Arm, um sie zurückzuhalten.

»Du sollst eine Magierin werden? Eine Prydion-Magierin?« Moira hatte ihm von der Macht und Bedeutung der Prydion-

Magierinnen erzählt, von ihrem ungeheuren Wissen, das mehrere Jahrtausende umfasste, und dass sie nach Gutdünken über die Ursubstanzen der Erde verfügen konnten. Es war beunruhigend, sich Llynya in einer solchen Rolle vorzustellen. Sie war seine große Liebe, stark und leidenschaftlich, sie war aber auch jene zarte, in Nebelschleier gehüllte Elfenjungfer, die er am Fluss gesehen hatte – außer dass sie jetzt keine Jungfer mehr war. Diesen Teil ihrer selbst hatte sie ihm geschenkt.

»Vielleicht«, erwiderte sie. »Mit der Zeit. Ich habe das Talent dafür, wenn auch nicht die Gestalt«, gestand sie freimütig.

»Trotzdem bist du zu mir gekommen, um mehr über das Zeitwehr zu erfahren? Weiß Ailfinn denn nicht darüber Bescheid?«

»Eher würde Ailfinn mich in Ketten legen und an einen normannischen Lehnsherrn versteigern, als dass sie mich durch das Zeitwehr gehen ließe.«

Diese Versicherung genügte, um der Magierin Mychaels Bewunderung und Respekt einzubringen.

»Wir gehören zusammen, Llynya«, sagte Mychael. »Wenn du Morgan finden musst und wenn du zu diesem Zweck durch das Zeitwehr gehen musst, wirst du nicht allein gehen. Ich möchte, dass du mir das versprichst.«

Sie nickte und legte einen feierlichen Eid ab. »Ich schwöre es bei den Bäumen und den Sternen. Ich werde nicht zulassen, dass du den Preis zahlst, den ich dafür zahle, dass ich an den Dieb gebunden bin.«

Noch ein freimütiges Eingeständnis, aber eines, auf das er gut und gerne hätte verzichten können.

»Du bist als Jungfrau zu mir gekommen«, erwiderte er, während er versuchte, die Anspannung aus seiner Stimme herauszuhalten. Sie gehörte ihm, nicht Morgan. Ganz gleich, wie viel Macht der Dieb über sie hatte, es war mehr, als Mychael zu akzeptieren bereit war.

»Es ist keine Liebe, Mychael«, versicherte sie ihm hastig und strich zärtlich mit der Hand über sein Gesicht, als könnte sie so den finsteren Ausdruck wegwischen. »Und der Kuss, den Morgan und ich geteilt haben, war nicht mehr als eine flüchtige Berührung. Es war überhaupt nicht so, wie du mich küsst.«

Es beruhigte ihn, das zu hören, obwohl ihm der Rest ihrer Worte fast das Herz brach.

»Irgendetwas ist geschehen in den Stunden, die Morgan und ich damals zusammen verbracht haben«, fuhr sie fort. »Oder vielleicht lag es daran, dass Rhuddlan ihn meiner Obhut anvertraut hatte und ich ihn im Stich gelassen habe. Dreimal in Deri wurde ich urplötzlich von dem Gefühl überwältigt, wie Morgan in die Tiefe stürzte, ein schreckliches Schwindelgefühl, das mich niederstreckte und dem ich nicht entrinnen konnte, ein Anfall von Wahnsinn, wo selbst der Boden unter mir nicht mehr fest schien, obwohl ich beide Hände tief in die Erde gegraben hatte. Es gab kein Mittel dagegen und kein Entrinnen. Als es das erste Mal passierte, dachte ich, es wären Schuldgefühle, die aufstiegen, um mich zu quälen. Ich wappnete mich und schwor mir, zu erdulden und auszuhalten, dennoch habe ich um einen schnellen Tod gebetet, bevor es endlich wieder vorbei war. Das zweite Mal hatte ich schreckliche Angst, dass es wieder passiert war. Beim dritten Mal befürchtete ich, dass ich dieses Los mein Leben lang ertragen müsste, und ich wusste, ich konnte es nicht. Ich bin in den Norden gekommen, um Morgan zu retten und um mich zu befreien. Das Zeitwehr ist eine Marter, sagst du, eine unerträgliche Qual, und ich weiß, dass das wahr ist, denn wenn Morgan durch die qualvollen Tiefen stürzt, erleide ich ebenfalls Höllenqualen.«

Grüne Augen blickten zu ihm auf, ihre Verletzlichkeit durch eine dünne Schicht von Stoizismus getarnt. Der Drang, sie an sich zu ziehen und in seine Arme zu schließen, war stark, aber er wollte ihr mehr als nur flüchtigen Trost spenden.

»Erinnerst du dich, wie du in Bala Bredd das Drachenfeuer gefühlt hast?«, fragte Mychael, als er eine Erinnerung ans Tageslicht zerrte, die er zu vergessen gehofft hatte – dass er sie mit in das hineingezogen hatte, was sein Verderben war, und durch ihre Nähe Linderung erfahren hatte.

»Ja«, erwiderte sie. »Ich habe die Drachen schreien hören. Ich habe ihren heißen Atem mit dir geteilt. Sie kommen, Mychael. Ich habe gesehen, wie Naas vom Festungswall von Carn Merioneth aus nach ihnen gerufen hat – in der Nacht, nachdem wir aus der unergründlichen Finsternis heraufgekommen waren und du von dem Drachenfeuer verzehrt wurdest.«

Er war mehr als nur verblüfft, er war schockiert. »Du hast sie gehört? Draußen in der realen Welt, nicht nur im Geist?«

»Ja. Ich wusste zuerst nicht, was die weißäugige Alte vorhatte, war mir nicht sicher, was der klagende Schrei bedeutete, bis ich ihn noch einmal gehört habe, als wir beide miteinander vereint waren.«

Erregung und Grauen wallten in ihm auf. Sollte er endlich den Bestien begegnen, deren Blut durch seine Adern strömte?

»Weißt du, wann sie kommen?« *Allmächtiger Gott im Himmel, die Drachen!*

»Nein.«

Naas würde es wissen. Davon war er überzeugt. Fünf Monate war er nun schon bei den Quicken-tree, und sie hatte nie ein Wort gesagt. Dann hatte sie ihm plötzlich eine Traumsteinklinge in die Hand gedrückt, und eine Woche später war sie oben auf dem Festungswall, um nach den Drachen zu rufen.

Und sie hatten ihr geantwortet.

Er wäre in jener Nacht fast gestorben. Ohne Madron hätte er damals vielleicht seinen letzten Atemzug getan. Er berührte unwillkürlich die Phiole, die noch immer in der Innentasche seiner Tunika steckte. Es war eine dürftige Vorsichtsmaßnahme gegen Drachen, dennoch wollte er, dass sie kamen.

Ja, er würde sie kommen lassen und seinem Schicksal entgegensehen.

Ddrei Goch und Ddrei Glas – ihre Namen allein genügten, um seinen Pulsschlag zu beschleunigen.

Er nahm Llynyas Hand in seine, ließ sie die pulsierende Wärme spüren. »Wir sind untrennbar miteinander verbunden, *cariad*, aber ich kann nicht zulassen, dass du in diese Sache hineingezogen wirst. Wenn du wieder von dem Gefühl überwältigt wirst, wie Morgan in die Tiefe stürzt, werde ich dir beistehen, aber wenn die Drachen kommen und es ihr Wunsch ist, gegen mich zu wettern, ist das Zeitwehr vielleicht der einzig sichere Ort für dich. Du hast genau wie ich gesehen, wie Trig Rhuddlans Siegel erbrochen hat. Versprich mir, dass du im Notfall deinen geheimnisvollen Pfad zurück nach Yr Is-ddwfn nimmst.«

Llynya blickte ihn an und nickte. Ja, notfalls würde sie den Weg nach Yr Is-ddwfn nehmen und beten, dass Morgan nicht nach ihr rief, während sie den schmalen Pfad durch das Wurmloch entlangwanderte. Denn dann würde sie ganz sicherlich verloren sein, ihr Wunsch mit einem einzigen falschen Schritt erfüllt. Aber wenn ein solcher Notfall eintreten sollte und die Drachen gierige, heißhungrige Bestien waren, die nach Mychaels Blut lechzten, dann würde sie ihn mitnehmen und durch den Schlund des Wurmes führen.

»Komm«, sagte sie. »Bevor wir Drachen treffen, müssen wir zuerst durch das Eis gelangen.« Damit drehte sie sich um und führte ihn in die arktische Einöde.

24

»Keine Zeit, keine Zeit«, murmelte Caerlon ununterbrochen vor sich hin, als er einen langen Tunnel entlangeilte, der zu den Kerkern von Rastaban führte. Er trug ein schweres Bündel und eine kurze Peitsche aus geflochtenem Leder, und bei jedem Schritt klopfte er mit der Peitsche gegen sein Bein. Es war die einzige Sprache, die die Skraelings verstanden, das Knallen der Peitschenschnur. Verdammte Bestien.

Die Skraelinghorden waren immer aufsässiger und ungebärdiger geworden, je näher der Zeitpunkt der Schlacht gerückt war – und sie waren hungrig, ständig hungrig. Sie fraßen so viel, dass er bald keine Ratten mehr für sie hatte, und Slott, der gute alte Slott, fraß ihm die Skraelings weg. Es war höchste Eile geboten. Er durfte keine Zeit verlieren, sonst würde seine gesamte Armee bald nur noch aus Trollkot bestehen.

»Keine Zeit, keine Zeit.« Sein Murmeln nahm einen monotonen Klang an, als er das schwere Bündel auf seine Schulter hievte. »Keine Zeit zu verlieren.«

Er kam zu einer Gabelung im Tunnel und nahm die lange, geschwungene Treppe, die zu den unteren Kerkern führte. Seine leichtfüßigen Schritte erzeugten keinerlei Geräusch auf den kalten, harten Steinstufen. Am Fuß der Treppe öffnete sich ein breiter Korridor nach Süden hin. Kerkerzellen säumten beide Seiten des Ganges, Zellen zum Brandmarken von Gefangenen, Zellen mit Folterbänken, Zellen, um Gefangene in Ketten zu legen, Zellen, um Gefangene langsam zu rösten – die Lieblingsbeschäftigung der Skraelings. Gegen Ende der Zauberkriege hatte es verdammt wenig Zauber gegeben, nur die entsetzlichen Gräuel von Schlachten und Tod.

Caerlon marschierte an all diesen Zellen vorbei und strebte auf eine kleine Kerkerzelle ganz am Ende des Korridors zu. Die dicken Eisenstangen an der Tür kratzten über den Steinfußboden, als er sie aufzog. Kleine Büschel alter, vertrockneter Binsen lagen auf dem Boden der Zelle verstreut, ein kläglicher Komfort für jeden, der in ihren düsteren Tiefen eingekerkert sein würde.

Caerlon hob seine Traumsteinklinge hoch und ließ das Licht über die gegenüberliegende Wand gleiten, während er nach dem gekrümmten Einschnitt im Fels Ausschau hielt, der die Tür markierte, die er suchte. Selbst wenn man wusste, wo dieser Einschnitt war, war er in dem trüben Halbdunkel schwer zu finden.

Da, dachte er, als er einen Spalt im Gestein entdeckte. Er trat einen Schritt vor und strich mit der Hand an der Krümmung entlang. An ihrem Scheitelpunkt drückte er fest gegen den Stein und fühlte, wie der innere Riegel nachgab. Die Tür schwang auf.

Ein Schwindel erregender Anblick bot sich ihm, ein Anblick, der ihn jedes Mal wieder von neuem entzückte, der Abgrund der Oubliette von Rastaban, die sich in all ihrer finsteren, trostlosen Herrlichkeit unter ihm ausdehnte. Von dem Sims aus, wo er stand, wanden sich steile Treppenstufen spiralförmig an den fast senkrecht abfallenden Granitwänden hinunter. Sie führten zu einer tiefer gelegenen Ebene und zu einem weiteren steinernen Sims, das über einem Teich von tintenschwarzer Dunkelheit hing, der fast dreißig Meter im Durchmesser maß. Aus der Dunkelheit ragte eine einzelne Felssäule empor, und ihre Spitze war in einen Strahl weichen goldenen Lichts getaucht, das vor Feenstaub glitzerte, jedes einzelne Goldstaubkörnchen Beweis für Caerlons Mut und Entschlossenheit. Fünfzig Jahre hatte er in der Wildnis verbracht, um das glitzernde Zeug zu sammeln, fünfzig Jahre lang hatte er jede *sídhe* zwischen Wales und Irland danach abgesucht.

Das Licht, das den Staub einfing, strahlte von einem langen Block aus gelbem Traumstein herab, so dick wie der Stamm einer Eiche. Es war Tuans Stein, geborgen aus den glitzernden Tiefen des Königsteiches in Landbarrdein, der einzige Schatz, den sie noch hatten retten können, bevor die heranrückenden Quicken-tree die riesige Höhle erobert hatten. Caerlon und sein verstümmelter Dockalfar hatten den gewaltigen Traumstein im Frühsommer aus seinem langjährigen Versteck in einer Höhle südlich von Rastaban ausgegraben und in dem Land oberhalb eingebettet, um als Fenster zwischen der oberirdischen Welt und der Felsplatte zu dienen, die aus der Dunkelheit herausragte. Auf diese Weise hatten sie das perfekte Gefängnis für die perfekte Gefangene erschaffen.

Traumsteinlicht und goldener Elfenstaub. Konnte es eine noch hübschere Art des Dahinsiechens geben?

Caerlon glaubte es nicht, aber Ailfinn schien vollkommen blind gegen den Luxus ihres Gefängnisses zu sein, unverkennbarer Beweis für seinen Erfolg. Er hatte große Opfer für sie gebracht. Das hatte er tatsächlich, indem er seine Falle mit dem *Elhion Bhaas Le* als Köder versehen hatte. Die Falle war inzwischen längst zugeschnappt und der Köder darin eingeschlossen, sodass er nicht mehr an das kostbare Buch herankonnte.

Trotzdem lächelte Caerlon, so wie er es immer tat, wenn er Ailfinn betrachtete. Dort hing sie, in Licht und Luft schwebend, unfähig, den Schlüssel zu ihrer Freiheit zu erreichen, obwohl er buchstäblich zu ihren Füßen lag. Die Ironie ihres Hinscheidens bereitete ihm fast ebenso großes Vergnügen wie damals die Lektüre des Indigoblauen Buches, das er all die vielen Jahre über eifrig studiert hatte, um die Art und Weise von Ailfinns Untergang aufzutüfteln.

Sie sah ein bisschen wie ein Schmetterling aus, wie sie da in der Luft hing; ihr weißes Haar mit dem einzelnen feinen Streifen von Gold ringelte sich in dem goldschimmernden Licht, ihr brauner, mit Runen geschmückter Umhang bauschte sich um sie, als ob sie Flügel hätte, das Glitzern des Feenstaubs verlieh ihr ein erdentrücktes Aussehen. Ihr Gesicht war bemerkenswert faltenlos für eine Frau ihres hohen Alters. Irgendeine Form von schwarzer Kunst, ganz ohne Zweifel, und weibliche Eitelkeit, so viel stand fest. Ihre Augen hatten sich geschlossen, als er sie in Dämmerschlaf versetzt hatte, aber er erinnerte sich noch gut an sie, so grün wie die Augen ihrer geliebten Quickentree, umrahmt von dichten goldenen Wimpern.

Scheiße! In seiner Aufregung hatte er völlig vergessen, ihr ein Stück Fleisch mitzubringen.

Ailfinn aß es natürlich nie, hätte es selbst dann nicht gegessen, wenn sie in der Verfassung gewesen wäre, Nahrung aufzunehmen; aber Caerlon gefiel der Gedanke, dass der Gestank des verwesten Fleisches, das er auf den Fels warf, noch zu ihrem Elend beitrug. Die Magierin hatte eine sehr empfindliche Nase. Selbst gefangen in todesähnlichem Schlaf konnte sie den Ekel erregenden Fäulnisgeruch seiner Mitbringsel riechen, davon war er überzeugt.

Was seinen anderen Gefangenen anbelangte, so tat Caerlon sein Bestes, um ihn nicht zu kränken. Die Ketten, die den jungen Liosalfar an die Wand des unteren Treppenabsatzes fesselten, waren zweifellos eine Kränkung, aber eine, die sich leider nicht vermeiden ließ. Caerlon hoffte, ihn dafür mit den Köstlichkeiten zu entschädigen, die er mitgebracht hatte: süße Kümmelkuchen und Honigwaben, Met und Haselnüsse, genug, um dem Jungen neue Kraft zu verleihen und ihn eine Woche bei Kräften zu halten. Bis dahin würden die Tore der Zeit gesichert sein, und danach würde Caerlon alle Zeit haben, die er sich wünschte, eine ganze Ewigkeit. Zeit zum Siegen, Zeit zum Vertrödeln … Zeit zum Spielen.

Er lächelte abermals und eilte die Stufen hinunter. Eine bleiche, augenlose Eidechse flitzte über seine Füße. »Tua«, so hatte der Quicken-tree die Reptilien zu nennen gewagt, eine vorsätzliche Beleidigung für den großen König Tuan, der einst über die felsigen Tiefen sämtlicher Höhlen von Anglesey bis nach Brecon Beacons geherrscht hatte.

Sie hatten so viel verloren.

Und sie waren im Begriff, so viel mehr zurückzugewinnen.

Caerlon und seine Armee würden in den Krieg ziehen; seine Hauptleute waren gerade damit beschäftigt, oben im Auge des Drachen den Transport der Hulken vorzubereiten und Truppen für ihren Marsch zu den Dangoes aufzustellen. Dort würden sie ihre Schiffe von dem Felsendamm aus zu Wasser lassen und von Mor Sarff zu den Toren der Zeit segeln.

Deseillign war erobert worden, die Wüstenkönigin aus ihrem Versteck gejagt und auf der Flucht nach Osten, jenseits der Wurzeln der Berge und der bekannten Grenzen ihres Königreichs. Die Dockalfar-Hauptleute hatten sich als ruhmreich in der Schlacht erwiesen, als sie den Westen gegen die feindlichen Truppen verteidigt und Caerlon die letzte große Schwertklinge gebracht hatten, die aus dem Schmiedefeuer der Wüstenschmiede hervorgegangen war – die Schneide der Leiden für das Magia Schwert. Ganz gleich, auf welchen Handel sich die Lady von Deseillign mit Rhuddlan geeinigt haben mochte, es würde nichts daraus werden. Das Schwert und der Schwertmeister gehörten jetzt Caerlon.

Lacknose war nicht aus Riverwood zurückgekehrt, was auf eine Niederlage schließen ließ, und die Quicken-tree hatten Blackhands Horde auf dem Felsendamm schwere Verluste beigebracht. Rhuddlan würde voller Zuversicht sein, obwohl sein Hauptmann unterhalb von Tryfan eine Niederlage erlitten hatte. Und warum auch nicht?, dachte Caerlon mit einem Anflug von Abscheu. Die Quicken-tree hatten ja noch immer die Sternenlicht-Geborene – das einzige Haar in Caerlons Suppe.

Diesmal jedoch würde Rhuddlans Zuversicht sein sicheres Verderben sein. Er würde nach Rastaban marschieren, da all seine Schwierigkeiten bisher von dort gekommen waren, und er würde den schnellsten Weg nehmen, die Überlandroute durch Riverwood. Seine Instinkte würden ihn zu Slott und dem Auge des Drachen führen, während ganz Rastaban bereits auf dem Weg zu den Toren der Zeit sein würde, und zwar mit dem Wyrm-Meister und dem Magia-Schwert, um die Drachen herbeizurufen.

Beziehungsweise mit dem größten Teil des Magia-Schwerts, korrigierte Caerlon sich im Stillen. Er hatte fünf kostbare Stäbe aus Traumstein bei dem Versuch zerbrochen, ein Schwertheft zusammenzuschustern und an der kummervollen Klinge zu befestigen, eine Heidenarbeit, die ihn einen ganzen Tag gekostet hatte. Am Ende hatte er sich notgedrungen mit einem Heft aus lederumhülltem Holz begnügt, geschmückt mit grob geschliffenen Cabochons des zerbrochenen Kristalls.

Er begab sich auf eine Höhe mit Ailfinn und warf der schwebenden Magierin einen prüfenden Blick zu. Sie sah ein bisschen bleich und abgezehrt aus, aber dagegen ließ sich nichts machen. Das Traumsteinlicht hatte sie all diese vielen, langen Monate über bei Kräften gehalten, so wie es auch den jungen Quicken-tree Krieger eine Zeit lang erhalten würde, doch Caerlon hatte nie angenommen, dass sie unbegrenzt lange überleben würde.

Ein paar Schritte darunter befand sich das andere Sims. Ein dünner Strom von Wasser rieselte an der Wand am Rand des Felsvorsprungs herunter und füllte einen kleinen Teich, bevor es überfloss und in den Abgrund strömte. Caerlon hatte den Jungen nahe genug an dem Teich angekettet, dass er trinken und sich Wasser ins Gesicht spritzen konnte, falls ihm das Spaß machen sollte.

»Ich habe dir Essen gebracht«, sagte er, als er sein schweres Bündel ablegte.

Kein Zeichen des Willkommens erhellte die Augen des jungen Liosalfar, kein Wort der Dankbarkeit kam über seine Lippen. Er hatte sich aber gewaschen, wie Caerlon feststellte. Sein sauberes Gesicht war von der besonderen Feinheit und Ebenmäßigkeit, die sich bei allen Quicken-tree fand, mit leicht schräg stehenden, grünen Augen und einer fein geschnittenen

Nase, die sich am Ende ein kleines bisschen aufwärts bog. Er hatte seinen *fif*-Zopf neu geflochten, und Caerlon konnte fast das Lied hören, das er dabei wahrscheinlich gesungen hatte... *pwr wa ladth, pwr wa ladth.*

Nun, Lieder würden ihm in der Oubliette nicht helfen. Caerlon hatte sorgsam darauf geachtet, das Gefängnis gegen heilige Klänge zu versiegeln, für den Fall, dass Ailfinn im Schlaf redete und zufällig die eine oder andere Zauberformel murmelte.

Er kniete sich auf den Boden und begann, sein Bündel auszupacken.

»Ich werde eine Weile fortbleiben, deshalb habe ich dir Essen für eine Woche mitgebracht. Oder vielleicht reicht es auch für eineinhalb Wochen, wenn du sparsam damit umgehst.«

Noch immer keine Reaktion von dem Jungen.

Caerlon wollte ihn berühren, brannte förmlich darauf, ihn anzufassen, begnügte sich jedoch damit, eine Strähne seidigen schwarzen Haares anzuheben. Seine Bemühung brachte ihm einen mörderischen Blick von seinem Gefangenen ein.

»Wenn ich zurückkehre, werde ich Herrscher über alles sein, was dir lieb und teuer ist, Shay. Vielleicht wirst du mir dann deine Gunst gewähren.«

Ein obszöner Fluch entschlüpfte dem Jungen, ein unbeabsichtigter Versprecher, und Caerlon lachte.

»Ja, das ist genau das, was ich im Sinn habe. Das und noch mehr von derselben Art, wenn ich zurückkomme.« Ein rauer, lüsterner Unterton, den er nicht kontrollieren konnte, schlich sich in seine Stimme ein. Er ließ die seidigen Haarsträhnen des Liosalfar durch seine Finger gleiten und legte seine Hand dann auf den Schenkel des jungen Kriegers. Die Muskeln unter seiner Tunika waren hart und zugleich geschmeidig, sein Bein wohlgeformt.

Der eisige Blick des Jungen schweifte zu Ailfinn hinüber.

»Sie kann dir nicht helfen«, sagte Caerlon sanft und ließ seine Hand unter die Tunika auf nackte Haut gleiten, dann zu der Unterhose des Jungen.

Shays Blick schweifte wieder zu Caerlon zurück, von kühler Gleichgültigkeit erfüllt, obwohl auf Caerlons Stirn und Oberlippe der Schweiß ausbrach. Er zog seine Hand zurück und fluchte unterdrückt. Die Gleichgültigkeit hatte den Jungen einiges gekostet, davon war er überzeugt.

Es würde nicht leicht sein, den Liosalfar zu brechen – aber welcher Liosalfar war schon leicht kleinzukriegen? Aber er würde zusammenbrechen, und er würde sich Caerlons Wünschen fügen.

Mit einer einzigen fließenden Bewegung erhob Caerlon sich auf die Füße und machte auf dem Absatz kehrt, ließ jedoch sein Bündel zurück. Er eilte die Treppe aus der Oubliette hinauf, wobei er immer zwei Stufen auf einmal nahm, und er blickte nicht zurück, als er die Steintür schloss.

Mutterseelenallein und nur mit einer halb toten Magierin als Gesellschaft, würde Shay von den Quicken-tree zweifellos sehr viel erfreuter sein, ihn zu sehen, wenn er das nächste Mal zu ihm kam.

Ganz zweifellos.

Shay wartete, bis er die schwere Steintür ins Schloss fallen hörte, bevor er einer Aufwallung von Verzweiflung nachgab. Er zog ein Knie an und ließ mit einem müden Seufzer seine Stirn darauf sinken.

Verflucht. Zusätzlich zu allem anderen, was er ertragen musste, bevorzugte sein Peiniger auch noch junge Männer.

Der Duft von Honig stieg ihm in die Nase und linderte sein Elend ein ganz klein wenig. Sein Magen knurrte vernehmlich, und er hob den Kopf. Eine Woche, hatte der Dunkel-Elbe gesagt, und Shay fragte sich, ob Caerlon allen Ernstes glaubte, dass er Rhuddlan und alle versammelten Stämme der *tylwyth teg* in sieben Tagen ins Jenseits schicken könnte. Obwohl Wei gezwungen gewesen war, mit seinen Verwundeten aus Tryfan abzuziehen, waren es die Skraelings, die die schwersten Verluste erlitten hatten.

Shay griff nach dem Krug mit Honigmet, den Caerlon ihm gebracht hatte, und trank einen Schluck, während er seinen kleinen Vorrat an Nahrungsmitteln beäugte. Er nippte abermals daran, und sein Blick schweifte zu dem Strahl von goldenem Licht, das die erdrückende Dunkelheit in Schach hielt.

Er wusste, wer sie war, die Frau in dem Licht. Er hatte es auf Anhieb gewusst, als er sie gesehen hatte: Ailfinn Mapp. Wie einige wenige Dunkel-Elben und ein Haufen Skraelings es geschafft hatten, eine Prydion-Magierin gefangen zu nehmen, war ihm ein Rätsel, aber in den drei Tagen, die er nun schon in dem tiefsten Kerker von Rastaban verbracht hatte, war Shay schließlich auf den Gedanken gekommen, dass es vielleicht etwas mit dem großen Buch zu Füßen der Frau zu tun haben könnte.

Noch während er hinschaute, hob sich eine der dicken cremefarbenen Buchseiten ins Licht. Sie zögerte einen Moment, in flimmernden Goldstaub gebadet, dann klappte sie um, um glatt auf der anderen Seite des Buches zu liegen – eine Seite umgeblättert. Es war das vierte Mal, seit er an das Sims gekettet worden war, dass er einen solchen Vorgang beobachtete, und es war Ailfinns Werk, dessen war er sich sicher. Denn es herrschte keinerlei Wind in der Oubliette. Obwohl sie sich nicht rührte, obwohl er noch nicht einmal so viel wie das Zucken eines Fingers bei ihr gesehen hatte, blätterten die Seiten in dem Buch um.

Und das war es, was Shay Hoffnung machte.

»*Es sholei par es cant*«, flüsterte er in die Dunkelheit.

»*Pwr wa ladth. Pwr wa ladth.*«

Ströme tief. Ströme tief.

Sie waren verloren. Verloren in der Eiswüste.

Mychael hatte Llynya unter seinen Umhang gezogen und drückte sie fest an seine linke Seite, um die Wärme mit ihr zu teilen, die noch von seinem Drachenfeuer übrig war. Sie mussten dringend anhalten und eine Ruhepause einlegen, aber er zögerte es so lange wie möglich hinaus. In den Dangoes zu schlafen bedeutete eine bunte Mischung aus Kummer, Schmerz und Träumen – Träumen vom Tod.

Schlimmstenfalls war es eine tödliche Gefahr, und diese Gefahr ging nicht nur von der eisigen Kälte aus.

Böse Geister bewegten sich durch das Eis, Schatten verlagerten sich unter der gefrorenen Oberfläche der Höhlengewände. An einigen Stellen entwich der Atem der Geister durch spinnwebfeine Risse, hauchdünne Nebelfetzen, die sich ineinander verknäulten und umeinander schlangen und sich zu eisigen Knochenfingern formten, die sich an ihre Opfer herantasteten und sich in ihnen festkrallten. Es war immer Llynya, nach der die knochigen kleinen Finger griffen, niemals er, Mychael. Sie wanden sich um ihre Knöchel und versuchten, ihre Handgelenke zu umschlingen. Sie liebkosten ihre Haut und machten sie bleich und eisig. Ein warmer Strahl von Traumsteinlicht oder ein Hieb mit einer Klinge genügten zwar, um sie in Schach zu halten, aber das erforderte Wachsamkeit und Schnelligkeit, und Erschöpfung war kein Freund von Wachsamkeit und Schnelligkeit. Als Vorsichtsmaßnahme hatte Mychael Ara aus dem Gürtel gezogen und den Dolch mit einem Streifen Stoff von seinem Umhang an Llynyas Handgelenk festgebunden. Den Dockalfar-Dolch hatte er für sich genommen, da er kein allzu großes Vertrauen in sein Bestreben hatte, eine Lichtelfe zu schützen.

Ihr Proviant ging zur Neige, und sie waren beide fast am Ende ihrer Kräfte. Die gesamte unergründliche Finsternis schien nicht so lang wie der Pfad, den sie bisher durch die zu Eis erstarrten Höhlen der Dangoes gewandert waren, und es war kein Ende abzusehen.

»Halt an, Mychael«, sagte Llynya, als sie aus einem Tunnel in wieder eine andere kleine Höhle kamen. Die Müdigkeit in ihrer Stimme veranlasste ihn, stehen zu bleiben. »Wir müssen ausruhen.«

Ja, sie hatte Recht. Er sah sich misstrauisch um, überprüfte das Eis. Drei andere Tunnel führten aus der Höhle hinaus. Er hob die Traumsteinklinge und beschrieb einen langsamen Bogen damit, und gelbes Licht reflektierte von den eisüberkrusteten Wänden. Die Höhlenwände waren hier klarer und durchscheinender als an anderen Orten, wo sie gewesen waren, und es würde ihm ganz sicherlich gut tun, einfach nur seine müden Beine auszustrecken und Llynya in den Armen zu halten.

»Wir werden Tee kochen und ich habe noch ein paar Streifen gedörrter Beeren.« Es war das Beste, was er anzubieten hatte. Llynya konnte schlafen, wenn sie gerne wollte, aber er zog es vor, nicht wieder einzudösen und in Träumen zu versinken, solange sie noch im Eis waren.

Dennoch überwältigte ihn der Schlaf, nachdem sie ihre kärgliche Mahlzeit verzehrt hatten. Mit Llynya in seinen Armen und dem Duft von Lavendel, der süße Erinnerungen in ihm wach rief, träumte er von ihr und üppigen grünen Wiesen, von warmem Sonnenschein und dem Rauschen des Windes in den Bäumen. Dann veränderte sich sein Traum ganz plötzlich, und die wohlige Wärme wurde zu unerträglicher Hitze, und das Sonnenlicht verwandelte sich in Flammen, die überall um ihn herum loderten. Das Rauschen des Windes verwandelte sich in den Lärm einer Schlacht, in das Klirren von Schwertern und die Schreie von Menschen. Er blickte zum Himmel hinauf, suchte nach den Drachen und fand keine, nur die Mauern von Merioneth, die lichterloh brannten.

Sein Vater, Arawn, war auf dem Wandelgang der Festungsmauer, sein Gesicht eine starre Maske der Angst. Mychael folgte seinem Blick zum oberen Burghof und erkannte plötzlich mit Furcht einflößender Gewissheit, dass es kein phantastischer, von den Dangoes hervorgerufener Todestraum war, was er dort sah, sondern der tatsächliche Untergang von Carn Merioneth. Ein Riese von einem blondhaarigen Mann bahnte sich einen Weg quer über den Hof und schlachtete alles ab, was ihm vor die Klinge kam – Gwrnach, der Cousin seiner Mutter. Mychael erinnerte sich noch von seiner Kindheit her an ihn. Die Ställe waren in Brand gesteckt worden, und das schrille, panikerfüllte Wiehern von Pferden schnitt durch die Morgendämmerung. In sämtlichen Ecken und Winkeln der Festung tobte die blutige Schlacht, doch es war der Eingang der Burg, wohin Arawn zeigte und wohin er Mychael zu blicken befahl.

Mychael versuchte, nicht hinzusehen, versuchte verzweifelt, sich von der heißen, stinkenden Vision loszureißen, wohlwissend, dass es ein grausiger Akt des Abschlachtens sein würde, der ihn zwischen den hohen Eichentüren der Halle von Merioneth erwarten würde.

Aber sehen würde er ihn.

Die Stimme seiner Mutter ertönte in einem gellenden, von Todesangst erfüllten Aufschrei, und Mychael drehte mit einem Ruck den Kopf. Ein Schrei des Entsetzens entrang sich seiner Kehle, aber zu spät, zu spät. Er sah Rhiannons Augen in jenem allerletzten Moment zwischen Schändung und Tod, sah das Licht in ihren sanften grauen Tiefen verlöschen und die panische Angst verblassen. Ihre letzten Tränen strömten über ihre bleichen Wangen und rannen in salzigen Rinnsalen an ihrem Hals entlang, um sich in ihrer zarten Halsgrube zu einem kleinen Teich zu sammeln. Ihre Hand lag auf ihrer Brust, ein schwacher Schutz vor der Dolchklinge, die ihr Herz durchbohrt hatte. An ihrem Mittelfinger steckte ein Ring, geschmückt mit eingravierten Symbolen des Zeitwehrs. Und nachdem er sie auf brutalste Weise umgebracht hatte, nahm ihr Mörder ihren Ring an sich.

Mychael riss seinen Blick von seiner toten Mutter los und blickte auf, um das Gesicht des Mannes zu sehen. Wilde blaugrüne Augen, gesprenkelt mit Tupfern von eisigem Weiß und Gold, starrten ihn an. Langes blondes Haar peitschte um das verzerrte Gesicht des Mannes, aber die Züge waren unverkennbar, und sie prägten sich Mychael unauslöschlich ins Gedächtnis ein. Er war der Sohn des Zerstörers, Grwnachs Abkömmling. Er war Caradoc, der Keiler von Balor.

Wutentbrannt stürzte er sich auf den Mann, um ihn an der Kehle zu packen – und erwachte von seinem eigenen Schlachtruf, der laut in der Höhle widerhallte. Große Eisplatten glitten von den Wänden und krachten auf den Boden, durch die heftige Seelenqual in seiner Stimme aus ihrer Verankerung gerissen.

Ein gefrorener Regen prasselte auf Mychael herab und bedeckte ihn mit weißen Scherben aus Eis. Er sah sich verwirrt um, suchte aufgeregt, aber seine Hände waren leer. Caradoc war verschwunden. Der Traum war vorbei.

Llynya war blitzschnell aufgesprungen und wirbelte zu den Tunneln herum, ihr Schwert gegen eine Gefahr gezogen, die nur in seinem Herzen existierte. Als nichts aus den Tunnelöffnungen herauskam, senkte sie ihre Klinge.

Mychael fiel auf die Knie, von plötzlicher Übelkeit überwältigt. Seine Mutter, seine wunderschöne Mutter. Ihr herrliches goldenes Haar mit Blut verklebt. Ihr Körper geschändet und verstümmelt. Der Schmerz war so entsetzlich, dass er ihn einfach nicht ertragen konnte. Er schlug die Hände vors Gesicht, krümmte sich vornüber und erhob seine Stimme zu einem gequälten Schrei der Verzweiflung. Wieder krachte Eis von der Höhlendecke herunter.

Llynya blickte Mychael an, während ihr Herz wie wild in ihrer Brust hämmerte und ihr Atem in kurzen, keuchenden Stößen ging. Er war nicht verletzt; sein Gesicht und sein Körper wiesen keinerlei Blutspuren auf, dennoch war der Tod selbst in seinem Schrei. Sie überprüfte abermals die Tunnel, während die Spitze ihres Schwerts durch das Eis schleifte. Sie war mit einem Satz von ihm weggesprungen, als er seinen ersten erschütternden Schrei ausgestoßen hatte, weil sie einen Angriff erwartete. Aber es war nichts und niemand da, nur Mychael, ihr geliebter Mychael, von den Todesträumen der Dangoes heimgesucht.

Zu ihrer Linken löste sich ein riesiger Eisbrocken mit einem lauten, reißenden Geräusch von der Wand und prallte gegen die Wand an ihrer Rechten. Er zerbrach in tausend Stücke und füllte den nördlichen Tunnel mit gefrorenem Geröll. Überall um sie herum regneten Eissplitter von der Decke herab.

Shadana! Mychael würde sie beide mit seinem Schmerz unter Eisbrocken begraben.

Sie versuchte zu singen, um seine Qualen mit einem Lied zu lindern, aber sie fror einfach zu sehr. Ihre Zähne schlugen klappernd aufeinander, und sie konnte nicht genug von der frostkalten Luft in ihre Lungen ziehen, um einen klaren Ton hervorzubringen.

Und noch immer erschütterten seine Schreie das Eis.

Plötzlich tat sich ein Spalt in dem Eis zu ihren Füßen auf, der sich durch die gesamte Länge der Höhle zog und immer breiter wurde.

Erschrocken sprang sie zur Seite, weg von dem breiten Riss, und packte Mychael an den Schultern. »Mychael!« Der Boden erbebte unter ihr und Panik schlich sich in ihre Stimme ein. Große Götter! Was hatte Mychael gesehen? »Mychael! Wir müssen raus hier! S-Sofort!«

Wieder löste sich eine dicke Eisplatte von der Höhlendecke und sauste herunter, und ein Hagel von scharfkantigen Eisscherben prasselte auf sie herab. Sie würden für immer in der Höhle eingeschlossen werden, wenn sie nicht schleunigst machten, dass sie herauskamen. Der nächste dicke Eisbrocken krachte herunter und explodierte zu ihren Füßen, zerbrach in Millionen von spitzen Kristallen. Und inmitten des gefrorenen Regens verwandelten sich Mychaels wehklagende Schreie in heftige Schluchzer.

Llynya ließ sich neben ihm auf die Knie fallen. »Mychael. Mychael.«

Er antwortete nicht, zog sie nur schluchzend in seine Arme und presste sie an sich. Er vergrub sein Gesicht in ihrer Halsbeuge, während sein Haar in einem goldenen Schleier über seine Schulter fiel.

»Mychael«, murmelte sie beschwichtigend, gewärmt von seiner Umarmung und seinen Tränen.

Bei jedem Stöhnen und Ächzen der Wände erwartete sie, dass ein letzter gewaltiger Eisbrocken herunterstürzen und sie beide zerquetschen würde. Trotzdem hielt sie Mychael umschlungen und schmiegte sich in seine Arme, um seine Körperwärme in sich aufzunehmen und ihm Trost zu spenden.

Sie döste eine Weile, und als sie aufwachte, herrschte tiefe Stille um sie herum, nur unterbrochen von dem sanften Geräusch ihre beider Atem. Die Wände ächzten und stöhnten nicht mehr. Haufen von zerbrochenen Eisstücken bedeckten den Höhlenboden, und der nördliche Tunnel war vollkommen blockiert. Sie waren aus dem westlichen Tunnel gekommen. Also war die Wahl, in welche Richtung sie nun gehen sollten, auf den Süden und den Osten beschränkt.

»Mychael?« Sie weckte ihn sanft. Sie mussten unbedingt aus der Eiswüste heraus.

»Ja.« Er umschlang sie noch fester und drückte einen Kuss auf ihren Hals, dann auf ihre Wange. Seine Arme um ihren

Körper waren stark, seine Muskeln stahlhart, aber seine Stimme klang rau und gepresst.

»Wir müssen weiter.«

Er nickte und erhob sich schweigend. Dann half er Llynya hoch und schulterte sein Bündel. Ohne sich auch nur ein einziges Mal in der Höhle umzusehen, wählte er den östlichen Tunnel, seine Schritte sicherer und zielstrebiger als in den drei Tagen, die sie nun schon durch die Dangoes wanderten, als ob er den Weg nach draußen kannte.

Der Tunnel beschrieb einen weiten Bogen und führte von Osten nach Südosten, und das Eis veränderte sich. Die Schächte wurden nach und nach breiter, das Eis dicker und fließender, das Vorankommen noch mühsamer. Die Tunneldecken über ihnen füllten sich mit langen, dünnen, nadelspitzen Eiszapfen, jeder Einzelne von ihnen scharf genug, um einen Mann oder eine Lichtelfe aufzuspießen. Als sie unter ihnen hindurchgingen, begannen die Eiszapfen zu vibrieren und erzeugten ein gedämpftes Summen, so unheimlich, dass sich die feinen Härchen in Llynyas Nacken aufrichteten. Eismusik.

Mychael marschierte resolut weiter, scheinbar taub gegen das schaurige Geräusch, das immer lauter wurde.

»Kannst du das Eis hören?«, fragte sie, als das Summen in eine Melodie überging. Die unirdischen Klänge machten sie nervös und unruhig, schlichen sich in ihre Gedanken ein und erzeugten ein bedrückendes Gefühl des Alleinseins. Sie klammerte sich noch fester an Mychaels Hand.

»Ja, ich kann es hören.« Er zog sie näher zu sich heran. »Es klingt traurig und verzweifelt, aber es ist jetzt nicht mehr weit. Halt durch. Ich bin ja bei dir.«

Nicht mehr weit bis zum Ende der Dangoes?, wollte sie fragen. Und woher wusste er das? Aber wenn ihm der Weg in seinem Traum offenbart worden war, würde sie sich hüten, ihn daran zu erinnern, besonders angesichts der nadelspitzen Eiszapfen, die über ihnen schwebten. Sie würde ihn irgendwann einmal fragen, welchen Todestraum er in der Höhle gesehen hatte, aber sie zog es vor, seine Antwort unter einem freien Himmel zu hören, umgeben von Bäumen.

Als sie um die nächste Krümmung in dem Tunnel bogen, waren ihre Fragen schlagartig vergessen. Mychael blieb ebenso abrupt stehen wie sie, gebremst durch den eisüberkrusteten Rand einer riesigen Höhle. Sie dehnte sich tief unter ihnen aus, gut und gerne dreihundert Meter lang, ihre Wände von breiten Bändern aus meergrünem Eis durchzogen, die durch dicke Schichten weißen Raureifs liefen. Die Höhlendecke wölbte sich hunderte von Fuß über ihnen und war vollkommen mit dünnen, zitternden Eiszapfen überkrustet. Ein eisiger Wind und Wogen von Eismusik strömten aus der Höhle und brandeten über Llynya und Mychael hinweg – der kalte Atem der Erde und eine wortlose Symphonie von unheimlichen Klängen. Irgendwo in weiter Ferne konnten sie das Meer rauschen hören. Sie näherten sich dem Ende der Eiswüste, aber Llynya empfand keinerlei Erleichterung, sondern fühlte nur ein stilles Grauen beim Anblick dessen, was sie sah.

Die Höhle war ein Friedhof. Säulen aus scheußlich klarem, durchsichtigem Eis ragten vom Boden auf, und im Innern jeder einzelnen dieser Säulen war ein Leichnam eingeschlossen, mitten im Todeskampf zu Eis erstarrt.

»Große Götter!«, flüsterte sie entsetzt.

Mychael ließ seinen Blick über die grausige Galerie der Höhle schweifen. Sein Vater hatte ihn hierher geführt, hatte ihm im Traum den Weg gen Osten gezeigt, den Weg nach Hause. Eine Reihe grob geformter Stufen war in die Wand auf der anderen Seite eingeschnitten, hohe Treppenstufen, die aufwärts führten und aus der Höhle heraus zu einer Klippe jenseits davon, dem Damm der Dangoes; aber es gab keinen Weg in die Höhle hinein. Sie würden sich mit Llynyas Seil abseilen müssen, ihrem allerletzten.

Es gab keine Tropfsteine, um das Seil daran zu befestigen. Unter Mychaels Anleitung benutzten sie ihre Traumsteine, um das Eis an einer Stelle am Rand der Höhle zu einer kleinen Pfütze zu schmelzen. Das Wasser gefror rasch wieder, aber mit dem Ende von Llynyas Seil darin.

»Du zuerst«, sagte er, als er prüfte, ob das Seil sein Gewicht tragen würde.

Sie blickte argwöhnisch in die Tiefe. »Ich bin das letzte Mal als Erste runtergeklettert.«

»Ich werde unmittelbar hinter dir sein«, versicherte er ihr, aber offenbar vergebens.

»Warum klettern wir nicht zusammen hinunter?«

»Das Seil kann uns nicht beide tragen. Ich bin mir noch nicht mal sicher, ob es einen von uns tragen wird.«

Sie spähte abermals in den Abgrund und runzelte besorgt die Stirn.

Sie war kein Feigling, das wusste er, aber irgendetwas beunruhigte sie.

»Sie sind alle tot, Llynya.«

»Ja, ich weiß. Aber da unten bewegt sich etwas.«

Er trat an den Rand und kniete sich hin, um einen genaueren Blick auf die Höhle zu werfen. Der Wind frischte auf, schlug das Seil gegen die Steilwand, und die Eismusik schwoll zu einem Crescendo an. Fetzen von eisigem Nebel, die nach Meer rochen, schwebten durch die Höhlen, wirbelten hier und dort empor, aber von einem wirklichen Wesen, das sich dort unten bewegte, konnte er nichts sehen. Ihre Traumsteine erzeugten Schatten, ihr Licht reflektierte glitzernd von den Säulen der Toten und warf seinen und Llynyas Schatten auf den Boden, doch Traumsteinschatten würden ihnen nichts tun, und die Körper in dem Eis waren steifgefroren.

Es war die Eismusik, die für ihn den Ausschlag gab. Ganz gleich, zu welchem großen Finale sie sich steigerte, er wollte aus der Höhle heraus sein, bevor die Sache für ihn und Llynya ein dramatisches Ende nahm. Das eisige Lied war eine verzweifelte Kraft, eine schaurige Melodie, die seine Erschöpfung nur noch verstärkte. Und vielleicht war es das, was Llynya zögern ließ. Vielleicht schürte die Eismusik die Zweifel in ihr.

»Wir dürfen nicht länger warten«, sagte er zu ihr. »Wenn du möchtest, klettere ich als Erster hinunter.« Er hasste den Gedanken. Sein größeres Gewicht würde den Halt des Seils in der Eispfütze vermindern und die Wahrscheinlichkeit, dass Llynya abstürzte, erhöhen.

»Nein«, erwiderte sie. »Du hast Recht. Wir werden beide sicherer hinuntergelangen, wenn ich als Erste gehe.«

Sie griff nach dem Seil und schob sich über den Rand. Mychael hielt das im Eis verankerte Ende des Seils fest, um ihr Gewicht abzufangen. Als sie den Boden der Höhle erreichte, winkte sie einmal, und er begann, sich in die eisigen Tiefen abzuseilen, wobei er Ratskins Traumsteinklinge als Licht benutzte. Die eisüberzogene Steilwand bot kaum Halt für Hände oder Füße und machte den Abstieg eher zu einem Kraftakt als zu einer Sache der Geschicklichkeit.

Auf halbem Weg abwärts frischte der Wind plötzlich auf und wirbelte die Nebelfetzen zu immer dicker werdenden Wolken zusammen. Mit jeder neuen Windböe verlor Mychael Llynya sekundenlang aus den Augen. Er ließ sich schneller an dem Seil herab, so schnell, dass seine Handflächen durch die Reibung zu brennen begannen.

»Llynya!«, brüllte er, als sich der dichte Nebel nach dem letzten Windstoß nicht mehr auflöste.

Ein erstickter Schrei war die einzige Antwort, die er bekam. Er kletterte so schnell an dem Seil hinunter, wie er es riskieren konnte, ohne Hals über Kopf durch die Wolken zu stürzen, aber es war nicht schnell genug. Er konnte Llynya noch immer nicht sehen.

»Llynya!«, schrie er abermals. Er fühlte, wie irgendetwas ruckartig an dem Seil zog, und im nächsten Moment kämpfte er verzweifelt darum, nicht den Halt zu verlieren, als das Seil heftig hin und her geschleudert und gegen die Steilwand geschlagen wurde, und zwar von etwas oder jemandem, der sehr viel mehr Kraft besaß als die Lichtelfe. Zweimal prallte Mychael hart gegen den eisüberkrusteten Fels. Die dicken Wolken unter ihm brodelten und verdunkelten sich, und eine fast greifbare Bösartigkeit kroch die Steilwand hinauf.

Die Eismusik wurde zu einem schrillen Kreischen und verlor ihre Melodie in dem Chaos. Der dichte Nebel vermischte sich jetzt mit Rauch, schwarz und Furcht einflößend, und in dem wilden Strudel entfaltete sich ein Geruch nach Tod und Verderben, der Gestank von brennender Fäulnis und Verwesung. Es war der gleiche Gestank wie in dem von Rissen durchzogenen violetten Schacht, aber noch weitaus intensiver, noch weitaus lebendiger. Es war eine Dunkelheit mit tödlicher Absicht.

Ara blitzte in einem blendend hellen Strahl am Rande der dicken Rauchwolken auf, bevor ihr Licht von der undurchdringlichen Finsternis verschluckt wurde. Furcht kroch in Mychaels Herz. Er erreichte den Boden der Höhle mit einem letzten verzweifelten Sprung und hörte plötzlich Kampfgeräusche. Rauch und Nebel machten ihn regelrecht blind, wälzten sich in dicken Schwaden von allen Seiten herbei und wirbelten in einem tintenschwarzen Gemisch um ihn herum.

»Llynya!«, schrie er verzweifelt, während er wie wild mit seinem Dolch auf die undurchdringlichen Qualmwolken einhieb.

»Llynya!«

»Mychaeeeel...«, rief sie, ihre Stimme schwach und verzerrt, als käme sie aus weiter Ferne.

Er hob seinen Traumsteindolch hoch und stürmte in die Richtung, aus der Llynyas Stimme gekommen war, während er um die Säulen der Toten herumrannte. Hinter einem grob geformten Eisblock sah er ein flüchtiges Aufblitzen von blauem Licht. Hinter dem nächsten erblickte er Llynyas Beine, heftig zappelnd und um sich tretend, als sie rasch hinter die nächste Eissäule gezerrt wurde. Eiskristalle wirbelten in Wolken um sie herum auf, und er konnte sie erbittert fluchen hören.

Als er sie das nächste Mal sah, stürzte er sich mit einem Satz auf ihre Füße, bekam sie zu fassen, konnte aber nicht verhindern, dass Llynya weiter über das Eis geschleift wurde. Was immer das war, das Llynya gepackt hatte, es zerrte sie beide unaufhaltsam auf ein grauenhaftes Ende zu. Durch den Sprühregen von Eis und die Wind gepeitschten Rauchwolken erhaschte Mychael einen Blick auf eine knochige Wölbung, dann auf eine weitere – Fingerknochen, aber noch zehnmal größer als die Knöchel der Finger, die in den oberen Tunneln nach ihnen gegriffen hatten. Dies hier waren die Mutterklauen.

Llynya wand sich verzweifelt in dem schrecklichen Griff,

ihre Arme fest an ihre Seiten gedrückt. Ara war noch immer an ihrer Hand festgebunden, aber das Quicken-tree-Tuch löste sich in der wilden Rutschpartie über das Eis auf. Gelbes Licht von der Dockalfar-Klinge blitzte bei jedem Hieb nach den Dangoes-Klauen auf, den Mychael durchführte, aber die Finger wuchsen ebenso schnell wieder nach, wie er sie abhacken konnte. Der Geruch nach Tod und Verwesung wurde noch stärker. Er wollte gerade abermals auf die Klauen einstechen, als er plötzlich von hinten angegriffen wurde.

Eine unsichtbare Hand packte ihn, riss ihn mit einem Ruck von Llynya weg und schleuderte ihn quer über das Eis in eine andere Richtung. Gleich darauf erhob sich ein gewaltiges Heulen in der Höhle und verstärkte den ohrenbetäubenden Lärm des Sturms. Als Mychael endlich zum Halten kam, rappelte er sich hastig vom Boden auf und stürmte zurück zu Llynya.

Er hatte keine Zeit zum Überlegen; er wusste nur, dass er Llynya retten musste. Ein schwaches Licht flackerte links von ihm, und er rannte darauf zu. Ohne Vorwarnung ragte plötzlich eine Wand aus transparentem Eis aus den Wirbeln von Nebel und Rauch vor ihm auf. Mychael ließ sich hastig auf den Höhlenboden fallen in dem Versuch, sein Tempo zu bremsen und die Wucht des Aufpralls zu verringern. Glücklicherweise schlug er nicht dagegen, sondern kam rutschend und schlitternd in einer ausgewaschenen Mulde vor der Wand zum Halten. Weißes Licht fiel von oben auf ihn herab, und als er sich umdrehte und hinaufblickte, stockte ihm der Atem in der Kehle.

Es war gar keine Wand, die ihn aufgehalten hatte, sondern ein Grab, allerdings anders als die grauenhaften Säulen aus Eis. Dieses hier leuchtete in einem geheimnisvollen Licht. Die Tote im Inneren des Grabes war lang und schlank und auf der Seite liegend aufgebahrt, und sie war schneeweiß. Es war eine Jagdhündin, in glitzerndes, schimmerndes Eis gebettet. Er konnte ihre Wunden sehen, aber ihr weißes Fell war nicht mit Blut befleckt.

Das Geheul hinter ihm war inzwischen in grimmiges Bellen und Knurren übergegangen, und es kam aus derselben Richtung wie das schlimmste Toben des Sturms. Mychael versuchte, wieder auf die Beine zu kommen, doch es war, als drückte das Licht ihn nieder. Es wurde heller und heller, und überall um ihn herum schob sich der dicke schwarze Rauch und zog höher an den Wänden hinauf, um eine rußige Schicht auf dem Eis zurückzulassen. In der Nähe der Höhlendecke nahm eine wirbelnde Masse von Dunkelheit Gestalt an, während sie die Eiskristalle zerschmetterte und die schrille Musik zum Verstummen brachte, bis nur noch das Tosen des Sturms zu hören war.

Mychael beobachtete die seltsame Wolkenformation, ein langer, schwarzer Trichter von ungeheurer Kraft, der das Chaos ordnete und Dangoes-Klauen in seine wirbelnde Mitte sog. Einige der Eissäulen begannen, rissig zu werden und zu brechen, und Mychael befürchtete, die Toten würden auf ihn herabstürzen ... und auf sie.

»Llynya.« Ihr Name kam als ein raues Flüstern über seine Lippen. Er klammerte sich an den Rand der Mulde, um sich herauszuziehen, fand jedoch keinen Halt. Er rutschte aus, fiel auf den Rücken und starrte hinauf in das schäumende, brodelnde Herz der Dunkelheit, und plötzlich fühlte er eine Kälte, noch frostiger und tödlicher als das Eis. Es war eine Ewigkeit von finsterster Nacht, die er über sich sah, eine Leere, zu vollkommen, um jemals ausgefüllt zu werden.

Das Licht aus dem Grab wurde noch heller, warf einen Teich von Lumineszenz auf den Boden, der sich rasch bis in jeden Winkel der Höhle ausbreitete. In der Mitte wogte und pulsierte der wirbelnde Wolkentrichter, eine dunkle, sich wellenförmig bewegende Flamme, die das Licht in zwei Teile spaltete.

Es war seine Vision, nur noch weitaus trostloser und düsterer als das, was er in jener lange zurückliegenden Winternacht gesehen hatte.

Die Zukunft enthüllte sich vor seinen Augen, und er sah nichts als Gebeine und Dunkelheit, und dann wurden selbst die Gebeine verschlungen und in den schwarzen Trichter hineingesogen. Die finstere Wolke wirbelte in einer massigen, hypnotischen Spirale, und Hitze entflammte in seiner Brust.

Ein Faden von Dunkelheit löste sich von der schwarzen Flamme und tanzte um ihn herum, um sich um ihn zu schlingen, und die Narben an seiner Körperseite erwachten pulsierend zum Leben, reagierten auf den Ruf der grauenvollen Dunkelheit.

Dies war sein Schicksal.

Dies war sein Kampf.

Er fühlte, wie er von dem Faden auf die Füße gezogen wurde, und er riss sein Schwert aus der Scheide, aber das Schwert war falsch, ganz falsch. Es passte nicht in seine Hand. Und es konnte den dunklen Faden nicht durchtrennen.

»Llynya!«, schrie er verzweifelt, ihr Name der eine und einzige Talisman, an den er sich klammerte.

Und plötzlich war sie da, hielt ihn auf dem Eis fest, während sie gegen die Gewalt des schwarzen Fadens ankämpfte, hielt das Schwert mit ihm zusammen fest, einen schwarzen Höllenhund an ihrer Seite. Ihr Haar peitschte in alle Richtungen, mitsamt Zöpfen und Knoten und Locken, ihre Blätter zitterten in dem gewaltigen Sog der trichterförmigen, schwarzen Wolke. Ihr Gesicht war mit eisigen Flecken von Weiß überzogen, aber ihre Augen waren grün. Grün und grimmig.

Sie erhob ihre Stimme gegen den Sturm, schrie etwas in Elfensprache, und die schwarze Flamme flackerte über ihnen. Das Licht aus dem Grab wurde zu einer messerscharfen Scheibe von Helligkeit und zwang die Dunkelheit, noch weiter zurückzuweichen.

Mit einem furchtbaren, fast menschlich anmutenden Stöhnen sammelte sich der dunkle Rauch, drehte sich fester und immer fester zusammen und zog seinen losen Faden wieder in sein Innerstes zurück, bis er nur noch eine dicke Schnur war, die sich in rasendem Tempo um sich selbst drehte, angetrieben von ihrer eigenen wilden, vibrierenden Kraft. Im Nu löste sich die Schnur wieder auf, und die einzelnen Rauchstränge flogen davon zu den Klippen des Felsendamms.

Das grelle weiße Licht verblasste, und Mychael fiel kraftlos auf das Eis. Llynya zog ihre Hand von dem Schwert und liebkoste sein Gesicht. Er glaubte, ein Schluchzen zu hören. Er fühlte sich so seltsam. Der schwarze Hund kam näher, um ihn mit der Schnauze anzustupsen und seinen Kopf an ihn zu schmiegen.

»Elixir«, murmelte er und legte seine Hand auf das glatte Fell des Tieres. Lavrans hatte ihm von dem Jagdhund erzählt, wie hart und siegreich der Rüde in der Schlacht um Balor gekämpft hatte, und wie er geholfen hatte, Ceridwen das Leben zu retten – ebenso wie er Llynya vor den Klauen der Dangoes gerettet hatte.

»Die Quicken-tree nennen ihn Conladrian«, erklärte sie ihm, ihre Stimme ein gepresstes Flüstern.

»Und Numa?«, fragte er und blickte zu dem Grab hinüber. Die weiße Hündin war Ceridwens lustiger Kumpan gewesen, als sie eine Zeit lang bei Dain Lavrans im Hart Tower gewohnt hatte, bevor sie als Caradocs Braut nach Balor gekommen war. Die tapfere Hündin war in den letzten Augenblicken der Schlacht gestorben, als sie den Feind an den Ufern von Mor Sarff in Schach gehalten hatte.

»Wir nennen sie Rhayne«, sagte Llynya. »Ich… ich wusste nicht, dass Conladrian sie hierher gebracht hatte.«

»Als ich das schaurige Heulen hörte, dachte ich zuerst, es wäre der Tod selbst. Und das Knurren…« Mychaels Stimme verlor sich. Es war ein so grimmiger, bösartig klingender Laut gewesen. Er hatte schon befürchtet, Llynya wäre in die Fänge irgendeiner Höhlenbestie geraten.

»Der Tod war hier«, sagte sie schlicht, und wieder stieg ein Schluchzen aus ihrer Kehle auf.

Ja, der Tod war hier gewesen.

Der Strom von Blut, vor dem er sich so lange gefürchtet hatte, war nichts im Vergleich zu der finsteren Nacht, die er gesehen hatte. Die Skraelings würden sterben, Hunderte von ihnen allein durch sein Schwert, so stumpf, wie es war, zu stumpf, um einen finsteren Faden durchzuschneiden, und dennoch scharf genug, um Skraelings niederzustrecken. Ihr Blut würde wie ein Fluss über die Erde strömen. Die Dockalfar würden sterben, die Sha-shakrieg… und auch die Quicken-tree, dachte er mit einem plötzlichen Stich der Verzweiflung. Die

Red-leaf und die Wydden, die Daur und Ebiurrane, die Kings-Wood-Elfen – jeder und alle, die Rhuddlans Aufruf gefolgt waren, würden sterben. Auch Menschen würden scharenweise sterben, dahingerafft von der Pest und anderen schrecklichen Seuchen. Jedes Geschöpf des Waldes und des Wassers würde in der furchtbaren Finsternis umkommen. Und schließlich, wenn sämtliche Lebewesen zu Wasser und zu Lande vernichtet waren, würden die Bäume sterben und mit ihnen jedes letzte grüne Pflänzchen.

Das war es, was er im Herzen der Dunkelheit gesehen hatte, eine todbringende Leere, die alles Leben bis hin zum letzten Fünkchen von Licht verschluckte.

Er würde gegen die alles verschlingende Finsternis kämpfen. Es war die Aufgabe, die zu erfüllen er geboren worden war. Und die Drachen würden kommen, Ddrei Goch und Ddrei Glas, denn auch sie waren geboren worden, die Dunkelheit zu bekämpfen. Aber würden sie zu ihm kommen? Er hatte nicht das richtige Schwert, um sie zu beherrschen, nur eine schwache Klinge, die noch nicht einmal durch einen Rauchfetzen schneiden konnte.

Sie waren für diese eine Tat erschaffen worden, sie alle drei. Er war Blut von ihrem Blut, und er brauchte sie, so wie er schon immer gewusst hatte, dass er sie brauchen würde, denn ohne die Drachen war sein Schicksal besiegelt. Er würde sterben.

Ihm war entsetzlich kalt. Er hatte es bisher nicht bemerkt, aber sein ganzer Körper schmerze vor Kälte. Der Weg vor ihnen war jetzt frei, der Rauch verschwunden und das Eis frei von tödlichen Klauen. Sie sollten die Dangoes so schnell wie möglich verlassen.

Mychael rappelte sich mühsam vom Boden auf, unterstützt von Llynya, während Elixir neben ihm hin und her lief.

»Glaubst du, er wird mit uns kommen?«, fragte er.

»Nein.« Llynya schüttelte den Kopf und wischte sich mit dem Handrücken über die Wange. »Er hält bei seiner Schwester Wache.« Sie weinte.

Er wollte sie streicheln, wollte sie trösten, aber er fühlte sich seltsam losgelöst von seiner Umgebung. Er bückte sich, um sein Schwert aufzuheben, und hielt mitten in der Bewegung inne, die Finger nach der Waffe ausgestreckt. Seine Hand war totenbleich, seine Haut bläulich verfärbt. Das Haar, das über seine Schultern fiel, war plötzlich grau und wie mit Reif überzogen. Selbst der Streifen von dem Zeitwehr war verwandelt worden und zu einem stumpfen Graurot verblasst.

Es war ein Schicksal, das er nicht vorausgesehen hatte, dass er so verändert sein würde, und es gab ihm einen Moment zu denken, sein Fleisch in den Schattierungen eines eisigen Todes gemalt zu sehen. Aber dieser Moment ging wieder vorüber, denn in Wirklichkeit spielte es keine Rolle. Er war geboren worden, um zu kämpfen, ein gefürchteter Krieger, nicht im Schoß seiner Mutter empfangen, sondern in einer jahrtausendealten Vergangenheit. Alles andere war unwichtig.

Außer Llynya.

Sie war ein Verlust, den er schmerzlich betrauern würde. Er wandte sich zu ihr um. Er verstand jetzt, warum sie weinte, hatte ihr aber nichts Tröstliches anzubieten – ganz sicher nicht seine totenbleiche, eisige Hand.

»Komm«, sagte er. »Die Schlacht wartet.« Es war das Einzige, das er wusste.

Elixir führte sie aus den Dangoes heraus und begleitete sie zu einer Stelle, wo ein schmaler Trampelpfad begann und in Serpentinen zu den Klippen des Felsendamms hinaufführte. Der Hund winselte und jaulte, als Llynya sich neben ihm niederkniete, um sich von ihm zu verabschieden. Er leckte ihr das Gesicht, und sie sang ihm leise ein Elfenlied ins Ohr. Als das Lied zu Ende war, drehte sich der mächtige schwarze Rüde um und kletterte wieder in die Höhle hinunter.

Der Aufstieg war steil und zermürbend, der Boden schlüpfrig, aber die Temperatur um sie herum stieg allmählich an. Auf dem obersten Punkt der Anhöhe waren sie endlich aus dem Eis heraus. Teiche von Seewasser markierten den Pfad, und auf der anderen Seite des Dammes konnten sie Schiffe sehen, Elfenschiffe. Ihre silbernen Rümpfe glitten durch die schwarzen Wellen von Mor Sarff, ihre Segel blähten sich im Wind; sturmgraue Segel, mit Runen geschmückt, die sie als Eigentum des Daur-Clans kennzeichneten. Ihre Decks waren in Traumsteinlicht getaucht, während drei Schiffsbesatzungen ihre Dolche hochhielten, um den Weg über den unterirdischen Schlangensee zu erhellen.

Es heiterte Llynya ein bisschen auf, als sie die kleine Flotte sah, und sie benutzte Ara, um den Daur ein Zeichen zu geben. Hunderte von Traumsteinklingen blitzten zurück, und die Seeleute stimmten einen Sprechchor an. Als die Worte zu ihnen herüberschallten, sah Mychael Llynya erbleichen.

»Was sagen sie?« Die Worte waren in einer Sprache, die er nicht kannte, obwohl der Rhythmus typisch elfisch war.

»Es sind die Daur«, erwiderte sie und warf ihm einen kurzen, tränenverschleierten Blick zu, bevor sie wieder aufs Meer hinausblickte. »Und sie rufen nach dem Drachenbändiger. Sie rufen nach dir.«

Caerlon führte seine Armee auf den Felsendamm hinauf und erblickte die drei Daur-Schiffe, die von den Dangoes fortsegelten und die südliche Spitze der unergründlichen Finsternis umrundeten.

Sie sind auf der Flucht, und keine Minute zu früh, dachte er mit grimmiger Befriedigung.

Wenn sie vorgehabt hatten, ihn von Süden anzugreifen, waren sie zu spät gekommen. Er selbst hatte es nur noch ganz knapp geschafft, das letzte Stück Weg im Anschluss an den Kasr-al Loop zurückzulegen. Jeder Skraeling, der trödelte, würde es nicht mehr schaffen. Der ekelhafte Rauch kroch in jede Höhle und jeden Tunnel. Den letzten Berichten aus Deseillign zufolge hatte sich bereits das gesamte Wüstenbecken mit dem Zeug gefüllt. Es strömte nicht nur sehr viel schneller aus dem Kryscaven-Krater und durch den südlichen Grabenbruch, als er geplant hatte, sondern es fand auch seinen Weg durch den nördlichen Teil des Grabenbruchs und strömte von dort aus nach Rastaban.

Der Junge würde verloren sein und Ailfinn ebenfalls.

Jeder Plan, den er gehabt hatte, nach Rastaban zurückzukehren, musste aufgegeben werden. Jetzt war nur noch Zeit dafür, das Wehrtor zu erobern – und verdammt wenig Zeit.

Caerlon wandte sich ab und signalisierte den Skraelings mit einer Handbewegung, mit dem Stapellauf der Schiffe zu beginnen. Nur Slotts Barkasse würde noch nicht zu Wasser gelassen werden, da der Trollkönig die Nachhut bilden würde.

»*Grazch!*« Der Dockalfar scheuchte die Skraeling-Horden den Felsendamm hinunter, wobei jede Horde ihr eigenes Schiff auf Rollen transportierte.

Eine schwarze Rauchfahne trieb an ihm vorbei und schwebte aufs offene Meer hinaus. Es war ein scheußliches, übel riechendes Zeug, der Vorbote von Dharkkum. So dicht, wie der Rauch geworden war, konnte die tödliche Dunkelheit nicht mehr allzu weit entfernt sein.

Er trat mit seiner Peitsche vor und schlug auf die Skraelings ein, um sie zu größerer Schnelligkeit anzutreiben. Noch bevor die nahende Schlacht vorbei war, würden die Tore der Zeit der einzige sichere Ort auf Erden sein, der noch übrig blieb.

25

Rastaban war verlassen. Rhuddlan konnte sich nicht erinnern, jemals wieder einen abscheulicheren Ort gesehen oder gerochen zu haben, seit er das letzte Mal hier gewesen war, und die Höhle wurde immer noch abscheulicher mit den eindringenden Fetzen von Dharkkums gefürchtetem Rauch und dem widerwärtigen Gestank von Fäulnis und Tod. Seine Kundschafter hatten von einer großen Truppenbewegung von Skraeling-Horden Richtung Süden berichtet, aber ein paar Nachzügler waren von den Liosalfar gefangen genommen worden. Einige andere waren geschnappt worden, als sie von der Haupttruppe desertiert waren. Loyalität gehörte nicht zu den Eigenschaften, die einen Skraeling auszeichneten.

Sie waren auch nicht sonderlich redselig. Da Grammatik ein Geschenk der Götter war, war es nicht weiter verwunderlich, dass die gottlosen Skraelings kaum sprechen konnten. Wei kannte sich jedoch ziemlich gut mit ihrer Art aus. Und mit Owains Streitaxt, die wie ein Damoklesschwert über den Skraelings hing, hatten die beiden so viele Informationen aus den Tiermenschen herausgeholt, wie überhaupt zu bekommen waren.

Schiffe, hatten die Skraelings gesagt. Die Horden hatten eine ganze Flotte von Hulken durch die Tunnel nach Mor Sarff gerollt, um sich auf eine große Schlacht vorzubereiten.

Sie hatten auch von Caerlon gesprochen. Der Name war wieder und wieder gefallen und hatte Rhuddlan endlich enthüllt, wer sein Widersacher war und wer all die schrecklichen Katastrophen verursacht hatte. Tuans Hofmagier, der abartige Idiot, der mit seinem teuflischen Zaubertrank die Truppen seines Königs umgebracht hatte, hatte selbst offenbar nichts von dem Gebräu getrunken. Schlauer Bursche.

Dennoch war es nicht ganz so schlau von ihm und noch weitaus schlimmer als idiotisch, dass Caerlon seine Fähigkeiten dazu benutzt hatte, um den Prydion-Zauber auf den Kristallsiegeln zu brechen. Was hat er sich bloß davon erhofft, als er solch zerstörerische Kräfte in der Erde freigesetzt hat?, fragte Rhuddlan sich.

Was die Quelle der Zauberformeln anbelangte, die Caerlon angewendet hatte, so hatte Rhuddlan eine ziemlich genaue Vermutung – das *Elhion Bhaas Le.* Mit dem Indigoblauen Buch der Elfenlehre und fünfhundert Jahren Zeit, um es zu studieren, wäre selbst ein teilweise ausgebildeter Magier wie Caerlon im Stande gewesen, einen Pesthauch über Riverwood zu verbreiten und eine weitere Armee von Skraelings zu produzieren und – aller Wahrscheinlichkeit nach – die violetten Schächte zu zerstören, die die Erde vor Dharkkum schützten, und außerdem den zu Stein erstarrten Trollkönig wieder in ein Wesen aus Fleisch und Blut zurückzuverwandeln.

Ja, und vielleicht bestand die schlaueste Tat des Wahnsinnigen darin, dass er das Indigoblaue Buch fünfhundert Jahre lang vor Ailfinn versteckt gehalten hatte.

Sie war hier gewesen. Rhuddlan konnte Anzeichen dafür im

Auge des Drachen erkennen, dem Thronsaal des Trollkönigs. Stein sprach nicht so zu ihm, wie er zu Tuan gesprochen hatte, aber die Anwesenheit der Magierin und ihre Macht hatten deutliche Spuren auf dem Fels hinterlassen. Caerlon hatte sie ganz sicher nicht überwältigen können, ohne dass es zu einem erbitterten Kampf gekommen war, und die Wände und Steinsäulen im Auge des Drachen wiesen große Brandflecke und Verätzungen auf, umrandet von einer leuchtenden zinnoberroten Lumineszenz – Ailfinns spezielle Mischung von metallischen Dämpfen und ihr Markenzeichen.

Rhuddlan wandte sich zu Wei um. »Wissen die Skraelings von irgendwelchen Gefangenen?«

»Sie hatten einen«, erwiderte Wei mit angespannt klingender Stimme. »Shay. Aber sie sagen, er wäre auf dem Marsch nach Rastaban gestorben. Er hätte nicht sterben müssen, Rhuddlan. Der Junge war nur ganz leicht verletzt, als er durch die Skraeling-Horde von uns getrennt wurde. Sie sagen, ihr Hauptmann hätte den Leichnam Caerlon übergeben.«

Obwohl es schlimme Nachrichten waren, fühlte Rhuddlan dennoch ein Fünkchen Hoffnung in sich aufkeimen. Er erinnerte sich an Caerlons Neigungen und Gewohnheiten, und nach dem Ausdruck in Weis Augen zu urteilen, erinnerte sich auch der Elfenmann daran; und jeder, der sich noch an Slotts Vorliebe für *tylwyth teg* entsann, würde wissen, dass es nur eine Möglichkeit gab, um einen Elfenjungen an dem Trollkönig vorbeizuschmuggeln, nämlich als Leiche getarnt.

»Wenn er noch lebt, kann die Zeit das andere heilen«, sagte er zu Wei.

Der Liosalfar nickte beipflichtend, obwohl Zorn in seinem Blick aufflammte.

»Und Ailfinn?«, fragte Rhuddlan.

»Sie haben sonst niemanden gesehen, aber viele von ihnen wurden erst vor knapp einem Monat nach Rastaban gerufen. Ein paar sind erst seit zwei Wochen hier.«

Rhuddlan trat zu dem nächsten Pfeiler, einer Granitsäule von gut drei Metern Umfang, geschmückt mit eingeritzten Schlangenschuppen. Er legte prüfend seine Hand auf die lange

Feuernarbe, die sich an der gesamten Säule hinaufzog. Sie war so kalt wie der Stein, den sie markierte. Ailfinns Feuer war eine mächtige *magia*, brannte zwei Tage lang mit voller Kraft, bevor die Flammen schwächer zu werden begannen; und die Hitze des Feuers hielt sich noch sehr viel länger. Dass der zinnoberrot schimmernde Ruß keine spürbare Wärme mehr ausstrahlte, bedeutete, dass mindestens ein Monat vergangen war, seit Ailfinn im Auge des Drachen gewesen war, und vielleicht sogar noch mehr Zeit – zu viel Zeit.

»Die Kerker?«, erkundigte sich Rhuddlan.

»Wir haben bisher nichts darin gefunden, aber es gibt drei verschiedene Ebenen, und die Liosalfar suchen noch immer.« Es war Owain, der sich zu Wort meldete.

»Vier Ebenen«, sagte eine Stimme hinter Wei, und Varga trat aus dem Schatten einer Felssäule hervor. »Während der Zauberkriege ging das Gerücht um, dass es in Rastaban eine Oubliette gäbe, einen ›vergessenen Ort‹, irgendwo in den finstersten Tiefen der Höhlen. Wenn dieser Kerker wirklich existiert, würde er auf einer Ebene liegen, die von den anderen Zellen getrennt ist.«

»Haben die Gerüchte auch etwas darüber ausgesagt, wo diese finsteren Tiefen sind? Oder wie man dort hinkommt?« Varga war bereitwillig mit ihnen gekommen, wohlwissend, dass er nicht in Carn Merioneth zurückbleiben konnte, außer unter schwerer Bewachung. Rhuddlan selbst war durchaus mit Vargas Anwesenheit einverstanden, denn er hatte ihn kämpfen sehen, und der Sha-shakrieg war ihm als zusätzlicher Schwertkämpfer willkommen.

»Nur dass es eine gut versteckte Kühlkammer ist, ein trostloses Verlies, und dass noch keiner jemals daraus fliehen konnte oder lebendig herausgekommen ist. Die Sha-shakrieg haben die Oubliette fast ebenso sehr gefürchtet wie Rhuddlan von den Quicken-tree.«

Eine Kühlkammer, dachte Rhuddlan voller Abscheu, während er Vargas sarkastisch vorgebrachtes Lob ignorierte.

Angesichts der speziellen Gelüste eines Trolls war es nicht weiter überraschend, dass kein *tylwyth teg* jeweils heil und in einem Stück aus den Kerkern herausgekommen war. Dass Slott und seine Brut ihre Verbündeten womöglich mit dem gleichen Genuss verschlungen hatten wie ihre Feinde, mutete seltsam logisch an.

Er blickte zur Decke der riesigen Höhle hinauf. Schwarzer Rauch sammelte sich in den Ecken und Winkeln und verdichtete sich, noch während sie dort standen. Bald würde er überall in Rastaban die Luft verpesten, nicht nur in der großen Halle, sondern auch in sämtlichen Tunneln, und anfangen, seinen Tribut von den Liosalfar zu fordern.

Rhuddlan ließ seinen Blick wieder zu der Felssäule und den zinnoberrot umrandeten Brandflecken wandern. Ailfinn war hier gewesen, und sie war vielleicht noch immer in Rastaban. Ganz gleich, wie gering die Möglichkeit auch war, sie nahm ihm die Entscheidung ab. Er konnte die Domäne des Trollkönigs nicht verlassen, solange noch eine Chance bestand, dass die Prydion-Magierin irgendwo in ihren unergründlichen Tiefen eingesperrt war. Wei würde ganz sicherlich nicht eher gehen, bis er jeden Stein auf der Suche nach Shay umgedreht hatte.

Er prüfte abermals den Rauch und schätzte, dass es ungefähr noch einen halben Tag dauerte, bis sie gezwungen sein würden, den Rückzug anzutreten. Trotzdem wagte er es nicht, seine Armee so lange in Rastaban zu behalten, während Caerlon über den Schlangensee zu den Toren der Zeit segelte.

»Treilo«, rief er dem Gebieter über die Wydden zu und bedeutete den anderen mit einer Handbewegung, ihn allein zu lassen.

Ein in Grau gekleideter Mann löste sich von der Gruppe der einfachen Soldaten und warf Varga einen langen Blick zu. Der Mann, von hohem, schlankem Wuchs wie ein Quicken-tree, hatte blondes Haar mit einem ausgeprägt rötlichen Schimmer. Er hatte in den Zauberkriegen gekämpft und war noch immer durch eine purpurrote Narbe entstellt, die diagonal über sein Gesicht lief, wo ihn ein mit *bia*-Saft getränkter Faden getroffen hatte.

»Du wirst die Truppen zu den Toren der Zeit bringen«, sagte

Rhuddlan, als Treilo neben ihm stehen blieb. »Zwei Gewaltmärsche durch Riverwood werden dich dorthin führen. Berichte Lyr von den Schiffen und von Caerlon. Wenn die Dockalfar und die Skraelings ihn nicht schon angegriffen haben, werden sie es bald tun. Wenn du Riverwood erreichst, schick einen Boten nach Carn Merioneth. Lass zwei von den drei Clan-Truppen, die zur Bewachung der Festung zurückgeblieben sind, in die unergründliche Finsternis hinabsteigen. Wenn wir die Tore der Zeit nicht halten können, werden wir auch Merioneth nicht halten.«

Der Anführer der Wydden nickte zustimmend. »Und du, Herr?«

»Wei, Owain, der Sha-shakrieg und ich werden nach der Oubliette suchen.« Obwohl sein Wort Gesetz war, war Varga bei ihm sicherer aufgehoben als bei einer Truppe von *tylwyth teg*, von denen viele in den Zauberkriegen gekämpft hatten.

Treilo musterte die Höhlendecke mit einem kurzen, abschätzenden Blick und wandte seine Aufmerksamkeit dann wieder Rhuddlan zu. »Seid vorsichtig und gebt euch gegenseitig Rückendeckung.«

»Das Gleiche gilt auch für euch. Es kann gut sein, dass noch immer Skraeling-Horden in den Tunneln sind oder in Riverwood auf euch warten.«

»Ja«, pflichtete Treilo ihm bei und zögerte dann einen Moment, bevor er fortfuhr: »Ich habe in den Zauberkriegen an deiner Seite gekämpft, Rhuddlan, aber keiner von uns beiden hat schon einmal mit dem zu tun gehabt, was sich hier zusammenbraut.«

»Richtig. Das ist auch der Grund, weshalb wir Ailfinn brauchen und weshalb ich hier bleibe, um sie zu finden.«

»Wir brauchen mehr als Ailfinn«, erwiderte der andere Mann kurz und bündig. Eine purpurrote Linie lief durch seine fragend hochgezogene Augenbraue. Die *bia*-Narbe zog sich über sein Augenlid und von dort aus schräg über seine Nase und Wange bis zu seinem Kinn hinunter. In der anderen Richtung verlief sie diagonal über seine Stirn, bevor sie unter einem Wust von rötlich-blondem Haar verschwand.

Rhuddlan erwiderte seinen Blick unverwandt. »Lass Naas ihr Feuer anzünden. Wenn der Druidenjunge nicht aus dem Eis zurückkehrt, werde ich Ddrei Goch und Ddrei Glas herbeirufen.«

Der Wydden war noch immer nicht zufrieden. »Es ist über fünfzehn Jahre her, seit die Drachen die Wogen von Mor Sarff zerteilt haben, Rhuddlan, und hier handelt es sich um Krieg, nicht um den normalen Lebenszyklus der Drachen.«

»Ja«, erwiderte Rhuddlan, während sein Blick noch durchdringender wurde. »Also, heraus damit.«

»Du bist ein Drachenhüter, Herr, aber werden die Drachen auch für dich kämpfen? Das ist eine der Fragen, die mich und die anderen Clanführer beschäftigen. Und was ist mit dem Magia-Schwert?«

Rhuddlan wusste, was die Clanoberhäupter beschäftigte. Er hatte sich selbst schon hundertmal dieselben Fragen gestellt, seit er von den Dangoes nach Merioneth zurückgekehrt war und erfahren hatte, dass Mychael verschwunden war. Dennoch musste er eine Antwort auf die erste Frage finden. Seit Stept Agah hatte keiner mehr mit den Drachen gekämpft. Die Art und Weise war nicht überliefert worden. Ailfinn würde es wissen, falls sie gefunden werden konnte, denn die Drachen waren von einer Prydion-Magierin erschaffen worden; oder vielleicht hatte Naas irgendwo in der Vergangenheit eine Methode gesehen, wie er die Drachen seinem Willen unterwerfen konnte, aber das war noch lange keine Garantie dafür, dass es ihm auch gelingen würde.

Und was das Magia-Schwert anbelangte – es würde kein *druaight*-Schwert geben, weder für ihn noch für irgendeinen anderen Krieger. Die Wahrheit dessen hatte er in Rastaban erkannt.

»Ich fürchte, Deseillign ist im Begriff, erobert zu werden«, sagte er zu Treilo. »Der Rauch strömt am stärksten aus denjenigen Tunneln, die sich auf den Grabenbruch öffnen. Die Wüste muss bereits darin ersticken, und wenn die Wüste verloren ist, sind auch die Schmieden der Sha-shakrieg unwiederbringlich verloren. Es wird für uns keine Klinge der Leiden geben, um sie mit einem Traumsteinheft zu verbinden.«

Der Anführer der Wydden pflichtete ihm mit einem kurzen Nicken bei und ließ damit erkennen, dass er zu dem gleichen Schluss gekommen war, aber er wollte noch immer eine Antwort auf seine andere Frage haben. »Und die Drachen?«

»Sie waren schon immer kriegerische Bestien«, räumte Rhuddlan ein, »und jetzt, wo Dharkkum näher rückt, werden sie erst recht wild sein. Wenn Mychael ab Arawn die Dangoes nicht überlebt hat und wenn ich sie nicht bändigen kann ... und wenn wir Dharkkum besiegen« – sein Mund verzog sich zu einem schiefen Grinsen – »dann wirst du glorreiche Jahre vor dir haben, während du mit Drachen kämpfst.« Er legte dem Anführer der Wydden eine Hand auf die Schulter. »Sorg dafür, dass das Zeitwehr gesichert ist, Treilo. Das ist der springende Punkt. Wir werden nicht mehr als einen halben Tagesmarsch hinter euch sein.«

Treilo erwiderte seinen Blick nur einen Moment, bevor er seinem König mit einer tiefen Verbeugung huldigte, und er verharrte einen Moment länger in seiner Verbeugung, als er Rhuddlans Blick erwidert hatte – eine kluge Entscheidung.

Ohne darauf zu warten, dass Treilo sich zu seinem Marsch aufmachte oder sich auch nur aus seiner Verbeugung aufrichtete, signalisierte Rhuddlan Wei, Owain und Varga, ihm die gigantische Treppe auf der Ostseite der großen Halle hinaufzufolgen.

Sie hatten bereits Caerlons private Gemächer durchsucht und nichts Interessantes gefunden, abgesehen von einem Haufen schmutziger, halb zerfetzter Kleider. Wei brauchte nur einmal an den Lumpen zu riechen, um auf Anhieb zu erkennen, wem sie gehörten.

»Caradoc«, erklärte er.

»Pest und Hölle!«, fluchte Owain, als er vorwärts marschierte und mit der Spitze seines Schwerts in den Kleiderhaufen stach. Er hob eine Tunika hoch und fletschte grimmig die Zähne. »Dann hat das Wurmloch ihn also wieder ausgespuckt, wie? Den Schweinehund werde ich mir vorknöpfen, jawohl, und ich glaube, ich werde ihn erst aufknüpfen, bevor ich ihm mit meinem Schwert die Eingeweide aufschlitze. Wie ist das,

Varga? Hast du zufällig einen von diesen tückischen Fäden übrig?«

»Für Caerlons Verbündeten? Jederzeit.« Der Sha-shakrieg lächelte unter den Gazestreifen, die sein Gesicht verhüllten. Er nahm die Bandagen niemals ab, jedenfalls nicht ganz, sondern arrangierte sie nur anders, um zu essen oder sich vor Kälte zu schützen oder um seine Augen abzuschirmen. In diesem Punkt war er nicht anders als jeder der Spinnenleute. Das Sternenlicht von Deseillign brannte mit einer Kraft, die tief in entblößte Haut eindrang; daher war es sehr viel klüger, stets bedeckt zu bleiben. Die Bewohner der Wüstenstadt waren nicht ganz so dringend auf die schützenden Bandagen angewiesen, aber Varga war ein Mann der riesigen Sandflächen, Varga Von Den Eisendünen, und seine Vorsichtsmaßnahmen waren ihm in Fleisch und Blut übergegangen.

»Kommt«, sagte Rhuddlan, als er sich von Caerlons Kammer über dem Thronsaal des Trollkönigs abwandte. »Wir haben noch eine Aufgabe vor uns und nicht mehr viel Zeit, um sie zu erfüllen.«

Sie trafen auf die Liosalfar, die ein letztes Mal die erste Kerkerebene kontrollierten, und Rhuddlan schickte sie los, um sich Treilos Truppe anzuschließen. Dann teilten er und seine Gefährten sich in zwei Suchtrupps auf, und Wei und Varga durchsuchten die Zellen und Tunnel im Norden, während Rhuddlan und Owain eine lange, geschwungene Treppe in das Labyrinth der unteren Kerker hinunterkletterten.

Zelle für stinkende Zelle arbeiteten sie sich durch die Ebenen hindurch. Owain überprüfte jeden Spalt und jede Ritze im Fels. Falls sich jemals irgendjemand gefragt hatte, wo die Aborte von Rastaban sein mochten – Owain und Rhuddlan fanden sie. Der Quicken-tree Mann gab Owain ein Stück Stoff, das dieser sich um Mund und Nase band, um nicht den entsetzlichen Gestank einatmen zu müssen.

Nachdem sie auf der zweiten Ebene nichts gefunden hatten, stiegen sie zur nächsten hinunter. Am Fuß der Treppe öffnete sich ein breiter Korridor nach Süden. Schmutzige Binsenbüschel lagen auf dem Boden verstreut. Owains Fackel war heruntergebrannt, und Rhuddlan zündete eine neue mit seinem Traumstein an.

»Überprüfe die Zellen auf der Ostseite«, wies er Owain an. »Ich werde mir die Westseite vornehmen.«

»In Ordnung«, erwiderte der Waliser, seine Stimme ein gedämpftes Murmeln unter dem Quicken-tree-Stoff.

Rhuddlan wandte sich nach Westen, und Owain betrat die erste Zelle auf der Ostseite des Korridors und bekreuzigte sich dabei.

»Gottverdammte Skraelings«, knurrte er, während er sich abermals bekreuzigte. Sicherheitshalber machte er noch ein zusätzliches Unheil abwehrendes Zeichen, das er in frühester Kindheit in Denbigh in Nordwales gelernt hatte. Der Priester von Denbigh hatte ihm noch einige andere Zeichen beigebracht, da der Mann mehr Kelte als Katholik gewesen war, und Owain benutzte sie allesamt, als er sich einen Weg durch die Zellen bahnte. Grausame Folterungen hatten in den dunklen Löchern stattgefunden. An den Wänden und Böden waren rostige Ketten und Fußfesseln festgeschmiedet, von den Decken baumelten schwere, mit Stacheln versehene Eisenketten und Halseisen herab. In einigen Zellen waren Feuergruben gegraben worden, und in ihrer Asche fanden sich verkohlte Knochen. Eine zerbrochene Streckbank zeugte von der Vergangenheit einer anderen Zelle.

Am Ende des Korridors brach Owain plötzlich der Schweiß auf der Stirn aus, und ein unheimliches, prickelndes Gefühl kroch über seine Haut und bewirkte, dass sich die feinen Härchen in seinem Nacken aufrichteten.

»Immer mit der Ruhe, Mann. Immer mit der Ruhe«, sagte er leise zu sich selbst. Er hatte schon so manche merkwürdige und oft auch wundersame Sache gesehen, seit er sich den Quicken-tree angeschlossen hatte. Aber so wahr ihm Gott helfe, in seinem ganzen Leben und in den zahllosen Schlachten, die er geschlagen hatte, hatte er noch nie etwas so Grauenhaftes wie die mit blutigen Eingeweiden gefüllten Abfallgruben und Kerker von Rastaban gesehen.

Er hob seine Fackel, um die Rückwand einer Zelle zu beleuchten, und fand nichts. Als er die letzte Zelle in dem Block betrat, verstärkte sich das unheimliche Gefühl in alarmierendem Maße. Rhuddlan arbeitete sich durch die Zellen auf der anderen Seite des Ganges, und da er langsamer bei seiner Suche vorging, war er weit hinter Owain – ein Umstand, der Owain zu denken gab. Wenn ganz plötzlich etwas Schreckliches passierte, oder wenn er einen Troll von Slotts Sorte sähe, würde er Rhuddlan lieber in seiner Nähe haben. Seit die Liosalfar berichtet hatten, dass der Trollkönig wieder auferstanden war, empfand Owain schon bei dem bloßen Gedanken an den Tausendschädeligen ein spezielles Grauen. In seinem ganzen Leben hatte er sich nie irgendetwas wie die *pryf* vorgestellt, aber Trolle hatte er sich schon als winziger Knirps in allen schrecklichen Einzelheiten ausgemalt, und er fürchtete sich so sehr vor ihnen, dass es eine Schande war.

Wahrhaftig eine Schande.

Seine einzige Waffe gegen sie war sein fester Bezug zu einer Wirklichkeit gewesen, die keine kindlichen Albträume beinhaltete. Dann waren die Liosalfar aus den Dangoes zurückgekehrt, und sein Albtraum war plötzlich Realität geworden. Slott Von Den Tausend Schädeln, Trollkönig von Rastaban, existierte nicht nur, sondern machte auch die gesamte Gegend unsicher.

»Nur keine Panik, Mann«, murmelte er abermals vor sich hin, während er sich misstrauisch umblickte. Als er nichts Verdächtiges sah, hob er seine Fackel hoch und ließ das Licht über die Ostwand gleiten, um nach irgendwelchen Absonderlichkeiten zu suchen, kam jedoch nicht weiter als ein paar Schritte, als die Südwand plötzlich zu summen begann. Es war ein gedämpftes Grollen und Rumpeln, das von tief unterhalb der Zelle zu kommen schien. Ein Trollgeräusch, bei Gott, wenn er jemals eines gehört hatte.

Owain fuhr mit einem Schrei auf den Lippen herum, seine Fackel hoch erhoben. »Rhuddlan!«

Der Elfenmann rannte bereits auf die Zelle zu. Ein schwaches Zittern erschütterte den Boden. Oder vielleicht bin ich das, dachte Owain, denn er schlotterte tatsächlich an allen

Gliedern, zitterte bis in die Haarspitzen hinein, obwohl er wie zu Stein erstarrt dastand. Allmächtiger, aber der Troll würde kurzen Prozess mit ihm machen. Es würde sich mit einem Satz auf ihn stürzen, das Ungeheuer, und ihn ruck, zuck verschlingen, bis nichts mehr von ihm übrig blieb außer seinen Stiefeln, die noch immer auf dem Granitboden klebten.

»Rhuddlan!«, schrie er wieder und dann war der Quickentree-König neben ihm.

»Es ist nichts, wovor du dich fürchten müsstest, Owain«, sagte Rhuddlan mit einem Unterton von Erregung in der Stimme. Der Quicken-tree berührte ihn am Arm, als er vorbeiging, und Owain stellte fest, dass er sich plötzlich wieder bewegen konnte. Er trat einen Schritt zurück, fortgewunken von Rhuddlans Hand.

»Mach Platz«, sagte der Elfenmann.

Ein schwaches, flackerndes goldenes Licht tanzte an der summenden Wand hinunter. Sekunden später tat sich ein Spalt in dem Gestein auf und wurde rasch breiter, breit genug, dass ein Mann hindurchschlüpfen konnte. Rhuddlan sprang auf den Spalt zu und verschwand.

Owain rührte sich jedoch nicht von der Stelle, völlig verwirrt von dem flackernden, blitzenden Licht, das aus der Öffnung hervorkam. Der Spalt verbreitete sich noch mehr, und das dumpfe Knirschen und Ächzen des Gesteins verlieh dem seltsamen Summen eine harte Resonanz. Ängstlich wich er noch einen Schritt weiter zurück, gerade als Wei und Varga in die Zelle gestürmt kamen.

Owain errötete, zutiefst verlegen darüber, dass er beim Rückzug erwischt worden war, aber Wei und Varga schienen es nicht zu bemerken.

»Asmen'taline!«, brüllte Wei über den wachsenden Lärm und das dumpfe, explosionsartige Geräusch hinweg, das offenbar von den blitzenden Lichtern herrührte. Dann sprangen er und der Sha-shakrieg durch den Spalt im Gestein und verschwanden ebenfalls.

Owain zwang sich, wieder einen Schritt vorwärts zu machen. Es war kein Troll, das wusste er jetzt, aber es war nichtsdestotrotz Hexerei, große Hexerei, solche Feuerblitze zu zaubern, die zuckten und brannten und knisterten.

Er holte tief Luft und wappnete sich innerlich für den Vorstoß, während er sein Schwert zog. Mit einer letzten Ermahnung an sich selbst, »ruhig Blut, Mann, immer ruhig Blut« zu bewahren, sprang er durch die von gleißendem Licht erfüllte Lücke in der Mauer – und wäre um ein Haar in den gähnenden Abgrund gestürzt. Er bremste mit wild rudernden Armen an der Kante des Simses ab und stolperte rückwärts in Sicherheit.

»Verdammte Scheiße«, fluchte er, als er in die Oubliette hinunterstarrte. Das Summen und die tanzenden Lichtblitze kamen von einem breiten Strahl goldenen Lichts, der in die Mitte des gigantischen Kerkers hinunterfiel. Knisternde bunte Funken sprühten von dem Strahl aus und erleuchteten die Wände, ließen sie in Nuancen von Rot, Grün und Gold erstrahlen. Auf der gegenüberliegenden Seite der riesigen unterirdischen Höhle konnte er Wei und Varga eine lange Reihe von Stufen hinunterrennen sehen, die aus dem Fels herausgehauen waren. Auf der anderen Seite des goldenen Lichtstrahls kniete Rhuddlan auf einem weiteren Sims, und neben ihm war Shay.

Von der Stelle aus, wo Owain stand, sah er, wie Rhuddlan sein Schwert über den Jungen hob und es mit einem mächtigen Hieb niedersausen ließ. Der Atem stockte ihm in der Kehle, als eisblaue Funken von den Ketten des Jungen aufstoben. Dann war Shay frei und sprang auf die Füße.

Rhuddlan wanderte auf dem Felsensims auf und ab und beobachtete, wie Ailfinn sich in dem Licht von Tuans Stein langsam herumdrehte. Es war die geballte Kraft des Kristalls, die sie in der Luft gefangen hielt, das und irgendein verdammter *sídhe*-Staub, den Caerlon in die Mischung geworfen hatte. Wenn er genügend Zeit hätte, würde er bis zum nächsten Neumond warten, um Ailfinn zu befreien, weil dann die Kraft des Kristalls aus Mangel an Sonnenlicht – ob nun direkt oder reflektiert – am schwächsten sein würde. Aber er hatte keine Zeit zum Warten.

Unter Ailfinn blätterten die Seiten des *Elhion Baas Le* wie wild vor und zurück. Er könnte ihr helfen, wenn er zu ihr gelangen könnte, dennoch gab es nichts auf der Felsenplattform, um das er ein Seil hätte schlingen können, und es war eine verdammt lange Strecke, um hinüberzuspringen.

Hinter sich hörte er Owains Schritte, als dieser auf das Sims heraufkam, unmittelbar gefolgt von einem erstickten Laut. Rhuddlan drehte sich um und sah den Waliser mit bleichem Gesicht auf Vargas Arm starren, als der Sha-shakrieg seinen Ärmel hochkrempelte. Feste, spiralförmig zusammengerollte graue Wirbel bedeckten das Fleisch des Spinnenmannes, und sie alle schimmerten feucht in dem goldenen Licht.

Rhuddlan zog die Brauen hoch und begegnete dem Blick des Sha-shakrieg in wortlosem Verstehen. Es gab also doch eine Möglichkeit.

Varga wählte einen grauen Wirbel auf seinem Arm, um zu beginnen, und grub seine Finger um den Rand, um ihn abzuziehen. Flüssigkeit quoll heraus, um die Lücke zu füllen, und Owain würgte abermals heftig.

»Es ist nur *pryf*-Seide und *bia*-Saft«, erklärte Rhuddlan dem Waliser, »und kein Grund, gleich dein Mittagessen wieder von dir zu geben.«

Mit dem grauen Kringel in der Hand prüfte Varga die Entfernung zu der abgeflachten Felssäule, über der Ailfinn schwebte. Dann schleuderte er den Wirbel über den Abgrund hinweg, und der Larvenspinnfaden spulte sich Schlinge für elegante Schlinge ab, während das Grau wie Silber in den Lichtblitzen schimmerte, bis er mit einem hörbaren Klatschen gegen die Seite der Felssäule schlug – und daran festklebte.

Zwei weitere Fäden folgten rasch hintereinander, der eine unterhalb des ersten und der nächste unterhalb des zweiten. Varga befestigte jedes Fadenende sicher an der Wand über dem Sims.

»Es ist kein Netz, wird aber als Brücke dienen. Wenn du Ailfinn befreien kannst, wird diese Brücke euch beide tragen.«

Rhuddlan überprüfte, ob die Fäden sein Gewicht aushalten würden. Sie waren so dünn wie Seide, aber sehr fest, und sie verhärteten sich noch mehr, nun, da sie der Luft ausgesetzt worden waren. In den Zauberkriegen hatte er des Öfteren Sha-shakrieg-Netze überquert. Einige von ihnen waren Fallen gewesen, mit tödlichen Fäden versehen, die zwischen den Spinnwebfäden eingeflochten waren. Er hatte mehr als einmal mit ansehen müssen, wie ein *tylwyth teg* in einem vergifteten Knäuel von Sha-shakrieg-Fäden hängen geblieben und einen qualvollen Tod gestorben war.

Er trat vorsichtig auf die Brücke, und da sie hielt, rannte er blitzschnell hinüber. Als er die Felssäule erreichte, winkte er Shay, ihm zu folgen, der Junge lief flink und behände über die Fäden.

»Vor ein paar Tagen, als die Seiten umzublättern anfingen, haben sie sich noch nicht so schnell bewegt wie jetzt«, erklärte Shay.

»Ja.« Rhuddlan strich mit der Hand über den Bogen goldenen Lichts. Die enorme Kraft des Lichts drückte fest gegen seine Handfläche.

»Sucht Ailfinn nach einer Zauberformel?«

»Ganz sicher nicht.« Rhuddlan schüttelte den Kopf. »Sie braucht nicht noch mehr Magie, sie braucht weniger. Wei!«, rief er über den Abgrund hinweg. »Gib mir deinen Dolch!«

Wei trat dicht an den Rand des Simses und schleuderte seinen Traumsteindolch zu der Felssäule hinüber. Shay fing ihn geschickt in der Luft auf.

»Erhitze ihn«, befahl Rhuddlan, und Shay schloss seine Hand um den Kristall. Rhuddlans eigenes Dolchheft pulsierte bereits unter dem Druck seiner Hand. Er war fest von dem überzeugt, was er Shay gesagt hatte: dass in diesem Fall weniger Magie nötig war, nicht noch mehr. Er war ganz sicherlich kein Magier, der einen Zauber durch einen Gegenzauber aufheben konnte, aber er hoffte, den Zauberbann, den Caerlon verhängt hatte, mit Waffengewalt zu brechen.

Ein lauter Ruf von dem Sims ließ ihn herumfahren. Wei wies aufgeregt auf die Tür auf der anderen Seite der Höhle. Rhuddlan blickte in die Richtung, in die er zeigte, und nickte. Dann drehte er sich mit grimmiger Entschlossenheit wieder zu Ailfinns Gefängnis um. Der Rauch von Dharkkum trieb in die Oubliette. Caerlon könnte den Kampf noch gewinnen und die Welt ins Verderben stürzen, der verdammte Idiot.

»Mach genau das, was ich dir vormache, und schneide mit deiner Klinge durch den Strahl, aber pass auf, dass du Ailfinn nicht verletzt! Wir werden sehen, ob Traumstein *magia* die Macht von Tuans Stein brechen kann.«

Shay nickte und Rhuddlan hieb mit seiner Klinge auf den goldenen Strahl ein. Blaue Funken stoben entlang der Schnittlinie auf und regneten auf sie herab. Rhuddlan schnitt abermals mit seinem Kristalldolch durch das Licht, und weißer Rauch stieg von Ailfinns Umhang auf, wo die frischen Funken landeten.

Shay ahmte jede seiner Bewegungen nach, während er Linie für Linie durch das goldene Licht schnitt. Immer mehr Rauch quoll um sie herum auf, bis Ailfinn nur noch als eine reglos schwebende Gestalt, gefangen in Lumineszenz, zu erkennen war.

Die glühenden, farbigen Funken, die in elegantem Bogen in den Abgrund fielen, wurden immer zahlreicher. Obwohl Ailfinn sich nicht bewegte, konnte Rhuddlan spüren, wie sie das feurige Licht mit bloßer Willenskraft zwang, sich von dem Strahl zu lösen und in einem schillernd bunten Funkenregen in den Abgrund zu stürzen. Wieder schnitt er durch den Lichtstrahl, und tausende der *sídhe*-Staubflocken gingen in Flammen auf und verlöschten in der tintenschwarzen Finsternis der Grube.

Bei dem nächsten heftigen Hieb seiner Klinge schrie eine Frauenstimme – Ailfinns Stimme.

»Dana Lianei!«

Ein starker Wind erhob sich aus dem Abgrund, wirbelte um die Felssäule herum. Rhuddlan trat zurück und streckte die Hand aus, um Shays Klinge fest zu halten.

»Astareth!«

Das goldene Licht flackerte.

»Conc de Le!«

Dicke weiße Rauchschwaden wallten um Ailfinn herum,

und noch während Rhuddlan hinschaute, ballte sich Ailfinns linke Hand langsam zur Faust, immer fester und fester, bis sich die Sehnen an ihrem Handgelenk reliefartig von ihrer blassen Haut abhoben. Die restlichen Flocken von *sídhe*-Staub schlüpften zwischen ihre zusammengekrümmten Finger, um eine nach der anderen in ihrer Faust zu verschwinden. Als die letzte Flocke gefangen war, öffnete Ailfinn ihre Faust abrupt wieder.

Das Licht erlosch schlagartig – alles Licht, sowohl der bläuliche Schein von Rhuddlans Traumsteinklinge als auch der goldene Strahl von Tuans Stein. Die Fackeln auf dem Sims hörten auf zu lodern. Weis Klinge leuchtete nicht mehr.

Die gesamte riesige Höhle war plötzlich in vollständige und undurchdringliche Dunkelheit gehüllt. In Dunkelheit und den schwachen Geruch von Dharkkum.

Dann ertönte Ailfinns herrische Stimme. »Bring mich zum Kryscaven-Krater, Elfenkönig. Wir haben dort Arbeit zu erledigen!«

Ja, das ist Ailfinn, wie sie leibt und lebt, dachte Rhuddlan und ein Lächeln breitete sich auf seinem Gesicht aus. Obwohl er nicht zu heftigen Gefühlsregungen neigte, war er zutiefst erleichtert und von Herzen dankbar, dass sie noch die Kraft hatte, Befehle zu erteilen. »Der Krater ist verloren, Ailfinn. Das Kristallsiegel wurde im Hochsommer erbrochen, und das ganze südliche Becken ist bereits mit der Pestilenz gefüllt.«

Wieder ertönte ihre Stimme aus der Dunkelheit, scharf und ätzend. »Und wenn es das nicht wäre, würdet ihr mich dann vielleicht so dringend brauchen? Die Pest über Caerlon! Was ist mit Deseillign, Rhuddlan?«

»In demselben tödlichen Rauch erstickt, der uns auch hier bedroht. Wir müssen fort von hier. An den Toren der Zeit erwartet uns eine Schlacht.«

»Ja, wir gehen, aber nicht zum Zeitwehr, sondern zum Kryscaven-Krater. Es ist die Sache eines anderen, die Schlacht an den Toren zu gewinnen oder zu verlieren, Elfenkönig. Wisse das und gehorche!«, sagte sie und fuhr im feierlichen Tonfall einer Prydion-Prophezeiung fort: »Wappne dich, Rhuddlan, denn es sind nicht bloß Skraelings oder Dockalfar, die du bekämpfen musst, sondern Dharkkum. Gib mir deine Hand!«

Er streckte die Hand aus, und dünne, kalte Finger schlangen sich um seine, aber sie waren nicht kälter, als seine eigenen Finger plötzlich geworden waren. Rhuddlan von den Quickentree fürchtete nichts und niemanden auf Erden, dennoch beschlich ihn eisige Furcht bei dem Gedanken an den Kurs, den Ailfinn gewählt hatte.

»*Meshankara me*«, murmelte sie, als sie sich erhob. »Das Unheil ist wahrhaftig über uns hereingebrochen. Halte deine Klinge hoch!«

Rhuddlan gehorchte, und das Licht im Herzen des Traumsteindolches flackerte wieder auf und wurde stärker und stärker, füllte die Oubliette mit einem leuchtenden blauen Schein.

»*Khardeen!*«, ertönte der Schlachtruf von dem Felsensims.

Ailfinn blickte zu Wei auf.

»Sie sind bereit zu kämpfen, wie?«, fragte sie Rhuddlan.

»Ja«, erwiderte er. »Aber nicht um das, was du verlangst.«

»Sie werden kämpfen«, versicherte sie ihm. Sie schien das lange Martyrium relativ unbeschadet überstanden zu haben, denn bis auf die auffallende Blässe ihres Gesichts wirkte sie unverändert. Schön von Angesicht, trug sie das Zeichen des Sterns auf der Stirn. Ihre Augen waren von einem intensiven Smaragdgrün und täuschten über das Alter hinweg, von dem die Wolke weißen Haares zeugte, die über ihre Schultern herabwallte. Ihr Gewand unter dem braunen Umhang war von dem gleichen Smaragdgrün wie ihre Augen, ihr breiter Silbergürtel, mit Goldfäden durchwirkt, passte zu den mit Goldeinlegearbeiten verzierten, silbernen Ringen und Armbändern, die ihre Finger und Handgelenke schmückten.

Rhuddlan bot ihr einen Kümmelkuchen aus einem der Beutel an seinem Gürtel an.

Sie biss ein kleines Stück davon ab und trank einen großen Schluck aus seiner Kürbisflasche mit Blütenkätzchentau.

»Wir haben keine Zeit zu verlieren, Ailfinn. Soll ich dich tragen?«, fragte er und erhielt zum Dank für sein Angebot einen langen, bohrenden Blick von Ailfinn.

»Im Gegensatz zu dir, Rhuddlan, habe ich keinen Streit mit dem Feenvolk, und auf die gleiche Weise, wie Tuans Stein mich gefangen gehalten und zugleich am Leben erhalten hat, hat es auch der von dir so verachtete *sídhe*-Staub getan. Du könntest das Zeug ebenso gut essen wie ich, wenn du es vermeiden könntest, daran zu ersticken.« Sie wandte sich zu Shay um. »Komm her, Junge.«

Der junge Liosalfar trat einen Schritt näher, seine Miene sowohl ängstlich als auch ehrfurchtsvoll, und sie hob die Hand und rieb mit ihrem linken Daumen unter seinen Augen entlang. Glitzernder, safrangelber Staub schimmerte auf seiner Haut.

»Du hast doch keine Angst vor Feen, nicht wahr?«, fragte sie, und Shay schüttelte den Kopf. »Gut.« Sie griff nach seiner Hand. »Und jetzt entzünde deine Klinge.«

Shay drückte fest auf den Traumstein in seiner anderen Hand, und Weis Dolch erstrahlte in hellem Licht. Unten auf dem Sims entzündete der Elfenmann Owains und Vargas Fackeln mit einem brennenden Schwefelzweig aus seinem Beutel mit Feuerkettenmaterial.

»Du warst derjenige, der mich mit seinen geflüsterten Liedern geweckt hat, mein Junge«, sagte die Magierin, »und dafür werde ich dir die leichtere Aufgabe übertragen. Ab mit dir nach Riverwood und von dort aus zum Zeitwehr. Sag den Elfenclanführern, dass ihr König auf dem Weg nach Kryscaven ist. Caerlon wird schon vor Stunden das andere Ufer von Mor Sarff erreicht haben, und wenn die *tylwyth teg*-Truppen dort landen, wird die Schlacht bereits voll im Gange sein.« Sie blickte Rhuddlan an, und er nickte. Dann wandte sie ihre Aufmerksamkeit wieder Shay zu. »Aber du wirst nicht alles verpassen. Bevor der Kampf gewonnen ist, wird es noch reichlich Blut und Tote geben.«

»Die Drachen?«, fragte Rhuddlan, wohlwissend, dass ihr Kampf ohne Ddrei Goch und Ddrei Glas von vornherein zum Scheitern verurteilt sein würde. Denn es war keine geringfügige Verletzung des Kristalls, die die Magierin und ihn und die anderen erwarten würde, sondern eine verheerende Plage der Dunkelheit, von der es hieß, dass sie ihre Opfer in den Wahnsinn trieb und ihnen den letzten Atem aus dem Körper stahl, eine Dunkelheit, die weder mit Willenskraft noch mit Waffengewalt bekämpft werden konnte.

»Sie werden den Weg nach Hause oder ihre Lebensaufgabe nicht vergessen haben«, erwiderte Ailfinn. »Sie sind dazu bestimmt, die Dunkelheit zu verschlingen.« Sie machte ein Drachenzeichen auf ihrer Brust. »Jetzt, wo der Gestank von Dharkkum in der Luft liegt, wird ihre Abstammung dafür sorgen, dass es sie wieder zurück zu ihrem Nest zieht, so wie auch Rhiannons drachenblütiger Sohn davon angezogen wird. Vernichtung ist der Name der Drei, und während ihre vereinte Kraft wächst, wird Dharkkum sie ausfindig machen. Kämpfen werden sie, bis zum letzten Atemzug und noch darüber hinaus, wie Stept Agah es getan hat – aber wenn es uns nicht gelingt, den Krater wieder zu versiegeln, wird die Dunkelheit am Ende selbst den Drachenblut-Geborenen bezwingen. Du solltest dich besser auf Kryscaven konzentrieren, Rhuddlan, und auf das Siegel, das wir aus dem Muttergestein erschaffen müssen, denn es ist die Tat, die wir in jener tiefen und feurigen Grube vollbringen, die noch so manches lange Jahr für sich sprechen wird.«

26

»Hier? Oder dort?«, murmelte Naas vor sich hin und blickte von dem einen schmalen Spalt im Quarzgestein zu dem nächsten, weiter hinten an der Tunnelwand.

»Dort«, sagte eine Stimme über ihre Schulter hinweg. Snit war sein Name, wie er ihr erklärt hatte, und er hatte sich mit diesem Geständnis seine Freiheit erkauft.

Eine stabile kleine Falle war das, doch wirklich, dachte Naas voller Befriedigung. Sein Umhang gefiel ihm ausnehmend gut, und für den Preis einer neuen Tunika und neuer Stiefel – mit runengeschmückten Silberringen, die an den Schnürbändern klirrten – hatte er ihr seine Hilfe und seine Begleitung auf ihrem langen und gefährlichen Marsch zu den Toren der Zeit versprochen.

Es dauerte allerdings länger, als Naas geplant hatte, das Versteck zu finden, das sie suchte. Sie waren an der einen Seite der Canolbarth hinaufgestiegen und an der anderen hinunter. Überall waren Soldaten, und sie wusste, auch sie musste bald zu den Toren eilen. Schwerterklirren und Gefechtslärm hallten durch die Tunnel. Die *tylwyth teg* konnten sich gegen die Skraelings behaupten, daran zweifelte Naas nicht, aber Ddrei Goch und Ddrei Glas peitschten die Wellen der Irischen See hoch, und kein Sterblicher war bereit für die Drachen in ihrem Kampf gegen Dharkkum, noch nicht einmal Mychael ab Arawn – noch nicht.

Boten wurden pausenlos von Mor Sarff nach Merioneth geschickt, und sie hörte die Nachrichten im Vorbeigehen.

Überall entlang der östlichen Mauer des Schlangensees und in nördlicher Richtung entlang der Magia-Wand tobten erbitterte Kämpfe, die sich bis in den Tropfsteinbrunnen ausgedehnt hatten. Zweimal waren die Skraelings von den violetten Klippen zurückgeschlagen worden, aber sie waren auch in das *pryf*-Nest eingedrungen, und eine Skraeling-Horde hielt noch immer in dem Labyrinth aus. Die Dockalfar und ihre Skraeling-Truppen waren von unterhalb der Wasserfälle per Schiff in die Höhlen von Lanbarrdein eingefallen, und Slott saß auf dem Thron am Königsteich.

Der Druidenjunge war endlich aus den Dangoes gekommen. Er und Llynya waren nur wenige Stunden vor dem Trollkönig und seinen Dockalfar-Kapitänen über Mor Sarff gesegelt und an den sandigen Ufern unterhalb der Tore der Zeit an Land gegangen.

»Dort, meinst du?«, fragte Naas und zeigte den Tunnel hinunter auf den nächsten Streifen von Rosenquarz.

Snit neben ihr nickte. Ein ziemlich zerlumpter kleiner Kerl war er, sehr viel erwachsener, als er auf den ersten Blick erschien, scharfäugig und spitznasig, mit dunklem, zotteligem Haar und grünen Augen. Er trug einen *fif*-Zopf, umwickelt mit einem Quicken-tree-Band, und sein Dolch war immer griffbereit.

»Du wirst dich ziemlich tief in den Spalt hineinzwängen müssen«, warnte Naas ihn. »Aber wenn du das Buch findest, wird die Belohnung groß sein.«

»Schätze und Kostbarkeiten, hast du gesagt«, erwiderte Snit prompt, während er sie aus zu Schlitzen verengten Augen ansah.

Naas lachte meckernd. »Keine Sorge, ich habe jede Menge Flitterzeug und hübschen bunten Krimskrams für dich. Mehr als genug, o ja.«

Madron, die ihnen folgte, beobachtete die Szene mit kaum beherrschter Ungeduld. Naas und der Junge hatten bis jetzt mindestens hundert Orte in den Canolbarth durchsucht, und immer vergeblich. Sie suchten nach einem Buch, und obwohl Naas sich über den Titel des Wälzers ausgeschwiegen hatte, wusste Madron, dass es nur wenige Bücher von derart großer Wichtigkeit gab, die die alte Frau von der Schlacht abhalten konnten, die unterhalb der Tunnel tobte. Es war eines der Sieben Bücher des Wissens. Und es musste sich hierbei um das *Chandra Yeull Le* handeln, das Gelbe Buch der Chandra, das Buch der Priesterinnen von Merioneth.

Drei der Sieben Bücher hatten viele Jahrhunderte, wenn nicht sogar Jahrtausende, als verloren gegolten. Naas hätte das *Elhion Bhaas Le* aber ganz sicher nicht vor Ailfinn versteckt, und in Wahrheit hätte kein noch so entlegenes Schlupfloch im Fels das Indigoblaue Buch vor der Prydion-Magierin verbergen können. Nein, es war schon ein großer Plan nötig gewesen, um Ailfinns Buch der Geheimnisse zu verstecken. Das *Treo Veill Le*, das Grüne Buch der Bäume, war im Zeitwehr verloren gegangen, in der Ewigkeit, womit nur noch der Verbleib des Priesterinnenbandes ungeklärt war.

Warum Naas plötzlich das *Chandra Yeull Le* brauchte, obwohl sie doch gewusst hatte, wo es war, und warum sie es nicht schon früher ans Tageslicht gebracht hatte, war Madron ein Rätsel, das sie gerne gelöst hätte, obwohl Naas ganz sicherlich nicht mit der Antwort herausrücken würde. Die alte Frau beugte sich nie dem Willen eines anderen Menschen, und sie hatte mit niemandem außer Snit gesprochen, seit sie sich auf den Weg zum Zeitwehr gemacht hatten. Fast genauso rätselhaft und ganz sicherlich noch beunruhigender war die Tatsache, dass Naas Mychaels Rotes Buch des Schicksals aus dem Versteck des Jungen in der Kampfarena herausgeholt und mitgenommen hatte, zusammen mit dem erst kürzlich zurückerhaltenen Blauen Buch der Magier.

Madron hatte es als Segen betrachtet, immer gewusst zu haben, wo das Rote Buch war, aber nun, da sie plötzlich nahe daran war, drei der sieben kostbaren Bücher zur Hand zu haben, tat sich eine Vielzahl von Möglichkeiten der unterschiedlichsten Art auf. Wissen bedeutet Macht, und die Sieben Bücher waren durchdrungen von Wissen aus den Zeitaltern der Wunder und dem Dunklen Zeitalter, Zeiten, so unendlich weit in der Vergangenheit, dass sie für diese Welt verloren waren – außer vielleicht in Träumen, wo manchmal Erinnerungen aufzusteigen pflegten, die über das Blut weitergegeben wurden.

Was Naas' neuen Vertrauten anbelangte, so hatte Madron zwar von der Existenz des Irrlichts gewusst und auch etwas über seine Herkunft, aber im Gegensatz zu Naas hatte sie kein Bedürfnis verspürt, den Jungen einzufangen. Ceridwen und Lavrans hatten beide von ihrem Freund in der Not gesprochen, der sie während der Schlacht sicher durch das unterirdische Labyrinth von Balor geleitet hatte und dann verschwunden war.

»Na, dann rauf mit dir«, sagte Naas, als sie die zweite Quarzader und den schmalen Spalt in der Wand erreichten.

Corvus Gei trat vor und half dem zerlumpten Jungen in die Öffnung hinein.

Madron beobachtete, wie die buckelige kleine Gestalt mit Naas' Traumstein in dem lumineszierenden Gestein verschwand. Der Traumstein befand sich am Heft ihres Dolches, genau wie bei den anderen Quicken-tree, aber Madron trug ihren an einer goldenen Kette. Für ihre Zwecke war eine Halskette ein sehr viel subtileres Zaubermittel.

Corvus, der neben ihr stand, schien nicht an der fieberhaften Ungeduld zu leiden, die ihr zu schaffen machte. Er war sehr still und in sich gekehrt, seit sie in die Höhlen hinabgestiegen waren.

Und wer in seiner Lage wäre das nicht?, dachte Madron, wohlwissend, was ihn erwartete. Der Beutel mit universellen Salzen, den sie auf Naas' Befehl hin mitgenommen hatte, lastete schwer auf ihrem Gewissen. Rhuddlan hatte die Tunnel versiegelt, die in das Zeitwehr führten, aber Naas interessierte sich nicht für Äthersiegel. Die Schlacht musste bedacht werden, doch Kämpfe allein waren keine Abschreckung für sie, ihr Ziel zu erreichen. Morgan ab Kynan, der Dieb von Cardiff, war mitten in der Schlacht von seinem Schicksal ereilt worden.

Eine Reise durch die Hölle, so hatte Corvus das Wurmloch genannt, und sein größter Wunsch, wieder in das Loch hinunterzusteigen, war im Begriff, erfüllt zu werden. Madron kannte alle christlichen Visionen und Ebenen der Hölle, nachdem sie viele Jahre im Kloster Usk in Nordwales verbracht hatte. Corvus musste dasselbe von seiner Zeit auf Ynys Enlli her wissen, dennoch benutzte er noch immer den schrecklichen Ort, um zu beschreiben, was ihn erwartete.

»Reich mir mal dein Licht, Kind«, sagte Naas und streckte die Hand nach Madrons Traumstein aus.

Madron streifte sich die Kette über den Kopf und gab den Kristall der alten Frau, ebenso gespannt darauf wie sie, ob das Buch endlich gefunden werden würde.

»Wie geht's dir, Snit?«, rief Naas in die unteren Regionen des Spalts hinein.

Die gemurmelte Antwort, die sie bekam, schien ihr zu genügen. Sie begann, tonlos vor sich hin zu summen, und blickte gedankenverloren den Tunnel hinauf und hinunter. Als ihr Blick wieder auf die Öffnung in der Tunnelwand fiel, beugte sie sich vor und klopfte mit Madrons Traumstein gegen den Quarz. Große Stücke des rosenfarbenen Kristalls bröckelten ab und fielen auf den Tunnelboden.

»Na bitte, da hast du's«, sagte sie. »Nur ein billiger Priesterinnenzauber.«

»Es war ein Siegel?«, fragte Madron überrascht.

»Ja. Eines, das nicht so lange hätte halten sollen.«

»Für das *Chandra Yeull Le*?«

Naas warf ihr einen kritischen Blick zu. »Mach nicht so ein selbstgefälliges Gesicht, Kind.«

»Aber ich dachte, das Buch wäre von einem Douvanischen König gestohlen worden.«

»Und was meinst du wohl, was der Preis für seine Rückgabe war?«

Der Preis muss immens gewesen sein, dachte Madron. Kein König würde eine solche Kostbarkeit vergeuden, und es war kein Wunder, dass die Priesterinnen das Buch versteckt und die Welt weiterhin in dem Glauben gelassen hatten, es wäre durch Diebstahl verloren gegangen.

Aber würde es noch immer an derselben Stelle sein, wo sie es deponiert hatten? Tausende von Jahren waren seitdem vergangen; das Zeitalter der Priesterinnen war lange, lange vorbei, sein einstiger Glanz verblasst, von seiner Herrlichkeit nichts mehr übrig geblieben bis auf die wenigen Reste, die sich heute noch in Merioneth fanden. Ihr Siegel hatte ganz sicherlich nicht gehalten – wenn die weißäugige alte Frau endlich die richtige Stelle zum Suchen gewählt hatte.

Naas legte plötzlich den Kopf schief und horchte.

»Reich, reich, reich«, summte Snit vor sich hin, während seine Stimme von den Kristallwänden des erbrochenen Siegels widerhallte. Das Summen wurde von dem leisen Stapfen seiner Füße begleitet. »Flitterzeug, hat sie gesagt. Hübsche bunte Sachen in Hülle und Fülle, hat sie gesagt. Reich, reich, reich.«

Corvus machte einen Schritt vorwärts, und Naas hob Madrons Traumstein, um die Öffnung zu beleuchten. Es dauerte nicht lange, bis Snit in dem Spalt erschien und ihr ein in Stoff gewickeltes Paket überreichte, das fast halb so groß war wie er selbst.

Naas' Hände zitterten vor Aufregung, als sie das schwere Paket auf den Boden legte und die Bänder aufzuknüpfen begann, die die Verpackung zusammenhielten. Stück für Stück lösten sich die Schichten von silbergrünem Tuch und enthüllten den unverkennbaren Glanz von Gold und ein Vermögen an Saphiren, Amethysten, Granaten und Perlen. Die Edelsteine waren in einem symmetrischen Muster in den Bucheinband aus gehämmertem Gold eingelassen und ließen kaum eine Stelle frei, die nicht funkelte und glitzerte. Perlen aus Gold säumten den Rand und lenkten den Blick auf die fein gearbeitete goldene Figur in der Mitte des Buchdeckels, eine nackte Frau mit weit ausgebreiteten Armen. Sterne schossen zwischen ihren Fingern hervor; ein Halbmond krönte ihren Kopf. Ströme von Milch flossen aus ihren Brüsten. Aus ihrem Schoß kamen die Völker der Erde und alle Geschöpfe, Mensch und Tier gleichermaßen, umschlungen von blühenden Ranken, die ihre Wurzeln tief in die Erde senkten, auf der sie stand. Ein Strahlenkranz umgab sie, feine, in das schimmernde Gold eingeritzte Linien, die die Strahlen der Sonne symbolisierten.

»Jetzt können wir zu den Toren der Zeit gehen«, verkündete die alte Frau, als sie das Buch der Priesterinnen fest an die Brust drückte.

Mychael schleppte sich durch den Sand an den Ufern von Mor Sarff. Überall lagen tote Skraelings, und an einigen Stellen floss ihr Blut tatsächlich wie ein kleiner Strom in den Schlangensee. Die Kämpfe und auch die Ruhe, die er auf dem Daur-Schiff gehabt hatte, hatten ihm wieder einen klaren Kopf verschafft und geholfen, das seltsame Gefühl der Losgelöstheit zu verteiben, das ihn in der Eishöhle befallen hatte. Aber sein Blut strömte noch immer merkwürdig kalt durch seine Adern, und seine Haut war nicht so rosig, wie sie hätte sein sollen. Er hielt sein Schwertheft mit eisigen Fingern umklammert. Es war, als ob sein Drachenfeuer, die Quelle von so vielen Zweifeln und so viel Schmerz, urplötzlich erloschen wäre, erstickt durch den dunklen Rauch.

Wenn es wirklich so war, sollte er sich befreit fühlen; tatsächlich fühlte er sich jedoch beraubt. Er hatte etwas ganz Entscheidendes verloren, etwas von seinem Leben. Es war ihm durch den schwarzen Faden von Dunkelheit genommen worden, der sich in die Eishöhle herabgesenkt hatte.

Lyr rief ihn von hoch oben an der Wand des *pryf*-Nests und zeigte nach Südosten. Mychael blickte in die Richtung, in die der Anführer des Ebiurrane-Clans wies, dann winkte er zurück. Die Kings-Wood-Elfen kehrten gerade aus dem Tropfsteinbrunnen zurück, und Mychael hatte den Befehl erhalten, sie einzusetzen, um das östliche Ufer zu halten.

Die Dockalfar und ihre Skraeling-Horden waren wieder aufs Wasser zurückgewichen. Es war das dritte Mal, dass die *tylwyth teg* sie zurückgeschlagen hatten. Jedes Mal brauchte der Feind länger, um sich wieder zu formieren, und Lyr hatte seine Truppen angewiesen, die Zwischenzeit zum Ausruhen und Essen zu nutzen, bevor der nächste Angriff erfolgen würde.

Überall entlang den Ufern waren Feuer angezündet worden – von den felsigen Klippen von Lanbarrdein bis hin zu der Stelle im Osten, wo die Magia-Wand an Mor Sarff angrenzte. Die riesige Fläche der violetten Klippen leuchtete vor Traumsteinlicht, und die Flammen der Lagerfeuer reflektierten glitzernd auf den Kristallpfaden, die in die Steilwand eingeschnitten waren. Treilo von den Wydden war während des letzten Angriffs eingetroffen, und seine Truppen hatten Slott in die Flucht geschlagen und von dem Thron am Königsteich vertrieben. Der Trollkönig saß jetzt auf seiner Barkasse, trieb wieder über den Schlangensee. Er bot einen solch Furcht einflößenden Anblick – riesenhaft und scheußlich, während sein zotteliger Schwanz die Wellen peitschte und Wasserfontänen aufspritzen ließ und seine hungrigen Schreie jedem Elf einen eiskalten Schauder über den Rücken jagten –, dass Lyr sich laut gefragt hatte, ob er ihn nicht doch besser in Lanbarrdein gelassen hätte, wo ihn keiner sehen konnte.

Es waren noch immer Skraelings im *pryf*-Nest, aber diejenigen, die nicht von den Würmern zerquetscht worden waren, wurden von dem Red-leaf-Clan aufgespürt.

Die Daur hatten ihre Schiffe entlang der Küste vertäut, von Lanbarrdein bis hin zu den Toren der Zeit. Bei jedem Angriff war es zu heftigen Kollisionen zwischen den Daur-Schiffen und denen der Dockalfar gekommen, wobei zwei Dreimaster und drei der Skraeling-Hulken untergegangen und zahlreiche Besatzungsmitglieder ertrunken waren. Diejenigen von den Daur-

Besatzungen, die überlebt hatten, kämpften mit den Quicken-tree an den Ufern von Mor Sarff, denn es war Trig, der die Tore der Zeit gegen die wiederholten Invasionen gehalten hatte.

Überall entlang des Ufers und der Klippen nahmen Liosalfar ihr Mahl ein und versorgten ihre Wunden. Bei den ersten Anzeichen von feindlichen Angriffen war Nia nach Merioneth gebracht worden, um von Aedyth und Moira gepflegt zu werden. Außer Müttern und Kindern war kaum noch jemand oben in der Festung geblieben.

Llynya war bei den Quicken-tree am Ufer. Sie saß mit einer Gruppe von Liosalfar um eines der Feuer und teilte sich mit ihnen eine silberne Taschenflasche von dem starken Gebräu der Red-leaf. Ihr Haar war noch zerzauster als gewöhnlich; zahlreiche Zöpfe hatten sich gelöst und wallten in dunklen Kaskaden bis zu ihrer Taille hinab. Ihr Gesicht war schmutzverschmiert. Mychael wollte die Hand heben und ihr zuwinken, als er an der Gruppe vorbeiging, doch plötzlich überlief ihn ein eisiger Schauder und tötete den Impuls.

Sie war verletzt worden. Einer der Krieger behandelte gerade eine Schnittwunde an ihrem Arm. Sie zuckte zusammen, als der Liosalfar *rasca* auf der Wunde verrieb, und ein Funke irgendeiner namenlosen Emotion flackerte in Mychaels Brust auf. Dann erstarb auch diese Gefühlsregung wieder, und er marschierte weiter, während er mit einer Hand seine linke Seite rieb und die kalte Narbe zu erwärmen versuchte, die einst vor Drachenfeuer gebrannt hatte.

Shay war nur wenige Stunden nach Treilo eingetroffen und hatte sowohl freudige als auch düstere Nachrichten mitgebracht. Sein bloßer Anblick hatte genügt, um die Quicken-tree aufzuheitern. Ailfinn war gefunden und befreit worden, hatte er ihnen berichtet, was alle *tylwyth teg* ermutigte, denn selbst der Kampfmüdeste unter ihnen roch den immer dichter werdenden Rauch, der von Süden heranzog. Es war diese Gefahr, die tödlichste von allen, die zu bekämpfen sich die Prydion-Magierin aufgemacht hatte, und sie hatte Rhuddlan, Wei, Owain und den Sha-shakrieg als ihre Kampfgefährten zum Kryscaven-Krater mitgenommen. Die Elfen würden in dieser

Schlacht nicht von ihrem König angeführt werden – diesmal nicht und vielleicht nie mehr. Denn keiner unterschätzte die Gefahr, in die Ailfinn ihre Gefährten führte, indem sie sie in das südliche Becken brachte.

Auch Mychael roch den stinkenden Rauch. Er hatte die alles verschlingende Dunkelheit gesehen, schleierartige schwarze Rauchschwaden, die auf den Wellen hereinschwebten und sich mit jeder Windbö neu formten. Er hatte ihre kalte Liebkosung während der Schlacht gespürt, ein flüchtiges Vorbeistreifen der leblosen Nacht, die leewärts ans Ufer getrieben wurde.

Auch die Skraelings waren nicht immun gegen den eisigen Biss der Dunkelheit. Sie zuckten genauso entsetzt zusammen wie jedes andere Lebewesen, wenn das tödliche Zeug sie streifte. Und dennoch war ihr Herr und Gebieter derjenige, der den alles vernichtenden Rauch entfesselt hatte. Caerlon war sein Name. Treilo hatte diese Information aus Rastaban mitgebracht, eine Information, die sie desertierten Skraelings entlockt hatten.

Mychael wanderte um die Landspitze in Richtung Tropfsteinbrunnen und traf auf die zurückkehrenden Kings-Wood-Elfen.

»Ho, Mychael«, rief der Mann an der Spitze des Trupps. Es war Kenric, einer der Kundschafter. Wie die meisten der Kings-Wood-Elfen war auch er stämmiger gebaut als die Quickentree und mit einem Langbogen aus Ebereschenholz bewaffnet, der fast so groß war wie er selbst. Sein Haar war noch dunkel und umrahmte ein Gesicht mit breiten Wangenknochen, einem eckigen Kinn und einer leicht schiefen, einstmals gebrochenen Nase. Für einen noch so jungen Mann war sein Blick überraschend durchdringend. Die Kings Wood trugen Tuniken in verschiedenen Braunschattierungen, und Kenrics Tunika war von einem satten Rostbraun.

»Kenric«, erwiderte Mychael, »wir marschieren zur Wand.«

Kenric nickte und ließ seine Truppe kehrtmachen, während er auf das Seil und die aus Holzleisten bestehende Brücke zeigte, die den Strand am Fuße der violetten Klippen mit dem östlichen Teil der Magia-Wand verband. Die Red-leaf lebten in den Bäumen in den nördlichen Wäldern und benutzten ihre Seile und den großen Reichtum an Holz, um Fußwege in luftiger Höhe zu bauen, indem sie Brücken von einem Baumquartier zum nächsten schlugen. In den vergangenen zwei Tagen hatten sie eine große Anzahl solcher Brücken gebaut: eine Brücke hinter den Wasserfällen in Lanbarrdein, eine andere vom *pryf*-Nest zur Spitze der violetten Klippen. Sie hatten auch über die tief eingeschnittene Schlucht, die sich unterhalb des Tropfsteinbrunnens öffnete, einen Brückensteg geschlagen.

Mychael bildete die Nachhut, als die Truppe im Gänsemarsch die Brücke überquerte, und fiel in Gleichschritt mit den Kings-Wood-Kundschaftern. Sie waren ein bunter Haufen und kampferprobte Krieger, und sie erwarteten nichts anderes von ihm, als dass er kämpfen würde, was ihm gut gefiel. Der Kings-Wood-Clan lebte in größerer Nähe zu den Menschen als die anderen *tylwyth teg*, und Mychael dachte, dass das vielleicht der Grund war, weshalb Lyr sie seinem Kommando unterstellt hatte. Unter den anderen Elfenführern hatte er nämlich keinen so leichten Stand.

Er war früher einmal ihre Hoffnung gewesen, aber diese Hoffnung war gestorben. Es kamen keine Drachen nach Mor Sarff, und er war nicht der Drachengebieter, auf den die Daur so verzweifelt warteten. Obwohl die Schlacht bereits seit zwei Tagen tobte, war keine Spur von Ddrei Goch und Ddrei Glas zu sehen. Er war allein in dem Kampf gegen die immer stärker werdende Dunkelheit. Es war die einzige Wahrheit, die er aus der Eishöhle mitgebracht hatte, dass die Dunkelheit ein schwarzer Tod war und dass er dazu geboren war, sie zu bekämpfen – aber allein, nicht mit den Drachen an seiner Seite, wie er bisher immer geglaubt hatte.

In dem Kampf gegen die Skraelings und die Dockalfar war seine Klinge mit Blut besudelt worden, ja, aber nicht so, wie es in seiner Vision erschienen war. Er hatte eine große Anzahl der Feinde getötet, aber er war nicht dabei verwundet worden, ebenso wenig wie viele der Liosalfar, die mit ihm gekämpft hatten. Hinter seiner Klinge waren sie so sicher, wie es in einem wilden Scharmützel überhaupt möglich war.

Es war dieses Wissen und die Schlacht selbst, die ihm Kraft gaben und ihn aufrechterhielten; und wo Lyr ihn hinschickte, dort würde er hingehen, bis das Ende kam – und seine Ende nahte, unaufhaltsam. Er spürte es mit jedem Atemzug. Es war ihm nicht gelungen, die Drachen herbeizurufen, und für diese Schwäche würde er sterben. Er selbst roch ebenso sehr nach Tod wie der stinkende Rauch, der aus dem Kryscaven-Krater aufstieg. Die Elfenmaid hatte gesagt, in der Eishöhle sei der Tod gewesen, und sie hatte Recht gehabt. Es war der eisige Hauch des Todes, den er aus den Dangoes mitgebracht hatte und der noch immer an ihm haftete. Es war der nahende Tod, der sein Haar hatte ergrauen lassen und sein Blut in einen kalten Strom verwandelt hatte.

Auf halbem Weg über die Brücke bemerkte Mychael, wie der Wind plötzlich auffrischte. Die Wellen unter ihm trugen auf einmal Schaumkronen, die violett im Licht der Traumsteine schimmerten. Der Geruch nach Salz und Tang wurde stärker, durch einen langen, dunklen Kanal von der Irischen See hereingetragen. Kenric, der vor ihm ging, blieb abrupt stehen und blickte nach Westen. Der Wind ließ die lange Tunika des Kundschafters flattern.

Der Kings-Wood-Elf stand reglos da, die Augen geschlossen, bis abermals eine heftige Windböe durch die Schlucht fegte und die Brücke zu schwanken begann. Er riss die Augen wieder auf und griff nach dem Seil, das als Geländer diente.

»Was ist los?«, fragte Mychael und klammerte sich ebenfalls an dem Seil fest.

»Sín«, sagte Kenric. »Auf dem offenen Wasser tobt ein Sturm.«

»Kann ein Sturm über der Irischen See sich so weit ausdehnen?«

»Dieser hier wird es tun«, erwiderte der Kundschafter mit grimmiger Gewissheit und setzte seinen Weg über die Brücke fort.

Mychael blickte nach Westen und hob sein Gesicht in die auffrischende Brise. Ja, er zog genau in ihre Richtung. *Sín*, ein heftiger Sturm.

Wieder ließ er seinen Blick zum Ufer zurückschweifen. Llynya beobachtete ihn von der Stelle aus, wo sie neben Shay saß. Sie grüßte ihn nicht mit einer Geste, aber ihr Blick ruhte unverwandt auf ihm.

Der Wind ließ Funken von dem Feuer der Liosalfar aufsteigen, wirbelte sie in einer glitzernden Kaskade durch die Luft, doch durch den feurigen Schleier, durch die sich ständig verlagernden Schatten und das hektische Gewühl von Soldaten, die am Ufer hin und her liefen, konnte Mychael Llynya deutlich sehen. Sie war das Ätherwesen, die Sternenlicht-Geborene, und nun, da er die Hoffnung der Liosalfar enttäuscht hatte, setzten sie ihre ganze Hoffnung in sie.

Es ging das Gerücht im Lager um, dass sie ein magisches Schwert aus dem Muttergestein herausziehen und sie alle retten würde. Sie war eine ausgezeichnete Kämpferin, aber Mychael glaubte nicht, dass sie die wachsende Dunkelheit bekämpfen und zurückdrängen könnte, und tief im Herzen wusste er, dass sie nicht im Stande war, die Drachen zu rufen und an die Kandare zu nehmen.

Er ließ seinen Blick zu ihrem Arm hinunterwandern. Blut durchtränkte ihre Bandage. Die leichtere Schlacht war noch nicht gewonnen – der Kampf gegen Caerlon und die Skraelings und den großen Trollkönig, der auf seiner Barke draußen auf den Wellen schaukelte, während seine unzähligen Schädel im Wind klapperten –, und Llynya war bereits verletzt.

Nein, sie hätten ihr nicht die schwere Last des Sieges aufbürden dürfen. Denn so wie er gescheitert war, so würde auch sie scheitern. So wie er sterben würde …

Er verdrängte diesen Gedanken mit einem heftigen Fluch und marschierte weiter, konzentrierte sich wieder auf die Magia-Wand.

Llynya beobachtete, wie Mychael die Brücke überquerte und den Pfad auf der anderen Seite hinaufkletterte. Er war eine gespenstisch wirkende Erscheinung unter den Kings-Wood-Elfen. Sie hatte aufgehört zu weinen, aber der Schmerz in ihrem Herzen drohte, sie zu zerbrechen. Tatsächlich wurde er jedes

Mal, wenn sie einen Blick auf Mychael erhaschte, noch stärker und unerträglicher, und wenn zu viele Stunden vergingen, ohne dass sie Mychael sah, verwandelte sich der Schmerz in Panik.

Er hatte bei jeder der letzten drei Schlachten an der Front gekämpft, während sein Schwert ein Sterbelied für die Skraelings gesungen hatte. Die Liosalfar folgten ihm, wenn Lyr es befahl, aber nicht ohne Vorsicht. Seine Truppen hatten bisher die geringsten Verluste erlitten, das schon, aber er selbst war zum Sterben ausersehen und vom kalten Hauch des Todes umweht. Einige sagten, er gehöre bereits zu den Halbtoten und dass die Leichenblässe seiner Haut das Ende verriete.

Schweiß rann an der Seite ihres Gesichts herunter, und Llynya wischte ihn mit dem Handrücken ab. Obwohl ein kühlender Wind vom Meer her wehte, litt sie unter Hitze. Es war die enorme Anstrengung der Schlacht, davon war sie überzeugt, obwohl sonst keiner um sie herum so fiebrig aussah, wie sie sich fühlte, und sie hatten alle hart gekämpft.

Sie trank erneut einen Schluck aus der Taschenflasche der Red-leaf, und ihr Blick folgte Mychael die Magia-Wand hinauf. Sie hatte ihn in den Dangoes verloren. Es war auf dem Felsendamm gewesen, wo er die letzten Worte zu ihr gesagt hatte, und seitdem waren sie wie Fremde. Er pflegte sie zwar anzusehen, so wie er es gerade eben getan hatte, aber nicht häufiger als jeder andere Krieger in Mor Sarff. Sie alle zählten jetzt auf sie, die Sternenlicht-Geborene, seit sie gesehen hatten, wie es um Mychael stand, ihren vom Tode gezeichneten Drachenbezwinger.

Der Trank der Red-leaf kühlte ihren brennenden Rachen, aber nicht ihre Stirn, und Llynya wischte sich abermals mit ihrem gesunden Arm den Schweiß ab. Der andere Arm tat so schrecklich weh, dass sie sich fragte, ob die Skraeling-Klinge, die sie verletzt hatte, vielleicht vergiftet gewesen war. Doch wahrscheinlich war es nur der Schmutz an der Schwertschneide, der die Wunde so unerträglich brennen ließ.

Ihre letzte Hoffnung, Mychael doch noch retten zu können, war Ailfinn gewesen, aber Shay hatte diese Hoffnung zerstört. Ailfinn kam nicht, und in Wahrheit würde es ein Wunder sein, wenn die Magierin sich selbst und ihre Gefährten retten könnte.

Ein anderer, noch stärkerer Schmerz schnitt wie ein Messer durch ihre Brust. Sie hatte Mychael verloren, und es blieb keine Zeit zum Trauern. Keine Zeit.

Llynya schob eine lose Haarsträhne in ihre Zöpfe und blickte über den Strand hinweg zu den Toren der Zeit. Der Wind bewegte sich über den Sand, gewann an Stärke und Geschwindigkeit, blies Wolken aus Sandkörnern vor sich her und wirbelte sie an einigen Stellen hoch in die Luft. Die Kleider der toten Soldaten flatterten und knatterten in den starken Böen und ließen sie auf makabre Weise lebendig erscheinen. Trig hatte befohlen, dass die Tunnel versiegelt bleiben sollten, aber Llynya wusste, wie sie den einen öffnen konnte, in dem Bedwyr lag, und mehr als einen Tunnel brauchte sie nicht. Wenn Mychael starb, würde sie in das Wurmloch hinuntersteigen.

Einen Tag zuvor hatte sie sich noch an die seltsame Hoffnung geklammert, Mychaels Leichnam in die Dangoes zurückzubringen, falls ihm das Schlimmste widerfuhr und sie sonst nichts mehr für ihn tun könnte. Sie hatte vorgehabt, ihn in dem Eis neben Rhayne zu versiegeln, und sie hatte gebetet, dass die weiße Hündin ihn vor den Eisklauen und der dämonischen Finsternis von Dharkkum schützen könnte, hatte gebetet, dass das Eis eine Ruhestätte für ihn sein würde, bis er wieder zum Leben erwachen würde. Aber die übel riechenden schwarzen Rauchwolken, die sich im Süden zusammenballten, machten eine Rückkehr in die Dangoes unmöglich.

Sie hatte ihn verloren, in jeder Hinsicht.

Ein mörderisches Gebrüll, das von der Barke des Trollkönigs herüberschallte, ließ eine Gänsehaut über ihre Arme kriechen. Überall um sie herum warfen die Liosalfar verstohlene Blicke in ihre Richtung. Es war ihr Blut, nach dem der Trollkönig so lauthals verlangte, aber das Wurmloch würde verhindern, dass seine Forderung erfüllt wurde. Llynya hob die Flasche an die Lippen, um einen weiteren kühlenden Schluck zu trinken.

Nein, er würde ihr Blut nicht bekommen.

27

Madron stand auf dem wenig genutzten Pfad an der nordöstlichen Grenze des *pryf*-Nests, fest in ihren Umhang gewickelt zum Schutz vor dem strömenden Regen, und beobachtete Naas auf dem Pfad darunter. Der Wind trug »Khardeen«-Schlachtrufe an ihr Ohr, vermischt mit dem Klirren von Schwertern und lautem Donnergrollen, das durch das unterirdische Gewölbe des Schlangensees hallte. Ihr Vater hatte ihr von solchen heftigen Unwettern unter der Erde erzählt, aber sie hatte noch nie eines gesehen. Es war ein Furcht einflößender Anblick. Grelle Blitze zuckten über Decke und Wände der riesigen Höhle, krochen über den Fels. Der Donner grollte, und wurde als ein vielfach verstärktes Echo von den Felswänden zurückgeworfen.

Corvus und Snit standen rechts und links von ihr, und auch sie beobachteten, wie die weißäugige alte Frau in der Dunkelheit sang und einen Liedzauber benutzte, um ein Tier aus uralter Zeit aus der Tiefe heraufzulocken. Madron konnte den alten Wurm riechen, noch bevor sie ihn sehen konnte. Sein Geruch war der Urgeruch der Erde, dunkel und intensiv und von ihrer stärksten Essenz durchdrungen: fettem, fruchtbarem Lehm und Batholithgestein, Moder und Fäulnis. Der Wurmgeruch rollte wie eine Woge über sie hinweg, und Corvus neben ihr keuchte erschrocken und wich einen Schritt zurück. Snit drängte sich dicht an sie und packte eine Hand voll ihres durchnässten Rockes, um Mut zu schöpfen.

Als der alte Wurm selbst in ihr Blickfeld glitt, hätte Snit blitzschnell Reißaus genommen, wenn nicht die Hand des Mannes gewesen wäre, die ihn am Kragen packte und fest hielt.

»Er wird uns alle zerquetschen, glaub mir!« Der kleine Kerl wand sich verzweifelt, um sich aus Corvus' Griff zu befreien. »Er wird dir die Knochen in deiner Haut zu Staub zermahlen. Ich hab gesehen, wie er das macht, ich hab's mit eigenen Augen gesehen!«

»Still«, befahl Madron. »Wir sind nicht hier, um zerquetscht zu werden.«

»Warum ihn dann rufen?«, fragte Snit ängstlich.

»Um die Würmer aufzuwühlen«, erwiderte sie, ohne den Blick von Naas abzuwenden.

»... Gefäß der Materie und der Gedanken, Gefäß des ewigen Mysteriums und Wunders von Leben und Tod«, intonierte die alte Frau, und ihre Stimme übertönte das Prasseln des Regens und hob und senkte sich in einem beschwörenden Rhythmus. »Kreisend, ewig kreisend, und umschlungen und gewärmt von einer riesigen Schlange, die den eigenen Schwanz verschlingt... gehalten im Griff der Weisheit. Blitz des Kosmos! Schwert der Götter! Einer ist Alles – *Ouroboros!«* Sie rief seinen Namen, und der gigantische Wurm, schwielig und über und über mit Narben bedeckt, wurde noch schneller, als der letzte Teil seines Körpers aus dem tiefen Loch jenseits der Magia-Wand herausglitt, während sein gesichtsloser Kopf auf die Tore der Zeit zustrebte.

Äußerst zufrieden blickte Naas zu der kleinen Gruppe auf dem Pfad über ihr hoch und bedeutete ihnen mit einer Geste, ihr zu folgen. Sie roch das Blut der Schlacht. Und, was noch weitaus Unheil verkündender war, sie roch auch den Rauch von Dharkkum über die Wildheit des Sturmes hinweg. Die Zeit wurde knapp. Sie musste zusehen, dass sie den Reisenden möglichst schnell los wurde.

Er war völlig unerwartet aufgetaucht, und einen weniger geeigneten Boten hätte sie sich kaum vorstellen können, einen Kriminellen mit einer gewalttätigen Vergangenheit. Aber er war nun einmal hier, und er wollte dort sein, und zwischen dem Hier und Dort lag eine unermesslich weite Strecke, über die er die Bücher tragen konnte. Denn sie konnte sie ganz sicher nicht einfach in das Wurmloch werfen. Selbst wenn Corvus auf seiner Reise starb, würde seine Leiche dennoch am richtigen Ort und in der richtigen Zeit landen, was ihren Bedürfnissen durchaus entgegenkam und auch den Bedürfnissen derer, denen sie helfen wollte, nämlich den Weißen Frauen. Natürlich war sie sich auch darüber im Klaren, dass die Weißen Frauen ihn höchstwahrscheinlich nicht wiederhaben wollten, da sie die große Mühe auf sich genommen hatten, ihn hierher zu schicken.

Männer, dachte Naas mit einem verächtlichen Schnauben, ein Mittel zum Zweck, nichts weiter als ein Mittel zum Zweck. Das war die Regel. Trotzdem beneidete sie Corvus nicht um die Reise.

Sie folgten dem Trampelpfad hinunter zum nördlichen Fuß der violetten Klippen. Der alte Wurm hatte seinen eigenen Eingang in den inneren Kern, obwohl nur die wenigsten es wagten, diesen Weg zu nehmen. Naas war eine derjenigen, die sich trauten, und sie trieb ihre kleine Schar vor sich her und hinein in die feuchtkalten Tiefen. Sie kamen in einen roh behauenen Tunnel und folgten ihm bis zu der Stelle, wo der erste Durchgang abzweigte und das Gestein lumineszierend grün und blauviolett leuchtete – eines der Tore der Zeit.

Nachdem der alte Wurm erst einmal im Inneren der Landspitze war, begann er sich mit alarmierender Schnelligkeit zu bewegen und brauste förmlich durch die grob gebohrten Tunnel, die sich ringförmig durch das Gestein wanden und die schimmernden Tore miteinander verbanden. Naas schob die anderen hastig in die große Höhle im Herzen der Klippen.

Corvus wischte sich den Regen aus dem Gesicht und konnte kaum glauben, was er da sah, oder dass er es überhaupt sah. Das große Wurmloch lag vor ihm, noch weitaus gigantischer als alles, was er sich jemals vorgestellt hatte, ein gähnender, bodenloser Abgrund, erfüllt von grellen Blitzen und einer wirbelnden, sich ringelnden Masse von *pryfarim*. Er trat einen Schritt näher an das Loch, und die Blitze knisterten und pulsierten vor Energie, während bläulich-weiße und purpurrote Funken zu der kuppelförmigen Höhlendecke hinaufschossen.

Plötzlich stieg eine Erinnerung in ihm auf, und eisige Furcht packte ihn. Er hatte diesen Augenblick herbeigesehnt, hatte kaum zu hoffen gewagt, dass er ihn jemals erleben würde, und jetzt konnte er an nichts anderes denken als an das Grauen dessen, was er tun würde.

Die Würmer in dem oberen Nest waren harmlos, ihre grünlich-schwarzen Körper feucht vor Schleim und nach Erde riechend. Aber die Würmer hier im Wehr waren anders; er spürte den Unterschied ganz deutlich, und am stärksten bei dem gigantischen Biest, das sich durch den äußeren Tunnelring wälzte. Dies hier waren die Zeit-Würmer.

»Iss dein Salz«, befahl die alte Frau, als sie sich ihm von hinten näherte und ihm unvermittelt einen Beutel in die Hand drückte.

Corvus wäre vor Schreck fast aus der Haut gefahren. Er gab einen erschrockenen Laut von sich, und das alte Weib lachte meckernd.

»Hör mir zu und reg dich nicht gleich auf. Es gibt wirklich keinen Grund zur Sorge. Wenn du erst mal in dem Loch bist, wirst du nur einen winzig kleinen Moment lang einen klaren Kopf behalten, nicht länger. Danach ist es nichts weiter als ein Schlaf, ein schöner, langer Schlaf.«

Ein schwacher Trost, denn er erinnerte sich noch in aller Deutlichkeit an diesen »winzig kleinen Moment«, bevor ihm die Sinne geschwunden waren – in quälender und Furcht einflößender Deutlichkeit.

»Iss jetzt«, drängte sie ihn und rüttelte an seinem Arm.

Corvus blickte skeptisch auf den Beutel in seiner Hand. »Alles?«

Ihre Antwort erschreckte ihn von neuem. »Na schön, dann gib her, lass mich mal sehen.« Sie riss ihm den Beutel weg und wog ihn in der Hand. »Nun ja, es stimmt schon, dass es wichtig ist, die perfekte Menge davon im Körper zu haben, äußerst wichtig. Soundso viele Körner Salz für soundso viele Pfund Körpergewicht.« Sie kniff ihn in Bauch und Hüften – um sein Gewicht zu taxieren, wie er annahm. Ein besorgter Ausdruck erschien auf seinem Gesicht. »Sie müssen dir eine genauso große Menge gegeben haben, als sie dich das erste Mal in das Loch runtergestoßen haben, stimmt's?«

Gerade eben hatte sie ihm noch befohlen, einen ganzen Beutel von dem Zeug zu essen, und jetzt versuchte sie, sein Gewicht zu messen, indem sie ihn ein paar Mal in die Seite zwickte.

»In Wasser aufgelöst«, erklärte er und schlüpfte aus den Trageriemen seines Rucksacks. Regenwasser rann von dem Bündel herab und sammelte sich auf dem Boden, wo er es ablegte. Panische Angst oder nicht, er würde gehen. Er hatte die Bücher für die alte Frau getragen und einen großen Teil ihrer Vorräte, aber sie hatte ihm auch gestattet, ein paar von seinen eigenen Dingen mitzunehmen. Eines davon war eine Waage, zwar nur grob geeicht, aber dennoch eine Waage, die er für genau diesen Zweck ersonnen hatte – um das Chrystaalt abzumessen.

Er stellte die Waage auf den Felsboden neben den Rucksack und bemerkte zum ersten Mal die ineinander verschlungenen Furchen, die um den Rand des Zeitwehrs in das Gestein eingeritzt waren. Rätsel über Rätsel, dachte er, als er mit der Hand über das kunstvolle Muster strich.

»Dafür ist jetzt keine Zeit«, schnalzte Naas missbilligend. »Nun mach endlich.«

Er hatte geplant, den Sprung notfalls auch ohne Chrystaalt zu machen, aber nun, da er mit der Realität der Tat konfrontiert war, fragte er sich, ob er wirklich den Mut dazu gehabt hätte oder ob fehlender Mut nicht die Stimme der Vernunft gewesen wäre, die ihm riet, die Finger davon zu lassen.

Die Berechnungsmethode, um exakt die richtige Menge an Salzen zu ermitteln, stand in Nemetons Buch, und Corvus hatte bestimmt schon tausendmal die entsprechende Menge für sein Körpergewicht ausgerechnet und das Ergebnis wieder und wieder überprüft, während er sich die ganze Zeit gefragt hatte, wo er das Chrystaalt finden sollte.

Er nahm Naas den Beutel aus der Hand und schüttete vorsichtig etwas von dem Chrystaalt in eine der Waagschalen. Es war ähnlich wie Natriumchlorid, nur grobkörniger und mit einem gelblichen Schimmer. Die alte Frau kniete sich auf den Boden und fügte noch eine Prise von dem Zeug hinzu und dann noch eine und noch eine, bis der Beutel leer war und seine grob geeichte Waage vollkommen aus dem Gleichgewicht.

»Na bitte, da hast du's.«

Er blickte zweifelnd auf die schief hängende Waage und dachte daran, wie viel Zeit er im Laufe der Jahre darauf verwendet hatte, seine Dosis bis aufs halbe Gramm genau auszurechnen und das Ergebnis wieder und wieder zu überprüfen. Dann blickte er auf die alte Frau und die Kürbisflasche, die sie ihm hinhielt, und kippte in einer seltenen Anwandlung von Vertrauen die von ihr ermittelte Menge an Chrystaalt in das Wasser. Sie verschloss die Flasche mit ihrem Daumen und schüttelte den Inhalt kräftig durch.

»Und jetzt trink«, sagte sie und hielt ihm die Flasche hin.

Bevor er nachdenken oder es sich wieder anders überlegen konnte, hob Corvus die Kürbisflasche an die Lippen. Als er ausgetrunken hatte, sah er Naas in seinem Rucksack herumwühlen.

»Das hier wirst du nicht brauchen. Und diese Sachen hier auch nicht.« Sie warf seinen Proviantkasten auf den Boden und auch die ledernen Taschenflaschen mit Wasser und dem Weinbrand, den er eigenhändig gebrannt hatte.

»Aber auf der anderen Seite erwartet mich eine Wüste«, protestierte er.

»Keine Sorge, du wirst schon schnell genug gefunden werden«, versicherte sie ihm, »und du brauchst Platz für das Gelbe Buch.«

Sein Interesse war geweckt, und er warf Madron einen scharfen Blick zu. Die Frau hatte das unermesslich wertvolle Buch nicht mehr aus den Fingern gelassen, seit Naas es ihr zum Tragen gegeben hatte. Ganz gleich, wie übel ihm das Schicksal in der Zukunft mitgespielt hatte, mit einem solchen Schatz würde ihm das Glück wieder hold sein.

»Ja, sieh es dir nur genau an«, sagte Naas. »Du wirst es nämlich nie wieder zu sehen bekommen.«

Ja, die Weißen Frauen würden ihm das Buch wegnehmen, noch bevor er wieder zur Besinnung gekommen war, aber er hatte ihre Tempel bereits öfter ausgeraubt, und er schwelgte schon in der Vorstellung, es wieder zu tun. Elende Weiber, dass sie versucht hatten, ihn in diese längst vergessene Zeit zu verbannen!

»Madron, bring das *Chandra Yeull Le*«, kommandierte Naas, aber die Frau sträubte sich, genau wie Corvus erwartet hatte.

»Naas...«, begann sie, während sie den schweren Wälzer noch fester umklammerte.

»Ich lasse dir das Prydion-Buch, also kümmere dich nicht um den Priesterinnenband, so hübsch er auch sein mag. Das *Chandra* und das *Fata* werden dringend in der Zukunft gebraucht.

Madron gehorchte mit sichtlichem Widerwillen.

Nachdem er seinen Rucksack wieder auf dem Rücken hatte und das Chrystaalt durch seinen Körper strömte, blieb für Corvus nur noch der Abstieg in das Wurmloch übrig. Snit, der feige Bursche, war bis an die Wand zurückgewichen und kauerte ängstlich auf dem Boden, während er sich in seinem Umhang zu verstecken versuchte.

»Komm.« Naas griff nach Corvus' Arm und führte ihn zu einer Stelle am Rand des Wurmlochs. Sie kniete sich hin und fädelte einen silbrig schimmernden Faden von *pryf*-Larvenseide durch die Furchen auf dem Boden, dann erhob sie sich wieder und schüttelte ihre Röcke aus. »Möchtest du, dass ich dir einen kräftigen Schubs gebe? Oder meinst du, du kommst allein zurecht?«

Noch nicht einmal eine Andeutung von Mitgefühl schwang in den Fragen der alten Hexe mit, und er wusste, sie würde ihn am liebsten kurzerhand hinunterstoßen und nichts mehr mit ihm zu tun haben.

»Ich komme allein zurecht«, erwiderte er.

Sie murmelte irgendetwas Unhöfliches vor sich hin und trat ein paar Schritte zurück.

Die Logik sagte ihm, dass er besser nicht in das Zeitwehr hinunterblicken sollte, aber es wäre auch ein Gebot der Logik gewesen, dass er im zwölften Jahrhundert blieb, und er ging trotzdem fort. Der Weg lag direkt vor ihm.

Sein Blick glitt einmal um den Rand des Wurmlochs, bevor er sich in das Innere hinunterwagte. Die Würmer in der Tiefe waren golden, wirbelten in goldschimmernden Wogen um das Zeitwehr herum. Blitze zuckten und knisterten und schossen aus dem Abgrund herauf, bläulich-weiße, gleißend helle Strahlen purer Energie, die bis zur Höhlendecke hinaufreichten. Eine dunkle Nebelwolke bildete sich in dem Wurmloch, stieg langsam auf und kam immer näher, um ihn zu holen.

Corvus beobachtete die Wolke und fühlte, wie er erneut von Furcht überwältigt wurde. Sein Puls beschleunigte sich, sein Atem ging in kurzen, keuchenden Stößen und verstärkte noch seine Panik. So also wird es sein, wenn ich springe?, fragte er sich beklommen. Wie ein Sturz durch eine Ewigkeit des Grauens? Dann sah er plötzlich einen Lichtschimmer in dem Wehr, ähnlich wie Sonnenschein, der auf Sand glänzte, und er erhaschte einen flüchtigen Blick auf goldblondes Haar … *Avallyn.*

Madron beobachtete aus einigen Schritten Entfernung, wie der einsame Reisende am Rande der Zeit balancierte. Sie spürte sein Zaudern, spürte seine Furcht. Es hätten eigentlich Trommelklänge und feierlicher Chorgesang ertönen sollen, um das Wehr mit den Rhythmen von Himmel und Erde zu erfüllen und dem Zeitreisenden das beruhigende Gefühl zu vermitteln, dass er bei dem Sturz in die Tiefe nicht in göttliche Ungnade fiel. Aber vermutlich wäre die Musik eher für einen Magier oder einen Druiden eine Beruhigung gewesen, nicht für einen Schurken.

Dennoch schien es irgendetwas zu geben, was Corvus mit Zuversicht erfüllte, denn er breitete plötzlich langsam die Arme aus und schloss die Augen. Den Kopf weit in den Nacken gelegt, die Brust herausgedrückt, ließ er sich vorwärts in das Wurmloch fallen, und sein Körper beschrieb einen perfekten Bogen bei dem Sturz in den Abgrund. Ein greller Blitzstrahl schoss aus einem Schwall hyazinthfarbenen Nebels heraus, wand sich um ihn herum und zog ihn hinunter.

Madron beobachtete mit einer Mischung aus Grauen und Neid, wie Corvus in dem Wurmloch verschwand. Schurke oder nicht, er hatte den Mut, sich auf die größte Reise zu begeben, die die Welt zu bieten hatte. Er war ein Reisender durch die Zeit und Ewigkeit. Naas, die neben ihr stand, wartete, bis der Blitz zu einem schwachen Knistern von Licht verblasst war.

»Komm«, sagte die alte Frau schließlich. »Wir müssen heute noch eine andere Welt retten.«

»Nach Steuerbord! Nach Steuerbord!«, schrie Caerlon über das Tosen des Sturms hinweg, während er wild gestikulierte.

Slotts Barkasse erklomm abermals eine hoch aufwogende Welle auf der Backbordseite von Caerlons Schiff, bis ihr Bug bedrohlich nahe über ihm aufragte, und Caerlon erstarrte vor Schreck, voller Angst, dass die Barkasse diesmal auf ihn herunterkrachen würde.

Der Sturm war ganz plötzlich und wie aus dem Nichts aufgekommen. Es hatte zwar ein bisschen Regen gegeben, eine leichte Brise, aber nichts, was vor einem solch gewaltigen Unwetter gewarnt hätte. Heftige Windböen und prasselnder Regen peitschten das unterirdische Meer zu gigantischen Wellen und Schwindel erregend tiefen Wellentälern auf. Caerlon hatte bereits drei Hulken und zahllose Skraelings in dem Sturm verloren. Die Schlacht war in ein heilloses Chaos ausgeartet, und es lief alles völlig anders, als er geplant hatte.

Die Barkasse des Trollkönigs glitt in ein tiefes Wellental hinunter und verschwand aus seinem Blickfeld, und Caerlon fuhr hektisch fort, sich am Mast festzubinden. Er hatte näher an die Barkasse herankommen wollen, aber so nahe nun auch wieder nicht.

»Drachen!« Er spie das Wort förmlich aus, während seine Finger ungeschickt mit dem nassen Tau herumhantierten. »Elende Scheißdrachen!«

Sie hatten ihn ruiniert. In dem Indigoblauen Buch war mehrfach von den wilden Geschöpfen die Rede, und es stand klar und deutlich geschrieben, dass dort, wo Dharkkum war, auch Drachen sein würden. Aber es war kein Drache gekommen. Der pestilenzartige Rauch strömte in immer dichter werdenden Schwaden auf Mor Sarff hinaus, erstickte ihn fast bei jedem Atemzug, und Ddrei Goch und Ddrei Glas ließen sich nicht blicken, die verdammten Biester.

Die Tore. Er musste unter allen Umständen zu den Toren der Zeit gelangen, aber er konnte das Ufer nicht erreichen.

Caerlon verknüpfte das durchnässte Tau ein letztes Mal zu einem Knoten und zog ihn stramm. Nachdem er das eine Ende fest um den Mast gebunden hatte und das andere um sich selbst, müsste das Tau eigentlich halten, er brauchte also nicht zu befürchten, über Bord gespült zu werden. Außerdem hatte er das Tau ein Stück durchhängen lassen, damit er notfalls ein wenig zur Seite springen und den gewaltigen Brechern ausweichen konnte, die über das Deck hinwegrollten. »Verfluchte Quicken-tree«, knurrte er vor sich hin, als er erneut zum Ufer hinüberblickte. Er hatte die verdammte Sternenlicht-Geborene unter ihnen gesehen, hatte beobachtet, wie sie ihre Kampfgefährten auf Schritt und Tritt ermutigte. Der Krieger an der Magia-Wand war noch jemand, mit dem man rechnen musste. Gespenstisch bleich und weißhaarig, mit einem auffälligen rostroten Zeitwehrstreifen zwischen den weißen Strähnen, gehörte er zu den Halbtoten, wie Caerlon annahm, ein Wesen aus den Dangoes, ganz zweifellos. Und es war in der Tat ein unheilvoller Tag, wenn die edlen und erhabenen Quicken-tree zu einer solchen Totenbeschwörung Zuflucht genommen hatten, wie sie nötig gewesen sein musste, um ihn zum Leben zu erwecken.

Nun, er, Caerlon, hatte seinen eigenen gefürchteten Krieger, auch wenn ihm der Krüppel ohne die Drachen wahrscheinlich nicht allzu viel nützen würde.

»Bring den Wyrm-Meister herauf!«, brüllte er Blackhand Dock, seinem Schiffsführer, zu.

Der Dunkel-Elbe signalisierte dem Steuermann, das Ruder zu übernehmen, und ging unter Deck. Als er zurückkehrte, hatte er den Wyrm-Meister bei sich. Das verletzte Bein des Drachenbändigers war mit einer festen Lederbandage umwickelt worden, um es zu stützen, und man hatte ihn mit einem Wams aus dickem Bullenleder, einem Kettenpanzer und einem Eisenhelm mit einem langen Nasenschutz ausstaffiert. Die Magia-Klinge steckte allerdings noch in Caerlons Gürtel. Er hatte hin und her überlegt, ob er sie seinem heruntergekommenen Drachenbändiger überlassen sollte oder nicht, und dann schließlich entschieden, dass es das Beste war, wenn er sie nicht für sich selbst behielt. Allein, ohne Skraelings oder Dockalfar, die seine Identität verrieten, könnte er durchaus als Lichtelf durchgehen. Das seltsame Schwert würde nur unerwünschte Aufmerksamkeit auf ihn lenken. Sein Plan war, in Richtung Irische See zu segeln, in der Hoffnung, den fürchterlichen Sturm endlich hinter sich zu lassen, und sich dann an der Landspitze heimlich von Bord zu stehlen und durch Riverwood zu marschieren, um zu den Toren der Zeit zu gelangen, indem er den Weg durch den Tropfsteinbrunnen nahm. In den Höhlen gab es jede Menge Seitenwege und Nebentunnel, und falls er gesehen wurde, würde er die Tunika eines der ertrunkenen Daur tragen.

Es war nicht etwa so, dass er seine Armee im Stich ließ. Sondern er akzeptierte vielmehr das unausweichliche Ende. Seine Stärke lag in der Strategie, nicht im Nahkampf, und weder Slott noch seine Dockalfar-Kapitäne würden jetzt noch von irgendeiner Strategie profitieren, wie brillant auch immer sie sein mochte. Das Beste, was er unter diesen Umständen für sie tun konnte, war, ihnen einen Drachenbändiger und die Magia-Klinge zu geben und sie allein weiterkämpfen zu lassen.

Zu diesem Zweck schnallte er dem Wyrm-Meister kurzerhand das mächtige Schwert um die Taille und verfrachtete ihn zusammen mit Blackhand Dock in ein Beiboot. Sein Vorschlag an Blackhand war, auf die Barkasse zuzuhalten, da das Ufer den sicheren Tod bedeutete. Auf dem Strand herrschte das Chaos, aber es war ein Chaos, in dem es von *tylwyth teg* wimmelte, nicht von Skraelings.

»Hart nach Steuerbord!«, rief er seinem Steuermann über den Sturm hinweg zu. Die Segel waren gerefft, daher würde es Aufgabe der Ruderer sein, das Boot auf die Irische See hinauszumanövrieren. Die Aussicht, endlich von dem Schlachtgetümmel und dem erstickenden, alles verschlingenden Rauch wegzukommen, sollte ein genügend starker Ansporn sein.

Die Skraelings legten sich in die Riemen und ruderten gegen den Wind und die Wellen, und es gelang ihnen, das Schiff nach Westen zu drehen und in Richtung offene See. Als sie weit genug draußen waren, nahmen sie Kurs nach Süden und bahnten sich einen Weg in den Kanal. Auf halbem Weg durch die enge Mündung segelten sie urplötzlich aus dem Sturm heraus und gelangten in spiegelglattes Gewässer. Erleichterung durchflutete Caerlon und ließ seinen krampfhaften Griff um den Mast erschlaffen. Das Unwetter tobte ausschließlich über Mor Sarff und hatte nichts mit der Irischen See zu tun. Hinter ihnen hallte noch immer krachender Donner von den Höhlenwänden wider, aber in der Nähe des Schiffes herrschte absolute Stille. Caerlon konnte hören, wie das Wasser bei jedem Ruderschlag sanft gegen die Bordwände plätscherte. Die Luft war plötzlich frischer, und die Zukunft erschien wieder heller und freundlicher.

Sie segelten zum nördlichsten Punkt des Kanals, während sie den Lärm der Schlacht, die noch immer auf dem Schlangensee tobte, nach und nach hinter sich ließen. Als sie die Landspitze umrundeten, musste Caerlon jedoch zu seiner Überraschung und Bestürzung feststellen, dass der Sturm ein Stück weiter vor ihnen abermals das Wasser aufwühlte, und zwar an der Stelle, wo Mor Sarff in die offene See mündete.

Ein Zauber?, fragte er sich verwirrt. Aber wer hätte so etwas fabrizieren können, einen Teich der Stille und Gelassenheit mitten in einem heftigen Sturm? Doch vielleicht war er gar nicht so still, denn noch während Caerlon sich den Kopf über diese merkwürdige Erscheinung zerbrach, begann das Wasser um sie herum plötzlich zu brodeln. Er hob seine Traumsteinklinge hoch, um die Dunkelheit zu erhellen. Gelbes Licht glitzerte auf den kleinen Wellen, die durch das seltsame Brodeln aufgewühlt wurden. Er erhaschte einen flüchtigen Blick auf eine Bewegung unter der Wasseroberfläche, ein Aufleuchten von Rot inmitten der dunklen Fluten, und freudige Erregung wallte in ihm auf. Sekunden später sah er erneut eine Bewegung dicht unter der Oberfläche, gefolgt von einem flüchtigen Aufblitzen von Grau-Grün, und er musste an sich halten, um nicht in einen wilden, triumphierenden Lachkrampf auszubrechen.

Sie waren gekommen!

Der Sieg war in greifbarer Nähe!

Er umschloss das Heft seiner Traumsteinklinge noch fester, um das Licht zu verstärken und ein Signalfeuer zu erzeugen, dem sie folgen konnten. Die Drachen waren gekommen! Endlich!

Aber vielleicht kamen sie auch zu schnell, zu gewaltsam. Ein rötlich gefärbter Schweif teilte die Wogen, ein sich pfeilschnell schlängelnder, mit roten Zacken bewehrter Leib, der geradewegs auf die Hulke zuschoss. Caerlon wich unwillkürlich einen Schritt zurück, und sein Seil schleifte über das Deck. Bei seinem nächsten Schritt verfing er sich mit einem Fuß in dem Tau und stolperte. Und es war auf diese Weise, dass er Ddrei Goch begegnete – flach auf dem Rücken liegend, während er entsetzt zum Bug der Hulke starrte, wo plötzlich der Kopf des gigantischen Geschöpfes aus dem Wasser auftauchte, mit blutroten Schuppen, goldenen Augen und elfenbeingelben Zähnen, von denen grünes Meerwasser herabtropfte. Zwei Fangzähne von der Länge eines Schiffsmasts schimmerten im Lichtschein der Traumsteinklinge, einer auf jeder Seite des Schiffsbugs, und schnitten ein tödliches Tor aus der Dunkelheit heraus, als der Drache seinen mächtigen Rachen aufriss.

Die Skraelings ließen die Ruder fallen und sprangen in Panik über Bord, um das Schiff aufzugeben, aber Caerlon war hilflos an den Mast gefesselt. Verzweifelt zog und zerrte er an den Knoten, seine Finger steif und ungeschickt vor Angst und im nächsten Moment schlossen sich die gewaltigen Kinnladen, und die Hulke existierte nicht mehr.

Zurückgedrängt durch den peitschenden Regen und die haushohen Wellen, die sich an der Magia-Wand brachen, hatte Mychael seiner Truppe schließlich befohlen, auf den Strand zurückzuweichen. Er hatte den letzten Skraeling getötet, der von Süden her den Pfad heraufgekommen war, und ihn an der Brücke mit einem mächtigen Schwerthieb niedergestreckt. Fast alle Kings-Wood-Elfen waren inzwischen über die schwankende Holzbrücke zu den violetten Klippen hinübergelangt, ein äußerst gefährliches Unterfangen, das immer nur von einem Mann zurzeit bewältigt werden konnte, indem sich derjenige Hand über Hand an den windgepeitschten Seilen entlangzog.

Keine der beiden Seiten hatte das letzte Gefecht an der Magia-Wand gewonnen. Sowohl die Skraelings als auch die Liosalfar waren von dem Unwetter überwältigt worden, einer Inkarnation von Mutter Natur als Xanthippe. Der krachende Donner war ohrenbetäubend, und überall zuckten grelle Blitze. Mychael hatte zahlreiche Soldaten an die gewaltigen Brecher verloren, die den Pfad überschwemmten und ihre Opfer mit sich in die Tiefe zogen, und an die heftigen Sturmböen, die die Männer einfach vom Boden hochrissen und ins Meer schleuderten. Und den Skraelings war es nicht besser ergangen. Falls überhaupt noch welche an der dem Unwetter ausgesetzten Steilwand waren, würden sie nicht mehr lange dort sein.

Mychael packte eines der Brückenseile und klammerte sich mit beiden Händen daran fest, während er auf seine Chance wartete, zur anderen Seite hinüberzugelangen. Die Brücke war von dem Sturm buchstäblich in Stücke zerfetzt worden; ein Teil der Seile, die als Geländer dienten, war ausgefranst und durchgerissen und flatterte lose im Wind, und viele der Holzplanken waren vollkommen zersplittert. Und genauso fühlte Mychael sich innerlich – zersplittert in tausend scharfkantige Scherben. Das seltsame Gefühl hatte begonnen, als der Sturm aufgekommen war, und genau wie der Sturm hatte es nicht nachgelassen, sondern nur noch an Kraft gewonnen. Es war eine Sehnsucht, eine schreckliche, schier unerträgliche Sehnsucht, die sich in seinem Herzen eingenistet hatte und seinen Puls rasen ließ. Die eisige Betäubung, die ihn in den Dangoes eingehüllt hatte, war ein Segen gewesen im Vergleich zu der ständig wachsenden Flut von Emotionen, die ihm jetzt zu schaffen machte. Es war immer noch besser gewesen, innerlich wie zu Eis erstarrt zu sein, als hilflos von diesem wilden Strom von Emotionen mitgerissen zu werden.

Als Kenric die violetten Klippen erreichte, machte Mychael sich daran, die Brücke zu überqueren. Draußen auf dem Meer wurden Schiffe wie Nussschalen von den riesigen Wellen hin und her geworfen, um schließlich zu kentern und zu sinken. Slotts Barkasse war am Strand auf Grund gelaufen, und der Trollkönig richtete verheerende Schäden unter den Truppen an, die weder im Norden noch oben in dem *pryf*-Nest Schutz gefunden hatten.

Mychael erkannte einige Quicken-tree Liosalfar in dem

chaotischen Handgemenge, darunter auch Trig und Llynya. Hunderte von Skraelings waren zusammen mit dem Trollkönig an Land gekommen, begleitet von einem Dockalfar-Kapitän und einem verkrüppelten Mann, dessen goldblondes Haar unter seinem Eisenhelm hervorquoll. Er trug Slotts Brandzeichen auf dem Oberarm, aber er war offensichtlich noch nicht in einen Skraeling verwandelt worden, denn der Teil seines Kiefers, der unter dem Helm zu sehen war, war nicht übermäßig stark entwickelt oder mit hauerähnlichen Fangzähnen bewehrt. Die Kings-Wood-Elfen stürzten sich in den Kampf, der am Strand tobte, und Mychael tat es ihnen nach.

Es dauerte nicht lange, bis er erkannte, dass all die Schwerthiebe und Ausweichmanöver der Skraelings nur einem einzigen Zweck dienten: um die Sternenlicht-Geborene von ihren Kampfgefährten zu isolieren und auf Slott zuzutreiben. Das mörderische Gebrüll des Trollkönigs trug noch zu dem allgemeinen Chaos bei. Seine Stimme, anders als jede andere, überschlug sich beim Sprechen und hallte schrill und verzerrt von den Klippen wider, während sich Worte und Schlachtlärm zu einem kakophonen Angriff gegen die Sinne vermischten.

Diejenigen, die durch den Kampf geschwächt waren, konnten das ohrenbetäubende Gebrüll kaum ertragen, und als Slott seinen Schlachtruf ausstieß, fielen einige um, wo sie gerade gingen und standen – ein grimmiges Schicksal, denn er fraß seine Opfer sogar mitten in einer Schlacht.

Als Mychael sah, dass die erbittertsten Kämpfe um Llynya herum tobten, bahnte er sich einen Weg in ihre Richtung, indem er rechts und links wie wild auf die Tiermenschen einschlug und sich Stück für Stück zu dem axtschwingenden Slott vorarbeitete. Die Quicken-tree würden unausweichlich scheitern, wenn Llynya verloren war. Und obwohl die Pestilenz von Dharkkum letztlich dafür sorgen würde, dass keiner von ihnen den endgültigen Sieg errang, musste Llynya nicht unbedingt dem Trollkönig zum Opfer fallen.

Slott war riesig und massig und mehr als dreimal so groß wie der größte Mann, obwohl sein Rücken gekrümmt war. Hinter ihm zuckte und peitschte sein langer Schwanz und warf seine

Feinde reihenweise um. Vor ihm hob und senkte sich seine Streitaxt mit Grauen erregender Monotonie, während er sich einen Weg den Strand hinauf zu der Sternenlicht-Geborenen bahnte und auf alles einhackte, was ihm in die Quere kam.

Die Liosalfar, die neben Llynya kämpften, wichen unter dem Angriff des Riesen zurück, und Mychael fühlte die ersten Anzeichen von Panik in sich aufsteigen. Slott zwang ihre Truppe zum Rückzug, während die Skraelings Llynya daran hinderten, die Flucht zu ergreifen, und sie Schritt für Schritt in die Enge trieben, indem sie sie auf den südlichsten Pfad drängten, der in das *pryf*-Nest hineinführte.

Sämtliche Wege waren mit Leichen übersät, darunter sogar einige der großen Würmer, die von den Skraelings abgeschlachtet worden waren. Bald hatten die Tiermenschen Llynya bis an die Nestwand zurückgedrängt, und sie saß in der Falle, umringt von toten Würmern und Mor Sarff. Mychael sah, wie sie verzweifelt aufs Meer hinausblickte, während direkt unter ihr die Brandung gegen die zerklüfteten Felsen donnerte, und er schrie laut: »Nein!«

Und dann sprang sie vom Rand zurück, und Slotts Axt verfehlte sie nur um Haaresbreite. Als der Trollkönig das nächste Mal seine Klinge schwang, war es einer der toten *pryf*, den er traf – aber offenbar war er doch noch nicht ganz tot, denn als die grünlich-schwarze Haut unter dem Axthieb aufplatzte, ringelte sich der Wurm plötzlich zusammen, und ein lautes, jammervolles Wehklagen zerriss die Luft. Das grüne Lebensblut des *pryf* rann auf den Pfad und strömte über den Klippenrand ins Meer. Slott stürzte sich mit einem Triumphschrei auf die Elfenmaid und packte sie mit seiner riesigen Faust.

»Bei den Steinen!«, brüllte er. *»Bei den Steinen von Inishwrath!«*

Wilder Zorn wallte in Mychael auf, und seine Sehnsucht nahm neue Gestalt an. Mit einem gellenden Wutschrei stürmte er vorwärts, sein Schwert in der einen Hand, seinen Traumsteindolch in der anderen. Llynyas verzweifelte Schreie hallten in seinen Ohren wider, als er sich mit Messerhieben und Schwertstößen einen Weg zu dem Pfad bahnte. Die Skraelings rückten ihm von hinten auf den Leib und umzingelten ihn, aber keiner konnte ihn aufhalten, bis sie schließlich den goldblonden Krieger in den Kreis schoben, den sie gebildet hatten.

Der Mann stürzte sich mit einem Satz auf Mychael und zwang ihn von dem Pfad herunter, und er kämpfte mit weitaus mehr Raffinesse als jeder Skraeling. Er war um einiges größer und schwerer als Mychael, und sein Schwert war mit einer gitternetzartig geschliffenen Schneide versehen. Er kämpfte wie ein Fechtmeister, der seine Technik in zahllosen Schlachten perfektioniert hatte.

»Wyrm-Meister!« Der Ruf kam von weiter oben, von Slott, und die Skraelings griffen ihn auf und stimmten einen Sprechchor an.

»Wyrm-Meister! Wyrm-Meister! Wyrm-Meister!«

Mychael hörte Trig vom Strand aus nach ihm rufen, aber bei dem Lärm konnte er die Worte des Hauptmanns nicht verstehen. Was er jedoch erkennen konnte, als er es wagte, zu dem Klippenpfad hinaufzublicken, war die Todesangst in Llynyas Gesicht – aber um zu ihr zu gelangen, musste er zuerst seinen Widersacher besiegen.

Sein lahmes Bein machte den Wyrm-Meister wehrlos gegen einen jähen und unerwarteten Angriff, und Mychael zögerte nicht, ihm einen zu liefern. Er schoss unter dem glitzernden Bogen des Schwerts hindurch, bewegte sich dabei fast so schnell wie Llynya, und brachte dem Mann zwei Schnittwunden bei – einen langen Schnitt am Kinn mit Ara und eine weitere oberflächliche Verletzung am Oberschenkel mit seinem Schwert, der Mychael rückwärts in die wartenden Skraelings beförderte.

Zwei raue Hände packten ihn, und Mychael duckte sich und rollte sich blitzschnell herum, wobei er den eifrigen Skraeling mit sich zog. Sekundenbruchteile später sauste Wyrm-Meisters Schwertklinge an der Stelle nieder, wo Mychael gerade noch gestanden hatte, und traf stattdessen den Skraeling. Der Tiermensch schrie auf, und Mychael roch versengtes Fleisch, wo Stahl durch Kettenpanzer und Skraeling geschnitten und beides mit gleicher Mühelosigkeit durchtrennt hatte. Der Skraeling ließ Mychael los, um sich schreiend auf dem Boden zu winden, während der beißende Geruch von Gift von seinem Armstumpf aufstieg. Mychael sprang mit einem Satz auf die Füße, noch sorgsamer als zuvor darauf bedacht, dem Schwert des Wyrm-Meisters auszuweichen. Eine Klinge, die so scharf war, dass sie durch einen Kettenpanzer schneiden konnte, verdiente besonderen Respekt, und dass sie obendrein auch noch vergiftet war, erforderte ein zusätzliches Maß an Vorsicht.

»Du bist schnell, wenn es ums Entwischen geht«, sagte der goldhaarige Krieger, »genauso schnell, wie deine Schwester es war, Mychael ab Arawn.« Er rückte mit stoßbereit erhobenem Schwert gegen Mychael vor. »Aber nicht schnell genug!«

Wieder sauste das Schwert durch die Luft und zielte auf Mychaels Brust, und nur eine blitzschnelle Drehung rettete ihn vor der tödlichen Schneide.

Caradoc grinste hämisch unter seinem Helm, während er mit dem Jungen spielte, um seinen Augenblick des Triumphs noch ein wenig länger auszukosten. Slott hatte es zwar gewagt, ihn zu brandmarken, aber er war gut verpflegt worden, seit er sich mit den Skraelings eingelassen hatte, und sie hatten ihn gut für die Schlacht ausgerüstet. Selbst der heimtückische Caerlon hatte sich als hilfreich erwiesen und ihm von seiner Heilsalbe gegeben. *Rasca,* so hatte der Dunkel-Elbe sie genannt, und sie hatte sein Bein von dem Schmerz befreit. Er hinkte zwar noch immer, aber seine Verletzung behinderte ihn nicht mehr so stark.

»Ja, ich kannte deine Schwester«, sagte er und genoss die Verwirrung in dem Gesicht des jüngeren Mannes. Er versuchte abermals einen Vorstoß, aber der Junge war schnell. Verdammt schnell. Hatte offensichtlich zu viel Zeit mit der grünen Horde verbracht.

Das Schwert, das Caerlon Caradoc gegeben hatte, war ein prachtvolles Stück mit gelben Kristallen, die Heft und Griff erleuchteten; aber es war auch schlecht ausbalanciert und ziemlich unhandlich. Trotzdem würde es ausreichen, um den Kampf gegen Rhiannons Sprössling zu gewinnen.

Weiter oben in dem Wurmnest hatte Slott das Mittel zu

einem noch größeren Sieg erbeutet. Der Trollkönig hatte eine lebende Quicken-tree in seiner Gewalt. Es war die Lavendelfrau, obwohl im Grunde jeder von der grünen Horde für Caradocs Zwecke genügt hätte. Er würde ihr Wissen von den Wurmlöchern besitzen. *Allmächtiger!* Er war dem Ziel so nahe, dass er schon die goldenen Würmer nach ihm rufen hören konnte und die geballte Energie in dem Loch wirbeln fühlte.

Aber zuerst zu Mychael ab Arawn. Die Schwester war ihm im Frühjahr entwischt, also würde ihr Bruder die Rache dafür einheimsen. Die Pest über die ganze gottverdammte Familie!

Caradoc schwang abermals sein reich geschmücktes Schwert und verfehlte abermals den verfluchten Jungen, als dieser wie eine Libelle im Flug blitzschnell zur Seite schoss. Ab Arawns Schwerthieb traf wesentlich besser, und Caradoc konnte plötzlich nichts mehr sehen, als sein Eisenhelm von einem mächtigen,weithin schallenden Schlag getroffen wurde und über seine Augen rutschte. Er schob das Ding wieder zurecht, während sich sein hämisches Grinsen in eine schmerzerfüllte Grimasse verwandelte und Zorn den Platz von Vernunft einnahm.

»Ich habe auch deine Mutter gekannt, Bürschchen, sogar noch besser«, höhnte er und holte zu dem Schlag aus, der seinen Gegner endgültig vernichten sollte, aber der Junge parierte den Hieb geschickt und traf Caradoc mit seiner Klinge.

Caradoc heulte laut auf vor Wut und hob eine Hand ans Gesicht, um die Blutung von dem letzten Schwerthieb des Jungen zu stillen. Der gottverdammte Bastard hatte ihm fast das Auge ausgestochen.

»Wyrm-Meister! Wyrm-Meister!«, schrien die Skraelings um ihn herum. Er wollte ihnen sagen, dass sie den Mund halten sollten, damit er einen klaren Gedanken fassen konnte, aber in dem Moment griff der Junge erneut an und versetzte ihm einen weiteren mächtigen Schlag auf den Kopf, sodass sein Helm abermals verrutschte und ihm die Ohren klangen.

Pest und Hölle! Caradoc packte den Helm kurzentschlossen mit beiden Händen und riss ihn sich vom Kopf, bevor er sein Tod sein würde.

Sein Haar wallte unter dem eisernen Helm hervor, goldblond mit einer leuchtend kastanienbraunen Strähne, und Mychael stolperte rückwärts, während der Schock über den Anblick des Mannes alle Kraft aus seinem Arm weichen ließ. Es war Caradoc, Sohn des Zerstörers von Merioneth – und eine Flut von Erinnerungen stürmte auf Mychael ein. Der letzte Rest eisiger Betäubtheit fiel von ihm ab, weggeschmolzen von einem heißen Strom von Schmerz, als er sich plötzlich wieder an alles erinnerte, was er in den Dangoes gesehen hatte.

Seine Hand mit dem Schwert sank kraftlos herab. Er stand da, vollkommen hilflos und bis ins Innerste erschüttert, und starrte den Mörder seiner Mutter an, ihren Vergewaltiger und Schänder, und die Anstrengung, zu atmen, war auf einmal zu viel. Hier war der Mann, der den Lauf von Mychaels Leben bestimmt hatte, indem er Rhiannons Leben ausgelöscht hatte.

In dem Moment stürzte sich Caradoc auf ihn, und es war reiner Instinkt, der Mychael veranlasste, sein Schwert zu heben, um sich gegen den Angriff zu verteidigen. Er wehrte den Schwerthieb ab und auch den nächsten, indem er Schritt für Schritt weiter zurückwich, bis sein Instinkt schließlich von Zorn verdrängt wurde und dann der Zorn von Ungestüm – einem wilden, rasenden Ungestüm, das brüllend in seinem Blut zum Leben erwachte und Rückzug in Angriff verwandelte, einen unerbittlichen, erbarmungslosen Angriff, als sich Mychael mit jeder Faser seines Wesens schwor, den Keiler von Balor und Mörder seiner Mutter in die Hölle zu schicken. Getrieben von blindem, rasendem Zorn, schonte Mychael ihn nicht. Jeder Schwerthieb diente dem Zweck, Blut zu vergießen. Auf dem Strand hinter ihm sammelten sich die Liosalfar zu einem erneuten Sturmangriff gegen den Feind, und die Skraelinghorden, die ihn und den Keiler umringten, zerstreuten sich, um sich abermals in den Kampf zu stürzen, und ließen die beiden Gegner allein in dem Chaos zurück.

Mychael nutzte jede Schwäche seines Kontrahenten aus. Angespornt von einem Hass, der so stark war, dass er seinen bitteren Geschmack im Mund spürte, hieb und stach und stieß und schlug er wie wild und parierte jeden von Caradocs Angriffen. Es war wieder genauso, wie es im Tropfsteinbrunnen gewesen war, als er Llynya aus der Gewalt des Feindes befreit hatte. Damals hatte er die Skraelings mit kraftvoller Mühelosigkeit niedergestreckt, ohne dass er selbst dabei auch nur im Geringsten verletzt worden wäre. Und auch der Keiler schaffte es nicht, einen Schlag mit seiner vergifteten Schwertklinge zu landen. Er blutete aus einem dutzend Wunden von Mychaels Klingen. Blut floss aus der klaffenden Schnittwunde auf seiner Stirn, die Mychael ihm mit seinem Traumsteindolch beigebracht hatte, und rann ihm in die Augen, und seine Nase war gebrochen, nachdem sie die Breitseite von Mychaels Schwert zu spüren bekommen hatte.

Mychael erkannte den Augenblick, als Caradoc begriff, dass er sterben würde; er sah das Aufflackern von Todesangst in den seltsam gefärbten Augen des Keilers, sah, wie die Angst die Blutgier aus seinem Blick verdrängte. Seine Mutter musste genau den gleichen Ausdruck in den Augen gehabt haben, als ihre Zeit gekommen war, oder war sie bereits vorher von Todesangst überwältigt worden, schon während der Schändung?

Ein entsetzlicher, unerträglicher Schmerz schnitt wie ein Messer durch sein Herz, und ein qualvoller Schrei entrang sich seiner Kehle. Der Bastard hatte seine Mutter auf dem Gewissen. Er wollte Caradoc töten, tausendmal und mehr, doch selbst tausende von Malen würden nicht den tiefen Schmerz in seinem Inneren lindern.

Mychael schlug in rasendem Zorn auf seinen Gegner ein, wieder und wieder, bis Caradoc hilflos auf dem Sand lag und ihm auf Gedeih und Verderb ausgeliefert war, ein blutiges Bündel, halb blind, das pfeifend durch seine zerschmetterte Nase atmete. Ohne Genugtuung und ohne Gerechtigkeitssinn riss Mychael dem Keiler sein vergiftetes Schwert aus der Hand, schnitt mit einem mächtigen Hieb durch Kettenpanzer und Lederwams und bohrte Caradoc die Klinge ins Herz.

Ein schauriges Gebrüll ertönte von oberhalb des Strandes und veranlasste Mychael, ruckartig den Kopf zu heben. Oben auf dem Klippenrand stieß Slott plötzlich Llynya brutal beiseite und packte mit einem erneuten zornigen Brüllen seine

Streitaxt. Und dann kam Wyrm-Meisters Herr und Gebieter herbeigestürmt, um persönlich den Kampf gegen den gefürchteten Krieger aufzunehmen. Llynya lag reglos auf dem Boden, und noch während Mychael hinschaute, rollte sich der verwundete *pryf* auf sie, bedeckte sie mit seinem weichen, dunklen Körper und schirmte sie auf diese Weise von der Kampflinie ab. Obwohl sie wild und unberechenbar war, hatte Mychael noch nie erlebt, dass ein *pryf* einen *tylwyth teg* verletzt hätte, und er betete inständig, dass dieser Wurm nicht anders war.

Erschöpft von der seit Tagen tobenden Schlacht, griff Mychael wieder nach seinem eigenen Schwert und bereitete sich darauf vor, dem Trollkönig gegenüberzutreten. Seine Geschicklichkeit und sein Können hatten zwar ausgereicht, um ihn vor Caradoc und den Skraelings zu schützen, aber sie würden nicht ausreichen, um Slott standzuhalten. Schnelligkeit würde gegen einen solchen Giganten helfen, doch Schnelligkeit allein genügte nicht. Tausende Siege baumelten von den Zöpfen des Trolls herab, jeder einzelne elfenbeingelbe Schädel sichtbarer Beweis für gewonnene Gefechte und für eine Barbarei, die alles überstieg, was Mychael jemals erlebt hatte.

Der Troll strömte einen ranzigen Gestank aus, der wie eine Wolke vor ihm herschwebte, als er den Pfad herunterstürmte. Er trug keine Rüstung, nur eine Weste aus den Häuten seiner Opfer. Sein borstiges Haar war dunkel und schmierig, und die Zöpfe mit den eingeflochtenen Schädeln schlugen leise klappernd und raschelnd gegeneinander in einem Flüstern der Verworfenheit.

Mychael ertappte sich dabei, wie er angstvoll einen Schritt zurückwich. Es war der Tod, der dort drohend auf ihn zukam, der sichere Tod, der durch Schichten von Schlamm und Wurmblut stampfte und sich zielstrebig und unaufhaltsam einen Weg in seine Richtung bahnte. Er fühlte die Gewissheit dessen bis ins Innerste seines Herzens. Blut tropfte von Slotts Streitaxt, Speichel rann aus seinem Mund. Ein Auge war milchig und blind, aber das andere war dunkel und scharf und mit einem mörderischen, vernichtenden Blick auf Mychael geheftet.

Der verletzte Wurm, der sich auf Llynya gewälzt hatte, stieß abermals einen lauten, klagenden Schrei aus, einen Todesschrei, und sein Körper zog sich krampfartig zusammen, von heftigen Schaudern geschüttelt, sodass für einen flüchtigen Moment die kleine Gestalt sichtbar wurde, die darunter lag – noch immer heil und unversehrt. Der *pryf* schrie erneut und begann sich zu drehen, um über den Pfad und gegen den Trollkönig zu rollen. Slott kümmerte sich nicht weiter um den Wurm, sondern stieß ihn nur zurück und schlug mit seiner Axt nach ihm, während er weitermarschierte, um sich in den Kampf mit Mychael zu stürzen, doch der *pryf* ließ sich nicht abschütteln. Er wälzte sich erneut herum, und durch die Drehung seines Leibes wurde der Trollkönig näher an den Rand der Klippen geschoben. Slott schlug jetzt ernsthaft zurück, als das Geschöpf ihn Stück für Stück von dem Pfad abdrängte, aber der Boden war nass vom Regen und schlüpfrig von dem Blut des großen Wurms, sodass er den Halt unter den Füßen verlor. Slott rutschte auf der schmierigen Oberfläche aus, und im Nu war der Wurm auf ihm, *Pryf* und Troll lieferten sich einen wilden Ringkampf am Rand des Pfades, bis sich das Geschöpf ein letztes Mal machtvoll aufbäumte und dann mitsamt Slott Von den Tausend Schädeln über den Rand der Klippen rollte und in die Tiefe stürzte.

Mychael beobachtete, wie die beiden Kolosse auf den Felsen von Mor Sarff aufschlugen und ins Meer gespült wurden. Der *pryf* hatte ihn gerettet, hatte ihm Zeit verschafft, aber es würde nicht genügen. Er blickte durch den strömenden Regen zu dem Pfad hinauf und sah die kleine Gestalt noch immer dort liegen, eine kleine Gestalt, in die plötzlich wieder Leben kam. Zum ersten Mal seit Tagen fühlte er eine Woge der Erleichterung in sich aufsteigen, und er rannte im Laufschritt auf sie zu. Sie war völlig durchnässt und zitterte vor Kälte, als er sie erreichte. Der Verband hing in blutigen Fetzen um ihren Arm, ihr Gesicht war bleich und abgezehrt, aber sie war in seinen Armen voller Leben.

Er küsste ihre Wangen, ihre Stirn, ihren Mund – und verweilte dann dort, während er sie noch fester an sich zog und sich ganz der köstlichen Erleichterung hingab, sie zu fühlen und zu berühren und zu liebkosen. Sie klammerte sich an ihn, ihre Lippen kühl und süß, der Geschmack von Lavendel nur noch ganz schwach wahrnehmbar. Nicht so der Geruch von Dharkkum. Eine dünne schwarze Rauchfahne schwebte an ihnen vorbei, und ihr Anblick riss Mychael mit einem Ruck aus dem süßen Vergessen des Kusses und zurück in die trostlose Realität.

»Komm«, sagte er und zog Llynya auf die Füße. »Wir müssen fort von hier. Der Rauch hat jetzt sogar schon das *pryf*-Nest erreicht.«

»Mychael, sieh doch nur!« Llynya blickte ihn aus leicht benommenen Augen an und hob eine lange goldene Strähne seines Haares hoch, um ihn auf die überraschende Veränderung aufmerksam zu machen, die mit ihm vorgegangen war. Die Haarsträhne war von dem rostroten Streifen des Zeitwehrs durchzogen, und sein *fif*-Zopf hing goldschimmernd und ordentlich geflochten in der Mitte. Auch seine Haut hatte wieder eine gesunde Farbe angenommen.

»Es war der Sturm, glaube ich«, antwortete er auf ihre unausgesprochene Frage.

Sie lächelte schwach, eine krasse Erinnerung an das, was sie durchgemacht hatten. »Ich wusste, dass du *sín* warst. Druiden können Stürme herabbeschwören. Hast du diesen hier herbeigerufen?«

»Nein, *cariad*. Dieser Sturm hat mich herbeigerufen.« Er blickte auf Mor Sarff hinaus und wusste, dass es die Wahrheit war. Der Sturm hatte ihn gerufen. Er rief noch immer nach ihm, obwohl nicht mehr mit Sehnsucht und auch nicht mehr mit der Wildheit der Schlacht, sondern mit etwas Elementarerem – Blut. Er fühlte es durch seinen Körper strömen, fühlte es auf eine Art und Weise, von der er geglaubt hatte, dass er sie verloren hätte, eine wilde Hitze, die mit dem Hämmern seines Drachenherzens gewachsen und immer stärker geworden war.

Weit draußen auf dem See sah er ein flüchtiges Aufleuchten von Farbe, zuerst Rot, dann Grün, und das Blut pulsierte mit Furcht einflößender Intensität durch seine Adern.

Thule, hatte er Llynya gerade vorschlagen wollen. Sie könnten nach Thule fliehen, zu Ceridwen. Wenn sie Glück hatten, würde es noch Jahre dauern, bis die tödliche Gefahr von Dharkkum das Ödland hoch oben im Norden erreichte. Aber das bisschen Glück, das sie gehabt hatten, war zur Neige gegangen. Llynya fühlte es ebenfalls, denn sie griff plötzlich nach seiner Hand.

»Was hast du?«, fragte sie beklommen.

»Geh zurück. Zurück an die Wand!« Er zog sie hastig hinter sich und blickte den Pfad hinauf und hinunter, suchte nach einer Öffnung in den Felsen. Sie brauchten Deckung, und zwar schnell.

Als er sah, wie Llynya plötzlich die Augen aufriss und fassunglos aufs Wasser hinausstarrte, wusste er, dass es bereits zu spät war. Er wirbelte zum Meer herum und sah Drachen aus der Tiefe aufsteigen, mächtige Geschöpfe, deren gewaltige Leiber das Wasser aufwühlten und für den Wechsel der Gezeiten sorgten, und deren Blut ihn nach Hause zurückgerufen hatte.

Ddrei Goch.

Ddrei Glas.

Goldene Augen glühten wie Traumsteine und warfen Licht über ihre schimmernde, schuppenbedeckte Haut. Eine der gefürchteten Bestien war rubinrot, die andere blassgrün. Und beide waren unvorstellbar riesig. Kein in Felswände geritztes Bild, keine Zeichnung im Buch des Schicksals, sondern die Fleisch gewordene Verkörperung von Behemtoh und Leviathan. Fangzähne und Klauen und ledrige Flossen, lange drahtige Barthaare und geriffelte Schwingen, die wie Kappen von Gewitterwolken aus ihren Rücken sprossen. Sie schwammen geradewegs auf den Strand zu, und jedes Schiff, das noch draußen auf dem Schlangensee war, wurde in ihrem Kielwasser mitgesogen.

Die Daur, deren Schiffe vor den Höhlen von Lanbarrdein vertäut lagen, sprangen in panischer Hast von Bord und kletterten die Felsen hinauf, während ihre silbern und blau bemalten Segelboote unter ihnen gegen die Klippen krachten. In dem tieferen Wasser weiter draußen wurden die Skraeling-Hulken von den gigantischen Wellen, die die Drachen aufwühlten, hin und her geworfen, um schließlich mitsamt ihren Besatzungen in der Tiefe zu versinken.

Panik brach auf dem Strand aus, während Soldaten beider Armeen gehetzt davonrannten, um Schutz in dem *pryf*-Nest zu suchen oder auf der anderen Seite der violetten Klippen. Mychael, der noch immer die Drachen beobachtete, befürchtete, dass die gesamte Landspitze in Stücke zerrissen würde; aber kurz bevor sie den Strand erreichten, drehten die Kolosse plötzlich wieder um und peitschten dabei eine gewaltige Woge auf, die über das Ufer hinwegbrandete und eine halbe Skraeling-Horde mit sich riss, als sie wieder zurückrollte. Nur eine einzige Person stand reglos am Strand: Naas.

»Das Schwert, Llynya. Wo ist das Schwert?« Mychael wandte sich zu ihr um und blickte sie fragend an. Er musste die Drachen unbedingt aufhalten, bevor sie alles zerstörten.

»Du meinst das Magia-Schwert? Es sollte hierher gebracht werden, für dich. Trig sagte, Varga hätte nach der Klinge der Leiden geschickt, aber Deseillign ist vom Feind erobert worden, und die Klinge ist niemals hier angekommen. Es gibt kein Schwert, Mychael.«

Er blickte auf das Schwert in seiner Hand. Es hatte ihn in den Dangoes im Stich gelassen, und es würde ihn auch diesmal wieder im Stich lassen. Es war nicht von der *magia mysterium* durchdrungen, es hatte keine glorreiche Vergangenheit, und es besaß keinerlei Magie. Wei hatte die Klinge erst im vergangenen Sommer geschmiedet, und Mychael hatte das Heft selbst gemacht, indem er Holz geschnitzt und mit Leder umwickelt hatte. Und erst seit dem Tag, als Mychael Tabor oberhalb von Lanbarrdein verlassen hatte, hatte es Leid gesehen.

Und selbst wenn es irgendwelche unbekannten Kräfte besessen hätte, hätte er nicht gewusst, wie er sie sich zu Nutze machen sollte. Dennoch war es das einzige Schwert, das er hatte, und wenn die Drachen mit einem Schwert gebändigt werden sollten, dann würde es seines sein.

Die Drachen schwammen durch den Kanalstrom, drehten dann wieder um und hielten abermals auf die violetten Klippen zu. Nicht weit den Pfad hinunter befand sich eine Öffnung in den Felsen, die in das innere Labyrinth des Wurmnests führte. Mychael zog Llynya rasch zu dem Tunneleingang und drückte einen letzten Kuss auf ihre Lippen.

»Geh tief in das Nest hinein«, wies er sie an und wollte gerade noch etwas hinzufügen, als er plötzlich den Ausdruck in ihren Augen sah. Wind peitschte ihr Haar, und der Regen prasselte so hart auf sie beide herab, dass jeder Tropfen brannte, wenn er die Haut traf, und dennoch waren die Elemente des Unwetters nicht wilder als ihr Blick.

»Wir sind besser dran, wenn wir zusammenbleiben«, sagte sie, und als er protestieren wollte, brachte sie ihn mit einer Handbewegung zum Schweigen. »Nein, es hat nichts mit Sentimentalität zu tun, Mychael, und auch nicht mit Liebe, sondern es ist die Wahrheit. Ich bin das Ätherwesen, die Sternenlicht-Geborene, und wenn du ein Drachenbändiger sein willst, ist dir am besten gedient, wenn ich dir zur Seite stehe.«

Er zögerte nicht länger als eine Sekunde, bevor er zustimmte – weil keine Zeit mehr blieb, um mit ihr zu streiten, und weil er wusste, dass sie Recht hatte. Was immer sie miteinander verband, hatte vor langer Zeit begonnen, lange bevor er zum ersten Mal eine in Flussnebel gehüllte Elfenmaid erblickt hatte.

Unten am Strand hatte Naas sich inzwischen einen Weg durch die gefallenen Soldaten und den zunehmend dichter werdenden Rauch zu Caradocs Leichnam gebahnt und starrte auf das seltsame, blendende Schwert, das aus der Brust des Keilers von Balor herausragte. Mychael und Llynya liefen auf sie zu, und Trig und ein paar andere Liosalfar taten das Gleiche, als sie einen anderen *pryf*-Pfad hinuntereilten, um sie auf dem Strand abzufangen.

Die alte Frau blickte auf, als Mychael und Llynya sich näherten, und ihre Augen verengten sich zu Schlitzen. Der Sturm peitschte silberweiße Haarsträhnen in ihr Gesicht, ihr Umhang war völlig durchnässt von dem strömenden Regen, und ihr braunes Gewand klebte an ihrem knochigen Körper.

»Gib mir dein Schwert, schnell, Junge!« Sie streckte die Hand nach Mychael aus, und er drückte ihr das Heft seiner Waffe in die Handfläche.

In dem Moment erreichte Trig die kleine Gruppe, und er musterte Mychael mit einem kurzen, prüfenden Blick, bevor er seine Aufmerksamkeit Naas zuwandte.

»Bei den Göttern, Frau, bist du dir wirklich sicher, dass er die Bestien dazu bringen kann, ihre Aufgaben zu erfüllen? Oder werden wir alle in dem Rauch erstickt sein, bevor dieser Tag zu Ende geht?«

»Er wird es wohl oder übel tun müssen«, erwiderte sie schlicht, als sie das Schwert in das Traumsteinlicht hielt, das von den Klippen ausstrahlte, und mit zusammengekniffenen Augen seine Klinge inspizierte.

Mychael blickte aufs Wasser hinaus. Die Drachen stiegen abermals aus den Fluten auf. Ddrei Goch bäumte sich unter einer Hulke auf und schleuderte sie wie ein Stück Treibholz durch die Luft. Ddrei Glas schlug mit ihrer gigantischen Schnauze auf eine andere Hulke ein, und sie krachte in eines der Daur-Schiffe. Blinde, wahllose Zerstörung markierte ihren Weg, und ihr Weg führte schnurstracks zum Strand.

»Dann soll ich also Caradocs Schwert nehmen?«, fragte Mychael kurz. Er konnte sich keinen anderen Grund dafür denken, dass Naas neben der Leiche des Keilers stand. Es war ein abstoßender Gedanke, dass er seine Pflicht mit Caradocs Schwert erfüllen sollte, auch wenn das Heft mit leuchtenden Traumsteinen besetzt war und die Waffe die Fähigkeit besaß, durch Kettenpanzer zu schneiden.

»Nein.« Naas schüttelte den Kopf. »Das Schwert hat zwar eine Klinge aus Deseillign, das schon, und vielleicht ist es diejenige, die für das Magia-Schwert bestimmt war, aber jetzt ist die Waffe eine Abscheulichkeit, weil sie von einem finsteren Magier zu einem mörderischen Zweck zusammengeschustert wurde.«

»Von einem Magier? Dann besitzt das Schwert also magische Kräfte?« Wenn er die Wahl hatte zwischen einer halb magischen Klinge, gesegnet mit Hexerei, egal, ob mörderisch oder nicht, und seiner eigenen simplen Waffe, würde Mychael seine Skrupel vergessen.

»Ja, und Männer stellen sich ja immer gerne vor, dass sie ein bisschen Magie in ihren Klingen haben.« Sie machte eine verächtliche Geste und kniete sich hin, um Mychaels Schwert mit Sand zu scheuern. »Erzähl du mir nichts von magischen Schwertern, Druidenjunge. Es ist niemals das Schwert, das den Sieg erringt, sondern immer der Arm, der es führt.«

Sie scheuerte die Klinge energisch, um sie vom Blut zu säubern.

»Magische Schwerter, magische Schwerter«, murmelte sie vor sich hin. »Ich werd dir ein magisches Schwert geben, wart's nur ab.«

Damit erhob sie sich, wischte die Klinge an ihren Röcken ab und schnitt ihn mit einer einzigen blitzschnellen Bewegung von der Schulter bis zum Ellbogen. Mychael war so schockiert über diese Ungeheuerlichkeit, dass er wie erstarrt dastand. Was aus der schmalen, sauberen Schnittwunde quoll, die sie in seine Haut geritzt hatte, ließ ihm die Haare zu Berge stehen. Es war Blut, aber anders als jedes Blut, das er je zuvor gesehen hatte. Es rann in einem dünnen Strom von irisierender, in allen Regenbogenfarben schillernder Flüssigkeit an seinem Arm herab. Regenbogenbuntes Blut... Drachenblut.

Die Blutstropfen, die an seiner Schwertklinge hafteten, zischten auf dem Metall.

»Ja, er wird seine Aufgabe erfüllen«, sagte die weißäugige alte Frau, dann nickte sie Llynya zu. »Die Drachen werden auch dein Blut brauchen, um dem Aufruf zu folgen, Kind. Lass sie das Sternenlicht kosten.«

Llynya zögerte nicht, sondern ritzte mit ihrer Schwertklinge die Haut an ihrem Arm und ließ ihr Blut in die Wellen tropfen, die ihre Füße umspülten. Der Schnitt war nicht so tief wie die Wunde, die Naas Mychael beigebracht hatte, aber sie war tief genug, dass auch Llynyas Schwert knisterte und rauchte.

Trig, Naas und die anderen Liosalfar blieben am Strand, bis die Drachen herbeikamen und dabei eine gewaltige Woge aufwühlten, die wie eine Wand vor ihnen aufzusteigen begann. Mychael sah die Quicken-tree nicht gehen, aber er spürte den Moment, in dem er und Llynya plötzlich allein am Ufer standen, zwei gegen die Drachen. Die gigantischen Köpfe erhoben sich aus der Woge, Ddrei Gochs Augen leuchtend gelb und durchbohrend, während seine lange, mit Barthaaren bewehrte Schnauze über der Wasseroberfläche auftauchte. Ddrei Glas hatte Augen von der Farbe des Herbstmondes, ein dunkles, sattes Bernsteingelb, aber die Kraft ihres Blickes, als sie Mychael ansah, war nicht weniger bezwingend. Er war hingerissen, betört und verlockt von dem meergrünen Drachenwesen, und als sein Blut ins Wasser rann, war auch sie ebenso verlockt wie er.

Llynya fühlte, wie Ddrei Gochs Kraft in sie strömte. Blut von ihrem Blute, waren sie beide Sternenlicht-Geborene. Drachen aus dem mit Sternenmetall geschmiedeten Kessel. Abkömmlinge derselben Rasse, die ihren Ursprung in dem himmlischen Feuer hatte. Sie waren beide dazu geboren, Dharkkum zu bekämpfen. Mit einem Schlachtruf hob sie ihr Schwert. Mychael tat es ihr nach, und die Drachen stiegen aus dem Schlangensee auf, während sich ihre mächtigen Schwingen aus der weißschäumenden Gischt hoben und entfalteten und gegen die dichten, tief hängenden Rauchschwaden schlugen, um sie aufzuwirbeln und in Bewegung zu versetzen.

Ddrei Goch brüllte seinen Zorn hinaus, und seine Schreie wurden als ein vielfach verstärktes Echo von dem Gewölbe in der von Blitzen durchzuckten Höhle von Mor Sarff zurückgeworfen. Ddrei Glas erhob ihre Stimme gegen den Sturm und den Regen, und aus dem Süden kam die dunkle Pestilenz herbei, die so viele Jahrhunderte lang in den Kristallschächten versiegelt gewesen war, um auf den Ruf der Drachen zu antworten – eine finstere Leere, eine immer während Nacht, deren Berührung eisig kalt war, deren Form ein sich ständig verlagernder Wirbel ohne Ende war und deren einziger Zweck immer und für alle Zeiten darin bestanden hatte, zu verschlingen und zu vernichten.

Wie eine Decke aus tanzenden, wirbelnden Fäden kam Dharkkum herbeigeschwebt und strömte über die Oberfläche des Sees, lautlos und unaufhaltsam, und sie beschleunigte noch ihr Tempo, bevor sie gegen die Magia-Wand schlug. Dharkkum verschlang alles, indem sie den Klippenpfad von jedem lebenden und toten Wesen säuberte und sogar einen Teil der Wand vernichtete und alles in ihr Innerstes einsaugte.

Die Soldaten auf der Landspitze rannten in panischer Angst davon, Skraeling und *tylwyth teg* gleichermaßen, um vor der alles verschlingenden Dunkelheit zu fliehen, aber alle ihre Anstrengungen waren vergeblich. Einer nach dem anderen wirbelten Fäden aus der eisigen Finsternis herunter und zogen die Fliehenden in den Strudel von Dunkelheit hinein, jeder Tiermensch und jede Elfe waren zu einem grauenvollen Tod verurteilt. Mychael beobachtete in sprachlosem Entsetzen, wie ihre Körper zuerst zu qualvoller Länge gestreckt wurden und sich dann im Kern des schwarzen Wirbels aufzulösen begannen. Ihre Schreie hallten durch die riesige Höhle, schrill und markerschütternd, bis sie schließlich für immer verstummten, und immer noch rückte die schwarze Leere weiter vor.

Und sie wuchs, unaufhaltsam, eine pulsierende Ausdehnung entlang dem Rand für jede verlorene Seele, die sie verschlang.

Mychaels Hand krampfte sich noch fester um das Schwertheft, als neue Furcht in ihm aufstieg, und er wich einen Schritt rückwärts den Strand hinauf. Schweiß brach auf seiner Stirn aus. Der Feind, der über ihn herfiel, war einfach zu mächtig. Es gab keine Möglichkeit, ihn zu bekämpfen, noch nicht einmal gegen eine solche tödliche Leere vorzugehen. Er sah, wie erneut ein Faden aus der Dunkelheit herabwirbelte und sich um Treilo schlang. Der Anführer der Wydden wurde zappelnd und sich heftig wehrend in den kreisenden Wirbel hineingesogen, während er verzweifelt mit seinem Schwert um sich schlug, sein hellblondes Haar ein leuchtender Farbtupfer in der Finsternis, der rasch verblasste. Mychael wich noch einen Schritt zurück, dann noch einen. Seine Zähne waren fest zusammengebissen, seine Muskeln hart und verkrampft vor Anspannung. Alles war verloren. Alles. Die schwarze Materie würde den Sieg davontragen.

Er stieß mit dem Fuß gegen einen Leichnam, der auf dem Strand lag, und blickte hinunter, um festzustellen, dass er neben Caradoc stand. Das giftgetränkte Schwert ragte noch immer aus der Brust des Keilers heraus, und sein Traumsteinheft warf gelbe Schatten auf seinen Kettenpanzer. Mychaels Blick fiel auf eine von Caradoc weit vorgestreckte Hand. Rhiannons Ring steckte noch immer am Finger ihres Mörders, ein goldener Reif mit vier eingravierten Linien und einem Kreis, in dem ein dreieckig geschliffener Karneol eingesetzt war. Es war ein Zeichen, das Mychael in den Tunneln des Zeitwehrs gesehen hatte, Symbol der einzigen Zuflucht, die er jemals gefunden hatte, und dieses hier war ein zu teures Andenken, um es einfach zurückzulassen. Er kniete sich in den Sand, zog den Ring vom Finger des Keilers und streifte ihn sich über. Wenn er sterben sollte, wollte er zumindest einen kleinen Teil dessen zurückfordern, was Caradoc seiner Mutter genommen hatte. Der Ring war zwar noch der geringste Verlust gewesen, aber er war das Einzige, was ihm noch geblieben war. Über Mychael schrien die Drachen, und Flammen schossen aus ihren geöffneten Mäulern. Er blickte auf und sah Rauchwolken aus ihren Nüstern hervorquellen.

Das Gewölbe des unterirdischen Schlangensees leuchtete in einem überirdischen Schein, erhellt von ihrem feurigen Atem und dem reflektierten Licht der violetten Klippen. Mychael fühlte den heißen, böigen Wind, erzeugt durch ihren Flügelschlag. Er fühlte das Feuer des Drachen im Rücken, und im nächsten Moment spürte er, wie es das Feuer in seinem Inneren entzündete, ein Funke zuerst, der an seinen Narben entlangraste und ihn innerlich brennen ließ.

Helle, reinigende Hitze erfüllte ihn. Flammen von Drachenfeuer loderten unter seiner Haut in einem plötzlichen, erregenden Ansturm. Kraft durchströmte ihn, und seine Hand, die auf dem Schwert lag, wurde stärker, sehr viel stärker. Die Drachen kamen näher und stießen gellende Schreie aus, während sie ihn mit ihren schuppenbesetzten Flügelspitzen streiften; und plötzlich begriff er, dass sie ihn auf ihre Weise vorwärtstrieben und anspornten, sich dem Kampf zu stellen, der vor ihnen lag. Als sie das nächste Mal schrien, antwortete er auf ihren Ruf, öffnete den Mund und stieß den gleichen schrecklichen, erschütternden Schrei aus. Die Kraft seines Schreis strömte durch ihn hindurch und verdrängte seine Hoffnungslosigkeit, und er brüllte abermals, erhob seine Stimme gegen den Sturm und den prasselnden Regen. Heftiger Wind peitschte um ihn herum und zerrte an seinen Kleidern, während die flammenroten und goldblonden Strähnen wild um seinen Kopf flatterten und wie Feuer knisterten.

Ich habe von dem Blut des Drachen getrunken! Die Stimme drang plötzlich aus der Vergangenheit an sein Ohr, die Stimme einer Priesterin aus der Ahnenreihe seiner Mutter.

Ich habe von dem Blut des Drachen getrunken und von seinem Fleisch gegessen, und mein Blut soll eins mit dem des Roten Drachen sein, vermischt zu einem mächtigen Elixier in meinem Mutterleib, bis mit der Zeit das wilde Geschöpf meiner Drachenblutbeschwörung geboren wird, um gegen die alles verschlingende Finsternis zu kämpfen.

Er war das wilde Geschöpf, das jene Priesterin erschaffen hatte. Sein Blut war das Blut des Drachen, und es war seine Aufgabe, den Kampf gegen Dharkkum zu gewinnen.

Mychael blickte auf die wirbelnde schwarze Materie und dann wieder auf seine Hand, die das Schwertheft umschlungen hielt. Das Schwert, das er hielt, würde immer das Magia-Schwert sein, weil er derjenige war, der es führte.

Er drehte die Klinge in das Licht der Klippen und fühlte, wie sich die Drachen hinter ihm auf dem Strand niederließen. Sie kamen näher, hüllten ihn in Feuer und Rauch ein, und der letzte Rest seiner Furcht schwand dahin, und seine letzten Zweifel wurden von stählerner Entschlossenheit verdrängt. Wenn Dharkkum verschlingen wollte, dann sollte sie ihn doch verschlingen und an seinem Drachenherzen ersticken, denn er war die wilde Bestie, die Dharkkum ins Verderben stürzen würde.

Am Ende war er die Bestie, die die Finsternis verschlingen würde.

Das Meer begann zu brodeln und zu tosen, und das Land erzitterte bis in seine Grundfesten unter der Gewalt ihres Kampfes. Wellen brandeten ans Ufer und säuberten die Gestade von Mor Sarff.

28

Der Winter wurde eine Zeit der Heilung für das Land und für die *tylwyth teg*. Als sich die unergründliche Finsternis von dem Gestank von Dharkkum befreite, erforschten Liosalfar-Truppen die unterirdischen Höhlen und drangen weiter und immer weiter vor, um nach Ailfinn und Rhuddlan zu suchen. Doch obwohl sie sämtliche Tunnel und Höhlen von dem Großen Grabenbruch bis zu der Magia-Wand absuchten, fanden sie niemals eine Spur von der Prydion-Magierin oder ihren Gefährten. Ailfinn war für sie unwiederbringlich verloren, zusammen mit dem *Elhion Bhaas Le*. Der König der Lichtelfen war tot… *lang lebe der König!*

Die *pryfarim* waren nicht länger in Aufruhr, und Mychael und Llynya verbrachten die langen Wintermonate damit, das Nest wieder in Ordnung zu bringen. Mitte November verließ er sie für ein paar Tage und reiste nach Norden zu einem Kloster in Gwynned, um eine Messe für Owain lesen zu lassen. Der unerschütterliche Waliser war ihm in einer Zeit der Not ein treuer Freund gewesen, und Mychael vermisste ihn schmerzlich. Er wollte unter allen Umständen verhindern, dass Owains Seele von dem bösen Zauber gepeinigt würde, der sich um seinen Tod rankte. Nach der Wintersonnenwende stiegen Mychael und Llynya in das Drachennest unterhalb von Lanbarrdein hinab, um es für die Paarung vorzubereiten, die im Frühjahr an Beltaine stattfinden würde. In einem Jahr würde Ddrei Glas aus der hoch im Norden gelegenen Höhle der Drachen zurückkehren, um hier zu laichen und zu sterben, und im Jahr darauf würde Ddrei Goch zum Ausbrüten kommen und um seiner Gefährtin anschließend in den Tod zu folgen. Dann würden neue Drachen heranwachsen, zwei wilde Geschöpfe, auserwählt aus der Menge der *pryf*-Larven. Und auf diese Weise würde der Lebenszyklus der Drachen abermals mit den Rhythmen von Merioneth vereint sein.

Ende Oktober – eine Woche, nachdem sich der schwarze Rauch endgültig verzogen hatte –, war Calan Gaef gekommen, und die Quicken-tree hatten eine kleine Zeremonie in der Höhle des Teiches der Weissagung abgehalten. Mit Madron an seiner Seite hatte Mychael den Drachenwein getrunken und die Tore der Zeit geöffnet, um der *Beirdd Braint* der Quicken-tree zu werden, aber nicht ihr König.

In jener Nacht hatten die Drachen ihre Stimmen weit draußen auf der Irischen See erschallen lassen, und Mychael und Madron hatten beide eine Zukunft erblickt, die ihn von dem Land seiner Mutter wegführen sollte. Es war ihm bestimmt, in Nemetons Fußstapfen zu treten, nicht in Rhuddlans, und nach Wydehaw Castle zu gehen, er und Llynya, nach Beltaine zum Hart Tower. Im Laufe der darauf folgenden Jahre würde es Reisen nach Yr Is-ddwfn geben. Im Frühling, kurz nach dem Feuerfest von Imbolc, machte sich Madron selbst auf den Weg dorthin, um die Nachricht von Ailfinns Ableben zu überbringen und das Versprechen von Llynyas Rückkehr.

Völlig unerwartet nach so vielen Monaten der Freiheit wurde Llynya an Alban Eiler, dem Frühlingsäquinoktium, wenn die Dunkelheit dem Licht weicht, wieder von der niederdrückenden Schwermut und den Panikattacken überwältigt, die ihr früher schon zu schaffen gemacht hatten. Als Mychael Llynya in den Armen hielt, fühlte auch er Morgans endlosen Sturz durch Zeit und Ewigkeit. Zwei Nächte und einen Tag lang spendete er ihr Kraft, so gut er konnte, um ihre entsetzliche Angst zu lindern und die Schreckgespenster von ihr fern zu halten, und sprach beruhigend auf sie ein, als die verdammungswürdige Kraft, die Llynya an den Dieb von Cardiff band, sie zu verzehren drohte. Mit der Zeit ging die Schwermut wieder vorüber, dann kam auch für sie der Tag, Carn Merioneth zu verlassen.

Noll, der Stallbursche, war der Erste, der das ätherische Paar wie durch Zauberei aus den frühmorgendlichen Nebelschwaden auftauchen sah. Wie Geister erschienen sie, zwei überirdisch anmutende Gestalten, die auf Feenpferden von reinstem Weiß ritten, die Kapuzen ihrer grünen Umhänge tief ins Gesicht gezogen. Allen und jedem, der ihn jemals danach fragte, erzählte er, ihre Stuten wären an jenem Morgen quer über den River Wye getrabt, ohne mit ihren Hufen auch nur die Wasseroberfläche des Flusses zu durchbrechen.

Noll stolperte mehr als einmal in seiner Hast, die große Halle von Wydehaw Castle zu erreichen, und als er schließlich am Tisch seines Herrn ankam, war er von Kopf bis Fuß mit Schmutz von dem unteren und mittleren Burghof bespritzt.

»Mylord, Mylord«, stieß er völlig außer Atem hervor und brach vor dem Podium zusammen, wo Lord Soren D'Arbois gerade sein Frühstück einnahm. Lady Vivienne war noch im Bett, wie anzunehmen war, vermutlich damit beschäftigt, den Erben zu stillen, der vor drei Monaten das Licht der Welt erblickt hatte. »Es kommen Reiter!«

»Wie viele?«

»Zwei, Mylord.«

»Ihre Standarte?«

»Sie haben keine, Mylord, aber sie kommen aus dem Feenreich, da bin ich mir ganz sicher.« Nach seinen Furcht einflößenden Begegnungen mit Dain Lavrans, dem Magier von Wydehaw, der vor einem Jahr verschwunden war und – so hoffte Noll inständig – niemals zurückkehren würde, galt Noll am unteren Ende der Tafel als unangefochtener Experte in allen magischen Dingen.

Am oberen Ende der Tafel wurde seiner Ankündigung allerdings weitaus weniger Gewicht beigemessen.

Der Baron von Wydehaw blickte an seiner habichtähnlichen Nase entlang und winkte Noll mürrisch fort. »Scher dich weg, Bursche, bis du deinen Verstand wieder einigermaßen beisammen hast.«

Noll wollte schon protestieren, wurde jedoch von seinem Selbsterhaltungstrieb daran gehindert. Die Laune des Barons hatte sich zwar im Laufe des vergangenen Jahres mächtig gebessert, aber er neigte nach wie vor zu Grausamkeit.

Sich wegzuscheren bedeutete jedoch nicht zwangsläufig, die große Halle zu verlassen, und Noll hastete von dem Podium fort, um einen Platz bei den Hunden auf den Binsenmatten zu finden.

Soren rief nach mehr Ale und tat sein Bestes, um die absurde Ankündigung des Stallburschen zu ignorieren; dennoch behielt er vorsichtshalber die Tür zur Halle im Auge. Magier, Hexenmeister, Hexen, wildes Volk und Feen – er hatte wirklich die Nase voll von ihnen. Es war der verdammte Hart Tower, der sie anlockte, Nemetons Turm. Das verfluchte Ding stand erst seit knapp einem Jahr leer. War es möglich, dass schon so schnell ein anderer *sorcier* kommen würde, um den Platz der Dänen einzunehmen?

Soren betete innerlich, dass dem nicht so wäre. Er hätte damals beinahe seine Ehefrau, ganz zu schweigen von einem kleinen Stück seiner Seele, an Dain Lavrans verloren.

Er hob seinen frisch gefüllten Humpen an die Lippen, hielt jedoch inne, bevor er einen Schluck getrunken hatte, als ihn plötzlich ein ungutes Gefühl beschlich und sich die feinen Härchen in seinem Nacken aufrichteten.

Der Mundschenk an dem Tisch unterhalb des Podium schien nichts davon zu bemerken, dass irgendetwas nicht stimmte. Und auch sein Seneschall nicht. Der Priester, Pater Aric, war an diesem Morgen ebenfalls anwesend, und er zuckte leicht zusammen, aber der Mann war seit der Maifeier im vergangenen Jahr ohnehin nicht mehr ganz richtig im Oberstübchen.

Nein. Keiner schien die subtile Veränderung in der Luft wahrzunehmen, die Soren in Alarmbereitschaft versetzte. Er selbst spürte jedoch deutlich, wie das Morgenlicht plötzlich klarer wurde und wie die dünnen Kerzen, die angezündet worden waren, um die Düsterkeit in der Halle zu vertreiben, plötzlich heller flackerten. Das Ale schmeckte auf einmal bitterer. Der Duft der Binsen war süßer.

Als eine der Wachen kam, um Besucher anzukündigen, ertappte Soren sich unerklärlicherweise dabei, wie er von seinem Platz aufstand, ausgerechnet er, der Herrscher der Burg.

Zwei in Umhänge gehüllte und mit Tautropfen benetzte Gestalten schritten durch die hohe Eichentür am Ende der Halle und warteten darauf, dass er sie zum Nähertreten aufforderte. Er winkte sie zu sich, und sie marschierten durch das Durcheinander der Ritter und Knappen, die gerade ihre Mahlzeit einnahmen. Schweigen breitete sich unter den Männern aus, als die beiden an den Tischen vorbeigingen, und Soren fragte sich verwirrt, ob der Stallbursche vielleicht doch Recht gehabt hatte. Am Fuß des Podiums blieben die beiden stehen und zogen sich die Kapuzen vom Kopf.

In all den kommenden Jahren sollte Soren niemals den Augenblick vergessen, in dem er Lady Llynya zum ersten Mal erblickte. Selbst nachdem sie und Mychael ab Arawn Wydehaw schon lange wieder verlassen hatten, konnte er sich noch immer mit verblüffender Deutlichkeit an die unergründlichen Tiefen ihres Blicks erinnern, an den betörenden Ausdruck ihrer grünen Augen, als sie ihn über den Tisch hinweg angesehen hatte; an die wilden Locken und Zöpfe in ihrem ebenholzschwarzen Haar und ihre schmückende Krone aus frischen grünen Blättern; an den schimmernden Glanz ihrer Kleider, grün und silbern und eher wie Regen, der in Strömen vom Himmel fällt, als wie jeder Stoff, den er jemals gesehen hatte. Ihre Miene war von einer königlichen Gelassenheit erfüllt gewesen, gepaart mit einer Andeutung von Schalkhaftigkeit, die in dem Lächeln zu erkennen war, das um ihre Mundwinkel spielte. Soren hatte sich auf der Stelle in sie verliebt, und seine Gefühle waren von einer solchen Aufrichtigkeit und Reinheit gewesen, wie er sie bei einem Sünder wie ihm schon längst nicht mehr für möglich gehalten hätte.

Sie bat um sehr wenig, lediglich um den Hart Tower, und als er ihr erklärte, dass es wirklich nicht in seiner Macht stand, den Hart Tower zu vergeben, sondern dass der Turm nur von demjenigen erobert werden könnte, der im Stande war, die Druidentür zu öffnen, lächelte sie lediglich und wies auf den Prinzen von Merioneth.

Die Tat war in Rekordzeit vollbracht, und Soren D'Arbois stellte fest, dass er wieder einmal inmitten von Magie lebte.

Im Herbst jenes Jahres unternahmen Mychael und Llynya eine letzte Reise nach Deri, dem Sommerlager der Quicken-tree. Trig und die anderen waren bereits nach Carn Merioneth aufgebrochen. Mychael und Llynya hatten sie mit dem Versprechen verabschiedet, an Calan Gaef nach Merioneth zu kommen und Madron und Edmee mitzubringen, die den Sommer in ihrem Häuschen im Wald von Wroneu verbracht hatten.

Von all den Freuden in Mychaels Leben ließen sich nur wenige mit dem Vergnügen vergleichen, der Elfenmaid beim Blumenpflücken zuzusehen oder zu beobachten, wie sie Honigbienen ein Lied vorsang oder den Meisen wundersame Geschichten erzählte. Sie hatte sich recht gut im Hart Tower eingelebt, aber sie hatte eine Eiche in der Alchimiekammer gepflanzt, gleich nachdem sie in Wydehaw eingetroffen waren, und das Ding wuchs bereits durch den Fußboden des darüberliegenden Sonnenzimmers. Eines Tages würde der Turm von einer mächtigen Eiche zerstört werden.

Mychael streckte sich auf einem Bett aus herabgefallenen Blättern aus und blickte zwischen den Zweigen der großen Muttereiche zu der Stelle hinauf, wo Llynya auf einem Ast saß und einem hingerissen lauschenden Publikum von kleinen Vögeln ihre Geschichte erzählte.

»Zum Glück gab es noch diejenigen, die reinen und gütigen Herzens waren, Pfeifer, Weißfeder und Silberschwänzchen – brave kleine Meisen, die die angsterfüllten Schreie hörten und sich todesmutig mitten in den gewaltigen Sturm stürzten, um die Prinzessinnen zu retten. Andere Vögel folgten ihrem Beispiel und schossen zu dutzenden auf das aufgewühlte Meer herab, zogen die glücklosen Schwestern aus den Wellen und retteten sie alle. Und falls irgendjemand an der Geschichte zweifeln sollte, so kann ich nur sagen, dass die ganze heldenhafte Vogelschar für alle Zeiten in die Wände der heiligen Hallen von Fata Morganas Palast eingemeißelt ist.«

Die Meisen waren wie immer ungeheuer stolz auf diesen sicheren Beweis ihrer Tapferkeit und blähten sich auf. Als sie alle gründlich ihr Gefieder aufgeplustert hatten, zwitscherten sie im Chor und flogen davon, um sich für die Nacht in ihren Nestern zum Schlafen niederzulassen. Es war genau das, was auch Mychael wollte, die Nacht mit Llynya in dem Nest aus Blättern zu verbringen.

Sie schwang sich mit einer Leichtigkeit von dem Ast, die er inzwischen ebenso gut wie jeder Elf gelernt hatte, und er lächelte zu ihr auf und streckte verlangend die Arme nach ihr aus. Und sie kam mit einer unbefangenen Bereitwilligkeit zu ihm, die ihn jedes Mal wieder aufs Neue erstaunte.

»Wollen wir heute Nacht draußen unter dem Sternenhimmel bleiben? Oder lieber nach Wydehaw zurückkehren?«, fragte sie, als sie sich mit ihrem schlanken, biegsamen Körper an ihn schmiegte und einen zarten Kuss auf seine Wange drückte.

»Unter dem Sternenhimmel«, erwiderte er, zufrieden damit, zwischen den knorrigen Wurzeln der Eiche zu liegen und zu beobachten, wie sich allmählich die Dunkelheit um sie herum herabsenkte. Im Turm gab es immer Arbeit zu erledigen: Es mussten Formeln entziffert, Flüssigkeiten destilliert und Bücher gelesen werden. Nemeton hatte einen Lehrplan in seinem Blauen Buch der Magier aufgestellt, und Madron pflegte in regelmäßigen Abständen zum Hart Tower zu kommen, um zu sehen, wie Mychael mit seinen Lektionen vorankam.

Llynya küsste ihn abermals, diesmal auf die Nasenspitze, und Mychaels Lächeln wurde noch eine Spur breiter. Er drehte sich ein klein wenig herum und zog sie mit sich, sodass sie vollständig auf ihm lag und an all den richtigen Stellen gegen seinen Körper drückte, um ein unablässiges Vibrieren sinnlicher Erregung auszulösen und aufrechtzuerhalten. Mychael schob seine Hüften vor und drückte sie fest an sich, um ihre weichen, verführerischen Kurven noch intensiver zu fühlen, und das Vibrieren in seinem Inneren verwandelte sich in ein heißes Prickeln der Erwartung.

Sie kannte ihn durch und durch, hatte ihn in ihrem gemeinsamen Kampf gegen Dharkkum von seiner schwärzesten Seite erlebt, und dennoch liebte sie ihn. Sie ließ ihn in ihren Körper eindringen, lebte Tag für Tag mit ihm, arbeitete an seiner Seite, kümmerte sich um seine Verletzungen und teilte seine Mahlzeiten – und sie wusste Bescheid. Sie wusste, was in der Schlacht aus ihm geworden war.

Ihr Mund presste sich auf seinen, diesmal weitaus weniger

zart, und er öffnete die Lippen, um sich ganz der Leidenschaft ihres Kusses hinzugeben und dem hungrigen Vorstoß ihrer Zunge mit der seinen zu begegnen. Es war immer wie Magie, wenn sie einander berührten. Die leichteste Berührung ihres Arms pflanzte sich mit einer Schnelligkeit durch seinen gesamten Körper fort, mit der er keine Sinneswahrnehmung aufnehmen konnte, und elektrisierte ihn derart, dass sich sein gesamtes Fühlen und Denken ausschließlich auf sie konzentrierte.

Sie küsste liebend gerne. Er hatte sich niemals im Leben träumen lassen, dass er noch einmal mit einer solchen Anzahl von Küssen überschüttet würde, wie Llynya sie zu geben hatte: Die süßen, zärtlichen Küsse zur Begrüßung, zum Abschied, ich bin hier, du wirst dort sein, und deshalb küsse ich dich; die wundervoll heißen und leidenschaftlichen Küsse von berauschender Intensität, wenn sie ihn mit ihrem grünen Zauber an sich zu binden pflegte; und all die Küsse dazwischen.

Sie war in der Tat eine kühne und unerschrockene Liebende, dass sie den Mut besaß, einen Drachen zu verführen – denn das war es, was er im Schutz der Dunkelheit von Dharkkum geworden war. Eine wilde Bestie, nicht nur im Herzen und in Gedanken, sondern in jeder Beziehung, eine Bestie, die die Finsternis verschlang; nicht weniger zerstörerisch als Ddrei Goch und Ddrei Glas, denn er war die Drachen gewesen – und Llynya war seine Herrin und Gebieterin gewesen, die Kraft, die ihn gebändigt und seinen Zorn gedämpft hatte, das strahlende Licht, dem er gefolgt war.

Jene schrecklichen Tage hatten sie beide altern lassen, aber sie hatten ihre Jugend schließlich in Wydehaw wiedergefunden, während sie sich im Wald von Wroneu die Zeit vertrieben. Sie teilten Madrons und Edmees Trauer um Rhuddlans Tod, und dennoch liebten sie sich und gaben sich dem Liebesspiel hin. Sie hatten jeder Trost und Heilung in dem anderen gefunden.

Als Llynyas Küsse ihn in heiße, fieberhafte Erregung versetzt hatten und das weiche Gewicht ihres Körpers auf ihm nicht mehr genügte, rollte Mychael sie herum und legte sich auf sie. Verlangend schob sie ihre Hände unter seine Tunika, befreite sein hartes Fleisch aus dem beengenden Stoff, um es mit ihrer Hand zu umschließen. Ein tiefes Stöhnen entrang sich seiner Kehle, als sie ihn streichelte, ihre Liebkosungen fest und doch behutsam. Von ihr geliebt zu werden war alles, was er sich jemals gewünscht hatte, und mehr, als er sich selbst in seinen kühnsten Träumen hätte vorstellen können. Sie hatte ihn an diesem Morgen in den Mund genommen, und die Art, wie sie mit ihren Lippen seinen Schaft umschlossen und ihn mit ihrer feuchten Zunge liebkost hatte, war pure, selig machende Verzückung gewesen. Es war nicht das erste Mal, dass sie ihn auf diese Weise genommen hatte, aber es fühlte sich jedes Mal an, als wäre es das erste Mal. Und er wiederum hatte jeden Zentimeter ihres Körpers geküsst, hatte ihren Nektar mit seiner Zunge gekostet und sich von exquisiter Lust erfüllen lassen. Sie verschmolzen zu einem Wesen.

Hastig zog er sie aus, während sie ihn mit ihrer Hand fast zum Wahnsinn trieb, und auf ihr Drängen hin vereinigte er seinen Körper mit ihrem. Küsse bestimmten seinen Rhythmus, die wortlose Kommunikation der Liebe, die sie zum Höhepunkt der Lust trieb. Selbst am Ende, als sie einander erschöpft umschlungen hielten, küsste er Llynya, und seine Küsse waren eine Segnung des Liebesaktes und ein Ausdruck der Dankbarkeit gegenüber dem Gott, der Llynya erschaffen hatte, damit er jede Nacht – sie in seinen Armen – schlafen konnte.

In den stillen Stunden vor Tagesanbruch erwachte sie plötzlich mit einem Ruck und mit einem leisen Aufschrei an Mychaels Seite. Er griff augenblicklich nach seinem Messer, alle seine Sinne in Alarmbereitschaft. Deri wurde durch ein Dickicht geschützt, und dennoch war es nicht ganz ausgeschlossen, dass ein Fremder den Schutzwall durchbrochen hatte und in die bewaldete Lichtung eingedrungen war.

»Nein«, sagte sie und streckte die Hand nach Mychael aus. Sie hatte sich aufgesetzt und hielt die andere Hand auf ihre Brust gedrückt, auf eine Stelle über ihrem Herzen. »Es droht keine Gefahr.«

Er ließ seinen Blick über die Bäume bis zum Fluss hinunterschweifen, suchte die Lichtung nach einem Eindringling ab und fühlte keine Störung ihrer Idylle. Dann wandte er seine Aufmerksamkeit wieder Llynya zu. »Hast du Schmerzen?«, fragte er besorgt, während er mit der Handfläche über ihre Wange strich.

»Nein, ich fühle keinen Schmerz, sondern einen ganz seltsamen Verlust. Der schmerzhafte Druck in meiner Brust ist verschwunden, als ob plötzlich eine schwere Last von mir genommen worden wäre.«

Er wusste, was das bedeutete, noch bevor sie es ausgesprochen hatte.

»Ja«, flüsterte sie, während ein glückseliges Lächeln um ihre Lippen spielte. »Ich bin endlich frei. Morgan stürzt nicht länger durch das Wurmloch. Er ist gelandet.«

Mychael zog Llynya in seine Arme und drückte sie fest an sich, seine Erleichterung ebenso überwältigend wie ihre. Er blickte zu den Sternen hoch, die über das riesige, samtschwarze Himmelszelt wanderten, und schickte ein stummes Dankgebet hinauf.

Der Dieb von Cardiff war gelandet... in der irdischen Zeit.

Glossar

aes sídhe – Feen der Hügel
Ätherwesen – Abkömmling der Sternenlicht-Geborenen
Beltaine – keltisches Frühlingsfest am Vorabend des 1. Mai und am 1. Mai
bia – giftiges Destillat aus dem Saft des bia, eines Wüstenbaums
Chrystaalt – universelles Salz
Cymry – Bezeichnung für »Waliser, Waliserin« in der Landessprache
Dangoes – Eishöhlen in der unergründlichen Finsternis
Ddrei Goch, Ddrei Glas – die Drachen von Carn Merioneth
Deseillign – Wüstenstadt der Sha-shakrieg
Dharkkum – eine tödliche Finsternis, von den Prydion-Magiern in der Erde versiegelt
Dockalfar – Dunkel-Elben
druaight – etwas Verzaubertes
gwaed draig – Drachenblut
gwin draig – Drachenwein
hadyn draig – Drachensperma
Lanbarrdein – uralte Stätte der Dockalfar
Liosalfar – Krieger der Lichtelfen
Mor Sarff – der Schlangensee
Prydion-Magier – diejenigen der Sternenlicht-Geborenen, die die Zauberkünste erschufen
pryf – Drachenlarve, Wurm
rasca – medizinische Heilsalbe der Quicken-tree
Rastaban – das Auge des Drachen; uralter Stammsitz des Trollkönigs
Sha-shakrieg – Bewohner der Einöde
Sín – ein aufkommender Sturm

Skraeling – Tiermensch
thullein – ein Metall, benutzt für die Waffen der Sha-shakrieg
tua – blinde Eidechsen, die in der unergründlichen Finsternis leben
Tuan – verstorbener König der Dockalfar
tylwyth teg – walisische Feen
uffern – schrecklich, höllisch
Yr Is-ddwfn – Heiligtum und Zufluchtstätte der Prydion-Magier

Clans der *tylwyth teg:*
Daur
Ebiurrane
Kings Wood
Quicken-tree
Red-leaf
Wydden
Yr Is-ddwfn

Die Sieben Bücher des Wissens:
Sjarn Va Le – das Violette Buch der Sterne
Elhion Bhaas Le – das Indigoblaue Buch der Elfenlehre
Prydion Cal Le – das Blaue Buch der Magier
Treo Veill Le – das Grüne Buch der Bäume
Chandra Yeull Le – das Gelbe Buch der Chandra
Gratte Bron Le – das Orangefarbene Buch der Steine
Fata Ranc Le – das Rote Buch des Schicksals